Elena Sender
Begraben

PIPER

Zu diesem Buch

Cyrille Blake ist eine brillante Neuropsychiaterin, spezialisiert auf Traumaforschung und die Behandlung besonders schwerer psychischer Störungen. Als der von Alpträumen und Suizidgedanken gepeinigte Julien Daumas sie in ihrer Pariser Praxis aufsucht und sich verhält, als kenne er sie seit Jahren, ist Cyrille zuriefst beunruhigt. Warum nennt der junge Fotograf sie beim Vornamen und sieht sie so merkwürdig an? War Julien zehn Jahre zuvor, als sie noch in einer anderen Klinik arbeitete, wirklich ihr Patient gewesen, so wie er behauptet? Cyrille stellt Nachforschungen an, und was sie herausfindet, lässt ihr das Blut in den Adern gefrieren: Sie hat tatsächlich längere Phasen ihres Lebens völlig vergessen. Cyrille muss ihre Erinnerung wiederfinden. Erst recht, weil in ihrer Umgebung immer bedrohlichere Dinge vor sich gehen, und irgendjemand um jeden Preis verhindern will, dass die Vergangenheit wieder lebendig wird ...

Elena Sender, geboren 1972, arbeitet als Wissenschaftsjournalistin für die renommierte französische Zeitschrift »Science et Avenir«. Als Expertin für Gehirn- und Emotionsforschung lebt sie mit ihrem Mann und ihren zwei Kindern in Paris. »Begraben« ist ihr erster Roman.

Elena Sender

BEGRABEN

Thriller

Aus dem Französischen von
Eliane Hagedorn und
Barbara Reitz

Piper München Zürich

Mehr über unsere Autoren und Bücher:
www.piper.de

Deutsche Erstausgabe
1. Auflage Juni 2011
2. Auflage Juni 2011
© 2010 XO Éditions, Paris
Titel der französischen Originalausgabe:
»Intrusion«
© der deutschsprachigen Ausgabe:
2011 Piper Verlag GmbH, München
Umschlagkonzept: semper smile, München
Umschlaggestaltung: Hafen Werbeagentur
Umschlagillustration: L. Shaefer/Getty Images (Rabe);
Jeffrey Conley/Getty Images (Schneeflocken)
Satz: Kösel, Krugzell
Papier: Munken Print von Arctic Paper Munkedals AB, Schweden
Druck und Bindung: CPI – Clausen & Bosse, Leck
Printed in Germany   ISBN 978-3-492-26443-3

*Für Alexandre, Tom und Noah.
Für all die Stunden,
die ich euch vorenthalten habe.*

1

6. Oktober

Dr. Cyrille Blake sah auf die Uhr. Zehn nach acht. In fünfundfünfzig Minuten würde ihr Leben ins Wanken geraten, ohne dass sie es hätte ahnen oder verhindern können.

Die Neuropsychiaterin klopfte zweimal an die Tür von Zimmer 1 im ersten Stock des Centre Dulac, das sie gegründet hatte und seit nunmehr fünf Jahren leitete. Keine Antwort. Sie trat ein. Ihre Patientin Pauline Baptiste saß auf dem Bett, die rosafarbene Decke über die Beine gezogen, und starrte geistesabwesend hinaus auf den wolkenverhangenen Himmel.

Die brünette Frau war zwischen fünfunddreißig und vierzig Jahre alt – also etwa in ihrem Alter –, doch ihre Welt war aus den Fugen geraten. Ihr Ehemann und zwei ihrer drei Kinder waren bei einem Autounfall ums Leben gekommen. Geblieben waren ihr lediglich drei Urnen und ein vier Monate altes Baby, das sie, außerstande, es selbst zu versorgen, ihren Eltern anvertraut hatte. Sie hob das blasse Gesicht, das gezeichnet war von Schlaflosigkeit, den vielen unbeantworteten existenziellen Fragen und tiefem Schmerz. Sie richtete die dunkel umschatteten Augen auf die Ärztin. Pauline hatte sie nach ihrem Selbstmordversuch um Hilfe gebeten. Das Zimmer war klein und schlicht, mit Holzjalousien an den Fenstern und einem Kelim auf dem Boden. Die Patientin fühlte sich hier zwar nicht zu Hause, aber auch nicht unwohl.

»Wie haben Sie geschlafen, Pauline?«

Cyrille Blake setzte sich auf die Bettkante. Die junge Frau zog die Knie an die Brust.

»Besser. Ohne Albträume.«

Die Hand von Dr. Blake suchte die ihrer Patientin, sie war eiskalt.

»Zittern, Angstattacken?«

»Nein, gar nicht mehr.«

»Erstickungsgefühle?«

»Auch nicht.«

»Selbstmordgedanken?«

Pauline Baptiste schüttelte energisch den Kopf. Es ging ihr nicht gut, aber schon sehr viel besser als letzte Woche. Der Schraubstock, der ihre Brust einengte, hatte sich gelockert, und der Kloß in ihrem Hals löste sich langsam auf.

Dr. Blake schenkte ihr ein offenes Lächeln.

»Perfekt. Doktor Mercier holt Sie heute Vormittag zur Kernspin ab. Wir wollen sehen, ob sich Ihr Gehirn seit Beginn unserer Behandlung erholt hat. Anschließend können Sie wieder nach Hause.«

Pauline streckte ihre Hände vor sich aus.

»Ich schwitze und zittere nicht mehr ... Was ist das noch mal für ein Medikament, das Sie mir gegeben haben?«

»Meseratrol.«

»Ist das ein Antidepressivum, ein Angstlöser oder so was Ähnliches?«

Cyrille Blake schüttelte den Kopf.

»Nein, es handelt sich um eine neue Kategorie von Molekülen. Sie beruhigen das Gehirn, lindern den empfundenen Schmerz, machen ihn erträglicher.«

»Ja, das stimmt ... Ich fühle mich weniger ... bedrückt.«

»Wir testen es seit mehreren Jahren an Kriegsveteranen und an Opfern von Attentaten oder Unfällen. Die

Ergebnisse sind mittel- wie auch langfristig sehr ermutigend.«

»Sind Sie sicher, dass es zuverlässig wirkt?«

Cyrille Blake drückte ihr die Hand und redete sanft auf sie ein:

»Mein Mann hat die antitraumatischen Eigenschaften dieser Moleküle vor einigen Jahren entdeckt. Wir haben die Wirkung perfekt im Griff.«

Pauline Baptiste nickte.

»Dann hat man ihn deswegen für den Nobelpreis vorgeschlagen, stimmt's?«

Erstaunt darüber, dass ihre Patientin auf dem Laufenden war, zog Cyrille Blake die Augenbrauen hoch.

»Ja, unter anderem ...«

Pauline Baptiste lächelte schwach.

»Danke für alles, was Sie getan haben, Frau Doktor. Auch im Namen meines Babys. Ich hole es morgen bei meiner Mutter ab. Es braucht mich.«

»Ja, es braucht Sie. Sie müssen durchhalten, für das Baby, für sich selbst, für die Menschen, die Sie lieben ... und auch für uns. Wir alle wollen, dass es Ihnen besser geht.«

Die beiden Frauen saßen einen Augenblick schweigend da. Wenn Cyrille doch nur ein wenig von diesem Schmerz auf ihre eigenen Schultern laden könnte ... Sie zwang sich, das in ihr aufsteigende Gefühl der Ohnmacht zu unterdrücken, erhob sich schließlich und winkte Pauline beim Hinausgehen aufmunternd zu.

Um 8 Uhr 25 öffnete Cyrille die Tür zu ihrem Büro, auf der ein glänzendes Kupferschild mit der Aufschrift »Dr. Cyrille Blake« prangte – ein Geschenk ihres Mannes. Wie so oft fragte sie sich, was sich ihre Eltern wohl dabei gedacht hatten, ihr einen solchen Namen zu geben. Diesen männlichen, in der weiblichen Form so wenig geläufigen Vornamen zu tragen, war nicht immer leicht gewesen. Im Sportunterricht des Gymnasiums war ihr Name häufig versehentlich auf der Liste der Jungen gelandet, und sie musste ihn buchstabieren, damit er richtig geschrieben wurde … ganz zu schweigen von den Hänseleien. Auch wenn er immer noch Befremden auslöste, gefiel es ihr inzwischen, einen seltenen Vornamen zu tragen, der noch dazu »die Herrliche« bedeutete …

Cyrille schob ein Pad in die Espressomaschine. Das japanisch eingerichtete Sprechzimmer bot einen prächtigen Blick auf die Bambuspflanzen des Innenhofs. Mit der Tasse in der Hand stand sie einen Moment am Fenster und nahm dann an ihrem Schreibtisch Platz. Sie verscheuchte das Gefühl der Traurigkeit, das sie angesichts des Leids ihrer Patientin verspürt hatte. Sie musste sich, wie immer, bemühen, die nötige Distanz und Neutralität zu wahren. Doch manchmal fiel ihr das schwer.

Sie seufzte und zwang sich, Pauline Baptiste in einer Schublade ihres Gehirns abzulegen und positiv zu denken. Dabei hatte der Tag eigentlich recht gut begonnen. Das Meseratrol zeigte hervorragende Ergebnisse bei der Bekämpfung schwerer Traumata und vermochte – das hatte sie gerade wieder gehört – die schlimmsten Schmerzen der Seele zu mildern. Das Medikament hatte eine vorläufige Arzneimittelzulassung für fünf Jahre erhalten, die verlängert werden würde, wenn sich die therapeutische Wirksamkeit durch weitere Studien belegen ließe. Als nächsten Schritt wollte sie die unbegrenzte Zulassung für die Behandlung schwerer Traumata erreichen sowie eine Erweiterung der Indikation auf leichtere Fälle. In neun Tagen würde sie auf dem Jahreskongress für Neuropsychiatrie in Bangkok das Medikament offiziell vorstellen und hoffte, damit zum erwarteten Erfolg beizutragen. Zum zehnten Mal bereits würde sie in die thailändische Hauptstadt fliegen, sie freute sich schon. Cyrilles Arbeit war zwar eine ständige Herausforderung, bot aber auch so manche Entschädigung, wie zum Beispiel diese Tage im luxuriösen Hilton Hotel am anderen Ende der Welt. Die würde sie ausgiebig genießen.

Es war noch früh. Sie atmete tief durch und ließ den Kopf ein paarmal kreisen. Ihre Nichte und Assistentin Marie-Jeanne hatte das Krankenblatt ihres ersten Patienten sorgfältig ausgefüllt auf den Schreibtisch gelegt. Auf der blauen Mappe las sie: Julien Daumas.

Der Name war ihr unbekannt. Eine neue Herausforderung wartete.

8 Uhr 30. Sie schlug die Akte auf.

Name: Daumas
Vorname: Julien
Alter: 31 Jahre
Adresse: 21, Avenue Gambetta, 75020 Paris
Beruf: Fotograf
Symptome: Albträume, Schlaflosigkeit
Anamnese: Selbstmordgefährdung, Depression
Früherer Krankenhausaufenthalt: Abteilung B, Krankenhaus Sainte-Félicité, 2.–27. Oktober 2000
Behandelnder Arzt: Dr. Cyrille Blake

Cyrille Blake blinzelte und las die letzte Zeile noch einmal.

Die Überraschung grub eine tiefe Falte zwischen ihre Brauen. *Merkwürdig.* Dieser junge Mann sollte einer ihrer Patienten in der Psychiatrischen Abteilung von Sainte-Félicité gewesen sein, wo sie zehn Jahre zuvor ihr praktisches Jahr absolviert hatte?

Sie erinnerte sich weder an den Namen, noch konnte sie ihn mit einem Gesicht in Verbindung bringen. Sie seufzte. Ein Gespenst aus dem Krankenhaus Sainte-Félicité als Patient – keine sonderlich angenehme Vorstellung. Dort wurden nur schwerste psychopathische Fälle behandelt, nichts im Vergleich zu den temporären psychischen Störungen eigentlich gesunder Menschen, um die man sich im Centre Dulac kümmerte. Leicht irritiert stand sie auf und begab sich ins Wartezimmer.

*

8 Uhr 35. Auf dem Flur begegnete sie Maryse Entmann, die als Psychoanalytikerin hier im Zentrum tätig war. Sie begrüßten einander herzlich. Aus dem Meditationsraum zu ihrer Linken vernahm Cyrille Entspannungsmusik. Ihre kleine Welt kam wie jeden Morgen in Gang, der ruhige Ablauf eines Ortes, der ganz auf Wohlbefinden ausgerichtet war.

Auf dem cremefarbenen Sofa im Wartezimmer saß eine einzige Person: ein attraktiver junger Mann. Halblanges blondes Haar, ausgewaschene Jeans, schwarzer Blouson über rotem T-Shirt, schwarze Chucks an den Füßen, Fototasche mit Riemen über der Schulter. Fast war sie darauf gefasst, ein Surfbrett an der Wand zu entdecken. Sobald er die Ärztin eintreten sah, erhob er sich, blickte sie mit seinen grauen Augen durchdringend und sichtlich aufgewühlt an. Cyrille stand einen Moment zögernd da. Nein, sie erkannte ihn nicht wieder. Seine Züge lösten keinerlei Erinnerung in ihr aus. Sie erwiderte seinen Blick so neutral wie möglich – *ich bin Ihre fürsorgliche Therapeutin* – und bat ihn, ihr zu folgen. Sie kamen am Büro der hübschen, rothaarigen Marie-Jeanne vorbei, die das wohlgeformte Hinterteil des neuen Patienten nicht aus den Augen ließ. *Ich wüsste schon, wie ich dich von deinen Albträumen befreien könnte,* sagte sie sich, das Kinn auf die Hände gestützt.

8 Uhr 40. Julien Daumas und Cyrille Blake nahmen zu beiden Seiten des breiten indonesischen Schreibtisches Platz, auf dessen dunkler Holzplatte der Flachbildschirm

eines iMac thronte, rechts davon auf einer Schreibunterlage lag ein Stapel mit Akten. Cyrille räusperte sich, schlug das Krankenblatt auf und eröffnete das Gespräch.

»Nun, Monsieur Daumas, was führt Sie zu uns?«

Er hatte es sich in einem Korbsessel mit weißen Kissen bequem gemacht, die Beine leicht gespreizt, die Ellenbogen auf den Knien. Wenn sein Blick einen erst mal fixierte, ließ er einen nicht mehr los.

»Ich …«

Er wirkte völig verunsichert.

»Ich schlafe nicht gut.«

»Sie haben Schwierigkeiten, einzuschlafen? Sie wachen nachts auf?«

»Ich … ähm … ich schlafe nur etwa drei Stunden pro Nacht. Und dann habe ich in dieser kurzen Zeit Albträume.«

Julien Daumas musterte die Ärztin mit erstaunter Miene. Cyrille machte sich Gedanken. Dieser intelligente, eindringliche Blick voller Fragen irritierte sie.

»Und so haben Sie beschlossen, uns aufzusuchen?«, fragte sie betont freundlich.

»Nun … im Sainte-Félicité hatte man mir ja geholfen … das letzte Mal, nach meinen Problemen … Deshalb habe ich mir gedacht … Und dann habe ich das Buch über das Glück gelesen … und …«

Er ließ den Satz in der Schwebe. Cyrille war zunehmend irritiert. Sie befand sich in einer extrem peinlichen Situation. *Nichts, ich erinnere mich absolut nicht an diesen Patienten.* Ihr Buch *Die Wissenschaft des Glücks* hatte sich sehr gut verkauft. Es hatte dazu beigetragen, das Centre Dulac bekannt zu machen, hatte aber auch jede Menge verwirrter Menschen aller Art angezogen, die Marie-Jeanne hatte abweisen müssen. Vielleicht war Julien Daumas ja ihrer Aufmerksamkeit entgangen … Sie nickte kaum merklich und konzentrierte sich auf die

Spitze ihres Kugelschreibers. Sie lächelte und sprach ein wenig lauter.

»Nun, wir werden Ihnen sicher helfen können. Seien Sie unbesorgt. Sie sind also Fotograf.«

»Ja.«

Cyrille forderte ihn mit einer Handbewegung auf, fortzufahren.

»Am liebsten fotografiere ich die Natur. Das Meer, den Wald ...«

Cyrille kniff die Augen zusammen.

»Reisen Sie oft?«

»Ja.«

»Und wohin?«

»So ziemlich überallhin.«

»Vielleicht haben Sie ein Jetlag-Problem, einen Mangel an Melatonin, zum Beispiel. Wir werden Ihren Hormonspiegel kontrollieren. Hat meine Assistentin Sie den Fragebogen zum Thema Schlaf ausfüllen lassen?«

»Ja.«

Julien Daumas reichte ihr ein doppelt gefaltetes Blatt. Dabei suchte sein Blick den ihren, doch sie wich ihm aus. Sie spürte, wie ihr die Hitze den Nacken hinaufkroch.

Die schriftlichen Antworten hatten etwas Beunruhigendes. Cyrille las sie laut vor.

»Bei ›Albträume‹ haben Sie ›Gefühl kurz bevorstehenden Todes‹ angekreuzt und ›tägliche Beklemmungen‹ sowie ›unerklärliche Ängste‹ ...«

Julien Daumas senkte zum ersten Mal den Blick.

Sie las den Fragebogen bis zum Ende und stellte ihre Diagnose. *Posttraumatische Belastungsstörung.*

Die PTBS ist eine psychische Reaktion auf ein belastendes Ereignis, bei dem die physische und psychische Integrität des Patienten bedroht ist und Albträume, Nachhallerinnerungen, Flashbacks, Halluzinationen und Phobien hervorruft ... Julien hatte alle Kriterien genannt, die durch die internationale Nomenklatur der Psychiatrie definiert waren.

8 Uhr 55. Cyrille griff langsam zum Telefon.

»Marie-Jeanne, es wird noch etwas dauern. Bitte gib dem nächsten Patienten Bescheid.«

Als sie den Hörer wieder auflegte, blickte Julien Daumas sie fragend an. Plötzlich schien es kälter im Raum.

»Habe ich ein Hirnproblem?«

Cyrille legte die Hände auf die Tischplatte.

»Nein, Monsieur Daumas! Nein, beruhigen Sie sich.«

Doch ich fürchte, Ihre Albträume und die Schlaflosigkeit sind gravierender, als Sie glauben, hätte sie gerne hinzugefügt.

»Sie haben die Fragen ›Unfälle, traumatische Ereignisse‹ nicht beantwortet ...«

Juliens Augen waren auf die ihren gerichtet, sein Mund war leicht geöffnet, er blinzelte nicht.

»Nein.«

»Ihnen ist nichts widerfahren, das Ihrer Meinung nach der Ursprung Ihrer Albträume sein könnte?«

»Nein.«

Cyrille Blake schwieg einen Augenblick.

»Haben Sie Familie?«

»Nein. Ich kenne meinen Vater nicht. Meine Mutter, sie ... sie ist bei einem Autounfall ums Leben gekommen.«

»Wie alt waren Sie?«

»Zwölf.«

»Das tut mir leid. Großeltern?«

»Sie sind gestorben, als ich zwanzig war.«

Cyrille legte nachdenklich die Hände vor den Mund. Konnte der Unfall seiner Mutter Auslöser der zwanzig Jahre später auftretenden PTBS sein? Zunächst einmal müsste sie ihn zu seinem Aufenthalt im Krankenhaus

Sainte-Félicité zehn Jahre zuvor und dem Motiv für seinen Selbstmordversuch befragen, aber sollte sie die Gründe nicht besser als jeder andere kennen? Sie nagte an der Unterlippe. Sie fühlte sich in die Enge getrieben. Wenn sie ihm dazu Fragen stellte, würde sie damit zugeben, dass sie ihn vergessen hatte. Ein sehr schlechter Start für eine Therapie, die auf Vertrauen basierte. Sie liefe Gefahr, ihn noch mehr zu destabilisieren und sich selbst völlig unglaubwürdig zu machen. Die Angelegenheit war verwirrend. Die Zeit verstrich. Doch sie konnte den jungen Mann nicht gehen lassen, ohne ihm zu helfen.

»Kommen wir auf Ihre Albträume zurück. Worum geht es darin?«

»Ich ... ich werde verfolgt.«

»Von wem oder von was?«

»Ich weiß nicht. Er ... ist ohne Gesicht ... ohne Augen.«

»Er?«

»Ein Mann.«

»Ohne Gesicht und ohne Augen.«

»Ja.«

»Und was geschieht?«

»Er sticht mit dem Messer auf mich ein.«

»Wohin zielt er?«

Julien senkte den Blick. Er strich mit der Hand über das Gesicht.

»Dorthin, in die Augen, in den Mund, überall hin, ich blute. Ich sehe nichts mehr, denn meine Augen sind voller Blut.«

Cyrille rieb sich das Kinn.

»Und was machen Sie?«

»Ich rühre mich nicht.«

»Sie wehren sich nicht?«

»Nein. Ich bin wie gelähmt. Ich wache auf, bevor ich sterbe.«

Der junge Mann lehnte sich in seinem Sessel zurück,

seine kräftigen Schultern sanken nach vorn, die Muskeln seines Halses spannten sich an, sein schmerzerfüllter Blick verlor sich in der Leere.

»Jede Nacht, jede Nacht fängt es von vorn an. Ich habe Angst, einzuschlafen. Dabei habe ich sonst im Leben eigentlich vor nichts Angst.«

Das konnte Cyrille sich vorstellen. Der junge Mann war groß, gut gebaut und dürfte nur schwer einzuschüchtern sein.

»Monsieur Daumas?«

Er hob den Blick. Cyrille Blake schenkte ihm ein ermutigendes Lächeln.

»Wir praktizieren hier mentale Arbeitstechniken, die sich bei der Bekämpfung der schlimmsten Albträume bewährt haben. Die Methode wurde erfolgreich bei Soldaten getestet.«

»Muss man Medikamente nehmen?«

Cyrille schüttelte den Kopf.

»Nein, ich schlage Ihnen keine Behandlung mit Psychopharmaka vor. Unsere Methode greift auf mentale Bilder zurück.«

»Und wann kann ich anfangen?«

»Zunächst würde ich gern Ihr Schlafverhalten aufzeichnen und dabei Ihren Melatoninspiegel messen. Könnten Sie eine Nacht in unserem Schlaflabor verbringen?«

»Ja. Wann?«

Cyrille klinkte sich in den Zentralcomputer der Klinik ein.

»Ich habe keinen Platz vor … einem Monat. Es sei denn … Wir haben eine Absage für heute Abend. Wäre das für Sie machbar?«

Julien Daumas strich über den leichten Flaum an seinem Kinn.

»Ja.«

Cyrille Blake klappte das Krankenblatt zu: ein Zeichen, dass die Sitzung beendet war. Sie begleitete ihn zur Tür. *Ich sehe ihn eher an einem Strand auf Hawaii als hier.* Sie schüttelte ihm erneut die Hand und sagte: »Bis heute Abend.«

Julien Daumas schien zu zögern und nicht wirklich gehen zu wollen. Er vergrub die Hände in seinen Jeanstaschen und schickte sich an, über die Schwelle zu treten, hielt dann aber inne, als erinnere er sich plötzlich an etwas, und drehte sich um. Sein Blick verfinsterte sich, seine Stimme war eine Oktave tiefer.

»Warum tust du die ganze Zeit so, als würdest du mich nicht kennen? Erinnerst du dich nicht an mich?«

Cyrille zuckte zusammen, als hätte man ihr einen heftigen Stromschlag versetzt.

Der junge Mann trat einen weiteren Schritt auf sie zu und musterte sie aufmerksam.

»Ich glaube, blond hast du mir besser gefallen ...«

Um 9 Uhr 05 machte Julien Daumas kehrt und ging. Cyrille blieb perplex auf der Türschwelle stehen.

2

»Marie-Jeanne, bitte ruf sofort in Sainte-Félicité die Abteilung von Professor Manien an. Erkundige dich, ob und mit welcher Diagnose dort im Oktober 2000 ein Patient namens Julien Daumas behandelt wurde. Lass dir sofort seine Krankenakte schicken.«

Cyrille Blake zwang sich zur Ruhe, doch in ihrer Stimme schwang ein Anflug von Hysterie mit, die sie vergeblich zu unterdrücken versuchte.

Marie-Jeanne erwiderte aufgeregt:

»Mein Gott, ist der Typ attraktiv! Ist dir das auch aufgefallen? Sieht aus wie Taylor Kitsch, der Typ aus *Wolverine!*«

»Wie wer?«, fragte die Neuropsychiaterin gereizt.

»Vergiss es. Wenn er wiederkommt, dann sag ihm, in meinem Bett würden ihm die Albträume vergehen. Übrigens, dein nächster Patient kommt eine Viertelstunde später, er hat gerade angerufen.«

Cyrille Blake legte auf und verdrehte die Augen. Sie hörte Marie-Jeanne noch immer kichern. Vor zwei Jahren hatte Cyrille eingewilligt, Benoîts Nichte probeweise einzustellen. Normalerweise hielt sie nichts davon, Beziehungen auszunutzen, doch in diesem Fall hatte sie eine Ausnahme gemacht, weil sie Marie-Jeanne schätzte. Nachdem diese mit Ach und Krach ihr Abitur bestanden hatte, war sie mit leeren Taschen und ohne irgendeinen konkreten Plan durch die Welt gereist, dafür aber war sie mit jeder Menge Lebenslust und Elan zurückgekehrt.

Marie-Jeanne strotzte nur so vor Energie. Zunächst hatte sie in der Telefonzentrale gearbeitet, doch schnell stellte sich heraus, dass sie dort unterfordert war. Ihre Stärke lag im Umgang mit den Patienten und in ihrer Fähigkeit, zu entdramatisieren. Instinktiv konnte sie jede Situation, so kritisch sie auch sein mochte, entspannen, wobei ihr Humor und ihr Temperament ihr zugutekamen. Cyrille hatte sie schließlich zu ihrer persönlichen Assistentin gemacht und es nicht bereut. Trotz des Chaos, das auf ihrem Schreibtisch herrschte, verstand es Marie-Jeanne, einen übersichtlichen Terminplan zu führen, die Krankenakten ordentlich abzulegen und die Ausbrüche in den Griff zu bekommen, die in ihrer Klinik bei Neuaufnahmen unvermeidbar waren.

Cyrille trommelte nervös mit den Fingern auf die Tischplatte. Sie musste ihre Ungeduld zügeln, bis sie Antwort aus Sainte-Félicité bekam. Also ordnete sie ihre Papiere und ging dann ins Internet. Über Google rief sie die Fansite von Taylor Kitsch auf, einem jungen kanadischen Film- und Fernsehstar, von dem sie nie zuvor gehört hatte. *Stimmt, er sieht ihm ähnlich ...* Cyrille betrachtete eine Weile ein Schwarz-Weiß-Foto des Schauspielers, das diesen in T-Shirt und Jeans zeigte, und bewunderte seinen athletischen Körperbau. Das Klingeln des Telefons riss sie aus ihren Gedanken.

*

Nach Marie-Jeannes Anruf saß Cyrille wie benommen da.

Sie drehte ihren Stuhl zur Fensterfront, und ihr Blick verlor sich im wolkenverhangenen Himmel. Automatisch trank sie den Rest ihres kalten Kaffees, der eigentlich ungenießbar war, doch sie nahm den Geschmack kaum wahr.

»Im Oktober 2000 war er drei Wochen in Sainte-Félicité, er wurde wegen eines Selbstmordversuchs, Depressionen und Schlaflosigkeit eingeliefert«, hatte Marie-Jeanne erklärt. »Er war tatsächlich in Professor Maniens Abteilung, und du hast ihn behandelt. Erinnerst du dich nicht mehr daran?« Cyrille, die diese Nachricht erst verdauen musste, war einer Antwort ausgewichen. *Nein, zum Teufel, ich erinnere mich nicht!* Was die Krankenakte anging ...

»Soll ich wirklich wiederholen, was Professor Manien hat ausrichten lassen?«

»Ja.«

»Zuerst hieß es, er hätte die Akte nicht mehr.«

»Hast du darauf bestanden?«

»Natürlich! Und da soll er wortwörtlich gesagt haben: Wenn Madame Bonheur sie haben will, soll sie eine offizielle Anfrage an die zuständigen Stellen richten.« Cyrille knirschte mit den Zähnen. *Was für ein Idiot! Der hat sich kein bisschen geändert!* Rudolf Manien war ein Patriarch der übelsten Sorte. Arrogant, pedantisch, unfähig, Kontakt zu den Patienten aufzubauen, die ihm ausgeliefert waren. Unter anderem hatte Cyrille wegen seiner fragwürdigen Methoden Sainte-Félicité den Rücken gekehrt.

»Ruf bitte sofort bei besagter Stelle an und beantrage dringend die Krankenakte.«

Sie hatte entnervt aufgelegt. Und plötzlich überkam sie Angst. *Warum erinnere ich mich nicht an diesen Patienten, obwohl ich ihn behandelt habe? Was ist los mit mir ...?*

Sie sprang auf, trat vor den Spiegel über der Kaffeemaschine und strich sich durchs Haar. Sie wirkte jünger als neununddreißig Jahre: ihr Gesicht war kantig, aber angenehm und ausdrucksvoll, um die Augen entdeckte sie nur wenige feine Fältchen, und sie hatte noch kein einziges weißes Haar. Doch das lag an der kastanienbraunen

Tönung, die sie bereits seit einigen Jahren verwendete und die eine Nuance dunkler war als ihre Naturfarbe. Sie wollte nicht nur die grauen Haare verdecken sondern vielmehr die drei kleinen Muttermale am Haaransatz, die sie hässlich fand. Sie sah sich selbst in die Augen. Ihre Anspannung war spürbar. Sie hatte schon seit Langem vor nichts mehr Angst, seit damals, als sie auf die Ergebnisse der Krebsdiagnose ihres Vaters gewartet hatte. Prostatakrebs, der rechtzeitig erkannt worden war. Doch jetzt ging es um sie. Und das war ebenso Furcht einflößend.

Kalter Schweiß klebte die Seidenbluse an ihren Rücken. Sie atmete mehrmals tief durch und versuchte, ihren Herzschlag zu beruhigen. Aus dem Yogaraum hinter dem Wartezimmer drang Musik zu ihr. Sie konzentrierte sich auf die entspannenden Klänge und versuchte, darin Trost zu finden. Sie strich über das Diamantherz – ein Geschenk ihres Mannes –, das sie um den Hals trug. Die Berührung beruhigte sie für einen Augenblick.

Ihre Gedanken wanderten zurück zur Klinik Sainte-Félicité. Wie konnte sie eine mehrere Wochen dauernde Behandlung eines Patienten vergessen? So viel sie auch über die Frage nachdachte, sie fand keine logische Erklärung, die nicht auf eine Krankheit schließen ließ.

Mit meinem Gehirn stimmt etwas nicht. Welche Ironie des Schicksals bei meinem Beruf ... Sie könnte die Sache ignorieren und weiterleben, als sei nichts geschehen. Aber nein. Am Vernünftigsten wäre es, medizinischen Rat einzuholen und den Symptomen auf den Grund zu gehen. Sie wandte sich vom Spiegel ab und begann, im Zimmer auf und ab zu laufen. Sie hasste es, Schwäche zu zeigen und sich einzugestehen, dass sie Hilfe brauchte. Wenn es ihr schlecht ging, war sie eine Einzelkämpferin, doch jetzt musste sie ihren Stolz überwinden. Sie würde Muriel, ihre Freundin, die Neurologin war, anrufen, und dann ihren Mann Benoît, den Neurobiologen. Sie wüssten sicher, was zu tun war. Diese Vorstellung beruhigte sie. Ihr Mann, der fünfundzwanzig Jahre älter war als sie selbst, hatte viele Fehler, doch in schwierigen Zeiten gab er ihr Sicherheit.

Ein durchdringender Pfeifton. Die Sprechanlage. M. Hernandez war endlich da – mit fünfundzwanzig Minuten Verspätung. M. Hernandez mit seinen Erektionsproblemen ...

3

Das Summen und Klopfen des Apparats war unangenehm. Es war 13 Uhr 30, und ihr Magen knurrte. Sie hatte nichts gegessen, denn Muriel hatte sie nur um die Mittagszeit zwischen zwei Terminen einschieben können. Cyrille Blake schloss die Augen und versuchte, etwas anderes zu denken als *ich stecke in einer Röhre, aus der ich nicht entkommen kann, und ich leide unter Klaustrophobie*. Bedrohliche Geräusche um sie herum, während ihr Gehirn virtuell in Scheiben zerteilt wurde. Bei Hunderten von Patienten hatte sie diese Untersuchung selbst durchgeführt und ihnen die Angst zu nehmen versucht. Jetzt war sie diejenige, der man gut zureden musste. *Unglaublich, wie verletzlich man sich in dem Ding fühlt ...* Ein beruhigendes Mantra des buddhistischen Mönches Thich Nhat Hanh half ihr, sie wiederholte es wieder und wieder: *Ich bin frisch wie der Tau. Ruhig und stark wie die Berge. Wie die Erde so fest. Ich bin frei.* Sie dachte an ihr Leben. An ihre Zeit als Studentin. Die vielen Vorlesungen und Scheine, die endlose Paukerei, der Anatomieatlas, den sie auswendig gelernt hatte ... Ihr Gedächtnis war immer ausgezeichnet gewesen. Die Sache war einfach: Sie hatte sich ganz auf ihre Fähigkeit, zu lernen, zu denken, zu analysieren und sich zu erinnern verlassen können und ihre Examina eines nach dem anderen bestanden. Wenn sie das nicht mehr könnte, wäre sie beruflich erledigt. Was wäre, wenn sie einen Hirntumor hätte? Ihr wurde bewusst, dass sie von einem Übel bedroht war, das stärker war als sie selbst. Sie war auf die dunkle Seite der Kranken gewechselt. Auf die Seite derer, die halbtot vor Angst auf ein Ergebnis warten. Das war das erste Mal in ihrem Leben.

Eine halbe Stunde später wartete sie im Raum neben dem Kernspin mit ihrer alten Studienfreundin Muriel Wang, Neurologin am Pitié-Salpêtrière, gespannt darauf, dass die Bilder auf dem Computermonitor angezeigt wurden. Die hübsche dunkelhaarige Frau mit den asiatischen Zügen, die während ihrer elfjährigen Freundschaft mehr als einem Mann den Kopf verdreht hatte, versuchte, sie zu beruhigen:

»Dein Verdacht ist entstanden, weil du dich an einen Patienten, den du vor zehn Jahren behandelt hast, nicht mehr erinnern kannst?«

»Ja, und er duzt mich, als würde er mich wirklich gut kennen ... Das hat mich unglaublich ... verunsichert.«

»Nun, das mag vielleicht etwas verrückt sein ... Aber man kann sich nicht an alle seine Patienten erinnern, meine Liebe! Warum machst du dir also Sorgen?«

Muriel war neben Marie-Jeanne eine der wenigen Personen, die sich trauten, offen mit Cyrille zu reden.

»Gut, Muriel. Aber was ich dir noch nicht erzählt habe, ist, dass mir so etwas nicht zum ersten Mal passiert.«

»Aha ...«

Muriel registrierte, dass Cyrille an ihren Nägeln kaute – etwas, was ihre Freundin für gewöhnlich nicht tat.

»Vor zwei Wochen habe ich meinen Vater aus dem Norden kommen lassen und ihn zur Prostatauntersuchung zu Rothschild geschickt. Er ist ein Freund von Benoît und ein erfahrener Krebsspezialist. Nun, ich hatte versprochen, ihn später dort abzuholen und ... habe es vergessen. Als er mich auf dem Handy anrief, aß ich gerade in aller Ruhe in meinem Büro zu Mittag.«

Muriel Wang zog kaum merklich die Augenbrauen hoch, was ihr Erstaunen verriet, doch sie bemühte sich weiter, die Ängste ihrer Freundin zu zerstreuen:

»Und, das ist alles?«

»Gestern hat mich Mercier – das ist unser Spezialist in Sachen Radiologie – an ein Mittagessen mit möglichen künftigen Geldgebern erinnert. Vertreter eines großen Pharmakonzerns, die wir unbedingt für uns gewinnen müssen, um unser Budget für nächstes Jahr zu sichern. Wieder dasselbe: Ich hatte den Termin vergessen.«

»Das kann jedem mal passieren, Cyrille ...«

»Jedem außer mir!«

Der kategorische Ton, den Cyrille immer häufiger gegenüber Kollegen anschlug, ärgerte Muriel, doch sie übte Nachsicht und schrieb ihn Cyrilles Angst zu.

»Und warum sollte dir das nicht passieren?«

»Ich bin wie ein elektronischer Terminkalender. Ich erinnere mich immer an alles. So als hätte ich eine Festplatte im Gehirn.«

»Nun gut. Hast du andere Symptome?«

»Nein. Das heißt, manchmal ein leichtes Schwindelgefühl ... Sieh mich nicht so an, ich weiß, ich hätte früher kommen sollen. Ich habe nicht gedacht, dass es etwas Schlimmes sein könnte.«

»Hast du mit Benoît darüber geredet?«

»Ich habe ihn angerufen, ehe ich zu dir gekommen bin, seine Mailbox war eingeschaltet. Er hat im Moment sehr viel mit dem Nobelpreiskomitee zu tun.«

Cyrille massierte ihre Nasenwurzel. *Verdammt! Entweder ist das Alzheimer im Anfangsstadium, oder ich habe einen Tumor.*

»Nein, es ist wahrscheinlich kein Alzheimer. Du weißt genau, dass sich in diesem Fall Angehörige und

Freunde über Gedächtnislücken beklagen, nie der Kranke selbst.«

»Ich habe ja noch gar nichts gesagt!«

»Ja, aber du denkst daran, und das ist normal.«

Pixel für Pixel baute sich das Bild auf. Mit klopfendem Herzen starrte Cyrille auf das Innenleben ihres eigenen Gehirns.

Die Rillen, Vertiefungen und Erhebungen, die aktiven und die Ruhezonen, die rechte und die linke Gehirnhälfte. Ihre gesamte Intelligenz, ihr gesamtes Wissen waren »darin« enthalten. Eine dichte Masse von eintausendzweihundert Kubikzentimetern, die auch all ihre Probleme und Ängste beinhaltete, ihre Furcht, die Letzte zu sein, kein Geld zu haben, ihr zwingendes Bedürfnis nach Anerkennung und Verdienst, ihr Wunsch, andere zu heilen und selbst nie die Kontrolle zu verlieren. In diesen knotigen Windungen waren auch ihre Erinnerungen verewigt, ihre Gefühle für ihren Vater, ihre Mutter, für Benoît, den sie gerne den Großen Mann nannte, für ihren alten Kater Astor und ... für ihre Musik ... All das war in dieser Hülle verborgen, die so empfindlich und verformbar war, dass ein Aufprall, eine Verletzung alles für immer beeinträchtigen oder auslöschen könnte. Sie fühlte sich plötzlich nackt und verletzlich. Muriel klickte sich durch die einzelnen Schnitte. Beide betrachteten sie die Bilder. Es herrschte ein lastendes Schweigen.

*

Eine Stunde später betrat Cyrille ihre geräumige Wohnung im siebten Arrondissement von Paris. Im Flur zog sie ihre Schuhe aus, lief barfuß über den flauschigen anthrazitfarbenen Teppichboden des großen Wohnzimmers und betrat die Bibliothek, in die sie sich gerne zum Arbeiten zurückzog. Sie öffnete die quietschenden Türen des alten Schranks – ein Erbstück ihrer Großmutter –, in dem sie ihre Akten verwahrte. Der Geruch nach Mottenkugeln schlug ihr entgegen. Im untersten Fach stand ein kleiner Koffer aus rotem Lederimitat. Sie hockte sich hin und öffnete ihn. Dann wischte sie sich über die Augen und griff nach dem Instrument.

Kurz darauf strich ihre Hand über die Tasten des Bandoneons, das sie an ihre Brust drückte. Die ersten Töne des *Adios Nonino* von Astor Piazzolla erklangen im Raum. Sie spielte den Tango zunächst langsam, um ihre Finger geschmeidig zu machen, und steigerte dann das Tempo. Sie musste die Angst in sich aufsteigen lassen, um sie vertreiben zu können. Der sich blähende Balg, die anrührenden Klagelaute, die ihr zu Herzen gingen, schenkten ihr Frieden, ein unglaubliches Glücksgefühl. Sie spielte auf dem Bandoneon ihres Vaters. Wie jedes Mal brachten die Klänge ihren Körper zum Vibrieren. Sie gab sich ihnen ganz hin und seufzte, während sie spielte und ihr Herz seinem eigenen Rhythmus folgte. Der Tango, sein Spiel mit der Annäherung, das stetig unterdrückte Verlangen, die Macht der Verführung, der Liebe und des Todes. Das Bandoneon rührte an ihre Erinnerung, brachte sie zum Weinen und gab ihr die Bodenhaftung zurück.

Sie hatte das Spielen innerhalb weniger Monate erlernt und war in den folgenden Jahren fast unbemerkt zur Virtuosin geworden. Triller und Appoggiaturen folgten aufeinander, ihre Finger flogen immer schneller über die Tasten, und plötzlich setzte die Magie ein. Sie war allein auf der Welt, alle unbeantworteten Fragen waren wie ausgelöscht. Die gewaltige Musik, so sinnlich, leidenschaftlich und melancholisch, erfüllte sie. Astor, ihr alter schwarzer Kater, der faul auf dem Schreibtisch lag, begann zu schnurren und lauschte mit halb geschlossenen Augen den Klängen seines berühmten Namensvetters. Cyrille setzte zum Schlussakkord an, die Klänge schwollen an und verebbten. Sie hob den Kopf, ihre Wangen waren tränenüberströmt. Sie fühlte sich besser, sie würde es schaffen.

4

Ihre Absätze klapperten auf dem Parkett im Eingangsbereich des Centre Dulac. Diese Klinik war ihr größter Erfolg. Im Moment war sie noch recht bescheiden, mit nur vier Ärzten, die nicht alle Vollzeit arbeiteten, und lediglich drei Zimmern für stationäre Patienten. Cyrille hatte gezögert, welchen Namen sie ihrem Haus geben sollte. Nach langem erfolglosem Nachdenken hatte sie sich für etwas Einfaches entschieden. Centre Dulac nach der kleinen Straße im fünfzehnten Pariser Arrondissement, in der es sich befand. Sie hatte es vor fünf Jahren dank der finanziellen Unterstützung zweier amerikanischer Pharmakonzerne eröffnen können. Diese hatten die Rechte für die Herstellung von Meseratrol gekauft und sich bereit erklärt, ihr zu einem niedrigen Preis zweihundertfünfzig Quadratmeter zu vermieten. Die Räumlichkeiten befanden sich im Erdgeschoss und ersten Stock eines modernen Gebäudes und waren durch eine hölzerne Wendeltreppe verbunden. Langfristig wollte sie hier die neuesten physikalischen, psychologischen und chemischen Therapien zusammenführen, die für die Behandlung ihrer Patienten nötig waren.

Die Wanduhr am Empfang, wo eine Assistentin gerade zwei Patienten begrüßte, zeigte 16 Uhr 30. Cyrille nickte ihnen zu und lief durch den hellblau gestrichenen Gang, in dem abstrakte Bilder hingen. Das Erdgeschoss war den leichteren Fällen vorbehalten, die wegen kleiner alltäglicher Probleme wie Stress hierherkamen und mit Yoga,

Entspannungsübungen, Meditation, Musik- oder kurzen Gruppenpsychotherapien sowie Hypnose behandelt wurden. Aus dem letzten Raum drangen sanfte Klänge. Sie warf einen schnellen Blick hinein. Maia, die Yogalehrerin, leitete eine Gruppe Senioren, die gerade auf ihren Gymnastikmatten den Kopfstand übten. Die beiden Frauen nickten sich zu. Cyrille Blake war prinzipiell offen für alle Therapieformen. Ihr oberstes Gebot war, dass der Patient sich beim Verlassen des Zentrums glücklicher und in seinem Leben wohler fühlen sollte als vorher.

Rasch stieg sie die Stufen zum ersten Stock hinauf. An diesem Nachmittag stand eigentlich nur Routinearbeit auf dem Programm: Die behandelten Fälle rekapitulieren, die Budget-Sitzung vorbereiten und auch den Vortrag, den der Philosoph André Lecomte am übernächsten Tag hier halten würde, und dann musste sie sich noch überlegen, was sie abends zu Benoîts Geburtstagsessen anziehen wollte. Doch Cyrille wurde von Enttäuschung und Angst gequält. Der Kernspin hatte nichts ergeben, nicht das kleinste Blutgerinnsel oder eine Dysfunktion. Nichts, was ihren Blackout hätte erklären können. Sie hatte geglaubt, das MRT würde alles erhellen. Doch die Untersuchung hatte ihre Verunsicherung nur noch schlimmer gemacht und neue Fragen aufgeworfen. Und ihr Mann hatte noch immer nicht auf ihre Nachrichten geantwortet.

Das Gespenst einer Alzheimererkrankung ließ ihr keine Ruhe. Dieses Leiden war durch bildgebende Verfahren nicht belegbar, lediglich eine *post mortem* vorgenommene Biopsie konnte sie bestätigen. Zu Lebzeiten des Patienten konnte man die Diagnose nur anhand der klinischen Symptome erstellen. Der Verlauf der Krankheit war in zehn Stufen unterteilt, und es war durchaus möglich, dass sie sich in ihrem Fall noch in einem nicht nachweisbaren Stadium befand.

Das Gefühl, versagt zu haben, zermürbte sie. Ihr Gedächtnis ließ sie im Stich. Sie musste an ihre Großmutter denken, eine hübsche, kleine alte Dame, seit ihrem vierzehnten Lebensjahr Tüllmacherin, die Cyrille nicht lange gekannt hatte. Doch sie erinnerte sich, dass sie sie witzig fand, weil sie nicht mehr ganz bei Verstand war und eigenartige Geschichten ohne den geringsten Bezug zur Realität erzählte. *Und wenn es mir nun genauso ergehen wird?*

Sie begab sich in den ersten Stock, eilte vorbei am Schlaflabor, in dem nachts gleichzeitig die Werte zweier Patienten aufgezeichnet werden konnten, und einem Entspannungsraum zu ihrem Büro. Cyrille bemerkte, dass Marie-Jeanne nicht da war. Sie machte sich einen Kaffee und knabberte einen Keks. Sie fühlte sich deprimiert. Und plötzlich sah sie sich als kleines Mädchen. Blonde Zöpfe, mit Samtrock und blauem Lycra-Pullover. Sie war im Norden in der Kleinstadt Caudry geboren worden, wo ihre ganze Familie in der Textilindustrie arbeitete. Sie war nicht im Luxus aufgewachsen und hatte sich stets geschworen, eines Tages ihr Zuhause zu verlassen und etwas anderes zu sehen. Und das war ihr gelungen.

Nach dem Tod ihrer Mutter – sie war damals zehn Jahre alt gewesen – war sie allein mit ihrem Vater in dem Häuschen in der Rue des Martyrs, einer ruhigen und düsteren Bergarbeitersiedlung, zurückgeblieben. Der Vater hatte seine »kleine Lily« damals in ein Internat nach Amiens geschickt. An diese Zeit erinnerte sie sich nicht gerne. Das blonde, schmächtige und schüchterne Mädchen war eine Musterschülerin und wurde deshalb von ihren Kameraden gehänselt.

Das mit Auszeichnung bestandene Abitur in der Tasche, stieg sie in den Zug nach Paris, wo sie mit Leichtigkeit die Aufnahmeprüfung in die medizinische Fakultät in der Rue des Saints-Pères bestand. *Nicht zurückblicken, sich nicht vergraben, immer voranschreiten.* Äußerst begabt in Mathematik und Naturwissenschaften, verfügte sie zudem über ein hervorragendes Gedächtnis, sodass sie ihr Studium in Rekordzeit absolvierte. Als sie dann vor der Wahl der Fachrichtung stand, entschied sie sich für Psychiatrie, die schwierigste Ausbildung.

Gedankenverloren massierte sich Cyrille den Nacken.

Die Schauergeschichten über die klinische Ausbildungszeit waren keine Erfindung. Sie hatte zwei Jahre lang in der Abteilung B von Sainte-Félicité gelitten. Kleine dunkle Zimmer mit vergitterten Fenstern, in denen die von der Gesellschaft Ausgestoßenen verkümmerten. Die meisten von ihnen waren verarmt und mittellos, und die Krankheitsbilder umfassten alles, von schlichter Verzweiflung bis zu schweren psychopathologischen Störungen.

Sie hatte geglaubt, sich um diese Menschen kümmern, ihnen zuhören und dabei helfen zu können, wieder auf die Beine zu kommen. Doch nach zehn Tagen hatte sie es begriffen. Die Patienten wurden von dem überforderten Personal derart mit Medikamenten vollgestopft, dass jegliche Interaktion unmöglich war. Professor Manien verfolgte eine einfache Politik: Die Kranken wurden mit Neuroleptika gefüttert, damit man seine Ruhe hatte, und dann verlegt. Multiple Persönlichkeiten, Schizophrene, gefährliche Psychotiker und Perverse ... Sie hatte nichts ausrichten können.

Und aus dieser Hölle war Julien Daumas wieder aufgetaucht? Cyrille fröstelte.

Weder seine Gesten noch seine Haltung oder der Klang seiner Stimme waren ihr irgendwie bekannt vorgekommen. So sehr sie sich auch anstrengte und die Insassen der fünfzehn Zimmer, die therapeutischen Sitzungen oder gar die Elektroschockbehandlungen und die Isolationszelle Revue passieren ließ, sie konnte sich an rein gar nichts erinnern. Sie brach zwei Stückchen Schokolade ab und versuchte erneut, Benoît zu erreichen. Wieder die Mailbox. Sie hinterließ die dritte Nachricht, wobei sie versuchte, ihre Panik zu verbergen.

In kleinen Schlucken trank sie ihren Kaffee. Seit nunmehr fünf Jahren versuchte Cyrille, ihre Patienten glücklicher zu machen. Sie war eine uneingeschränkte Anhängerin der amerikanischen Schule, die das Glück für einen Geisteszustand hielt, den man – wie jeden anderen – herbeiführen konnte. Aber vor allem war sie davon überzeugt, dass hinsichtlich der neuronalen Fähigkeiten nicht alle Menschen von Geburt an gleich waren. Manche hatten eine Veranlagung dazu, glücklich zu sein, andere nicht. Sie hielt es für ihre Aufgabe, die Dinge bei denjenigen auszugleichen, die nicht das große Los gezogen hatten.

Das war ihr einziges Bestreben.

Und was auch immer geschehen mochte, das durfte sie nicht aus den Augen verlieren.

*

Der Nachmittag verging ohne besondere Vorkommnisse. Zwischen den einzelnen Terminen konzentrierte sich Cyrille auf ihr Problem und notierte auf einem Block alles, was ihr zu ihrer Zeit in Sainte-Félicité einfiel. Dann versuchte sie, eine Liste aller Patienten zu erstellen, die sie behandelt hatte. Die Sache ging nicht schnell voran. Das Ganze lag über zehn Jahre zurück, und wegen der wechselnden Dienstzeiten hatte sie manche von ihnen nur ein paar Mal gesehen. Das Blatt war noch halb leer. Sie hätte sämtliche Krankenakten aus der damaligen Zeit konsultieren müssen. Aber in Sainte-Félicité war sie nicht mehr willkommen.

Die letzte Patientin für diesen Tag nahm ihr gegenüber Platz. »Emotionaler Bruch mit suizidaler Vorgeschichte« hatte Marie-Jeanne auf dem Krankenblatt vermerkt. Isabella DeLuza war verzweifelt. Die Hausfrau und Mutter von vier inzwischen schon großen Kindern war Mitte fünfzig und eine angenehme Erscheinung. Sie lebte in Maisons-Laffitte »in einem wunderschönen dreistöckigen Haus, das wir am Rande des Parks haben bauen lassen«.

Isabella hatte nach eigener Aussage »zwanzig Kilo zu viel« und einen »untreuen Ehemann«. Cyrille notierte, dass die Frau eine direkte Verbindung zwischen beiden Faktoren herstellte. Sie hatte Mühe, sich auf den Monolog ihrer Patientin zu konzentrieren. Als ihr das auffiel, zwang sie sich, zuzuhören. Madame DeLuza rang die Hände, Tränen standen ihr in den Augen.

In diesem Sessel hatten schon viele Frauen den Ehebruch ihres Mannes beweint. In den meisten Fällen wirkten sie im wahrsten Sinne des Wortes niedergeschmettert, so als hätte man ihnen einen unerwarteten Schlag versetzt. Und jedes Mal fragte sich Cyrille, warum sie die Entwicklung nicht hatten kommen sehen. Die langsame Entfremdung des Ehemannes, das Desinteresse. Madame DeLuza unterdrückte ein Schluchzen.

»Entschuldigen Sie ... aber schließlich war ich dreißig Jahre lang seine Frau, können Sie sich das vorstellen?«

Ihre Stimme brach. Cyrille schob ihr sanft eine Schachtel Papiertaschentücher zu.

»Erzählen Sie bitte weiter.«

»Seit einem Jahr ist unser Leben die Hölle. Dauernd kritisiert er mich, tu dies, tu das. Er wurde immer unverschämter, sogar in aller Öffentlichkeit. Dabei war er es, der sich hinter meinem Rücken unmöglich benahm!«

Die Augen der Patientin weiteten sich vor Wut. Das erinnerte Cyrille an Benoît und seine Exfrau und an deren Verzweiflung, als sie entdeckte, dass der Professor für Neurobiologie mit einer seiner Studentinnen, in diesem Fall Cyrille, ein Verhältnis hatte.

So, als hätte ihr iPhone ihre Gedanken erraten, begann es zu vibrieren. Cyrille hätte es, wie sonst auch, während der Behandlung ausschalten müssen. Auf dem Display sah sie eine SMS von Benoît. Cyrille zögerte, entschuldigte sich schließlich bei ihrer Patientin und las die Nachricht.

»Beha deine Nachrichten bekommen, Liebste. Bin in Sitzung bis 20 Uhr. Unmöglich rückrufen. Was ist los?«

Cyrille räusperte sich.

»Entschuldigen Sie mich bitte, ich muss meinem Mann antworten, es dauert nur zwei Sekunden.«

Sie schrieb auf dem Touchscreen:

»OK, sehen uns im Restaurant. Küsse.«

Cyrille entschuldigte sich noch einmal und schaltete das Handy aus. Nach einem halbstündigen Gespräch stand fest, dass sich Isabellas Fall hervorragend für einen Versuch mit Meseratrol eignete: eine Patientin, die unter einem begrenzten Schmerz litt.

»Ich kann Ihnen eine Therapie vorschlagen, um Ihr Leid zu lindern, und zusätzlich einige Sitzungen, um die Situation in den Griff zu bekommen.«

Isabella DeLuza hob die Hand an den Hals, als würde sie ersticken.

»Frau Doktor, glauben Sie etwa ... er kommt nicht wieder?«

Cyrille Blake lehnte sich zurück und verschränkte die Arme.

»Das kann ich Ihnen nicht beantworten. Ich möchte Ihnen nur helfen, diese Situation so gut wie möglich zu meistern.«

Ja, Isabella DeLuza war genau die Richtige für ihre Meseratrol-Studie: gesund und willens, sich helfen zu lassen. Das neue Medikament könnte der Patientin von großem Nutzen sein. Sie stützte die Ellenbogen auf den Schreibtisch und beugte sich zu ihr vor.

»Vielleicht kommt er zurück. Wir können es nicht wissen. Am besten begegnet man dieser Situation damit, sich so schnell wie möglich aus dem Zustand der Traurigkeit zu befreien. Wir führen eine Studie mit einem Medikament durch, das nach einem Erlebnis wie dem Ihren den seelischen Schmerz lindert. Sie könnten es ausprobieren.«

»Ich will keine Antidepressiva, Frau Doktor. Davon wird man abhängig, und sie verändern die Persönlichkeit.«

»Es handelt sich nicht um ein Antidepressivum, Madame, und es besteht nicht die geringste Gefahr der Abhängigkeit.«

Isabella DeLuza schniefte und zog ein Papiertaschentuch aus dem Karton, um sich Augen und Nase abzutupfen.

»Warum nicht … Wenn Sie sagen, dass ich dann weniger leide … warum nicht?«

5

20 Uhr 30

Benoît Blake, im maßgeschneiderten Smoking, hob sein Champagnerglas. Die zwölf Gäste, die um den Tisch des kleinen gemütlichen Salons im Restaurant *La Pérouse* saßen, verstummten.

»Liebe Freunde, vielen Dank, dass Sie mir die Ehre erwiesen haben, an diesem Essen teilzunehmen, das für mich sehr wichtig ist. Mein Dank gilt auch meiner zärtlichen und bildhübschen Frau für diese Überraschung – auch wenn man in meinem Alter seinen Geburtstag üblicherweise nicht mehr feiert.«

Alle lachten, und Benoît wandte sich zu Cyrille um, die in ihrem schulterfreien schwarzen Kleid wunderschön aussah. Ein Diamantanhänger zierte ihren Hals, dazu passende Ohrringe, das Haar war glatt zurückgekämmt.

»Das Jahr, in dem ich geboren wurde, möchte ich heute Abend aus Rücksicht auf meine noch so junge Frau verschweigen, da sie sonst bemerken könnte, dass die Jahre, die uns trennen, kein Graben, sondern ein Abgrund sind. *(Gelächter.)* Auf alle Fälle wurde ich nach Aussage meines Vaters auf dem Deck eines Luxusliners gezeugt. Dieses Geheimnis, das er nach einem alkoholreichen Abendessen preisgegeben hat, ist das Einzige, was er von diesem Mysterium enthüllen wollte. *(Gelächter.)* Und die Geschichte hat einen kleinen Tick bei mir hinterlassen, den ich heute Abend gerne gestehe: Jedes Mal, wenn ich den Fuß auf das Deck einer Jacht setze, habe ich das Gefühl, ein Sakrileg zu begehen!«

Anhaltender Applaus. Wie jedes Mal, wenn Benoît in der Öffentlichkeit sprach, bewunderte Cyrille seine Wortgewandtheit und Eloquenz ... Der Große Mann mit seinem neuen Haarschnitt – und ein paar Kilo weniger – war in Hochform. Natürlich wurde er älter, doch seine Züge und seine Ringerstatur strahlten noch immer Kraft aus, und der intellektuelle Scharfsinn, der sie schon als Studentin fasziniert hatte, war ihm geblieben ...
Sobald der Kongress in Bangkok vorüber und der Nobelpreis verliehen wäre – egal, ob an Benoît oder einen anderen –, würde sie mit ihrem Mann an einen Strand fahren, auf ein traumhaftes Atoll, wo es weder Telefon noch Internet gab. Cyrille leerte die Hälfte ihres Champagnerglases. Was für eine Tragödie! Sie war fünfundzwanzig Jahre jünger als ihr Mann und verlor das Gedächtnis.
In zwei Wochen würde das Karolinska Institut in Stockholm ihrem Mann vielleicht für seine Forschungsarbeit über »Neuronale Netzwerke und die Schmerzverarbeitung« den Nobelpreis für Medizin zuerkennen. Die Beratungen in Stockholm waren vermutlich das bestgehütete Geheimnis der Welt, es gab so gut wie nie eine undichte Stelle. Man konnte unmöglich mit Sicherheit vorhersagen, wer den Preis erhalten würde. Aber es gab bestimmte Indizien. Im September hatte das Karolinska Institut ein Biologie-Symposium abgehalten, zu dem nur wenige ausgewählte Persönlichkeiten eingeladen worden waren, unter anderem Benoît Blake und sein Rivale Tardieu. Es war allgemein bekannt, dass diese Versammlung ein Hinweis auf die Wahl war. Die Vorträge der Referenten kamen einer mündlichen Prüfung gleich, die dazu diente, den Sieger zu ermitteln.
Cyrille stellte sich vor, wie sie in nächster Zukunft den heiß ersehnten Anruf bekommen würden, und eine Erregung, leicht wie der Flügelschlag eines Schmetterlings, stieg in ihr auf. Benoît Blake hatte sich durch seine Arbei-

ten über die Auswirkungen eines psychischen Schocks auf das Neuronennetzwerk hervorgetan. Neben anderen wichtigen Ergebnissen hatte der Neurobiologe die antitraumatischen Eigenschaften einer neuen Klasse von Molekülen entdeckt. Ursprünglich waren diese zur Behandlung von Bluthochdruck eingesetzt worden, doch man bemerkte schnell, dass das Medikament unerwartete Nebenwirkungen hatte. Nach einem psychischen Schock zeigten die Patienten eine deutliche Besserung ihres Allgemeinzustandes, schliefen ruhiger und litten weniger unter Angstzuständen. Benoît hatte die Gelegenheit beim Schopf gepackt.

In den 1990er Jahren hatte er durch eine erste Testreihe an Mäusen nachgewiesen, dass Meseratrol die durch Schmerzzufügung traumatisierten Tiere beruhigte. Nach einigen weiteren Forschungsjahren und den ersten menschlichen Testpersonen hatte Blake versichert, diese Molekülklasse habe die Fähigkeit, die psychische Komponente eines traumatischen Erlebnisses aufzuheben. Cyrille, seine Assistentin, hatte sich der klinischen Erprobung zugewandt und setzte dieses revolutionäre Medikament nun tagtäglich ein.

Sie betrachtete ihren Mann und lächelte. Sie war stolz auf ihn. Wenn sie ihn nicht geheiratet hätte, hätte sie vermutlich nie so viel erreicht. Sie trank ihren Champagner aus und studierte das Menü: Tatin au boudin noir (Blutwurst-Apfel-Pastete), Potage de Cresson et crème de potiron (Kressesüppchen mit Kürbiscreme), Selle d'agneau aux pommes caramélisées (Lammrücken mit karamellisierten Kartoffeln). Sie hatte seit dem Frühstück kaum etwas gegessen, und ihr knurrte der Magen. Ein Kellner kredenzte ihr einen alten Bordeaux, den sie mit Genuss probierte.

Sie erinnerte sich noch genau an die Rede, die Benoît beim Antritt seiner Professur am Collège de France gehalten hatte. Sie hatte Bewunderung und zugleich Besorgnis empfunden. »Bist du zufrieden mit mir?«, hatte ihr Mann sie mit einem kleinen Lächeln gefragt. Und sie hatte ehrlich geantwortet: »Ab jetzt kann ich nur noch in deinem Schatten leben.« »Aber nein, du wirst hart arbeiten«, hatte er neckend zurückgegeben. *Wie eine Besessene, jawohl.* Und genau das hatte sie getan. Tag und Nacht geschuftet, um nicht zu weit hinter ihm zurückzubleiben. Wenn sie aus dem Schatten des Großen Mannes treten wollte, musste sie sich einen Namen machen.

Als sie im Jahr 2000 Sainte-Félicité den Rücken kehrte, hatte sie die Medizin ganz aufgeben wollen. Doch Benoît, mit dem sie seit einem Jahr verheiratet war, hatte sie davon abgebracht. Er war damals gerade zu einer einjährigen Gastprofessur an die Universität von Berkeley eingeladen worden und hatte sie mitgenommen. Dort hatte Cyrille aufstrebende Neurowissenschaftler kennengelernt, die sich für ein Thema begeisterten, das in Frankreich den Philosophen vorbehalten war: das Streben nach Glück. Die junge Ärztin hatte sich sofort für diese Arbeiten interessiert, die ganz und gar mit ihren eigenen Ambitionen übereinstimmten. Endlich hatte sie Kollegen gefunden, die dieselbe Richtung verfolgten wie sie selbst und für die eine Behandlung mit Psychopharmaka nicht der einzige Weg war, psychische Leiden zu heilen, sondern die offen waren für andere Therapieformen.

Benoît Blakes Geschäftssinn sorgte für den Rest. Er hatte sofort erfasst, welches Potenzial dieser Bereich bot. Und er hatte sich nicht getäuscht. In den USA gab es bereits mehrere polydisziplinäre Happiness-Center, die sich mit einem ganzheitlichen Ansatz um die Menschen kümmerten, um diese glücklicher zu machen. Und auch in Frankreich würde die Einrichtung eines solchen Zentrums Zukunft haben. Es war ihm ein Leichtes gewesen, Kontakt zu amerikanischen Pharmakonzernen aufzunehmen, um das Meseratrol-Patent an den Meistbietenden zu verkaufen.

*

Die Kerzen in den Silberleuchtern waren zu drei Viertel heruntergebrannt, und die Gäste wurden müde. Nachdem Kaffee und Konfekt gereicht worden waren, blieben sie noch ein Weilchen. Der Wein war hervorragend gewesen und der Ehrengast ausnehmend brillant. Benoît hatte den ganzen Abend mit Esprit und Geistesgegenwart geglänzt. Schließlich verließen die Gäste die behagliche Wärme des Salons, zogen ihre Mäntel an und traten hinaus in die kühle Nachtluft.

Nachdem sie sich bedankt und von jedem Gast verabschiedet hatten, gingen die Blakes zu Benoîts Wagen, der in der Nähe des Quai des Grands-Augustins geparkt war. Benoît setzte sich ans Steuer und schaltete, da Cyrille fror, sofort die Heizung ein.

»Was für ein wundervoller Abend, mein Liebling. Wie kann ich dir nur danken?«

Der nagelneue metallicgraue Audi A6 fuhr an den Quais der Seine entlang, bog in die Rue des Saints-Pères und dann in die Rue de Sèvres ein.

»Wie dumm, dass du heute Abend Dienst hast ...«, sagte Benoît leise.

Cyrille steckte die Ohrringe in ihre Handtasche und tauschte ihre Pumps gegen ein Paar Mokassins, die sie unter dem Beifahrersitz verstaut hatte.

»Ich weiß, und es tut mir auch leid, aber der Arzt, der eigentlich an der Reihe war, ist krank.«

»Du hast mir heute etliche Nachrichten hinterlassen. Was wolltest du mir sagen?«

Sie bogen in den Boulevard Raspail, dann rechts in die Rue de Rennes. Als sie schließlich den Boulevard de Vaugirard erreichten, fand Cyrille den Mut zu sprechen.

»Mir ist heute Morgen etwas sehr Eigenartiges widerfahren«, begann sie und berichtete ihm mit wenigen Worten von dem Patienten, den sie vergessen hatte.

Benoît konnte gerade noch das Steuer herumreißen, das Rad des Audi schleifte am Bordstein entlang. Er fluchte laut.

»Glaubst du, Ärzte würden sich an all ihre Patienten erinnern?«

»Das sagte Muriel auch. Aber es ist doch irgendwie eigenartig, oder?«

»Und das MRT hat nichts ergeben?«

»Nein.«

Cyrille beobachtete Benoît, der mit einem Mal verärgert wirkte. Ein paar Minuten später hielt der Wagen vor dem Zentrum in der Rue Dulac.

»Hör zu, vergiss diese Geschichte, wenn ich so sagen darf«, erklärte ihr Mann mit leicht spöttischem Unterton.

Er überlegte kurz.

»Und wenn dir dieser Patient zu schwierig erscheint, überweis ihn weiter. Das ist unsere Abmachung, erinnerst du dich? Du behandelst nur leichte psychische Probleme, alle anderen schickst du ins Krankenhaus.«

Cyrille nickte. Wenn sich ihr Mann, der dazu neigte, sich Sorgen zu machen, nicht weiter beunruhigte, dann gab es auch keinen Grund dazu. Sie seufzte erleichtert und nahm ihre Sachen.

»Schade, dass wir nicht früher darüber reden konnten, dann hätte ich mich nicht den ganzen Tag über geängstigt.«

Benoît streichelte ihre Wange.

»Geh nicht.«

»Ich muss«, antwortete Cyrille sanft.

»Warum?«

»Jemand, ich glaube, es war ein brillanter Professor,

hat mir einmal gesagt, es gebe nichts Wichtigeres als die Mühe, die man sich bei seiner Arbeit gibt.«

Benoît warf ihr einen schmeichelnden Blick zu. Die Rosette der Ehrenlegion, die er am Revers trug, glänzte im Dämmerlicht.

»Aber dieser Professor sagt dir heute, dass er genug davon hat, jede zweite Nacht auf seine Frau verzichten zu müssen.«

»Es ist nur jede fünfte.«

»Und dass er gerne in den wenigen aktiven Jahren, die ihm noch bleiben, etwas von ihr haben möchte.«

Er beugte sich zu Cyrille und liebkoste ihre Schenkel unter dem schwarzen Kleid. Cyrille zwang sich, an Thierry Panis zu denken, den diensthabenden Arzt des Zentrums, der schon seit einer halben Stunde auf seine Ablösung im Schlaflabor wartete. Sie hasste es, zu spät zu kommen.

»Benoît, ich muss gehen, es tut mir wirklich leid. Das trifft sich schlecht heute Abend, verschieben wir es auf morgen, ja?«

Der Griff des Professors wurde beharrlicher.

»Komm, wir fahren nach Hause. Zum Teufel mit deinem Labor!«

»Benoît, bitte, ich bin die Chefin, ich muss zuverlässig sein.«

»Nur ein Mal! Heute ist mein Geburtstag!«

»Ja, ich weiß, Liebling, und es tut mir leid. In zwei Jahren habe ich die nötigen Mittel, um zwei Ärzte mehr einzustellen. Dann muss ich keine Nachtdienste mehr übernehmen, versprochen.«

Benoît seufzte und küsste ihren Hals. Cyrille stieß ein lustvolles Stöhnen aus.

»Bitte mach es mir doch nicht noch schwerer ...«

Sie küssten sich lange, dann stieg Cyrille entschlossen aus. Plötzlich schien ihr Mann sich an etwas zu erinnern.

Er suchte in seiner Jackentasche und zog einen USB-Stick heraus.

»Kannst du das heute Abend für mich erledigen?«, bat er charmant.

»Vielleicht habe ich zwischen drei und vier Uhr morgens einen Augenblick für dich«, antwortete sie und zwinkerte ihm zu.

Sie griff nach dem USB-Stick und warf ihm einen Kuss zu.

*

Thierry Panis lag mit offenem Mund in dem Relaxsessel im Überwachungsraum des Schlaflabors und schnarchte. Auch wenn es sich um eine sehr kleine Einrichtung handelte, war ein Schlaflabor unabdingbar für die Arbeit des Zentrums. Hinter Schlafstörungen und wiederholten Albträumen konnten sich Depressionen verbergen, aber es konnte sich ebenso gut um eine Schlafapnoe handeln. Nur diese Art der Überwachung gab letztlich Aufschluss darüber.

Zwei Monitore kontrollierten die beiden Schlafenden, während der Computer ihre Vitalparameter aufzeichnete. Am Kopf angeschlossene Elektroden maßen die Hirnströme und erstellten ein EEG, das Elektroenzephalogramm. Andere Sonden an Augen und Kinn dienten zur Registrierung der Muskelanspannung. Außer den regelmäßigen Pfeiftönen der Apparate war in den beiden Zimmern nichts zu hören. Cyrilles Abendkleid verschwand unter einem weißen Kittel. Sie bediente sich auf dem Gang an der Kaffeemaschine und füllte einen zweiten Becher für ihren Kollegen. Sie berührte Thierry Panis leicht am Arm und hielt ihm den Becher hin. Verschlafen schreckte der Arzt hoch.

»Tut mir leid, ich bin eingenickt.«
»Das ist meine Schuld, ich bin zu spät.«

Panis ging zum ersten Bildschirm und begann mit seiner Übergabe.

»Die Patientin in Nummer eins ist sofort eingeschlafen und hat eine halbe Stunde lang die unteren Gliedmaßen bewegt, also ein eindeutiger Fall von Restless-legs-Syndrom, von ruhelosen Beinen.«

»Sehr gut.«

»Was den Patienten in der zwei angeht ... Aber sehen Sie selbst.«

Panis deutete auf den zweiten Monitor. Cyrille trat näher und erkannte Julien Daumas, der mit nacktem Oberkörper auf dem Bett lag und schlief.

Er schlief, daran ließ das EEG keinen Zweifel.

Aber seine Augen waren weit geöffnet.

Cyrille stellte ihren Becher ab und zog einen Notizblock und einen Stift aus der Kitteltasche. Dieser Mann hatte den ganzen Tag über ihre Gedanken beschäftigt. Ihn jetzt hier schlafend vor sich zu sehen, das war ... wie ein bedrückender Traum, von dem sie sich nicht befreien konnte. Sie betrachtete die langsame, unregelmäßige Linie der Gehirnströme.

»Er ist im Tiefschlaf«, sagte sie mehr zu sich selbst als zu ihrem Kollegen, der seinen Motorradblouson anzog.

Dies war die Phase nächtlicher Angst und des Schlafwandelns. Sie notierte die Zeit: 1 Uhr 30.

»Er ist schon seit zehn Minuten in diesem Stadium«, fuhr sie fort, »gleich kommt er in die REM-Phase. Na los, Julien, genau darauf warte ich.«

»Ich hoffe für Sie, dass er auch träumt.«

»Ja, ich auch. Wenn er einen Albtraum hat, müsste der jetzt einsetzen.«

Cyrille, die plötzlich hellwach und konzentriert war, trank ihren letzten Schluck Kaffee.

»Gute Nacht, Cyrille.«

»Gute Nacht, Thierry, und noch mal Entschuldigung wegen der Verspätung.«

»Nicht der Rede wert.«

Dr. Blake, die anders frisiert und geschminkt war als normalerweise, betrachtete die Monitore. Panis beobachtete sie aus den Augenwinkeln. Gedanken sexueller Natur kamen ihm in den Sinn … Er blinzelte und ging.

Die EEG-Kurve von Julien Daumas verlief regelmäßig, es gab nur wenige kleine unstrukturierte Ausschläge. Cyrille hatte noch nie jemanden erlebt, der mit offenen Augen schlief, das war sehr eindrucksvoll. Sie müsste diesbezüglich einige Recherchen vornehmen. Sie blieb noch eine Weile wachsam. Beide Patienten schliefen gut, und sie selbst verspürte ebenfalls eine gewisse Müdigkeit.

Plötzlich schreckte eine Serie von Alarmtönen aus Zimmer 2 sie auf. Julien hatte die Lider geschlossen, die Sonden an seinen Schläfen erfassten schnelle Augenbewegungen, die anderen hingegen zeigten eine maximale Relaxierung der Skelettmuskeln an. Die EEG-Kurve wurde flacher und die Frequenz schneller. Bei den gemessenen Gehirnwellen handelte es sich um Theta- und Alphawellen, die typisch für den Traumschlaf waren. Cyrille konzentrierte sich auf den Bildschirm. Sollte der Albtraum einsetzen, dann jetzt. Der junge Mann, der auf dem Rücken lag, die Arme dicht am Körper, und die Decke weggeschoben hatte, zeigte plötzlich eine intensive zerebrale Aktivität. Die Augen zuckten unter den geschlossenen Lidern hin und her. Seine Schlafanzughose wölbte sich auf der Höhe des Schritts. Zwanzig Minuten verweilte er in diesem Zustand. Die Erektion und die Augenaktivitäten ausgenommen, lag er völlig reglos da und träumte. Dann beschleunigte sich der Rhythmus der Gehirnaktivität noch mehr, und Julien schlug die Augen auf. Er drehte sich auf die linke Seite und schlummerte wieder ein.

Cyrille seufzte. Damit hätte sie rechnen müssen. Sobald sie einen unter Albträumen leidenden Patienten ins Schlaflabor aufnahm, schlief er wie ein Baby, was darauf zurückzuführen war, dass er sich hier gut aufgehoben fühlte. Mit dem Finger folgte sie der Linie des EEG. Sie hätte mit Benoît nach Hause fahren sollen. Sie hätten sich geliebt und der Stress, der sich den Tag über in ihr aufgestaut hatte, wäre von ihr abgefallen.

Sie schob den USB-Stick in die Zentraleinheit des Computers und öffnete die Dateien. Sie überflog den Text und runzelte die Stirn. Dann kehrte sie zum Anfang des Dokuments zurück und konzentrierte sich auf die Lektüre. Sie begann die Ausführungen ihres Mannes zu korrigieren, ihre Finger glitten über die Tastatur. Sie schnalzte mit der Zunge und markierte einen ganzen Absatz gelb. *Na, er macht also doch Fortschritte, wenn auch nur langsam.* Benoît hatte noch immer Schreibprobleme, die seit einem Unfall vor elf Jahren andauerten. Sie war die Einzige, die die wissenschaftlichen Arbeiten des Großen Mannes Korrektur las. Und das aus gutem Grund, denn außer dem Neurologen wusste nur sie Bescheid. Nach einem Zusammenstoß mit einem Wagen, dessen aggressiver Fahrer ein Stoppschild übersehen hatte, hatte sich Blakes Auto auf einer regennassen Landstraße überschlagen. Wie durch ein Wunder hatte Benoît keinen körperlichen Schaden davongetragen. Als daraufhin ein befreundeter Neurologe seine kognitiven Fähigkeiten getestet hatte, war das Resultat völlig normal gewesen – seine Schreibfähigkeit ausgenommen. Er litt unter einer besonderen Störung, zurückzuführen auf die Läsion eines Temporallappens, der für die symmetrische Wahrnehmung zuständig ist. Er schrieb von rechts nach links. Nach jahrelangem intensivem Training war der schriftliche Ausdruck endlich wieder halbwegs normal. Doch seine Texte konnten nie ohne vorherige Korrektur veröffentlicht werden, um die zahlreichen Fehler, die sich unweigerlich einschlichen, auszumerzen.

Schlimmer und problematischer jedoch war die Tatsache, dass manchmal auch seine Gedankengänge etwas unstrukturiert waren. Cyrille schrieb einen Absatz um. Sie streckte sich, denn sie war plötzlich hundemüde, gähnte und wiederholte Benoîts Worte: *Kein Grund zur Sorge, wenn dir dieser Patient zu schwierig erscheint, überweis ihn weiter.* Er hatte sicher recht. Morgen würde sie sich entscheiden. Sie schloss die Augen und döste ein.

Plötzlich durchzuckte sie eine Art elektrischer Schlag, und ihre Nackenhaare richteten sich auf. Ein Schrei.

»CYRILLE!«

Jemand rief ihren Namen. Sie sprang mit klopfendem Herzen auf. *Verdammt!* Die Schreie kamen aus Zimmer 2, sie hörte sie über das Mikrofon der Überwachungskamera, aber auch durch die Wand. Es war 5 Uhr 43. Auf dem Bildschirm sah sie, wie Julien Daumas um sich schlug. Aber mit wem kämpfte er? Er war ganz allein. Sie sprang hoch und lief auf den Gang hinaus. »CYRILLE!« Sein Gebrüll zerriss ihr fast das Trommelfell, und ihr Herz klopfte zum Zerspringen. Sie stieß die Tür auf. Der Patient saß mit schweißglänzendem Oberkörper auf dem Bett und hatte die Hände an den Kopf gepresst.

»Alles ist gut, Monsieur Daumas, ich bin da.«

Sie trat an sein Bett.

»Ich bin da, Julien.«

Der junge Mann zog sie plötzlich an sich und presste den Kopf an ihren Bauch. Cyrille erstarrte. Er hob die tränennassen Augen zu ihr, sein Blick war abwesend, und er wiederholte: »Sie haben dich nicht erwischt, sie haben dich nicht erwischt, meine Liebste.«

Cyrille fasste ihn sanft bei den Handgelenken, und als sich sein Griff nicht lockerte, schob sie ihn energisch zurück.

»Monsieur Daumas, ich bin es, Doktor Blake. Sie hatten einen Albtraum. Sie müssen ihn sofort so detailliert wie möglich aufschreiben.«

Julien sah sie verzweifelt an. »Meine Liebste«, murmelte er. Dann erstarben die Worte auf seinen Lippen, so als würde ihm plötzlich bewusst, wo er sich befand.

»Tut mir leid. Ich dachte ... die andere wäre zurückgekommen.«

»Wer?«

Julien schüttelte den Kopf.

»Die andere ... dein anderes Ich ...«

Cyrille runzelte die Stirn.

»Nehmen Sie einen Block und einen Stift und notieren Sie alle Einzelheiten Ihres Albtraums. Dann können wir gleich morgen daran arbeiten.«

»Wie spät ist es?«

»Sechs Uhr früh. In einer Stunde wird Ihnen das Frühstück serviert. Ruhen Sie sich bis dahin aus.«

Nachdem sie sich vergewissert hatte, dass er wirklich zu schreiben begann, schloss Cyrille leise die Tür.

Am ganzen Körper zitternd, lehnte sie sich an die Wand, und eine unkontrollierbare Angst erfasste sie. Julien Daumas beschwor eine parallele Realität herauf, die nicht mit der ihren übereinstimmte. »Dein anderes Ich« – was hatte das zu bedeuten? Sie legte die Hand an ihre glühende Stirn. Der Patient hatte sie nicht angegriffen, aber die Sache hätte übel ausgehen können. Unfähig, einen Schritt zu tun, stand sie da und atmete tief durch. Ihre Gedanken überschlugen sich. Sie musste unbedingt ein wenig schlafen.

Aus der Küche drang Geschirrgeklapper. Die Schwesternhelferin, heute war es vermutlich Clothilde, machte das Frühstück. Cyrille ging zu ihr. Die kleine, etwa fünfzigjährige Frau im blauen Kittel beugte sich, einen Schwamm in der Hand, über die Spüle. Sie hörte nicht, wie ihre Chefin hereinkam.

»Guten Morgen, Clothilde«, sagte Cyrille leise, um sie nicht zu erschrecken.

Clothilde zuckte trotzdem zusammen.

»Ach, Doktor Blake, Sie haben mir einen Schrecken eingejagt!«

»Kann ich Sie eine Stunde allein lassen? Ich muss mich unbedingt ausruhen. Doktor Mercier kommt um sieben.«

»Kein Problem, Madame. Gehen Sie schlafen, Sie haben diese Woche viel gearbeitet.«

»Tausend Dank. Der Patient von Zimmer zwei ist etwas durcheinander. Achten Sie nicht weiter darauf, falls er wirres Zeug redet.«

»Oh«, meinte Clothilde und schüttelte den Kopf, »Sie versuchen immer, alle glücklich zu machen, aber wer kümmert sich um Sie? Soll ich Ihnen einen guten Kaffee kochen? Sie sehen erschöpft aus.«

»Vielen Dank, aber ich glaube, ich fahre besser nach Hause und ruhe mich aus. Ich bin gegen vierzehn Uhr zurück. Bis später.«

Cyrille zog ihren Kittel aus und warf ihn in den Korb für die Wäscherei, schlüpfte in ihren Trenchcoat und wickelte einen dicken Schal um den Hals. Sie zitterte am ganzen Körper. Sie verließ die Klinik und stieg in ihren Mini Cooper, der vor der Tür geparkt war. Als sie den Zündschlüssel umdrehte, hatte der Himmel einen malvenfarbenen Ton angenommen. Cyrille beugte sich über das Lenkrad und betrachtete die dahinziehenden Wolken. Sie spürte noch Julien Daumas' Arm um ihre Taille, seinen Geruch und seine Verzweiflung.

Von Anfang an war ihr etwas entgangen, aber was?

6

7. Oktober, morgens

»Ich bin ganz allein auf einer verlassenen Straße, es ist sehr finster, und mir ist kalt. Ich will weg, aber ich kann nicht. Ich gehe weiter, eine dunkle Gestalt taucht auf. Ich drehe mich zur anderen Seite, aber wieder ist der Mann da, er kommt auf mich zu. Ich kann seine Augen nicht sehen. Er hält ein Messer in der Hand. Ein Austernmesser. Er holt aus, ich bin wie gelähmt, er sticht auf mich ein. Und plötzlich ist Cyrille da. Sie hat langes schwarzes Haar, aber ich weiß, dass sie es ist. Das Phantom stürzt sich auf sie. Ich bin verletzt. Er versetzt ihr mehrere Stiche. Sie bricht zusammen. Sie blutet ... «

An dieser Stelle hatte Julien die Aufzeichnung abgebrochen. Das mit einer feinen, engen Schrift beschriebene Blatt lag zerknittert auf dem aufgeschlagenen Bett des Schlaflabors. Nur mit seiner Pyjamahose bekleidet, setzte er sich in den Sessel am Fenster, legte die Füße auf die Fensterbank und trank eine Tasse heiße Schokolade. Sein ausdrucksloser Blick war in den kleinen Innenhof gerichtet. Sein Puls schlug ruhig, seine unbehaarte Brust hob und senkte sich gleichmäßig, sein Atemrhythmus hatte sich normalisiert. Der süße Geschmack des Kakaos war wohltuender als alle Arzneien der Welt. Die Krise war vorbei. Es war an der Zeit, diese Albträume, diese Bilder, die seine Nächte zur Qual machten, loszuwerden. Er würde mit Doktor Blake arbeiten, um die Dämonen zu besiegen ... Sie hatte es ihm versprochen.

Cyrille.

Alles, was er je geliebt hatte, hatte er verloren. Seine Mutter, die Großeltern und dann schließlich Cyrille. Er musste sie beschützen, wenn nötig auch gegen ihren Willen. Seine Träume sagten ihm, dass sie sich in großer Gefahr befand.

Der Bambusstrauch wiegte sich anmutig im Wind, die kleinen grünen Blätter bebten in der frischen Luft. Am Boden suchten Vögel nach Samenkörnern. Im Geist fotografierte Julien die morgendlichen Farben. Er genoss die sanften Töne, den Kontrast zwischen den fuchsienfarbenen Hibiskusblüten und den weißen Rosen, die gezackte Form der dunkelroten Blätter des japanischen Ahorns. Er öffnete das Fenster und streute einige Krümel seines Croissants auf den Sims. Dann trank er seine Schokolade und wartete geduldig. Er spürte die Kälte nicht. Ein neugieriger Sperling pickte die Brösel auf. Julien war fasziniert von dem Vogel, von seinen ruckartigen Kopfbewegungen, dem flaumig weichen Körper. Er stellte seine Tasse ab und legte einige Krümel in seine geöffnete Handfläche. Vorsichtig streckte er die Hand aus. Der Vogel zögerte, flog davon, kam zurück und hüpfte auf die neue Nahrungsquelle zu. Er fraß Julien aus der Hand, ein Gefühl wie kleine Nadelstiche. Der Fotograf rührte sich nicht und beobachtete den Vogel gebannt, so als hinge sein Leben von ihm ab. Dann wurde sein Blick plötzlich glasig und grau, er schloss die Hand um das kleine warme Wesen, das sich piepsend wehrte, und drückte zu.

7

Der Thermostat war auf 39 Grad eingestellt. Mit einem erleichterten Seufzer trat Cyrille unter den Wasserstrahl. Alle fünf Tage, wenn sie von der Nachtwache zurückkam, zelebrierte sie dieses Ritual, das ihr jedes Mal das gleiche Vergnügen bereitete. Eine heiße Dusche, anschließend, in einen weichen Bademantel gehüllt, ein üppiges Frühstück, dann drei Stunden Schlaf. Um elf Uhr kleidete sie sich an und begann einen neuen Arbeitstag, zunächst zu Hause, bis sie dann um vierzehn Uhr in die Klinik fuhr.

Doch heute vermochte das warme Wasser nicht die Angst zu vertreiben, die ihr den Magen zusammenschnürte. Sie spürte eine dumpfe Bedrohung, die von Stunde zu Stunde wuchs. So als würde ihr ein Schatten folgen, jederzeit bereit, sie anzugreifen. Irrational. Und doch sehr real. Sie verließ das Badezimmer und aß in der Küche an den Kühlschrank gelehnt ein Brot. Sie hatte keinen Hunger. Ihr alter Kater Astor saß schnurrend zu ihren Füßen, bis er ein Schälchen Milch und ein paar Streicheleinheiten bekam.

Als sie ihn im Garten der medizinischen Fakultät gefunden hatte, war er ein vier Wochen altes, wolliges Knäuel gewesen. Unter Sträuchern versteckt, schrie das magere Kätzchen kläglich. Es wollte überleben. Sie hatte es in ihren Pullover gewickelt und mit in ihr Zimmer in der Studentenstadt genommen. Das war vor achtzehn Jahren gewesen, in ihrem zweiten Studienjahr. Als sie noch geglaubt hatte, es sei ihre »Pflicht«, verzweifelte Seelen zu retten, indem sie Psychiaterin wurde. Zu jener Zeit trug sie ihr Haar zu einem langen blonden Pferdeschwanz zusammengebunden, was ihre Lehrer nicht unbeeindruckt ließ. Vor allem den, der heute ihr Bett teilte.

Achtzehn Jahre, ein beachtliches Alter für einen Kater, der, ohne die geringsten Anzeichen von Altersschwäche zu zeigen, friedlich an ihrer Seite lebte. Als Cyrille über den Flur ging, leise die Tür öffnete und sich ins Bett legte, folgte er ihr. Ihre Vorsicht war unnötig. Sie hörte das Rauschen der Dusche. Der Große Mann war schon aufgestanden.

Sie zog die Decke bis ans Kinn und versuchte, sich zu entspannen. Sie musste schlafen, doch ihre Gedanken überschlugen sich. Sie schloss die Augen. Als Benoît ihr einen kühlen Kuss auf die Wange drückte, schreckte sie zusammen.

»War die Nacht nicht zu hart?«

»Nein ... Ich war gerade dabei einzuschlafen.«

»Ich wünsche dir einen schönen Tag, mein Liebling.«

»Ich dir auch. Und heute Abend koche ich dir was ...«

»Eine sehr gute Idee. Ich komme nicht zu spät. Bis dann.«

»Dein USB-Stick liegt auf der Konsole im Flur.«

»Danke.«

Benoît Blake wollte gerade das Zimmer verlassen, doch dann überlegte er es sich anders.

»Weißt du, mein Liebling, ich habe über deinen vergessenen Patienten nachgedacht.«

Cyrille schlug die Augen auf und war plötzlich hellwach.

»Ja, und?«

»Es muss sich um einen Pseudologen, einen notorischen Lügner, handeln.«

Die junge Frau stützte sich auf den Ellenbogen.

»Warum?«

»Hast du seine Krankenakte aus Sainte-Félicité gesehen? War sie von dir unterschrieben?«

»Weiß nicht ... Manien hat Marie-Jeanne ausrichten lassen, ich müsse sie beantragen.«

»Dann wette ich um eine Flasche Champagner mit dir, dass du zwar für den Fall zuständig warst, den Patienten aber nicht behandelt hast. So was kommt dauernd vor.«

»Aber der Patient versichert, dass *ich* seine behandelnde Ärztin war.«

»Wer sagt dir, dass das keine Hirngespinste sind? Er hat dich in Sainte-Félicité gesehen und diese Geschichte erfunden. Und du bist darauf reingefallen. So einfach ist das.«

Cyrille ließ sich zurücksinken. Was ihr Mann da sagte, klang vernünftig. Sie war verunsichert. *Warum bin ich nicht selbst darauf gekommen?* Welchen geheimen Mechanismus hatte Julien Daumas ausgelöst, um sie in eine solche Panik zu versetzen?

Mit einem sonoren Schnurren sprang Astor aufs Bett. Benoît strich ihm über den Kopf.

»Überweise ihn in die Klinik.«

»Ich sehe ihn heute Nachmittag. Ich dachte mir, dass ich ihn vier Tage behandele und dann an einen Kollegen überweise.«

Benoît Blake verzog skeptisch das Gesicht.

»Vier Tage, nicht länger?«

Cyrille zog die Decke bis ans Kinn.

»Keine Sorge, mein Liebling, ich will die Sache nicht unnötig in die Länge ziehen.«

8

Ausgeruht und fest entschlossen, sich nicht von ihren Ängsten unterkriegen zu lassen, kehrte Cyrille um vierzehn Uhr in die Klinik zurück. Im Yoga-Raum wurde sie bereits von ihren Patienten erwartet. Vier Männer und drei Frauen saßen, mit Socken an den Füßen, auf dicken Kissen am Boden.

»Guten Tag!«, rief sie ihnen fröhlich entgegen.

»Guten Tag, Frau Doktor«, antworteten sie im Chor.

In einer Ecke des Raums zog Cyrille ihre Ballerinas aus und setzte sich im Schneidersitz vor die Gruppe.

»Beim letzten Mal haben wir an unserem Selbstbewusstsein und der Wahrnehmung des Augenblicks gearbeitet. Ich hoffe, Sie haben die Woche über geübt. Heute möchte ich, dass Sie sich intensiver mit dem Gefühl der ... Dankbarkeit auseinandersetzen. Der britische Dichter John Milton schrieb: ›Der Geist ruht in sich selbst, und in sich selbst kann er die Hölle zum Himmel machen, den Himmel zur Hölle.‹ Anders ausgedrückt, unsere Gedanken bestimmen unser Wohlbefinden mehr als alles andere. Seine Dankbarkeit auszudrücken, ist die beste Strategie, wenn man glücklich werden will. Dankbarkeit wirkt negativen Impulsen entgegen und neutralisiert Neid, Geiz, Feindseligkeit, Angst und Gereiztheit.«

Cyrille klatschte in die Hände. »Sind Sie bereit?«

Cathy James, Doktor der Verhaltenspsychologie an der Universität von Minnesota, hatte Cyrille zu diesem Kurs inspiriert. Als diese Cathy letztes Jahr besucht und an ihren Übungsstunden zu positivem Denken teilgenommen hatte, war sie sofort begeistert gewesen. Cathy hatte ihr gezeigt, wie man gestressten Menschen mit ganz einfachen Übungen helfen konnte.

Sie ermutigte die Kursteilnehmer zum Beispiel dazu, sich regelmäßig folgende Frage zu stellen: »Welche Personen oder welche Ereignisse sind der Grund dafür, dass ich einer geliebten Tätigkeit nachgehe, dass ich dieses Buch oder jenes Lied so sehr mag?« Am Abend vor dem Einschlafen sollten sie den vergangenen Tag wie einen Film Revue passieren lassen, um sich die positiven Erlebnisse noch einmal vor Augen zu führen: ein gutes Essen, ein nettes Telefonat, eine zur Zufriedenheit erledigte Aufgabe, das Wohlbehagen, nachdem man sich sportlich verausgabt hatte … Oder sie riet ihnen ganz einfach, die Dinge wertzuschätzen, die ihnen das Leben leichter machten: fließendes Wasser, Früchte und Gemüse in Hülle und Fülle, die Luft, die Sonne …

Cyrille hatte festgestellt, dass Städtern solche Übungen nicht leichtfielen, denn Ironie und Zynismus besaßen einen hohen Stellenwert in der Gesellschaft. Dennoch hatte sie an dieser Methode festgehalten und umgehend Resultate erzielen können. Die Schwierigkeit bestand darin, durchzuhalten und nicht wieder in die alten Verhaltensmuster zurückzufallen. Sonst gewannen Stress, Hyperaktivität, Neid oder das stetige Konkurrenzdenken erneut die Oberhand.

Im Augenblick leitete sie noch selbst diese Kurse, die im Angebot des Zentrums neu waren. Doch schon bald würde Maryse Entmann das übernehmen. Mit der Fernbedienung dimmte Cyrille Blake das Licht und lehnte sich entspannt gegen ein Kissen.

»Machen Sie es sich bequem, atmen Sie tief ein und aus, konzentrieren Sie sich ausschließlich darauf.«

Zehn Minuten vergingen, in denen nur die regelmäßigen Atemzüge zu hören waren. Die Patienten schliefen nicht, gerieten aber in eine leichte Trance, die sie für die Anregungen der Ärztin empfänglich machte.

»Ich möchte, dass Sie sich zunächst auf Ihre Füße konzentrieren. Danken Sie ihnen dafür, dass sie Sie tragen, Sie dorthin bringen, wohin Sie möchten. Kommen Sie nun zu Ihrer Körpermitte, Ihrem Bauch, danken Sie ihm, dass er Sie nährt, das Essen gut für Sie verdaut, Ihnen die für Ihr Überleben notwendige Energie spendet ...«

Um fünfzehn Uhr ging Cyrille entspannt und voller Elan hinauf in den ersten Stock. Diese psychologischen Trainingsstunden taten ihr genauso gut wie ihren Patienten. Ihr Blick streifte Marie-Jeanne. Die junge Frau saß auf der Schreibtischkante. Sie trug einen Wildlederrock, unter dem ihre hübschen Beine in Cowboystiefeln zum Vorschein kamen. Der Abstand zwischen ihr und Julien Daumas betrug gerade mal fünfzig Zentimeter. Die Hände in den Taschen seiner Jeans, stand der junge Mann direkt vor ihr und musterte sie eindringlich. Sein durchtrainierter Oberkörper zeichnete sich unter dem Sport-Shirt ab. Marie-Jeanne lachte, ihre rote Lockenpracht wogte, und die ausgeschnittene rosafarbene Bluse brachte ihr üppiges Dekolleté vorteilhaft zur Geltung. Die sexuelle Spannung zwischen den beiden war deutlich spürbar.

»Hallo, Marie-Jeanne, guten Tag, Monsieur Daumas«, sagte Cyrille laut.

Marie-Jeanne sprang auf.

»Ähm ... hallo, Cyrille. Monsieur Louis von der Gesellschaft für gewaltfreie Kommunikation hat angerufen, er möchte sein Treffen mit dir auf nächste Woche verschieben.«

»Danke. Kannst du bitte nachsehen, wann ein Termin frei wäre?«

Und an Julien Daumas gewandt:

»Wie fühlen Sie sich heute?«

Nachdenklich wiegte der junge Mann den Kopf hin und her.

»Die Nacht war nicht besonders ...«

Marie-Jeanne sah ihre Tante fragend an. Cyrille beachtete sie nicht und ging nervös ihrem Patienten voran ins Sprechzimmer. Ihre Nichte konnte doch nicht einfach mit den Patienten flirten! Was Julien Daumas betraf, so musste sie sehen, dass sie so gut wie möglich mit ihm klarkam, die Sitzungen korrekt durchführte, und damit basta.

Sobald der junge Mann ihr gegenüber Platz genommen hatte, konfrontierte sie ihn ohne große Umschweife mit der Auswertung der Ergebnisse.

»Ihre Schlafkurve ist normal, der Melatoninspiegel ebenfalls. Wir haben es also mit Albträumen unbekannten Ursprungs zu tun.«

Ihr Ton war strenger als am Vortag und sorgte für die nötige Distanz. Julien beobachtete sie, ohne ein Wort zu sagen. Sein Blick glitt über ihr Haar und fiel dann auf das mit Diamanten besetzte Herz, das sie um den Hals trug. Cyrilles Puls beschleunigte sich.

»Ich möchte Ihnen die Barry-Krakow-Methode vorschlagen«, fuhr Doktor Blake fort. »Er ist Arzt an der Universität von New Mexico, und ich kenne ihn sehr gut. Seine Technik erfordert eine intensive Zusammenarbeit und erstreckt sich über vier Sitzungen. Das würde bedeuten, dass wir pro Tag eine Sitzung hätten, von heute an gerechnet. Lässt sich das mit Ihrer Arbeit vereinbaren?«

Julien sah sie unverwandt an. Er befeuchtete seine Lippen.

»Kein Problem.«

»Könnten wir sofort beginnen?«

»Je früher, desto besser.«

»Perfekt. Ich habe hier vor mir den Albtraum, den Sie niedergeschrieben haben. Machen sie es sich doch auf der Couch bequem.«

Julien tat, wie ihm geheißen.

Sein Kopf lehnte an einem Kissen aus englischgrünem Samt. Mit demselben Stoff war auch die Couch bezogen, auf der er sich nun ausstreckte.

»Bei dieser Methode schildert der Patient so detailliert wie möglich seinen Albtraum. Dadurch, dass Sie gleich nach dem Erwachen Ihren Traum notiert haben, hat er sich in Ihrem Erinnerungsvermögen verankert. Das ist ein guter Anfang. Bitte erzählen Sie ihn mir, ich höre Ihnen zu.«

Julien Daumas atmete mehrmals tief durch, ehe er begann:

»Ja ... ich ... nun, er beginnt eigentlich immer gleich: Ich befinde mich in einer dunklen Gasse.«

»Einer Straße oder einer Sackgasse?«, unterbrach ihn Cyrille mit monotoner Stimme.

Ziel dieser Übung war es nicht, die Angst erneut heraufzubeschwören, sondern einen Ausweg aus dem schlechten Traum zu finden.

»Eine Straße. Sie ist nach zwei Seiten offen. Ich befinde mich in der Mitte.«

»In welcher seelischen Verfassung sind Sie?«

»Ich habe Angst.«

»Vor wem oder was?«

»Ich werde verfolgt. Ich möchte nach rechts fliehen, aber plötzlich steht da ein Mann.«

»Was hat er an?«

»Er ist ganz in Schwarz gekleidet und trägt eine Kapuze. Er hat nicht wirklich ein Gesicht, und seine Augen sind ... leer.«

»Hm ...«

»Ich drehe mich also um und will nach links fliehen, doch er ist schon wieder da. Und nun passiert alles sehr schnell, er geht auf mich los ...«

»Und?«

»Er hat ein Messer, ein Austernmesser mit rundem Griff, und er sticht auf mich ein.«

»Setzen Sie sich nicht zur Wehr?«

»Meine Füße kleben am Boden, meine Muskeln sind wie gelähmt. Und dann dreht der Mann sich um und sticht auf dich ein ...«

»Auf mich?«

»Ja, auf dich ...«

Cyrille erstarrte. Der Patient duzte sie! So etwas war ihr noch nie passiert.

»Sie duzen mich, Monsieur Daumas.«

»In Sainte-Félicité haben wir uns auch geduzt.«

Cyrille Blake atmete tief durch und lehnte sich in ihrem Sessel zurück.

»Bleiben wir doch beim Sie.«

Julien hielt kurz inne und fuhr dann mit seinem Bericht fort.

»In meinem Traum haben Sie lange, blonde Haare. Nicht exakt die gleichen Gesichtszüge, aber ich weiß, dass Sie es sind.«

»Bin das wirklich ich oder nur jemand, der mir ähnelt?«

»Sie sind es, so, wie ich Sie damals im Krankenhaus kennengelernt habe.«

»Die Person, die Sie behandelt hat.«

Cyrille Blake ließ den Satz einen Moment im Raum stehen, ehe sie sich räusperte.

»Nun sollten Sie die Szene innerlich noch einmal durchleben, wohlwissend, dass Sie in diesem Zimmer in Sicherheit sind.«

Julien schloss die Augen und visualisierte das nächtliche Geschehen, das am helllichten Tag weit weniger beängstigend war. Er blinzelte.

»Geschafft.«

Cyrille bestärkte ihn:

»Gut so. Und nun stellen Sie sich die Situation erneut vor und überlegen, welches Detail Sie verändern könnten. Die Farbe einer Mauer, die Straßenbreite … Es ist allein Ihre Entscheidung.«

Der junge Mann runzelte die Stirn.

»Ich … ich weiß nicht.«

»Suchen Sie nach einem Ausweg.«

»Das kann ich nicht, der schwarze Mann ist überall.«

Cyrille legte die Hände auf die Knie.

»Und wenn es zum Beispiel auf dieser Straße eine Tür gäbe, eine Tür, die einfach auftaucht und durch die Sie verschwinden könnten.«

»Wo?«

»Bauen Sie sie dorthin, wo Sie sie haben wollen.«

»Sie könnte direkt hinter mir sein.«

»Wie sieht diese Tür aus?«

»Es ist eine Brandschutztür.«

»Sie können sie öffnen, nicht wahr?«

»Ja, man muss nur die Stange in der Mitte herunterdrücken.«

»Öffnen Sie sie. Was befindet sich dahinter?«

»Ich weiß nicht.«

»Denken Sie sich etwas aus.«

»Eine belebte Straße wie an einem Markttag.«

»Ausgezeichnet. Öffnen Sie die Tür ganz weit und gehen Sie hindurch. Und das wiederholen Sie nun bitte mehrmals.«

Dieses Mal schloss der junge Mann die Augen nicht und zwang sich, den Verlauf der Geschichte zu verändern. Er öffnete die Tür und fand sich in der Stadt wieder. Er war frei.

»Gut ... geschafft ... ich öffne die Tür und gehe. Und nun?«

»Diese Übung werden wir an drei aufeinanderfolgenden Tagen wiederholen, und zu Hause müssen Sie den Weg ebenfalls in Gedanken nachgehen. Auf diese Weise prägt sich Ihnen die Vorstellung ein. Dadurch wird sich Ihr Gehirn an diese Geschichte erinnern und nicht länger an die andere, die schlecht ausgeht.«

»Und das klappt?«

»Ja, sogar sehr gut. Unter der Bedingung, dass wir pro Tag eine Sitzung haben.«

»Aber ist es denn nicht erforderlich, dass ich meinem Traum auf den Grund gehe?«

»Nein.«

»Ich dachte, man könnte Albträume nur dann loswerden, wenn man ihre Bedeutung entschlüsselt hat.«

»Nein, die Entschlüsselung lässt sie nicht verschwinden. Diese Technik hingegen schwächt nachweislich die Wirkung traumatischer Albträume.«

Julien richtete sich auf. Zum ersten Mal lächelte er.

»Danke, ich fühle mich schon besser. Ich bin sicher, es wird funktionieren. Dieses Zentrum ist wundervoll.«

»Ja, das finde ich auch.«

»Darf ich ... darf ich ... dich ... Sie ... um einen Gefallen bitten?«

Julien kramte in seiner Hosentasche, während Cyrille angespannt wartete. Schließlich reichte er der Ärztin einen großen, flachen Schlüssel.

»Das ist der Zweitschlüssel zu meiner Wohnung«, sagte er, wobei er sie eindringlich ansah. »Ich möchte, dass Sie ihn aufbewahren. Es beruhigt mich, zu wissen, dass er bei Ihnen ist.«

Cyrille schwieg und betrachtete misstrauisch den Schlüssel in ihrer Hand. Noch nie hatte ein Patient sie um einen derartigen Gefallen gebeten.

»Wovor haben Sie Angst?«
»Ich vertraue Ihnen. Wenn ich ein Problem habe, werden Sie mir helfen.«
»Was für ein Problem?«
»Ich weiß nicht ... ein Problem eben.«
In diesem Moment hätte Cyrille sich gerne mit einem Kollegen beraten.
»Wollen Sie sich nicht lieber an jemanden wenden, der Ihnen nahesteht?«
»Nein, ich fühle mich nur bei Ihnen in Sicherheit.«
Ratlos saß sie einen Moment lang mit dem Schlüssel in der Hand da. Schließlich erhob sie sich und legte ihn deutlich sichtbar auf ihre Schreibunterlage.
»Dort lassen wir ihn liegen. Sobald Sie sich besser fühlen, nehmen Sie ihn wieder an sich, einverstanden?«
»Das soll mir recht sein.«
Verunsichert begleitete Cyrille ihn hinaus.

*

Als sie zurückkam, blieb Cyrille kurz vor dem Schreibtisch ihrer Assistentin stehen, die gerade ein paar E-Mails schrieb. Schroff fuhr sie sie an.
»Schlag ihn dir bitte aus dem Kopf! Danke.«
Marie-Jeanne blickte ihre Tante aus unschuldigen blauen Augen an.
»Ich plädiere auf mildernde Umstände. Immerhin hat er mich angebaggert und nicht umgekehrt.«
»Das spielt keine Rolle. Unsere Patienten sind für Flirts tabu. Haben wir uns verstanden?«
Cyrille ging wieder in ihr Büro und setzte sich an den Schreibtisch. Abgesehen von dieser merkwürdigen Geschichte mit dem Schlüssel fühlte sie sich besser. Sie hatte wieder die Oberhand. Dieser Patient war ein Pseudologe, ein notorischer Lügner. Das war für sie nun so

offensichtlich, dass sie sich darüber ärgerte, einen ganzen Tag lang an sich gezweifelt zu haben. Ein Schrei, der vom Hof kam, ließ sie aufhorchen. Sie öffnete das Fenster. Clotilde kauerte neben dem Bambusstrauch, einen Müllbeutel in der Hand, und wimmerte.

»Clotilde!«, rief Cyrille. »Was ist los?«

»Es ist entsetzlich, Madame, ganz entsetzlich.«

»Was? Was ist denn so schrecklich?«

Clotilde schüttelte den Kopf und deutete auf etwas im Müllbeutel.

»Ich sehe nichts«, meinte Cyrille. »Was ist es denn?«

»Es ist einfach nur abscheulich.«

Es dauerte ungefähr eine Minute, bis Cyrille hinunter ins Erdgeschoss und in den Hof gelaufen war. Zwei steile Falten hatten sich auf ihrer Stirn gebildet.

»Was, Clotilde, was?«, fragte sie atemlos.

»Das, Madame.«

Im Beutel lag ein kleines Federknäuel.

»Ein toter Vogel«, konstatierte Cyrille.

Die Schwesternhelferin hob das kleine Wesen hoch, um es der Ärztin zu zeigen.

»Ich verstehe noch immer nicht.«

Clotilde drehte den Spatz so, dass man seinen Kopf sehen konnte.

»Die Augen!«

»Die Augen?«

»Er hat keine Augen mehr.«

Ausgestochen.

Man konnte deutlich zwei Einschnitte erkennen.

»Wer hat das getan?«

»Ich weiß nicht, Clotilde«, erwiderte Cyrille mit tonloser Stimme. »Kein Grund zur Aufregung.«

Doch sie hob den Kopf, und ein Schauer lief ihr über den Rücken. Der Vogel lag genau unter dem Fenster des Zimmers, in dem Julien Daumas die Nacht verbracht hatte.

9

Der Park des Champ-de-Mars war feucht und fast menschenleer. Nach der Arbeit joggte Cyrille wie jeden Tag fünf Kilometer. Ihre beruflichen Sorgen, die Patienten, die Vorbereitungen für den bevorstehenden Vortrag des Philosophen Lecomte – all das ließ sie hier hinter sich. Als sie an der großen Wiese in der Mitte umkehrte, waren ihre Wangen gerötet. Sie spürte, dass sie seit zwei Monaten kein Kardiotraining mehr gemacht hatte. Mit raschen Schritten, die Hände in die Hüften gestemmt, ging sie nach Hause. *Ich muss einfach wieder jeden Tag meine Übungen machen.* Benoît hielt eine Vorlesung am Collège de France. Er würde nicht vor zwanzig Uhr nach Hause kommen. Sie wollte sich umziehen, eine gute Flasche Rotwein öffnen, die Bio-Lasagne aus dem Feinkostgeschäft aufwärmen, dazu noch schnell einen kleinen Salat mit Nüssen und wilden Schalotten machen, wie er ihn so gerne aß, und dann die Überraschung für ihn vorbereiten: Sie würde ein leichtes Kleid und dazu die neuen Dessous anziehen, die in ihrer Schublade warteten. Sie wollte den gestrigen verdorbenen Abend wiedergutmachen. Außerdem würde sie das auf andere Gedanken bringen und ihrem Eheleben guttun.

Julien Daumas, der Pseudologe. Ein junger Mann, den ein bisher nicht identifiziertes Trauma quälte, verwandelte sich in einen kleinen Jungen, der von nächtlichen Schreckensvisionen heimgesucht wurde. Und der seine Phantasiebilder auf sie projizierte.

Sie hatte schon mehrere Patienten mit Albträumen behandelt, aber noch nie einen so eigenartigen Fall gehabt. Julien Daumas unterschied sich von allen anderen Patienten. Er hatte sich völlig abgekapselt und sprach nicht gern über sich, doch man erkannte rasch, dass sich hinter der Fassade des sportlichen Träumers ein Mensch von außergewöhnlicher Intelligenz und Kreativität verbarg. Ein Blick in sein Fotobuch im Internet hatte ihre Vermutung bestätigt: Verschiedene, anscheinend zufällig entstandene Aufnahmen, von denen ein Foto sie besonders durch seine Schönheit und Poesie beeindruckt hatte. Eine Sandwüste bei Sonnenuntergang, im Vordergrund ein heulender Wolf.

Cyrille massierte sich die Rippen, allmählich nahmen ihre Wangen wieder eine normale Färbung an. Sie war gespannt, ob die Krakowsche Methode gegen Albträume in einem so komplexen Fall helfen würde.

Ein junges Paar im Sportdress joggte an ihr vorüber. *Ob die beiden wohl glücklich sind?* Ihr Beruf erschien ihr auf einmal ein aussichtsloses Unterfangen zu sein. Die Behandlung von Geisteskrankheiten glich einer Wissenschaft. Für bestimmte Krankheitsbilder hatte man inzwischen mehr oder weniger reproduzierbare Resultate erzielen können, und jahrelange Berufserfahrung und unzählige wissenschaftliche Abhandlungen untermauerten die Wahl einer Therapieform. Es gab einen Konsens über diese oder jene Diagnose und die entsprechende Behandlung. Entscheidungen, die man bei Kongressen oder unter Kollegen mit ähnlich gelagerten Fällen diskutieren konnte.

Dagegen war Wohlbefinden ein rein subjektiver und diffuser Begriff. Das Gefühl, mit seinem Leben zufrieden zu sein, morgens geistig fit und voller Elan aufzustehen, um seinen täglichen Beschäftigungen nachzugehen, mit sich im Reinen zu sein, sich selbst gefunden zu haben, glücklich zu sein ... Wie wollte man diese Empfindungen anhand von Tests oder Erhebungen ermitteln? *Ist für diese alte Dame, die ihren Hund spazieren führt, Glück dasselbe wie für die beiden Jogger?* Diese Frage stellte sich Cyrille nicht zum ersten Mal.

Sie war Psychiaterin, kannte sich mit Geisteskrankheiten aus, doch sie hatte einen anderen Weg gewählt, der ihr weitaus ambitionierter und schwieriger erschien. Sie verbrachte täglich fünfzehn Stunden damit, das Übel zu bekämpfen, das in einer von Konkurrenz, Effizienz und Individualismus geprägten Gesellschaft wie der unseren einen hervorragenden Nährboden hatte. Abhängig von der Person, die es befiel, nahm dieses »Übel« verschiedene Formen an. Seelisches Leid, Mangel an Selbstvertrauen und Liebe, das Gefühl, nicht gebraucht zu werden, die Angst, zu versagen, die Angst vor dem Älterwerden und davor, nicht perfekt zu sein, seinen Besitz, sein Gedächtnis oder die Selbstkontrolle zu verlieren, die Angst vor dem nächsten Tag und dem Unbekannten ... All diese heimtückischen Leiden, die sie täglich in den unterschiedlichsten Erscheinungsformen erlebte, waren ihrer Ansicht nach Variationen ein- und desselben Übels.

Früher, so sagte sie sich, fürchtete man vor allem Krankheit und Tod. Heutzutage war es das Leben selbst, das Angst machte. Das war offenkundig bei all denen, die die Klinik aufsuchten. Um ihre Gelenke zu lockern, ließ Cyrille ihre Schultern kreisen. Erneut bekräftigte sie mental ihren Entschluss: Sie würde sich weder von Julien Daumas einschüchtern lassen, noch von irgendjemandem sonst. Sie biss die Zähne zusammen. Sie weigerte sich einfach, sich auf die Spielchen eines Wahnsinnigen einzulassen. Morgen würde sie sich weiter mit ihm unterhalten, ihre drei Sitzungen hinter sich bringen und ihn anschließend unverzüglich an die psychiatrische Klinik Sainte-Anne überweisen.

20 Uhr

Nackt, geduscht und frisiert, riss Cyrille das Etikett von ihren neuen Dessous ab, die noch in Seidenpapier eingepackt waren. Ein Ensemble aus roter Spitze mit dem verheißungsvollen Namen »Passion«, das sie vor einiger Zeit aus einer Laune heraus gekauft und bisher nicht getragen hatte. Sie zog die Stoffteilchen an und betrachtete sich kritisch im Spiegel. Der BH hatte einen Push-up-Effekt, das Höschen bedeckte so gut wie nichts ... *Wieso habe ich das bloß gekauft? Ich sehe aus wie eine Luxusnutte* ... Sie verzog das Gesicht, *ach, egal,* Benoît würde es bestimmt gefallen. Nach zwölf Jahren Ehe musste man sich hin und wieder schon etwas anstrengen, um dem Intimleben ein wenig Würze zu verleihen.

Sie wollte einfach nur einen netten, entspannten Abend genießen. Denn wenn der Große Mann in drei Wochen den Nobelpreis verliehen bekäme – woran sie nicht eine Sekunde lang zweifelte –, würden sie sich vor den Medien und vor Anfragen nicht mehr retten können: Kolloquien leiten, Bücher und Artikel schreiben, viele offizielle Termine wahrnehmen. Ihr alter österreichischer Freund Frederik Randel, der im Jahr 2000 mit dem Nobelpreis für Medizin ausgezeichnet worden war, hatte ihnen gesagt: »*Your life will never be the same.*« Die Botschaft war eindeutig, und Cyrille wollte, dass sie beide diese entscheidende Phase unter guten Voraussetzungen begannen.

*

Benoît Blake, der sich früher in seiner Freizeit als Ringkämpfer betätigt hatte, war gut ein Meter achtzig groß, neunzig Kilo schwer und insgesamt eine imposante Erscheinung. Er betrat das geräumige Wohnzimmer – ein modern und puristisch eingerichteter Raum, ganz in Grau-, Schwarz- und Weißtönen gehalten. Cyrille, geschminkt und in einem schwarzen, tief dekolletierten Kleid, saß auf dem anthrazitfarbenen Ledersofa und blätterte in einer Zeitschrift. Auf dem niedrigen Tisch vor ihr standen zwei Gläser Wein. Ungewöhnlich.

»Wow, was gibt es denn zu feiern?«

Cyrille strahlte ihren Ehemann an, erhob sich und ging ihm entgegen.

»Unsere letzten ruhigen Tage vor dem Nobelpreistheater!«

Der Große Mann seufzte.

»Das ist ganz reizend, mein Liebling, aber wir wollen doch den Tag nicht vor dem Abend loben ...«

Sie küssten sich.

»Warum? Was ist passiert?«, erkundigte sich Cyrille.

Benoît wirkte enttäuscht.

»Angeblich favorisiert das Karolinska-Institut meinen Konkurrenten Tardieu.«

Cyrille nahm die Weingläser und reichte ihm eines.

»Und, stammen die Gerüchte aus einer zuverlässigen Quelle?«

»Das kann ich nicht beurteilen, und deshalb regt es mich auch so auf. Tardieu ist ein Angeber und Schleimer, alles, was er kann, ist, vor der Akademie zu katzbuckeln. Seine Arbeit taugt nichts.«

Cyrille räusperte sich. Immerhin hatte Tardieu die Wirkungsweise des Oxytocins entschlüsselt – des vom Hypothalamus gebildeten Hormons, das vor der Geburt auf den Uterus kontraktionsauslösend wirkt und nach der Geburt für den Milcheinschuss in die Brustdrüsen verantwortlich ist. Doch das Hormon spielte auch – und dieser Punkt interessierte Cyrille ganz besonders – eine wichtige Rolle bei der Vertrauensbildung. Oxytocin baute Stress ab, steigerte die Bindungsfähigkeit und senkte das

Schmerzempfinden. Viele Autoren bezeichneten es daher als »Liebeshormon«. Tardieu war also alles andere als ein Hochstapler! Wenn Benoît erst einmal in Fahrt war, wurde er zum Meister der üblen Nachrede. Doch heute Abend würde sie ihm nicht widersprechen.

»Komm, mein Schatz, entspann dich!«

Benoît legte Jackett und Krawatte über die Sofalehne. Im hinteren Teil des Raumes gelangte man in ein geräumiges Esszimmer mit einem breiten, für zwei Personen gedeckten Glastisch.

»Danke, Liebling. Was würde ich nur ohne dich tun?«

Sie setzten sich, tranken Wein, aßen den Salat und anschließend die Lasagne.

Als Cyrille das Gefühl hatte, ihr Mann habe sich ausreichend beruhigt, legte sie das Besteck beiseite, holte ihre Handtasche, die am Sofa lehnte, und zog daraus einen weißen Umschlag hervor. Benoît beobachtete sie neugierig.

»Überraschung!«, rief Cyrille und überreichte ihm das Kuvert.

Als er darin zwei Flugtickets nach Mauritius entdeckte – in dreieinhalb Wochen sollte es losgehen –, sah Benoît sie erstaunt an. Hocherfreut über seine Reaktion, stand Cyrille lächelnd vor ihm. Beschwichtigend hob sie die Hand, um jeglichen Protest im Keim zu ersticken.

»Ich weiß, ich weiß, du bist superbeschäftigt, und ich auch. Aber wenn wir jetzt nicht fahren, sind wir wieder ein komplettes Jahr durch Termine blockiert. Außerdem hat Muriel mir gesagt, dass ich mir entschieden zu viel zumute. Ich fühle mich nicht ganz fit. Kurz, ich brauche endlich mal Urlaub.«

Benoît zeigte Verständnis.

»Ja, du hast recht. Eine ausgezeichnete Idee, bravo!«

Seit ihre Forschungsarbeit über Meseratrol beendet war, hatten sie kaum noch gemeinsame Aufgaben. Ihre Zusammenarbeit beschränkte sich seitdem auf die Korrekturen, die Cyrille an Benoîts Texten vornahm. Der Rest des Abendessens verlief heiter. Cyrille sprach bewusst von allem Möglichen, nur nicht vom Centre Dulac. Sie wollte unbedingt jeden Bezug zu medizinischen Themen oder Patienten meiden.

Bis Benoît all ihre Bemühungen zunichte machte.

»Hält Lecomte morgen seinen Vortrag?«

»Ja, alle wissen Bescheid, die Presse, die Patienten. Es verspricht ein Erfolg zu werden.«

»Umso besser. Wenn ich es schaffe, rechtzeitig vor dem Empfang einzutreffen, werde ich ihn begrüßen. Der Galaabend beginnt um zwanzig Uhr, aber wenn du schon ein bisschen eher da sein könntest, um die anderen Gäste willkommen zu heißen, wäre das wundervoll.«

Benoît Blake war einer der Ehrengäste dieser Wohltätigkeitsveranstaltung, die am morgigen Abend von der Gesellschaft für Hirnforschung im Museum am Quai Branly veranstaltet wurde.

»Keine Sorge.«

Nachdem Benoît sich mit der Serviette den Mund abgewischt hatte, erkundigte er sich:

»Na, hast du deinen Pseudologen wiedergesehen?«

»Ja, und du hattest recht«, meinte Cyrille mit einem kleinen triumphierenden Lachen.

»Julien Daumas hat ein Problem, nicht ich!«

Benoît schnalzte mit der Zunge und trank sein Weinglas leer.

»Julien Daumas, sagst du?«

»Ja.«

Schweigend sah er Cyrille einen Moment lang an. Sie runzelte die Stirn.

»Ist irgendetwas? Warum siehst du mich so komisch an?«

»Du bist heute Abend wirklich wunderschön.«

»Nett, dass du das sagst«, erwiderte sie, dann fuhr sie fort: »Ich wende bei Daumas das Krakowsche Verfahren an. Das wird ihm kurzfristig sicher helfen. Wenn es sich um ein unbewusstes Trauma handelt, werden die Albträume nach einiger Zeit wiederkommen. Aber ich habe ohnehin beschlossen, den Fall abzugeben.«

»Hm ...«

»Bist du nicht einverstanden?«

»Doch, doch. Das ist die beste Lösung.«

»Weißt du, der Patient verhält sich wirklich seltsam. Bevor er heute ging, hat er mir seinen Hausschlüssel anvertraut. Dann würde er sich sicherer fühlen, meinte er.«

»Und, bist du darauf eingegangen?«

Cyrille zuckte mit den Schultern.

»Ich war total überfordert. Aber morgen bekommt er ihn zurück.«

Benoît gähnte, streckte sich und stand auf.

»Jetzt haben wir aber lange genug über die Arbeit gesprochen.«

»Möchtest du keinen Nachtisch?«

»Nicht sofort.«

Der Professor ließ sich aufs Sofa fallen. Er streifte seine Schuhe ab und machte den Gürtel auf. Cyrille setzte sich neben ihn und seufzte müde.

»Soll ich dich vielleicht massieren, Liebling?«, schlug Benoît vor. »Du siehst erschöpft aus.«

Cyrille wiegte den Kopf hin und her.

»Warum nicht?«

»Eine Kopfmassage?«

»Phantastisch.«

Benoît zog seine Frau an sich. Seine Geste war etwas grob, doch er massierte mit sanftem Druck ihren Nacken und den Hinterkopf, und das war angenehm. Dann arbeitete er sich mit kleinen kreisenden Bewegungen bis zur Stirnhöhle vor. Anschließend fuhren seine Finger an ihrem Haaransatz entlang. »Aua!«, rief Cyrille. »Willst du mich untersuchen?«

»Tut das weh, wenn ich hier drücke?«

»Nein, nicht wirklich, aber es ist auch nicht sehr angenehm.«

Benoîts Hand glitt über Cyrilles Hals, liebkoste ihre Haut bis zum Brustansatz.

»Aber, sagen Sie, Madame, was ist denn das für eine rote Spitze?«

»Keine Ahnung, Monsieur, ich weiß gar nicht, wie die da hinkommt«, erwiderte Cyrille kokett.

»Also, ich glaube, das werde ich mir mal aus der Nähe ansehen müssen«, meinte ihr Mann und küsste sie zärtlich.

10

Der Barkeeper, den seine Mutter auf den Namen Pierre-Louis getauft hatte, wurde von allen Gästen nur Luigi gerufen. Gerade stellte er ein drittes Desperado vor Sean ab, einem irischen Studenten, der hier seinen freien Abend verbrachte. Die Bar war um diese Zeit noch halb leer, auf den Flachbildschirmen liefen in einer Endlosschleife MTV-Clips. Amy Winehouse sang »I say no, no, no« für die wenigen Anwesenden, die darauf warteten, dass endlich das Dart-Turnier startete. Luigi wechselte ein paar Worte mit dem Studenten, der nur wenig Französisch sprach. Dabei schielte er immer wieder zum Eingang hinüber. Er beobachtete den schweren, dunkelgrünen Samtvorhang vor der Tür.

Um einundzwanzig Uhr bewegte er sich endlich, und sie erschien.

Sie.

Ein Mal, nur ein einziges Mal hatte er sich getraut, ihr ein Bier auszugeben. Bei einer der seltenen Gelegenheiten, als sie ohne Begleiter gekommen war. Normalerweise hatte sie immer irgendwelche Kerle im Schlepptau, häufig Zufallsbekanntschaften, wie es schien. Sobald sie in der Bar aufkreuzte, stieg die Stimmung spürbar. Überschwänglich begrüßte sie die Stammgäste, gab ein paar witzige Sprüche zum Besten und schüttelte ihre feuerrote Mähne.

Luigi sagte sich, dass sie mit ihren Rundungen nicht gerade eine Schönheit war, doch mit ihrem strahlenden

Lächeln betörte sie unweigerlich jeden Mann. Alle Welt wusste, dass sie in der, wie man hier sagte, »Glücksklinik« arbeitete und dort als sehr zuverlässig galt. Und in der Bar gab es keine bessere Stimmungskanone. Luigi setzte sein charmantestes Lächeln auf. Er wusste, dass er ein hübscher Kerl war und wie alle anderen eine Chance hatte, doch was er dann sah, ernüchterte ihn. Denn hinter Marie-Jeanne tauchte der Prototyp eines schönen Mannes auf, ein großer Blonder, athletisch gebaut, lässig gekleidet, Augen so grau wie der Ozean ... Der Albtraum für jeden Durchschnittsmann. Okay. Er konnte seine Hoffnungen begraben, der Abend war gelaufen. Luigi betete, dass die beiden sich nicht an den Bartresen, genau vor seine Nase setzten. Fehlanzeige.

»Hello, Luigi, bringst du uns bitte zwei Desperados?«

Marie-Jeanne schwang sich in ihren engen Jeans auf den Barhocker und rief ihm die Bestellung zu. Sie wirkte aufgekratzt und ließ den schwarzen Trenchcoat auf die Rückenlehne gleiten. Unter dem knappen spitzenbesetzten blauen Jersey-Top blitzte ein Stückchen Haut hervor. Der Barkeeper war am Boden zerstört. Er brachte den beiden das Gewünschte, ohne sie anzusehen, und entfernte sich gleich wieder. Er wollte auf keinen Fall miterleben müssen, wie seine Illusionen sich in Luft auflösten!

Marie-Jeanne nahm ihr Bierglas und prostete Julien zu.

»Auf dein Wohl!«

Sie stießen an.

»Bleibst du länger in Paris?«, erkundigte sie sich und sah ihn mit ihren blauen Augen eindringlich an.

»Weiß noch nicht.«

Juliens Stimme war ziemlich tief. Er trank sein Bier in kleinen Schlucken und musterte dabei die übrigen Gäste. Nicht sehr gesprächig, der Typ. Doch Marie-Jeanne war nicht zu bremsen, wenn nötig, konnte sie die Unterhaltung auch allein bestreiten. Sie war entschlossen, nicht locker zu lassen. Das hier war das prächtigste männliche Exemplar, das ihr ins Netz gegangen war, seit ihre große Liebe Marco sie vor drei Jahren verlassen hatte.

»Also, ich bin ganz schön rumgekommen, hauptsächlich in Spanien, Dänemark und Belgien. Ich würde auch gern mal nach Panama. Hier werde ich bestimmt nicht mein Leben lang bleiben, aber momentan gefällt es mir.«

»Deine Arbeit auch?«

»Absolut. Dabei war ich felsenfest davon überzeugt, dass ein Bürojob nicht mein Ding ist. Doch eigentlich ist es cool. Die Leute sind nett.«

Juliens Aufmerksamkeit war nun wieder auf sie gerichtet.

»Wie lange arbeitest du eigentlich schon für deine Tante?«

»Zwei Jahre. Vorher habe ich mal hier, mal da als Bedienung gejobbt, ich hab's auch mal als Straßenhändlerin probiert und Schmuck verkauft. Cyrille hat mir echt 'ne Chance gegeben.«

Marie-Jeanne lächelte ihn über ihr Glas hinweg an. Im Internetforum Meetic war ihr Pseudonym »Irrlicht«. Sie hatte dort in einem Jahr mit mehr als hundert Männern gechattet, sich mit etwa zwanzig getroffen und mit etwa zehn davon geschlafen. Sie bevorzugte keinen speziellen Typ, er sollte nur nicht zu alt und eher gut aussehend sein. Wichtig war ihr vor allem, wie sie schrieben, wie sie sich ausdrückten. Ein bisschen originell sollten sie allerdings auch sein.

Julien war seit Monaten der Erste, den sie nicht im Netz aufgegabelt hatte. Sie hatte die Warnungen ihrer Tante in den Wind geschlagen, die war einfach zu altmodisch und der Typ viel zu attraktiv. Das einzige Problem: Er war offensichtlich nicht sehr gesprächig. Anders als im Netz, wo man etwas von sich preisgeben musste.

Marie-Jeanne schwieg nun ebenfalls und nutzte die Gelegenheit, um ihre Beute zu begutachten. Ihr fiel auf, dass seine Haut mit Sommersprossen übersät war, sogar die vollen Lippen. Sie bewunderte die gerade Nase, die langen Wimpern, seine starken und muskulösen Hände, die hervortretenden Venen auf seinen Unterarmen. Sie speicherte sämtliche Details, um sie an ihre Freundinnen weiterzugeben. Am liebsten hätte sie ihn mit ihrem Fotohandy »abgeschossen«, doch sie traute sich nicht.

»Deine Tante ist cool«, meinte er schließlich.

»Cool? Nein, überhaupt nicht! Du kannst dir nicht vorstellen, wie verklemmt die ist ... doch sie hat ein großes Herz und ist bienenfleißig.«

Sie verschlang ihn noch immer mit ihren Blicken, als sie sich zu ihm hinüberbeugte.

»Und, was machen deine Probleme? Geht's dir besser?«

»Weiß nicht.«

Marie-Jeanne zog einen Schmollmund und lachte.

»Wirst sehen, das wird schon wieder. Sie wird in null Komma nichts« – sie schnippte mit den Fingern – »dafür sorgen, dass sich deine Albträume in Luft auflösen. Cyrille ist wirklich eine Top-Ärztin.«

Sie trank einen Schluck Bier und fuhr sich mit der Zunge über die Lippen.

»Was ist für dich wahres Glück?«, wisperte sie.

Luigi kehrte den beiden den Rücken zu und polierte energisch die Espressomaschine. Innerlich kochte er. Der Kerl verhieß nichts Gutes. Er wirkte hartherzig, eiskalt. War Marie-Jeanne blind oder was?

»Glück ... hmm ... in der Morgendämmerung die Natur fotografieren ... darauf warten, bis die Welle auf dem *line-up* ist.«

»*Line-up?*«

Er stützte die Ellenbogen auf den Tresen und starrte in die Ferne.

»Der Punkt hinter der brechenden Welle.«

»Der Moment, wo alle Surfer darauf warten, dass die nächste Welle sie mitnimmt.«

»Genau.«

Marie-Jeanne spürte, wie sie dahinschmolz.

»Das muss der ... Wahnsinn sein!«

Julien sah sie regungslos an.

»Wahnsinn, verrückt, ohnegleichen.«

Zwei Stunden später betrachtete Julien in der Avenue Bosquet die altehrwürdige Fassade eines Haussmannschen Gebäudes und pfiff durch die Zähne.

»Und hier wohnst du?«

»Yep, ich wohne direkt über meinem Onkel und meiner Tante in einem kleinen Zimmerchen. Sie haben es mir überlassen, solange ich in der Klinik arbeite.«

»Kein sehr belebtes Viertel.«

Marie-Jeanne rieb sich die Arme, sie fröstelte.

»Nein, das ist klar. Aber so eine Gelegenheit konnte ich mir doch nicht entgehen lassen. Außerdem lässt mich Cyrille die Waschmaschine mitbenutzen, und ich darf mich aus dem Kühlschrank bedienen. Willst du mit hochkommen?«

Julien schob die Hände in die Taschen seiner Jeans.

»Ich will auf keinen Fall deiner Tante über den Weg laufen.«

»Das kann uns doch egal sein!«, meinte Marie-Jeanne trotzig. »Ich benutze die Hintertür und sie den Haupteingang. Ich bin ihnen noch nie im Hausflur begegnet. Und außerdem können wir die Verbindungstür zur Treppe abschließen, wenn du willst. Es besteht kein Grund zur Sorge. Sie wird nie erfahren, dass du hier gewesen bist.«

Der junge Mann warf ihr einen nervösen Blick zu.

»Krieg ich bei dir 'nen Kaffee?«

11

8. Oktober, morgens

Der Besprechungsraum der Klinik war eher modern eingerichtet, ovaler Tisch aus hellem Holz, Ledersessel, an der Wand ein Plasmabildschirm und eine Vorrichtung für Videokonferenzen. Es roch nach Bienenwachs und frischem Kaffee. Letzteres war Cyrille zu verdanken, die außerdem noch Minibrioches und Vollkornbrot bestellt hatte. Alles selbstverständlich Bio, das war ihr Prinzip.

Die fünf Ärzte – Panis, Mercier, Frigerole, Entmann und Blake – hatten sich zu einer Besprechung um den Tisch versammelt, was mindestens zweimal pro Woche geschah, um alle über den Klinikbetrieb auf dem Laufenden zu halten. Und am späten Nachmittag sollte der Philosoph André Lecomte für die geladene Presse und ein ausgewähltes Publikum seinen Vortrag zum Thema Glück halten.

Das gesamte Erdgeschoss war in Aufruhr. Der Mobiliarverleih hatte bereits die Stühle geliefert, die an den Wänden gestapelt standen und nur noch aufgestellt werden mussten. Weiß gedeckte Tische warteten darauf, dass der Party-Service das Buffet lieferte. Cyrille Blake war gestresst, hörte aber konzentriert zu, als ihr Kollege Thierry Panis einen Neuzugang vorstellte.

»Jean-Luc Martin, neununddreißig Jahre, Patient mit Zwangsstörung«, erläuterte er. »Ein klassischer Fall von Waschzwang. Ich habe bei ihm mit Ericksonscher Hypnotherapie begonnen, doch er hat darauf nicht sehr gut angesprochen, und auch die Umkonditionierung funktioniert nicht. Hat jemand vielleicht einen Vorschlag?«

»Haben Sie die letzten Arbeiten von Jeffrey Schwartz gelesen?«, erkundigte sich Marc Frigerole, Spezialist für Verhaltenstherapie.

Panis räusperte sich.

»Die Letzten nicht, nein ...«

Cyrille zeichnete kleine Quadrate in die Ecke ihres Notizheftes, während sie ihrem Kollegen aufmerksam lauschte.

»Schwartz hat eine neue Theorie zu Zwangsstörungen entwickelt. Er fand heraus, dass das Gehirn eines Menschen mit diesen Symptomen Besonderheiten aufweist. Im Bereich des Cingulums, des orbitofrontalen Cortex, und im Nucleus caudatus ist der Energieumsatz deutlich erhöht. Daraus schloss er, dass man das Gehirn umpolen muss, wenn man diesen Teufelskreis durchbrechen will.«

»Wie?«, fragten zwei Kollegen wie aus einem Munde.

»An die Stelle des zwanghaften Verhaltens muss ein anderes treten, bis das Gehirn schließlich den zweiten Weg auf Kosten des ersten Weges favorisiert.«

»Durch Übungen, die ständig wiederholt werden?«, erkundigte sich Mercier.

»In der Tat. Jedes Mal, wenn der Zwang übermächtig wird, muss der Patient eine ihm angenehme Handlung ausführen, die Dopamin freisetzt und den Belohnungskreislauf aktiviert. Auf Dauer wird das Gehirn den angenehmen Weg vorziehen. Und die neuronale Verbindung, die der Zwangsstörung zugrunde liegt, wird abgeschwächt.«

»Das ist hervorragend«, meinte Cyrille.

»Ja, das finde ich auch. Ich habe gerade bei einer Patientin mit dieser Behandlungsmethode begonnen. Panis, Sie könnten bei der nächsten Sitzung zugegen sein. Was halten Sie davon?«

Panis nickte zustimmend. Cyrille erklärte:
»Das würde mich auch interessieren.«

Ihre Stimmung war bestens, sie hatte sehr gut geschlafen. Der Abend mit Benoît war ein voller Erfolg gewesen, und ihre Beziehung würde in den nächsten Wochen ausgeglichen sein. Sie sah auf die Uhr.

»Bevor wir die Sitzung abschließen, möchte ich noch gerne von einem Fall berichten.«

Sie stellte kurz Julien Daumas vor, ehemaliger Patient aus Sainte-Félicité, dessen Behandlung sich als nicht einfach erwies.

»Ich habe beschlossen, ihn an die Psychiatrie Sainte-Anne zu überweisen. Es ist das erste Mal, dass so etwas bei uns vorkommt. Deshalb wollte ich Sie alle davon in Kenntnis setzen.«

»Ich halte Ihre Vorgehensweise für vernünftig«, stimmte Panis zu. »Ich glaube nicht, dass die übrigen Patienten es gutheißen würden, wenn sie mit Menschen in Berührung kämen, die eigentlich in die Psychiatrie gehören.«

Die anderen Ärzte pflichteten ihm bei.

»Ich sehe das genauso«, bekräftigte Cyrille. »Das Zentrum wendet sich an geistig gesunde Menschen, die sich in einer akuten Krise befinden. Das dürfen wir nicht vergessen.«

Das allgemeine Stühlescharren zeigte, dass die Sitzung beendet war. Cyrille war erleichtert. Ihr Gehirn arbeitete vollkommen normal, und sie hatte die Situation im Griff. Sie eilte den Gang entlang, um die drei für den Vormittag anstehenden Behandlungen durchzuführen. Anschließend würde sie sich voll und ganz dem Philosophen widmen, mit dem sie um dreizehn Uhr zu Mittag essen würde.

*

Marie-Jeannes bunte, unförmige Umhängetasche lag auf dem Schreibtisch. Sie selbst saß neben einer alten Dame auf der Couch im Wartezimmer und redete sanft auf sie ein.

»Guten Morgen, Madame Planck, was ist passiert?«, erkundigte sich Cyrille, als sie eintrat.

»Ihre Nichte hilft mir freundlicherweise dabei, mich an ein Gedicht aus meiner Kindheit zu erinnern. Mein Gedächtnis spielt mir mal wieder einen Streich.«

»Kommen Sie, ich bin vom Gegenteil überzeugt und sicher, dass Sie Fortschritte gemacht haben, seit Sie mit dem Gehirnjogging begonnen haben.«

»Also, ich konnte noch keine Besserung feststellen.«

»Na, das werden wir uns mal gemeinsam ansehen.«

Eine Dreiviertelstunde später begleitete Cyrille ihre nun wieder hoffnungsvolle Patientin zur Tür.

»Ist Julien Daumas noch nicht da?«

Marie-Jeanne sah sie mit großen Augen an.

»Nein, er wird sich wohl etwas verspäten.«

»Heute können wir uns so etwas nicht erlauben«, meinte Cyrille mit einem Blick auf die kleine Uhr, die an der Wand gegenüber ihrem Sprechzimmer hing. Sie hatte extra nur Termine für den Vormittag ausgemacht, um am Nachmittag den Vortrag organisieren zu können.

»Wann kommt mein letzter Patient?«

»Zehn Uhr dreißig.«

»Der Plan wird auf keinen Fall verschoben. Wir warten noch eine Viertelstunde, und danach rufst du ihn an.«

Sobald Cyrille ihr den Rücken zuwandte, begann Marie-Jeanne eine Nachricht in ihr Handy zu tippen. Cyrille hatte ihr einen ausgezeichneten Vorwand geliefert, um sich mit Julien in Verbindung zu setzen. Sie schickte ihm eine SMS und wartete. Nichts. Keine Antwort. Kein hoffnungsvolles Piepsen.

Die Minuten verstrichen, und Marie-Jeanne ließ die

Zeiger der Uhr nur aus den Augen, um ihre E-Mails zu checken. Plötzlich blinkte das Fenster des Windows Messenger Programms MSN auf ihrem Bildschirm. Moune, eine ihrer Freundinnen, mit der sie abends häufig unterwegs war und die in einem Videoclub arbeitete, hatte ihr eine Mail geschickt.

»Und??? Erzähl!!!«

Marie-Jeanne sah nach, ob die Tür zum Büro ihrer Tante auch wirklich geschlossen war. Sie hatte keine große Lust, dass Cyrille sie während ihrer Arbeitszeit beim Chatten erwischte. In aller Eile tippte sie, ein Lächeln auf den Lippen, eine Antwort:

»Er ist unglaublich schön, unglaublich toll ... ein echter Surfer!!!!!« Sie schickte die Nachricht ab. Mounes Antwort kam umgehend:

»Wow ... und was habt ihr gemacht?«
Marie-Jeanne: »Was getrunken, bei Luigi und bei mir.«
Moune: »... und???«
Marie-Jeanne: »Nicht viel.«
Moune: »Hast du nicht mit ihm geschlafen?«
Marie-Jeanne: »Not really.«
Moune: »Werdet ihr euch wiedersehen?«
Marie-Jeanne: »Hope so. Ciao. Muss arbeiten.«

Marie-Jeanne ging bei MSN offline und wählte sich bei Facebook ein. Ins Suchfenster schrieb sie »Julien Daumas«. Nichts. Sie wiederholte ihre Anfrage bei Google, mehr als eintausendvierhundert Ergebnisse erschienen. Sie klickte auf den ersten Eintrag und landete auf der Website der Fotoagentur Ultra Vision. Ein Abschnitt war den schönsten zum Verkauf stehenden Fotos vorbehalten. Marie-Jeanne bewunderte eine herrliche Aufnahme, gigantische Wellen an einem stürmischen Tag. Julien verkörperte all das, was ihr fehlte: Flucht aus dem Alltag,

Fernweh, ungestüme Natur. Sie konnte fast das Salz auf ihren Lippen schmecken. Er und sie, allein an einem von den Elementen umtosten Strand ...

Seufzend sah sie auf ihr Handy – keine Nachricht –, schloss die Fotogalerie und surfte auf anderen Internetsites. Nur die ersten schienen interessant zu sein. Doch plötzlich wurde ihr Blick von einem Titel angezogen. Marie-Jeanne klickte auf die Adresse und fand sich in einem Amateur-Blog über skurrile Meldungen aus der Rubrik »Vermischtes« wieder. Mit einem Mal weiteten sich ihre Augen ungläubig.

In diesem Moment steckte Cyrille den Kopf durch die Tür.

»Hast du schon bei ihm angerufen?«

»Nein, noch nicht. Mache ich sofort.«

Marie-Jeanne druckte sich den Artikel aus, und drückte die Wahlwiederholung.

Der Anrufbeantworter teilte ihr mit, dass sie eine Nachricht hinterlassen könne.

»Guten Morgen, hier ist die Klinik Dulac. Sie haben einen Termin bei Doktor Blake. Bitte setzen Sie sich schnellstmöglich mit uns in Verbindung«, verkündete Marie-Jeanne, um einen neutralen Tonfall bemüht.

Sie legte auf, nahm das Blatt aus dem Drucker und überflog rasch den Artikel aus dem *Provençal* vom 28. Juni 1991. Ihr Magen schnürte sich zusammen.

Einen Moment zögerte sie, doch dann faltete sie die Seite und schob sie in ihre Tasche. Sie dachte kurz nach und wählte anschließend erneut die Nummer, aber diesmal über ihr privates Handy.

»Julien, hier ist Marie-Jeanne. Der Abend gestern war toll. Wir können ja mal ins Kino gehen. Ruf mich an. Bis bald. Ciao.«

Sie legte auf, und im selben Moment bedauerte sie ihren Anruf, der all ihren Regeln widersprach. Sie kaute auf den Nägeln. *Toller Abend* ... Ja, wenn man so wollte. Julien war mit nach oben in ihr sieben Quadratmeter großes Zimmer gekommen, das Platz für ein schmales Bett und einen Klapptisch bot, außerdem gab es ein Waschbecken, einen kleinen Kühlschrank, eine Mikrowelle und eine elektrische Kochplatte. Das Zimmer war zwar klein, aber ordentlich aufgeräumt und hell, man fühlte sich sofort wohl.

In wesentlich entspannterer Atmosphäre als in der Bar hatten sie sich einen Becher Kaffee geteilt. Um die Stimmung etwas anzuheizen, hatte Marie-Jeanne eine CD von James Blunt eingelegt. Als *Annie* erklang, schmolz sie dahin. Es funktionierte: Julien hatte es sich auf dem Bett bequem gemacht und sogar ein bisschen von sich erzählt, zumindest von seinem Lieblingssänger Jack Johnson, einem ehemaligen Profi-Surfer, der nun als Singer-Songwriter sein Geld verdiente. Marie-Jeanne hatte das Fenster aufgemacht und einen Joint angezündet, den sie gemeinsam schweigend rauchten. Und dann hatte sie sich ihm genähert, um ihn zu küssen. Er ließ es geschehen, hatte ihr durch die Kleidung hindurch ein wenig die Brüste gestreichelt und war dann aufgestanden. »Tut mir leid«, hatte er gesagt. »Ich muss gehen, ich bin total erledigt und muss morgen früh raus.«

Es war nicht das erste Mal, dass ein Annäherungsversuch fehlschlug. Doch meistens war sie diejenige, die nicht wollte, weil der Typ einen Geruch an sich hatte, den sie nicht leiden konnte, weil sie nicht in der richtigen Stimmung war, um »es« zu machen, oder weil sich ihr Verstand weigerte, sich auf den Mann zu konzentrieren. Doch jetzt war er derjenige, der sie abwies. Sie hatte die Sache nicht mehr unter Kontrolle, und das machte sie nervös.

Cyrille Blake erschien zum dritten Mal in der Türöffnung.

»Hat er sich noch immer nicht gemeldet?«

»Nein, er geht nicht ran, ich habe eine Nachricht auf dem Anrufbeantworter hinterlassen.«

»Das ist ärgerlich.«

»Nun, es ist schließlich nicht das erste Mal, dass uns ein Patient versetzt ...«

Cyrille biss sich auf die Unterlippe.

»Gut, gib mir Bescheid, wenn er sich meldet, und stell ihn durch, auch wenn ich gerade in einer Behandlung bin.«

»Okay.«

Marie-Jeanne zog den Artikel aus ihrer Tasche und las ihn noch einmal. Sie war unentschlossen. Sollte sie Cyrille davon erzählen? Irgendetwas hielt sie zurück. Vermutlich wollte sie mehr als ihre Tante über Julien wissen.

Cyrille Blake kochte sich grünen Tee. Genug Kaffee für heute.

Auf ihrem Schreibtisch lag das offene Krankenblatt von Julien Daumas, sodass die Kurven seines Schlafprofils zu sehen waren. Ihre Sorge um diesen Patienten war eher intuitiv als wissenschaftlich begründet. Die vorliegenden Daten zeigten ihr einen Menschen in Not, der freiwillig zu ihr gekommen war und sie um Hilfe gebeten hatte, also motiviert war, wieder gesund zu werden. Der sich vertrauensvoll auf eine neue, in Frankreich bisher unbekannte Behandlungsmethode eingelassen und am Vortag in ihrem Sprechzimmer verkündet hatte: »Ich bin sicher, es wird funktionieren.« Wenn man all das betrachtete, war sein Fernbleiben unverständlich, ja sogar besorgniserregend. Natürlich konnten Patienten ihre Meinung ändern und sich entschließen, allein mit ihrem Problem fertig zu werden. Doch bei diesem Mann war das sehr unwahrscheinlich.

Sie trank ihren heißen Tee. Sie hatte irgendetwas übersehen, weil sie zu sehr mit ihren angeblichen Gedächtnisproblemen beschäftigt gewesen war, dessen war sie sich sicher. Die Angst vor einer möglichen Fehldiagnose beunruhigte sie. Als sie wieder an ihren Schreibtisch trat, bemerkte sie unter ihrer Schreibunterlage ein Kuvert, das an »Dr. Blake« adressiert war.

*

André Lecomte war ein großer, distinguierter Mann in den Sechzigern, mit weißem Haar, markanten Zügen und wachem Blick. Er trug einen eleganten grauen Anzug mit einer blasslila Fliege um seinen mageren Hals. Sein Vortrag war im vollbesetzten Saal mit großem Beifall aufgenommen worden. Clotilde, leicht enthemmt durch die zwei Gläser Champagner, die sie getrunken hatte, drängte sich zu dem umlagerten Philosophen vor.

»Monsieur«, sagte sie, »in der Schule hatte ich mit Philosophie nichts am Hut, aber bei Ihnen, bravo, habe ich jedes Wort verstanden. Stoizismus, Aristoteles ... Phantastisch. Herzlichen Dank.«

André Lecomte verneigte sich vor der Schwesternhelferin und konzentrierte sich dann auf einen jungen Journalisten, der ihm eine Frage zu stellen versuchte.

Cyrille bahnte sich einen Weg zu ihm.

»Ich sehe, man hat Ihnen schon etwas zu trinken gebracht, wunderbar. André, Ihr Vortrag war sehr klar und einleuchtend. Eine Fülle an Informationen, aber dennoch für alle verständlich. Genau das, was wir uns erhofft hatten.«

»Oh, meine Liebe, es ist immer eine Freude, hier sein zu dürfen.«

Der Journalist unterbrach ihn:

»Lässt sich die Philosophie des Glücks, von der Sie sprechen, und wie sie hier im Zentrum praktiziert wird, auch mittels der Chemie oder der Medizin bewerkstelligen?«

Der Philosoph ließ sich mit der Antwort Zeit. Da er bereits anderthalb Stunden gesprochen hatte und erschöpft war, versuchte er, die Frage knapp zu beantworten.

»Es hängt davon ab, von welchem Glück die Rede ist. Die Medikamente sind hervorragende Hilfsmittel bei allen extrem schweren Fällen wie bei Depressionen. Wie sagte Freud? Sie helfen Ihnen, aus einem ›schrecklichen Übel‹ ein ›erträgliches Übel‹ zu machen. Doch Vorsicht ist geboten: Müssen wir denn gleich bei jedem Problemchen zur chemischen Keule greifen?«

Der Journalist notierte rasch und sorgfältig die Antwort. Er wollte ihm noch eine Frage stellen, doch Lecomte hatte sich bereits Cyrille zugewandt. Nachdem sie sich angeregt unterhalten hatten, ging Cyrille Blake zum Buffet hinüber, nahm sich ein wenig Gebäck und sah unauffällig auf ihr Handy. Es war inzwischen fast achtzehn Uhr, und noch immer war es Marie-Jeanne nicht gelungen, Julien Daumas zu erreichen.

Sie musste an die Nachricht denken, die er ihr hinterlassen hatte, und atmete tief durch. Zwei Stunden früher hätte sie sich für verrückt erklärt. Doch nun sagte ihr der Instinkt, dass sie möglicherweise für eine Tragödie verantwortlich wäre, wenn sie nichts unternahm. Vielleicht war das Ganze nur ein Bluff, vielleicht aber auch nicht. Benoît erwartete sie um neunzehn Uhr dreißig am Quai Branly, sie durfte auf keinen Fall zu spät kommen. Ihr blieb also genau eine Stunde. Sie sah erneut auf ihr Handy und ging.

12

Cyrille blieb eine Weile in ihrem Mini sitzen und beobachtete das Haus Nummer 21 in der Avenue Gambetta. Die Hofeinfahrt war mit einem Code gesichert. *Verdammt noch mal!* Sie schlug auf das Lenkrad. *Daran hätte ich auch vorher denken können! Wie albern, durch ganz Paris zu fahren, wenn man den Türcode nicht kennt ...* Sie zog den flachen Schlüssel aus der Tasche ihres Trenchcoats. *Womöglich ist das nicht mal der richtige. Was habe ich bloß hier zu suchen? ...* Doch im Grunde wusste Cyrille genau, was es war. Sie war Julien Daumas' Ärztin, und es ging ihm offenbar schlecht. Dass er auf die wiederholten Anrufe nicht reagiert hatte, das hatte sie von Stunde zu Stunde mehr beunruhigt, und dann seine Nachricht: »Ich gehe nicht wieder in die Psychiatrie, lieber sterbe ich. J.« Er musste geahnt haben, dass sie vorhatte, ihn einzuweisen. Vielleicht hatte er eine Dummheit begangen. Es war besser, umsonst als zu spät zu kommen!

Wen hätte sie schicken sollen? Die Polizei? Um ihn vollkommen zu verschrecken? Und unter welchem Vorwand? Als sie die Autotür zuschlug, kam eine Frau mit einem Kinderwagen an ihr vorbei, dessen Korb mit Paketen beladen war. Mit rotem Kopf und erschöpft blieb sie vor der Nummer 21 stehen. Cyrille beschleunigte den Schritt. Das war ihre Chance. Die junge Frau gab den Code ein, und Cyrille bot an, ihr zu helfen. Sie hielt ihr die schwere Tür auf, während die Frau sich mit ihrem

Kinderwagen abmühte. Sie traten beide unter den alten Türbogen. Der Innenhof war ungepflegt, zwischen den Pflastersteinen wuchs Unkraut, in einer Ecke lag ein vergessenes rostiges Kinderfahrrad. Man hatte die Wahl zwischen Aufgang A und B.

»Entschuldigen Sie, Madame«, sagte Cyrille, »kennen Sie zufällig jemanden namens Julien Daumas? Er wohnt hier, aber ich weiß nicht, auf welcher Seite.«

»Den Mann mit den Katzen?«

Cyrille war verwirrt.

»Hm ... vielleicht ... ich ... ein großer Blonder, sieht aus wie ein Surfer, die Haare bis da.«

Sie zeigte auf ihr Kinn.

»Ja, ja, das ist der Mann mit den Katzen.«

Cyrille runzelte die Stirn.

»Er hat Katzen?«

»Er hat einen Verein gegründet, der sich um die verwilderten Katzen hier im Viertel Père-Lachaise kümmert. Er pflegt sie und versucht dann, sie unterzubringen.«

»Ach, das wusste ich nicht.«

»Er wohnt in Haus A. Oberster Stock. Was wollen Sie von ihm?«

»Ich ... ich bin Ärztin.«

»Ach ja? Das ist das erste Mal, dass er Besuch bekommt ... Guten Abend.«

»Guten Abend.«

Der Mann mit den Katzen ... Cyrille betrat das Haus A auf der rechten Seite des Hofs. Der Putz war stellenweise abgebröckelt, und eine schmale, steile Wendeltreppe schraubte sich in schier unendliche Höhen. Sie verzog das Gesicht und seufzte. *Na, dann mal los!*

Sie erreichte die erste Etage, doch als sie die Stufen zur zweiten hinaufstieg, war ihr unbehaglich zumute. Sie hatte hier nichts verloren. Was war bloß in sie gefahren? Vielleicht hätte sie Marie-Jeanne bitten sollen, sie zu begleiten. Aber die war den ganzen Tag über schlecht gelaunt gewesen und hatte Lecomtes Vortrag vorzeitig verlassen, ohne sich zu verabschieden. *Sei doch ehrlich, Cyrille, warum bist du wirklich hier, während dich dein Mann in einer halben Stunde im Abendkleid am Quai Branly erwartet?*

Sie rang nach Luft und zwang sich, ehrlich gegenüber sich selbst zu sein. *Aus beruflichem Pflichtbewusstsein? So ein Quatsch! Kein Psychiater würde in einer solchen Situation einen Patienten persönlich aufsuchen, das ist gegen alle Regeln. Und kein Psychiater hätte sich bereit erklärt, diesen Schlüssel zu behalten. Ich bin im Begriff, einen Fehler zu machen.* Doch eine unbekannte Kraft trieb Cyrille dazu, ihren Weg fortzusetzen. *Ich bin hierhergekommen, weil ich befürchte, mich geirrt zu haben ...* Von dieser Erkenntnis beeindruckt, blieb sie kurz stehen und nahm dann die letzte Treppe in Angriff. Das war es, sie hatte Angst. Insgeheim fürchtete sie, erneut einen Aussetzer gehabt und den entscheidenden Moment der Behandlung verpasst zu haben, und auch ihren Patienten unbeaufsichtigt zu lassen, obwohl er eine Gefahr für sich selbst darstellen könnte.

Sie hatte Julien Daumas insgesamt dreimal gesehen. Vielleicht hatte er ihr etwas Wichtiges anvertraut, das sie vergessen hatte? So wie sie ihren Vater beim Arzt und das Essen mit dem Pharmaboss vergessen hatte. Sie fürchtete, den ersten schweren Fehler ihrer Laufbahn begangen zu haben. Ein Stoßgebet, um sich Mut zu machen. *O Gott, hoffentlich täusche ich mich ...* Sie beugte sich über das Treppengeländer und blickte nach oben, eine weitere Etage im Dämmerlicht. Totenstille. Ganz so, als hätte das Gebäude aufgehört zu atmen. Ihr Herz schlug schnell. Sie stellte sich das Schlimmste vor. Was würde sie sehen? Einen baumelnden Körper? Blut? Sie stellte sich alles Mögliche vor. *Reiß dich zusammen und bleib so professio-*

nell wie möglich. Doch im Grunde wusste Cyrille, dass sie die beruflichen Grenzen längst überschritten hatte.

Im sechsten Stock war kein Irrtum möglich, denn es gab nur eine Tür, die durch ein Dachfenster schwach erhellt wurde. Das Herz schlug ihr bis zum Hals, und sie hatte das unangenehme Gefühl, von einer Watteschicht umhüllt zu sein. Cyrille klopfte und lauschte gespannt. Nichts. Kein Geräusch, keine Bewegung im Inneren. Sie klopfte lauter. »Julien! Ich bin es, Doktor Blake!« Stille war die einzige Antwort.

Sie schluckte und schob keuchend den flachen Schlüssel, den sie fest umklammert hielt, in das Schloss. Die Tür war nicht abgesperrt – *schlechtes Zeichen* – und ließ sich mühelos öffnen.

»Monsieur Daumas?«, rief sie und stieß die Tür auf.

Ihre Stimme klang dünn und heiser.

»Monsieur Daumas«, wiederholte sie, erneut erfolglos. Sie tastete nach dem Lichtschalter rechts neben der Tür und drückte darauf. Ein schwacher blauer Schein erhellte ein Zweisitzersofa an der Wand, davor standen ein Couchtisch und Sessel verschiedener Größe. Langsam und mit angehaltenem Atem ging sie weiter. Das Wort »Julien!« erstarb auf ihren Lippen. Dunkle Flecke überlagerten die Möbel. Sie rümpfte die Nase, als sie den Geruch von Katzenurin wahrnahm. Die Fensterläden waren fest verschlossen, sie müsste sie öffnen. Plötzlich bewegte sich auf der Couch ein schwarzer Schatten. Cyrille zuckte zusammen.

Beruhige dich, das ist nur eine Katze. Sie setzte vorsichtig einen Fuß vor den anderen. »Los, verschwinde, du hast hier nichts zu suchen«, flüsterte ihr eine innere Stimme zu. »Du bist in Gefahr!« Cyrille überhörte sie. Sie stieß mit dem Knie gegen einen Stuhl. Autsch! Eine Katze sprang mit einem Satz auf ein anderes Möbelstück, einen Beistelltisch vielleicht, und löste das feindselige

Fauchen eines weiteren Phantoms aus. Mit wenigen Schritten war Cyrille Blake am Fenster und rüttelte an der Klinke. Ein Gefühl des Unwohlseins überkam sie. Instinktiv wusste sie, dass hier etwas nicht stimmte, dass es etwas Anormales gab, aber was?

Sie versuchte, den Fenstergriff zu drehen, doch er war eingerostet. Ihre Finger zitterten, aber ihr Verstand befahl ihr, sich umzudrehen und herauszufinden, was ihr Unbehagen auslöste.

Und in diesem Augenblick begriff sie.

Sie hatte die Silhouetten der Katzen gesehen.

Sie hatte ihr Miauen gehört.

Sie hatte ihren Geruch wahrgenommen.

Aber sie hatte ihre Augen nicht funkeln sehen.

Angst überkam sie. Sie wandte sich wieder zum Fenster und rüttelte mit aller Kraft an der Klinke, die schließlich nachgab. Frische Luft drang in den stickigen Raum. Sie hob den rostigen Riegel der Fensterläden und öffnete sie weit. Draußen wurde es Abend. Ein milchiges Licht fiel in den kleinen ordentlichen Salon; der Boden war mit schweren Orientteppichen bedeckt, die Wände mit vollgestopften Bücherregalen. Und mindestens vier Straßenkatzen hockten auf den Möbeln. Die Tiere schienen gesund und gut genährt, das Fell glänzte. Ein getigerter Kater sprang von der Armlehne des Sessels und näherte sich ihr vorsichtig. Er hinkte, ein Stück seines linken Hinterbeins fehlte. Leise miauend, mit rundem Rücken und aufgestelltem Schwanz rieb er sich an ihren Beinen. Cyrille bückte sich, streichelte seinen Kopf und richtete sich wieder auf. Seine Augenlider waren fest geschlossen. Der Ärztin wurde schwer ums Herz. *Armes Tier.* Offenbar hatte Julien Dumas seine Wohnung zum Unterschlupf für missgebildete Tiere gemacht.

Cyrille sah sich aufmerksam um. Das Wohnzimmer war nicht größer als zehn Quadratmeter. Neben dem

Sofa eine geschlossene Tür. Die Toilette? Das Schlafzimmer? Cyrille trat näher. Träumte sie, oder hörte sie auf der anderen Seite den leisen Klang eines Radios? »Julien?«, rief sie und klopfte an die Tür. Auf das Schlimmste gefasst, drehte Cyrille den Knauf. Sie hasste es, wenn Kommissare in Fernsehkrimis eine Wohnung durchsuchten. Das strapazierte ihre Nerven. Und nun tat sie es selbst. Sie hielt den Atem an. Hinter der Tür, die sich mühelos öffnen ließ, empfing sie tiefes Schwarz und das Geräusch eines Radios. Diesmal fand sie den Lichtschalter auf Anhieb. Eine Glühbirne tauchte das Zimmer in grelles Licht. Ein Bett, ein Schreibtisch, keine Menschenseele. In einer Ecke des Raums eine Dusche und ein Waschbecken. Cyrille trat näher. Und plötzlich krampfte sich ihr Magen zusammen, eine brennende Flüssigkeit stieg in ihrer Kehle auf. Hypnotisiert von dem, was sie sah, trat sie näher. *Mein Gott!*

Überall im Becken, auf dem Wasserhahn und am Spiegel war Blut. Eisige Kälte kroch ihr den Rücken hinauf. Sie nahm einen Geruch nach Eisen wahr. Sie hob den Kopf, und da sah sie es. Auf einer kleinen Glasplatte lagen chirurgische Instrumente. Ein Skalpell, ein Spreizer, eine gebogene Schere, eine Klemme ... befleckte Latexhandschuhe ... Ihr Verstand weigerte sich, zu begreifen, ihr Blick schweifte ab und bemerkte ein Duschgel *Fraîcheur intense* und eine Tube Feuchtigkeitscreme für empfindliche Haut. Cyrille stand eine Weile fassungslos da, dann ging sie zur Dusche und zog den Vorhang beiseite. *Herrgott noch mal!* Der Körper eines nicht mehr zu erkennenden Tieres mit dunklem Fell lag zusammengekrümmt in der Wanne, eine getrocknete Blutspur führte zum Abfluss. Cyrille hielt den Wohnungsschlüssel so fest umklammert, dass sie sich die Hand daran verletzte. Langsam trat sie zurück, unfähig, einen klaren Gedanken zu fassen.

Ihr Blick fiel auf einen großen verhängten Rahmen, der an einem Stuhl links neben dem Waschbecken lehnte. Auf das schwarze Tuch war ein Briefumschlag geheftet. Ihre innere Stimme schrie erneut: *Geh, verschwinde von hier!* Doch sie hörte nichts mehr und trat näher. »Cyrille« stand in Schönschrift auf dem Kuvert. Mit zitternden Händen nahm sie es ab, das Blut pochte in ihren Schläfen. Sie faltete das Blatt auseinander. Vier mit Tinte und in feiner Handschrift geschriebene Sätze waren an sie gerichtet.

Damit du die Dinge endlich siehst, wie sie wirklich sind.
Danke für den Versuch, mich glücklich zu machen.
Dein anderes Ich gefällt mir besser.
Meine Lily, die einen schwermütigen Tango spielte.
Julien

Mit einer abrupten Bewegung riss Cyrille das schwarze Tuch weg, und der Boden schien sich unter ihren Füßen aufzutun. Augen, rot geädert mit blauer, gelber oder brauner Iris, Dutzende blutiger Augen starrten sie an. Sie waren ihren Besitzern ausgestochen und hier wie zu einem makaberen Rechenbrett aufgereiht worden. Sie stieß einen leisen Schrei aus und schlug die Hand vor den Mund. Das war widerwärtig, *grauenvoll* ... Es handelte sich um die Augen von Tieren, die von einem Geistesgestörten herausgeschnitten und – vermutlich mit Silikon – haltbar gemacht worden waren. Tränen des Entsetzens rannen ihr über die Wangen. Julien Daumas war ein perverser, sadistischer Kranker, der sich hier seine kleine Folterkammer eingerichtet hatte. Sie schluchzte auf.

Sie hatte sich hereinlegen lassen wie eine blutige Anfängerin. Das Melodrama, das er ihr vorgespielt hatte, die Sache mit dem Schlüssel, alles nur, um sie zu manipulieren und hierherzuführen, weil sie »das« sehen sollte.

Was wollte er ihr damit beweisen? Sie weinte, allerdings vor Wut auf sich selbst. Sie bildete sich ein, eine gute Ärztin zu sein, einfühlsam und empathiefähig, eine begabte Psychologin – *dass ich nicht lache!* Sie hatte nichts kommen sehen. Sie hatte die Krankheit ihres Patienten unterschätzt, sie war zu selbstsicher und anmaßend gewesen. Sie hätte bei ihren ehemaligen Kollegen von Sainte-Félicité insistieren müssen, um schnellstmöglich die Krankenakte zu erhalten. Aber sie hatte geglaubt, es handele sich um einen einfachen Fall, ein paar Albträume, die es auszuräumen galt, reine Routine. Sie war nachlässig und unfähig gewesen. In ihrer Manteltasche vibrierte das Handy. Eine SMS von ihrem Mann: »Wo steckst du? Ich bin am Quai Branly. Warte drinnen auf dich.« Sie entzifferte die Buchstaben, war aber nicht in der Lage, den Sinn der Worte zu begreifen. Um sie herum herrschte Stille. Rückwärts gehend verließ sie das Zimmer. Ein Knarren, etwas Warmes streifte ihre Beine: eine versehrte Katze, die um Zuwendung bettelte. Cyrille nahm sie hoch und presste sie fest an sich. Als sie im Treppenhaus stand und die Tür hinter sich geschlossen hatte, begann ihr Gehirn wieder zu arbeiten, so als hätte jemand auf die Play-Taste gedrückt. Sie dachte an Benoît, der auf sie wartete. Cyrille fluchte. Sie würde niemals rechtzeitig bei ihm sein.

13

In den zwölf Jahren ihres gemeinsamen Lebens hatte Benoît Blake seine Frau nie schlecht behandelt. Für ihn war Cyrille noch immer eine seiner Studentinnen, was ihn, sobald er an sie dachte, jedes Mal wieder in Erregung versetzte. Doch in diesem Moment hätte er sie umbringen können. Wo steckte sie? Mit wem? Warum hatte sie seine Nachrichten nicht beantwortet? Fast alle geladenen Gäste waren bereits in Abendkleidung im Empfangsraum des Musée du Quai de Branly versammelt. Bei diesem Galadiner sollte für die Erforschung neurodegenerativer Krankheiten gesammelt werden. Bevor die Gemälde eines zeitgenössischen Künstlers versteigert würden, würden die berühmtesten französischen Gehirnspezialisten, unter ihnen Blake, Tardieu und zwei Professoren des Instituts Pasteur, eine Ansprache halten.
Die Gäste gaben ihre Mäntel ab und gingen in kleinen Gruppen über die spiralförmige Rampe des Museums zu den gedeckten Tischen im letzten Stock. Auf dem Weg bewunderten sie die zahlreichen Masken und Statuen. Am Fuß der Rampe begrüßten der Vorsitzenden der Alzheimergesellschaft und Tardieu – beide mit ihren Ehefrauen – sowie Benoît Blake die Geladenen.

Mit einer Hand raffte Cyrille den Rock ihres schwarzen Musselinkleides, um nicht auf den Saum zu treten, mit der anderen presste sie ihre Abendtasche und ihr Handy an sich. Sie lief so schnell, wie ihre High Heels es zuließen. *Welcher Sadist hat nur solche Absätze erfunden?* Außer Atem und mit wirrem Haar traf sie als Letzte ein. Sie war in einer erbärmlichen Verfassung. Der Blick, den ihr Benoît zuwarf, schmetterte sie noch mehr nieder. Sie lächelte ihn an, um seinen Zorn, den er ihr unverhohlen zeigte, zu besänftigen.

»Ein furchtbarer Nachmittag, wirklich. Tut mir leid. Ich bringe nur schnell mein Haar in Ordnung, dann komme ich.«

Sie gab ihren Mantel an der Garderobe ab. Auf der Toilette fuhr sie sich mit den Fingern durchs Haar und besprenkelte Gesicht und Hals mit kaltem Wasser. Sie stützte sich auf das Waschbecken aus rosafarbenem Marmor und versuchte, ihre Gedanken zu ordnen. Ihr Spiegelbild zeigte eine schockierte, entsetzte Frau.

Sie lief rasch die über drei Stockwerke führende Rampe hinauf, zupfte ihr Kleid zurecht und bemühte sich um eine ruhige, entspannte Miene. Angesichts ihres Berufes und ihrer Stellung musste sie immer glücklich und ausgeglichen wirken. Das war zwar albern, aber nicht zu ändern. So wie man von einem Zahnarzt perfekte Zähne und von einer Friseuse ordentlich gekämmte Haare erwartete, musste sie Gelassenheit ausstrahlen. Meistens fiel ihr das nicht schwer – ausgenommen an Tagen wie diesen.

Als sie neben ihrem Mann Platz nahm, wirkte sie ruhig und gefasst, auch wenn sie überall lieber als an diesem Ort gewesen wäre. Vorzugsweise auf dem Sofa ausgestreckt, einen doppelten Gin in der Hand, allein oder vielleicht mit Muriel, um ihr von ihrer grauenvollen Entdeckung zu erzählen. Ihre Freundin hätte wie immer Galgenhumor bewiesen. »Eine Kette aus Augen, ach, wie trendy!«, hätte sie vielleicht gesagt. Das hätte ihr gutgetan, doch stattdessen saß sie einem redseligen Soziologen und einem Wissenschaftshistoriker gegenüber, dessen Namen sie vergessen hatte. Benoît spielte mit Bravour den liebenswürdigen Ehemann. Doch unter seiner Freundlichkeit spürte sie seine Wut. Er war ihr böse wegen der Verspätung und würde ihr auf dem Nachhauseweg die Quittung dafür präsentieren, da war sie sich ganz sicher. Er konnte ja nicht ahnen, was sie durchgemacht hatte. Sobald sie die Gelegenheit dazu hätte, würde sie es ihm erzählen, und er würde ihr verzeihen. Sie griff nach ihrem Champagnerglas und leerte es in einem Zug.

Der Brief von Julien Daumas befand sich in ihrer Tasche, doch jedes Wort war in ihr Gedächtnis eingraviert. Alles in diesem Brief zeugte von einem Maniker in der Phase der emotionalen Übertragung. Bis auf diese Zeilen:

Dein anderes Ich gefällt mir besser.
Meine Lily, die einen
schwermütigen Tango spielte.

Erschreckend. Wer außer ihr selbst wusste, dass ihr Vater sie als kleines Mädchen Lily genannt hatte? Wer außer Benoît wusste, wie wichtig der Tango und die Musik in ihrem Leben waren? Woher hatte Julien Daumas diese persönlichen Informationen? Cyrille sagte sich, dass nichts auf dieser Welt magisch war und dass es zwangsläufig eine Erklärung dafür gab, sie musste sie nur finden. Worte waren nur Worte, die brauchte sie nicht zu fürchten. Und doch hatte sich die Angst in ihr festgesetzt. Daran musste sie arbeiten. Im Moment spielte sie mit ihrem Brot, formte es zu kleinen Kugeln und betete, dass der Abend schnell vorüber sein möge.

Zerstreut lauschte sie ihrem Nachbarn zur Rechten, der die Wirkung von Johanniskraut auf das Gemüt pries. Er fragte sie nach ihrer Meinung, sie gab ein paar banale Antworten und zwang sich, die Technik des positiven Denkens anzuwenden, die sie mit so viel Enthusiasmus lehrte. *Ich danke dem Leben, dass ich heute Abend hier sein und meinen Mann begleiten darf. Ich danke für meinen aufregenden Beruf, der es mir erlaubt, so interessante Menschen zu treffen. Ich danke dem Leben, dass ich lebe, dass ich nicht krank bin ...* Sie brachte die innere Stimme zum Schweigen, die ihr eher etwas weniger Tröstliches einflüstern wollte. *Ich danke dem Leben, dass ich diese Klinik aufbauen konnte, die mir so sehr am Herzen liegt.* Diese Worte wirkten wie eine erfrischende Dusche. Sie beruhigte sich, sah ihren Tischnachbarn an und lauschte ihm aufmerksam.

Nach seiner Rede – er hatte eine halbe Stunde über die große Hoffnung der Neurowissenschaft auf Heilung von Alzheimer und Parkinson referiert – schenkte sich Benoît Blake ein weiters Glas Wein ein. Cyrille versuchte, ihn so diskret wie möglich zu bremsen.

»Was hat er während meiner Ansprache gemacht?«, flüsterte er seiner Frau zu.

»Nichts Besonderes. Pass mit dem Wein auf.«

»Habe ich mehr Applaus bekommen als er?«

»Ja, mein Liebling. Komm, das ist das letzte Glas.«

»Seine Rede war von unglaublicher Blasiertheit.«

Cyrille schloss kurz die Augen. Sie teilte Benoîts Feindseligkeit gegenüber dem anderen berühmten neurophysiologischen Forscher nicht, der in Sainte-Félicité ebenfalls ihr Professor gewesen war. Im Gegenteil, sie respektierte ihn, was Benoît zutiefst verärgerte.

Um dreiundzwanzig Uhr war die Versteigerung abgeschlossen, und die Gäste erhoben sich.

Als sie zum Wagen gingen, lallte Benoît leicht, und sein Gang war unsicher. »Ich fahre«, drängte Cyrille.

»Ich hoffe, all diese Empfänge sind bald vorbei«, erklärte ihr Mann, »ich bin dieses mondäne Leben leid.«

»Wenn du den Nobelpreis bekommst, wirst du dich daran gewöhnen müssen«, meinte Cyrille neckend.

Den Rest der Fahrt über, bis sie die marmorne Eingangshalle des Hauses betraten, herrschte Schweigen. Im Aufzug fauchte Benoît seine Frau wütend an.

»Du hattest mir versprochen, frühzeitig da zu sein.«

Cyrille ergriff beschwichtigend seine Hand.

»Es tut mir leid, ich hatte ein großes Problem.«

Doch Benoît hörte ihr nicht wirklich zu.

»Ich war der Einzige ohne Ehefrau. Wie stehe ich denn gegenüber Tardieu da!«

Cyrille wollte weitersprechen, doch Benoît unterbrach sie.

»Weißt du, dass dieser Idiot letzte Woche nach Stockholm geflogen ist, um mit den Mitgliedern des Nobelkomitees zu Mittag zu essen? Francis hat es mir erzählt.«

Sie stiegen aus dem Aufzug, und Cyrille öffnete die Wohnungstür.

»Ich werde ihn anrufen«, schimpfte Benoît, »und ihm ein für alle Mal sagen, was ich von seinem Lobbying halte! Soll er doch der ganzen Karolinska in den Arsch kriechen, wenn ihm das gefällt! Was für ein Idiot!«

Cyrille biss sich auf die Lippe.

»Bitte beruhige dich, Benoît.«

Im Eingang zog sie Mantel und Schuhe aus und legte ihre Ohrringe ab. Sie konnte jetzt wirklich keine Szene ertragen. Schlimm genug, dass sie offenbar keine Gelegenheit fand, über ihre makabere Entdeckung mit ihrem Mann reden zu können. Trotzdem versuchte sie, Geduld zu zeigen.

»Ich verstehe ja, dass du im Moment nervös bist, aber es gibt auch noch andere schwerwiegende Probleme in deiner Umgebung.«

Doch Blake hörte nicht zu. Er lockerte seine Krawatte.

»Er verkehrt natürlich in gehobenen Kreisen, verstehst du? Er gibt an, wo er kann. Bei jeder Veröffentlichung informiert er die Presse und spielt die Sache hoch, und dann hat er noch diese alte Ziege, die seine Agentin spielt. So etwas habe ich nie gemacht. Ich habe mich immer von dem ganzen Zirkus ferngehalten und stattdessen gearbeitet. Wenn er ihn an meiner Stelle bekommt, dann mache ich einen Skandal, das schwöre ich dir!«

Cyrille seufzte verärgert. Warum musste er ihr das an diesem Abend antun? Sie spürte, wie eine Migräne auf ihre Augen zu drücken begann. Sie ging ins Schlafzimmer und öffnete den Schrank, um ihr Kleid aufzuhängen. Als sie kurz darauf aus dem Bad kam, hatte sich ihr Mann nicht von der Stelle gerührt und monologisierte noch immer.

»Letztlich habe ich nie das richtige Umfeld gewählt. Sieh nur, mit wem er verkehrt. Ein kameradschaftliches Schulterklopfen für den Minister, ein Abendessen mit der Hautevolee des Zentrums für wissenschaftliche Forschung!«

Cyrille knirschte mit den Zähnen.

»Schluss jetzt, Benoît! Ich will nichts mehr von ihm hören, mir reicht's!«

Benoit warf ihr einen Blick zu, der all seine Verachtung für seinen Gegner zum Ausdruck brachte. Er erhob sich, stand erstaunlich sicher auf seinen Ringerbeinen und kam auf sie zu.

»Verteidigst du ihn etwa? Ich glaube, ich träume …!«

Cyrille wich einen Schritt zurück.

»Rede keinen Unsinn.«

»Ah, meinst du, ich hätte nicht bemerkt, wie du dich vorhin aufgeführt hast? Schon an der Uni war er hinter dir her.«

Cyrille zuckte gereizt mit den Schultern.

»Das geht zu weit, Benoît. Hör auf, ich habe Kopfschmerzen und einen grauenvollen Tag hinter mir.«

»Grauenvoll? Ach, glaubst du denn, ich bin entspannt bei all diesem Druck?«

»Lass mich durch, ich will ein Schlafmittel nehmen.«
Er versperrte ihr den Weg.
»Hast du während der klinischen Ausbildung etwa auch mit ihm geschlafen?«
Cyrilles Antwort kam wie aus der Pistole geschossen: »Du bist ja total krank!«
Benoît packte sie beim Arm.
»Ich, krank? Das sagst du wegen meines Problems, was?«
»Wie bitte?«
»Als mich der Dekan zu meiner Arbeit beglückwünschte, hat er mir einen ironischen Blick zugeworfen. Womöglich wissen schon alle Bescheid.«
»Aber Benoît, wovon redest du?«
»Ah, das wird ihn belustigen! Blake kann nicht mal richtig schreiben!«
Cyrille spürte, wie Zorn in ihr aufstieg.
»Das reicht! Niemand weiß es, außer dir, deinem Neurologen und mir! Und jetzt lass mich los und beruhige dich, dann gehen wir ins Bett!«
Benoîts Griff um den Arm seiner Frau wurde fester.
»Du tust mir weh, Benoît.«
»Sprich nie wieder so mit mir! Hörst du? Nie wieder! Ich bin nicht zurückgeblieben!«
Cyrilles Augen weiteten sich. Benoît sah seine Frau an, und plötzlich ließ er sie, wie vom Blitz getroffen, los und sank aufs Bett.
»Entschuldige, ich weiß nicht, was in mich gefahren ist.«
Cyrille rieb sich den Arm, ihre Kehle war wie zugeschnürt, und sie war außerstande zu antworten. Ihr Mann streckte ihr die Hand entgegen, doch sie hatte nicht die geringste Lust, sie zu ergreifen.
»Verzeih mir, Liebling, bitte«, stammelte Benoît jämmerlich.

Cyrille war zu schockiert, um sich vom Fleck zu rühren.

»Ich nehme eine Tablette und gehe schlafen«, erklärte sie mit tonloser Stimme. »Wir reden über die Sache, aber nicht jetzt.«

Sie flüchtete sich ins Badezimmer. Fieberhaft suchte sie im Medizinschrank nach den Schlaftabletten und schluckte eine. So einsam hatte sie sich noch nie gefühlt. *Was für ein beschissener Tag.*

14

9. Oktober, 7 Uhr 30

Ihre neuen Wildledermokassins drückten und scheuerten an der Ferse und am Rist. Sie ärgerte sich, sie am Morgen aus der Schachtel genommen und angezogen zu haben, doch sie hatte etwas Neues tragen wollen, um den Tag gut zu beginnen. Das Ergebnis war, dass sie ihre Füße würde verpflastern müssen, sobald sie in der Klinik wäre.

Cyrille seufzte und versuchte, an etwas anderes zu denken. Der Herbst gönnte sich heute eine kleine Atempause, es war fast frühlingshaft. Die Blätter der Kastanienbäume schienen sich nicht verfärben zu wollen, und die Luft war lau. Ideale Voraussetzungen, um alle Probleme zu vergessen und einen erfolgreichen Arbeitstag zu beginnen. Die verglaste Eingangstür glitt zur Seite.

»Guten Morgen!«

Belinda, die von sieben bis vierzehn Uhr am Empfang saß, schlug ihre Zeitung zu. Sie begrüßte ihre Chefin, die ihr wie gewöhnlich zunickte, doch Belinda war nicht blind. *Sieht heute schlecht aus, die Frau Doktor,* sagte sie sich. Die Abdeckcreme »Magic Concealer« kaschierte zwar die Schatten unter ihren Augen, doch man sah ihr an, wie müde und nervös sie war.

Heute Vormittag musste Cyrille ihre Rede für den Kongress in Bangkok und das Mittagessen mit ihren beiden amerikanischen Geldgebern am nächsten Tag vorbereiten. Das hieß, sich mit der Bilanz des vergangenen Jahres auseinanderzusetzen, um zu sehen, welche Beträge sie für das nächste Budget erbitten müsste. Sie konnte nicht zu diesem Treffen erscheinen, ohne zumindest ein paar Zahlen parat zu haben. Doch sie fühlte sich nicht wohl; abwesend und wie in einem leichten Schwebezustand. Ihr Gehirn schien nicht in der Lage, irgendwelche Ziffern aufzunehmen.

Sie dachte an die Szene, die ihr Benoît am Vorabend gemacht hatte, und ihr wurde klar, dass sie noch immer wütend auf ihren Mann war. Wie konnte er es wagen, sich ihr gegenüber so zu benehmen? Das war unzumutbar. Wenn er den Druck nicht mehr aushielt, sollte er sich helfen lassen, und zwar schnell! Was das »Problem« Daumas anging, so hatte es sie einen guten Teil der Nacht beschäftigt. Zwischen drei und sechs Uhr nachts hatte sie darüber nachgedacht und die Sitzungen Revue passieren lassen, um herauszufinden, zu welchem Zeitpunkt sie sich hatte manipulieren lassen und welche Details ihr entgangen waren.

Nachdem sie sich die Gespräche in Erinnerung gerufen hatte, war sie zu einem Schluss gekommen. *Er hat mich aufgesucht, um mit mir über seinen Trieb zu sprechen, aber er hat es nicht fertiggebracht, weil er ihm zu abartig erschien. Also hat er nur die Albträume erwähnt und mich in seine Wohnung gelockt, um auf diese Weise den Rest zu enthüllen – das, um was es ihm wirklich geht. Das ist eine Bitte um Hilfe.* Was hingegen die Anspielung auf Lily und ihre Musik betraf, so hatte sie dafür noch keine logische Erklärung finden können.

Heute Morgen beim Frühstück hatte sie sich gesagt, dass sie zu selbstsicher war. Nachdem sie seit fünf Jahren recht erfolgreich und ohne größere Probleme Menschen behandelte, hatte ihre Wachsamkeit nachgelassen. Diese Feststellung missfiel ihr zutiefst. Unentschuldbar. Während sie ihr Brot kaute, hatte sie sich überlegt, wie viel

Handlungsspielraum sie hatte, um ihren Fehler wiedergutzumachen. Beim Abräumen des Tisches hatte sie eine Entscheidung getroffen.

Cyrille öffnete die Schreibtischschublade und war froh, Pflaster zu finden. Sie schnitt zwei Stück davon ab und klebte sie auf ihre Fersen. Sie massierte den schmerzenden Trapezmuskel und ging dann zur Kaffeemaschine.

Die Tasse in der Hand, kehrte sie zum Schreibtisch zurück, machte einige Entspannungsübungen und atmete ein paarmal tief durch. Dann griff sie zum Telefon und wählte die Nummer, die sie auch noch nach zehn Jahren auswendig kannte.

Sobald sie sich vorgestellt hatte, zeigte sich Maniens Sekretärin von ihrer unangenehmsten Seite. Nein, der Professor hätte keine Zeit, er hielt eine Vorlesung. Nein, er könne ihr nicht die Akte eines ehemaligen Patienten überstellen. Sie sei keine Angehörige und müsse also den offiziellen Weg gehen. Alles, was Cyrille schon wusste.

Sie knallte den Hörer auf. *Was für ein Idiot! Was für ein Idiot!*

Belinda sah zu ihrer Verwunderung, dass sich die Chefin eine Viertelstunde nachdem sie gekommen war, wütend und im Laufschritt, das iPhone in der Hand, anschickte, das Haus wieder zu verlassen. Cyrille antwortete verärgert auf die SMS, die sie gerade von Marie-Jeanne erhalten hatte: »Bin krank, kann nicht kommen.«

»Schalten Sie Marie-Jeannes Telefon auf den Empfang um, sie ist heute nicht da«, erklärte sie im Vorbeigehen. »Mein erster Termin ist in einer Stunde, bis dahin bin ich zurück.«

Cyrille machte eine Pause und fügte dann der Nachricht an Marie-Jeanne hinzu: »Bitte denk daran, die Verbindungstür zu schließen, wenn du deine Wäsche gewaschen hast. Danke!« Das war vielleicht etwas brüsk, aber heute Morgen war die Tür zwischen der Wohnung und Marie-Jeannes Zimmer schon wieder offen gewesen.

Sie schickte die Nachricht ab und stieg in ihren Mini Cooper. Marie-Jeanne hatte sie noch nie im Stich gelassen. Trotz ihrer lässigen Art war sie ein fleißiges Mädchen, ihre plötzliche Abwesenheit verhieß nichts Gutes. Hatte sie vielleicht Lust, wieder zu verschwinden? Cyrille seufzte. Sie rechnete damit, dass sich Marie-Jeanne nicht ihr ganzes Leben lang mit einem Bürojob zufrieden geben würde. Sie war eine Träumerin und Abenteurerin, die starke Emotionen brauchte. Die Klinik war nur eine Etappe, wo sie sich nach einigen Niederlagen ausruhte, um dann wieder auf Reisen zu gehen. Cyrille wurde plötzlich bewusst, dass sie fürchtete, Benoîts Nichte könnte ihre Sachen packen, denn sie war mit der Zeit ein wichtiger Pfeiler ihrer Organisation geworden. Sie drehte den Zündschlüssel um, doch bevor sie losfuhr, schrieb sie eine zweite SMS: »Ich hoffe, es ist nichts Schlimmes, ich rufe dich bald an.«

8 Uhr 25

Cyrille sah die Medizinstudenten gähnen und schwarzen Kaffee aus Plastikbechern trinken. Die Ränge des Audimax im Krankenhaus Sainte-Félicité waren nur spärlich besetzt. Hatte es am Vorabend eine Party gegeben, die Zweidrittel der Studenten lahmgelegt hatte? Einige der Anwesenden schrieben im Eiltempo mit, die meisten benutzten das Mikro ihres MP3-Players, um Professor Maniens Vorlesung aufzunehmen, denn er war dafür bekannt, sich nicht um ein langsames Tempo zu bemühen.

Manchmal zeigte er Dias, doch zumeist zählte er Fakten über Fakten auf, die er dann in der Semesterabschlussprüfung abfragte. Manien, »der Ochse«, wie ihn die Studenten nannten, war nicht beliebt.

Cyrille Blake nahm in der letzten Reihe Platz. Die Bänke waren noch genauso unbequem wie früher. Sie betrachtete die gelben, rissigen Wände, das grüne Linoleum am Boden, die Staubflocken. Die hölzernen Klapppulte waren verschmiert und mit den Graffitis von Generationen von Studenten überzogen.

Rudolph Manien war zwar gealtert, hatte aber seine kräftige Statur bewahrt, den Stiernacken, die grauen, dichten Haare und die grimmige Miene. Auch von seinem weißen Kittel hatte er sich nicht getrennt, die linke Hand wie damals in der Tasche versenkt. Cyrille Blake beobachtete den Studenten, der vor ihr saß: Ein schlaksiger Kerl, Haut und Haare farblos, der sich in aller Eile Notizen machte. Er verpasste jeden zweiten Satz, regte sich auf, strich Wörter durch und machte Pfeile, um Bezüge herzustellen. Der Kurs ging seinem Ende zu. Was erzählte Manien?

»In der Regel setzt die Schizophrenie am Ende des Jugendalters ein. In fünfzig Prozent aller Fälle beginnt sie vor dem fünfundzwanzigsten Lebensjahr. Doch es gibt auch Formen von Kinderschizophrenie – Anfangsalter unter zwölf Jahren –, deren Häufigkeit bei eins zu zehntausend liegt.«

Cyrille stützte sich auf die Holzlehne und musterte diesen Professor, der außerstande war, seine Leidenschaft für den Beruf des Psychiaters zu vermitteln. Wie viele Stunden hatte sie in diesem Audimax verbracht, Stunden der Anspannung, der Examensangst ... Als ewige Musterschülerin hatte sie stets in der ersten Reihe gesessen.

Sie war seit zehn Jahren nicht mehr hier gewesen, doch es hatte sich nicht viel verändert. Manien setzte seine

Vorlesung fort und bemerkte nicht, dass die Studenten seine Worte festhielten, ohne ihren Sinn zu verstehen. »Die Stabilität der am häufigsten beschriebenen klinischen Formen der Schizophrenie – Paranoia, Hebephrenie, Katatonie – ist gering, und zumeist entwickelt sich die Krankheit in eine Richtung, in der keine dieser drei Formen prädominiert.«

Dr. Cyrille Blake beobachtete den alten Professor, der sich ausschließlich an die erste Reihe wandte. Hier, inmitten der Studenten, wurde ihr klar, welchen Weg sie zurückgelegt hatte. Sie war nicht mehr fünfundzwanzig, ihr Leben hatte sich verändert, und diese Hölle war für sie vorbei.

Manien beendete seine Vorlesung. Die Klappsitze schnellten einer nach dem anderen nach oben. Der schlaksige Student vor ihr packte eilig seine Sachen zusammen und stürzte durch das Audimax, um dem Professor, der seine Unterlagen in die alte lederne Aktenmappe schob, eine Frage zu stellen. Cyrille erhob sich ebenfalls und ging langsam die Stufen hinab. Während er dem Jungen antwortete, hob Rudolph Manien den Blick zu jener Studentin, die die Unverschämtheit besessen hatte, fünfzehn Minuten vor Ende seiner genialen Vorlesung hereinzuschneien. Als sie nur noch wenige Schritte von ihm entfernt war, erkannte er sie, und seine Augen verengten sich zu zwei Schlitzen.

»Sieh einer an ... Madame Blake. Ich habe mich schon gefragt, wer wohl so unhöflich sein könnte, meinen Kurs zu stören. Aber bei Ihnen wundert mich das nicht weiter.«

»Guten Tag, Professor Manien«, begrüßte Cyrille ihn kühl und legte ihm ihr Anliegen dar.

»Wie meine Assistentin Ihnen bereits telefonisch mitgeteilt hat, brauche ich die Krankenakte eines Patienten. Er weist gravierende Störungen auf. Solange ich nicht über seine Vorgeschichte informiert bin, kann ich nichts zu seinem Zustand sagen oder eine adäquate Therapie einleiten. Können Sie bitte die Dinge etwas beschleunigen und mir noch heute alle nötigen Informationen zukommen lassen?«

Manien drückte die Schlösser seiner Tasche mit einem trockenen Klicken zu und hätte sie im Vorbeigehen fast angerempelt.

»Dafür hätten Sie nicht extra kommen müssen. Ich habe keine Zeit, mich um Ihre Angelegenheiten zu kümmern, meine Sprechstunde beginnt in zehn Minuten.«

Mit einem für seine Korpulenz erstaunlich flinken Schritt stieg er vom Podium und öffnete die dem Personal vorbehaltene Tür, die direkt in den Verwaltungstrakt führte. Cyrille lief ihm nach.

»Das sind nicht nur ›meine‹ Angelegenheiten, da sich der Patient in ›Ihrer‹ Obhut befunden hat.«

Manien lachte höhnisch.

»Wenn er heute ›Ihre‹ Einrichtung aufsucht, dann beweist dies, dass es ihm wesentlich besser geht!«

Cyrille steckte den Schlag ein. Ihr Tonfall wurde schärfer.

»Ich kann mir vorstellen, was Sie vom Zentrum Dulac halten, aber das ist mir egal. Ich bitte Sie nur, mir Informationen zu übermitteln, die es mir erlauben, meinen Patienten bestmöglich zu behandeln.«

Sie blieben vor dem Personalaufzug stehen. Manien war gezwungen, neben Cyrille zu warten. Er wippte auf den Ballen.

»Ich muss zugeben, das haben Sie sauber eingefädelt!«
»Wie bitte?«
Manien verzog wenig freundlich das Gesicht.
»Blake zu heiraten … Ein meisterhafter Schachzug für Ihre Karriere!«

Cyrille ging nicht weiter darauf ein und zwang sich zur Zurückhaltung.

»Ich habe Ihre Arbeit immer respektiert, respektieren Sie also auch die meine. Ich bitte Sie lediglich um die Aushändigung dieser Krankenakte.«

Ohne sie eines Blickes zu würdigen, drückte Manien erneut auf die Ruftaste des Aufzugs.

»Sie verdienen vielleicht Geld damit, den Leuten mit ihren sogenannten Wundermethoden Träume zu verkaufen. Aber mich beeindruckt das nicht. Weder Ihre kleinen ›Glücks‹-Kuren noch Ihre kitschigen Bücher werden mich umstimmen. Ich schätze die Arbeit Ihres Mannes, den ich schon lange kenne. Was die Ihre angeht, so ist das eine andere Sache.«

Cyrille betrachtete das Profil ihres ehemaligen Vorgesetzten und bemerkte die Haarbüschel, die aus seinen Ohren sprossen, und die Mitesser auf der Nase. Es war das erste Mal, dass ein Mitarbeiter von Sainte-Félicité ihr offen sagte, was er von ihrer Laufbahn hielt. Sie war fast erleichtert.

Auf keinen Fall durfte sie mit der gleichen Aggressivität reagieren. Sie schlug einen sanften Ton an:

»Sollte diesem Patienten irgendetwas zustoßen, dann mache ich Sie dafür verantwortlich, weil Sie mir nötige Informationen vorenthalten haben. Und ich werde mich nicht scheuen, das auch publik zu machen.«

Rudolph Manien drehte sich um und sah sie zum ersten Mal direkt an.

»Ich kann Ihnen ohnehin nicht helfen.«

Cyrille bemerkte die leichte Veränderung seines Tons. Das war ein gutes Zeichen.

»Ich brauche diese Akte, Rudolph«, säuselte sie.

Manien blinzelte, die Kühnheit seiner ehemaligen Studentin verblüffte ihn. Die Aufzugtüren öffneten sich.

»Ich habe sie nicht mehr. Alle Akten bis zum Jahr 2001 sind im Zentralarchiv eingelagert worden.«

Manien trat in die Kabine, schob den Schlüssel in das

Schloss, das dem Personal Zugang zu der Abteilung »Geistes- und Hirnkrankheiten« gewährte, und verabschiedete sich mit einem Kopfnicken. Die Tür schloss sich vor seinem Patriarchengesicht.

Verdammt!

Cyrille verharrte eine Weile vor dem Lift. Sie war gescheitert. *Herrgott!* Sie verabscheute es, zu verlieren. Sie sah auf ihre Uhr, sie musste schleunigst ins Zentrum zurück. Sie öffnete die Brandschutztür, die auf den Innenhof des Krankenhauses führte, und ging zum Parkplatz. *Ein Dialog unter Tauben, der mir nur die Erkenntnis gewährt hat, dass ich als Karrieristin gelte, die sich hochgeschlafen hat, bravo!* Cyrille sah eine Bank und hielt inne. Ihr rechter Schuh drückte unerträglich. Das Pflaster hatte sich aufgerollt, und ein Hautfetzen löste sich von ihrer Ferse. Die Blase war aufgeplatzt. Sie glättete das verklebte Pflaster und drückte es provisorisch wieder auf die offene Wunde, um bis zur Klinik durchzuhalten. Plötzlich ein Flash. Tiere ohne Augen. *Meine Lily, die einen schwermütigen Tango spielte.* Sie erschauderte und vertrieb das Bild wie einen lästigen Fliegenschwarm.

Als sie den Kopf hob, stellte sie fest, dass sie gegenüber dem Lieferanteneingang der Abteilung B saß. Ein brauner Granitblock mit vergitterten Fenstern auf zwei Stockwerken. Soweit sie sich erinnerte, befand sich das Schwesternzimmer links vom Empfang. Sie hatte keine Zeit zu verlieren. Sie erhob sich und lief humpelnd zu jenem Ort, den sie nie wieder hatte betreten wollen.

*

Am Eingang ein Sicherheitssystem mit Digitalcode und Sprechanlage. Cyrille Blake klingelte und stellte sich vor. Ein Klicken, die Tür öffnete sich.

Sobald sie den Flur der Abteilung betrat, schlug ihr ein

Geruch nach Erbrochenem und Desinfektionsmittel entgegen. Sie erkannte die Schwingtüren, die zu ihrer Rechten zur Abteilung B führten, wo die schwersten Fälle, die stetige Überwachung erforderten, untergebracht waren. Man hörte Stöhnen. Irgendwo schrie ein Mann in einer unverständlichen Sprache.

Sie wandte sich nach links und drückte die Tür auf, die zur Ambulanz führte, wo die Sozialfälle abgefertigt wurden. Es war noch nicht spät, doch bereits ein Dutzend Menschen wartete auf grauen Plastikstühlen darauf, dass sich jemand ihrer annahm. Eine in mehrere Schals gehüllte Frau hielt ein weinendes Baby im Arm, ein bärtiger Obdachloser, um einen Fuß eine Plastiktüte gewickelt, den Blick ins Leere gerichtet, eine schmutzige, verwahrlost wirkende Frau, die auf ihrem Sitz vor und zurück schaukelte. Cyrille hatte den Eindruck, dass sie Selbstgespräche führte. In diesem Wartesaal, hinten in der Nähe des Fernsehers, war sie als junge Ärztin während der klinischen Ausbildung von einem Drogenabhängigen angegriffen worden. Der Junkie hatte sie am Hals gepackt und mit einer Glasscherbe bedroht. Die Schwesternhelferinnen hatten ihr das Leben gerettet.

Zu jener Zeit hatte sie abwechselnd in der Ambulanz und auf der Station B gearbeitet, wo anscheinend Julien Daumas behandelt worden war. Erwachte ihre Erinnerung an diesem Ort wieder? Nein, ganz offensichtlich nicht.

Sie ging am Schwesternzimmer vorbei zum Aufenthaltsraum für das Personal, klopfte an und trat ein. Drei Krankenschwestern der Tagesschicht unterhielten sich. Es roch nach Kaffee und frischem Baguette. Auf dem Resopaltisch, der fast den ganzen Raum ausfüllte, stand alles, was zu einem guten Frühstück gehörte: Honig, Marmelade, ein großer, fast leerer Topf mit Nussnougataufstrich.

»Guten Morgen.«

Die drei unterbrachen ihr Gespräch. Kein bekanntes Gesicht. Sie betrachteten den Eindringling – Besuchszeit war von vierzehn bis zwanzig Uhr.

»Ich bin Doktor Cyrille Blake und habe hier meine klinische Ausbildung absolviert. Ich hatte heute Morgen einen Termin bei Professor Manien.«

Die drei Frauen entspannten sich. Cyrille fuhr fort:

»Arbeitet Nino Paci noch immer hier?«

Eine der Krankenschwestern, eine dicke Kurzbeinige, schüttelte den Kopf und kaute weiter.

»Er hat frei.«

Cyrille warf einen Blick auf den Dienstplan. Nino war erst in drei Tagen wieder eingeteilt.

»Vielen Dank.«

Sie war enttäuscht. Er war der Einzige, den sie in guter Erinnerung behalten hatte. Ein Gefühl von Angst und Frustration erfasste sie.

Sie ging zurück zum Parkplatz, froh, von diesem Haus wegzukommen. Cyrille konsultierte auf ihrem iPhone das Telefonbuch. Wenn sie sich recht erinnerte, war sie zwei- oder dreimal bei einem Fest von ihm gewesen, im dreizehnten Arrondissement. Sie fand Paci, Nino, Rue de Tolbiac.

Sie beendete die Internetverbindung und klickte in ihrem Adressbuch »Marie-Jeanne« an. Drei Klingeltöne, dann wieder der Anrufbeantworter.

15

Mit nacktem Oberkörper, in Boxershorts, die Ellenbogen auf den Tisch gestützt, saß Julien Daumas dem Fenster gegenüber am Tisch. Er hatte seine Brille aufgesetzt. Vorsichtig klebte er die kleine Solarzelle auf den Holzsockel und schob einen vierzig Zentimeter langen Draht hinein. Daran befestigte er einen bunten Stoffschmetterling. Dann hielt er sein Werk ins Sonnenlicht, das zwar nicht sehr stark war, aber ausreichend, um den Schmetterling zum Flattern zu bringen. Julien neigte den Kopf zur Seite, beobachtete sein Werk einige Sekunden lang und erhob sich zufrieden. Er trat zu der Liege, unter deren Decke ein feuerroter Lockenschopf hervorquoll. Zwei Augen und eine Nase tauchten auf. Marie-Jeanne verzog glücklich das Gesicht. Julien setzte sich auf das schmale Bett, in dem sie dicht aneinandergeschmiegt die Nacht verbracht hatten.

»Schau her, das ist für dich.«

Marie-Jeanne hob den Kopf.

»Hast du das gemacht?«

Der junge Mann nickte, und das Mädchen strahlte.

»Wie wunderschön ... vielen Dank.«

Sie ließ den Kopf auf das Kissen sinken und schloss die Augen. Wenn Julien sie mit seinen ausdrucksvollen Augen und seinem schüchternen Halblächeln weiter so ansähe, würde sie sich verlieben. Das wäre eine Katastrophe. Sie wollte nicht mehr leiden. Aber er hatte ihr gerade ein Geschenk gemacht, und das bedeutete, dass sie ihm wichtig war. *Nein, lass dich nicht auf so etwas ein, du hast dich schon genug gequält.*

Sie schob einen Arm unter der Decke hervor und griff nach ihrem Handy. Zwei Anrufe von Cyrille. *Verdammt.* Sie war heute Morgen nicht zur Arbeit erschienen, aber was soll's! Man lebte schließlich nur ein Mal, und der Job war nur ein Job, außerdem brauchte Julien sie. Sie würde später im Zentrum anrufen. Als Julien ihre Schulter streichelte, verflogen ihre Schuldgefühle. Zum hundertsten Mal bewunderte sie seinen durchtrainierten Körper. Nur geschmeidige Muskeln, kein Gramm Fett, unbehaarte, zarte Haut, auf den Schultern ein paar Sommersprossen. Ähnlich wie bei ihr.

Als er in der Nacht bei ihr angerufen hatte, hatte sie ihn ohne Zögern aufgenommen. Schnell hatte sich die Atmosphäre in ihrem winzigen Zimmer aufgeheizt, und sie hatte all ihren Erfindungsreichtum eingesetzt, ihm die verschiedensten Stellungen vorgeschlagen und dabei viel Initiative und Gelenkigkeit an den Tag gelegt.

Ihr eigenes Vergnügen war sekundär, sie wollte vor allem, dass er diese Nacht in guter Erinnerung behielt und Lust hatte, wiederzukommen.

Aber Julien war wirklich nicht wie die anderen Männer. Er liebte sie langsam, sanft und zärtlich. Ihre Akrobatik interessierte ihn nur mäßig, und er erkundigte sich immer wieder, ob es schön für sie sei. Das hatte Marie-Jeanne so sehr überrascht, dass ihr mehrmals fast die Tränen gekommen wären.

Als er sie lange liebkost hatte, ohne eine Gegenleistung zu erwarten, hätte sie wirklich beinahe geweint. In ihrem Inneren war etwas entstanden, das auch morgens nach dem Aufwachen noch da war. Sie legte ihre Hand auf Juliens und streichelte seine Finger. Sie war glücklich. Der junge Mann tauchte seinen Blick in den ihren. »Deine Augen sind morgens wundervoll«, sagte er zärtlich.

10 Uhr 15

Am Schreibtisch über ihre Buchhaltung gebeugt, konnte sich Cyrille einfach nicht konzentrieren. Je mehr sie darüber nachdachte, desto mehr quälte sie sich. Sie kaute an ihrem Stift. Julien Daumas hätte seinen Termin an diesem Vormittag um zehn Uhr gehabt, doch er war noch immer nicht erschienen und hatte sich auch nicht gemeldet. *Weiß er, dass ich in seiner Wohnung war?* Cyrille machte ein rotes Kreuz neben die Spalte »Untersuchungsmaterial« und schrieb: GD, was »genauer definieren« bedeutete. Ihr Buchhalter hatte wirklich gute Arbeit geleistet, sie musste fast nichts korrigieren, nur einige kleine Erklärungen hinzufügen. Morgen könnte sie den Investoren den Bericht vorlegen, ohne wesentliche Änderungen vornehmen zu müssen.

Sie unterbrach sich erneut. *Ein neurotischer Pseudologe, der Tiere verstümmelt, lockt mich in seine Wohnung, damit ich sein »Werk« entdecke, und verschwindet dann. Mit welchem Ziel? Ist er gefährlich? Für sich selbst sicher. Die Verletzung anderer konnte einer Selbstverstümmelung vorausgehen. Und sein Umfeld? Bin ich in Gefahr?*

Den Blick ins Leere gerichtet, blinzelte sie. *Ich habe mich reinlegen lassen. Unsere angebliche Begegnung in Sainte-Félicité, der Schlüssel, der vorgetäuschte Hilferuf, die Inszenierung in seiner Wohnung, das widerwärtige Bild, alles war von Anfang an geplant. Ich muss die Situation wieder in den Griff bekommen, meine Gedanken ordnen und das Spiel analysieren, in das mich Julien Daumas verwickeln will.* Diese Überlegung beruhigte sie. Die Angst hatte ihre analytischen Fähigkeiten offenbar nicht beeinträchtigt. Sie hätte gerne mit ihrem Mann gesprochen, aber nein! Sie nahm ihm seine Szene vom Vorabend noch übel.

Sie griff zum Telefon, um Marie-Jeanne zu sagen, sie solle den Buchhalter des Zentrums anrufen, doch plötzlich fiel ihr wieder ein, dass die junge Frau nicht da war. *Die geht mir auch langsam auf die Nerven!* Sie versuchte noch einmal vergeblich, sie auf dem Handy zu erreichen. Heute Abend würde sie ein ernstes Wörtchen mit ihr reden.

Cyrille Blake öffnete das Power-Point-Programm auf ihrem Computer. Sie klickte die zweiundzwanzig Dias an, die sie in Bangkok zeigen würde. In diesem Jahr hatte sie verschiedene Dinge gelernt. Um sein Geld zu verdienen, reichte es nicht aus, ein guter Arzt zu sein, man musste es auch publik machen. Selbst wenn Werbung in ihrem Beruf verboten war, musste sie sich auf indirekte Art präsentieren, sonst würde das Zentrum Dulac nicht überleben. Der neuropsychiatrische Kongress war das Highlight des Jahres. Von ihren Kollegen hatte sie keine Unterstützung zu erwarten, die würden ihr eher Steine in den Weg legen. Mit den Journalisten sollte sie allerdings einen guten Kontakt pflegen.

Gegen elf Uhr dreißig – sie verfasste gerade die Bildunterschriften zu ihren Dias – vibrierte ihr iPhone. Marie-Jeanne. *Na also!* Sie nahm das Gespräch an.

»Warum meldest du dich nicht?« Sie ging sofort zum Angriff über.

»Tut mir leid, ich bin heute total groggy.«

»Was hast du?«

»Eine unglaubliche Migräne.«

Cyrille verzog zweifelnd das Gesicht.

»Nimm Paracetamol. Du kannst dir welches aus unserem Badezimmer holen, wenn du keines hast.«

»Okay, danke. Kann ich auch Wäsche waschen?«

»Hast du nicht gestern erst eine Maschine gemacht? Die Verbindungstür war offen.«

»Ja, tut mir leid, aber ich habe noch Sachen zu waschen.«

Cyrilles Finger trommelten nervös auf die hölzerne Schreibtischplatte. Sie konnte Benoîts Nichte nicht zwingen, ihr gegenüber ehrlich zu sein, aber sie spürte, dass etwas nicht stimmte.

»Alles in Ordnung?«

»Ja, ja. Morgen bin ich auf alle Fälle da. Hast du heute Nacht Dienst?«

»Ja, ausnahmsweise.«

Marie-Jeannes Stimme klang fröhlich, auch wenn sie versuchte, sich zu verstellen und leidend zu wirken. Cyrille hätte wetten können, dass sie nicht allein war, dass ein Mann bei ihr war. Sie schwieg. Was hätte sie auch sagen sollen? Marie-Jeanne legte eilig auf.

*

Marie-Jeanne machte ein Omelett mit Speck und kochte Kaffee, während Julien nackt auf dem Bett lag. Aus den Augenwinkeln betrachtete sie den Körper des jungen Mannes. Seine Muskeln waren geschmeidig, trainiert durch Surfen, Schwimmen und lange Wanderungen am Strand. So zumindest stellte sie es sich vor. Sie erschauderte vor Lust. Er war nicht nur schön, er hatte etwas Magisches. Auch wenn er schwieg, füllte er den gesamten Raum aus und brachte die Luft um sich herum zum Vibrieren. Und wenn er einen ansah, hatten seine Augen die Farbe eines tiefen Sees und die Pupillen schienen einem direkt in die Seele zu blicken ... Das junge Mädchen wusste, dass er alle Frauen haben konnte, die er wollte, und das hatte er sicher auch ausgenutzt. Sie verstand nicht, warum sich ein Mann wie er für eine pummelige Rothaarige wie sie interessierte. Doch darüber würde sie sich nicht beklagen und ihn auch nicht nach den Gründen fragen. Auf diese Art hatte sie noch nie mit jemandem geschlafen. Er gab ebenso viel, wie er nahm,

kam nie als Erster. Nicht wie all die anderen Typen vor ihm. Marie-Jeanne dachte, für ihn wäre sie gerne Jungfrau geblieben. Sie stellte zwei Teller auf den winzigen Klapptisch unter dem Fenster. Julien zog seine Boxershorts an und setzte sich zum Frühstück auf das Bett. Marie-Jeanne beugte sich zu ihm und küsste ihn, seine Lippen schmeckten süß. Sie hatte einen Slip und ein T-Shirt angezogen, da sie fröstelte. Sie richtete das Solarmobile so aus, dass der Schmetterling wieder zu flattern begann. Dann räusperte sie sich und fragte:
»Gehst du ins Zentrum Dulac zurück?«
Julien verspeiste gerade einen Bissen Omelett.
»Nein, das wird zu kompliziert. Hat deine Tante mit dir über mich gesprochen?«
Nein, Cyrille hatte nichts gesagt. Aber sie wusste auch nicht alles, und vielleicht konnte sie die Probleme ihres Patienten nicht ermessen. Marie-Jeanne dachte an den Zeitungsausschnitt in ihrer Tasche. Sie hätte Cyrille informieren müssen, aber sie wollte es noch ein wenig für sich behalten, obwohl sie wusste, dass das nicht sehr professionell war.
»Nein, hat sie nicht. Aber gestern war sie sehr beunruhigt, dass du nicht zu deinem Termin erschienen bist.«
Es herrschte ein kurzes Schweigen.
»Ich will nicht zurück zu ihr.«
»Warum?«
»Weil ich spüre, dass sie mich wieder in die Psychiatrie stecken will. Und das kommt nicht infrage, ich fahre sowieso bald weg.«
Marie-Jeanne spielte mit ihrer Gabel. Sie hatte plötzlich keinen Hunger mehr.
»Wie? Wohin denn?«
»Nächste Woche habe ich einen Job in Vietnam.«
»In Vietnam?«

»Eine offizielle Sache. Danach fotografiere ich die Surf Open auf Bali.«

»Wann kommst du zurück?«

»Ich will etwas in Vergessenheit geraten.«

»Du solltest zumindest zu meiner Tante gehen, und es ihr mitteilen.«

Marie-Jeanne begriff, dass dies ein Versuch war, ihn zurückzuhalten. Vielleicht würde Cyrille die richtigen Worte finden, um seine Angst zu vertreiben und ihn zum Bleiben zu bewegen. Sie ging sehr geschickt mit den Patienten um, sogar mit den schlimmsten. Doch Julien schüttelte den Kopf.

»Ich kann nicht. Es gibt Leute, die mir Böses wollen.«

»Aber wer? Informier die Polizei!«

»Keine gute Idee.«

Er spießte die letzten Reste von seinem Omelett auf die Gabel.

»Hm, wirklich gut. Kann ich unten ein paar Sachen waschen?«

»Kein Problem. Ich ziehe mich an und komme mit.«

Julien zog Marie-Jeanne an sich und drückte ihr einen Kuss auf die Stirn.

»Bist du sicher, dass du dich schon anziehen willst?«

16

19 Uhr 30

Das war nicht die richtige Zeit, um bei den Leuten aufzukreuzen. Sie hätte vorher anrufen müssen, aber sie wollte vermeiden, dass er einfach auflegte. Auf dem Klingelschild stand in Schönschrift »Paci« geschrieben. Sie hatte im Zentrum Bescheid gegeben, dass sie für eine Stunde abwesend wäre, und Benoît erklärt, sie sei nicht zu erreichen. Der hatte sie daran erinnert, dass er heute seinen vierzehntägigen Pokerabend mit seinen Golffreunden hatte. Umso besser. So konnte sie ihre Nachforschungen in aller Ruhe durchführen, ohne sich vor irgendjemandem rechtfertigen zu müssen. Außerdem ersparte ihr das eine unangenehme Diskussion mit dem Großen Mann. Sie wollte nicht über die Szene vom Vortag sprechen, denn ihre Energie wurde anderswo gebraucht.

Vor der Tür des Chefkrankenpflegers zögerte sie kurz. Sie wusste, dass Julien Daumas nicht mehr ins Zentrum Dulac zurückkehren würde. Er war geflohen. Das kam manchmal vor. Einige Patienten wollten nicht geheilt werden und zogen den vertrauten Zustand des Unwohlseins einer Veränderung vor. Er war ein Pseudologe, litt aber auch unter Zwangsvorstellungen und hatte sie, Cyrille, als Objekt seiner Begierde auserwählt. Sie könnte einfach aufhören, ihre Recherchen abbrechen und den Fall Daumas abschließen. Vielleicht würde nichts passieren. Aber sie wusste, dass sie dann nie mehr ruhig würde schlafen können. Sie musste die Sache auf die eine oder andere Art zu Ende führen und herausfinden, ob sie diesen Patienten vor zehn Jahren behandelt hatte. *Nur Mut!*

Sie drückte auf den Klingelknopf, und ein Türgong ertönte. Das Treppenhaus war geräumig, nur zwei Wohnungen pro Etage, die Stufen waren mit einem roten Läufer bedeckt. Cyrille hörte Geräusche in der Wohnung, das Parkett knarrte, und ihr Puls beschleunigte sich leicht. Sie fühlte sich stark und selbstsicher, eine erfahrene Ärztin, die ein gut funktionierendes Zentrum leitete und mit dem künftigen Nobelpreisträger verheiratet war. Ihre Anfrage war professionell und legitim. Es ging darum, die Krankenakte eines Patienten zu finden, der potenziell gefährlich war. Sie wusste, was sie sagen würde. Sie straffte sich.

»Hast du deinen Schlüssel vergessen?«, fragte eine Männerstimme, während sich die Tür öffnete.

Nino erstarrte, als er Cyrille vor sich sah. Die Hand auf der Klinke, stand er verblüfft und mit offenem Mund da, ohne einen Ton herauszubringen.

In Cyrilles Erinnerung war Nino Paci Chefkrankenpfleger sizilianischer Abstammung, um die dreißig, attraktiv, sympathisch und humorvoll, aber knallhart, wenn die Dinge auf seiner Station nicht so liefen, wie sie sollten. Ihr gegenüber hatte er sich immer freundschaftlich und höflich verhalten. Er war intelligent, integer und selbstbewusst. Einmal hatte er einen diensthabenden Arzt zurechtgewiesen, der es gewagt hatte, ihm Anordnungen zu geben, ohne »bitte« zu sagen. Paci wurde gefürchtet und respektiert.

Cyrille lächelte, und Nino schien aus einem Traum zu erwachen. Seine Stimme traf sie wie ein Schlag ins Gesicht.

»Was hast du hier zu suchen?«

Cyrille war wie benommen von dem unhöflichen Ton

und der Tatsache, dass er sie duzte. Die Art, wie er sich in die Tür stellte, zeigte, dass er nicht die Absicht hatte, sie eintreten zu lassen. Plötzlich hatte sie vergessen, was sie sagen wollte.

»Ich ...«

Sie hatte mit Verwunderung seinerseits gerechnet, nicht aber mit Feindseligkeit. Sie fasste sich wieder.

»Ich bin Cyrille Blake, und ich habe vor zehn Jahren meine klinische Ausbildung in Sainte-Félicité absolviert. Darf ich hereinkommen? Es ist wichtig.«

»Ich weiß, wer du bist. Was willst du?«

Wieder dieses Duzen und keine Anstalten, sie hereinzubitten. Das fiel Cyrille zwar auf, aber dennoch klang ihre Stimme ruhig, als sie erklärte:

»Ich werde Sie nur fünf Minuten stören.«

Sie trat einen Schritt auf Nino zu, sodass sie ihn fast berührte. Der Krankenpfleger runzelte die Stirn und ließ sie schließlich vorbei.

Cyrille betrat ein gemütliches Wohnzimmer. Wäre sie nicht so verunsichert gewesen, hätte sie die Sammlung teurer Vasen, die hübschen chinesischen Lampen aus Reispapier und die Art-déco-Möbel bemerkt. Sie setzte sich auf das schwarze Sofa mit den roten Kissen und bewunderte die Orchideen auf der Fensterbank und die *Shodo* an der Wand.

»Hübsch ...«

Nino nahm auf der Couch ihr gegenüber Platz und griff nervös nach einer Schachtel Zigaretten, die auf dem modernen Couchtisch aus Glas und Chrom lag. Ohne sie ihr anzubieten, zündete er sich eine an. Er schlug die Beine übereinander und nahm hektisch einige Züge. Cyrille saß aufrecht da, die Hände auf den Knien.

»Wie Sie vielleicht wissen, leite ich seit fünf Jahren das Zentrum Dulac. Letzte Woche ist ein Patient zu mir gekommen, vor allem wegen seiner Albträume.«

Sie räusperte sich, ihre Kehle war trocken, die Zunge pelzig, so als hätte sie seit Tagen nichts mehr getrunken. Nino Pacis beharrliches Schweigen machte ihr jedes Wort schwer.

»Offenbar, das heißt, nein, ich bin sicher, ist dieser Mann stark gestört. Er hat sadistische Triebe ... die ihn dazu bringen, Tiere zu verstümmeln.«

So, nun war es raus. Sie musterte den Chefkrankenpfleger, um seine Reaktion zu sehen. *Nichts.* Sein Gesicht, das zuvor vor Erstaunen starr gewesen war, war jetzt hermetisch verschlossen. Ungerührt zog er an seiner Zigarette und blies den Rauch durch die Nase aus.

»Nun, dieser Patient heißt Julien Daumas«, fuhr Cyrille fort. »Er war im Jahr zweitausend stationär in Sainte-Félicité. Professor Manien, den Sie ebenso gut kennen wie ich, weigert sich, mir seine Krankenakte, die ich dringend brauche, auszuhändigen. Er behauptet, sie wäre im Zentralarchiv. Nun, Sie werden verstehen, dass es meine Aufgabe ist, so viele Informationen wie möglich über diesen Patienten, der vielleicht gefährlich und auch selbst in Gefahr ist, zusammenzutragen.«

Cyrille unterbrach ihren Monolog. Plötzlich wurde ihr bewusst, wie unglaublich lächerlich diese Situation war. Was hatte sie hier zu suchen, warum bettelte sie bei einem Krankenpfleger um eine Akte, die ihr der Chefarzt am selben Morgen verweigert hatte? Wie hatte sie auch nur eine Sekunde an den Erfolg einer solchen Aktion glauben können?

Ihr wurde klar, dass sie nur in ihrer kleinen Klinik mit den paar Angestellten die Chefin war. Sobald sie die Tür dieses privaten Zentrums hinter sich geschlossen hatte, besaß sie keine Autorität mehr. Sie rang die Hände und verfluchte sich, diesen Weg eingeschlagen zu haben. Sie schämte sich. Röte stieg ihr ins Gesicht. Nino sagte nichts und beobachtete, wie ihr Unwohlsein wuchs. Er rauchte seine Zigarette bis zum Filter, dann drückte er sie in dem schmiedeeisernen Aschenbecher aus und sagte laut und deutlich:

»Du willst dich wohl über mich lustig machen, *sporca bugiarda!* ...«

Cyrilles Herz hämmerte zum Zerspringen. Auch wenn sie kein Italienisch konnte, verstand sie, dass Nino ihr nicht gerade ein Kompliment gemacht hatte. Fassungslos blinzelte sie.

»Ich verstehe nicht ...«

Der Blick des Krankenpflegers war finster und ausdruckslos.

»Zehn Jahre lässt du nichts von dir hören, und dann kreuzt du bei mir auf und verlangst, dass ich dir eine Krankenakte beschaffe.«

»Ich weiß, das gehört sich nicht«, verteidigte sich Cyrille kläglich. »Aber das ist meine letzte Chance. Julien Daumas ist vermutlich gefährlich. Ich muss alle Unterlagen in der Hand haben, um ihn behandeln zu können oder stationär einzuweisen.«

Nino legte Daumen und Zeigefinger auf die Augen und schüttelte seine schwarze Mähne.

»*Porco Dio*, ist das hier die Sendung mit der versteckten Kamera oder was?« Er sah Cyrille herausfordernd an.

»Was soll das für ein Spielchen sein?«

Cyrille hatte das Gefühl, dass sich der Boden unter ihren Füßen auftat. Sie verstand rein gar nichts.

»Aber das ist kein Spiel, ich ...«

»Raus!«

»Wie bitte?«

»Raus, sage ich! Du bleibst keine Minute länger hier!«

Mit wenigen Schritten war er an der Eingangstür. Willenlos folgte ihm Cyrille. Doch plötzlich öffnete sich die Tür von allein, und ein großer mit Einkaufstüten beladener Mann karibischer Herkunft betrat die Wohnung. Cyrille grüßte flüchtig und stieg die Stufen hinab, beseelt von dem Wunsch, sich in einem Mauseloch zu verkriechen.

Hinter ihr tauschten Nino und sein Freund einen verblüfften Blick und sahen Cyrille nach unten laufen.

Nino beugte sich über das Geländer.

»Cyrille!«, rief er.

Sie hob den Kopf.

»Komm wieder rauf!«

»Was?«

»Komm wieder rauf, sage ich.«

Sie blieb stehen.

»Ich begreife nicht ...«

Nino hastete die Treppe hinab und fasste sie beim Arm.

»Komm wieder mit nach oben.«

»Aber Sie ...«

»Hast du Tony nicht erkannt?«

»Wen?«

Nino sah zu seinem Freund hinauf, der die Schultern zuckte und den Kopf schüttelte. In sanfterem Tonfall fuhr Nino, an Cyrille gewandt, fort:

»Komm, ich glaube, du hast ein großes Problem.«

Kurz darauf saß Cyrille Blake wieder auf dem Sofa und der surrealste Dialog ihres Lebens begann. Nino hatte sie mit festem Griff nach oben geführt und auf die Couch gedrückt. Völlig verwirrt hatte sie es geschehen lassen. Tony, jener Tony, den sie offenbar hätte kennen sollen, war in der Küche verschwunden. Nino hatte sich eine weitere Zigarette angezündet. Cyrille rauchte seit Jahren nicht mehr, aber in diesem Augenblick hätte sie es gerne getan, wagte jedoch nicht, um eine zu bitten. Tony kam mit einem Tablett zurück, auf dem drei Gläser mit einem orangefarbenem Cocktail und einem grünen Strohhalm standen. Zunächst hatte Cyrille abgelehnt, auf Drängen der beiden Männer aber doch von dem hausgemachten Planters Punch gekostet. Köstlich, der Geschmack nach Ingwer und Limetten. Schließlich hatte sie ein Drittel des Glases geleert. Ein Gefühl von Wärme und Entspannung breitete sich in ihr aus. Jetzt saß sie den zwei fassungslosen Männern gegenüber.

»Also gut, Cyrille, fangen wir von vorn an. Du behauptest, Tony nicht zu kennen?«

»Nein, tut mir leid. Wie sollte ich?«

Nino wich geschickt aus.

»Und mich, Cyrille, erkennst du mich wieder?«

Irritiertes Schulterzucken, eher wegen Ninos Ton, als wegen der Frage selbst. Der Krankenpfleger sprach mit ihr wie mit einem Neuzugang in Sainte-Félicité; seine Stimme war fest und bestimmt, aber doch herzlich. *Der duzt mich und redet mit mir wie mit einer Kranken, das gibt's doch nicht!*

»Ja natürlich, ich bin schließlich nicht verrückt. Sie sind der Chefkrankenpfleger von Sainte-Félicité. Deshalb bin ich ja auch hier.«

»Ist das alles?«

Cyrille presste die Lippen zusammen.

»Wie, ist das alles? Ja, Sie sind der Chefkrankenpfleger von Sainte-Félicité und einer der wenigen, die ich in guter Erinnerung behalten habe. Darum habe ich gedacht, ich könnte Sie vielleicht um einen Gefallen bitten.«

Im Moment fragte sie sich allerdings, warum sich Nino wie ein Polizist beim Verhör aufführte. Das war sehr unangenehm.

Nino stützte die Ellenbogen auf die Knie und beugte sich vor.

»Ist das wirklich alles?«

»Herrgott noch mal, ja, was wollen Sie denn von mir hören?«

Der Krankenpfleger blies die Backen auf, wechselte

einen Blick mit seinem Freund, atmete dann geräuschvoll aus und schüttelte den Kopf.

»Na ... toll!«

Tony schwieg. Selbst im Sitzen war er groß. Seine Züge waren fein, sein Ausdruck war ruhig und sein Körper schlank und athletisch. Er betrachtete Cyrille perplex und mit hochgezogenen Augenbrauen.

»Das ist ein Witz, das kann nur ein Witz sein«, sagte er dann leise.

Cyrille hatte den unangenehmen Eindruck, die falsche Person am falschen Ort zu sein. Sie wollte nur noch verschwinden. Doch Ninos dunkle Augen hielten sie in Schach.

»Und du bist gekommen, damit ich dir die Krankenakte eines Patienten beschaffe ... Stimmt das?«

Wieder dieser typisch sanfte Ton des Pflegepersonals gegenüber einem Kranken mit Wahnvorstellungen, dem man nicht widersprechen will. Sie zwang sich, ruhig zu bleiben und präzise zu antworten.

»Ja, die Akte von Julien Daumas, einem jungen Mann, der unter Depressionen leidet und im Jahr zweitausend stationär in Sainte-Félicité behandelt wurde und der mich jetzt im Zentrum Dulac aufgesucht hat. Ich fürchte, dass er womöglich gefährlich ist. Aber all das habe ich Ihnen schon vor einer Viertelstunde erklärt.«

»Julien Daumas, sagst du?«

»Genau ... und bitte, könnten Sie aufhören, mich zu duzen?«

»Und an ihn erinnerst du dich auch nicht? *Nada?*«

Cyrille sah Nino nur schweigend an. Der Krankenpfleger presste die Lippen zusammen, sodass nur noch zwei schmale weiße Striche zu sehen waren. Verlegenes Schweigen machte sich breit. Einige Minuten vergingen, und Cyrille spürte Zorn in sich aufsteigen. Schließlich sagte sie mit tonloser Stimme, die ihren Ärger verriet:

»Hören Sie, Sie sind zwar sehr nett, aber ich habe noch anderes zu tun, ich habe Nachtdienst und ein Zentrum zu leiten. Entweder haben Sie mir etwas zu sagen, dann tun Sie es bitte sofort und ohne Ausweichmanöver, oder ich gehe.«

Nino schwieg noch eine Weile. Cyrille hatte fast den Eindruck, sein Gehirn arbeiten zu sehen. Schließlich erklärte er:

»Ich weiß nicht, was in den letzten zehn Jahren mit dir geschehen ist, Cyrille, aber du hast einige wichtige Dinge vergessen, was übrigens dein Verhalten erklären könnte.«

Cyrille sackte auf dem Sofa in sich zusammen. Sie spürte, dass etwas Unglaubliches auf sie zukommen würde.

»Was, was habe ich denn vergessen?«

»Du kennst Tony, und du kennst ihn gut. Denn du, er und ich, wir waren vor zehn Jahren ein unzertrennliches Trio, das viel zusammen gefeiert hat.«

Eine Granate.

Entsichert.

Die in ihrem Kopf explodierte.

Cyrille blinzelte. Was sollte der Unsinn? Zum einen hatte sie nie viel gefeiert, und wenn sie Freunde in Sainte-Félicité gehabt hätte, würde sie sich an sie erinnern. Sie verzog skeptisch den Mund.

Nino erhob sich und ging zu dem chinesischen Sekretär, der gegenüber dem Fenster mit den Orchideen stand. Er zog die Schublade auf, die voll war mit Dokumenten, Briefen und Fotos ... Tony und Cyrille beobachteten ihn. Nino suchte einige Minuten lang in den Fotos, schließlich zog er eine fleckige, zerknitterte Hülle heraus. Er kam zurück, wählte verschiedene Aufnahmen aus und breitete sie vor Cyrille aus.

»Hier, du siehst nicht gerade frisch aus, mit deinem Corona Bier in der Hand, wir haben meine Beförderung gefeiert. Dieses hier war der Tequila-Paff-Abend, an dem ich mich gefragt habe, ob Tony nicht vielleicht wieder Hetero wird. Sieh mal, wie der Kerl dir den Hintern knetet. Und das hier erst ...«

Cyrille spürte, wie eine eisige Hand über ihren Rücken glitt und ihr das Herz in der Brust zusammenpresste. Ihr war plötzlich kalt, und sie bekam keine Luft mehr. Da, auf den Fotos, das war sie. Oder ihr Klon. Langes blondes Haar und auf jedem Bild eine Flasche Bier in der Hand. Sie, oder besser das junge Mädchen zwischen den beiden Freunden Nino und Tony ...

»Wenn ich weitersuche, finde ich noch mehr«, versicherte Nino. »Der Vollrausch, damit du dich von dem Angriff in der Ambulanz erholst, weißt du noch? Oder den, als wir eine Professor-Manien-Puppe gebastelt und mit Nadeln hineingestochen haben ...?«

Der Angriff. Ja, daran konnte sie sich erinnern. Cyrille biss sich auf die Unterlippe. Eine Puppe, die ein Abbild von Manien war ... das sagte ihr vage etwas ... aber alles war so konfus, so verschwommen ... doch der Rest, die Feste ... nein. Nino sah, wie seiner ehemaligen Freundin Tränen in die Augen stiegen.

»Soll ich weitermachen?«

Cyrille hob den Kopf. Sie saß in der Falle, doch sie hielt dagegen:

»Das sind nur Fotos. Die beweisen keine tiefe Freundschaft.«

Nino kniff die Augen zusammen. Cyrille kämpfte, wollte sich nicht überzeugen lassen.

»Gut, lass mich nachdenken.«

Er schwieg einige Sekunden.

»Ich kenne den Vornamen deiner Eltern, Louis und Francine, sie ist gestorben, als du zehn Jahre alt warst. Du bist im Norden aufgewachsen und hattest, als du klein warst, furchtbare Angst vor der Sirene der Tüllfabrik. Nach dem Tod deiner Mutter hat dich dein Vater nach Amiens ins Internat geschickt.«

Bei dem Ansturm widersprüchlicher Gefühle, dem Wunsch, zu fliehen oder auf der Stelle zu sterben, sackte Cyrille Blake immer mehr in sich zusammen. Nino atmete tief durch.

»Ich weiß auch, was du hättest machen wollen, wenn du nicht Ärztin geworden wärest.«

»Was?«, murmelte sie.

»Bandoneon-Spielerin oder Tangolehrerin.«

Cyrille hielt die Luft an. Nino setzte nach:

»Ein Mal, nur ein einziges Mal, hast du Bandoneon für uns gespielt, was du sonst nie vor Publikum getan hast. Das war 1999 am Tag nach Weihnachten, als Tony seinen Bruder bei einem Motorradunfall verloren hatte. Das Stück hieß *Milonga del Ángel* und war so schön und traurig, dass wir alle drei geweint haben.«

17

22 Uhr

Das Schlaflabor des Centre Dulac war verwaist, die Betten waren leer und würden erst nächste Woche wieder zum Einsatz kommen. Nur zwei der drei Zimmer im ersten Stock waren von Teilnehmern des Meseratrol-Programms belegt. Wie ferngesteuert lief Cyrille durch den in bläuliches Licht getauchten Gang. Kein Laut war zu hören, die Patienten schliefen. Sie trat ins Ärztezimmer und überprüfte die Monitore. Nichts Besonderes. Ihren Piepser in der Kitteltasche ging sie in ihr Büro. Sie knipste die Schreibtischlampe an, nahm die Krankenakten und legte sie in der Hängekartei neben ihrem Tisch ab. Dann sortierte sie die Fragebögen und stapelte sie sorgfältig aufeinander. Anschließend schüttelte sie die Kissen auf der Couch, ordnete die verstreuten Zeitschriften, griff nach dem Tuch, das die Putzfrau morgens benutzte, und begann wie besessen, unsichtbaren Staub zu entfernen. Cyrille wischte die Möbel ab, die Kaffeemaschine, die afrikanischen Statuen auf dem japanischen Regal und kletterte anschließend auf die Couch, um sich die beiden abstrakten Gemälde an der Wand vorzunehmen.

Als sie fertig war, knipste sie die Lampe wieder aus und lief zum Schlaflabor. Sie machte kein Licht, denn es war eine Vollmondnacht. In Panis' Schreibtischschublade fand sie eine Packung Marlboro und ein Feuerzeug. Bei der Eröffnung des Zentrums hatte sie ein absolutes Rauchverbot ausgesprochen, doch sie drückte ein Auge zu, wenn Panis bisweilen gegen diese Regel verstieß. Sie nahm eine Zigarette, streifte ihre Mokassins ab, setzte sich auf die breite Fensterbank und öffnete das Fenster einen Spaltbreit, um frische Luft hereinzulassen.

Die Flamme des Feuerzeugs erhellte ihr blasses Gesicht. Cyrille nahm einen tiefen Zug von der Zigarette, und ihr wurde sofort schwindelig. Sie strich sich durchs Haar, legte die Arme um die Knie und stieß den Rauch durch die Nase aus. Ohne an irgendetwas zu denken, verharrte sie eine Weile so und beobachtete die Autos unten auf der Kreuzung und die Ampel, die von Gelb auf Rot sprang und dann wieder auf Grün. Tränen rannen über ihre Wangen. Sie fühlte sich am Rand eines Abgrunds, verlassen und einsamer denn je. Was hatte Nino Paci gesagt? Ah ja, sie hätte ein ernsthaftes Problem. Davon war sie mittlerweile selbst überzeugt. Sie biss sich so fest in den Daumen, dass es wehtat.

*

Der große amerikanische Kühlschrank hatte zwei Türen, hinter der Linken verbargen sich die Gefrierfächer. Im untersten Fach bewahrte ihr Onkel sein Lieblingseis *Ben & Jerrys Cookies Dough* auf. Das Licht im Inneren verlieh Marie-Jeanne ein gespenstisches Aussehen. Sie nahm einen Becher heraus. Es war kurz nach dreiundzwanzig Uhr, und nachdem sie sich den ganzen Tag über geliebt hatten, hatten Julien und sie jetzt Lust auf etwas Süßes. Das Einzige, was sich im Minikühlschrank ihres Zimmers fand, war ein Joghurt mit null Prozent Fett. Also hatte sie sich gesagt, sie könnte ein paar Süßigkeiten bei den Blakes ausleihen, ihr Onkel würde ihr das nicht übel nehmen. Gleich morgen würde sie in den Supermarkt gehen und ihm zur Entschädigung zwei neue Becher kaufen. Sie schloss die Tür des Gefrierschranks und stellte das Eis auf dem Tisch ab. Sie hatte nur das Licht an der Abzugshaube eingeschaltet, das den Raum schwach erhellte. Nicht weil sie Angst gehabt hätte, jemanden zu stören. Sie wusste, dass Benoît erst gegen Morgen vom Pokerspielen heimkäme und Cyrille bis um sechs Uhr früh Dienst hatte. Marie-Jeanne hatte die Verbindungstür zur Treppe offen lassen. In einer hübschen Keramikschale lagen schöne Weintrauben. Sie zupfte einige ab und legte sie auf den Becher.

»Darf ich?«

Sie zuckte zusammen.

Julien.

»Mein Gott, hast du mich erschreckt!«

Nur bekleidet mit einer Jeans, war der junge Mann die Treppe von ihrem Zimmer heruntergekommen. Er schob sich eine Weinbeere in den Mund.

»Hast du was gefunden?«

Marie-Jeanne zeigte stolz ihre Beute.

»Perfekt, das ist meine Lieblingsmarke.«

»Gehen wir wieder rauf?«

Aber Julien war schon um den Küchentisch herum ins Wohnzimmer getreten. Er lief am Sofa entlang, und seine Hand strich liebkosend über das Leder.

»Hier wohnt sie also …«

In ihrem großen türkisfarbenen Herrenhemd, in dem Marie-Jeanne sich sexy fand, folgte sie ihm. Doch ihr war plötzlich unwohl bei dem Gedanken, mitten in der Nacht durch die Wohnung ihres Onkels und ihrer Tante zu spazieren. Sie war im Begriff, die Regel Nummer 1 zu übertreten, die ihre Tante aufgestellt hatte, als sie ihren Rucksack auf das kleine Bett oben im Zimmer gelegt hatte. Keine Fremden in unserer Wohnung. In deinem Zimmer kannst du machen, was du willst, aber hier unten wollen wir unsere Ruhe. Marie-Jeanne wickelte eine ihrer roten Locken um den Finger. Sie wusste, dass sie dabei war, eine Dummheit zu begehen, aber sie wollte ihrem Liebhaber nichts abschlagen.

»Julien, wir müssen zurück nach oben.«

Der junge Mann sah sich alles genau an, auch wenn in dem Dämmerlicht kaum etwas zu erkennen war: die afrikanischen Ziergegenstände, die Bilder, die Video- und Stereoanlage. Er betrachtete ein gerahmtes Foto, das Benoît und Cyrille vor einem Tempel in Bangkok zeigte. Cyrille lächelte auf eine abwesende und mysteriöse Art.

»Julien, komm, lass uns gehen.«

»Hast du nicht gesagt, dass sie nicht zurückkommen?«

»Ja, aber ich fühle mich hier unwohl.«

»Na gut.«

Er schlenderte ohne Eile durch das Zimmer und kam zurück in die Küche. Plötzlich bückte er sich zu einem Schatten vor seinen Füßen.

»Hallo, Kätzchen, wer bist du denn?«

»Das ist Astor«, antwortete Marie-Jeanne, »der alte Kater meiner Tante.«

Julien hockte sich hin und kraulte das Tier zwischen den Ohren. Astor rieb seinen Kopf an der liebevollen Hand.

Marie-Jeanne ging ebenfalls in die Hocke.

»Sag mal, Tiere scheinen dich ja zu mögen. Dieser Kater ist der eigensinnigste, den ich je gesehen habe. Er akzeptiert nur sein Frauchen!«

Marie-Jeanne hatte den Eindruck, nicht mehr zu existieren. Julien war in die Betrachtung des Katers versunken, streichelte seinen Rücken, dann wieder den Kopf und kraulte ihn unter dem Kinn. Es war, als würden sie in einer geheimen Sprache kommunizieren.

»Magst du Katzen?«

Er nickte. Sie drückte leicht seinen Arm.

»Komm, lass uns verschwinden.«

Julien erhob sich, seine Hand glitt noch einmal über den Rücken des Tiers bis hin zum Schwanz, dann verließ er in aller Seelenruhe den Raum. In der Küche nahmen sie ihre Vorräte und gingen zur Treppe, die nach oben zu ihrem Zimmer führte.

*

Gleichzeitig ein Vibrieren in beiden Kitteltaschen. Cyrille tauchte aus ihrer Lethargie auf. Seit gut einer Stunde hatte sie geistesabwesend nach draußen gestarrt. Sie drückte ihre zweite Zigarette auf dem Fenstersims aus und sah auf ihren Piepser und ihr iPhone. In Zimmer 2 wurde geklingelt, und sie hatte eine neue SMS bekommen. Die Nummer war ihr unbekannt. Sie sprang auf, schlüpfte in ihre Schuhe und wischte sich mit dem Handrücken über die Augen. *Ich werde eine Lösung finden und aus diesem Problem gestärkt hervorgehen. Keine Panik, das kostet nur Zeit und Energie. Ich schaffe es.* Sie lief zur Treppe. In Zimmer 2 lag Mathilda Thomson, eine junge Frau, die vergewaltigt worden war. Die Polizei hatte den Täter zwar zwei Monate später festnehmen können, doch die junge Frau fand nicht in die Normalität zurück. Sie hatte sich von ihrem Mann getrennt und war im Begriff, die Verbindung zu ihren beiden Kindern abzubrechen. Cyrille hatte sie unter ihre Fittiche genommen, *in extremis* in die Meseratrol-Studie eingegliedert und ihr vorgeschlagen, einige Tage hier zu verbringen und an Therapiesitzungen teilzunehmen. Die ersten Ergebnisse waren zufriedenstellend. Sie lief eilig die Treppe hinab und las dabei die SMS auf ihrem iPhone.

»Wir helfen dir. Grüße. Nino und Tony«

Cyrille hielt kurz inne und las die Nachricht mit klopfendem Herzen ein zweites Mal. *Mein Gott.* Sie war auf die Hilfe von Menschen angewiesen, die sie kaum kannte …

Nach dem Schock hatte Nino ihr einen weiteren Planter's Punch angeboten. Sie hatte ihr Glas in einem Zug geleert.

Sie fuhr sich mit der Hand über das Gesicht und versuchte, einen klaren Gedanken zu fassen. Vielleicht hatte der viele Alkohol, den sie offenbar damals getrunken hatte, die Erinnerung an ihre Studentenzeit getrübt.

»Ich würde dir zu einem Kernspin raten«, meinte Nino.

»Ich habe vor drei Tagen bereits ein MRT gemacht, ohne Befund.«

»Kannst du dich erinnern, warum du Sainte-Félicité verlassen hast?«

»Das weiß ich noch«, antwortete Cyrille triumphierend. »Gleich nach dem Examen bin ich mit Benoît zum Kongress nach Bangkok gereist und ... danach wollte ich nicht mehr zurück nach Sainte-Félicité. Wir sind nach Amerika gegangen, und anschließend habe ich meine Klinik eröffnet.«

»Ja, das weiß ich, und ab diesem Zeitpunkt haben wir nichts mehr von dir gehört.«

Cyrille erhob sich und lief im Zimmer auf und ab.

»Als ich aus Thailand und später aus den USA zurückgekommen bin, habe ich nicht mehr an all das gedacht. Ich wollte einen Schlussstrich unter Sainte-Félicité ziehen.«

Cyrille setzte sich auf die Sofalehne. Die Frage, die sie jetzt stellen würde, könnte all ihre Gewissheiten zum Einsturz bringen.

»Und Daumas müsste ich also auch kennen?«

Nino lächelte.

»Julien Daumas, ja, den hast du behandelt, gleich nachdem er Ende zweitausend nach einem Selbstmordversuch eingeliefert wurde und es ihm sehr schlecht ging.«

Cyrille knirschte mit den Zähnen. Sie war so benommen, dass sie nichts mehr empfand.

»Und weiter?«

»Viel mehr kann ich dir nicht sagen, weil ich damals

meine Fortbildung zur Heimpflege gemacht habe und nicht da war. Ich weiß nur das, was du mir später erzählt hast.«

Cyrille runzelte die Stirn.

»Und was habe ich dir gesagt?«

Sie hatte ganz automatisch begonnen, ihn ebenfalls zu duzen. Sie hätte fliehen wollen, weit weg, in ein anderes Land, wo niemand wüsste, dass sie den Verstand verloren hatte.

»Er wollte ausschließlich mit dir reden. Deshalb hat Manien dich zuständig für den Fall erklärt, was dir den Neid deiner Kollegen eingetragen hat. Das war drei Wochen, bevor du auf Reisen gegangen bist, und ich habe dich bis zum heutigen Tag nie wieder gesehen.«

18

10. Oktober, 7 Uhr 30

Benoît Blake zog die Decke über die Schultern seiner Frau, die schon seit einer guten halben Stunde tief und fest schlief. Er schämte sich für sein Benehmen am vorletzten Abend und wusste nicht, wie er das wiedergutmachen sollte. In den letzten zwei Tagen war es ihm nicht gelungen, mit ihr darüber zu reden und sich zu entschuldigen. Die Rosen, die er ihr hatte schicken lassen, waren nicht einmal ausgewickelt. Als er um zwei Uhr nachts, die Brieftasche voller beim Poker gewonnener Scheinchen, nach Hause gekommen war, hatte er sie selbst in eine Vase stellen müssen. Er hatte eine glückliche Hand gehabt und war gut gelaunt gewesen, genau in der richtigen Verfassung, sie um Verzeihung zu bitten. Er küsste Cyrille auf die Wange und schloss leise die Schlafzimmertür hinter sich. Er würde alle Hindernisse eines nach dem anderen aus dem Weg räumen. Seine Frau war ihm vielleicht noch böse, aber nicht mehr lange.

*

Cyrille schlief, bis um elf Uhr der Wecker klingelte. Sie hatte sich ausgerechnet, dass sie zwei Stunden brauchen würde, um für das Mittagessen um dreizehn Uhr fit und konzentriert zu sein. Sie hatte Mühe, richtig wach zu werden, und so saß sie, den Kopf auf die Hände gestützt, in ihrem Bett und versuchte, einen klaren Gedanken zu fassen. Wie war der Stand der Dinge? Der Nachtdienst war gut verlaufen, aber ansonsten ... Heute Mittag hatte sie ein Treffen, das für die Finanzierung des Zentrums von größter Bedeutung war. Und sie hatte gerade entdeckt, dass eine ganze Phase ihres Lebens aus ihrem Gedächtnis gelöscht war.

Sie erhob sich und lief im Bademantel durch die Wohnung. Alles war still. Die Ruhe und Einsamkeit, die sie normalerweise so genoss, machten ihr heute Morgen Angst. Sie trat ins Wohnzimmer. *Wo kommen die Rosen her?* Sie hatte sie zuvor nicht einmal bemerkt. Sie standen in der großen Kristallvase auf dem Tischchen am Durchgang zum Esszimmer. Sie strich über das Ledersofa, rückte den Rahmen zurecht, der ein Foto von Benoît und ihr vor dem Königstempel zeigte, und ging in ihr Arbeitszimmer. Dort öffnete sie den Schrank ihrer Großmutter und zog ein altes Fotoalbum aus dem untersten Fach. Sie setzte sich mit gekreuzten Beinen auf den Boden und schlug es auf.

Plötzlich schreckte sie zusammen. War da nicht ein Geräusch? Nein, das war der Wind, der an den Fensterläden rüttelte. Sie blätterte die Seiten um und deutete mit dem Finger auf die Bilder: *Maman, Papa, Tante Françoise, Onkel Marcel ... der Hund Volga ... die Cousins und Cousinen. Louis, Micheline, Hélène, Ariette ... Mathilde und André*. Die Schulzeit. Sie betrachtete aufmerksam die Klassenfotos. Natürlich erinnerte sie sich nicht an alle Namen, aber die Gesichter waren ihr vertraut. Aufnahmen vom Gymnasium, vom Internat in Amiens, und nicht eine Person war ihr fremd. Sie lauschte erneut. Waren das Schritte auf dem Parkett? *Du hast Halluzinationen!* Sie klappte das Album zu und legte es lautlos an seinen Platz zurück. Ihre Hand glitt über das Musikinstrument, ehe sie danach griff und es an sich presste. Sie erhob sich, hielt kurz inne und begann zu spielen. Ihre Finger, die ein Eigenleben zu haben schienen, glitten über die Tasten und fanden die Töne des *Tango* von Goran

Bregovic. Die nostalgische Melodie brannte in ihrem Herzen und wärmte ihren Körper. Sie wiegte und drehte sich leicht im Rhythmus. Das Lied erzählte die Geschichte zweier Liebender, die zusammen waren, einander verließen, die litten und einander schließlich vergaßen.

*

Die fünf Radrennfahrer rasten über die Piste des Stadions. Für den Endspurt hatten sie den höchsten Gang eingelegt. In petrolblauem Bikeroutfit, mit Helm und Brille, ging Tony zum Angriff über und erreichte das Hinterrad des Anführers. Die Zähne zusammengebissen, den Kopf tief über den Lenker gebeugt, setzte er zum Überholen an. Nino nahm auf dem letzten Rang des leeren Stadions Platz und sah dem Team während der drei letzten Runden zu. Wie jedes Mal war er begeistert von der kräftigen Muskulatur der Amateurathleten. Tony war fünfunddreißig Jahre alt, sein Körper war durchtrainiert und für den Wettkampf vorbereitet. Die Olympischen Spiele waren zwar inzwischen ein alter Jugendtraum, an den er bisweilen voller Wehmut zurückdachte, doch er wollte den Radsport noch nicht aufgeben. Er kämpfte verbissen um den Sieg. Er hatte die Fähigkeit, alles zu geben, um sein Ziel zu erreichen, und den Rest der Welt zu vergessen: was die anderen von ihm denken mochten, die langfristigen Folgen, die Gefühle – alles, was ansonsten zu oft sein Verhalten beeinflusste.

Nach mehreren Runden in langsamerem Tempo hielten die Männer schließlich an, klopften einander auf die Schulter und beglückwünschten sich. Tony war zufrieden mit seiner Leistung.

Kurz darauf kam Nino zu ihm in den Umkleideraum. Tony zog sein T-Shirt aus und wischte sich mit dem Handtuch über die Stirn.

»Hast du das Finale gesehen? Ich schwöre dir, ich hatte noch Energiereserven. Und du? Warst du im Schwimmbad?«

Nino setzte sich auf die Bank und stellte die Badetasche zu seinen Füßen ab. Er war unrasiert und sah müde aus.

»Letztlich doch nicht. Ich bin total kaputt, habe heute Nacht kaum geschlafen.«

»Ich weiß, du hast dich ständig hin und her gewälzt.«

Tony drückte den Arm seines Freundes. Nino hatte sich bis zum frühen Morgen schlaflos von einer Seite auf die andere gedreht. Cyrilles überraschende Rückkehr und die Geschichte mit der Gedächtnislücke, die so schwer zu glauben war, beschäftigte ihn. Nun hatte sich eine tiefe Falte in seine Stirn gegraben, und er kaute an den Nägeln.

»Weißt du, eigentlich ist das verrückt, aber ... ich glaube ihr.«

Tony zog seine Radlerhose aus und schlang ein Handtuch um die Hüften.

»Ich auch.«

Ein tonnenschwerer Stein fiel Nino vom Herzen. Er seufzte vor Erleichterung.

»Eine solche Komödie kann sie uns nicht vorgespielt haben, oder?«

Tony schüttelte den Kopf. Seit fast zehn Jahren hatten sie Cyrille Blakes Namen nicht mehr erwähnt, seit jenem Moment, da Nino beschlossen hatte, sie aus seinem Adressbuch zu streichen mit dem Vermerk *Sprich nie wieder von dieser Ziege*.

Er war impulsiv und nachtragend, wenn man ihn verletzte. Als er von seiner Fortbildung zurückgekommen war, war sie verschwunden, ohne ihm eine Nachricht oder irgendetwas zu hinterlassen. Zu einem albernen Kongress davongeflogen mit ihrem neuen Ehemann, dem Professor für Neurobiologie – ein Pedant, den er nie hatte leiden können. Und dann nichts mehr, nicht die kleinste Nachricht, gar nichts. Er hatte sie danach zum ersten Mal wiedergesehen, als sie ihr neues Buch im Fernsehen vorgestellt hatte. *So ein Quatsch,* hatte er geschimpft und schnell umgeschaltet. Tony hatte ihr Verhalten weniger getroffen als seinen Freund. Er mochte Cyrille, hatte aber ihre Entscheidung, zu verschwinden, akzeptiert. Die individuelle Freiheit war für ihn so wichtig, dass er ihre Wahl, woanders ein neues Leben anzufangen und mit der Vergangenheit zu brechen, respektiert hatte. Am Arm ihres berühmten Ehemannes wollte sie in die High Society aufsteigen und ihr eigener Herr sein. Er konnte verstehen, dass sie keine Lust mehr hatte, sich mit einem einfachen Krankenpfleger und dessen Freund, dem Informatiker und Exsportler, zu treffen.

Er spürte, dass Nino durcheinander und nervös war. Ein kleiner Riss in seinem Panzer.

»Womöglich leidet sie wirklich unter einer Amnesie«, fuhr er fort, »und hat uns deshalb all die Jahre ignoriert ...«

»Ja ... Aber was kann ihr zugestoßen sein?«

Nino rieb seinen Dreitagebart, in dem sich einige Silberfäden zeigten.

»Ich habe in unserer Station solche Fälle schon erlebt, Patienten, die einen Teil ihrer Vergangenheit einfach vergessen hatten.«

»Woher kommt so was?«

»Nun, es waren eher Junkies. Ecstasy- oder Crack-Konsum, der dazu führen kann, dass eine Sicherung durchknallt. Wenn sie dann wieder zu sich kommen, ist ihr Gedächtnis durchlöchert wie ein Schweizer Käse.«

Duschgel und Shampoo in der Hand, setzte sich Tony kurz neben Nino.

»Cyrille ist doch kein Junkie!«

»Natürlich nicht. Aber wer weiß? Vielleicht hat sie ja

in Thailand Mist gebaut ... Womöglich hat sie Pilze geschluckt und dadurch einen Schlag weg.«

»Vergiss nicht, dass sie auf einem Psychiatriekongress war, noch dazu mit ihrem Mann. Meines Erachtens hatte sie keine Gelegenheit für irgendwelche Eskapaden.«

»Stimmt, das wäre eigenartig.«

Tony warf sein Handtuch über die Stange und ließ das Wasser laufen, bis es heiß war. Das Gesicht voller Seife, stellte er schließlich die Frage, die ihm auf den Lippen brannte:

»Wirst du sie anrufen?«

Nino kaute erneut an den Nägeln.

»Ja, ich muss ihr etwas sagen.«

»Was?«

Nino setzte einen Fuß in die Dusche und senkte die Stimme:

»Ich war gestern Morgen im Zentralarchiv ...«

Tony hörte auf, sich einzuseifen.

»Bist du verrückt? Und ...«

»Nichts.«

»Wie nichts?«

»Keine Krankenakte Daumas. Oder besser gesagt, sie ist leer.«

»Wo ist der Inhalt?«

»Keine Ahnung. Entweder sind die Unterlagen falsch abgelegt worden oder sie sind anderswo.«

Das Wasser prasselte auf Tonys Rücken. Beunruhigt sah er, wie sein Freund ihm eine Kusshand zuwarf und zum Ausgang lief.

*

Unter der Dusche wiederholte Cyrille im Geist die Erfolgsbilanz des Zentrums Dulac, die sie den beiden Amerikanern Debra Gibson von Pharma Ethics und José Barton von Merx darlegen wollte. Der Buchhalter würde sie mit zusätzlichen Details unterstützen, aber er hatte wenig Charisma, und es wäre ihr Job, die Überzeugungsarbeit zu leisten.

Sie ließ das warme Wasser über ihr Gesicht rinnen und versuchte sich vorzustellen, es wäre der tropische Regen auf Mauritius, wo sie in drei Wochen ihren Urlaub verbringen würden. Doch es wollte ihr nicht gelingen. *Du hast ein unglaubliches Problem, meine Liebe.* Na schön, sie litt unter Amnesie. Wenn sie von dem ausging, was Nino ihr erzählt hatte, erstreckte sich ihre Gedächtnislücke über einen Zeitraum von drei Wochen bis mehreren Monaten. Irgendetwas hatte ihre Erinnerung an diese Periode ausgelöscht. Widerwillig konzentrierte sich Cyrille auf das, was ihr noch geblieben war. Eine Reise in die Vergangenheit, die sie verabscheute, weil diese den einzigen Fehltritt ihres Lebens beinhaltete, den sie lieber für immer vergessen hätte.

Sie zwang sich, alles, was ihr einfiel, laut aufzuzählen, so als würde sie sich einem imaginären Psychiater anvertrauen. »Zum einen erinnere ich mich an die grauenvollen Wachen im Isolationstrakt mit all diesen verlorenen, mit Neuroleptika vollgestopften Menschen, die mir Angst machten. Zweitens an die Abschlussexamina meiner zwölfjährigen Ausbildung, die ich am schlechtesten gemeistert habe, weil ich völlig fertig war.« Der dritte Punkt, der ihr äußerst präsent war, war ihre heimliche Hochzeit im Rathaus des siebten Arrondissements, nur einen Monat nach der ersten Liebesnacht mit ihrem Professor für Neurobiologie. Sie hatte ihn eigentlich für zu alt gehalten, doch andererseits war er einfach hinreißend und umwerfend geistreich. Viertens: Benoîts Unfall. Sie war nicht von seinem Bett gewichen und hatte sich offiziell als seine Ehefrau behauptet. Die Besserung. Die partielle Heilung. Dann Benoîts Bitte, ihn im Oktober 2000 zu seinem ersten neurochirurgischen Kongress nach

Bangkok zu begleiten. Fünftens: der Kongress und die Katastrophe. Einmal dort angekommen, hatten sie Zweifel beschlichen. Benoît als Privatmann und im Kreis seiner Kollegen, das war nicht dasselbe. Sie hatte den Umgang mit diesen Patriarchen, die sie behandelten wie eine Praktikantin oder eine Intrigantin, wenn nicht gar beides, nicht länger ertragen. Sie hatte sich geweigert, an den Abendessen teilzunehmen; und sich Benoît gegenüber immer unausstehlicher und hilfloser verhalten. Abends im Hotel hatte sie dann vor Erschöpfung geweint.

Sechstens: Ihr fiel wieder ein, dass sie ihren Koffer gepackt und eines Morgens die Tür hinter sich zugeschlagen hatte. Was dann geschehen war, ging nur sie etwas an, und niemand durfte davon erfahren. In ihrem tiefsten Inneren konnte sie es heraufbeschwören, ohne sich bedroht zu fühlen. Sie hatte sich in ein kleines Hotel in der Khao San Road, Treffpunkt der Rucksacktouristen, geflüchtet. Damals wollte sie nicht mehr Ärztin sein, sondern frei, endlich leben und Musik machen ... oder irgendetwas anderes. *Ganz schön abgedreht.* Siebtens: Sie erinnerte sich an einige unerwartete und verrückte Begegnungen. Maude, die eigenwillige, völlig hemmungslose Kanadierin. Und Youri, der hochsensible Estländer, der mit unglaublicher Kreativität und viel Humor Akkordeon spielte, ganz so, wie Picasso und Dalí gemalt hatten. Achtens: Jener Abend, an dem sie getrunken, geraucht, alles Mögliche geschluckt und sich dann geliebt hatten. Cyrille errötete bei dem Gedanken. Neuntens: ihre schmachvolle Rückkehr zum Kongress. Zehntens: ihr Erwachen neben Benoît, verwirrt und voller Reue. Sie verschwieg ihm ihren Fehltritt und kämpfte mit ihrem schlechten Gewissen. Dann die Heimkehr nach Paris. Der Aufenthalt in Kalifornien. Und wieder Paris, das Zentrum, und jetzt stand sie hier unter dieser Dusche.

An all das erinnerte sie sich sehr wohl, nicht aber an

Daumas und ihre Freundschaft mit Nino und Tony. Es handelte sich vermutlich um eine lakunäre Amnesie. *Wahrscheinlich durch diesen Drogencocktail, den ich mit Youri geschluckt habe.* Und jetzt kam der geheimnisvolle Julien Daumas zurück und ließ sie nicht mehr los. Er war irgendwo in ihrem Gedächtnis verborgen, genauso, wie er sich irgendwo in der Stadt versteckt hielt, bereit zu weiteren Schandtaten. *Ich muss mein Gedächtnis und diesen Patienten wiederfinden, ihn behandeln und in die Psychiatrie einweisen.*

19

Als Julien in seine Wohnung in der Avenue Gambetta zurückkehrte, war er nicht darauf gefasst, sich prügeln zu müssen. Er gab den Türcode ein, grüßte die Concierge und stieg zu seinem Adlernest hinauf. Vor der Tür im sechsten Stock angekommen, sah er, dass sie einen Spaltbreit offen stand. Vorsichtig drückte er dagegen und rief seine Katzen. Mehrere huschten herbei, um sich an seinen Beinen zu reiben. Er zählte sie, alle waren da. Das Fenster war geöffnet, dabei war er sicher, es geschlossen zu haben. Als er es zumachen wollte, spürte er plötzlich, dass er nicht allein in der Wohnung war. Er hatte keine Zeit mehr, sich umzudrehen, denn schon packten ihn zwei enorme Hände an den Schultern und rissen ihn nach hinten. Julien verlor das Gleichgewicht und stürzte. Ein Fußtritt in die Rippen, er krümmte sich vor Schmerzen. Irgendetwas splitterte in seinem Brustkorb. Wenige Zentimeter neben seinem Gesicht sah er einen riesigen Schuh. Er wich seitlich aus, um dem Tritt zu entgehen, und der Fuß verfehlte sein Ziel. Julien sprang auf und stand einem dunkelhäutigen Hünen gegenüber, der an einen Sumoringer erinnerte: Kein Hals, dafür aber Unterarme so dick wie Schinken und gewaltige Pranken mit gespreizten Fingern und langen Nägeln. Sein Gesicht war so platt, als wäre er vor eine Wand gelaufen. Er starrte Julien knurrend an. Die beiden Männer standen da und maßen sich mit Blicken. Aus den Augenwinkeln bemerkte Julien, dass sich eine seiner Katzen unter den niedrigen Sessel geflüchtet hatte.

Der Sumoringer spannte sämtliche Muskeln an. Julien warf den Sessel um, packte die Katze am Nackenfell und warf sie in seine Richtung. Kläglich miauend flog das Tier durch die Luft und landete auf dem Kopf des Kolosses. In seiner Panik krallte es sich fest und zerkratzte die Haut des Ringers, der sich schreiend schüttelte, um sich von dem kleinen Monster zu befreien. Die verschreckte Katze versuchte verzweifelt, Halt zu finden, und schlug ihre spitzen Eckzähne in das Kinn des Ringers – das Einzige, was in seinem Gesicht vorstand. Der Koloss heulte vor Schmerzen auf. Julien griff nach einem Stuhl, schwang ihn durch die Luft und drosch damit auf den Sumoringer ein. Die Katze ließ von ihrem Opfer ab, und der Mann sank, im Gesicht heftig blutend, in die Knie. Julien glitt hinter ihn und drückte ihn mit seinem ganzen Gewicht zu Boden. Er riss ein Seidentuch vom Sofa und fesselte dem Riesen, der wieder zu sich kam, damit die Hände im Rücken. Julien zwang ihn, sich aufzurappeln und in einen Sessel zu setzen. Drei parallel verlaufende Kratzspuren zogen sich über die eine Gesichtshälfte, die Unterlippe war aufgeplatzt und das linke Auge blutete stark. Mit einer Verlängerungsschnur band Julien ihn am Sessel fest. Dann griff er nach einem Hocker und nahm vor ihm Platz. Er versetzte ihm einen leichten Schlag auf die Nase.

»Wer bist du, du Idiot?«

Der Sumo öffnete mühsam das rechte Auge.

»Verpiss dich, du ...«

Julien bedachte ihn mit einem vernichtenden Blick.

»Schnauze!«

Er ging in sein Zimmer und kehrte mit einem Chirurgenbesteck zurück. Genüsslich packte er die Instrumente vor seinem Angreifer aus.

»Du hast schöne Augen, das gilt zumindest für das noch intakte.«

Julien ließ die Latexhandschuhe schnalzen und zog

ihm das unversehrte Lid hoch. Der Ringer drückte sich tiefer in den Sessel, um diesem Wahnsinnigen zu entkommen. Sein Auftraggeber hatte ihm nicht gesagt, dass er es mit einem Verrückten zu tun haben würde.

»Rühr mich nicht an, du schwule Sau!«

Julien runzelte die Stirn.

»Wer schickt dich?«

»Ich habe dir nichts zu sagen.«

»Ach ja? Na, dann ...«

Lächelnd griff Julien nach einem Skalpell.

»Sobald die Nervenenden durchtrennt sind, löst sich der Augapfel ganz von selbst.«

Der Koloss riss das gesunde Auge auf.

»Du bist ja wahnsinnig!«

Julien beugte sich über ihn, hielt das Gesicht fest und setzte das Instrument am rechten Augenwinkel an.

»Du sollst mir nur sagen, wer dich geschickt hat.«

Er ritzte die Haut ein, und ein Blutstropfen quoll hervor. Der Sumoringer war wie gelähmt und rührte sich nicht. Wenn er sich zur Wehr setzte, würde das Skalpell sein Auge verletzen. Unmöglich, dieser Irre würde das nicht wirklich tun! Seine Brust hob sich, das Atmen fiel ihm immer schwerer. Plötzlich musste er niesen. Julien hob das Skalpell und musterte seine Beute aufmerksam. Ein Lächeln umspielte seine Lippen.

»Sag bloß, du hast eine Katzenallergie?«

Der Koloss schniefte. Seine Augen waren gerötet, sein Atem ging pfeifend, er bekam keine Luft mehr durch die Nase, und der Rotz lief ihm übers Kinn. Ja, von Kind an war er allergisch gegen Katzenhaare. Julien begann nervös zu lachen und legte sein Skalpell zur Seite.

»Heute ist mein Glückstag!«

Julien griff nach den Kissen von Ronda, dem ältesten Kater seines Zoos, der darauf eine dicke Schicht schwarzweiße Haare zurückgelassen hatte, und drückte es dem

Ringer aufs Gesicht. Er zählte: »Eins, zwei, drei, vier, fünf«.

Der Koloss zappelte in seinem Sessel. »Sechs, sieben, acht, neun.« Bei »zehn« hörte Julien auf und zog das Kissen weg, er wollte ihn schließlich nicht ersticken. Der Atem des Sumoringers ging stoßweise, kurz und rasselnd, er schnappte verzweifelt nach Luft.

»Wenn du mir nicht sagst, wer dich geschickt hat, lasse ich dich an diesem Asthmaanfall krepieren. Wenn du redest, hole ich dir *Ventoline-Spray* aus dem Badezimmer.«

Der Dicke hatte absolut keine Lust zu leiden, der Auftrag war ohnehin verpatzt. Alles, was er jetzt wollte, war, dass dieser Verrückte ihm etwas von dem Inhalationsspray gab, sonst würde er krepieren.

»Die Typen vom Krankenhaus.«

»Welches Krankenhaus?«

»Die Klapsmühle im fünfzehnten Arrondissement.«

Vor Überraschung ließ sich Julien Daumas in einen Sessel sinken.

»Sainte-Félicité?«

»Ja, genau.«

»Und was wollten sie?«

»Dass du für immer den Mund hältst.«

Eine halbe Stunde später war Julien verschwunden und hatte den Sumoringer an seinen Sessel gefesselt, das Mundstück des *Ventoline*-Sprays im Rachen, zurückgelassen. Bis es ihm gelänge, sich zu befreien, wäre Julien längst über alle Berge.

*

Doktor Mathias Mercier schnalzte mit der Zunge – ein Zeichen dafür, dass er intensiv überlegte. Er sah Cyrille Blake nach, die, einen Kaffeebecher in der Hand, den Personalaufenthaltsraum verließ und in ihr Büro zurückkehrte. Mercier, ein kleiner kahlköpfiger Mann mit Brille, Spezialist bei der Auswertung von Zerebralaufnahmen, hätte nicht genau sagen können, was ihm seit einigen Tagen am Verhalten seiner Chefin auffiel. Das Zentrum Dulac war eine kleine Familie, in der sich alle, die dort arbeiteten, gut kannten. Seit Beginn dieses Abenteuers war Cyrille Blake wie ein Fels in der Brandung gewesen, bereit, die anderen zu stützen. Schwierige Fälle, Budgetdefizite und ein Prozess hatten sie offenbar nicht erschüttern können – zumindest hatte sie sich nichts anmerken lassen. Und plötzlich, seit drei oder vier Tagen, wirkte sie abwesend und zerstreut.

Normalerweise blieb sie fast immer nach dem Mittagessen in der Halle, um bei einer Tasse Kaffee mit ihren Kollegen zu diskutieren. Eine Ausnahme machte sie nur, wenn sie Termine oder Sprechstunde hatte. Doch das war im Augenblick nicht der Fall. Noch dazu kam sie von einem wichtigen Mittagessen zurück, bei dem es um die Zukunft der Klinik ging. Anlass genug, sich mit den Kollegen und Angestellten zu besprechen und auf informelle und kameradschaftliche Art die Richtung für das kommende Jahr festzulegen. Aber nein. Als sie in den Aufenthaltsraum gekommen war, um sich einen Kaffee zu holen, hatte sie nur eine kurze Zusammenfassung ihres Gesprächs gegeben und war gleich wieder verschwunden. Das Minimalprogramm. Irgendetwas stimmte nicht. Vielleicht war sie krank ... Mercier kratzte sich am Kopf. Wenn Cyrille Blake das Handtuch warf, musste er die Sache in die Hand nehmen.

*

Cyrille ging die wenigen Stufen zu ihrem Büro hinauf, der einzige Ort, an den sie sich zurückziehen und nachdenken konnte. Es war fünfzehn Uhr, Zeit für Julien Daumas' Termin. Er hatte ihn weder abgesagt noch verlegt. Sie wollte an die Möglichkeit glauben, dass er doch ins Zentrum zurückkehrte. Marie-Jeannes Büro war unbesetzt, aber ihre Handtasche und der rot-weiß gemusterte chilenische Poncho verrieten, dass sie sich irgendwo im Haus aufhielt.

Cyrille Blake setzte sich in ihren Sessel und drehte ihn zum Fenster. Der Bambusstrauch war offenbar schon wieder gewachsen und wiegte sich anmutig im Wind. Wenn sie nur ihre Gedächtnislücke schließen könnte ... Sie hatte das Gefühl, zu versinken. Eine eiserne Hand drückte ihr die Kehle zu, und der Kloß in ihrem Magen schien stetig weiter zu wachsen. Das Mittagessen war gut verlaufen, aber die Ziele, die ihr vorgegeben worden waren, schienen ihr sehr hoch gesteckt. Und zum ersten Mal sagte sie sich, dass sie sie womöglich nicht erreichen würde.

Die Investoren der Pharmakonzerne Pharma Ethics und Merx hatten sich unmissverständlich geäußert. Sie garantierten die Finanzierung des nächsten und übernächsten Jahres, unter der Bedingung, dass das Zentrum mehr Medienpräsenz zeigte. Sie wollten das Ergebnis ihrer Investitionen in der Öffentlichkeit sehen, in Zeitungsartikeln und Fernsehberichten, um den Ärzten Meseratrol besser verkaufen zu können. Das Medikament, das sich in Frankreich noch in der Phase der bedingten Zulassung befand und nur bei klinischen Studien eingesetzt werden durfte, würde demnächst in Amerika auf den Markt kommen. »Wir erwarten mehr Engagement in der internationalen Szene«, hatte Debra Gibson ohne Umschweife erklärt und dabei ihre Auster geschlürft. »Wir brauchen eine hervorragende Presse und positive Patientenberichte über die Behandlung mit Meseratrol. Ich hoffe, Ihr Mann kommt zur Markteinführung nach Amerika, um eine kleine Rede zu halten«, hatte José Barton hinzugefügt. Der Aufgabenkatalog sah folgendermaßen aus: Cyrille Blake sollte ihre medizinische Arbeit reduzieren und ihrem Team übertragen, um sich vorrangig auf die Public Relations zu konzentrieren. Die Amerikaner wollten sie im Rampenlicht sehen, sie sollte sich mehr den Medien und der Politik widmen.

Cyrille kaute an ihrem Daumen. Es war wirklich nicht der geeignete Zeitpunkt, dass die Öffentlichkeit Wind von Amnesie, Drogenkonsum oder einem Patienten, der Tiere verstümmelte, bekam. Wenn sie nicht ihren Ruf und ihre Zukunft aufs Spiel setzen wollte, musste sie dieses Problem schnellstens aus der Welt schaffen – und zwar allein.

Sie wandte sich wieder ihrem Computer zu und gab nervös eine Suchanfrage in *Pubmed* ein, eine weltweite Datenbank für medizinische Veröffentlichungen. Sie wollte alles über die lakunäre Amnesie erfahren, die sich über wenige Stunden bis hin zu mehreren Monaten erstrecken konnte und oft Folge eines Unfalls, einer Kopfverletzung, vor allem aber von Drogenkonsum war. Sie überflog die Ergebnisse. Das E-Mail-Programm zeigte ihr eine neue Nachricht an. Sie wusste ganz genau, dass sie sich Benoît hätte anvertrauen müssen. Aber wie sollte sie das Thema anschneiden, ohne eine Kettenreaktion auszulösen, die für ihre Beziehung gefährlich werden könnte? Sie wäre gezwungen, über die Details ihrer »Flucht« in Thailand zu sprechen und ihm ihren Seitensprung zu gestehen. Ein Tabu, seit sie in den Schoß der Familie zurückgekehrt war.

Cyrille öffnete die Nachricht.
Absender: Nino.

»Tut mir leid, keine Krankenakte Daumas im Zentralarchiv. Sie muss woanders sein, und ich habe da eine Vermutung. *Baci*, N.«

Keine Krankenakte Daumas im Zentralarchiv! *Das ist ja was ganz Neues ... Was haben sie bloß in Sainte-Félicité damit angestellt?* Sie ließ die Mail geöffnet und begann, alles auszudrucken, was sie in den wissenschaftlichen Zeitschriften der letzten fünf Jahre gefunden hatte, vor allem die universitären Forschungsarbeiten aus Amerika und die Berichte zweier französischer Pharmakonzerne. Langsam kristallisierte sich eine Idee heraus.

Marie-Jeannes helles Lachen ließ sie aufhorchen. Sie griff sofort zum Telefon: »Kannst du bitte kurz zu mir kommen?« Zwei Sekunden später öffnete sich die Tür, und ein flammendroter Lockenschopf tauchte auf. Das junge Mädchen trug eine ausgestellte Jeans und eine Tunika. Sie lächelte, und ihre Wangen waren wieder rosig, doch Cyrille bemerkte, als sie Benoîts Nichte sah, dass sich etwas verändert hatte. Marie-Jeanne wich ihrem Blick aus.

»Hallo Tantchen!«

Sie hielt einen Notizblock und einen Bleistift in der Hand und hockte sich auf die Armlehne des Bambussessels. Cyrille beobachtete sie.

»Was ist los, Miss?«

Marie Jeanne runzelte die Stirn.

»Nichts, alles okay!«

»Und die Migräne?«

»No problem, ich glaube, ich hatte vor allem Schlaf nötig.«

»Und, hast du gut geschlafen?«

»Ja, ganz ordentlich. Tut mir leid wegen gestern. Ich wollte dich nicht im Stich lassen.«

Cyrille klopfte mit ihrem Stift an ihre Lippen.

»Ich weiß nicht, wie ich es sagen soll, Marie-Jeanne, aber ich denke – das heißt, ich bin eigentlich überzeugt davon –, dass du gestern nicht wirklich krank warst. Stimmt's?«

Marie-Jeanne starrte auf ihre rosafarbenen Crocs, diese hässlichen entenfußförmigen Gummischlappen, die Cyrille zunächst für Gartenschuhe gehalten hatte. Das Mädchen antwortete nicht. Sie konnte ihrer Tante nichts vormachen, diese schien ihre Gedanken lesen zu können. Also entschloss sie sich zur Ehrlichkeit, was sich bei Cyrille im Allgemeinen auszahlte.

»Okay, ich war mit meinem neuen Liebhaber zusammen.«

Cyrille legte den Stift auf den Tisch, lehnte sich zurück und verschränkte die Hände vor dem Bauch. Sie wusste nicht, welche Rolle sie einnehmen sollte – die der Chefin, der Tante, der Freundin oder der Psychiaterin.

»Und das hat dich am Arbeiten gehindert ...«

»Na ja, er war nur auf der Durchreise, und es ging ihm nicht besonders. Er fährt bald weiter ... Und ich wollte etwas von ihm haben.«

Marie-Jeanne hatte den Blick noch immer nicht gehoben und schnipste mit den Fingernägeln.

»Ehrlich gesagt ... ich frage mich ... ob ich ihn nicht begleiten soll.«

Beinahe hätte Cyrille »Wusste ich's doch!« ausgerufen. Marie-Jeanne tappte in sämtliche Fallen des Lebens! Ausgerechnet jetzt, wo sie endlich ein Zuhause, einen festen Job, ein gutes Gehalt und Aufstiegschancen hatte, war sie bereit, für irgendeinen Kerl alles hinzuwerfen.

»Marie-Jeanne ... ich bin nicht deine Mutter, und du bist volljährig. Aber hältst du es wirklich für eine gute Idee, dein Leben aufzugeben, all das, was dir am Herzen liegt und was du dir durch deine Intelligenz und Kompetenz aufgebaut hast, nur weil du jemanden getroffen hast ... Wenn du ihm wichtig bist, kommt er zurück.«

Marie-Jeanne lachte freudlos auf und sah sie endlich an.

»Das verstehst du nicht, ich bin nicht irgendjemandem begegnet. Er ist *der* Mann, auf den ich seit jeher warte. Mir gefällt alles an ihm. Wenn ... wenn er geht, finde ich nie wieder einen wie ihn. Ich glaube, ich muss meine Geschichte mit ihm ausleben. Du kannst das nicht begreifen. Wir sind nicht gleich.«

Cyrille biss sich auf die Lippe. Marie-Jeanne nutzte die Schwachstelle, die sie gespürt hatte, aus.

»Hat er dir angeboten mitzukommen?«

»Ja, das heißt, nicht wirklich, aber er hat es mir zu verstehen gegeben.«

Cyrille schloss kurz die Augen.

»Pass auf, die Männer mögen es nicht, wenn man ihnen Ketten anlegt. Wenn er dir also nichts angeboten hat ...«

Und nach einer wohldosierten Pause fuhr sie fort:

»Ich kann dich nicht zurückhalten, aber du sollst wissen, dass du hier gebraucht wirst. Ich werde nicht so schnell wieder jemanden wie dich finden. Überleg es dir gut, ehe du dich auf irgendein unsicheres Abenteuer einlässt.«

Erneute Pause.

»Wie heißt er?«

Marie-Jeanne rang die Hände, fast bereit, den Namen »Julien« auszusprechen. Doch das Telefon rettete sie. Madame Planck. Cyrille sprach mit ihrer Patientin, und Marie-Jeanne nutzte die Gelegenheit, um mit einem kleinen Handzeichen das Zimmer zu verlassen.

Nachdem Cyrille aufgelegt hatte, war sie noch deprimierter als vorher. Wie konnte man ein junges Mädchen, das sich in einen Abenteurer verliebt hatte, zur Vernunft bringen? Ihre kleine Welt war im Begriff auseinanderzubrechen. Sie atmete tief durch und zwang sich, positiv auf diese Veränderung zu reagieren. *Nichts ist für ewig. Das muss man nur akzeptieren.*

Sie konzentrierte sich auf Ninos E-Mail, bedankte sich und fügte nach kurzem Zögern die Frage hinzu, ob er nicht bei ihr vorbeikommen könne, da sie ihn um einen »weiteren« Gefallen bitten müsse. Dann erhob sie sich, um Mireille Ralli zu empfangen, die einzige Patientin des Nachmittags, die bereits im Wartezimmer saß.

Cyrille Blake begrüßte Madame Ralli und entfernte die Plastikhülle von einem Gerät. Es sah aus wie ein Zahnarztstuhl, an dem ein großer Teleskoparm mit einer Antenne angebracht war. Die transkranielle Magnetstimulation war eine geniale Verbindung zwischen der Außenwelt und dem Gehirn. In einem großen Kasten hinter dem Sitz befand sich eine Kupferspule, die, von Strom gespeist, ein Magnetfeld aufbaute. Die Ärztin legte die Sonde auf die Stelle, die sie besonders stimulieren wollte, auf die Kopfhaut der Patientin. Das Magnetfeld drang schmerzlos bis zum Kortex, das heißt, zur Großhirnrinde, durch und stimulierte deren Neuronen. Studien hatten die Wirksamkeit der TMS bei Schizophrenie und starken Depressionen, gegen die Medikamente nichts auszurichten vermochten, nachgewiesen.

Sechs solcher Apparate waren in Frankreich im Einsatz, drei davon in Paris. Im Zentrum Dulac wurde diese Therapie seit knapp einem Monat mit sehr guten Ergebnissen eingesetzt. Nur Doktor Mercier und Cyrille Blake waren bisher zur Bedienung des Geräts ausgebildet. Statt die Patienten mit oft wirkungslosen Angstlösern und Antidepressiva, die sie oft benommen machten, zu behandeln, verschrieb Cyrille lieber mehrere Sitzungen der transkraniellen Magnetstimulation, die das Gehirn ohne schädliche Nebenwirkungen aktivierten.

Die MRT-Aufnahmen der Patientin vor Augen, programmierte Cyrille den Apparat. Mireille Ralli litt unter saisonalen Depressionen. Sobald sich der Herbst näherte, versank sie in einen Zustand der Traurigkeit, der sie so sehr beeinträchtigte, dass sie weder arbeiten, noch soziale Kontakte pflegen oder sich um ihre Familie kümmern konnte. Cyrille ließ sie Platz nehmen und schob ihren Kopf in die lederne Kopfstütze, dann näherte sie die Sonde der rechten entsprechenden Gehirnhälfte. Die linke Hälfte, so hatten in den letzten Jahren amerikanische Studien über bildgebende Verfahren unter der Leitung von Richard Davidson an der Universität Wisconsin nachgewiesen, war für das Glück zuständig. Der Neurologe hatte mit dem Dalai Lama über das »glückliche Gehirn« gearbeitet. Denn die Zonen der linken Hemisphäre aktivierten sich bei positiven Handlungen oder Gedanken. Wie bei vielen Patienten des Zentrums Dulac war bei Mireille Ralli die Tätigkeit dieser Gehirnhälfte verkümmert, während das Corpus amygdaloideum, der Mandelkern, ein Teil des Gehirns, der für die Entstehung von Angst zuständig ist, hyperaktiv war. Der für die Gedächtniskonsolidierung zuständige Hippocampus hingegen war verkleinert. Diese drei Faktoren zusammen kennzeichneten eine Depression.

Dies war die dritte Sitzung, und die Patientin kannte das Prozedere. Nachdem sie alles überprüft hatte, schaltete Cyrille den Strom ein. Mireille Ralli war ruhig und entspannt und rührte sich nicht. Diese Therapie half ihr seit einem Jahr sehr gut und ermöglichte es ihr, den Winter ohne ständige Niedergeschlagenheit und ohne Selbstmordgedanken zu überstehen.

*

Nino Paci war zu früh dran. Durch die Glastür beobachtete er, wie Cyrille die eigenartige Maschine bediente. Als er sie so konzentriert und selbstsicher vor sich sah, fiel es ihm schwer, eine Verbindung zu der verzweifelten jungen Frau vom Vorabend herzustellen. Die kleinen Fältchen in den Augenwinkeln, die Anspannung des Kinns, die etwas weniger runden Wangen und der klassische Haarschnitt verliehen ihr eine ruhige Autorität, die sie vor zehn Jahren nicht gehabt hatte. Der Krankenpfleger seufzte. Wo war das junge Mädchen geblieben, das über seine Witze lachte und weinte, wenn ein Patient Selbstmord beging oder einen Rückfall erlitt.

Er wartete, bis Cyrille ihre Behandlung beendet hatte, und schlug ihr dann vor, in einem Bistro etwas zu trinken. Nino bestellte ein Bier, Cyrille einen Tee.

»Danke, dass Sie ... dass du gekommen bist«, sagte Cyrille und zuckerte ihren Earl Grey. »Und ich bin dir auch sehr dankbar für deinen Besuch im Archiv, selbst wenn er nichts ergeben hat.«

Nino schüttelte den Kopf.

»Seine Krankenakte war leer. Ich habe nur das Einlieferungs- und Entlassungsdatum mit dem Vermerk ›Zustand stabilisiert‹ gefunden.«

»Weder Diagnose noch Behandlungsindikation?«

»Nichts.«

»Sind die Akten noch nicht digitalisiert?«

»Nur die der letzten drei Jahre. Alles vor 2005 ist noch auf Papier.«

»Wo ist dieses verdammte Krankenblatt dann?«

»Ich weiß es nicht genau, vermutlich irgendwo bei Manien.«

Der Sizilianer genoss Cyrilles Überraschung.

»Woher weißt du das?«

»Ich habe mein Team befragt, und Colette ... Erinnerst du dich an sie?«

»Ja, ist sie noch nicht in Rente?«

»Es ist ihr letztes Jahr. Wir verstehen uns sehr gut. Sie ist zu mir gekommen und hat mir gebeichtet, dass

Manien sie um bestimmte Akten gebeten hat. Und diese sind bis jetzt noch nicht wieder an ihrem Platz.«

»Liegt das schon lange zurück?«

»Mehrere Jahre, und sie macht sich Vorwürfe, nichts gesagt zu haben. Sie fürchtet, man könnte ihr irgendwann Nachlässigkeit vorwerfen.«

»Und was wollte Manien damit anfangen?«

»Das habe ich sie nicht fragen können, wir sind unterbrochen worden.«

Cyrille fluchte.

»Wenn ich daran denke, dass dieser Idiot mich gestern mit der Bemerkung, das gehe ihn nichts an, rausgeworfen hat! Ich frage mich, was er zu verbergen hat.«

Nino trank sein Bier aus der Flasche.

»Warum wolltest du mich treffen?«

Cyrille stellte ihre Tasse ab, der Tee war noch zu heiß.

»Ich möchte dich bitten, mir zu helfen, mich selbst zu behandeln. Ich will nicht, dass irgendjemand in der Klinik davon erfährt.«

Nino trank schweigend sein Bier. Dann stellte er die Flasche betont langsam auf den Tisch.

»Hör zu, ich war bereits für dich im Archiv, das ist schon eine ganze Menge.«

Cyrilles Miene verfinsterte sich.

»Ja, das ist mir durchaus klar, aber ich brauche deine Hilfe noch einmal.«

In dem Augenblick, als sie den Satz aussprach, wusste sie, dass sie weder die richtige Formulierung noch den richtigen Ton gewählt hatte. Sie war zu fordernd. Eine Berufskrankheit. Das war auch Nino nicht entgangen, der sich zurücklehnte. Nach einer Pause erklärte er mit ausdrucksloser Stimme:

»Du scheinst wirklich massive Probleme zu haben, aber ich bin nicht dein Angestellter. Seit zehn Jahren hast du dich nicht gerührt, und plötzlich tauchst du mit einer völlig verrückten Geschichte auf und verlangst, dass ich dir helfe. Ich glaube, ich habe schon genug getan.«

Cyrille wickelte den Teebeutel um ihren Löffel, ließ ihn abtropfen und versuchte einzulenken.

»Das ist natürlich absolut richtig. Ich habe nicht das geringste Recht, dich um irgendetwas zu bitten – außer um Entschuldigung, was ich hiermit tue. Und du sollst wissen, dass ich mich nicht aus böser Absicht zurückgezogen habe, und ich versuche auch nicht, dich zu manipulieren.«

Nach einer Pause fuhr sie fort:

»Ich leide unter einer lakunären Amnesie und einer Prosopagnosie.«

»Einer was?«

»Einer Unfähigkeit, die Identität einer mir bekannten Person anhand seines Gesichts zu erkennen, das gilt vor allem für Julien Daumas.«

»Woher kommt das?«

Cyrille senkte den Kopf.

»Da ich meines Wissens weder einen Unfall noch einen psychischen Schock erlitten habe, ist es wohl auf schlechten oder exzessiven Konsum einer psychotropen Substanz zurückzuführen.«

»Was heißt das?«

»Drogen.«

»Ich habe schon immer gewusst, dass du eine Delinquentin bist!«, rief Nino sarkastisch.

Cyrille saß wie versteinert da, und Nino fragte ernst:

»Und unter welchen Umständen hast du diese Drogen geschluckt?«

Cyrille senkte den Blick.

»Das spielt keine Rolle.«

Darüber würde sie auf keinen Fall reden.

»Welche Art Substanzen waren das?«

»Keine Ahnung. Drogen wie Scopolamin beispielsweise, das in bestimmten halluzinogenen Pflanzen vorkommt, können zu dieser Art von Teilamnesie führen. Oder auch die Chemikalie GHB, die Vergewaltigungsdroge ...«

Nino nickte.

»Also gut, und was erwartest du von mir?«

»Ich möchte, dass du mir hilfst, den Frontalkortex zu stimulieren, jene Stelle, wo man das Zentrum des Langzeitgedächtnisses vermutet. Es sind noch keine Tests an Menschen vorgenommen worden, aber ich habe gelesen, dass ein Team der New Yorker Universität bei Mäusen sehr gute Resultate erzielt hat. Sie haben versucht, durch transkranielle Stimulation das Fortschreiten der Alzheimererkrankung zu stoppen. Also gehe ich davon aus, dass es auch hilfreich sein könnte, um Erinnerungen zu beleben. Es ist ihnen gelungen, die Verbindungen bis hin zum Hippocampus zu aktivieren, dem für die Gedächtniskonsolidierung zuständigen Teil.«

»Willst du das mit dem Gerät machen, mit dem ich dich vorhin habe arbeiten sehen?«

Cyrille senkte die Stimme.

»Genau. Parallel dazu möchte ich mir Tacrin nasal applizieren.«

»Das Alzheimermedikament?«

»Ja, das hilft, das Gedächtnis zu mobilisieren. Normalerweise verabreicht man es, wie du weißt, oral, aber ich habe von ersten Versuchen eines Teams in Pasadena gelesen, die es nasal eingesetzt haben, sodass die Substanz über die Nasenschleimhaut direkt ins Gehirn gelangt, was zu einem schnelleren und überzeugenderen Ergebnis führt. Auch diese Tests sind an Mäusen vorgenommen worden.«

Nino runzelte die Stirn.

»Das ist aber recht gewagt.«

»Mag sein, aber ich möchte die Wirkung zweier Behandlungen miteinander koppeln, denn mir bleibt nicht viel Zeit. Ich kann nicht ein paar Jahre auf eine Validierung der klinischen Tests warten. In einer Woche bin ich in Bangkok bei dem wichtigsten Kongress des Jahres, und da muss ich im Vollbesitz meiner geistigen Kräfte sein.«

Diese letzten Worte verrieten Cyrilles Nervosität, ihre Angst vor einer unbekannten und beunruhigenden Zukunft. Was sie verschwieg, war, dass sie die Gesichter ihrer Geldgeber vor Augen hatte, die von ihr eine tadellose Präsentation erwarteten. Sie dachte auch an den Nobelpreis, der in drei Wochen verliehen würde, und an die Folgen, wenn bekannt würde, dass die Frau des Großen Mannes halb verrückt war! Sie schwieg, um Nino Zeit zum Überlegen zu lassen. Sie konnte den Magnetstimulator nicht allein bedienen und brauchte eine Fachkraft in ihrer Nähe, falls Probleme auftreten sollten.

»Ich tue dir gerne auch diesen Gefallen«, murmelte der Sizilianer.

»Danke ...«, flüsterte Cyrille.

Eine Dreiviertelstunde später saß sie auf dem Stuhl und machte eine äußerst merkwürdige Erfahrung mit dem Magnetstimulator.

Den Kopf in der Kopfstütze fixiert, war Cyrille nicht mehr in der Lage, die Augen zu öffnen. Gedanken und Erinnerungen überschlugen sich unkontrolliert in ihrem Gehirn. Sie drückte sich gegen den Stuhl, als säße sie in einem Formel-1-Wagen, der über die Piste raste. Nino begleitete sie und sprach mit ihr, aber sie brachte kaum eine verständliche Antwort hervor.

Nino machte sich Sorgen. Nachdem Cyrille den TMS eingestellt hatte, hatte sie eine Dosis Tacrin vorbereitet. Nino hatte sie das Medikament auf zwei Mal inhalieren lassen. Er kannte das Gerät zwar nicht, doch da Cyrille ihn instruierte, war die Sache nicht zu kompliziert. Wie seine alte Freundin es ihm gesagt hatte, stellte er die Frequenz auf das zulässige Maximum ein. Das Magnetfeld durchdrang den Schädel und stimulierte die Nervenfasern der obersten Schicht, was bekanntermaßen zu einer Beschleunigung der Gedanken und zur Aktivierung der geistigen Fähigkeiten führte. Cyrille rührte sich nicht, doch ihre Lider flatterten.

»Alles okay? Bist du sicher, dass alles in Ordnung ist?«

»Ja«, antwortete sie leise.

»Dann konzentriere dich jetzt auf Sainte-Félicité. Erzähl mir, was du siehst.«

Cyrille hielt die Augen geschlossen, und ihre Worte überschlugen sich.

»Der Gang ist schmutzig, und Madame Gomez hat sich in die Hose gemacht, es ist mein erster Fall von Altersdemenz, und der diensthabende Arzt befiehlt mir, sie umzuziehen, niemand hilft mir, auf der geschlossenen Station ist auch der Obdachlose mit seinen mystischen Wahnvorstellungen, den wir in den Isolierbereich bringen müssen, seine Hände sind voller Exkremente, die er an die Wände geschmiert hat.«

Sie holte Luft.

»Manien kann mich vom ersten Tag an nicht leiden, weil ich als Zusatzkurs nicht seinen, sondern den von Benoît gewählt habe.«

»Welche Freunde hast du in der Abteilung?«

»Ich mag Colette gern und Maxence, aber der bleibt nicht lange. Dich mag ich auch, weil du mich nicht verachtest, du hast mir aus der Patsche geholfen, als ich mich bei der Dosierung der Neuroleptika beinahe vertan hätte.«

Cyrille öffnete die Augen, die tränennass waren.

Nino schaltete den Strom ab, die Stimulation durfte jedes Mal nur wenige Minuten andauern, da eventuelle

Nebenwirkungen nicht bekannt waren. Cyrille entspannte sich. Der Lauf ihrer Gedanken verlangsamte sich.

»Siehst du, die Erinnerung kommt zurück.«

»Und Tony?«

»Nein, sein Gesicht ist mir zwar nicht unbekannt, aber das ist auch alles, sorry.«

»Bist du bereit?«

»Ja.«

Nino schaltete den Strom wieder ein.

»Und Julien Daumas?«

»Ich habe ihn vor einer Woche zum ersten Mal gesehen.«

Plötzlich überkam sie eine neue Woge von Bildern.

»Ich bin mit Benoît im Hilton in Bangkok. Er behandelt mich die ganze Zeit wie ein Kind, weil ich seine Kollegen nicht mag und einige ihrer Methoden verabscheue. Er sagt mir, ich hätte keine Ahnung, und eines Morgens, als Benoît in einer Konferenz ist, frage ich mich, was ich hier zu suchen habe, packe meine Tasche und verschwinde.«

Cyrille setzte ihren Monolog noch eine Weile fort, doch ihre Stimme war nur noch ein Murmeln. Das Experiment musste bald abgebrochen werden. Nino versuchte, Cyrille in die Enge zu treiben.

»Und dann? Erinnerst du dich, ob du Drogen genommen hast?«

Cyrille öffnete die Lider. Ihr Blick war glasig. Nino schaltete die Stimulation ab. Cyrille Blake erzählte noch einen Moment unverständliches Zeug, bis sich ihr vom Tacrin aufgeputschtes Gehirn beruhigt hatte und wieder normal funktionierte. Sie saß einige Minuten da und sah Nino an.

»Ich habe Kopfschmerzen.«

»Kein Wunder«, gab dieser lächelnd zurück, »nach der Anstrengung! Alles okay?«

Cyrills Haar klebte an ihrer schweißnassen Stirn. Sie ließ den Kopf gegen die Lehne des Stuhls sinken.

»Ich habe gerade erfahren, dass wir im normalen Alltag langsam denken und nur die Hälfte unserer Kapazitäten einsetzen! Eine solche Stimulation würde ich brauchen, wenn ich meine Berichte schreibe ...«

Sie lächelte schwach. Nino hockte sich neben sie auf den Stuhl.

»Und, hat es dir geholfen?«

»Es hat mir die Möglichkeit gegeben, einige Details wachzurufen.«

»Aber nichts über Daumas?«

»Fehlanzeige.«

»Und über Thailand?«

»Nichts, was ich nicht schon wusste.«

Cyrille ließ die Schultern kreisen, um sich zu entspannen, und erhob sich. Die Erinnerung war ein wichtiger Baustein auf dem »Weg zum Glück«. Sie war in gewisser Hinsicht der Dachboden, auf dem das verlorene Paradies oder all unser Unglück verborgen lag. Ohne Erinnerungen war der Mensch nichts als eine leere Hülle. Sie fühlte sich plötzlich, als wäre sie hundert Jahre alt. Sie bedankte sich bei Nino, verabschiedete sich und ging nach oben, um ihre Sachen zu holen. Sie hatte die Gesichter ihrer Eltern vor Augen und den melancholischen Klang des Bandoneons, das ihr Vater spielte, im Ohr.

20

Sobald Marie-Jeanne zu ihrem Yogakurs aufgebrochen war, bezog Julien seinen Beobachtungsposten an dem Fenster, das auf die Straße führte. Er achtete darauf, dass man ihn von draußen nicht sehen konnte. In der Hand hielt er die Kopie eines Zeitungsausschnittes aus dem Jahr 1991, den Marie-Jeanne im Internet gefunden und ausgedruckt hatte. Er hatte ihn in ihrer Handtasche entdeckt. Er war verwirrt und wusste nicht, was der Inhalt des Artikels zu bedeuten hatte. Cyrille Blake musste sich erklären, und zwar schnell. Gegen zwanzig Uhr parkte ihr Mini vor dem Haus. Julien schlüpfte in ein schwarzes T-Shirt und nahm den Schlüssel zur Verbindungstür. Er trat auf den Gang und drehte die Glühbirne aus der Lampe. Sobald es dunkel war, öffnete er die Tür zum Vorratsraum, versteckte sich hinter dem Wäschetrockner und lauschte auf die Geräusche im Haus. Irgendwo wurde ein Schlüssel im Schloss umgedreht, eine Tür öffnete sich und fiel wieder ins Schloss. Man hörte drei Dinge auf das Parkett fallen, sicher ein Paar Schuhe und eine Handtasche. Dann eine erschöpfte Stimme:

»Benoît? Ich bin es.«

Schritte, die sich näherten. Die Tür des großen amerikanischen Kühlschranks öffnete sich, Julien hörte das Zischen einer Mineralwasserflasche, die geöffnet wurde. Er richtete sich auf. Sie war allein, jetzt oder nie! Auf leisen Sohlen schlich er zur Tür und legte die Hand auf die Klinke, hielt dann aber inne.

»Tut mir leid, Liebling, ich musste einem Journalisten ein Interview geben, das angeblich nur fünfzehn Minuten dauern sollte, sich dann aber über eine ganze Stunde hingezogen hat. Wie geht es dir? Du siehst müde aus.«
Benoît Blake.
Julien trat den Rückzug an und lauschte.
»Ich bin fix und fertig. Macht es dir etwas aus, wenn wir das Essen auf morgen verschieben? Ich habe einen Migräneanfall und werde eine Tablette nehmen und ins Bett gehen.«
»Was ist denn los?«
»Ich bin sicher überarbeitet. Ich lege mich hin.«
»Ist dein Mittagessen gut verlaufen?«
»Ja, ich erzähle es dir morgen ausführlicher, im Moment kann ich keinen klaren Gedanken mehr fassen.«
»Willst du nicht zu Abend essen?«
»Nein, ich fühle mich wirklich nicht wohl.«
»Kann ich etwas für dich tun?«
»Nein, mach dir keine Gedanken, ich brauche nur eine Tablette und ausreichend Schlaf.«
Dann kehrte Schweigen ein, und schließlich hörte Julien den Ehemann murmeln:
»Bist du sicher, dass alles in Ordnung ist? Ist zwischen uns alles okay? Ich meine wegen neulich Abend. Es tut mir wirklich leid. Ich hatte zu viel getrunken. Diese Phase ist stressig für mich, und dieser Tardieu geht mir unglaublich auf die Nerven. Wenn du wüsstest, was er wieder in der Presse angedeutet hat ...«
»Lass uns später darüber reden. Ich muss jetzt wirklich ins Bett.«
Julien erriet an dem Geräusch, dass sie ihm einen Kuss gab, dann war eine Weile nichts mehr zu hören. Schließlich ertönte der Fußballkommentar im Fernsehen.
Der junge Mann dachte einen Moment nach.

21

11. Oktober

Cyrille wachte um sechs Uhr morgens auf. Obwohl sie fast zehn Stunden geschlafen hatte, fühlte sie sich wie zerschlagen. Die TMS hatte sie völlig ausgelaugt. Als Erstes schaltete sie das Handy ein. Auf dem Display sah sie, dass Nino zweimal versucht hatte, sie zu erreichen, allerdings ohne eine Nachricht zu hinterlassen. Zehn Jahre hatten sie nicht mehr miteinander gesprochen, und seit vierundzwanzig Stunden waren sie quasi unzertrennlich ... Was das Leben doch manchmal für Überraschungen bereithielt! Sie würde ihn später anrufen.

Rasch stellte sie sich unter die Dusche. Der heutige Tag versprach anstrengend zu werden. Bevor sie gestern die Klinik verlassen hatte, hatte sie noch einen letzten dringenden Anruf erledigt und mit jemandem telefoniert, den sie zwar nicht persönlich kannte, dessen Name jedoch weit über Frankreichs Grenzen hinaus einen guten Ruf genoss. Sie hatten sich für heute Morgen zum Frühstück verabredet.

Nachdem sie geduscht und angezogen war, begnügte sich Cyrille mit einem Glas Orangensaft und zwei Aspirin. Gegen sieben Uhr verließ sie die Wohnung und stieg in ihr Auto. Im Zentrum von Paris war noch wenig Verkehr, als sie in ihrem Wagen stadtauswärts fuhr. Während der Fahrt hörte sie auf dem Nachrichtensender France Info zufällig das Ende einer Meldung, die ihr einen eiskalten Schauder über den Rücken jagte: »Grausiger Fund von verstümmelten Tieren ...«

Cyrille machte eine Vollbremsung und fluchte. *Verdammt!* Träumte sie? Hatte sich ihre Befürchtung bestätigt? Sie stellte das Radio lauter, doch der Sprecher war schon zum nächsten Bericht übergegangen. Sie schaltete auf einen anderen Sender um. Vielleicht würde sie dort mehr Details erfahren. Vergebens. Hatte sie sich einfach nur verhört? War die Geschichte ihres Patienten schon publik geworden, und würde man ihr bald Fragen stellen? Sie musste unbedingt Benoît alles erzählen – von Bangkok, ihrer Flucht, ihrer Affäre –, bevor er es von jemand anderem erfuhr. Doch im Moment fehlte ihr dafür einfach die Kraft.

Sie verfuhr sich in Champigny-sur-Marne, weil sie nur von einem einzigen Gedanken beherrscht wurde: *Was für ein Glück, dass ich den an mich gerichteten Brief mitgenommen habe. Wenn man den gefunden hätte, wäre ich auf der Stelle verhört worden.* Sollte sie zur Polizei gehen? Nein, nicht, bevor sie wusste, in welcher Verbindung sie zu Julien Daumas stand. Eine Viertelstunde lang irrte sie durch den Ort. Schimpfend hielt sie schließlich am Straßenrand an und kramte im Handschuhfach nach dem Navigationsgerät, einem Geburtstagsgeschenk ihres Mannes, das sie so gut wie nie benutzte. Sie schaltete es ein und brauchte ziemlich lange, um das gewünschte Ziel einzugeben. Eine metallene Stimme forderte sie auf, umzukehren. Fluchend folgte Cyrille den Anweisungen.

Sie benötigte zehn Minuten, um zur Île Sainte-Cathérine an den Ufern der Marne zu gelangen, und erreichte, etwas später als vereinbart, um acht Uhr ihr Ziel. Sie parkte vor dem stattlichen Anwesen, stieg aus und klingelte am Tor, das sich automatisch öffnete. Dann stand Cyrille vor einem Architektenhaus auf Pfählen, dessen Garten an einen Seitenarm der Marne grenzte. Die Haustür war offen, und so trat sie ein. Eine imposante Wendeltreppe inmitten eines tropischen Gewächshauses voller riesiger rosafarbener Bougainvilleen führte in den ersten Stock. Beeindruckt von der Atmosphäre, stieg Cyrille die Stufen empor.

Am Ende eines großen lichtdurchfluteten Lofts erwartete sie Maurice Fouestang. In seinem Rollstuhl sitzend, las er Zeitung, neben sich einen Tisch mit Croissants, Kaffee und einer Karaffe frisch gepresstem Orangensaft. Als Erstes fielen die blassblauen Augen des alten Mannes auf, die sein Gegenüber mit irritierender Intensität und Wachheit musterten, als Nächstes sein eher beunruhigendes als freundliches Lächeln. Der Rest war nicht weiter ungewöhnlich: ein kleiner, fast achtzigjähriger Mann, der behindert war.

Er faltete die Zeitung zusammen, warf sie auf den niedrigen Glastisch, setzte den Motor seines Rollstuhls mit Hilfe des Joysticks in Gang und fuhr auf seinen Gast zu. Eine Wand war bedeckt von Regalen voller Bücher über Psychiatrie, Medizin, Chirurgie, Psychoanalyse und Hypnotherapie, wobei seine eigenen Werke gut sichtbar platziert waren. Cyrille reichte ihm zur Begrüßung die Hand. Fouestang war Cyrille Blake nie persönlich begegnet und fand sie jünger, als er sie sich vorgestellt hatte. Er wusste, dass sich ihr Buch über das Glück genauso oft verkauft hatte wie seine letzte Veröffentlichung und dass sie ihm mit ihrer schnellen, angeblich revolutionären Therapie für mehr Lebensfreude regelmäßig Patienten wegschnappte. Daher war er ihr gegenüber skeptisch, hatte aber dennoch, und nicht ohne Genugtuung, eingewilligt, sie zu empfangen, als sie ihn dringend um einen Termin gebeten hatte.

Galant schenkte er ihr Kaffee ein und bot ihr etwas zu essen an. Sie nahm sich ein Croissant und brach ein Stückchen ab, das sie ohne großen Appetit verzehrte.

Fouestang goss sich Milch in den Kaffee, den er

schlückchenweise trank. Wirklich ein alter Kauz, dachte Cyrille, doch sobald er einen anblickte, wusste man, dass man es mit einem außergewöhnlich intelligenten Menschen zu tun hatte. Vor fünfzehn Jahren, kurz vor seinem fünfundsechzigsten Geburtstag, hatte er »die Fronten gewechselt«, hatte sich von den Anhängern des Unbewussten und der Psychoanalyse mittels Freier Assoziation losgesagt und eine brillante Karriere als Hypnotherapeut begonnen. Inzwischen galt er in Frankreich als Meister der Ericksonschen Hypnotherapie und wurde von der jungen Ärztegeneration geachtet, um nicht zu sagen, glühend verehrt. Eine Sitzung bei ihm kostete zweihundert Euro pro halbe Stunde, und er war, was seine Patienten anging, sehr wählerisch.

Seine Bücher gehörten zu Cyrilles persönlicher Bestenliste. Wie der Meister selbst favorisierte auch sie kurze, wirkungsvolle Therapien.

Da sie Fouestang zu so früher Stunde gestört hatte, wollte sie ihm nicht mit belanglosem Geplauder die Zeit stehlen. Er würde es sicher vorziehen, wenn sie direkt zur Sache käme.

»Ich will es kurz machen«, sagte sie. »Ich habe bestimmte Abschnitte meines Lebens vergessen und hätte gerne, dass Sie mir helfen.«

»Na, dann haben Sie den Weg umsonst gemacht.«

»Ich weiß, es ist nicht möglich, durch Hypnose vergessene Erlebnisse wieder zurückzuholen.«

»Und alle, die das Gegenteil behaupten, sind Scharlatane!«

»Was ich aber gerne tun würde, ist, mir diese Vergangenheit wieder anzueignen, notfalls auch nur lückenhaft, um herauszufinden, woher meine Blockade rührt.«

Fouestang nahm einen Schluck von seinem Kaffee. Diese junge Ärztin war nicht dumm und hatte die Botschaft begriffen, die er in seinen Büchern zu vermitteln versuchte: Sich in die Ereignisse seines Lebens zurückversetzen, um sich darüber klar zu werden, woher das Problem kam, unter dem man litt.

»Was genau ist Ihr Problem?«

»Wie soll ich sagen ...«

Es kam nicht infrage, einen Kollegen, noch dazu einen Konkurrenten, in aller Ausführlichkeit über das volle Ausmaß ihres Dilemmas zu informieren. Das wäre in beruflicher Hinsicht reiner Selbstmord. Daher hatte sie sich auf dem Weg hierher bereits eine kleine Geschichte zurechtgelegt.

»Beim Schreiben meines zweiten Buches habe ich eine Schreibblockade entwickelt, und allmählich wird es kritisch. Meine Ängste sind derart stark, dass ich nicht mehr in der Lage bin, weiterzuschreiben. Doch mein Verleger will unbedingt nächsten Monat den ersten Entwurf sehen. Meine Angst rührt daher, dass mein neues Buch persönlicher ist und von meinen eigenen Erfahrungen in der Psychiatrie berichtet. Und auf einmal merke ich, dass ich mich kaum an mein letztes Jahr in Sainte-Félicité erinnern kann.«

»Wenn Sie Ihren Kaffee ausgetrunken haben, nehmen Sie doch bitte in einem der Sessel Platz.«

Diese waren Unikate, aus einem einzigen Stück Holz gearbeitet und ergonomisch geformt, was Design und Komfort anging – wahre Meisterwerke. Als Cyrille es sich bequem machte, verschmolz ihr Körper förmlich mit dem lederbezogenen Sitz.

»Das ist mein Steckenpferd«, erklärte Fouestang. »Ich zeichne die Möbelstücke, und ein befreundeter Schreiner fertigt sie für mich an. Ich bin auf der Suche nach der exakten, der perfekten Form, damit der Körper sich vollkommen entspannt.«

Cyrille beglückwünschte ihn zu seinem Entwurf, lehnte sich behaglich zurück und stützte die Arme auf. Da sie die Hypnotherapie auch selbst praktizierte, war sie natürlich in der Lage, sich rasch in die richtige Stimmung zu bringen. Fouestang manövrierte seinen Rollstuhl so, dass er ihr direkt gegenübersaß. Genau in dem Moment klingelte ihr Handy. Nino. Das Ganze war Cyrille unglaublich peinlich, sie schaltete das Mobiltelefon sofort aus und entschuldigte sich. Fouestang schnalzte verärgert mit der Zunge.

»Konzentrieren Sie sich bitte auf Ihre Atmung«, sagte er. Seine Stimme war tief und kräftig, jedoch völlig neutral, der monotone Singsang sollte die Wachsamkeit des Gehirns außer Kraft setzen. »Sie fühlen sich gut.«

Cyrille konzentrierte sich auf seine Stimme, die ihr sagte, sie solle atmen, nur an ihre Atmung denken und daran, dass ihre Beine immer schwerer würden. Ihre Füße schienen im Boden zu versinken, ihre Arme lasteten auf den Lehnen, und ihr Kopf drückte sich in das Lederkissen. Die Augenlider halb geschlossen, saß sie da, ihr Körper war schwer, doch ihr Geist folgte der monotonen Stimme.

»Denken Sie an eine Situation, in der Sie sich wohlfühlen. Einverstanden?«

»Einverstanden.«

»Wo sind Sie?«

»Bei mir zu Hause.«

»Wer ist bei Ihnen?«

»Niemand.«

»Was machen Sie?«

»Ich spiele Bandoneon.«

Ein Lächeln huschte über Cyrilles erschöpfte Gesichtszüge. Sie begann, eine Melodie zu summen. Die Stimme fuhr fort:

»Denken Sie nun an Sainte-Félicité, lassen Sie das Bild vor Ihrem geistigen Auge entstehen. Sie fühlen sich weiter gut.«

»Ich sehe das Fernsehzimmer auf Station B.«
»Macht Sie etwas wütend?«
Cyrilles Nasenflügel bebten.
»Ja, die Stille. Keiner sagt etwas. Im Fernsehen wird lautstark die Tour de France übertragen, und niemand reagiert, weil alle von den Beruhigungsmitteln ganz benommen sind. Niemand sieht nach den Patienten. Es ist nur wichtig, dass sie ruhig sind.«
»Welche Farbe hat Ihr Zorn.«
»Schwarz. Ich will dem leitenden Arzt sagen, dass er zu viel Neuroleptika und Schlafmittel verabreicht, doch ich bin nur Assistenzärztin und habe lediglich das Recht, zu schweigen.«
»Laden Sie ihn ein, uns zu begleiten. Sie fühlen sich noch immer gut.«
»Er steht genau vor mir.«
»Sagen Sie ihm, was Sie von ihm halten.«
»Sie betäuben die Patienten, um sie ruhigzustellen, Sie ertragen die Schreie auf Ihrer Station nicht, nur ein stiller Kranker ist ein guter Kranker, das widert mich an!«
»Sie fühlen sich jetzt besser. An die Stelle Ihres Zorns lassen Sie nun innere Ruhe treten. Wenn Sie künftig den Namen Sainte-Félicité hören oder aussprechen, fühlen Sie sich gut, friedlich.«
»Ja.«
»Sie sitzen vor Ihrem Computer, und alles ist einfach, die Worte plätschern wie ein kühler Fluss. Was ist?«
Cyrilles Kinn bebte.
»Ich fühle mich traurig.«
»Dieses Gefühl ist nur von kurzer Dauer, es geht vorüber, und stattdessen kehrt innere Ruhe ein. Rufen Sie sich eine andere Situation in Erinnerung. Eine angenehme.«
»Eine angenehme Situation.«

»Ja, entspannen Sie sich und lassen Sie die Lösung in sich entstehen.«

Cyrille ließ sich erneut fallen, und auf einmal fand sie sich an einem Strand sitzend wieder ...

*

Wenn es etwas gab, was Nino Paci hasste, dann, wenn man ihn für dumm verkaufte. Und innerhalb von vierundzwanzig Stunden war ihm das nun schon zum zweiten Mal passiert. Den Riemen der Umhängetasche über der Schulter, lief er die Treppe zur Metrostation Tolbiac hinab. Zuerst Cyrille Blake, die – von den Toten auferstanden – Himmel und Hölle in Bewegung gesetzt hatte, damit er ihr half. Wie ein blutiger Anfänger hatte er sich einwickeln lassen, ein wenig aus alter Freundschaft, ein wenig aus Mitleid. Und nun, wo sie bekommen hatte, was sie wollte, nahm sie seine Anrufe nicht an! *Wie konnte ich nur so dämlich sein!*

Nino hielt den Fahrausweis über das Lesegerät. Er musste sich wieder beruhigen. Er nahm die Linie 10, um ins 15. Arrondissement zu gelangen. Auf dem Bahnsteig stand etwa ein Dutzend Fahrgäste, darunter eine dunkelhaarige Frau im Kostüm, die ihm einen unmissverständlichen Blick zuwarf. Am liebsten hätte er ihr zugerufen: »Vergiss es, ich bin schwul.« Der andere, der ihn zum Narren hielt, war Manien.

Dieser Idiot hatte vertrauliche medizinische Unterlagen irgendwo gehortet, obwohl das strengstens untersagt war. Das Problem war, wenn die Angehörigen eines Patienten aus irgendeinem Grund dessen Krankenakte anforderten und das entsprechende Fach im Archiv leer war, würde dies auf ihn, den Chefkrankenpfleger, zurückfallen, denn Ablage und Archivierung gehörten zu seinen Aufgaben. Colette, eine einfache Krankenschwester, müsste sich deswegen keine Sorgen machen, doch Manien hätte keine Skrupel, sofort ihn, Paci, zu beschuldigen. Eine verlorene Krankenakte war schließlich keine Bagatelle. Das konnte übel ausgehen, wenn die Familie einen Prozess anstrengte. Kurz, dieser Mistkerl brachte ihn in ernste Schwierigkeiten. Nino hielt Manien für einen großen Manipulator und ein Schwein, doch im Gegensatz zu den meisten seiner Kollegen hatte er keine Angst vor ihm. Der Chefkrankenpfleger besaß seinen eigenen Ehrenkodex und hatte nie gezögert, gegen Ungerechtigkeiten vorzugehen.

An der Station Javel stieg er aus und verließ raschen Schrittes den Bahnhof, um nach Sainte-Félicité zu gelangen. Heute Vormittag hatte er zwar eigentlich frei, aber egal! Er konnte den Tag sowieso nicht genießen, wenn ihn etwas quälte. Er durchquerte das psychiatrische Krankenhaus bis zur Station B. Mit seinem Badge passierte er problemlos die erste Kontrolle und bog dann nach rechts in Gang B ein. »Arbeitest du heute?«, fragte ihn ein Kollege überrascht. »Ich hole nur schnell die Dienstpläne ab«, erwiderte Nino. Es mochte merkwürdig erscheinen, dass er sich an seinem freien Tag darum kümmerte, aber das war ihm gleichgültig. Hier in dem sogenannten »Schlüsselblumen«-Flur durften die Patienten unter Aufsicht in den Hof. Es war relativ ruhig, die meisten Insassen hielten sich im Fernsehzimmer auf. Dank seines Badges passierte er die Sicherheitsschleuse zum »Heckenrosen«-Flur, den die Patienten nur mit spezieller Genehmigung verlassen durften.

Die vergilbten Zimmertüren mit Spion erinnerten an Gefängniszellen. Es stank nach Chlor und verkochtem Essen. Zwei Glühbirnen der Deckenbeleuchtung funktionierten nicht mehr, und da sie niemand ausgewechselt hatte, war der hintere Teil des Ganges in unheimliches Dunkel getaucht. Ein trostloser Anblick, den Nino schon gar nicht mehr zur Kenntnis nahm. Er hörte das Hämmern aus der Isolierzelle. Der Obdachlose, der nach seinem Entzug an Delirium tremens litt, schlug mit dem Kopf immer wieder gegen die Wand.

Colette hatte gerade ihren Dienst angetreten und war dabei, die Medikamente auf ihrem Wagen zu überprüfen. Sie drehte sich um und sah ihn erstaunt an.

»Hast du heute nicht frei?«

Nino ging zu ihr und drückte ihr einen Kuss auf die Wange. Alles an Colette erinnerte an ein Mäuschen, sie war nicht größer als ein Meter fünfzig, hatte ein spitzes Kinn, eine Stupsnase und vorstehende Zähne. Das dünne, grau melierte Haar trug sie in der Mitte gescheitelt. Ruhig und friedlich brachte sie ihr letztes Dienstjahr zu Ende. Ihr Leben war stets dem Wohl anderer gewidmet gewesen, und sie war von einer Selbstlosigkeit, die einer Ordensschwester alle Ehre gemacht hätte. Sie versuchte, sich nie anmerken zu lassen, wie erschöpft und ausgelaugt sie war. Nino war sie stets eine große Hilfe.

»Können wir kurz reden?«

Für einen Moment sah Colette beunruhigt aus. Sie wusste genau, worüber ihr junger Chef mit ihr sprechen wollte. Sie folgte Nino in ein leeres Zimmer.

»Wohin solltest du die Krankenakten bringen, die Manien sich von dir aus den Archiven hat holen lassen?«, wollte Nino ohne Umschweife wissen.

Colette schürzte die Lippen.

»In sein Büro.«

»Wohin genau?«

»Ich habe ihm einfach die Mappen gegeben. Ich weiß nicht, was er damit gemacht hat.«

Tränen stiegen ihr in die Augen.

»Ich hätte ihm sagen müssen, er soll sie sofort zurückgeben, doch ich hatte Angst, dass er mir eine schlechte Beurteilung schreibt … Es tut mir wirklich leid.«

»Das ist nicht tragisch, wir werden sie finden und wieder einsortieren. Wo, glaubst du, könnte er sie versteckt haben?«

»Ich habe sie danach nicht mehr gesehen. Vielleicht sind sie in seinem Schreibtisch eingeschlossen ...«

»Könntest du für mich nachsehen und versuchen, sie zu finden, bevor ich ernsthaft Ärger bekomme?«

»Sofort?«

»Ja, sofort. Er hat gerade Vorlesung, oder?«

Colette sah zu Boden. Sie konnte ihren Vorgesetzten Manien nicht leiden, und vermutlich würde er nicht einmal merken, wenn sie die ausgeliehenen Krankenakten wieder zurückbrachte. Zumindest könnte sie mit ruhigem Gewissen in drei Monaten in Rente gehen und sicher sein, dass Nino keine Schwierigkeiten bekäme. Sie murmelte zaghaft: »Einverstanden.«

Eine Viertelstunde später – Zeit genug, um im Aufenthaltsraum des Pflegepersonals einen Kaffee zu trinken und die Dienstpläne für nächste Woche durchzusehen – erhielt Nino vier hellblaue Mappen. Colette war erleichtert. Nino ließ die Unterlagen rasch in seiner Tasche verschwinden.

»Ciao, bis Montag!«

*

Der Teppich in Fouestangs Büro wurde heller, gleichmäßig beige und verwandelte sich in ein Meer aus Sand. Der Sessel, in dem Cyrille saß, wurde immer anschmiegsamer und weicher.

Ohne die Hände zu bewegen, strich sie über die körnige Masse, ließ sie durch ihre Finger rieseln. Ein warmes, sinnliches Gefühl. Die untergehende Sonne tauchte ihr Gesicht und ihre gebräunten Arme in ein orangefarbenes Licht. Sie schloss die Augen und sog den Duft des Meeres ein. Ihr langes, goldblondes Haar, das ihr über den Rücken fiel, wehte sanft in der leichten Brise. Der wehmütige Klang von Youris Akkordeon drang an ihr Ohr, und sie lächelte. Er verstand es, selbst aus ihrer tiefen Traurigkeit Freude hervorzulocken, er war einfach ein Magier. Gebannt lauschte sie ihm. Ihr Bewusstsein erweiterte sich. Maud tanzte, ihre Füße gruben sich in den Sand, ihre Arme und ihr Kopf bewegten sich zur Musik. Cyrille lächelte noch immer, die Kanadierin war *stoned* und sah in diesem Licht wunderschön aus. Jenseits der slawischen Melodie vernahm sie den monotonen Rhythmus einer Basstrommel. Cyrilles Wahrnehmung erweiterte sich noch mehr.

Andere ihr weniger bekannte Leute umringten sie tanzend, verrenkten ihre Körper, konnten sich kaum auf den Beinen halten. Sie waren betrunken oder standen unter dem Einfluss verschiedener Substanzen, die das Paradies verhießen. Cyrille fühlte sich nicht in Gefahr, sie verstand die anderen, hier waren alle eine große Familie und huldigten der Musik, der Liebe, den Drogen, dem Sex und dem Mond. Mauds Blicke sandten erotische Signale an jeden, der sie zu deuten vermochte. Ein junger Mann näherte sich ihr, seine gen Himmel gestreckte Faust bewegte sich rhythmisch zu dem Klang der Trommeln. Maud küsste ihn auf den Mund. Dann wandte sie sich zu Cyrille um und gab ihr einen Kuss auf Stirn und Lippen.

Cyrille durchfuhr ein lustvoller Schauer. Sie war in ihrem Körper und schien gleichzeitig über ihm zu schweben. An diesem Ort waren etwa hundert Personen versammelt. Cyrille empfand eine atemberaubende Lust. Sie lächelte, denn nun vibrierte auch ihr Körper im Rhythmus der Trommeln, und sie befreite sich von ihren jahrelangen Schuldgefühlen.

Plötzlich berührte jemand sie am Arm. Sie öffnete die Augen und sah einen verführerischen jungen Thai vor sich. »Jemand möchte dich sprechen.« Ein Mann in

Anzug und mit Krawatte, Sandalen an den Füßen, kam auf sie zu. Es war ein alter Thailänder mit intelligentem Blick, der sie auf merkwürdige Art anlächelte. Lediglich eine Hälfte seines Gesichts bewegte sich.

Guter Gott!

Die Überraschung wirkte ernüchternd auf sie. Der Sand wurde wieder zum Teppich, die Musik verschwand, die Tänzer lösten sich in Luft auf. Sie öffnete die Augen.

Erstaunt runzelte Maurice Fouestang die Stirn.

»Ihre Hände werden nun wieder leicht, ich fange gleich zu zählen an, und bei zehn wachen Sie auf. Eins, Ihre Füße werden leicht, Sie fühlen sich wohl in Ihrem Körper. Zwei, drei, vier, fünf, bei sechs werden Sie sich an alles erinnern, was gesagt wurde, sechs, sieben, acht, neun, ein wohliges Gefühl durchströmt Ihren Körper. Zehn, Sie sind bei mir.«

Fouestang sah, wie Cyrille benommen blinzelte.

»Wie fühlen Sie sich?«

»Ich weiß nicht. Ich muss darüber nachdenken.«

Fouestang schüttelte den Kopf.

»Machen Sie sich nicht die Mühe. Die Arbeit geschieht auf einer Ebene, die sich Ihrer Analyse entzieht. Lassen Sie es zu. Und wenn Sie zu Hause festigen wollen, was wir hier begonnen haben, dann setzen Sie sich hin und atmen konzentriert ein und aus.«

Cyrille Blake strich nervös über ihre Beine.

»Ja, ja.«

Nachdem sie ihren Kollegen bezahlt hatte, lief sie die Treppe hinab und zurück zu ihrem Wagen, ohne zu registrieren, dass der Himmel sich zugezogen hatte und bereits die ersten Regentropfen fielen. Sie stieg in den Mini und drehte mechanisch den Zündschlüssel.

Ob es Fouestang nun passte oder nicht, sie wollte unbedingt über das, was sie gerade erlebt hatte, nachdenken. Der Meister der Hypnose hatte ihr geraten, die

Lösung in sich selbst entstehen zu lassen und sie ... Was hatte sie gesehen? Einen alten Herrn mit einem ihr wohlbekannten Gesicht.

*

Das Archiv von Sainte-Félicité war nach einer Überschwemmung ausgelagert worden und befand sich nun im Untergeschoss der Zentralverwaltung. Mit seinem Generalschlüssel gelangte Nino problemlos dorthin. Er ging den zementgrauen Gang entlang, der mit defekten Krankentragen und Stationswagen vollgestellt war, tippte den Türcode ein und betrat den riesigen Saal, in dem deckenhohe weiße Regale aneinandergereiht waren. Nachdem er das Licht eingeschaltet hatte, zog er die Akten aus seiner Tasche. In jeder Stellage waren die Unterlagen von zwei Jahren untergebracht. Die erste Krankenakte war mit einem blauen Stempel »Juni 2000« und dem Namen »Clara Marais« versehen. Nino brauchte eine Weile, bis er das richtige Regal und den Buchstaben »M« gefunden hatte. Er legte die Akte in das leere Fach. Als er Julien Daumas' Krankenblatt in der Hand hielt, um es einzusortieren, konnte er der Versuchung nicht widerstehen, einen Blick hineinzuwerfen.

Die Akte war sehr dünn. Es handelte sich lediglich um zwei Blätter. Der Krankenpfleger las den Bericht durch und machte große Augen. *Was ist denn das für ein Unsinn?* Er las den Bericht noch zweimal, um sicherzugehen, holte dann einen Stift aus seiner Tasche und notierte sich etwas auf seiner Zigarettenpackung. Nachdenklich stellte er die Akte an ihren Platz. Als Nächstes wollte er die Mappe von »Maurice Larouderie« einsortieren, der im Februar 2001 entlassen worden war, überlegte es sich aber anders, öffnete sie und las die letzten Zeilen. *Verflucht ... das kann ja wohl nicht wahr sein.* Er überflog das vierte Dokument und kam zum gleichen Ergebnis.

Um jeden Zweifel auszuräumen, ging er zurück, um noch mal einen Blick in die Krankenakte »Clara Marais« zu werfen. *Das Gleiche*. Und plötzlich ging ihm ein Licht auf. Er begriff, dass Cyrille auf ein Problem gestoßen war. Ihre Amnesie konnte kein Zufall sein, und vermutlich befand sie sich in Gefahr.

22

Cyrille brauchte für den Heimweg deutlich länger als für die Hinfahrt, da sowohl die Autobahn als auch der Périphérique stark befahren waren und die Autos wegen des Regens langsamer fuhren. Sie schaltete die Scheibenwischer ein und suchte im Radio den Verkehrsfunk. In den Nachrichten war nicht mehr die Rede von »verstümmelten Tieren«. Nach einigen Umwegen wegen Straßenbauarbeiten gelangte sie schließlich in die Rue Vaugirard.

Es war Markttag, und sämtliche Fahrzeuge parkten kreuz und quer in zweiter, ja sogar in dritter Reihe. Die Rue Dulac war nur noch rund hundert Meter entfernt. Sie ordnete sich auf der rechten Spur ein, doch genau in dem Moment kam ein Wagen der Müllabfuhr aus einer kleinen Seitenstraße und hielt direkt vor ihrem Mini an. *Mist!* Wütend schlug sie mit der flachen Hand auf ihr Lenkrad. Nun saß sie definitiv fest! Ihr blieb nichts anderes übrig, als zu warten, bis die Müllabfuhr die zehn Hausnummern, die sie noch von der Rue Dulac trennten, abgearbeitet hätte. Doch bis zu ihrem ersten Termin hatte sie noch Zeit. Gereizt umklammerte sie das Lenkrad. *Aus jeder Situation eine positive Lektion machen!* Sie war hier, konnte weder vor noch zurück, weder parken noch aus dem Auto aussteigen. Daran war nun mal nichts zu ändern! Aber sie könnte die Zeit nutzen, um sich zu entspannen und nachzudenken. Bei ihrer Hypnosesitzung hatte sie Professor Arom heraufbeschworen. Bei dem alljährlich stattfindenden Kongress in Bangkok hatte sie, soweit sie sich erinnerte, nur ein paar freundliche Worte mit ihm gewechselt. Das Gesicht des Professors vergaß man nicht so leicht. Ein weiser alter Mann mit weißem Haar, dessen linke Gesichtshälfte nach der Entfernung eines Gehirntumors gelähmt war.

Seither konnte der Professor beim Sprechen nur den rechten Teil des Mundes bewegen. An ihn hatte sie gar nicht gedacht! Erst unter Hypnose hatte ihr ihre Intuition den richtigen Weg weisen können: Sanouk Arom war einer der weltweit führenden Spezialisten auf dem Gebiet der Amnesie. Gemeinsam mit einem Kollegen hatte er die Theorie der labilen Erinnerungen aufgestellt. Das heißt, Erinnerungen waren nicht ein Leben lang irgendwo im Gehirn festgeschrieben, sondern wanderten auf mobile und diffuse Weise im Neuronennetz herum und konnten jederzeit abgerufen werden. Sobald man sie sich ins Bewusstsein rief, wurden sie erneut fragil.

Bei seinen Versuchen mit Mäusen hatte Arom sogar bewiesen, dass es genügte, die Erinnerung im Moment ihrer Entstehung zu beeinträchtigen, um sie verschwinden zu lassen. Nach jahrelanger Forschungsarbeit in den USA war Sanouk Arom in seine Heimat Thailand zurückgekehrt und leitete nun in Bangkok die neurologische Station des größten privaten Krankenhauses. Statt Tierversuchen widmete er sich inzwischen der klinischen Forschung. Seine letzten Arbeiten, die in *Nature Neurology* und im *Journal of Neuroscience* veröffentlicht worden waren, beschäftigten sich mit Fällen von traumatischer Amnesie bei Kriegsveteranen. Dank intrakranieller Stimulation mittels Elektroden, die in bestimmten Stellen des Gehirns implantiert wurden, war es Professor Arom bei zwei Patienten gelungen, Teile der verdrängten Erinnerung zu reaktivieren.

Cyrille schlug mit der flachen Hand auf ihr Lenkrad. Sie musste unbedingt Kontakt zu ihm aufnehmen. Fachlich war er brillant. Was ihren Fall betraf, so könnte er ihr zumindest neue Impulse liefern. Zudem war er Ausländer und somit nicht in der Lage, in ihrer näheren Umgebung etwas auszuplaudern. Schließlich arbeitete er in Bangkok, und Cyrille konnte ihn in aller Diskretion nächste Woche während des Kongresses aufsuchen. So viele Vorteile waren in ihren Augen ein positives Signal, dem zu folgen sie beschloss.

Ihr Blick schweifte zu den Marktständen hinüber, an denen Jacken und Schuhe verkauft wurden, und weiter zum Café Le Necker. An einigen Tischen hinter der Glasscheibe saßen ein paar Männer. Die meisten von ihnen lasen Zeitung. Eine Frau in beigefarbenem Kostüm blätterte in ihren Notizen. Im Viertel war es geschäftig wie immer.

Das Müllauto bewegte sich ein Stück vorwärts, Cyrille legte den ersten Gang ein, fuhr fünf Meter und musste wieder warten. Es regnete heftiger. Sie merkte, wie allmählich die Kälte durch das Fenster ins Wageninnere kroch, schaltete nach kurzem Zögern die Heizung ein und genoss den warmen Luftzug an ihren Beinen. In genau dem Augenblick registrierte sie in dem Café einen jungen Mann, der in einer Zeitschrift las. Als er den Kopf hob, gefror ihr das Blut in den Adern. Keine hundert Meter vom Centre Dulac entfernt saß Julien Daumas seelenruhig an einem der Tische.

*

Cyrilles Adrenalinspiegel schoss in die Höhe und versetzte augenblicklich all ihre Sinne und jede Faser ihres Körpers in Alarmbereitschaft. Mit dem Handrücken wischte Cyrille ihre Windschutzscheibe frei. *Ich glaub, ich träume, das kann doch nicht wahr sein!* Sie konnte nichts mehr erkennen. Die Scheibenwischer glitten über das Glas, und Cyrille kniff die Augen zusammen. Der Stuhl, auf dem Julien Daumas gesessen hatte, war leer. Das Müllauto setzte sich wieder in Bewegung. Sie fuhr zwei Meter. Daumas hatte sich in Luft aufgelöst.

Im nächsten Moment stand er vor dem Café, die Hände in den Taschen vergraben, die Kapuze seiner blauen Surferjacke über das blonde Haar gezogen. Sie begegnete seinem finsteren und eindringlichen Blick, der ihr so vieles sagen wollte. Er starrte sie wie gebannt an, ohne sich vom Fleck zu rühren. Cyrilles Magen krampfte sich noch mehr zusammen. Lange musterten sie einander reglos durch den Regenvorhang. Dann machte Julien mit entschlossener Miene einen Schritt auf ihr Auto zu. Cyrille entriegelte die Türen. Es war höchste Zeit, dass sie miteinander redeten und sie ihn davon überzeugte, sich helfen zu lassen. Doch vor der Stoßstange blieb Julien abrupt stehen, sein Blick war auf die Wagen hinter ihr gerichtet. Ängstlich sah er Cyrille an und machte auf dem Absatz kehrt. Im Laufschritt schlängelte er sich zwischen den Autos hindurch über die Straße und lief die Treppen zur Metrostation hinab.

»Monsieur Daumas!«, rief Cyrille und klopfte aufgeregt gegen die Windschutzscheibe, um ihn aufzuhalten, doch er lief, als wäre ihm der Leibhaftige auf den Fersen. Cyrille Blake, die in ihrer Sardinenbüchse gefangen war, schaltete den hinteren Scheibenwischer ein, um herauszufinden, wer oder was den jungen Mann in die Flucht geschlagen hatte. Ratlos drehte sie sich wieder nach vorn und sah einen großen Mann in einer roten Jacke mit weißen Ärmeln zur Metrostation rennen. Er rempelte eine alte Dame an, die mit ihrem Einkaufswagen vom Markt kam, und machte eine Drehung, um das Gleichgewicht nicht zu verlieren. Dabei fiel Cyrille auf, dass er nur mit einem Auge sehen konnte, über dem anderen trug er eine Klappe.

23

Nino war ein ausgezeichneter Koch und ein ausgemachter Gourmet. Ein zusammengeschustertes oder misslungenes Essen war stets eine kleine Katastrophe für ihn, deshalb brachte er sich seine Mahlzeiten lieber von zu Hause mit und wärmte sie in der Klinik auf. Er hatte Hunger und betrat eine Bar in der Rue Vaugirard, ohne genau zu wissen, was er sich bestellen könnte. Es war fast fünfzehn Uhr, und er war sogar bereit, sich mit einem Sandwich zu begnügen. Er setzte sich an die Theke, studierte die Speisekarte und bestellte schließlich ein Brot mit Ziegenkäse und Serrano-Schinken. Dazu passte ein Glas Rotwein und später ein Espresso.

Wenn Nino Entscheidungen zu treffen hatte, musste er unbedingt etwas essen. Er biss mit Appetit in sein Brot und studierte dabei die Etiketten der vor ihm aufgereihten Alkoholika. Ein paar Tische weiter waren eine rothaarige junge Frau und ein blonder Mann in ein angeregtes Gespräch vertieft. Nino achtete nicht weiter auf sie, erkannt hätte er sie ohnehin nicht. Marie-Jeanne, Cyrilles Assistentin, hatte er noch nie gesehen, und Julien Daumas war vor zehn Jahren ein Patient unter vielen gewesen.

Nino kaute den Schinken – vakuumverpackt, da war er sich sicher – und dachte nach. Er konnte zur Tagesordnung übergehen, einfach weiter seinen Job machen, als wenn nichts gewesen wäre, und den Kopf in den Sand stecken. Das war die am wenigsten riskante Variante und bestimmt auch die schlaueste. Warum Staub aufwirbeln und seinen Job riskieren? Für Cyrille? Nein. Für eine Frau, die nur an ihre Karriere gedacht und die ihn wie ein Papiertaschentuch benutzt und weggeworfen hatte? Nein! Um in der medizinischen Welt für Gerechtigkeit zu sorgen? Um Rudolph Manien in die Enge zu treiben? Er glaubte schon lange nicht mehr, dass in der ärztlichen Hierarchie Gerechtigkeit oder Transparenz möglich waren. Nichts zu unternehmen bedeutete hingegen, dass er bis zum Ende seiner Laufbahn mit seinem Geheimnis und seinem schlechten Gewissen würde leben müssen. Nino wusste nicht, ob er dazu imstande wäre. Er war nun mal ein Gerechtigkeitsfanatiker, und Feigheit war ihm zuwider. Als sein Espresso gebracht wurde, war er im Begriff, einen Kompromiss mit sich selbst zu schließen.

*

In der Bar herrschte um diese Zeit Hochbetrieb, und Marie-Jeanne war gezwungen, laut zu sprechen. Sie hielt ihr Bierglas umklammert und verteidigte ihr Anliegen.

»Du brauchst unbedingt eine Assistentin, ich kümmere mich um all deine Termine und um die kommerzielle Seite deiner Arbeit. Das wird dir das Leben gehörig erleichtern, du wirst sehen. Und außerdem kommt Geld in die Kasse, ich werde nämlich auch deine Verträge aushandeln, darin bin ich unschlagbar!«

Sie lächelte ihn strahlend an. Wenn sie wusste, was sie wollte, walzte sie alle Hindernisse nieder wie ein Panzer. Julien, der ihr gegenübersaß, reagierte nicht. Die Entschlossenheit der jungen Frau fand er zwar betörend, ebenso ihr hübsches Katzengesicht, doch er war ein einsamer Wolf, und sein Leben bestand aus Kommen und Gehen, aus Fluchten und spontanen Entscheidungen. Er wusste nie im Voraus, was er in der nächsten Stunde tun würde. Und außerdem hatte er noch sein »Problem«, das jederzeit auftreten und alles, was ihm lieb und teuer war, zerstören konnte. Wollte er sich in dieser Situation mit einem Mädchen belasten? Er war noch zwei weitere Tage auf ihre Gastfreundschaft angewiesen, dann würde er, ohne eine Adresse zu hinterlassen, einfach verschwinden.

»Wir reden übermorgen noch mal darüber, wenn du möchtest«, meinte er und streichelte zärtlich ihre Hand.

Er sagte das mit einem Augenzwinkern, und Marie-Jeanne entspannte sich. Er blieb also noch zwei Tage. Eine ganze Ewigkeit! Lächelnd trank sie einen Schluck Bier. Der gut aussehende, dunkelhaarige Mann, der an der Theke eine Kleinigkeit gegessen hatte, bezahlte und stand auf. Zu anderen Zeiten hätte sie nicht gezögert, ihn anzusprechen, um mit ihm einen Kaffee zu trinken. Doch nun hatte sie gerade den Fang ihres Lebens gemacht, den sie auf keinen Fall aufgeben wollte.

Gestärkt und mit seiner Entscheidung zufrieden, verließ Nino die Bar, folgte der Rue Vaugirard etwa hundert Meter und bog dann in die Rue Dulac ein.

*

Geduldig wartete Isabella DeLuza darauf, dass Frau Doktor Blake sie hineinbat. Cyrille saß in ihrem Sprechzimmer und warf einen Blick auf die kleine Wanduhr. Sie beschloss, sich noch fünf Minuten für ihre Recherchen zu genehmigen, und machte sich wieder an die Arbeit. Auf dem Drucker lagen bereits rund fünfzig Seiten. Die meisten davon stammten von Websites mit internationalen medizinischen Publikationen. Der Hauptautor war stets »Professor Sanouk Arom« von der neurologischen Station des Brain Hospital in Bangkok. Sie überflog die Texte, stellte aber rasch fest, dass ihr das meiste bekannt war. Die Zeitungsausschnitte waren ergiebiger. Vor allem ein Artikel aus der *Bangkok Post* mit der Überschrift »Er gab den verlorenen Kindern ihr Gedächtnis zurück« erregte ihre Aufmerksamkeit.

> Professor Sanouk Arom hat die Ehrenpräsidentschaft der Volunteer Group of Child Development – VGCD – übernommen, für die er ehrenamtlich tätig werden wird. Sein Anliegen ist es vor allem, Straßenkindern zu helfen, die unter traumatisch bedingter Amnesie leiden.
> Die im Jahr 2001 in Chiang Mai gegründete Organisation hat es sich zur Aufgabe gemacht, in ganz Thailand Auffangstationen für allein lebende Kinder zu schaffen, bevorzugte Opfer von Drogenhändlern und Touristen aller Nationalitäten auf der Suche nach Minderjährigen. Die Gründerin der VGCD, die achtunddreißigjährige Kru Nam und ihre Freunde – engagierte und tatkräftige Menschen –, freuen sich, dass Professor Arom bereit ist, sie zu unterstützen und die Kinder und Jugendlichen neurologisch zu behandeln.

Cyrille war beeindruckt. *Und noch dazu ist er ein hilfsbereiter Mensch ...* Nun musste sie nur noch ein Hindernis überwinden und tatsächlich mit ihm in Kontakt treten. Sie konnte ihm eine E-Mail schicken, wusste aber, dass das quälende Warten auf seine Antwort nicht das Richtige für sie war. Cyrille beschloss, ihre Nerven zu schonen, und griff zum Telefon.

Mit einem Mal war sie wieder zehn Jahre alt und fürchtete wie früher, zu stottern. Einen Kollegen anzurufen, um mit ihm über einen Patienten zu diskutieren, war gängige Praxis. Seinen eigenen Fall darzulegen, das war etwas vollkommen anderes. Für sie der absolute Horror. Cyrille zögerte und zweifelte an ihrem Entschluss. Nachdem sie tief durchgeatmet hatte, wählte sie schließlich die Nummer. Es klingelte am anderen Ende der Leitung. Eine weibliche Stimme meldete sich als Kim irgendwer, Sekretärin. Nein, der Professor sei nicht erreichbar, er habe gerade Sprechstunde. Cyrille stellte sich vor und nannte ihr Anliegen, wobei sie deutlich machte, dass es sich um eine Privatangelegenheit handelte. Die Sekretärin legte das Gespräch in die Warteschleife, laute thailändische Musik erklang. Nach einer Weile war Miss Kim wieder am Apparat.

»Der Professor hätte heute Abend Zeit, um mit Ihnen zu sprechen.«

»Wunderbar, vielen Dank. Wann soll ich anrufen?«

»Um zweiundzwanzig Uhr unserer Zeit.«

»Wie groß ist denn der Zeitunterschied zu Paris?«

»Vier Stunden. Bei Ihnen wäre es demnach achtzehn Uhr. Würde Ihnen das passen?«

»Selbstverständlich, das wäre wunderbar.«

»Haben Sie eine Videokonferenz-Anlage?«, wollte die Sekretärin wissen.

Cyrille runzelte die Stirn.

»Ja, im Besprechungsraum.«

»Gut, da der Professor Mühe hat, Telefongespräche akustisch zu verstehen, hält er seine *conference calls* jetzt auf diese Weise ab. Sind Sie bei Skype angemeldet?«

»Ja.«

»Perfekt. Ich schicke Ihnen seinen Zugangscode, unter dem Sie ihn kontaktieren können.«

»Sehr gut.«

»Also bis heute Abend.«

Cyrille Blake legte erleichtert auf. Sie hatte wirklich Glück: Innerhalb kürzester Zeit war es ihr gelungen, sich mit Fouestang und Arom in Verbindung zu setzen. Wenigstens zog sich die Sache nicht unnötig in die Länge. Bald wüsste sie, was sie von dem großen Spezialisten erwarten konnte. Sie stand auf und holte Madame DeLuza im Wartezimmer ab. Marie-Jeanne war aus der Mittagspause zurück, sie wirkte fröhlich und tippte, vor sich hinsummend, die Briefe an die Sponsoren. Tante und Nichte lächelten einander spontan zu.

*

Als Marie-Jeanne kurz darauf von ihrem Bildschirm aufsah, wäre sie fast vom Stuhl gefallen. Der gut aussehende dunkelhaarige Mann aus der Bar stand direkt vor ihr. Aus der Nähe waren seine schwarzen Augen verwirrend, und an der Selbstsicherheit in seiner Stimme erkannte Marie-Jeanne sofort, dass sie es mit jemandem aus der Branche zu tun hatte und nicht mit einem Patienten. Höflich bat er sie darum, Frau Doktor Blake von seiner Anwesenheit zu informieren. Marie-Jeanne kam seinem Wunsch unverzüglich nach; der Mann besaß eine natürliche Autorität, der man sich nur schwer entziehen konnte.

Nach Marie-Jeannes Anruf war Cyrille bemüht, sich voll und ganz auf Isabella DeLuza zu konzentrieren. Diese Patientin war so wichtig und interessant für sie, weil sie eine der ersten Personen war, die mit einem gemäßigten Trauma in die Meseratrol-Studie aufgenommen worden war. Die medikamentöse Behandlung dauerte nun schon vier Tage an, zusätzlich hatte Madame DeLuza eine kognitive Verhaltenstherapie bei Dan begonnen, diesem gutmütigen, holländischen Bären, der auch die traurigsten Patienten durch seine sympathische und warmherzige Art wieder aufheiterte und stabilisierte. Cyrille hatte Dan ihre Patientin in der Überzeugung anvertraut, dass diese momentan eher seelisch aufgebaut als analysiert werden musste.

»Isabella, Sie haben mir erzählt, dass Sie nicht mehr weinen, das ist gut ...«

Die Frau hob den Kopf.

»Nein, ich weine nicht mehr, und wenn ich von meinem Mann spreche, bekomme ich auch keine Bauchschmerzen mehr. Danke, Frau Doktor, ich hätte nicht gedacht, dass eine kleine Pille so etwas bewirken kann.«

»Es ist nicht nur die Pille«, erklärte Cyrille, während sie jedes Wort von Madame DeLuza notierte. »Sie haben zusätzlich mit der wichtigen seelischen Aufarbeitung begonnen.«

»Ja, der Psychotherapeut ist wirklich sehr nett. Wir haben über alles gesprochen, was mich im Laufe eines Tages unglücklich macht, und sind jeden einzelnen Punkt durchgegangen, um eine Verbesserung zu erzielen. Und jetzt habe ich es geschafft, wissen Sie, ich habe den Schalter in meinem Kopf umgelegt. Ich werde wieder auf die Beine kommen und genauso glücklich sein wie er!«

Cyrille nickte zustimmend.

»Ich würde Ihnen im Rahmen unserer Studie gerne ein paar Fragen stellen.«

»Bitte.«

»Wie haben Sie sich in den letzten zwei Tagen morgens beim Aufwachen gefühlt?«

»Ruhig, ich schlafe gut.«

»Haben Sie noch Beklemmungen oder Angstgefühle?«

»Nein, überhaupt nicht.«

»Wie ist Ihr Verhältnis zu Ihrer Umgebung, zu Ihren Kindern? Haben Sie da Veränderungen bemerkt?«

»Ich glaube, ich bin weniger gereizt. Meine Große hat mir angekündigt, dass sie mit ihrem Freund, den ich nicht sonderlich schätze, zusammenziehen will … Das hat mir nicht viel ausgemacht. Ich habe sogar sehr gut reagiert.«

Cyrille sah ihre Patientin eindringlich an.

»Sie waren nicht verärgert?«

»Nein, nichts. Ich war ruhig und entspannt. Seit ich hierherkomme, ist das immer so. Die Dinge gehen mir nicht mehr so nah. Ich glaube, es hat mir auch sehr gutgetan, darüber zu sprechen.«

Cyrille machte sich weiter Notizen.

»Und wenn ich jetzt Ihren Mann erwähne, was empfinden Sie dann?«

Isabelle DeLuza zuckte mit den Schultern und lächelte.

»Nichts, er ist mir egal. Es ist vorbei. Ich möchte ihn nicht mehr wiedersehen, das ist alles. Aber auch dieses Thema berührt mich nicht mehr sonderlich.«

Cyrille hatte alles aufgeschrieben. Noch vor vier Tagen war diese Frau wütend und untröstlich gewesen. War diese Veränderung Meseratrol zu verdanken? Das war für das Ergebnisprotokoll nicht unwichtig.

»Wunderbar. Wir werden die Behandlung noch eine Woche fortsetzen. Anschließend sollten Sie sich einen Termin geben lassen, damit wir alles Weitere besprechen können. Ich werde nicht da sein, aber Doktor Panis, der mit mir zusammenarbeitet, wird sich um Sie kümmern.«

Cyrille stand auf und begleitete Madame DeLuza an Marie-Jeannes Schreibtisch.

»Gibst du bitte Madame DeLuza nächste Woche einen Termin bei Doktor Panis?«

Nino, der das Gemälde im Wartezimmer betrachtet hatte, drehte sich um und sah Cyrille an. Und augenblicklich war ihr klar, dass es ein Problem gab.

24

»Was heißt das, jede Akte ist mit einem Code versehen?«

Nino hatte auf dem Diwan Platz genommen. Er würde seine Information weitergeben und wieder gehen, das stand für ihn fest. Danach war Cyrille am Zug, und er konnte alles vergessen.

»Die vier Akten waren in Maniens Schreibtisch versteckt. Ich habe sie wieder an ihren Platz im Archiv gestellt, allerdings zuvor noch einen Blick hineingeworfen. Alle waren praktisch leer, aber auf jeder Seite stand unten ein Code.«

Cyrille konnte damit nichts anfangen, genauso wenig wie Nino vor ein paar Stunden.

»Hast du diesen Code notiert?«

Nino holte seine Zigarettenschachtel heraus, auf die er »4GR14« geschrieben hatte.

Cyrille schloss einen Moment die Augen.

»Das sagt mir nichts. Und alle vier Akten trugen diesen Code, auch die von Daumas?«

»Genau das habe ich dir gerade gesagt.«

»Hast du eine Idee, worauf sich das bezieht?«

Nino rieb sich die Nase.

»Du weißt so gut wie ich, dass man bestimmte Informationen nicht in den Patientenakten vermerken kann, entweder aus Rücksicht auf die Familie oder wegen medizinrechtlicher Risiken. Vor zehn Jahren beispielsweise gab es für Elektroschockbehandlungen ein bestimmtes Kürzel.«

»Ja, genau, man schrieb 546. Die Ziffern entsprachen

den Buchstaben EDF, du weißt schon, Électricité de France, der makabre Scherz eines Medizinstudenten. Die Insulintherapie hatte den Code 6126 und bezog sich auf die Summenformel der Glucose (C6H12O6). Aber 4GR14 sagt mir nichts.«

»Und genau das beunruhigt mich. Warum sollten die Chefs einen Code verwenden, den das Personal nicht kennt?«

Cyrille versank in völliger Ratlosigkeit. Ein weiteres Rätsel.

»Man müsste über diesen Code nachdenken. Könntest du mir heute noch etwas Zeit opfern?«, fragte sie kleinlaut.

Aber Nino war bereits aufgestanden und in zwei Schritten an der Tür.

»Meine Aufgabe ist damit beendet, tut mir leid. Ich arbeite noch immer in Sainte-Félicité und möchte dort nicht in Ungnade fallen.«

»Ich wollte dich ja nur bitten, bei einem Kaffee mit mir darüber nachzudenken.«

Der Sizilianer überlegte. Er hatte sich geschworen, nichts zu sagen, aber Cyrille baute ihm damit goldene Brücken.

»Ich will nicht mit dir darüber nachdenken, außerdem will ich überhaupt nichts mehr mit dir zu tun haben. Ich habe dir eine wichtige Information geliefert, nun musst du allein weiterkommen. Ich denke, es passt einigen Leuten sehr gut ins Konzept, dass du die Akte Daumas vergessen hast. Denk darüber nach und sei vorsichtig. Ich bin dann weg, *ciao bella*.«

Cyrille blieb sprachlos in ihrem Sessel zurück. Sie öffnete den Mund und konnte nur ein Wort sagen:

»Warum?«

»Warum was?«

»Warum lässt du mich im Stich?«

Nino stieß ein kurzes Lachen aus. Die Gelegenheit war zu günstig, er würde endlich eine Rechnung mit der Dame begleichen können.

»Seit gestern habe ich dich x-mal angerufen, um zu hören, wie es dir geht, weil ich mir nach der TMS Sorgen gemacht habe. Und du, du hast meine Anrufe nicht angenommen! Du hast es nicht einmal für nötig befunden, mir eine winzig kleine Antwort zu schicken. Das machst du nicht noch einmal mit mir. Du möchtest allein zurechtkommen, also gut, tue es.«

Nino war wütend.

»Soll ich dir mal sagen, was dein Problem ist? Ich habe dich früher gekannt, da warst du sympathisch, schüchtern, kanntest deine Grenzen und warst ziemlich bescheiden. Man konnte gut mit dir auskommen. Heute bist du eine Chefin, leitest ein Team und trägst die Nase hoch, weil du einen künftigen Nobelpreisträger geheiratet hast. Na gut, bleib auf deinem Höhenflug und vergiss mich einfach. Wir gehören nicht mehr derselben Welt an, das hast du mich deutlich spüren lassen. Jeder sollte bleiben, wo er hingehört.«

Der Schlag saß. Cyrille sackte regelrecht in sich zusammen. Sie presste eine Hand auf den Mund, ihr Blick irrte von einem Bild an der Wand zum nächsten, dann zu Nino.

»Es tut mir leid, es tut mir so schrecklich leid. Ich wollte nicht … ich wollte dir ja antworten … ich wusste nicht …«

Sie wollte noch etwas sagen, aber die Tür hatte sich bereits hinter dem Krankenpfleger geschlossen.

*

Um siebzehn Uhr fünfzig war Cyrille auf dem Weg zum Konferenzraum. Den ganzen Nachmittag über hatten sich ihre Gedanken im Kreis gedreht, die verschiedenen Fragen und Rätsel vermischten sich und bildeten in ihrem Kopf ein beängstigendes Durcheinander. Sie hatte Bauchschmerzen. Julien, der aufgetaucht und wieder verschwunden war, die Auseinandersetzung mit Nino, der Code auf den vier Patientenakten, der ihr völlig unerklärlich blieb, und die Entdeckung unter Hypnose, dass Arom möglicherweise die Lösung ihres Problems liefern könnte.

Das Thema »Julien Daumas« wurde zunehmend komplex. Er wollte mit ihr sprechen, hatte aber offenbar Angst gehabt vor dem Typen im roten Blouson. Ihr Patient fühlte sich bedroht.

Sie bemühte sich, die Sache mit Nino zu relativieren. Der Krankenpfleger war in seiner Eigenliebe getroffen, weil sie ihm nicht genügend Aufmerksamkeit geschenkt hatte. Da musste sie ihm in gewisser Weise recht geben. Sie hatte gespürt, dass er aus einem ihr unbekannten Grund hohe Ansprüche stellte, die sie nicht erfüllt hatte. Er verabscheute sie nicht, sonst hätte er ihr seine Informationen vorenthalten. Sie würde später darüber nachdenken, in diesem Augenblick hatte sie weder den Mut noch die Energie, die richtigen Worte für eine Versöhnung zu finden. Sie würde ihm abends eine Nachricht schicken.

Was sie jedoch am meisten beschäftigte, war das Kürzel 4GR14. Wahrscheinlich war die Lösung ganz einfach, denn ihrer Erfahrung nach verkomplizierten Ärzte ihre Arbeit nicht unnötig, wenn es darum ging, Namen oder Bezeichnungen zu erfinden. Man musste vermutlich eher im Bereich »schlechte Witze« und »schwarzer Humor« suchen. Es sei denn, es handelte sich ganz einfach um ein Verwaltungskürzel des Sozialamtes, das ihr unbekannt war. Eher unwahrscheinlich, aber nicht ausgeschlossen.

Ohne irgendjemandem zu begegnen, begab sie sich ein

Stockwerk tiefer und schloss die Tür zum Konferenzraum auf.

Zum Glück war er fensterlos, sie würde also ungestört sein. Sie schloss hinter sich ab und schaltete die Computeranlage ein. Der Wandbildschirm wurde hell. Cyrille hätte die Videokonferenz lieber in ihrem Büro mit einer einfachen Webcam durchgeführt, aber ihr Computer war nicht entsprechend ausgerüstet, was ihre Schuld war. Sie hatte bisher die Vorschläge des Informatikers immer wieder abgelehnt, der bereits seit einem Jahr bei ihrem Computer ein besseres Videosystem installieren wollte.

Sie schüttelte die Thermoskanne, ein Rest Kaffee war noch da. Sie tippte auf der Tastatur des Computers und loggte sich ins Netz ein. Bevor sie Professor Aroms Zugangscode für die Videoübermittlung eingab, frisierte sie sich. Mit einer Klammer, die sie in ihrer Jackentasche gefunden hatte, befestigte sie ihr Haar zu einem Knoten, glättete den Pony mit der flachen Hand und setzte ihre Brille auf. Sie nahm einige Schlucke Kaffee und stellte die Verbindung zu Thailand her. Nachdem sie ihre Anfangssätze auf Englisch in Gedanken wiederholt hatte, klickte sie auf »Anrufen«.

Sie schickte dem Professor per Instant Messaging die Bitte um einen Video-Chat. Zwei Großbuchstaben erschienen, gesendet von Sanouk Arom: »OK«, und auf der rechten Bildschirmseite öffnete sich ein kleines Fenster. Cyrille, die vor der Kamera ihres Computers saß, lächelte unbehaglich. Mit zwei Klicks verschob sie den Video-Bildschirm in der Größe einer Zigarettenschachtel auf den Wandmonitor. Nun erschien Sanouk Arom im Großformat vor ihr.

Sie musste sich beherrschen, um vor Erstaunen nicht die Augenbrauen hochzuziehen. *Wie alt er aussieht!* Cyrille hatte einen Greis vor sich. Seit dem Kongress im letzten Jahr, bei dem der Professor eine bemerkenswerte

Präsentation seines letzten klinischen Falls von traumatischer Amnesie vorgetragen hatte, schien er um zehn Jahre gealtert zu sein. Er gab ein trauriges Bild ab: langes weißes Haar, die Stirn von einer tiefen Querfalte durchzogen und zwei tiefe Furchen rechts und links des Mundes. Am auffallendsten waren jedoch sein linkes, fast geschlossenes Auge und sein grimassenähnliches Lächeln.

»Liebe Frau Doktor Blake, ich freue mich sehr, mit Ihnen zu sprechen. Da mein Gehör stark nachgelassen hat, ziehe ich es vor, meine Gesprächspartner zu sehen, so kann ich von ihren Lippen ablesen. Wie geht es Ihnen?«

»Vielen Dank, Herr Professor, dass Sie so rasch zu einem Gespräch bereit waren. Es geht mir gut, und wie ist Ihr Befinden seit dem letzten Jahr?«

Der Professor schloss nun auch das Lid seines gesunden Auges zur Hälfte.

»Meine klinischen Forschungen kommen gut voran. Ich bin einer der Ehrengäste des diesjährigen Kongresses, daher habe ich viel zu tun.«

Cyrille fühlte sich plötzlich unbehaglich und beschloss, gleich zur Sache zu kommen und sich kurz zu fassen.

»Ich werde nächste Woche ebenfalls zu dem Kongress kommen. Wie man bei uns sagt, Professor, will ich nicht lange um den heißen Brei herumreden. Ich habe ein Gedächtnisproblem und brauche Ihren Sachverstand.«

Professor Arom hatte sein Auge wieder geöffnet, um von Cyrilles Lippen abzulesen. Er konnte ein gewisses Erstaunen nicht verbergen, sagte jedoch nichts.

»Ich leide unter einer lakunären Amnesie«, fuhr Cyrille fort. »Ich habe einige Ereignisse vergessen, die vor zehn Jahren stattgefunden haben.«

Arom rührte sich nicht, nur seine gesunde Pupille weitete sich. Cyrille berichtete ihm, sie habe bereits eine Computertomografie machen lassen und einige – zugegeben – empirische Versuche unternommen, ihr Gedächtnis wiederzubeleben. Aroms Miene blieb undurchdringlich, aber ihm entging nicht das Geringste von Cyrilles Bericht.

»Haben Sie schon mit ähnlichen Fällen zu tun gehabt?«, fragte Cyrille abschließend.

Arom bewegte sich. Er ergriff das Wort. Bild und Ton waren leicht versetzt.

»Ja, tatsächlich.«

»Bei Veteranen?«

»Zum Teil.«

Cyrille presste ihre Handflächen aneinander.

»Ich habe gelesen, dass Sie interessante Erfolge erzielt haben?«

»Ja, ich habe einige Fälle publiziert. Dabei ging es jedoch um Amnesie hinsichtlich der Identität.«

Cyrille biss sich innen auf die Wangen. Sie fühlte Verzweiflung in sich hochsteigen.

»Und bei partieller Amnesie wie in meinem Fall? Ich habe auch gelesen, dass Sie mit der Volunteer Group of Child Development zusammenarbeiten, um amnestischen Kindern zu helfen, sich an ihre Vergangenheit zu erinnern…«

Arom schwieg einen langen Augenblick. Er schien intensiv nachzudenken. Schließlich entschloss er sich, weiterzusprechen.

»Ja das ist richtig, ich arbeite seit zwei Jahren mit der VGCD, die sich um Straßenkinder kümmert. Es gibt darunter einige sehr spezielle Fälle, die unter lakunärer Amnesie leiden. Ich behandle sie im Krankenhaus.«

Cyrille hob die Augenbrauen. Der Professor fuhr fort:

»Die Ursache dieser Amnesien ist wahrscheinlich die Einnahme harter Drogen oder aber Misshandlungen. Ich habe ein Therapieschema erarbeitet, das sich zu bewähren beginnt. In Kürze werde ich die Ergebnisse veröffentlichen.«

Cyrilles Herzschlag beschleunigte sich.

»Glauben Sie, Sie könnten mir dieses Schema zukommen lassen?«

Arom räusperte sich.

»Nicht auf diese Entfernung. Solange die Arbeit nicht veröffentlicht wurde, ist alles noch streng vertraulich. Treffen wir uns doch in Bangkok, dann werde ich Ihnen sagen, worum es geht.«

»Tausend Dank. Ich komme am fünfzehnten Oktober nachmittags nach Bangkok, einen Tag vor Kongressbeginn.«

Die bewegliche Mundhälfte des Professors presste sich zusammen.

»Leider kann ich Sie nach dem fünfzehnten nicht empfangen. Ich werde keine freie Minute haben, sobald der Kongress eröffnet ist.«

Cyrille war besorgt.

»Am fünfzehnten gegen Abend?«

Arom willigte ein.

»Lassen Sie sich von meiner Sekretärin einen Termin geben.«

»Perfekt, vielen Dank.«

Eine halbe Stunde später parkte Cyrille, beruhigt und ein Lächeln auf den Lippen, ihr Auto vor dem Haus. Sie spürte, dass sie endlich einer Lösung näherkam. Ihr Fall war weder einmalig noch bei Fachleuten unbekannt. Aroms Patienten, junge, ehemalige Drogensüchtige, litten unter derselben Störung wie sie, und er hatte ihren Zustand verbessern können. Sie hatte gut daran getan, mit ihm Kontakt aufzunehmen. Ihre Intuition hatte sie richtig geleitet. Das allein war bereits beruhigend. Sie kramte in ihrer Handtasche nach ihrem Handy und schrieb eine SMS an Nino: »Habe Hilfe gefunden. Bin auf einem guten Weg. Unterzeichnet: die verlorene Spießbürgerin, die Dir für alles dankt, was Du für sie getan hast!« Vielleicht konnte sie den Krankenpfleger mit Humor aufheitern. Als sie die Nachricht abgeschickt hatte, war ihr bedeutend leichter ums Herz.

*

Nino Paci stieg an der Haltestelle Parmentier aus einem Bus der Linie 96 und ging die Rue Saint-Maur entlang bis zur Nr. 33. Das Einfahrtstor stand zum Glück weit offen. Mit dem Finger fuhr er die Liste der Bewohner entlang. Der Name »Marais«, der in der Krankenakte vermerkt gewesen war, war in der dritten Etage links angezeigt. Der Krankenpfleger zwängte sich in den kleinen Aufzug, der nur jeweils eine Person befördern konnte. Neben der Tafel mit den Knöpfen war ein Spiegel angebracht. *Ich sehe ganz schön fertig aus, ich brauche Sonne und Urlaub.* Er kratzte sich den mit Silberfäden durchzogenen Dreitagebart. Er war noch immer besorgt und nicht mit sich im Reinen. Sein Entschluss, Cyrille Blake und ihre Probleme zum Teufel zu schicken, hatte gerade einmal eine Stunde vorgehalten. Sobald die Tür des Centre Dulac hinter ihm zugeschlagen war, hatte Nino Schuldgefühle bekommen. Die junge Ärztin hatte so verwirrt, kleinlaut und gottverlassen ausgesehen. Eine Viertelstunde später hatte Nino sich vorgenommen, sie anzurufen und sich zu entschuldigen. Dann hatte er sich doch wieder anders besonnen, schließlich hatte er auch seinen Stolz. Nein, er würde ihr helfen, ohne etwas zu sagen, und ihr dann das Ergebnis seiner Nachforschungen präsentieren. Nino hatte nachgedacht und sich den Kopf wegen des Codes zerbrochen. Wenn es nun ein Komplott war, das Manien gegen seine Patienten angezettelt hatte? Er musste die ehemaligen Patienten finden und feststellen, was aus ihnen geworden war. Einer von ihnen, Daumas, hatte ein gewaltiges Problem, das war bereits bekannt, aber die drei anderen?

Die Wohnung im dritten Stockwerk links hatte keine Klingel, daher klopfte Nino an und setzte sein gewinnendstes Lächeln auf. Er hörte schlurfende Schritte, dann öffnete sich die Tür. Er sah eine verhärmte, ausgemergelte Frau in einem grauen Kleid. Die Wohnung lag im Halbdunkel.

»Wer ist da?«

»Guten Tag, Madame, ich bin Nino Paci von der Öffentlichen Fürsorge. Ich suche Clara Marais für eine Umfrage zum Gesundheitswesen.«

Er hatte sein Badge von Sainte-Félicité herausgezogen. Die Mutter von Clara Marais sah ihn eine Weile schweigend an, dann öffnete sie die Tür und ließ ihn eintreten.

25

Während er auf seine Frau wartete, trank Benoît Blake angespannt und sorgenvoll sein Bier und lauschte den Nachrichten. Er war fest entschlossen, einen angenehmen Abend mit ihr zu verbringen – was schon seit mehreren Tagen nicht mehr der Fall gewesen war. Um neunzehn Uhr hörte er endlich, wie der Schlüssel im Schloss umgedreht wurde. Auf dem Flur zog Cyrille den feuchten Trenchcoat und die Schuhe aus, legte ihre Tasche ab und stellte den nassen Schirm zum Abtropfen in den Ständer. Sie drückte dem Großen Mann einen flüchtigen Kuss auf die Stirn.

»Wie war dein Tag?«, fragte er.

»Sehr gut«, erklärte sie leichthin. »Und bei dir? Irgendwas Neues aus Stockholm?«

Benoît lehnte sich auf dem Sofa zurück und setzte zu großen Ausführungen über die Verdienste der Jury des Karolinska-Instituts an. Cyrille hörte ihm nur mit halbem Ohr zu. Sie hatte ihn auf etwas plumpe Art abgelenkt, aber sie wollte auf keinen Fall über sich selbst sprechen. Sie hatte noch nicht den Mut gefunden, Benoît ihre Situation zu erklären. In der Küche öffnete sie den Kühlschrank, schnitt sich eine Scheibe Schinken und etwas Käse ab und legte sie auf ein Stück Vollkornbrot. Sie entkorkte eine Flasche Burgunder und schenkte sich ein großes Glas ein.

Benoît rief ihr aus dem Wohnzimmer zu:

»Wenn du Marie-Jeanne siehst, richte ihr aus, dass es

mir langsam auf die Nerven geht, wenn sie sich dauernd an unserem Gefrierschrank bedient, ohne zu fragen. Sie hat mein *Ben & Jerrys* aufgegessen und kein neues gekauft!«

»Bist du nicht raufgegangen, um es ihr zu sagen?«, fragte Cyrille aus der Küche zurück.

»Ich habe ihr einen Zettel unter der Tür durchgeschoben. Aber ich möchte gerne, dass du es ihr morgen noch mal sagst.«

»In Ordnung.«

»Hat sie einen neuen Freund?«

Cyrille kam mit ihrem Essenstablett herein und setzte sich neben ihren Mann.

»Wieso fragst du?«

»Ich hatte den Eindruck, eine Männerstimme zu hören, doch als ich geklopft habe, hat niemand geantwortet. Ich werde ihre Mutter anrufen.«

»Warum?«

»Um mit ihr zu reden. Dieses Mädchen braucht eine starke Hand. Es passt mir nicht, wenn sie über meinem Kopf mit jedem x-Beliebigen schläft.«

Cyrille verdrehte die Augen. Marie-Jeanne hatte Zuflucht bei ihrem Onkel und ihrer Tante gesucht, um nicht zu ihrer verrückten Mutter zurückkehren zu müssen. Benoîts Schwester gehörte zu jener Sorte Frauen, die unerträglich waren. Eine anpassungsunfähige Ordnungsfanatikerin, die sogar nachts aufstand, um ihre Küche zu putzen, oder die ihre Tochter als »Zigeunerin« beschimpfte, anstatt sie zu erziehen. Cyrille konnte sich nicht vorstellen, wie diese dumme und egozentrische Frau, die nicht in der Lage war, die vielfältigen Fähigkeiten ihrer Tochter zu erfassen, Ordnung in deren Liebesleben hätte bringen sollen. Und was Benoît anging, so war seine Einstellung hoffnungslos altmodisch.

Um den Ärger im Keim zu ersticken, zog Cyrille es vor,

das Thema wieder auf Stockholm zu lenken. Benoît, der glücklich war, in ihr eine ebenbürtige Gesprächspartnerin zu haben, schaltete den Ton des Fernsehers ab und erklärte seine Theorie über die Vormachtstellung der Genetik innerhalb der Wissenschaft und die Vernachlässigung der Forschung in der Physiologie, der Lehre von den Lebensvorgängen. In seinen Augen ein »wahrer Skandal«, »Blindheit«, eine »Sackgasse« ... Cyrille kannte seine Argumente, denen sie im Übrigen beipflichtete. Während sie ihm zuhörte, aß sie ihr Brot und warf ab und zu einen Blick auf die Mattscheibe. Der Moderator, der aussah wie Barbies Freund Ken, verkündete mit ernster Miene ein neues Thema. Ein Reporter stand vor einem Pariser Mietshaus. Cyrille hörte plötzlich ihrem Mann nicht mehr zu, sondern starrte wie gebannt auf den Fernseher. Als Benoît es bemerkte, erklärte er:

»Ah, darüber haben sie schon berichtet. Man hat eine Wohnung voller Katzen mit ausgestochenen Augen gefunden. Anscheinend ist der Täter ein Voodoo-Anhänger.«

Cyrille griff nach der Fernbedienung und stellte den Ton lauter. Es wurde nur das Treppenhaus von Julien Daumas' Gebäude gezeigt, die Journalisten hatten offenbar keine Genehmigung bekommen, im Inneren zu filmen.

»Der Mieter dieser Wohnung, dessen Namen die Polizei nicht bekanntgeben will, ist seit mehreren Tagen nicht mehr gesehen worden. Er soll einen Mann, der anonym bleiben möchte, angegriffen und ihm ein Auge ausgestochen haben.«

Cyrille spürte, wie ihr ein eiskalter Schauder über den Rücken lief. Sie erstarrte. Eine Dame war zu sehen, der Untertitel stellte sie als Sprecherin des Tierschutzvereins vor. »Wir werden Anzeige wegen Tierquälerei erstatten«, versicherte sie. Mit dieser Aussage war der Bericht, der kaum eine Minute gedauert hatte, abgeschlossen. Der Moderator kam auf einen Skandal in der Redaktion des Guide Michelin zu sprechen.

Cyrille Blake erhob sich, versuchte, das Zittern ihrer Hände zu unterdrücken, und trug das Tablett in die Küche. Sie musste sich auf der Spüle abstützen, weil ihr plötzlich schwindelig war. *Jetzt ist es passiert. Wenn sie nichts Besseres finden, werden sich morgen alle Journalisten auf das Thema stürzen, und dann bin ich geliefert. Sie werden Daumas' Leben unter die Lupe nehmen und bis zu seinem Arzt, das heißt, bis zu mir, zurückverfolgen. Seine Einweisung nach Sainte-Félicité, und wieder stoßen sie auf mich. Wenn Anklage erhoben wird, werde ich aussagen müssen. Eine wunderbare Werbung für das Zentrum ... Das wäre das Ende.* »Cyrille Blake, unfähig, ihn zu heilen, außerstande, auszusagen, da sie seine Anamnese vergessen hat, Cyrille Blake, in deren Klinik Psychopathen ein und aus gehen.« *Alle Patienten werden das Zentrum schlagartig verlassen.*

Benoît hustete im Wohnzimmer.

Und Benoît ... der Nobelpreisträger! »Verheiratet mit einer Ärztin, die unter Amnesie leidet, die Fehler über Fehler gemacht hat und gefährliche Geisteskranke frei herumlaufen lässt.«

Ich werde mit ihm über die Ursache meines Problems reden müssen. Die Polizei wird aufkreuzen und mich verhören. Alle werden erfahren, dass ich nicht mehr in der Lage bin, meiner Position gerecht zu werden, weil ich in meiner Jugend ...

Cyrille richtete sich auf. Die Angst, alles zu verlieren, mittellos dazustehen und öffentlich gerichtet zu werden, bereitete ihr solche Magenkrämpfe, dass sie sich fast übergeben musste. Sie deckte den restlichen Schinken und Käse mit einer Frischhaltefolie ab und schob beides in den Kühlschrank.

Sie stellte ihren Teller in die Spülmaschine, leerte das Glas ins Spülbecken und wusch es ab. Dann räumte sie das Tablett weg und säuberte den Tisch. Mit einem Schwamm wischte sie über die Kühlschranktür und die Platten des Induktionsherdes. Sie nahm die Geschirrtücher, faltete sie auseinander und sorgsam wieder zusammen und stapelte sie anschließend fein säuberlich in dem kleinen Regal.

Ich werde alles unter Kontrolle behalten und eine Lösung finden. Ich muss ...

Sobald sie sich etwas gefasst hatte, kehrte sie ins Wohnzimmer zurück.

»Ich gehe schlafen, Liebling, ich bin hundemüde.«

Ohne ihrem Mann Zeit zum Antworten zu lassen, ging sie ins Badezimmer und schloss sich ein. Zwanzig Minuten später lag sie starr vor Entsetzen, das Nachthemd bis obenhin zugeknöpft, die Arme neben dem Körper ausgestreckt, im Bett.

Sie war dreizehn Jahre alt und im Schlafsaal des Internats. Blonde Zöpfe umrahmten ihr tränenüberströmtes Gesicht. In dem großen Raum belegte sie eines der fünfzehn Betten, von der Badezimmertür aus gesehen das zweite. Würden die Biester der 5B sie heute Nacht in Ruhe lassen? Oder hatten sie wieder einen gemeinen Streich auf Lager? Ein nasser Waschlappen oder Quark auf dem Kopfkissen, das ging ja noch. Aber tote Tiere im Bett ... zunächst waren es Fliegen, Küchenschaben und Regenwürmer gewesen, aber dann war die Sache ausgeufert. Und in der vorletzten Nacht war sie aufgeschreckt, weil etwas Nasses, Weiches ihren Hals berührte. Sie hatte geschrien. Eine Maus! Angewidert hatte sie sie weit von sich geschleudert. Sie verabscheute ihre Mitschülerinnen.

Sechsundzwanzig Jahre später fühlte sich Cyrille weder stärker noch selbstbewusster. Sie begnügte sich damit, die

Vergangenheit in eine Schublade zu räumen, in der sie für immer hätte bleiben sollen, und konzentrierte sich auf ihr aktuelles Problem. Cyrille sah zur Decke. Ihre einzige Hoffnung war, Zeit zu gewinnen, um einen Termin bei Professor Arom zu bekommen. Außerdem musste sie so viel wie möglich über die Krankenakte Daumas' in Erfahrung bringen, um eventuelle Fragen der Polizei beantworten zu können. Doch diese Akte war verschlüsselt.

Als Benoît ins Bett kam, stellte sie sich schlafend. Durch die Seide ihres Nachthemds hindurch streichelte er ihren Bauch und ihre Brüste, in der Hoffnung, ihr Verlangen zu entfachen. Cyrille drehte sich auf die Seite und wandte ihm den Rücken zu. Sie wusste, dass sie das genaue Gegenteil von dem tat, was sie eigentlich hätte tun sollen, und auch als er ihr Ohrläppchen küsste, rührte sie sich nicht vom Fleck. Er presste seinen Körper gegen den ihren, und sie unterdrückte ein Schluchzen.

»Was ist los, mein Liebling? Wenn es wegen neulich abends ist, dann schwöre ich dir, nie wieder so aggressiv zu dir zu sein. Ich hatte eine furchtbare Wut auf Tardieu. Ich habe nachgedacht, du hast recht, dieser ganze Kampf ist albern, möge der Beste gewinnen. Bist du mir noch böse?«

Cyrille schüttelte den Kopf, ein Kloß in ihrem Hals hinderte sie daran zu sprechen.

»Sag mir, was los ist. Du kannst mir alles sagen, und ich bringe es für dich in Ordnung.«

Cyrille, die noch nicht so weit war, fühlte sich hilfloser denn je.

»Der Typ, der die Katzen gequält hat ... Ich kenne ihn«, stieß sie in einem Atemzug hervor.

Benoît hörte auf, sie zu streicheln.

»Wie bitte?«

»Es ist Julien Daumas, der, den ich ›vergessen‹ habe.«

Benoît stützte sich auf einen Ellenbogen und sah sie finster an.

»Der Pseudologe?«

»Er lügt nicht, ich habe ihn wirklich behandelt. Das hat mir der Chefkrankenpfleger bestätigt.«

»Wer?«

»Nino Paci.«

»Paci, ja, der Name sagt mir etwas.«

»Ihn habe ich wohl auch mehr oder weniger vergessen, denn offenbar waren wir früher Freunde.«

Blake setzte sich auf und fuhr sich mit der Hand durchs Haar.

»Daumas hat diese Tiere enukleiert?«

»Ja.«

»Woher weißt du das? Hat er dir das während einer Sitzung gesagt? Du weißt ebenso gut wie ich, dass es Leute gibt, die sich gewisser Taten bezichtigen, die sie nicht begangen haben.«

»Ich habe die Katzen mit den ausgestochenen Augen bei ihm gesehen.«

Auf dieses Geständnis folgte Totenstille, dann plötzlich ein rauer Aufschrei.

»Bei ihm? Wie bei ihm?«

»Er hat mir seinen Wohnungsschlüssel gegeben, um mich dorthin zu locken.«

Blake knipste die Nachttischlampe an und starrte seine Frau an.

»Und du bist hingegangen ... Bist du total verrückt?«

Benoît war nicht klar, welch vernichtende Wirkung seine Worte auf Cyrille hatten. Sie richtete sich ebenfalls auf, kreidebleich und mit feuchten Augen. *Ich bin verrückt, er hat recht.*

»Es war eine Verkettung unglücklicher Umstände.«

»Bist du noch bei Verstand? Das ist gegen jedes Prinzip

unseres Berufsstandes! Er hätte dich umbringen können!«

»Das ist nicht das Problem, Benoît. Es ist viel schlimmer: Er ist verschwunden!«

»Da kann man nur sagen, umso besser! Sollen sie ihn doch einsperren, Schluss aus! Jetzt reicht es aber mit den Dummheiten. Ich warne dich, um solche Patienten kümmerst du dich ab sofort nicht mehr. Dein Zentrum ist für gesunde Menschen, die Verrückten und Durchgeknallten gehen dich nichts an.«

Cyrille atmete tief durch. Eine tonnenschwere Last drückte auf ihre Brust und nahm ihr die Luft. Die Worte, die sie jetzt aussprechen würde, könnten eine ungeahnte Kettenreaktion auslösen.

Hätte ihr Mann die Fähigkeit zur Empathie, wäre die Erklärung nicht so schwierig, und sie müsste nicht jedes Wort auf die Goldwaage legen.

»Dieser Typ, wie du sagst, war einer meiner Patienten in Sainte-Félicité.«

»Das hast du mir schon gesagt. Na und?«

»Ich konnte mich nicht an ihn erinnern.«

»Ja, und weiter?«

Benoît regte die schleppende Erzählweise seiner Frau auf. Er wollte das Problem regeln, und zwar schnell. Sein rechter Fuß wippte nervös unter der Decke.

Schließlich sah Cyrille ihn an und bemerkte seine Gereiztheit.

»Mit anderen Worten, ich habe bestimmte Phasen meines Lebens vergessen, vielleicht sind es sogar mehr, als ich vermute.«

»Was willst du damit sagen?«

Cyrille schwitzte unter ihrem Nachthemd.

»In Bangkok im Jahr 2000, erinnerst du dich, als ich...«

»Wie könnte ich das vergessen! Du meinst, als du ausgerissen bist?«

»Ja ... Weißt du, ich war wirklich total verloren, es könnte sein, dass ich damals Drogen geschluckt habe ...«

Benoît Blake schwieg eine Weile und sah seine Frau forschend an, um die Wahrheit in ihren Augen zu lesen.

»Was für Drogen, und wer hat sie dir gegeben?«

»Die Leute in einer Bar ... ich weiß nicht.«

Misstrauisch kniff Benoît die Augen zusammen.

»Und du hast mir nicht zufällig noch etwas anderes zu beichten?«

Cyrille zwang sich, ihn anzusehen und seinem Blick standzuhalten.

»Nein, nichts.«

»Verstehe. Gleich morgen bemühe ich mich um einen Platz in der Rothschild-Klinik für dich. Ich rufe Gombert an, den Neurologen. Du gehst stationär zu ihm, damit er alle nur erdenklichen Untersuchungen vornehmen kann. Wenn du irgendwelches Dreckszeug geschluckt hast, werden wir sehen, welche gesundheitlichen Folgen das hat. Du wirst die Klinik nicht verlassen, ehe man herausgefunden hat, wo dein Problem liegt und wie man es beheben kann. Ich werde alle Kollegen zu diesem Thema befragen.«

»Benoît, ich ... in drei Tagen fahre ich nach Bangkok.«

»Vergiss Bangkok, das ist unvernünftig.«

»Wie soll das gehen? Darauf haben wir das ganze Jahr hingearbeitet. Ich muss Meseratrol und unsere klinischen Ergebnisse im Rahmen der Behandlung von Traumata vorstellen. Der Verwaltungsrat verlangt, dass ich hinfahre, um PR-Arbeit zu machen. Ich gebe Interviews, zwei davon im Fernsehen. Und ich treffe auch einen Vertreter der Opferbetreuung, um eine eventuelle Partnerschaft zu besprechen, die uns bekannter machen könnte. Ich kann das nicht alles absagen. Es ist für das Zentrum elementar.«

»Du scheinst mir nicht reisefähig. Und es wäre nicht gut für dich, noch mehr Stress zu haben.«

Benoît schlug den besorgten Ton eines Arztes an, um seiner Frau ein unsichtbares, aber durchaus logisches Hindernis in den Weg zu legen.

Cyrille führte ein neues Argument an:

»Ich will dir nicht verschweigen, dass ich vorhabe, in Bangkok einen Neurologen des Brain Hospital aufzusuchen.«

Benoît runzelte die Stirn.

»Und wen, bitte?«

»Sanouk Arom.«

»Du hast einen Termin bei Arom ausgemacht? Wusste ich's doch, du bist wirklich total verrückt!«

»Was hast du denn gegen ihn?«

»Was ich gegen ihn habe? Er behandelt seine Patienten mit Elektroden, die er zufällig platziert. Ich will nicht, dass du dich in die Hände eines Scharlatans begibst, der nach dem Prinzip des wissenschaftlichen Empirismus arbeitet.«

In diesem Moment sah Cyrille rot.

»Und seine Arbeiten über die labilen Erinnerungen bei Mäusen, ist das vielleicht auch empirisch?«

Volltreffer. Benoît ballte vor Wut die Fäuste.

»Ich verbiete dir, zu diesem Kerl zu gehen, der garantiert deine Verzweiflung ausnutzen und dir sonst was vormachen wird.«

»Ich denke, ich verfüge noch immer über eine gewisse Kritikfähigkeit, was Behandlungsmethoden angeht«, erklärte Cyrille mit einem bitteren Lachen.

»Das glaube ich ganz und gar nicht. Wenn du wirklich bei Verstand wärst, hättest du nicht allein die Wohnung eines Psychopathen aufgesucht oder einen Termin bei Doktor Frankenstein ausgemacht.«

Und sie hatte mit dem Mitgefühl, dem Verständnis ihres Mannes gerechnet. *Fehlanzeige!* Wie immer wurde eine Machtprobe daraus. Benoît wollte, dass sie »seine

Lösung« akzeptierte, ohne eine andere in Betracht zu ziehen. Er hatte ihr gar nicht zugehört. In seinen Augen würde sie immer die kleine Studentin bleiben, die ungeschickt und unwissend war. Gerade gut genug, um einfache Fälle zu behandeln und ihn zu Galadiners zu begleiten. Plötzlich verabscheute sie ihn. Benoît sprang auf, verschwand im Badezimmer und kam mit einem Glas Wasser und einer Tablette zurück.

Besänftigend sagte er:

»Mein Liebling, du musst schlafen, ja? Morgen besprechen wir die Sache in aller Ruhe. Du wirst sehen, alles wird gut, ich kümmere mich um alles.«

Cyrille sah Benoît an, dann das Schlafmittel, das er in der Hand hielt. Verärgert nahm sie die Tablette, schob sie in den Mund und trank das ganze Glas Wasser aus, ohne ihren herausfordernden Blick von ihm abzuwenden.

»Du hast recht, es ist besser, zu schlafen, als mit dir zu diskutieren.«

Sie legte sich hin und zog die Bettdecke über den Kopf. Tränen der Wut tropften auf das Kopfkissen.

Bangkok

In dem *Phra Phum,* dem Geisterhäuschen am Ende des Gartens, verströmten die Räucherstäbchen ihren Moschusduft. Hier hatten die verblichenen Fotos und Porträts von Sanouk Aroms Eltern und Großeltern einen Platz gefunden. Es war dreizehn Uhr, der alte Professor legte die Hände unter dem Kinn zusammen und verbeugte sich. Am Morgen war er im Tempel gewesen. Nachdem er zu Buddha gebetet hatte, war er zu einem Weisen Mann gegangen, der die Zukunft vorhersagte. Er hatte einen zylinderförmigen Holzbecher mit zwanzig Stäbchen geschüttelt, bis eines herausgefallen war.

Es trug die geheimnisvolle Aufschrift »Du kannst deiner Vergangenheit nicht entfliehen«. Sanouk Arom war Wissenschaftler und machte sich gerne über den Volksglauben lustig. Doch diese auf magische Weise übermittelte Nachricht hatte ihn eigenartig berührt. Bevor er nach Hause ging, kaufte er als Glücksbringer ein aus gelben und blauen Bändern geflochtenes Amulett und ein Bildnis des Buddha.

Er hatte dreißig Jahre im Ausland gelebt – fünfundzwanzig in den USA und fünf in Frankreich – und war stolz auf seinen Lebenslauf. All seine Diplome und lobenden Erwähnungen waren in seinem Büro im Brain Hospital of Bangkok aufgehängt, zu dessen führenden Ärzten er gehörte. Das war seine Sicherheit, der Zugangscode für sein öffentliches Auftreten und für die vielen Vorträge, die er bei großen Kongressen hielt. Seit seiner Operation, die ihm zwar das Leben gerettet, aber seine linke Gesichtshälfte gelähmt hatte, war sein Ansehen noch gestiegen. Eigenartigerweise hatte ihm seine Behinderung den Respekt seiner Kollegen eingebracht und ihm den Ruf eines Weisen verliehen, der aus seiner Krankheit gestärkt hervorgegangen war. Er erhob sich, ging nach Hause und ließ sich von seiner Frau die Wasserpfeife und seine Tropfen bringen, ohne die er nicht mehr auskommen konnte. Er zog seine Schuhe aus und nahm auf dem Diwan Platz. Heute hatte er seinen freien Tag. Er schlug die Akte der an Gedächtnisschwund leidenden Kinder auf, die unter seltsamen Umständen im Süden des Landes gefunden worden waren. Dann zog er an seiner Schischa und seufzte. Wer würde sich um sie kümmern, wenn er nicht mehr lebte? Er dachte an Doktor Blake, und sein Blick verlor sich in der Ferne seines Gedächtnisses. »Du kannst deiner Vergangenheit nicht entfliehen.«

26

12. Oktober

Cyrille Blake lief barfuss über den weichen Teppichboden. *Wie spät ist es?* Sie hatte nicht die geringste Ahnung, aber hinter den Fensterläden war es noch dunkel. Sie hatte tief und fest geschlafen, so als wäre sie in einem kalten Schacht versunken, und war jetzt noch immer leicht benommen. *Wo ist denn mein Nachthemd?* Sie war nackt. Sie tastete sich zur Badezimmertür vor, öffnete sie und setzte sich, ohne Licht zu machen, auf die Toilette. Die Augen halb geschlossen, glaubte sie, tanzende Schatten um sich wahrzunehmen. Nachdem sie sich erleichtert hatte, erhob sie sich, um ins Bett zurückzugehen, doch plötzlich wurde ihr bewusst, dass sie Hunger hatte, einen Bärenhunger. Sie sah den Parmaschinken und den Käse im Kühlschrank vor sich, und das Wasser lief ihr im Mund zusammen. Sie schlüpfte in ihren Bademantel und öffnete leise die Tür zum Flur. Draußen war es stockfinster. Cyrille tastete sich über den Gang zum Wohnzimmer, das ebenfalls im Dunkeln lag. Sie hatte das Gefühl zu schweben. Trotz ihres Bademantels fröstelte sie. Sie fragte sich erneut, warum sie nackt aufgewacht war. Ihre rechte Hand stieß gegen das thailändische Regal und glitt dann liebkosend über die steinerne Buddhastatue, die sie aus Indonesien mitgebracht hatten. *Wer hat denn die Jalousien heruntergelassen?* Sicher Benoît, er wurde morgens nicht gerne vom Licht gestört. Sie meinte Schatten wahrzunehmen, die ihre Beine und ihr Gesicht streiften. Es herrschte Totenstille, und ihr war unheimlich zumute. Dann sagte sie sich, wie dumm es war, in ihrem Alter Angst vor der Dunkelheit zu haben. Die Hände vor sich ausgestreckt, um nicht gegen das Sofa oder die Kante des Glastisches zu stoßen, tappte sie durchs Wohnzimmer. Sie steuerte die Lampe mit dem chinesischen Schirm rechts neben dem Sofa an, deren Licht gedämpft war.

Plötzlich vernahm sie einen Klagelaut. Er kam von der Couch. Ihre Hand glitt über das Kabel, suchte nach dem Schalter und betätigte ihn.

Vor dem Sofa ausgestreckt lag ihr Kater, so, als wolle er sich den Bauch von der Sonne wärmen lassen. Aber die Sonne schien nicht, und dies war auch nicht sein normaler Schlafplatz.

Cyrille kniete sich neben ihn. »Alles in Ordnung, Astor?«, fragte sie. Die Katze bewegte den Kopf ein wenig und hob die Augen zu ihr. Die blauen Pupillen würden nie wieder das Licht des Tages sehen. Geronnenes Blut klebte in den Höhlen.

Cyrilles Schrei zerriss die Stille.

*

Bis Benoît aus dem Bett gesprungen war und seine Frau erreicht hatte, war Astor tot. Er hatte zu viel Blut verloren, als dass man ihn noch hätte retten können.

Eine Viertelstunde später saß Cyrille stumm und wie erstarrt auf dem Sofa. Ihre Hand ruhte auf dem noch warmen Körper ihres Katers, der in ein Badetuch gewickelt war.

Ihr Blick war in die Ferne gerichtet, ihr Gesicht drückte eher Zorn als Erschöpfung aus. Sie überlegte, ohne sich zu rühren oder ein Wort zu sagen. Als sie das Blut vom Teppich entfernen wollte, hatte ihr Mann sie zurückgehalten.

»Fass nichts an, ich rufe meinen Pokerpartner Yvon Maistre an, der ist Inspektor bei der Kripo des siebten Arrondissements. Wenn es Fingerabdrücke von Daumas gibt, müssen die festgehalten werden, damit man ihn hinter Gitter bringen kann.«

Langsam begann sie zu begreifen, was passiert war und was das bedeutete.

Daumas war nicht mehr nur ein Patient in ihrem Zentrum, der eine neurotische Beziehung zu seiner Ärztin hatte. Er war in dieser Nacht in ihrer Wohnung gewesen, ohne dass sie etwas gehört hatten. Aus dem beruflichen Problem war ein privates geworden. Ihr Magen krampfte sich zusammen. Sie ließ den Blick durchs Zimmer schweifen, als würde sie es zum ersten Mal sehen, und überlegte, wie dieser Dreckskerl hier eindringen konnte.

»Die Tür war abgeschlossen, die Fensterläden waren zu. Wie ist er hereingekommen?«, fragte sie.

Plötzlich war ihr die Antwort klar.

»Natürlich, die Verbindungstür.«

Cyrille warf ihrem Mann einen finsteren Blick zu. Sie sprang auf, ließ Astor auf dem Sofa zurück und lief zur Vorratskammer.

»Mein Gott, bin ich blöd!«, rief sie.

»Was hast du, wo willst du hin?«

»Das wird sie mir büßen, das wird sie mir büßen!«

»Cyrille, was machst du?«

Sie war nicht erstaunt, dass die Verbindungstür offen war, und rannte die Stufen zu Marie-Jeannes Zimmer hinauf. Sie trommelte an die Tür, so als würde sie auf einen Boxsack einprügeln.

»MACH AUF! Hörst du, Marie-Jeanne, mach sofort auf!«

Keine Antwort.

»Mach auf, oder ich schlage die Tür ein! Ich weiß, dass du mit diesem Mistkerl da drinnen bist. AUFMACHEN!«

Marie-Jeanne öffnete, verschlafen und mit wirrem Haar.

»Was soll denn dieser Aufruhr? Was ist los?«

»Wo ist er?«, brüllte Cyrille.

Ihre Nichte sah sie aus großen Augen an.

»Daumas!«

Marie-Jeanne war mit einem Schlag hellwach.

»Warum sollte er hier sein?«

Cyrille war außer sich. Sie stieß Marie-Jeanne beiseite und drängte sich in das Zimmer. Mit einem Blick sah sie, dass es leer war.

»Wo ist er?«

Nur wenige Menschen hatten Cyrille Blake je wütend erlebt, und niemand hatte je mitbekommen, wie sie die Fassung verlor. Marie-Jeanne starrte ihre Tante an wie eine Außerirdische.

»Bitte beruhige dich, Cyrille, ich verstehe kein Wort. Wen suchst du und warum?«

»Frag mich nicht, du weißt es ganz genau. Dieser Irre ist bei uns eingedrungen und hat ... Astor getötet.«

Cyrilles Stimme erstarb, sie ließ sich auf Marie-Jeannes Bett fallen. Benoît setzte sich neben sie, legte den Arm um sie und bedachte seine Nichte mit anklagenden Blicken. Marie-Jeanne blieb völlig ruhig und beherrscht und verschränkte die Arme vor der Brust.

»Astor ist tot?«

Cyrille schniefte.

»Daumas hat ihm die Augen ausgestochen ... ja, er ist tot.«

»Ich begreife das nicht. Warum sollte Daumas das getan haben, und warum vermutest du ihn hier?«, fragte Marie-Jeanne aggressiv.

»Sprich bitte in einem anderen Ton mit deiner Tante«, unterbrach Benoît sie schroff, »und erklär uns, was los ist.«

»Daumas ist krank und braucht Hilfe«, sagte Cyrille mit schwacher Stimme. »Er sammelt die Augen verstümmelter Tiere. Und er kann nur über die Verbindungstür in unsere Wohnung gelangt sein.«

Marie-Jeanne hörte skeptisch zu.

»Wenn er hier gewesen wäre, hätte ich ihn bemerkt. Aber ich habe weder etwas gesehen noch gehört.«

»Wie hat er es dann angestellt?«, fragte Benoît.

Angesichts der Bestimmtheit ihrer Nichte geriet Cyrilles Überzeugung ins Wanken. Schließlich erhob sie sich. Benoît nahm sie voller Mitgefühl beim Arm.

»Es gibt in jedem Fall eine logische Erklärung. Die Polizei wird sie finden. Komm jetzt.«

Er drückte seiner Frau einen Kuss aufs Haar und zog sie zur Tür. Sie wirkte verstört und verloren.

Eine Stunde später machte Benoît in der Küche Frühstück. Er hatte alles auf den Tisch gestellt, was Cyrille Freude bereiten könnte, und zwei große Scheiben Brot dick mit Marmelade bestrichen. Cyrille kam angezogen und geschminkt herein, doch unter dem Make-up erriet man ihre Blässe und die Schatten unter ihren Augen.

»Willst du wirklich heute Morgen zur Arbeit gehen?«

Cyrille nickte.

»Ich habe keine Lust, hier herumzusitzen.«

Angesichts der Bemühungen ihres Mannes zwang sie sich zu einem kleinen Lächeln. Sie frühstückten schweigend, außerstande, miteinander zu reden.

Als sie aufbrach, begleitete Benoît sie zur Wohnungstür. Er legte die Arme um ihre Schultern und versuchte, ihr Mut zu machen.

»Ich kümmere mich um die Polizei. Versuche, in der Klinik all das zu vergessen.«

Er zog sie an sich.

»Entschuldige wegen gestern Abend. Ich liebe dich und mache mir Sorgen.«

»Ich weiß, Benoît«, entgegnete Cyrille zärtlich. »Ich liebe dich auch.«

Sobald sie am Steuer ihres Wagens saß, bekam sie zwei SMS von ihm. »Vergiss nchit, du und ich, das sit fürs Leben«, hieß es in der Ersten. Die Zweite war anderer Natur: »Hatte Maistre am Fontele. Schickt heute Vorttimag Beamten vorbei.« Cyrille fühlte sich erleichtert. Die Polizei würde diesen Irren erwischen.

In der Klinik erwartete sie eine schlechte Neuigkeit. Die bedingte Zulassung des Meseratrols würde im kommenden Jahr unter Umständen nicht verlängert werden. Die zuständige Behörde hatte in einem Schreiben angedeutet, die Wirkung bei den Patienten sei im Vergleich zu fluoxetinhaltigen Antidepressiva nicht überzeugend genug, um das Medikament weiterhin auf dem Markt zu lassen.

Einen Becher Milchkaffee in der Hand, erwartete Mathias Mercier sie in ihrem Büro. Sie war nicht sonderlich erstaunt, ihn dort anzutreffen.

»Schöne Bescherung!«, erklärte er statt einer Begrüßung.

Cyrille seufzte.

»Ich verstehe nicht, wie das passieren konnte, das heißt, im Grunde verstehe ich es nur allzu gut. Wir haben es mit der Lobby der Antidepressiva-Hersteller zu tun.«

Sie legte ihre Tasche und ihren Trenchcoat auf den Schreibtisch. Schweigend schloss sie die Tür und ging zur Kaffeemaschine, um sich einen doppelten Espresso zu machen.

»Geht es Ihnen gut?«, fragte Mercier.

»So gut, wie es unter den gegebenen Umständen möglich ist ...«

Die Frau, die Mercier vor sich sah, war bleich, ihr Gesicht angespannt, und unter ihren Augen lagen dunkle Schatten.

»Sie sehen müde aus.«
»Bin ich auch.«
»Was machen wir jetzt?«
»Wir lassen die Dinge auf uns zukommen.«
Mathias Mercier lehnte sich zurück.
»Wir müssen eine neue Studie über Meseratrol herausbringen, um die Argumente zu entkräften, sonst ...«
»Ja, ich weiß«, fiel ihm Cyrille ins Wort. »Sonst sind wir unsere Investoren los. Aber eine neue Studie kann man nicht so einfach aus dem Hut zaubern. Es wird mindestens ein Jahr dauern, bis sie beweiskräftige Ergebnisse liefert.«
»Dann sollten wir eine Verteidigungsstrategie entwickeln.«
Cyrille trank ihren Kaffee in kleinen Schlucken. Die Spirale der dramatischen Ereignisse zog sie in einen Abgrund. Für den Fall einer Ablehnung musste sie sich dringend eine Vorgehensweise ausdenken. Dazu musste sie all ihren Einfluss geltend machen. Sie überlegte. Mercier wartete, dass seine Chefin mit ihm sprechen oder ihn verabschieden würde.
Schließlich setzte sich Cyrille Blake an ihren Schreibtisch und erklärte mit fester Stimme:
»Zunächst werde ich das ganze Ärzteteam zu einer Sitzung einberufen. Wir müssen uns die Statistiken vornehmen, um für alle Fragen gewappnet zu sein. Ansonsten geben wir keine Erklärungen ab, sondern bleiben zurückhaltend und solidarisch. Nur keinen Staub aufwirbeln. Im Moment beschränken wir uns auf die verstärkte Suche nach neuen Kandidaten für die Studie und warten ab, bis wir mehr wissen. Sagen Sie bitte allen, die es betrifft, Bescheid.«
Mercier lächelte zum ersten Mal an diesem Tag. Dr. Blake hielt noch immer die Zügel in der Hand.
Um acht Uhr fünfzehn dachte Cyrille kurz über ihre

Probleme nach. Noch nie hatte sie sich in einer so prekären Situation befunden. Sie hatte Phasen ihres Lebens vergessen und die Dinge nicht mehr im Griff. Was hatte sie wann und mit wem getan? Und was, wenn sie in einigen Tagen aufwachen würde und sich nicht mehr an das erinnern könnte, was sie jetzt gerade tat? Wer würde ihr helfen? Sanouk Arom?

Zehn Minuten später klopfte es an der Tür. Marie-Jeanne steckte den Kopf ins Zimmer. Cyrille bedeutete ihr einzutreten. Benoîts Nichte war braver gekleidet als gewöhnlich: Sie trug einen orangefarbenen Pullover mit Stehkragen und eine schwarze Jeans, keinen Schmuck. Sie war nur wenig geschminkt und hatte ihre rote Mähne zu einem Knoten zusammengefasst.

»Geht es dir besser?«, fragte sie.

Es gefiel Cyrille, dass sie direkt zur Sache kam.

»Setz dich bitte.«

Marie-Jeanne gehorchte. In ihren Augen las Cyrille dieselbe Besorgnis wie in denen von Benoît.

»Es geht mir gut, Marie-Jeanne. Ich entschuldige mich dafür, dass ich heute Früh in dein Zimmer eingedrungen bin, aber die Verbindungstür war die einzige Möglichkeit für Daumas, in unsere Wohnung zu gelangen, und für einen Moment habe ich geglaubt – versteh mich bitte richtig, ich stand unter Schock –, du hättest ihn hereingelassen. Ich hoffe, die Polizei wird eine Erklärung finden.«

Marie-Jeanne kaute auf ihren Nägeln.

»Du scheinst davon überzeugt zu sein, dass er es war.«

»Aber natürlich, nur Daumas ist in der Lage, so etwas zu tun. Und im Gegensatz zu unserer Vermutung hat er Paris nicht verlassen. Ich habe ihn gestern hier im Viertel gesehen.«

Marie-Jeanne erhob sich.

»Na ja, ich habe jedenfalls nichts damit zutun. Wenn es dir recht ist, gehe ich wieder an die Arbeit.«

*

Um neun Uhr dreißig betrachtete Cyrille nachdenklich den Bildschirm ihres Computers, ohne sich zur Arbeit motivieren zu können. Mit den Zähnen riss sie ein abstehendes Stück von ihrer Nagelhaut ab, die zu bluten begann. Sie saugte an der Wunde. Im Grunde wartete sie auf Benoîts Anruf, um die Ergebnisse der Ermittlungen zu erfahren. Ein Außenstehender musste ihr erklären, wie dieser Irre eingedrungen war, sonst würde sie keinen Fuß mehr in die Wohnung setzen und schon gar nicht dort schlafen können.

Um zehn Uhr dreißig hatte das Telefon noch immer nicht geklingelt. Cyrille fragte sich, ob Marie-Jeanne vielleicht die Anrufe abfing, kam sich aber gleich darauf lächerlich vor. Warum sollte sie?

Um elf Uhr dreißig begann die Besprechung mit ihrem Ärzteteam. Maryse Entmann brachte die Behandlung leichter psychischer Störungen mit Meseratrol zur Sprache. Cyrille bemerkte, dass die Psychoanalytikerin gegenüber den anderen eine starre Haltung einnahm. Eine Haltung, die in dem Augenblick, da sich das Medikament auf dem Prüfstand befand, nicht gerade angebracht war. Sie baute eine Gegenfront auf. *Will sie meinen Platz?*, fragte sich Cyrille.

Nach Ende der Sitzung kaufte sie sich in einem Café gegenüber dem Kinderkrankenhaus Necker etwas zum Mittagessen. Es tat ihr gut, sich die Beine zu vertreten und die feuchte Luft zu spüren. Im Hof sah sie einen Jungen von zehn, elf Jahren, der im Rollstuhl saß und am Tropf hing. Sie schämte sich. *Was ist im Vergleich zum Leiden dieses Jungen schon schlimm an einer lakunären*

Amnesie? Bedrückt ging sie in ihr Büro zurück, wo sie ohne Appetit ihr Sandwich aß.

Um dreizehn Uhr hielt sie es nicht mehr aus und rief Benoît an. Sie geriet an den Anrufbeantworter. Ihr iPhone vibrierte in ihrer Manteltasche. Das Display zeigte keine Nummer an. Sie nahm das Gespräch an.

»Benoît?«

»SOS verlorene Spießbürgerin?«

Cyrille lächelte. Sie hätte nicht gedacht, dass sie sich so freuen würde, seine Stimme zu hören.

»Nino! Bist du mir nicht mehr böse?«

»Keine Zeit! Was tust du in den nächsten zwei Stunden? Bist du beschäftigt?«

»Ich muss die Planung für die kommende Woche machen.«

»Ich stehe unten vor der Tür. Nimm deinen Mantel und deine Tasche, ich warte auf dich.«

Cyrille runzelte die Stirn.

»Was hast du vor?«

»Das wirst du sehen. Ich störe dich nicht grundlos.«

»Das denke ich mir.«

»Cyrille?«

»Ja?«

»Nimm deinen Arztkittel mit.«

27

12. Oktober

Die weißen Kittel und Namensschilder wirkten beim Pflegepersonal der Klinik in Garches wahre Wunder. Clara Marais saß an einem Werktisch und bastelte kleine Tiere. Unermüdlich fädelte sie die winzigen bunten Plastikperlen auf den Nylonfaden. Sie liebte diese entspannende Arbeit. Und sie, die sonst so ungeschickt war, machte ihre Sache sehr gut. Sie sah zwei unbekannte Ärzte, einen Mann und eine Frau, auf sich zukommen. Die beiden zogen sich Stühle heran und nahmen ihr gegenüber Platz. Er sah aus wie Dr. Kovac aus der Fernsehserie *Notarzt* – zwar nicht ganz so attraktiv, aber trotzdem. Sie wirkte elegant und schick, aber sehr freundlich. Seit sie hier im Krankenhaus war, hatte Clara dreizehn Kilo zugenommen, denn die Medikamente wirkten appetitanregend. Sie fand sich abstoßend, ihre Haut war fettig und pickelig wie bei einem Teenager, ihr dünnes schwarzes Haar klebte am Kopf. Im Sitzen hatte sie das Gefühl, auf den Speckrollen ihres Bauchs zu ruhen. Und wenn sie sich im Vorübergehen in einem Spiegel sah, hatte sie den Eindruck, keinen Hals mehr zu haben. Als sich jetzt der gut aussehende Doktor an sie wandte, errötete sie.

»Guten Tag Clara, ich heiße Nino.«
»Guten Tag.«
»Ich bin Krankenpfleger!«
»Aha!«

Und dabei hätte sie schwören können, dass er Arzt war. Sie versteckte ihre Hände unter dem Tisch, so als hätte man sie auf frischer Tat ertappt. Die Frau, die sich als Ärztin vorstellte, lächelte ihr beruhigend zu. Clara hatte Vertrauen.

»Ich war gestern bei deiner Mutter, und die hat mir gesagt, wo ich dich finden kann. Wie geht es dir?«, fragte Nino.

Clara blinzelte. Sie hatte ihre Mutter schon lange nicht mehr gesehen. Beim letzten Mal hatten sie sich gestritten, aber sie konnte sich nicht mehr erinnern, warum.

»Gut.«

»Hier, das habe ich dir mitgebracht.«

Nino zog drei kleine Fläschchen »Smoothies«-Fruchtsaft und eine kleine Schachtel guter Schokoladenbonbons aus seiner Tasche. Cyrille sah auf die Geschenke und lobte innerlich die Feinfühligkeit des Krankenpflegers.

»Das ist gut fürs Gemüt und hat viele Vitamine für die Gesundheit.«

Clara Marais schielte auf die Schokolade.

»Darf ich?«

Sie zog die Hände unter dem Tisch hervor, öffnete das blaue Band und schob ein Bonbon in den Mund. Sie lächelte. Sie hatte ihrer Zimmernachbarin Nadia eine unglaubliche Geschichte zu erzählen.

»Wir sind hergekommen, Clara, weil ich in Sainte-Félicité arbeite und eine kleine Umfrage über die Qualität der Behandlung dort durchführe.«

Bei der Erwähnung der psychiatrischen Klinik zeigte Clara keine Reaktion, so als hätte sie den Namen nie gehört. Sie lutschte ihr Schokoladenbonbon und fädelte weiter ihre Perlen auf.

»Du kennst doch Sainte-Félicité, nicht wahr?«

»Natürlich, ich habe ja einige Zeit dort verbracht.«

Sie hatte das ruhig und unbeteiligt gesagt. Nino hatte mit allem Möglichen gerechnet, aber nicht mit dieser Reaktion. Auch Cyrille konnte es nicht glauben.

»Weißt du, warum du dort warst?«, fragte sie.

Clara hob flüchtig den Blick zu ihr und konzentrierte sich dann wieder auf ihre Perlen.

»Weil ich mir die Pulsadern aufgeschnitten habe und meine Eltern nicht wollten, dass ich sterbe ... Das vermute ich zumindest.«

Sie brachte die beiden Sätze leicht ironisch lächelnd hervor. Sie hatte keine Schwierigkeiten, über ihre Probleme zu sprechen. Es machte ihr offenbar nicht mehr aus, als übers Wetter zu reden oder über die Geschichten, die sie in der Zeitschrift *People* las, denn das war etwas, was man seit Jahren jeden Tag von ihr wissen wollte: Warum sie sich unnütz, hässlich und ungeliebt fühlte, warum sie oft den Wunsch hatte, aus dem Fenster zu springen ... Seltener fragte man sie nach der Freude, die sie empfand, wenn sie Barbara sang, deren gesamtes Repertoire sie beherrschte. Die Sängerin gehörte zwar der Generation ihrer Eltern an, doch ihre Chansons berührten sie sehr. Und niemand hatte sich nach den Schauspielern erkundigt, für die sie schwärmte, nach ihren Träumen.

»Und ging es dir bei deiner Entlassung aus Sainte-Félicité besser?«

»Ah ja, das kann man nicht anders sagen.«

Sie lachte, und Nino sagte sich, dass dieses fröhliche Lachen ein eigenartiger Kontrast zu ihrem ungepflegten Körper war.

»Und wie fühlst du dich jetzt?«, fuhr Cyrille fort.

Clara kniff die Augen zusammen und fädelte drei blaue Perlen auf, die den Schwanz des Krokodils bilden würden.

»In meinem Kopf war ich leicht wie eine Feder. Alles schien mir wieder möglich, eine richtige Wiedergeburt.«

»All deine Probleme waren gelöst?«

»Ja, das kann man durchaus behaupten, sie waren wie weggeblasen.«

»Du bist also der Ansicht, dass du dort gut behandelt worden bist?«

»So gut es möglich war.«

Nino biss sich auf die Unterlippe.

»Du bist im April im Jahr zweitausend eingewiesen worden, ja?«

»Ich glaube schon. An Ostern. Ich war bis zum Ferienanfang Ende Juni dort. Danach bin ich mit meinen Eltern nach Spanien gefahren.«

»Und weißt du noch, welche Therapie du dort bekommen hast und wer dein Arzt war?«

»Der Chefarzt hieß Professor Manien. Was die Therapie angeht, so habe ich, wie alle anderen auch, Medikamente und psychiatrische Behandlung bekommen.«

Ninos Blick verfinsterte sich.

»Und das hat also gut geholfen?«

»Fantastisch ...«

Cyrille nahm ein Schokoladenbonbon.

»Und trotzdem bist du heute hier?«

Clara verknotete die beiden Nylonfäden am Schwanzende des Krokodils.

»Nach meiner Entlassung ging es mir wirklich gut. Das weiß ich genau, weil ich Tagebuch schreibe und dauernd notiert habe ›Alles ist super‹, ›Ich liebe das Leben‹ und solche Sachen. Nach dem Winter hat sich mein Zustand dann wieder verschlechtert. Und das ist von Jahr zu Jahr schlimmer geworden. Also komme ich in regelmäßigen Abständen hierher, um mich wieder zu fangen.«

»Weißt du, woran du leidest?«

»Sie sagen, es handele sich um eine bipolare Störung, das heißt, ich bin im Wechsel manisch und depressiv. Aber ich empfinde das nicht so.«

»Was meinst du denn?«

»Dass alles in Ordnung ist. Ja, insgesamt ist alles ganz okay.«

»Aber nicht immer?«

»Nein, nicht immer«, wiederholte sie und starrte auf einen Punkt hinter den beiden Besuchern.

Nino kratzte sich am Kinn.

»Entschuldige, dass wir dich mit unseren Fragen belästigen.«

»Nein, kein Problem.«

»Warum hast du dir damals die Pulsadern aufgeschnitten? Deine Mutter hat mir erzählt, dass du Krankenschwester werden wolltest. Stimmt das?«

Clara Marais zog die feingezupften schwarzen Augenbrauen hoch und blinzelte.

»Ich – Krankenschwester? Ich hasse Spritzen.«

»Aber deine Mutter hat gesagt, du hättest dich an der Schule für Kr...«

»Nein ... Ich habe mein Abitur gemacht und dann ... dann habe ich Jura studiert, glaube ich.«

»Aber warum wolltest du dich umbringen?«

Die junge Frau hüstelte.

»Das weiß ich nicht mehr. Vielleicht steht es einfach nur in meiner Krankenakte. Ich war damals jung. Ich habe es vergessen.«

Cyrille wurde blass.

»Du weißt nicht mehr, warum du Selbstmord begehen wolltest?«

»Genau ...«

Clara sah sie an. Wie sollte sie erklären, dass sie vergessen hatte, warum sie sterben wollte, und dass ihr dieses Wissen manchmal so sehr fehlte, dass sie mit dem Kopf gegen die Wand schlagen könnte. Sie hätte sich gewünscht, dass die beiden noch bleiben würden, aber sie spürte, dass sie erfahren hatten, was sie wissen wollten, und bald gehen und nicht mehr wiederkommen würden. Sie nahm ein neues Krokodil in Angriff, dieses würde schwarz mit weißem Bauch.

Cyrille Blake warf Nino einen Blick zu. Sie hatte eine Gemeinsamkeit zwischen Clara und Julien Daumas entdeckt.

Als sie in Ninos Polo saßen, schwieg Cyrille eine Weile und beobachtete die Leute, die über den breiten Boulevard gingen. Nino wagte kaum zu atmen, um ihre Überlegungen nicht zu stören. Plötzlich sagte sie:

»Julien Daumas erinnert sich nicht an die Ursache seines Traumas, Clara Marais weiß nicht mehr, warum sie Selbstmord begehen wollte ... Verdammt noch mal, das gibt es doch nicht!«

Nino zündete sich eine Zigarette an und öffnete das Fenster einen Spaltbreit. Cyrille fuhr fort:

»Man hat ihnen also Medikamente verabreicht, die in ihrem Gedächtnis die Ursache ausgelöscht haben, warum sie sich umbringen wollten.«

Cyrille trommelte nervös an die Scheibe.

»Das ist unglaublich!«

Nino ließ den Wagen an, nahm einen tiefen Zug aus seiner Zigarette und blies den Rauch aus dem Fenster.

»Vielleicht das besagte Geheimprogramm 4GR14?«, meinte er nachdenklich.

Cyrille, die weiterhin aus dem Fenster sah, sog diese Worte förmlich auf. Plötzlich drehte sie sich zu dem Krankenpfleger um.

»Hast du noch eine Stunde Zeit für mich?«

Sie hatte fast geschrien.

»Ja, ja.«

Cyrille wies ihm die Richtung nach Paris.

»Wir fahren nach Sainte-Félicité.«

Bis sie Paris über den Périphérique erreicht hatten und an der Porte Saint-Cloud herausfuhren, war es fast vierzehn Uhr dreißig. Cyrille hatte die ganze Fahrt über geschwiegen. Sie suchte nach möglichen Hinweisen, die ihren Ver-

Eigentum haben und für sich selbst wirtschaften. Der große Unterschied: Wer nicht verheiratet ist, hat keinerlei Ausgleichsansprüche im Fall einer Trennung, weder beim Vermögen durch den Zugewinnausgleich noch bei der Rente durch den Versorgungsausgleich. Wenn Paula pa...

EXTRA-TIPP
Über Kreuz versichern

Wenn bei Tod des Partners oder der Partnerin eine **Risikolebensversicherung** die Versicherungssumme an die hinterbliebene Person auszahlt, dann gilt dieses Geld als geerbt. Heißt also vor allem bei unverheirateten Paaren: Liegt der Betrag über 20 000 Euro, muss **Erbschaftsteuer** gez... werden. Das lässt sich einfach umgehen, indem m... sich über Kreuz versichert: Die Versicherungsnehmerin zahlt den Beitrag, schließt den Vertrag aber auf das Leben ihres Partners/ihrer Partnerin ab – und umgekehrt. So erhält sie die Todesfallsumme quasi aus ihrem eigenen Vertrag und muss **keine Steuern** darauf zahlen. Dieses Vorgehen ist auch verheirateten Paaren zu empfehlen.

PAULA, 32

Nicht verheiratet und ein Baby – wie regeln wir unsere Finanzen fair?

lich sind seit fünf

dadurch zu sehr in eine Richtung?
Struktur — oder verschiebt sich diese
Entscheidung, objektiv betrachtet, in die
möglensstruktur". Passt die geplante
den bedienen? Das Stichwort ist „Ver-
lich einen Kredit aufnehmen — kann sie
auszahlen möchte, muss sie wahrschein-
sie es behält? Wenn sie ihren Bruder
macht sie mit ihrem Elternhaus, wenn
bereits eine andere Immobilie? Was
gende Fragen beantworten: Besitzt sie
Wiebke sollte für sich ehrlich fol-
Vermögen auch gut aufteilbar sein.
vermieden worden. Aber dafür muss das
, dann wäre eine Erbengemeinschaft
, wer was bekommen
er Vermächtnis klar

Gericht. Ideal
die Mutter in
ganz

Beide bekommen ihr Gehalt
eigenes Konto und zahlen jeweils
zentual eine Konto und
in Gemeinschaftskon-
die laufenden K
Oder, Varia
ein Wertpapi
quasi als Gel
faktisch ein
hoch

SERIE

im Leben:
nung
ehalt Frauen

etwas aus
Kind da ist.
überbietende Partner
u,man später
haben ein Test
kauft oder nicht. Angen
1,2 Million Euro we
10 000 Euro auf

SAND

dacht erhärten könnten. Gefolgt von Nino, begab sie sich im Laufschritt zum Gebäude der medizinischen Fakultät. Sie liefen an der bröckelnden Fassade des Audimax Charcot entlang und betraten dann die Bibliothek.

»Willst du deine medizinischen Kenntnisse auffrischen?«, fragte Nino halb im Scherz.

Doch Cyrille hörte ihm nicht zu, sie war in ihre Gedanken versunken. Sie durchschritten die Sicherheitstür, die seit Urzeiten nicht mehr funktionierte. Ohne das geringste Zögern steuerte Cyrille die letzen Regalreihen an. Nachdenklich blieb sie stehen und las alle Titel.

»Interessierst du dich jetzt für Podologie?«, erkundigte sich Nino, der ihr gefolgt war, ohne zu verstehen, was sie vorhatte.

Cyrille seufzte.

»Dabei war ich mir ganz sicher.«

»Sicher über was?«

»Jedes Mal, wenn ich an das Kürzel 4GR14 denke, versuche ich, mich in die Stimmung zu versetzen, die damals in der Station herrschte. Für den Arzt, der das geschrieben hat – sei es nun Manien oder einer seiner Oberärzte –, war das eine Anspielung, vermutlich ein geschmackloser Scherz wie so oft. Und was haben die Ärzte gemacht, wenn sie nicht in der Station waren? Sie sind hierhergekommen, um zu lesen oder Karten mit den Praktikanten zu spielen, die sich auf diese Art einzuschmeicheln versuchten. Vorhin ist mir eingefallen, dass bei der Ausleihe die Signatur des Werks auf eine Karte geschrieben wurde. Der Gang und die Reihe. G und R!«

Sie überflog die Handbücher der Podologie und zuckte mit den Schultern.

»Aber das ergibt nichts. Tut mir leid.«

Sie spürte, dass sie scheitern würde. Ein höchst unangenehmes Gefühl. Zornig schob sie die Hände in die Manteltaschen. Je mehr Steine man ihr in den Weg legte, desto verbissener wurde sie. Sie stellte sich in den Mittelgang und suchte mit den Augen die Regalreihen ab.

»Die Genetik ... die Genetik stand damals nicht ganz vorn«, bemerkte sie.

»Ach nein?«

»Nein, sie war in die letzte Reihe verbannt, weil es eine relativ neue Fachrichtung der Psychiatrie war. Heute hingegen steht sie ganz am Anfang.«

»Und?«

»Das heißt, alles ist umgeräumt worden, alle Regale.«

An der Ausleihe blätterte ein junger, bereits kahlköpfiger Mann in einer Ausgabe von *Die Zellkunde*. Erst als Cyrille vor ihm stand, blickte er auf.

»Guten Tag, ich bin Ärztin und brauche eine Auskunft.«

»Ja gerne.«

»Wann sind die Fachgebiete in der Bibliothek umgestellt worden?«

Nino beobachtete Cyrille verwundert. Sie verrannte sich in eine fixe Idee. Sie hatte ihre Reserviertheit abgelegt und war wieder so enthusiastisch wie früher. Er musste innerlich lächeln und hätte sie gerne in der nächsten Bar zu ein paar Bier eingeladen. Der Student zuckte mit den Schultern.

»Das weiß ich nicht, da müssen Sie Madame Gabowitz fragen.«

Cyrille kannte die alte Bibliothekarin polnischer Abstammung, die bis heute ihren Akzent nicht abgelegt hatte.

»Was wollen Sie von Madame Gabowitz?«

Die alte Dame war gelb geworden, die Haut, die Haare, alles war gelblich verfärbt. Ansonsten aber war sie unverändert. Ein Abbild des Jedi-Meisters Yoda. Streng und resolut. Nichts entging ihr. Unmöglich, ein Buch an ihr vorbeizuschleusen.

»Guten Tag, ich habe hier früher meine klinische Ausbildung gemacht und bis zum Jahr 2000 im Krankenhaus gearbeitet. Ich wüsste gerne, wie die Bücher damals angeordnet waren.«

»Das ist nicht schwer, es hat sich nichts verändert. Sonst wäre ja mein ganzes System durcheinandergeraten.«

»Sind Sie sicher? Auch die Genetik?«

»Ach, stimmt! Die Genetik und die Bildgebenden Verfahren sind in die ersten Reihen vorgerückt.«

»Alle Bücher sind also um zwei Reihen verschoben?«

»Ja, und ein Teil, der überflüssig geworden war, wurde verkauft.«

»Vielen Dank!«

Cyrile drehte sich um, lief zur sechsten Reihe und blieb vor der Nummer vierzehn stehen. Hier fand sie vier Bücher über wissenschaftliche Experimente in den nationalsozialistischen Konzentrationslagern und Gefängnissen. Das neueste Buch war eine bemerkenswerte Untersuchung, die von der medizinischen Fakultät in Tours veröffentlicht worden war und die sie damals gelesen hatte. Sie strich über den Buchrücken, ein eisiger Schauer durchfuhr sie.

»Ich verabscheue den Humor dieser Mediziner«, knurrte Nino hinter ihr.

*

Schweigend setzte der Krankenpfleger Cyrille an der Rue Dulac ab. Sie waren beide zu demselben Schluss gekommen: An Julien Daumas, Clara Marais und den anderen Patienten waren auf Maniens Station Versuche vorgenommen worden.

»Und in deinem Fall?«, fragte Nino leise. »Glaubst du, dass sie mit dir auch so etwas gemacht haben?«

»Womöglich.«

»Komm, wir fahren nach Sainte-Félicité und nehmen den Burschen in den Schwitzkasten, bis er auspackt.«

»Nein, wir haben nicht einmal den Ansatz eines Beweises. Ich möchte nicht, dass er mich mit ein paar Anrufen noch mehr in Misskredit bringt.«

»Was hast du vor?«

»Ich weiß es nicht.«

Sie wandte sich zu Nino um.

»Auf jeden Fall fühle ich mich bei dir in Sicherheit. Danke.«

»Ist alles okay? Sollen wir ein Bier trinken gehen?«

»Das würde ich gerne … aber ich habe noch ein Problem zu regeln.«

Cyrille erzählte dem Krankenpfleger von der albtraumartigen Nacht, die sie hinter sich hatte.

28

Vor der Klinik blieb sie kurz stehen. Zum ersten Mal in ihrer Laufbahn hatte Cyrille den Eindruck, nur eine Rolle zu spielen: die der Leiterin des Zentrums Dulac. Sie war unkonzentriert. Ihre Gedanken schienen auf einer riesigen Welle dahinzurollen, die ans Ufer schlug und dann wieder zurückwich. Ein Wort tanzte vor ihren Augen und hallte in ihren Ohren wider: »Versuche«. Diese Verbrecher hatten in Sainte-Félicité an mindestens zwei Patienten – Julien Daumas und Clara Marais – Medikamente getestet. Und beide hatten eindeutige Schäden zurückbehalten.

Cyrille bohrte den Nagel des Zeigefingers in den Daumen, sodass sich die Wunde erneut öffnete, und leckte den Blutstropfen ab. Ihren Kollegen gegenüber musste sie sich normal verhalten, ihnen etwas vorspielen, bis alles wieder in Ordnung wäre. Aber wie sollte sie das machen, und wie lange würde es dauern? Sie spürte, dass sie in der letzten Nacht in ihren Grundfesten erschüttert worden und dass ihr inneres Gleichgewicht ins Wanken geraten war. Der Zweifel hatte sich in ihr eingenistet, und die Selbstsicherheit, die sie sich mit den Jahren mühsam erkämpft hatte, wurde rissig und bröckelte.

Sie betrat das Zentrum und fuhr direkt mit dem Aufzug in den ersten Stock. Sie war so angespannt, dass ihre Nackenmuskeln schmerzhaft verhärtet waren. Auf dem Weg in ihr Büro hatte sie den Eindruck, alle Blicke auf sich zu lenken. Sie nahm sich selbst gleichsam von außen wahr: ihre verkrampfte Haltung, ihr steifer Gang – nichts an ihr wirkte natürlich. Sie sagte sich, dass sie sich, in Bangkok angekommen, als Erstes eine Thai-Massage gönnen würde. Weit weg von Paris, wo Geisteskranke in den Straßen herumliefen und in ihr Haus eindrangen, weit weg von ihrer mysteriösen Vergangenheit und von Ärzten, die sich für Doktor Mengele hielten.

Bei dem Gedanken an eine Massageliege, Tausende Kilometer entfernt, seufzte sie auf. Sie stellte sich die Lotusblüten vor, die in Becken mit klarem Wasser schwammen, die sanften Klänge der Entspannungsmusik, den Duft der Gardenien und des Mandelöls, die kräftigen Hände, die ihre Verspannungen lösten. Langsam wurde sie ruhig und erinnerte sich an einen Satz, den ihr Vater ihr als Kind immer wieder gesagt hatte: *Vergiss nie deinen Traum, meine kleine Lily, bewahr ihn und verteidige dich gegen jene, die behaupten, du würdest es nicht schaffen.* Von diesem Gedanken besänftigt, öffnete sie die Tür zu ihrem Büro.

Doch der Raum war nicht leer.

Den Kopf in die Hände gestützt, saß Benoît auf dem Diwan und wartete auf sie. Neben ihm blätterte Muriel Wang in einer Zeitschrift, die sie beiseitelegte.

Cyrille begriff sofort, dass etwas Schlimmes geschehen sein musste. Das Blut stieg ihr zu Kopf.

»Was ist? Was ist los?«

Benoît erhob sich langsam, kam auf sie zu und legte ihr die Hände auf die Schultern.

»Setz dich, mein Liebling, ich habe auch Muriel hergebeten.«

Cyrilles Blick wanderte von ihrem Mann zu ihrer Freundin. Sie hatten beide mitten am Tag ihre Arbeit verlassen, um herzukommen! *Meinem Vater ist etwas passiert! Benoît hat Krebs, oder ich habe Alzheimer ...*

»Was? Was ist los?«
»Setz dich bitte, mein Liebling.«
Ein Frösteln durchfuhr sie.
»Aber was, zum Teufel, ist los?«
Mit fester Hand drückte Benoît sie auf den Sessel. Sie blickte ihn an.
»Mein Liebling, das ist etwas schwierig. Mein Freund Yvon Maistre hat heute Morgen seine Leute zu uns geschickt. Sie haben die ganze Wohnung durchsucht und überall Proben genommen.«
»Ja und?«
Muriel war zu ihr getreten und legte ihre warme Hand auf die von Cyrille, die ihre nicht wegzog. Ihre Angst wuchs. Die Blicke der beiden waren besorgt und voller Mitgefühl. Sie wappnete sich gegen den bevorstehenden Schlag.
»Mein Liebling, es gab Fingerabdrücke.«
»Ja und?«
»Sie stammen alle von einer Person.«
»Das denke ich mir. Von wem?«
»Von dir.«
»Von mir?«
Cyrille rang nach Luft.
»Was soll denn der Blödsinn?«
»Maistre hat mir gesagt, sie stimmten mit denen in deinem biometrischen Pass überein. Heute Nacht ist niemand in unsere Wohnung eingedrungen.«
Cyrilles Gehirn schaltete auf Panik. Der Mandelkern reagierte pfeilschnell und aktivierte die Stressachse, die für die Ausschüttung von Adrenalin, Noradrenalin und einer Menge von Peptiden sorgte. Der präfrontale Cortex aktivierte Tausende von Verbindungen und arbeitete auf Hochtouren, um zu begreifen, was sie hörte. Vergebens.
»Ich verstehe nicht, tut mir leid.«
Muriel fuhr fort:

»Offenbar hattest du heute Nacht einen schlafwandlerischen Anfall, und deine Tat ist dir nicht bewusst geworden.«

Der Satz drang langsam in Cyrilles Gehirn vor. Das Blut wich aus ihrem Gesicht, und der Fußboden begann zu schwanken.

»Rede keinen Unsinn. Das hätte ich nie tun können. Ich habe keinerlei Er...«

Sie unterbrach sich, da ihr plötzlich klar wurde, was sie im Begriff war zu sagen. Sie ging zum Gegenangriff über.

»Und womit hätte ich das tun sollen?«

Benoît saß ihr gegenüber, ihre Knie berührten sich fast. Er ließ ihre Hand nicht los, um ständig in Kontakt mit ihr zu bleiben. Es fiel ihm schwer, die Worte zu formulieren. Sie sah die roten Äderchen in seinen Augen. Wie müde er aussah. Er sprach sehr leise und artikulierte deutlich jede Silbe.

»Wir haben ... eine Schere ... gefunden.«

»Eine Schere ... wo?«

»In der Spülmaschine.«

Cyrille sah ihren Mann ungläubig an. Das war total verrückt. Sie sollte ihren geliebten Kater mit einer Schere malträtiert und die Tatwaffe dann in die Spülmaschine gelegt haben?

»Das ist doch glatter Wahnsinn!«, schrie sie.

Sie stieß ein freudloses, raues Lachen aus. Benoît Blake drückte ihre Hand. Die Augen des Großen Mannes waren feucht.

»Mein Liebling, da ist auch dein Nachthemd.«

»Was?«

»Es lag zusammengerollt in der Wäschetruhe. Voller Blut. Offenbar hast du eine Szene wiederholt, die dich schockiert hat. So etwas kommt vor.«

Cyrille sprang auf. Benoît fing sie auf, bevor sie zusammenbrach. Er schloss sie in seine kräftigen Arme und streichelte ihr übers Haar.

»Mach dir keine Sorgen, Liebes, wir kümmern uns um dich. Nicht wahr, Muriel?«

Ihre Kollegin nickte mit betrübter Miene und strich ihrer Freundin über den Rücken. Cyrille ließ sich an die kräftige Brust ihres Mannes sinken.

Sie hörte nichts mehr. Benoîts Lippen bewegten sich, doch der monotone Klang seiner Stimme drang nur gedämpft zu ihr vor.

Jetzt stand es fest.

Sie war verrückt. Das Urteil war gefallen. Ein zweites Ich hatte in der letzten Nacht ein Verbrechen begangen, von dem sie nichts wusste. Sie war auf die andere Seite getreten, hatte die dünne Demarkationslinie zwischen Normalität und Geisteskrankheit überschritten. Und wie Julien und Clara hatte sie es vergessen. Sie war ebenso krank wie die beiden und kämpfte gegen dieselben Dämonen.

Sie war eine Mörderin.

Sie richtete sich auf und befreite sich langsam aus Benoîts Armen, um ans geöffnete Fenster in das warme beruhigende Sonnenlicht zu treten. Sie betrachtete die Blätter des Bambusstrauchs, die reglos ihren Mittagsschlaf hielten. Plötzlich war es so, als hätte jemand den Ton lauter gedreht. Benoît redete noch immer, und jetzt konnte sie ihn hören.

»Maistre wird den Vorfall unter den Teppich kehren, da brauchst du dir keine Sorgen zu machen. Und Gombert hat bereits für heute Abend einen Platz in der Rothschild-Klinik für dich gefunden. Da sind sie uns wirklich entgegengekommen. Du kriegst ein Zimmer in der ersten Klasse und kannst dich ausruhen. Und gleich morgen fangen wir mit den Untersuchungen an.«

Cyrille, die sich halb zu ihm umgedreht hatte, wandte

ihre Aufmerksamkeit jetzt wieder den Sträuchern mit ihren zarten Blättern zu.

»In Ordnung«, sagte sie mit schwacher Stimme.

Hinter ihr spürte sie eine leichte Bewegung, Benoît und Muriel traten sichtlich erleichtert zu ihr. Um sie zu beglückwünschen, dass sie ihrer Einweisung zugestimmt hatte?

»Wenn du willst, begleite ich dich nach Hause«, sagte Muriel und strich ihr über den Arm.

Es war das dritte Mal, dass ihre Freundin sie berührte, obwohl sie sonst den körperlichen Kontakt mit ihren Geschlechtsgenossinnen mied. Ihr Fall war offenbar wirklich ernst. Cyrille schob sie höflich zurück.

»Das ist nett, aber nein danke. Ich mache meine Sachen hier fertig, dann fahre ich nach Hause, packe meinen Koffer und warte auf euch.«

»Das ist nicht vernünftig«, erklärte Benoît, »in deinem Zustand...«

Cyrille hob den Kopf und brachte ihren Mann mit einem Blick zum Schweigen.

»Hör zu, ich weiß, dass ich wohl ein ernsthaftes Problem habe und mich in Behandlung begeben muss. Aber wenn ich das Haus in eurer Mitte verlasse, ist meine Glaubwürdigkeit hier ruiniert. Noch leite ich die Klinik. Ich möchte hier nicht einfach alles stehen und liegen lassen.«

»Bist du sicher, dass es geht?«

»Ja, ganz sicher. Ich komme heute Abend wie immer nach Hause. Ich muss einen Vorwand für meine Abwesenheit finden und so tun, als wäre alles in Ordnung.«

»Gut, wie du willst.«

Benoît Blake und Muriel Wang packten langsam ihre Sachen zusammen. Man hatte den Eindruck, dass sie nur widerwillig gingen und sich fragten, ob es nicht besser wäre, Cyrille gewaltsam nach Hause zu bringen. Doch

Cyrille führte sie energisch hinaus. Sie hatte die Kontrolle verloren, das würde nicht wieder vorkommen. Die Tür schloss sich hinter ihnen. Cyrille kratzte sich am Hals und nagte an ihrer Unterlippe. Sie beschloss, Marie-Jeanne zu rufen.

»Kannst du bitte kurz in mein Büro kommen?«
»Soll ich meinen Block mitbringen?«
»Nein, das ist nicht nötig.«

Das junge Mädchen schien besorgt. Ihren Onkel und die Freundin ihrer Tante hier unangekündigt mitten am Tag auftauchen zu sehen, verhieß nichts Gutes. Man sah ihrer Tante den Schock an, der Glanz ihrer Augen war erloschen.

»Was ist los?«
Cyrille fuhr sich mit der Hand übers Gesicht.
»Kannst du ein Geheimnis wahren? Niemand in der Klinik darf von dem erfahren, was ich dir jetzt anvertraue. Aber ich brauche deine Hilfe, also sage ich es dir.«
Marie-Jeanne nickte schnell.
»Zuerst musst du meinen für den fünfzehnten nach Bangkok gebuchten Flug annullieren.«

29

Das Stück Teppichboden, das die Polizisten herausgeschnitten hatten, war etwa ein mal zwei Meter groß. Als sie heimkam, vermied Cyrille es, den Blick darauf zu richten. Es war sechzehn Uhr. *Ich werde das Einrichtungshaus anrufen, damit sie einen neuen Boden verlegen. Perlgrau, sehr dick und sehr teuer ...*

Das Leben ging weiter, immerhin war sie noch in der Lage, Pläne für die Wohnungsausstattung zu machen. Sie hängte ihren Mantel an die Garderobe, stellte Schuhe und Handtasche im Eingang ab und ging in ihr Schlafzimmer. Wie ferngesteuert trat sie in die Ankleide. Dann stieg sie auf die Leiter und holte den kleinen roten Delsey-Koffer herunter, der würde für ein paar Tage ausreichen. Sie packte Wäsche, T-Shirts, zwei Blusen und zwei Hosen, zwei Kostüme und ihre Ballerinas ein. Und auch das kleine Reise-Bandeon legte sie darauf, ihren Talisman brauchte sie, sonst würde die Sache nicht gut gehen. Fehlten noch ihr Waschbeutel mit Zahnbürste, Zahnpasta und Cremes und das Täschchen mit den Medikamenten.

Sie zog sich um: eine beigefarbene Freizeithose, weiße Turnschuhe und eine hellgrüne Leinenbluse, darüber einen dicken Pullover, ihren Regenmantel und um den Hals einen Schal. Dann klappte sie den Koffer zu und ging zur Tür. Bevor sie die Wohnung verließ, kehrte sie noch einmal in den Salon zurück, öffnete drei der zahlreichen Schubladen des Intarsien-Sekretärs und fand, was sie suchte. Sie schloss die Tür hinter sich ab. Den Reisepass steckte sie in ihre Handtasche zu ihrem Ticket. In drei Stunden würde sie abfliegen.

*

Marie-Jeanne saß vor ihrem Computer und dachte an ihre Tante.

Sie versuchte, ihre zitternden Finger zu beruhigen, um ihre E-Mails schreiben zu können. Sie musste Kontakt mit allen Teilnehmern der für die Vorweihnachtszeit geplanten Verwaltungsratssitzung aufnehmen.

Mit Cyrille hatte sie abgemacht, Benoît vor neunzehn Uhr dreißig – das war die reguläre Abflugzeit – nicht zu informieren. Falls er anriefe, würde sie ihm sagen, Cyrille habe gerade einen Patienten. Bislang hatte das Telefon nicht geklingelt, und Benoît hatte sie nichts gefragt; also hatte sie auch nicht lügen müssen. Marie-Jeanne seufzte. Sie hatte den Flug für den fünfzehnten annulliert und im Internet einen Last-Minute-Direktflug mit Air France gefunden, der um neunzehn Uhr zwanzig starten und um elf Uhr vierzig in der thailändischen Hauptstadt landen würde. Dort hatte sie auch für die beiden ersten Nächte ein Hotel reserviert. Cyrille, die ihr erzählt hatte, dass Benoît sie in der Psychiatrie einsperren wollte, schien erleichtert. Sie hatte sie gebeten, am nächsten Morgen eine E-Mail an das gesamte Team zu schicken, um mitzuteilen, Cyrille sei krank.

Das Fenster des Windows Messengers blinkte. Moune wollte chatten.

Hallo, bist du da?

Marie-Jeanne seufzte erneut. Nein, ihr war nicht danach zumute.

Ja, ich bin da.
Und warum lässt du nichts mehr von dir hören?
Keine Zeit.

Moune schickte ein zwinkerndes Smiley.

Dein Surfer?
Ja.
Die Sache läuft also? Ein guter Typ?
Yes, guter Typ.

Marie-Jeanne kaute an den Nägeln. Ein Stockwerk tiefer entspannten sich die Patienten bei sanfter Yogamusik. Ihr selbst wollte das nicht gelingen.
Bleibt ihr hier?, fragte Moune, die sich offenbar bei der Arbeit langweilte, weiter.
Ich glaube, er reist bald ab, antwortete Marie-Jeanne ausweichend.
Eigentlich war sie sich da ganz sicher, doch sie gestattete sich einen gewissen Zweifel, um die Hoffnung noch nicht ganz aufgeben zu müssen. Er würde gehen, und alles wäre wie vorher. Nein, schlimmer. Weil sie mit ihm erfahren hatte, was Glück war. Jenes Glück, von dem alle hier in der Klinik redeten und das die Patienten in Gesprächen mit den Ärzten, durch Medikamente und elektromagnetische Stimulationen zu erlangen suchten ... Sie hatte es in seinen Armen gefunden, und sie konnte an nichts anderes mehr denken. Julien hatte Besitz von ihr ergriffen. Ihre Kehle schnürte sich zusammen, am liebsten hätte sie geweint. Das Leben war ungerecht. Es war nicht das erste Mal, dass sie zu diesem Ergebnis kam. Der Typ, von dem sie träumte, träumte von etwas anderem. Sie war nicht blind und hatte die Anzeichen eindeutig gespürt. Er hatte sie gern, aber er liebte sie nicht. Heute war ihr letzter Abend.

Sie hatte ihrer Tante und deren Wahnvorstellungen nicht geglaubt. Julien war der sanfteste, aufmerksamste und verträumteste Mann. Er konnte niemandem etwas zuleide tun. Wenn sie noch ein wenig drängte, würde er sie vielleicht doch mitnehmen.

Im Job alles okay?

Moune insistierte. Marie-Jeanne hatte heute wirklich keine Lust zum Chatten. Ohne sich zu verabschieden, unterbrach sie die Verbindung.

*

Die Stirn an die kalte Scheibe des Taxis gepresst, das sie zum Flughafen Roissy fuhr, weinte Cyrille. Sie zog ihr iPhone aus der Tasche: drei unbeantwortete Anrufe und eine SMS von Benoît: »komme chna Hause, warte auf chim«. Benoît versuchte, ihr zu helfen, dafür war sie ihm dankbar und dafür liebte sie ihn, aber lebend würde man sie nicht in die Psychiatrie bekommen. Sie stellte das Handy auf Vibration. Sie kannte die Regeln in diesen Anstalten. Egal, ob es nun die Rothschild-Klinik oder Sainte-Félicité war: das Prozedere war überall gleich. Sie hatte ihre Katze getötet und konnte sich an nichts erinnern. Das hieß, sie war krank und zugleich womöglich für sich und für andere gefährlich. Die Rechnung war einfach: In den ersten achtundvierzig Stunden würde man ihr Beruhigungs- und Schlafmittel verabreichen und sie intensiven therapeutischen Sitzungen unterziehen. Nachts würde man sie aus Sicherheitsgründen einsperren, damit sie den anderen »Bewohnern« nichts antun könnte.

Für Cyrille war das keine akzeptable Option. Ihre Intuition sagte ihr nur eines: fliehen, fliehen, fliehen. So schnell wie möglich. Nicht in die Mühlen der Psychiatrie geraten, die die Menschen zu Schatten machte und dann vergaß.

Sie warf einen Blick auf ihre Uhr. Noch war alles möglich.

Gerade als Benoît seinen Audi A6 nur wenige Meter von seiner Wohnung entfernt in eine Parklücke in der Avenue Bosquet manövrierte, stieg Cyrille in ein Taxi. Benoît war so überrascht, seine Frau wegfahren zu sehen, dass er auf die Stoßstange des Smart vor ihm auffuhr. *Was, zum Teufel, macht sie?* Ohne den Motor auszuschalten, griff er nach seinem Handy und wählte die Nummer »Cyr mob« aus. Ein paar Klingelzeichen, dann die Mailbox. *Verdammt!* Er warf das Handy auf den Beifahrersitz und fuhr los. Er hätte sie vorhin nicht allein im Zentrum zurücklassen dürfen. Er musste dreimal vor- und zurücksetzen, um aus der Parklücke herauszukommen. Das Taxi hielt vor der roten Ampel an der Kreuzung. Kurz darauf fuhr es über die Pont de l'Alma Richtung Champs-Élysées. Für einen Augenblick verlor Benoît den grauen Mercedes aus den Augen. *Wohin fährst du?* Schimpfend bog er in die Place de L'Étoile ein. Ein anderes Taxi blockierte ihn, er schnitt einen grünen Twingo und fuhr Richtung Place des Ternes. Dem grauen Mercedes noch immer auf den Fersen, wählte er erneut ihre Nummer: Mailbox!

Cyrille hörte an dem akustischen Signal, dass sie eine Nachricht erhalten hatte. Sie zögerte kurz und hörte sie ab. Benoît: »Was treibst du da? Wohin willst du? Ich bin hinter dir. Warte. Wir müssen reden.«

Cyrille riss überrascht die Augen auf. Ihr Herzschlag beschleunigte sich. Sie drehte sich um. Sie hielten gerade an einer roten Ampel unmittelbar vor der Auffahrt zum Périphérique. Hinter ihnen standen mehrere Autos. Sie konnte den Audi nicht ausmachen, ein Lieferwagen versperrte ihr die Sicht.

Nur noch zehn Fahrzeuge trennten ihn von dem Taxi, doch der Verkehr war inzwischen zu dicht, als dass er sich zu ihm hätte voranschlängeln können. Jetzt fuhr es auf den Périphérique, und Benoît folgte ihm etwa zehn Minuten lang. Als er das Schild »Charles-de-Gaulle/Roissy, Lille, Bruxelles« vor sich sah, erbleichte er. Doch der graue Mercedes machte keine Anstalten, abzubiegen, im Gegenteil, er beschleunigte das Tempo.

Cyrille beugte sich zum Fahrer vor:

»Könnten Sie vielleicht etwas schneller fahren?«

»Tut mir leid, hier ist Geschwindigkeitsbegrenzung, und es gibt viele Radarkontrollen. Später wird es besser.«

»Bitte, ich verpasse meine Maschine.«

Und ich habe meinen Mann an den Fersen, hätte sie am liebsten hinzugefügt.

»Um wie viel Uhr geht sie?«

»In einer Viertelstunde wird die Abfertigung geschlossen.«

»Das schaffen wir.«

Cyrille wagte es nicht mehr, sich umzudrehen, aus Angst, Benoît in seinem Audi hinter sich zu sehen. Wie hatte er es fertiggebracht, ihr zu folgen? Marie-Jeanne hatte nicht dichtgehalten. Sie schloss kurz die Augen, um nachzudenken. Ihr Handy klingelte erneut.

Benoît.

Cyrille warf es in ihre Handtasche, um den Ton zu dämpfen. Ein anderes Signal kündete den Eingang einer Nachricht an.

Sie hörte die Mailbox ab: »Um Himmels willen, Cyrille, antworte. Du bist in Gefahr, wir müssen reden. Sag dem Chauffeur, er soll langsamer fahren und an der nächsten Tankstelle halten ...«

Cyrille schaltete das Handy noch vor dem Ende der Nachricht aus. Tausend Meter bis zur Total-Tankstelle! Sie nagte an ihrer Lippe, außerstande, die Folgen ihres Handelns vorauszusehen. Der Taxifahrer nahm ihr die Entscheidung ab und nahm die Ausfahrt »Roissy«. Die junge Frau atmete tief durch und wandte sich um. Sie erkannte den Audi, der ebenfalls abbog. Sie wusste nicht mehr, was sie tun sollte. Benoît hatte sicher recht, absolut recht sogar. Sie musste mit ihm gehen und sich behandeln lassen. Auch wenn sie es nicht wahrhaben wollte – sie war krank.

Doch jede Faser ihres Körpers weigerte sich, in die Psychiatrie zu gehen. Sie fürchtete sich vor den Ärzten dieser Fachrichtung. Zu lange hatte sie mit ihnen zu tun gehabt. Das Taxi folgte den gelben Schildern »Roissy-Charles-de-Gaulle«. Rechts ging es zu den Parkplätzen, geradeaus zu den Terminals. Ihr Handy klingelte erneut.

Im Rückspiegel beobachtete der Fahrer, wie die junge Frau es gereizt ausschaltete.

Benoît Blake war mit hundertachtzig Stundenkilometern über die Autobahn gejagt, um das Taxi einzuholen, und befand sich jetzt genau dahinter. Er erkannte den Nacken seiner Frau und hätte sie gern bei den Haaren gepackt, um sie gewaltsam nach Hause zu holen. Sie ging nicht ans Handy, aber er hatte gesehen, dass sie seine Nachrichten abgehört hatte. *Wie störrisch sie sein kann!* Wollte sie, dass er sie bis auf die Startbahn verfolgte? Okay, er würde den Flughafen nicht ohne Cyrille verlassen, ob sie nun mitkommen wollte oder nicht. Seine Kämpfernatur gewann die Oberhand. In diesem Augenblick drängte sich ein Lieferwagen zwischen den grauen Mercedes und den Audi A6. Benoît fluchte.

Das Taxi hatte das Flughafengelände erreicht. Es fuhr am Terminal 2A vorbei und musste das Tempo wegen der

Sicherheitsbarrieren drosseln, die bis zur Abflughalle 2C die Straße verengten.

»Sie müssen nach 2F, ja?«

»Ja«, antwortete Cyrille, »aber können Sie kurz bei 2C halten?«

»Ach?«

»Ja bitte, um den Wagen hinter uns vorbeizulassen.«

»Wie Sie wollen.«

Der Fahrer parkte vor den wachsamen Augen dreier bewaffneter Soldaten auf dem einzig freien Parkplatz der Kurzhaltezone.

»Mal wieder eine Anti-Terror-Maßnahme. Vermutlich hat es heute Morgen einen Alarm gegeben. Gestern war alles noch ganz normal«, meinte der Mann.

Cyrille interessierten seine Erklärungen herzlich wenig. Alles, was sie sah, war, dass der Audi gezwungen war zu überholen, da es für ihn keine Möglichkeit zum Parken gab und die Fahrzeuge hinter ihm schon zu hupen begannen. Als Benoît auf ihrer Höhe angelangt war, öffnete er das Fenster und rief sie. Sie tat so, als würde sie in ihrer Tasche nach dem Portemonnaie suchen. Nicht besonders mutig ihrerseits. Wenn Benoît nicht die ganze Runde um den Terminal 2 drehen wollte, hatte er nur die Wahl, auf den Parkplatz C oder D zu fahren. Bis er von dort aus die richtige Abflughalle für Bangkok erreicht hätte, blieben ihr fürs Einchecken und die Zollabfertigung zehn Minuten Zeit – nicht mehr.

»Und jetzt bitte schnell zum Terminal F2«, rief sie.

»In Ordnung.«

Der Fahrer lenkte den Wagen aus der Parkbucht und sah Cyrille im Rückspiegel an.

»Anscheinend nicht gerade umgänglich, der Herr ...«

Ihre Blicke kreuzten sich. Cyrille zog mehrere Geldscheine aus ihrem Portemonnaie.

»Nein, nicht sehr umgänglich.«

Das Taxi fuhr zur anderen Seite des Terminals und hielt vor F2. Cyrille bezahlte, stieg aus und bedankte sich. Sie wünschten einander »viel Glück«.

Sie zog ihr Bordcase hinter sich her und lief zur Abfluganzeige. Der Flug AF8280 nach Bangkok war pünktlich, das Einchecken ging am Schalter 26 zu Ende. Mit ihrem elektronischen Ticket lief sie an der Schlange vorbei zu einem Automaten. Da sie keine Sekunde zu verlieren hatte, tippte sie konzentriert ihren Buchungscode ein. Dennoch verwechselte sie Null und O. Sie fluchte, annullierte und fing mit klopfendem Herzen von vorn an. Die Maschine verarbeitete die Daten und forderte sie auf, ihre Kreditkarte in den Scanner zu schieben. Sie folgte der Anweisung und dankte der Technik, die das Leben vereinfachte. Sie kreuzte an, dass sie kein Gepäck aufgegeben hatte, und verzichtete, um Zeit zu sparen, auf die Sitzplatzauswahl. Der Automat ratterte einen Moment, der ihr endlos schien. Sie klopfte auf den Bildschirm. Als die Bordkarte endlich ausgedruckt war, hätte Cyrille sie beinahe geküsst. Ein nervöses Lächeln auf den Lippen, eilte sie zur Passkontrolle. Sie sah sich nicht ein einziges Mal um, weil sie fürchtete, Benoîts stattliche Gestalt unter den Reisenden auszumachen. Was sollte sie dann tun?

Der Audi parkte in erheblicher Entfernung vom Fußgängerausgang, doch Benoît hatte keine andere Wahl, die beiden ersten Decks waren voll und auf dem dritten Deck gab es nur wenige freie Plätze. Er schimpfte immer wütender auf seine Frau, die wieder einmal ... die Flucht ergriff! Er schlug die Tür zu, zögerte kurz, bevor er abschloss, und besann sich anders.

Er öffnete den Kofferraum, wo neben seiner Golftasche zwei verschlossene Kartons standen. Mit seinem Schlüssel riss Benoit das Klebeband auf, schob die Lieferscheine beiseite, um an die mit einer morphinähnlichen Substanz gefüllten Spritzen zu gelangen, mit denen er die Mäuse einschläferte. Er ließ einen Dreierpack in seiner Tasche verschwinden. Dann machte er sich im Laufschritt auf den Weg zur Abflughalle.

Benoît Blake war zwar ein Intellektueller von hohem Niveau, aber kein Verstandesmensch. Sich selbst infrage zu stellen war ein Sport, den er nur selten praktizierte. Er fand keinen Gefallen an Introspektion. Er hatte festgestellt, dass die meisten seiner Probleme einen äußeren Grund hatten, den es auszuschalten galt wie einen Gegner auf der Matte. Cyrille war eine hochbegabte junge Frau, aber viel zu emotional. Im besten Moment ihres gemeinsamen Lebens, auf dem Höhepunkt seines Ruhmes, war sie im Begriff, alles zu verderben, weil sie sich von ihren Phantomen heimsuchen ließ. Während dieser Überlegungen hatte er mit dem Aufzug das nächste Stockwerk erreicht. Ein Blick auf die Abflugtafel zeigte ihm, dass er am falschen Terminal war. Er fluchte. *Dieses Luder!* Er hatte keine Zeit mehr, mit dem Wagen rüberzufahren. Er verließ das Gebäude und hatte Glück, denn gerade kam ein Shuttlebus.

Die Schlange an der Passkontrolle zog sich über vier Reihen hin. Cyrille blieb nichts anderes übrig, als sich, den Koffer zwischen den Beinen, anzustellen. Sie war einsachtundsechzig groß, doch in diesem Augenblick träumte sie davon, sechzig Zentimeter kleiner zu sein, um unter den Wartenden zu verschwinden wie ein Kind, unsichtbar zwischen den Beinen der Großen. Weitere Reisende stellten sich hinter ihr an. Das Boarding begann in fünfzehn Minuten. Konnte sie sich vordrängeln? Sie wagte es nicht. Nur zwei der vier Schalter waren geöffnet. Die Passagiere warteten hinter der gelben Linie, bis sie vortreten und ihren Pass zeigen konnten. Cyrille rückte drei Schritte auf, jetzt standen mindestens zehn Personen hinter ihr, und noch drei Schleifen trennten sie von der Kontrolle. Mit angehaltenem Atem, die Hände um den Griff ihres Koffers geklammert, trat sie wieder zwei Schritte vor. Ihr Körper strebte nur diesem einen Ziel entgegen: vorwärts, vorwärts, der Freiheit entgegen.

Ständig war sie darauf gefasst, einen eisernen Griff um ihren Arm zu spüren.

Was sollte sie dann tun? Schreien? Um Hilfe rufen? Nein, dann würde sie Paris nie mehr verlassen, sondern sich auf der Polizeistation erklären müssen. Sie würde als Geistesgestörte angesehen werden, die der Ehemann, ein berühmter Hirnspezialist, zur Vernunft zu bringen und zu behandeln versuchte. Alles wäre verloren. Die Leute gingen weiter, Cyrille rückte vier Plätze vor. Nur noch zwei Kurven, und sie hätte ihr Ziel erreicht. Obwohl sie gerade Wasser getrunken hatte, war ihr Mund ausgetrocknet. Je mehr Zeit verging, desto schneller schlug ihr Herz. Wieder ein Schritt. Ihr iPhone vibrierte. Sie hatte eine E-Mail bekommen. Mit zitternden Fingern zog sie es aus der Tasche und klickte sich durch das Menü. Auf dem Display las sie eine Nachricht von Professor Arom. *You will be welcome the 14th at 11am at my office, Brain Hospital.*

Der Schraubstock um Cyrilles Brust lockerte sich ein wenig. Nachdem sie ihr Flugticket umgebucht hatte, hatte sie Arom eine dringende Mail mit der Bitte um einen anderen Termin geschickt. Die neue Vereinbarung schien ihm gelegen zu kommen. Umso besser. Sie seufzte. Benoît sollte bloß nicht hier auftauchen, um sie zu holen. Sie konnte sich um sich selbst kümmern. Cyrille erreichte die letzte Biegung. Noch fünf Personen vor ihr, vier, drei ...

»Cyrille!«

Eine Hand legte sich schwer auf ihre Schulter, und sie

erstarrte. Benoît war an der Schlange vorbeigelaufen bis hin zu ihr. Mit einem angedeuteten Lächeln versuchte sie, sich diskret und ohne ihn anzusehen, freizumachen. Bloß keinen Skandal so dicht vor der Kontrolle.

»Lass mich, Benoît, bitte«, sagte sie sanft, aber bestimmt.

Seine Augen waren eiskalt.

Sein Griff wurde fester.

»Mein Liebling, ich verstehe dich nicht, du musst nach Hause kommen.«

Cyrille bemerkte, dass auch er leise sprach, sich freundlich gab und dabei die Polizisten im Auge behielt. Sie antwortete ihm ebenso höflich und betonte dabei jede Silbe.

»Ich will nicht, lass mich.«

»Wenn du nicht willst, brauchst du ja nicht in die Rothschild-Klinik zu gehen, das verspreche ich dir. Aber wir müssen miteinander reden, ich bin dein Mann.«

»NEIN.«

»Du hast in Bangkok nichts verloren, mein Liebling«, beharrte Benoît, »ich werde mich um dich kümmern. Wenn du mich liebst, fahr nicht.«

»Ich habe meinen Kongress und einen Termin bei Sanouk Arom. Ich muss ihn treffen.«

»Aber was, um Himmels willen, willst du denn von ihm?«

»*Er* wird mir helfen, mich zu erinnern, was vor zehn Jahren geschehen ist.«

Dieses »er« war zu viel, aber nun war es zu spät, es war ausgesprochen. Benoît biss knirschend die Zähne zusammen und betonte jedes Wort:

»Die Vergangenheit ist die Vergangenheit, lass sie ruhen und rühr nicht mehr daran.«

Cyrille sah ihren Mann argwöhnisch an. Er hatte eine Spritze aus der Tasche gezogen und schnippte mit dem Daumen die Kappe über der Nadel weg.

»Du kommst mit, und zwar auf der Stelle. Das reicht.«
Benoît hatte nichts Liebenswürdiges mehr. Die Nadel stach durch Cyrilles Trenchcoat und die Bluse.

Reflexartig zog sie den Arm weg.

»Au, was macht du …?«

Ihr Blick wanderte von dem geröteten Gesicht ihres Mannes zu ihrem Arm und von dort zu seiner Hand. Ungläubig öffnete sie den Mund.

Der Beamte am rechten Schalter winkte sie heran. Cyrille Blake lief auf ihn zu wie auf einen Rettungsring. Entsetzt von dem, was gerade geschehen war, zeigte sie ihren Pass und ihre Bordkarte, ohne sich noch einmal umzuwenden. Benoît hatte ihr eine Spritze verpasst, als wäre sie ein tollwütiges Tier! Der Mann reichte ihr ihre Papiere zurück, sie ging weiter und fuhr die Rolltreppe zur Sicherheitskontrolle hinauf. Als sie sich umdrehte, war auf ihrem Gesicht nur Verblüffung zu lesen – auf dem von Benoît, der hinter der gelben Linie stand, nichts als Wut.

Cyrille war nur von einer Idee besessen: So schnell wie möglich Gate 10 erreichen, bevor das Mittel – was war es überhaupt? – seine Wirkung zeigen und sie womöglich mitten im Duty Free Shop zusammenbrechen würde. Sie bewegte sich im Eiltempo voran, ein Wettlauf gegen ihren eigenen Metabolismus. Sie musste den Flugsteig erreicht haben, ehe das Molekül in ihren Blutkreislauf und ihr Gehirn vorgedrungen war. Und dann würde sie sich unter Aufbietung aller Kräfte zu ihrem Sitz an Bord schleppen. Ihre Augen begannen schon zu brennen. *Verdammt!* Aber nicht so schlimm, wie sie befürchtet hatte. *Es handelt sich um ein Morphinpräparat, aber offenbar nicht hoch dosiert.* Die Mittel, die in der Psychiatrie verwendet wurden, konnten einen übererregten Patienten im Handumdrehen flachlegen. Sie hingegen konnte sich noch im Laufschritt zu ihrem Gate begeben.

Man hatte gerade mit dem Einsteigen begonnen, zuerst die begleiteten Fluggäste. Während Cyrille wartete, dass ihre Reihe aufgerufen wurde, ließ sie sich auf einen der Plastikstühle sinken, um ihre Kräfte zu schonen und gegen das Schweregefühl anzukämpfen. Füße und Knöchel kribbelten bereits, in ihrem Kopf begann es zu summen. Sie bewegte den Kiefer hin und her und riss die Augen auf. Die Geräusche drangen immer gedämpfter an ihr Ohr.

Die Stewardess rief die Reihen 9 bis 25 auf, sie sah auf ihre Bordkarte, ihr Platz war in Reihe 11. Sie erhob sich, schwankte kurz, fing sich wieder und stützte sich auf ihren Koffer. Als sie sich anstellte, überfiel sie ein unwiderstehlicher Drang zu schlafen. Bloß die Augen nicht schließen, dann würde sie sie nie wieder aufmachen. Langsam schritt sie auf die Stewardess zu. Deren Kollegin mit dem kurz geschnittenen, roten Haar telefonierte. Cyrille dachte an Marie-Jeanne. Sie war ihr nicht böse. Benoît war ihr Onkel, wie konnte sie ihr da vorwerfen, dass sie ihn nicht hatte belügen wollen. *Die Corona von Caudry, das Tüllfest, der Karneval, die Riesen und die Narren mit ihren Schellen.* Cyrille zuckte zusammen, für den Bruchteil einer Sekunde waren ihr die Augen zugefallen, und aus den Tiefen ihrer Erinnerung waren die Bilder aus ihrer Kindheit aufgetaucht. Schnell vertrieb sie diese wieder und bohrte sich die Fingernägel in die Handflächen, um wach zu bleiben. Die rothaarige Stewardess hatte jetzt aufgelegt und griff zum Mikrofon.

»Madame Cyrille Blake wird gebeten, sich umgehend am Abflugschalter zu melden.« Cyrilles Schock wurde durch die Watteschicht gemildert, die sie seit ein paar Minuten umhüllte. Trotzdem erschauderte sie von Kopf bis Fuß. Benoît wollte sich nicht geschlagen geben. Sie zwang sich, aus der Schlange zu treten und bei der Stewardess, die sie mit einem professionellen Lächeln empfing, vorzusprechen.

»Ihr Mann ist im Air France Büro in der Abflughalle, und er hat gebeten nachzusehen, ob es Ihnen gut geht. Er befürchtet, ein Schwächeanfall könnte Sie daran hindern, den Flug anzutreten. Wir müssen uns überzeugen, dass alles in Ordnung ist.«

Cyrille setzte ihr schönstes Lächeln auf und zwang sich, die Augen offenzuhalten.

»Mein Mann ist ein Hypochonder, und da ich Ärztin bin, neigt er dazu, überall Krankheiten zu vermuten.«

Sie sprach langsam, ihr Mund war pelzig, ihre Zunge schwer.

»Ich habe ihm vorhin gesagt, dass ich etwas müde bin, das hätte ich besser nicht tun sollen. Es ist nicht das erste Mal, dass er so etwas macht. Er hasst Flugzeuge und hat darüber hinaus immer Angst, ich könnte irgendeine Krankheit ausbrüten. Ich kenne das schon. Ich muss zu einem Kongress, und er versucht mal wieder alles, damit ich bei ihm bleibe.«

Die rothaarige Stewardess sah sie eine Weile an, musterte die Passagierin genau, um nicht später an Bord Probleme zu bekommen.

»Sie wissen ja, Männer sind wie Kinder«, fuhr Cyrille fort, »und meiner ist fünfundzwanzig Jahre älter als ich, da ist es noch schlimmer.«

Sie appellierte an die weibliche Solidarität. Die Stewardess nickte lächelnd.

»Sie können einsteigen. Ruhen Sie sich aus.«

Cyrille nahm ihre Bordkarte und bekam angesichts der letzten Kontrolle einen wahren Energiestoß. Die Gefahr war gebannt. Sie seufzte vor Erleichterung.

Erst in diesem Augenblick wurde ihr klar, was eigentlich geschehen war. Benoît wusste etwas über ihre Vergangenheit und versuchte, ihre Abreise zu verhindern! Sie nagte an ihrer Lippe. *Er ist total ausgerastet, aber was will er mir verheimlichen?* Über dieses Problem musste sie nachdenken, doch im Moment war sie dazu nicht in der Lage. Sie konnte sich nicht länger als eine Minute konzentrieren. Unzusammenhängende Bilder bombardierten ihren virtuellen Kortex, und sie hatte eigenartige Assoziationen und Phantasievorstellungen. Sobald sie ihren Sitz erreicht hatte, schloss sie den Sicherheitsgurt, zog mit letzter Kraft ihr iPhone aus der Tasche und berührte auf dem Touchscreen das Icon für »E-Mail«. Sie fühlte sich immer entspannter, fast euphorisch, und ihre kognitive Wahrnehmung begann sich zu beschleunigen, ihre Gedanken überschlugen sich, waren aber ohne jeden Sinn. Im Halbtraum drückte sie auf »neue Nachricht«.

30

Der Posteingang des PC gab eine Art Klingelton von sich, der Tony beim Einrichten seines Web-Accounts gefallen hatte. Die Nachricht war für Nino bestimmt. Der Absender war unten rechts auf dem Bildschirm vermerkt: »C. Blake«, ohne Betreff. Tony knabberte sein Sesam-Grissini zu Ende. Nino war ausgegangen, um zusammen mit dem gesamten sizilianischen Klan im Restaurant den Geburtstag seines Vaters zu feiern. Tony war nicht eingeladen worden. Es sei noch »zu früh«, ihn der Familie vorzustellen, so sein Gefährte. Nach zwölf Jahren!

Auch gut. Wenn es darum ging, seine Beziehung zu Nino – die schönste Geschichte, die er je erlebt hatte – zu erhalten, war Tony der geduldigste und nachsichtigste Mensch schlechthin. Er liebte Nino, nicht seine Familie. Sizilien war ihm gleichgültig. Das Glück im Alltag war mehr wert als alle Etnas der Welt. Er nahm einen Schluck von seinem Vitamin-Cocktail und pustete die Sesam-Körnchen von der Tastatur. Und wenn es etwas Wichtiges war? Nino würde erst in drei oder vier Stunden heimkommen. Tony schnüffelte nie in den Angelegenheiten seines Freundes herum, hier aber ging es um Cyrille, die endlich ein Lebenszeichen schickte. Er öffnete die E-Mail, las sie und beschloss, Nino anzurufen.

»Ähm ... tut mir leid, dich zu stören.«

Nino hatte beim zweiten Klingeln abgehoben.

»Kein Problem. Was ist los?«

Nino versuchte, leise zu sprechen, was bei dem Lärm

ringsumher unmöglich war. Tony stellte sich ihn, umgeben von der ganzen Sippschaft, vor – seine drei Schwestern, sein Bruder, seine Onkel und Tanten, seine Eltern, die er nur von Fotos her kannte – beim Couscous »Chez Momo« in Saint-Maur.

»Du hast gerade eine E-Mail von Cyrille bekommen. Ich habe sie geöffnet und glaube, es ist wichtig.«

»Okay, lies sie mir bitte vor.«

Tony betonte jede Silbe.

»Muss fliehen. Mein Mann durchgedreht. Will mich einsperren. Fliege nach Bangkok.«

Nino hielt sich mit der freien Hand das Ohr zu.

»Wie bitte?«

»Ich wiederhole: Muss fliehen. Mein Mann durchgedreht. Will mich einsperren. Fliege nach Bangkok.«

Kurzes Schweigen am anderen Ende der Leitung, dann rief Nino:

»Verdammt ... warte. Nein, Mama, ich will nichts mehr, danke. Ist das alles?«

»Wie?«

»Ist das alles?«

»Sprichst du mit mir?«

»Ja, natürlich.«

»Nein. Sie überspringt mehrere Zeilen, und dann heißt es: ›4GR14 hat mich umgebracht‹ mit einem großen zwinkernden Smiley.«

»Ein Smiley? ... Warte eine Sekunde. Mama, ich habe gesagt, ich will nichts mehr, ich bin pappsatt und kann nicht mehr. Entschuldige Tony. Und das ist alles?«

»Ja ...«

»Hat sie getrunken oder was? Ich spreche nicht von dir, Mama.«

»Was hat dieses Kauderwelsch zu bedeuten?«, fragte Tony.

»Kein gutes Zeichen.«

»Wann kommst du zurück?«
»Später.«
»Ich liebe dich, Schätzchen.«
»Okay, also dann bis später.«
Tony legte auf und betrachtete lächelnd den Hörer.

31

13. Oktober, 14 Uhr, Bangkok

Als sie aus dem klimatisierten Taxi stieg, setzte Cyrille ihre Sonnenbrille auf. Die feuchte Luft und die Hitze legten sich wie eine klebrige Masse auf sie. Sie hatte sich von dem Taxifahrer an der Khao San Road absetzen lassen. Hier, wo Rucksacktouristen aus aller Welt auf der Durchreise haltmachten, hatte Marie-Jeanne ihr für die beiden ersten Nächte ein Hotel reserviert.

Da war sie nun.

Ein Schlag ins Gesicht.

Menschen jeglicher Herkunft, Hautfarbe und Sprache drängten sich bei westlicher Technomusik, die aus den Lautsprechern der durchgehend geöffneten Bars dröhnte. An den fensterlosen Fassaden blinkte Werbung: Nikon, Paradise Massage, Elephant Bar, Seven/Eleven. Mit Einbruch der Nacht würde diese von der Menge bevölkerte Straße das Flair des Times Square annehmen, nur noch wilder, ausgeflippter, sinnlicher, lärmender, verrückter. Schmutzig und düster war die Atmosphäre jedoch nicht. Das Sexviertel lag viel weiter südlich in Patpong.

Die Sonne brannte unbarmherzig vom Himmel herab. Die Reihe blauer und roter Schirme auf beiden Seiten der Straße spendete den Verkäufern ein wenig Schatten, die hier T-Shirts, Schmuck, Nippes, Raubkopien von DVDs und allerlei sonstiges wertloses Zeug feilboten. Die Imbisswagen verströmten den Geruch von Suppe und Bratfett. Eine Frau mit spitzem Hut rührte gelbe Nudeln in heißem Öl. Sie warf eine Handvoll Koriander in den riesigen Wok. Die Tuk-Tuk, ortstypische Rikschas, bahnten sich hupend mühsam einen Weg durch die Menge. Hier hatte es niemand eilig.

Fasziniert von allem, was sie sah, kämpfte sich Cyrille voran. Sie war schweißgebadet, hatte Kopfschmerzen, und ihr Magen krampfte sich vor Hunger zusammen. Ein großer Rastafari mit geröteten Augen bot ihr – preiswert – Ketten mit Buddhaköpfen und Bandanas an. Sie lehnte ab und ging weiter. Ihr Herz schlug im selben Rhythmus wie die Technomusik aus der Red Turtle Bar. Sie war auf der Flucht, anonym. Als sie das letzte Mal diese wahnsinnige Straße entlanggelaufen war, war sie zehn Jahre jünger und auf der Suche nach dem Sinn des Lebens gewesen.

Erfüllt von nostalgischen Gefühlen, lief Cyrille mit ihrem Koffer noch ein Stückchen weiter. Ihr war klar, dass sie hier nichts verloren hatte. Ihr Zimmer im Hilton gegenüber dem Kongressgebäude im Zentrum der Millionenstadt war seit Monaten reserviert. Ein Zimmer mit allem Komfort, mit einem luxuriösen Wellnessbereich, einem *Kingsize-Bett*, Klimaanlage, Etagenservice, alles desinfiziert, mit makelloser weißer Bettwäsche und einem Raumpflegeservice, der zweimal pro Tag kam. Es war jedoch auch der erste Ort, wo Benoît sie suchen würde, davon konnte sie ausgehen, nachdem er versucht hatte, sie mit einer Spritze ruhigzustellen *wie einen tollwütigen Hund …* Cyrille blies ihre Wangen auf, stieß die Luft wieder aus und versuchte, ihre Tränen zurückzuhalten. Ihr Mann, an den sie geglaubt hatte, belog sie. Seit sie ihre Sinne wieder beisammen hatte, kreiste Benoîts Satz in ihrem Kopf. »*Die Vergangenheit ist die Vergangenheit, es nutzt nichts, sie zu erwecken, lass sie ruhen.*«

Im Taxi, das sie am Flughafen genommen hatte, war sie zu einer trostlosen Schlussfolgerung gelangt. Benoît wusste, was in Sainte-Félicité vorgefallen war, davon war sie mittlerweile überzeugt. Er wusste, was sie vergessen hatte, und tat alles, um zu verhindern, dass sie sich wieder daran erinnerte. War nicht er es gewesen, der sie aufgefordert hatte, Julien Daumas nach Sainte-Anne zu überweisen? Aber warum nur? War ihre Vermutung richtig? Sie musste offen mit ihm darüber sprechen.

Sie hatte sich dazu entschlossen, in die Khao San Road zu gehen, weil sie zwei Tage absolute Ruhe brauchte, um mit sich selbst ins Reine zu kommen und Arom zu treffen. Anschließend begann der Kongress, und sie würde schon sehen, was sie dann täte. Zudem war dies vor zehn Jahren der Ort gewesen, an den sie »geflohen« war. Cyrille hatte die winzige Hoffnung, dass diese Umgebung ihr helfen würde, die Mosaiksteinchen der ausgelöschten Vergangenheit zusammenzusetzen. Rechts von ihr öffnete sich ein roter Ziegeltorbogen auf eine Geschäftsgalerie. Ohne zu zögern, betrat Cyrille die Passage. Zu ihrer Rechten ein Fast-Food-Restaurant und ein Herrenschneider, zur Linken ein Internetcafé, ein Tätowierer und ein Reisebüro, das Ausflüge auf die Insel Koh Tao anbot. Am Ende befanden sich ein Konzertsaal und die Rezeption des Hotels Buddy Lodge. Cyrille legte ihre Reservierungsbestätigung vor, und der Empfangschef übergab ihr sofort die Magnetkarte für Zimmer 39.

»Führt es auf die Straße hinaus?«, fragte Cyrille Blake.

»Ja, aber es ist das ruhigste Zimmer, das wir haben.«

Cyrille bedankte sich, nahm den Aufzug und breitete fünf Minuten später ihr weniges Gepäck auf dem Bett aus. Das Hotel war erst vor Kurzem renoviert worden. Das Zimmer war sauber, ganz in Weiß gehalten, das Holz des Bettrahmens war Mahagoni-Imitat. Cyrille zog ihre verschwitzten Sachen aus und verschwand im blau gekachelten Badezimmer.

Unter der kühlen Dusche seifte sie Kopf und Körper ein, als wasche sie sich seit Wochen zum ersten Mal.

Dann verließ sie die Kabine und betrachtete sich im Spiegel. Es war ihr Gesicht und doch auch wieder nicht. Unter ihrer Schädeldecke verbarg sich eine andere Frau, die zuschlagen konnte, sobald sie schlief. Sie sah auf ihre Hände und drängte erneut ihre Tränen zurück.

Sie kämmte ihr Haar, ein Ritual ihrer Kindheit, das ihr wie ein tröstliches Regressionsverhalten vorkam, und frisierte es dann brav nach hinten.

In ein Badetuch gehüllt, ging sie zurück ins Zimmer und untersuchte den auf dem Bett ausgebreiteten Inhalt ihres Koffers. Es war nichts Passendes dabei. Sie hatte nur Arbeitskleidung eingepackt, gut geschnittene Kostüme, perfekt für die klimatisierten Räume im Kongressgebäude, jedoch ungeeignet für die schwüle Wärme Bangkoks. Sie wählte eine Hose und eine strohgelbe Bluse, um sich draußen etwas Angemessenes zu kaufen.

Nachdem sie sich angekleidet hatte, setzte sie sich einen Moment aufs Bett und zog ihre Ballerinas an, die ebenfalls zu warm waren. Im Geist setzte sie Flip-Flops auf ihre Einkaufsliste. Zimmer 39 war sicher ruhiger als die anderen, von der Straße drangen dennoch Verkehrslärm und Stimmengewirr herauf. Wie würde sie die kommenden Stunden und Tage bewältigen? Seit ihrer überstürzten Abreise wagte sie erstmals, sich die Frage zu stellen. *Ich habe ein riesiges Problem, wie kann ich es lösen?* Vor ihrem inneren Auge tauchte Astors vertraute Gestalt auf, aber sie vertrieb dieses Bild sofort. Unmöglich für sie, jetzt »daran« zu denken. *Sonst raste ich total aus – sofern dies nicht ohnehin schon der Fall ist.* Sie dachte angestrengt über alles andere nach und schloss mit sich selbst eine Vereinbarung. Sie gab sich diese Woche, um eine Lösung zu finden. Morgen um elf Uhr würde sie Sanouk Arom konsultieren. Mit etwas Glück wäre er bereit, ihr zu erläutern, wie er die Straßenkinder behandelte, die unter lakunärer Amnesie litten. Trotzdem bemächtigte sich ihrer ein beängstigender Gedanke. Sie setzte alle Hoffnungen auf diesen alten Mann, der seinen Zenit längst überschritten hatte. Das war weder klug noch rational. Sie riskierte eine Enttäuschung, die ebenso groß sein könnte wie ihre Hoffnung. Sollte sie zu keinem Ergebnis kommen, würde sie nach dem Kongress nach Paris zurückkehren und sich von Muriel behandeln lassen. *Und wenn sie mit Benoît unter einer Decke steckte?* Sie weigerte sich, auf diese zaghafte innere Stimme zu hören und sich der Paranoia hinzugeben. *Was sollte Muriel damit zu tun haben, das ergibt doch überhaupt keinen Sinn ...* Der Angriff ihres Mannes hatte jedenfalls den Vorteil gehabt, sie in ihrer Entscheidung zu bestärken. *Ich muss mit allen Mitteln versuchen, die Erinnerung wiederzuerlangen. Und er wird endlich ausspucken müssen, was er weiß.* Ohne weiter nachzudenken, griff sie zum Telefon, wählte seine Nummer und wartete. Es klingelte. Dann ertönte die schwerfällige Stimme ihres Mannes.

»Cyrille? Wo steckst du, um Himmels willen?«

Die junge Frau erkannte an seiner schleppenden Sprache sofort, dass er sich am Vorabend betrunken hatte.

»In Bangkok«, antwortete sie knapp.

»Im Hilton?«

»Nein.«

Benoît wurde sanfter.

»Mein Liebling, du musst jetzt vernünftig sein und zurückkommen.«

»Deshalb rufe ich dich nicht an, Benoît. Ich möchte die Wahrheit wissen.«

»Wovon sprichst du?«

Cyrille klemmte sich den Hörer ans Ohr und presste ihren Mund auf das Mikro.

»Warum soll ich die Vergangenheit ruhen lassen und nicht mehr daran rühren. Was weißt du?«

Er schwieg, dann antwortete er:

»Ich verstehe deine Frage nicht.«

Cyrille erwiderte mit tonloser Stimme:

»Am Flughafen vor der Passkontrolle, bevor du mir eine Spritze verpasst hast wie ... einem Tier ... warum hast du das dort gesagt? Was weißt du?«

»Beruhige dich, Cyrille.«

»Ich bin völlig ruhig.«

»Sag mir, wo du bist.«

»Antworte mir.«

Benoît räusperte sich.

»Ich weiß, dass du momentan sehr aufgeregt bist, aber ich verstehe deine Frage nicht.«

»Ich möchte die Wahrheit wissen.«

»Die Wahrheit ist, mein Liebling, dass du Ruhe brauchst.«

»Was ist vor zehn Jahren passiert?«

Wieder Stille am anderen Ende der Leitung.

»Warum hast du gesagt, ich soll die Vergangenheit ruhen lassen«, insistierte sie.

Erneutes Schweigen.

»Cyrille, ich versuche nur, dich zu warnen.«

»Wovor?«

Benoît seufzte.

»Wenn sich dein Gedächtnis an bestimmte Dinge nicht erinnern will, solltest du das vielleicht akzeptieren. Es ist möglicherweise eine Art Schutz, den dein Gehirn ausübt, um dein inneres Gleichgewicht aufrechtzuerhalten.«

Cyrille sank aufs Bett, ihr Herz begann wild zu schlagen.

»Was könnte mein Gedächtnis denn vor mir verbergen wollen?«

»Wahrscheinlich etwas, was dein Bewusstsein nicht ertragen würde ... wie bei ... Astor.«

Cyrilles Kehle schnürte sich zusammen. Benoît spürte, wie sich die Bresche öffnete, und hieb hinein:

»Bedenke die möglichen Konsequenzen, bevor du einen Weg einschlägst, auf dem es womöglich kein Zurück gibt. Hörst du mich? Unwissenheit ist in bestimmten Fällen vielleicht besser als die brutale Realität.«

Cyrille wurde klar, dass sie nichts erfahren würde. Sie versuchte es an einer anderen Front.

»Und was ist mit Julien Daumas, kennst du ihn?«
»Aber nein, ich bitte dich.«

Cyrille schüttelte den Kopf, ihr Mann log.

»Wirst du zurechtkommen?«, fragte Benoît.
»Ja«, antwortete sie knapp.
»Gut. Ich rufe dich in ein paar Stunden wieder an, einverstanden?«
»Ja, ist gut.«

Sie legten beide gleichzeitig auf. Cyrille ließ das Telefon sinken und stand auf.

Sie musste dieses Zimmer schnellstens verlassen, sich mit simplen Dingen beschäftigen, den Lift nehmen, ins Erdgeschoss hinunterfahren, am erstbesten Stand stehen bleiben, um sich ein Schälchen *pad thai* und Hühnerspieße zu kaufen. Einige Einkäufe tätigen. Erst dann würde sie weiter nachdenken.

*

Benoît Blake war fünfundsechzig Jahre alt und befand sich offiziell im Ruhestand. Die Wirklichkeit sah jedoch anders aus, denn er hatte den Posten eines emeritierten Professors am Institut Pasteur inne und außerdem ein Büro im Collège de France. So erging es alternden Forschern. Auch wenn sie im öffentlichen Dienst beurlaubt wurden, hängten sie ihren Beruf nicht an den Nagel. Sobald er wirklich weniger Pflichten wahrzunehmen hätte, würde er sein viertes Buch schreiben. Sein Verleger hatte ihm bereits die Herausgabe einer Autobiografie angeboten. Darin würde er über seinen Werdegang als Neurobiologe berichten, zugleich aber auch auf die großen Entdeckungen des Jahrhunderts im Bereich der Neurowissenschaften eingehen. Sollte er tatsächlich mit dem Nobelpreis ausgezeichnet werden, war der Verkaufserfolg sicher.

Blake war die Berufung zum Biologen nicht in die Wiege gelegt worden. Sein Vater war Pfarrer, seine Mutter Lehrerin in einem kleinen Dorf in Südfrankreich gewesen. Beide hatten ihn dazu angeregt – um nicht zu sagen gezwungen –, Medizin zu studieren, was damals als das angesehenste Fach galt. Er hatte sich gefügt und war problemlos in die medizinische Fakultät von Montpellier aufgenommen worden, wo er, begabt, wie er war, sein Studium mit glänzendem Erfolg abschloss. In seinem Herzen war Benoît Blake jedoch Literat. Ein gemarterter Geist, der die Philosophie liebte, die Welt der Bücher und der Gedanken. Das Medizinstudium hatte ihn strukturiertes Denken gelehrt, er hatte jedoch nie wirklich Gefallen daran gefunden. Ihm war sofort klar geworden, dass es hingebungsvoller und gut ausgebildeter Menschen bedurfte, um andere zu heilen, Diagnosen zu stellen und Therapien zu verordnen. Er empfand diesen Beruf jedoch als langweilig und war zu der erforderlichen Hingabe nicht bereit.

Die ständig klagenden Patienten gingen ihm auf die Nerven. Immerhin hatte er während seines Studiums große Neurologen und Neurochirurgen kennengelernt, die seine Entwicklung beeinflusst hatten. Mit achtundzwanzig Jahren wusste er, dass ihn am menschlichen Körper einzig und allein das Gehirn interessierte. Die anderen Organe waren ihm gleichgültig, widerten ihn geradezu an. Das Gehirn hingegen war die Quelle der menschlichen Intelligenz, des Denkens, der Abstraktion, der Sprache, der Kreativität und vor allem ... des Bewusstseins. Hinter seiner scheinbaren Bescheidenheit verbarg der junge Arzt einen großen Ehrgeiz. In dieser Zeit öffnete das Institut Marey in Paris seine Pforten. Dieses erste internationale Forschungslabor für Neurowissenschaften nahm vielversprechende junge Forscher aus aller Welt mit offenen Armen auf und entwickelte kühne Experimente, die die Gesundheitspolitik der Nachkriegsepoche beeinflussen sollten.

Benoît Blake hatte damals keinerlei Erfahrung in der Forschung und ging daher zunächst in die USA, um sich in einem Labor in Columbia mit den Methoden im Bereich der Neuronenphysiologie vertraut zu machen. Seine Erfahrungen in den USA der späten Sechzigerjahre befreiten ihn auch von seinem protestantischen Joch. Als er mit einem Mastertitel im Fach Neurophysiologie und voller Ambitionen zurückkehrte, wurde er im Institut Marey vorstellig. Bei einem Gespräch mit den Institutsleitern erläuterte er seine geplante Doktorarbeit über den neuronalen Schmerzschaltkreis. Am Ende dieses Tages hatte sich das Leben von Benoît Blake um hundertachtzig Grad gewendet. Sein Projekt hatte nicht nur einhellige Zustimmung gefunden, man vertraute ihm darüber hinaus ein kleines Team und ein Büro an. Mit dreißig Jahren wurde Blake Chef eines Forschungslabors, dem er den hochtrabenden Namen »Zentrum für Neurophysiologie der zerebralen Schmerzareale« gab. Er hatte das Hohe Haus betreten und zwar durch den Haupteingang.

Von Anfang an wusste Benoît Blake, dass dieses Labor nicht sein endgültiges Ziel war. Er wollte mehr. Als das Institut umzog und bald darauf seine Pforten schloss, hatte Blake bereits die Leitung einer viel größeren Abteilung im nationalen französischen Forschungsinstitut CNRS übernommen. Er war ein unvergleichlicher Physiologe – methodisch, geduldig, ja fast zwanghaft. Seine Arbeiten waren stets einwandfrei, seine Methoden fehlerlos.

Stieß er auf ein Problem, diskutierte er mit Forschern anderer Fachrichtungen, mit Biochemikern, Physikern oder auch Mathematikern, um sich neue Hypothesen zu erschließen und »seine Neuronen mit Sauerstoff zu versorgen«, wie er zu sagen pflegte. Oder er wandte sich wieder Rousseau und Voltaire zu, um die Augen von seinem Labortisch zu lösen, und mit »erfrischtem Geist« weiterzuarbeiten. Und stets gelang es ihm, die Hindernisse zu überwinden und eine Lösung zu finden.

Seine grundlegende Gabe jedoch, die für eine Verlängerung der Finanzierung, seine Wahl in sämtliche Akademien und Jurys und schließlich gar seinen Eintritt in die Akademie der Wissenschaften und in das Collège de France gesorgt hatte, war ohne Zweifel sein weltmännisches Auftreten. Solange er nicht zu viel über sich selbst sprach, war Benoît Blake ein gebildeter, redegewandter und angenehmer Mensch, der seine Zuhörer mit vielerlei Anekdoten über die verschlungenen Wege des Bewusstseins unterhalten konnte. Er war brillant, schlagfertig und charmant, er besaß eine fundierte Bildung und ein unfehlbares Gedächtnis. Das Rezitieren ganzer Passagen aus Schriften von Camus, Voltaire oder Paul Claudel war eines seiner Mittel, um ein langweiliges Essen mit einem Politiker zu beenden oder eine junge Forscherin mit schönen Augen zu betören.

Mit etwa fünfundvierzig Jahren befand sich der Wissenschaftler in einer Situation, in der er kaum noch jemandem Rechenschaft schuldig war, nicht einmal seiner Aufsichtsbehörde, die ihm freie Hand ließ, da ihm sein Ruf vorauseilte. Sein Privatleben war weniger glanzvoll. Seine Frau, die er in der Anfangszeit in Paris kennengelernt hatte, hatte ihm zwei Kinder geschenkt und ein Magengeschwür beschert. Nach ihren Schwangerschaften hatte sie ihre Arbeit als Geschichtsprofessorin nicht wieder aufnehmen wollen, was sie ihm für den Rest ihres gemeinsamen Lebens vorwarf. Wie konnten Paare in derart absurde Situationen geraten? Blake liebte schöne, intellektuelle Frauen, die in der Öffentlichkeit glänzten. Seine Frau hatte diesem Bild anfangs entsprochen, sich aber plötzlich aus dem gesellschaftlichen Leben zurückgezogen. Blake hatte sie vergeblich gedrängt, ihre Universitätskarriere wieder aufzunehmen. Durch Verdrehung der Tatsachen und eine Böswilligkeit, derer, laut Blake, nur seine Exfrau fähig war, hatte sie ihm die Schuld dafür in die Schuhe geschoben. Absoluter Blödsinn.

Es war noch früh, und Benoît Blake schenkte sich einen weiteren Kaffee ein. Er sollte eigentlich keinen Kaffee trinken, schon gar nicht schwarz und gezuckert, aber die letzte Zeit, insbesondere der Vortag, hatten ihre Spuren hinterlassen, und er sagte sich, etwas mehr oder weniger würde an dem desolaten Zustand seines Magens auch nichts ändern. Nachdem er sein Frühstück beendet hatte, stand sein Entschluss fest.

Er war Cyrille vor zwölf Jahren begegnet, zu Beginn der spannendsten Phase seiner Forschungsarbeiten über die neuronalen Grundlagen psychischer Schmerzen, die seine Karriere krönen sollten. Damals hatte er verschiedene Posten und mehrere Ämter inne. So teilte er seine Zeit zwischen seinem Forschungslabor, in dem inzwischen dreißig Wissenschaftler beschäftigt waren, seinen Vorlesungen am Collège de France und an der Fakultät für Psychiatrie und dem wissenschaftlichen Beirat einer Zeitschrift für Neurowissenschaften auf.

Es wäre untertrieben, zu behaupten, Cyrille habe ihm sofort gefallen. An dem Tag, als sie am Ende einer Vorlesung im Audimax mit ihrem wippenden blonden Pferdeschwanz auf ihn zukam, um ihn schüchtern nach genaueren bibliografischen Angaben zu seinem letzten Werk zu fragen, hatte er gespürt, wie er dahinschmolz. Etwas in seinem Inneren brach auf und setzte eine helle Energie frei. Die Folge war schmerzlich gewesen. Innerhalb weniger Wochen hatte er sich in einen alten, verliebten Professor verwandelt, der sich elend fühlte. Sein fünfzig Jahre lang betäubtes Herz war an derartige Sprünge nicht mehr gewöhnt. Er hatte sich gequält wie ein empfindsames Kind und sich gefragt, warum dieses Verlangen nach ihr plötzlich alles beherrschte.

Da er nicht wusste, was er tun sollte, hatte er seine Stellung ausgenutzt. Er hatte zwei Studenten als Praktikanten genommen, darunter sie. Und ein paar Monate lang war Benoît wie ein verliebter Teenager morgens in sein Labor geeilt, ohne zu merken, dass seine Frau die Zeichen wohl verstand. Cyrille hatte die Wirkungsweise des Meseratrols unerhört schnell begriffen und den anderen Praktikanten weit überflügelt. Sie war unschlagbar auf dem Gebiet der Biochemie und hatte im Handumdrehen die Auswirkungen der verschiedenen Dosierungen, Zusammensetzungen und Manipulationen begriffen. Es fehlte ihr noch an Überblick und Erfahrung, aber Benoît erkannte sofort ihren klaren Forschergeist, der zwar noch nicht über die theoretischen Voraussetzungen verfügte, dafür aber über Intuition, und der originelle, ja fast revolutionäre Ideen entwickelte, um Hindernisse zu überwinden. Sie faszinierte ihn. Und sie widmete sich der Wissenschaft und ihrem Professor mit unschuldigem Eifer, ohne überhaupt zu merken, welche Macht sie über ihn besaß.

Das erste Mal geküsst hatten sie sich an dem Abend, als es ihnen gelungen war, dank eines Meseratrol-Derivats traumatisierte Mäuse zu »heilen«. Es war schon spät, nur sie beide waren noch im Labor, die Erschöpfung und der Champagner im Büro des Professors hatten ein Übriges getan.

Benoît Blake spürte, wie sich seine Kehle zusammenschnürte. Er dachte an diese Zeit wie an sein verlorenes Paradies. In den folgenden Jahren hatte er nie mehr zu einer vergleichbaren Kreativität zurückgefunden. Mit Cyrille als Praktikantin an seiner Seite hatte er seine wissenschaftlichen, philosophischen und politischen Hypothesen niedergeschrieben. Die Gedanken fügten sich wie von selbst aneinander, als habe eine unsichtbare Hand seine intellektuellen Fähigkeiten aktiviert. Sein Unfall hätte allem ein Ende setzen können. Doch ganz im Gegenteil, ihre Verbundenheit war noch gewachsen, nachdem der Neurologe ihm angekündigt hatte, er werde ein kleines Handicap zurückbehalten. Durch die Läsion des Frontallappens entstünde eine Schreibstörung, die an Legasthenie erinnerte – auf den ersten Blick amüsant. Für seine Tätigkeit war es jedoch eine Katastrophe. Ohne Cyrille hätte er es nie geschafft, weiterhin zu publizieren. Sie hatte sich einfach neben ihn gesetzt und ihm geduldig geholfen. Natürlich hatte er Fortschritte gemacht, aber seit nunmehr elf Jahren las und korrigierte sie alles, was er mühsam verfasste, und brachte die Buchstaben in die richtige Reihenfolge. Er musste zugeben, ohne sie hätte er niemals das erreicht, was er bisher erreicht hatte. Sie war wortwörtlich sein Spiegel geworden, seine Leibwache, seine Stütze, ohne die er gestürzt wäre.

Und all das sollte durch einen Fehler der Vergangenheit hinweggefegt werden? Es war zu spät, die hinterhältige Schlange hatte sich einen Weg in sein Gedächtnis gebahnt, rollte sich um seinen Kopf und wollte nicht mehr loslassen. Der alte Forscher schnappte nach Luft. Dieser Daumas hatte alles verdorben. Benoît hatte zwar nicht mehr die Energie wie vor zehn Jahren, aber sein Biss war noch intakt. Für ihn war die Sache klar: Er würde es nicht zulassen, dass jemand sein Leben und seine Karriere zerstörte. Er liebte Cyrille, vor allem jedoch brauchte er sie, um seine Arbeit zu Ende zu bringen. Sie musste so schnell wie möglich an seine Seite zurückkehren, seine Ängste lindern und die Arbeit wieder aufnehmen.

Er richtete sich auf und ging mit schweren Schritten zum Sekretär im Salon. Er öffnete eine Schublade und beugte sich nach vorn; sein Magen schmerzte. Er kramte, bis er fand, was er suchte. Sein altes Notizbuch.

32

Es war sieben Uhr in Paris, als Nino Paci sich eine zweite Tasse schwarzen Kaffees ohne Zucker einschenkte und in sein zweites mit Erdnussbutter bestrichenes Brot biss. Tony, der mit nacktem Oberkörper gerade fünfzig Liegestützen absolviert hatte, nörgelte.

»Du isst zu viel Zucker und treibst zu wenig Sport. Du wirst noch richtig fett. Nicht zu vergessen das Couscous, das du gestern verdrückt hast ...«

»Es hilft mir beim Nachdenken«, erwiderte Nino schlecht gelaunt.

Der Krankenpfleger war morgens nie gut drauf, und noch weniger, wenn er nach einigen freien Tagen wieder zur Arbeit musste. Seine Gesichtszüge und seine Stimme entspannten sich erst, nachdem er die Zeitung gelesen, lange heiß geduscht und viel Kaffee getrunken hatte. Tony wusste das alles längst, verspürte jedoch morgens das dringende Bedürfnis, sich mit ihm zu unterhalten, und blitzte häufig ab. Das hinderte ihn allerdings nicht daran, am nächsten Morgen einen neuen Versuch zu starten. Nino vertiefte sich in die Zeitung.

»Kann ich dir bezüglich Cyrille in irgendeiner Weise helfen?«, fragte Tony in der Hoffnung, Nino würde endlich seine Zeitung beiseitelegen.

Der Krankenpfleger hob endlich den Blick.

»Ja ... ich glaube, das könntest du tatsächlich. Ab wann hast du heute Nachmittag frei?«

»Ich habe vormittags einen Termin bei einem Kunden,

dem ich einen neuen Server installiere. Damit dürfte ich spätestens um fünfzehn Uhr fertig sein. Danach stehe ich ganz zu deiner Verfügung.«

»Kannst du zu mir ins Sainte-Félicité kommen?«

»Okay.«

»Bring dein gesamtes Werkzeug mit.«

»Was soll ich tun?«

»Alte Akten ausgraben.«

Zum ersten Mal an diesem Morgen lächelte Nino.

In dem Moment, als Nino das Gelächter im Personalaufenthaltsraum hörte, wusste er, dass Manien die Station verlassen hatte. Kaum war er weg, entspannten sich die Angestellten. Kehrte der Chef zurück, erstarrten alle wieder. Paci warf einen Blick auf seine Uhr: kurz vor eins. Manien dürfte zum Mittagessen gegangen sein. Tony konnte leider erst in zwei Stunden kommen, aber er musste die Gelegenheit nutzen. Tony war mit der gesamten EDV-Anlage der Station und der Klinik vertraut, weil er vor zwölf Jahren von seiner Firma damit beauftragt worden war, alles auf EDV umzustellen.

Seither war er der ständige EDV-Beauftragte von Sainte-Félicité. Oft, wenn Nino fluchte, weil sein PC so langsam war, dachte er an jenen Tag zurück, an dem er den Informatiker gebeten hatte, seine alte Kiste wieder auf Vordermann zu bringen. Als er diesen Apollo mit seinem intelligenten Blick und dem sanften Lächeln hatte eintreten sehen, hatte er gewusst, dass es um ihn geschehen war und er alles daran setzen würde, später nicht allein nach Hause zu gehen. Der Tag hatte mit der Installation eines Antivirenprogramms und einer Antispam-Software begonnen und im Bett geendet.

Nino lächelte in sich hinein. Auf dem Gang tauchte Colette auf, die soeben die Medikamente auf der Station ausgeteilt hatte.

Cyrille bezahlte dem jungen Thai im Internetcafé zehn Baht und setzte sich vor einen alten PC. Sie hatte versucht, über ihr iPhone ins Internet zu kommen, doch im Ausland war die Verbindung enorm langsam und unglaublich teuer. Zuerst vernetzte sie sich mit der Website des Centre Dulac, gab ihren Benutzernamen und zwei verschiedene Passwörter ein, um auf den internen Server Zugriff zu bekommen. Sie hätte ihren Laptop mitnehmen sollen, hatte ihn jedoch in der Eile vergessen. Die Konsultationstabellen wurden angezeigt. Sie scrollte die Namen der Patienten durch, die für das Schlaflabor eingetragen waren. Die vertraulichen Berichte konnte sie nicht einsehen, sich jedoch davon überzeugen, dass es keine speziellen Nachrichten für sie gab. Mathias Mercier hatte die Vormittagssitzung geleitet und würde ihre beiden Hypnotherapie-Sitzungen übernehmen. Sie schickte eine E-Mail an Marie-Jeanne mit der Bitte, ihr den Bericht vom Vortag zuzusenden. Ihre Nichte dürfte ein ziemlich schlechtes Gewissen haben, weil sie ihren Onkel informiert hatte.

Alles war in Ordnung. Es gab kein offenkundiges Problem. Sie verließ das Portal des Centre Dulac und konzentrierte sich auf ihr eigenes Problem. Sie trug die mageren Fakten zusammen, über die sie verfügte: Benoît verbarg etwas vor ihr. Julien Daumas, Clara Marais und wahrscheinlich noch weitere Patienten waren in Sainte-Félicité vor zehn Jahren als Testpersonen missbraucht worden. Hinter allem steckte ohne Zweifel Rudolf Manien, auch wenn sie dafür keine Beweise hatte.

Cyrille nagte an ihrer Unterlippe. In ihrem Kopf entstand eine beunruhigende Hypothese. Wenn nun Benoît von diesem Versuch wusste und alles zu verbergen versuchte, um zu verhindern, dass ein solcher Skandal unmittelbar vor der Nobelpreis-Verleihung an die Öffentlichkeit gelangte? Cyrille schüttelte den Kopf. Unmöglich, ihr Mann kannte Manien so gut wie gar nicht ... Sie dachte nach. Wer könnte ihr Auskunft geben? Sie hatte eine Idee und zog angesichts ihrer eigenen Kühnheit die Augenbrauen hoch. Es war gewagt, aber warum nicht. Nach und nach entstand in ihrem Kopf ein Plan. Sie stellte eine Verbindung mit der Startseite von Gmail her und legte einen neuen Account an. Nachname: Blake, Vorname: Benoît, gewünschte Benutzeradresse: benoit.blake@gmail.com. Sie füllte alle Anmeldekästchen aus und dachte sich ein Passwort aus. Am Ende dieser Prozedur klickte sie auf »Bestätigen«. Eine Meldung informierte sie darüber, dass der Account derzeit nicht eingerichtet werden könne, da der Server überlastet sei. Sie wurde aufgefordert, es später wieder zu versuchen. Cyrille deutete dieses Hindernis als ein Zeichen. Sie würde noch etwas Zeit zum Nachdenken haben, ehe sie die Bombe platzen ließ.

Ihre Einkaufstüte in der Hand, stand sie auf, ging hinauf in ihr Zimmer und zog sich um. Der Spiegel im Badezimmer zeigte ihr ein sehr verändertes Bild. Sie wirkte schlanker in dem langen, pflaumenfarbenen Rock mit der beige-weißen Bordüre. Darüber trug sie ein ärmelloses Leinenshirt in derselben kräftigen Farbe. Was machte sie? Sie verkleidete sich, versteckte sich in einem Viertel, wo man sie kaum vermuten würde. Während sie sich eben noch sehr gut gefühlt hatte, überkam sie nun totale Entmutigung. Die Aufgabe, aus dieser Sackgasse herauszufinden, erschien ihr plötzlich unlösbar. Wie verloren schaute Cyrille sich um. *Das ist nicht der passende Moment, um aufzugeben.* Sie betrachtete wieder ihre Hände. Hatten sie tatsächlich ihrem Kater die Augen ausgestochen? Sie unterdrückte ein Schluchzen. Ihrer Niedergeschlagenheit konnte sie nur durch einen Adrenalinstoß begegnen. Genau diesen Rat gab sie bestimmten Patienten: »Wenn die Angst hochsteigt und Sie spüren, dass Sie der Katzenjammer überkommt, zwingen Sie sich, etwas sehr Aufregendes oder Ungewöhnliches zu tun.«

Adrenalin war das beste natürliche Gegenmittel gegen die Depression, es überflutete das Gehirn und regte es an. Sie ermutigte sich selbst, kalt zu duschen oder etwas völlig Neues zu machen, einen unbekannten Nachbarn anzusprechen ... Kurz, etwas zu tun, was die Maschinerie bis zum nächsten Alarm wieder ankurbeln würde. Cyrille nahm ihr Reise-Bandoneon aus ihrem kleinen Koffer, löste die Bälge und öffnete das Fenster zur Straße mit ihrem Stimmengewirr. Sie atmete tief ein und begann einen wilden Paso Doble zu spielen.

*

Mit quietschenden Reifen stoppte Tony sein Fahrrad auf dem Kies vor der Eingangstür der Station B. Er sicherte das Hinterrad mit einem Fahrradschloss und nahm seinen Helm ab, während er die Klinik betrat. Als er bat, den Chefkrankenpfleger zu sprechen, lächelte ihn eine Krankenschwester an und wies auf die Tür hinter sich. Nino stand mit einer Zigarette draußen, an die grau verputzte Wand gelehnt. Er stieß den Rauch aus, der in der kalten Luft eine Wolke bildete.

»Ich dachte, du hättest aufgehört?«

»Salut. Ja, ja, aber nicht heute.«

Nino sah noch immer bedrückt und traurig aus.

»Geht's dir nicht gut?«

»Nein. Mir geht alles auf die Nerven. Aber danke, dass du gekommen bist.«

»Was soll ich denn tun?«

»Hm ... ich weiß nicht, ich weiß es nicht mehr.«

»Was ist los?«

Die Zigarettenspitze glühte.

»Ich bin an Maniens Computer gewesen«, erklärte

Nino. »Da ist nichts drauf. Keine Spur von der Operation R irgendwas. Er hat alles gelöscht.«

Der Krankenpfleger schlug mit der flachen Hand gegen die Wand. Er durfte nicht lauter sprechen, aber er erstickte beinahe an seiner Wut.

»Verdammte Scheiße. Dieses Arschloch hat mit meinen Patienten irgendeine Sauerei angestellt, und ich weiß nicht, was!«

»Du hattest damit nichts zu tun, mein Schatz.«

Ein vernichtender Blick ließ Tony verstummen.

»Sorry. Aber es stimmt doch, du kannst nichts dafür, du warst damals bei einer Fortbildung. Man kann dir nichts vorwerfen.«

»Das Problem ist, dass man ihnen hier etwas angetan hat, und ich werde erst wieder ruhig schlafen können, wenn ich weiß, was.«

»Okay, fangen wir noch mal von vorn an. Du hast in seinem Computer und seinen Akten nichts gefunden.«

»Nichts.«

Tony atmete tief die belebende Herbstluft ein und ging ein paar Schritte durch das trockene Laub, das sich unter der Kastanie angehäuft hatte. Er wühlte mit der Spitze seiner Sportschuhe darin herum, dann hob er plötzlich den Kopf.

»Ihr habt doch alle neue Computer bekommen.«

»Wie bitte?«

»Erinnerst du dich nicht? Vor fünf Jahren habe ich hier die gesamte EDV-Anlage ausgetauscht.«

»Aber ja, du hast recht!« Ninos Züge hellten sich auf, um sich gleich wieder zu verfinstern. »Das bringt uns auch nicht weiter.«

»Das ist nicht gesagt. Ich weiß, wer die alten Kisten geerbt hat. Man könnte sie vielleicht noch aushorchen.«

*

Die fünf PCs der Station B waren an die Abteilung für Kinder- und Jugendpsychiatrie der Klinik Necker gegangen, die damals gebrauchte Geräte suchte, um einen Computerraum einzurichten. Tony hatte sich ohne Bezahlung um die Installation gekümmert. Sein jüngster Bruder hatte wegen Depressionen eine Zeit lang dort zugebracht, und da man ihn gut behandelt hatte, war dies Tonys Art gewesen, dafür zu danken.

Der Informatiker schwang sich auf sein Mountainbike, um zur Klinik Necker zu radeln. Der Verkehr hielt sich in Grenzen. Er fuhr an der Rue Dulac vorbei und musste an Cyrille denken. In welcher Klemme sie wohl steckte? Tony wich einem Motorroller aus und fuhr auf Höhe der Metrostation Falguière links auf den Bürgersteig. Es belastete ihn, Nino in einem solchen Zustand zu sehen. Nino ertrug es nicht, dass er seine Patienten vor den Machenschaften seines Chefs nicht hatte schützen können. Heftige Schuldgefühle nagten an ihm, und er versuchte, etwas wiedergutzumachen. Tony betrat die Kinderklinik und lehnte sein Rad an ein altes Pförtnerhäuschen. Er sicherte es mit zwei Schlössern, nahm seinen Helm ab und ging die wenigen Stufen hinunter, die zur Kinder- und Jugendpsychiatrie führten – im grünen Sektor der dritte Pavillon rechts.

Nino fühlte sich auch für Cyrille verantwortlich. Es wurde Zeit, dass er den Tatsachen ins Auge sah. Ihre Freundin hatte sich verändert. Sie war selbstbewusst und bedurfte ihrer beider Hilfe nicht mehr. Sie war reich, hatte eine beneidenswerte Position inne und einen einflussreichen Ehemann. Was konnten ein Krankenpfleger und ein Informatiker ihr schon nützen? Tony war der Ansicht, dass sich gewisse Gräben nicht überwinden ließen. Auf Guadeloupe zum Beispiel lebten die Einwohner nach Hautfarbe getrennt. So war es eben. Jeder schön an seinem Platz. Andernfalls würden die Beziehungen durcheinandergeraten.

Er stieß die Tür zum Pavillon auf. Er würde behilflich sein, so gut er konnte. Danach würde man weitersehen. Das Einzige, wovon er träumte, war ihr Urlaub in der Dominikanischen Republik im November. Sonne, Meer ... Alles andere war egal.

Am Empfang wandte er sich an eine junge Frau, die er nicht kannte. Er zeigte seine Gewerbekarte. »Ich bin vom EDV-Service, man hat mich wegen der Wartung der Geräte angerufen.« Alles Übrige würde die mangelhafte Organisation der Abteilung erledigen. Die junge Frau bat ihn, sich einen Augenblick zu gedulden, rief verschiedene Stellen an, ohne dass man ihr weiterhelfen konnte, versuchte es in einer anderen Abteilung, ebenfalls erfolglos, und geriet dann an einen Gesprächspartner, der sie auf die Necker-Mediathek verwies. Sie legte mit einem Seufzer auf. Tony tat, als schaue er ungeduldig auf seine Uhr. Schließlich sagte die junge Frau: »Also gut, gehen Sie einfach. Wissen Sie, wohin Sie müssen?« Tony lächelte.

Es war kurz nach sechzehn Uhr, und die jungen Patienten nahmen im Speisesaal ihren Nachmittagsimbiss ein. Der Computerraum war praktisch verwaist. Dort standen unter den Fenstern zum Hof fünf Tische nebeneinander, jeder mit einem PC ausgestattet. Ein Jugendlicher in einem unförmigen Jogginganzug spielte an einem Computer Poker. Tony schaltete die vier anderen PCs ein und suchte bei jedem nach dem ursprünglichen Benutzernamen. Er konnte gerade noch einen Triumphschrei unterdrücken, als »Dr. Manien« auftauchte.

Der Informatiker setzte sich vor den Bildschirm und ging auf Suche. In das vorgesehene Feld tippte er »4GR14« ein. Nichts. Genauso wenig wie für »Daumas« oder »Versuch« oder »Clara Marais«. In den vorhandenen Ordnern gab es keine entsprechenden Dateien. Tony wartete. Die Wiederherstellung einer gelöschten Datei war für ihn ein Kinderspiel, aber in diesem Fall war das bereits vor fünf Jahren geschehen. Er hätte wetten können, dass die seither gespeicherten Dokumente an die Stelle möglicher versteckter Dateien getreten waren.

Nichtsdestotrotz legte Tony eine CD ein, installierte das Programm »Inspector File Recovery« auf der Festplatte und startete es. Er klickte links auf die Registrierkarte »Gelöschte Dateien suchen« und ging in dem Fenster, das sich daraufhin öffnete, mit einem Doppelklick auf Laufwerk C. Der Suchbaum mit den alphabetisch geordneten Files tauchte im linken Feld auf. Er änderte die Anordnung in chronologischer Reihenfolge. *Scheiße!* Die Liste reichte nur bis zum Jahr 2001 zurück.

Tony schloss alle Fenster und klickte im Befehlsmenü auf »Verlorene Dateien suchen«, ging mit Doppelklick auf das Laufwerk C, dann auf »V«, Verification, und gab schließlich den Befehl zur Festplattenüberprüfung ein, was mindestens zehn Minuten in Anspruch nehmen würde.

Der Informatiker warf einen Blick zu dem Burschen, der völlig in sein virtuelles Kartenspiel vertieft war. Sollte ein Arzt oder jemand vom Pflegepersonal ihn fragen, was er hier zu tun hatte, würde er sich irgendeine Geschichte aus den Fingern saugen müssen. Der Balken füllte sich langsam, dreißig Prozent der Datenmenge waren überprüft worden. Tony erhob sich kurz und begann, bei den anderen drei PCs ein Antivirenprogramm zu installieren, um sich zu beschäftigen und vorgeben zu können, etwas Sinnvolles zu tun.

Inzwischen waren sechzig Prozent der Festplatte des früheren PCs von Manien gescannt, dann hundert Prozent. Im rechten Feld erschien eine Liste der verlorenen Dateien. Alle Namen begannen mit »cluster«. Tony riss die Augen auf und überflog die Zeilen. Er ordnete sie erneut chronologisch. Wieder nichts aus der Zeit vor 2001. Der Informatiker schnipste mit den Fingern. Gut, er hatte also Pech gehabt. Nun blieb ihm nur noch, einen Schraubenzieher aus seiner Tasche zu holen.

*

Es war neunzehn Uhr, und Cyrille Blake erinnerte sich, etwas weiter oben in der Khao San Road einen Massagesalon gesehen zu haben. Genau das brauchte sie jetzt vor einer neuen Nacht voller Ängste. Sie schloss die Tür ihres Zimmers ab und ging ins Erdgeschoss hinunter, zögerte und legte einen Zwischenstopp im Internetcafé ein. Ein wenig nervös ging sie wieder auf die Startseite von Gmail und gab ihre neuen Login-Daten und das Passwort ein. Zuerst erschien eine kleine Sanduhr, nach wenigen Sekunden befand sie sich dann im neuen Account von »Benoît Blake«. Cyrille empfand ein vages Schuldgefühl. Sie, die nie auch nur ein Bonbon im Geschäft hatte mitgehen lassen und jede Kassiererin auf zu viel herausgegebenes Geld aufmerksam machte, war dabei, sich widerrechtlich die Identität ihres Mannes anzueignen. Sie klickte auf »Neue Nachrichten« und überlegte kurz, doch sobald sie sich entschieden hatte, war es ganz einfach. Da sie die schriftlichen Arbeiten ihres Mannes so oft Korrektur gelesen hatte, konnte sie blind einen Text mit seinen Worten formulieren. Sie entschloss sich für eine Kurzform.

Lieber Rudolf, ich erlaube mir, Dir zu schreiben, denn ich stehe vor etwas, was man allgemein als Problem bezeichnet. Meine Frau hat die Existenz der Akte 4GR14 entdeckt. Was soll ich tun? Freundschaftlich, B. Blake.

In die Zeile »Empfänger« schrieb Cyrille die E-Mail-Adresse von Rudolf Manien. Das war ganz einfach, da alle E-Mail-Adressen in der Klinik Sainte-Félicité nach demselben Muster erstellt wurden, dem Vornamen und dem Familiennamen mit Punkt dazwischen, gefolgt von der Adresse @ap-hp-stefelicite.fr.

Sie biss sich auf die Lippen, als sie die Nachricht nochmals las. Sie war einfach und direkt und verlangte eine Antwort. Der totale Bluff. Sie atmete tief ein und klickte auf »Senden«.

*

Cyrille betrachtete einen Augenblick lang die bunten Neonlichter, die an den Fassaden blinkten. Die Techno-Musik ertönte in voller Lautstärke, und unzählige Menschen drängten sich auf Gehwegen und Straße. Etwa zwanzig Meter vom Hotel entfernt hüllte das riesige Aushängeschild »Paradise Massage« den Passanten in ein fluoreszierendes Rosa ein. Zwei Frauen saßen auf einem Hocker vor einer Preisliste und sprachen die Passanten lächelnd an. Cyrille näherte sich. *Head massage 20 Baht, Foot massage 25 Baht ...*

Die Jüngere der beiden erhob sich eilig, freundlich lächelnd und äußerst beflissen. Der Kundenandrang schien sich an diesem Abend in Grenzen zu halten. Cyrille folgte ihr ins Innere des Hauses. Die Holztreppe war steil und nicht breit genug für zwei. Auf dem ersten Absatz stand vor einem verblichenen rosa Vorhang ein kleiner runder Tisch, an dem eine alte Dame, bekleidet mit einer Thaihose und einer blauen Bluse, das Geschäftliche erledigte. Sie begrüßte Cyrille, indem sie die Hände unter dem Kinn zusammenlegte, und zog den Vorhang zur Seite. Dahinter befand sich ein großer, schwach beleuchteter Raum, in dem auf einem verschlissenen Teppich zehn Matratzen nebeneinanderlagen. Entlang der

Wand stand eine Bank, auf der zwei männliche Touristen warteten. Cyrille hätte gerne einen Rückzieher gemacht, aber die alte Dame versperrte ihr lächelnd den Weg.

Also zog sie ihre Schuhe aus und nahm neben den beiden Touristen Platz. Hinten im Raum waren Vorhänge zugezogen und verbargen zwei Kabinen, in denen die Masseure tätig waren. Die Szene wirkte surrealistisch und so ganz anders, als sie es erhofft hatte. Sie hatte von einer behaglichen Atmosphäre geträumt, um sich zu entspannen. Hier roch es nach billigem Monoi-Öl und nach Schweiß. Die Hände auf den Knien, betrachtete Cyrille die Wand vor sich, ohne zu wagen, Blicke mit den geduldig wartenden Fremden zu tauschen.

Sie fuhr sich über die Augen und gestand sich die Komik der Situation ein. Da saß sie nun, jeden Augenblick darauf gefasst, Jacques Brel rufen zu hören: »Au suivant! – Nächster bitte!« Ihre Zehen strichen über den abgewetzten Teppich, der an den im Zimmer ihrer Eltern in Caudry erinnerte. Sie schloss die Augen. Seit zehn Jahren lebte sie in einem goldenen Käfig, da Benoîts Stellung sie vor finanziellen Problemen bewahrte. Ihre zweihundert Quadratmeter große Wohnung mit Terrasse im siebten Arrondissement, »ihre« Klinik, ihre Wohnung in Saint-Jean-Cap-Ferrat, ihre Ferien in Saint-Martin … Sie hatte sich nicht nur daran gewöhnt, sondern nur zu gerne vergessen, dass es auch ein anderes Leben gab. Sie sah ihren Vater wieder vor sich, wie er, den Rücken gebeugt, an dem mit einem alten Wachstuch bedeckten Küchentisch saß und sich auf die Rennergebnisse in der Zeitung konzentrierte. Keine Musik, nur das Ticken der Uhr und der Geruch nach Eintopf.

Nach ihrer Hochzeit mit Benoît hatte Cyrille die Tür zu diesem bescheidenen Haus hinter sich geschlossen und nie mehr zurückgeblickt. Sie hatte sich in die wohlhabende und elitäre Welt der Intellektuellen gestürzt und kehrte nur noch zweimal im Jahr nach Nordfrankreich zurück, um ihren Vater zu besuchen, ohne jedoch ihren Mann mitzubringen.

Benoît. Sie sah ihn wieder am Flughafen vor sich, mit gerötetem Gesicht, die Spritze in der Hand. Was wollte er so verzweifelt vor ihr verbergen? Ihr Mann hatte ihr Mut gemacht und ihr einen Teil der finanziellen Mittel zur Verfügung gestellt, damit sie sich ihren Traum von der Klinik erfüllen konnte. Sie wusste, was sie ihm zu verdanken hatte. Im Gegenzug erwartete er von ihr die völlige Unterwerfung sowie ihre ständige Unterstützung, um sein Handicap auszugleichen.

Als sie ihn im Audimax Charcot das erste Mal gesehen hatte mit seiner Ledertasche, seinem grauen Anzug, den Schultern eines Möbelpackers, dem schlecht gebändigten grau melierten Haar, seiner mürrischen Miene, seiner selbstsicheren Art und der schnellen Sprechweise, hatte sie sich gesagt, dass nur wenige Menschen sie bisher so stark beeindruckt hatten. Imponiert hatte er ihr durch seine Stattlichkeit, sein hervorragendes Französisch, die Treffsicherheit seiner Worte, die konzentrierte und überlegte Analyse von Problemen und natürlich durch alle Publikationen, die sie von ihm und über ihn gelesen hatte.

Cyrille hatte sich einmal in den Bruder einer Kommilitonin verliebt. Sie erinnerte sich an ein realitätsfernes Gefühl, das von ihr Besitz ergriffen hatte. Nichts Konkretes. Als sie Benoît traf, hatte sie sich gesagt, dass nun ihr wirkliches Leben begann.

Cyrille betrachtete ihre Fingernägel und seufzte. Innerhalb einer Woche war alles ins Wanken geraten. Ihr Mann belog sie, und sie hatte ihm soeben eine Falle gestellt, um ihn zu entlarven.

Genau in diesem Moment vernahm sie aus weiter Ferne einen vertrauten Klang. Den Bruchteil einer Sekunde glaubte sie, ihr Gehör spiele ihr einen Streich. Sie konzentrierte sich, die Augen geschlossen. Dann öffnete sie die Lider unvermittelt wieder. *Ruhig Blut, nein, ich träume nicht.* Der Vorhang hinten im Zimmer öffnete sich, und eine etwa fünfzigjährige Masseurin in Thaihose und rosa Korsage bedeutete ihr, dass sie an der Reihe sei.

Ohne nachzudenken, sprang Cyrille auf, machte ihr ein Zeichen, dass sie gehen müsse, ignorierte den bösen Blick, den ihr die Alte zuwarf, und schlüpfte eilig in ihre Schuhe. Sie legte einige Baht auf den Tisch, murmelte eine Entschuldigung und rannte die Treppe hinunter.

Auf der Straße blickte sie suchend nach rechts und nach links, um festzustellen, woher der Klang kam. Von links? Sie folgte ihrem Gehör, wie magisch angezogen von der Melodie. Sie hörte das Instrument immer lauter und näherte sich ihm.

Eine kleine Gruppe Schaulustiger hatte sich um den Musiker gebildet. Sie reckte sich, um ihn zu sehen, doch er entzog sich ihrem Blick. Plötzlich entfernte sich ein Touristenpärchen, und zwischen zwei Köpfen konnte Cyrille den Akkordeonspieler erkennen. Youri hatte sich nicht verändert. Groß, knochig, scharf geschnittene Gesichtszüge und zotteliges, graumeliertes Haar. Er spielte, auf einem Klappstuhl sitzend, das weiße Hemd über einer weiten blauen Hose, an den Füßen seine alten Sandalen. Genau an derselben Stelle wie vor zehn Jahren. Am Boden wartete dieselbe Blechbüchse auf Geldstücke. Er spielte mit geschlossenen Augen ein Zigeunerlied, zog mit seiner Versunkenheit die andächtig lauschenden Zuhörer in seinen Bann. Cyrille rührte sich nicht vom Fleck. Sie wurde in rasendem Tempo in eine andere Zeit zurückversetzt. Die seither vergangenen Jahre schienen dahinzuschwinden. Intuitiv öffnete der Estländer die Lider und schaute in ihre Richtung. Ihre Blicke kreuzten sich einen Moment. Youri spielte weiter, ohne sie aus den Augen zu lassen. Forschte er in seinem Gedächtnis, wem dieses

Gesicht, das ihm bekannt vorkam, gehören mochte? Schließlich lächelte sie ihn schüchtern an. Hatte er sie erkannt? Cyrille trat von einem Fuß auf den anderen. *Was soll ich tun? Soll ich ihn ansprechen?*

22 Uhr

Cyrille lag in ihrem Hotelzimmer auf dem Bett ausgestreckt, die Augen zur Decke gerichtet und wusste, dass sie nicht schlafen können würde. Youri kannte sicher einige Antworten auf ihre Fragen. Wahrscheinlich hätte er ihr sagen können, welche Art Droge sie in der besagten Nacht vor zehn Jahren genommen hatten. Aber im letzten Moment hatte sie sich anders besonnen. Durch ein Treffen mit ihm wäre etwas wieder wahr geworden, dem sie geduldig jegliche Substanz entzogen hatte, um sich nicht mehr schuldig fühlen zu müssen. Sie spürte, dass alle Bemühungen, seine Existenz und ihr Fehlverhalten zu leugnen, hinfällig würden, wenn sie ihm erneut auch nur die kleinste Rolle in ihrem Leben zugestände. Und Benoît würde alles erraten. Deshalb hatte sie sich zurückgezogen und war davongelaufen wie ein auf frischer Tat ertapptes Kind, um in ihrem Zimmer im Buddy Lodge Zuflucht zu suchen.

In diesem Moment spürte sie eine animalische Angst. Sie fürchtete sich entsetzlich vor der kommenden Nacht, vor den Phantomen, die sie heimsuchen würden, Benoît, Astor, Youri, Julien Daumas … Sie schaltete ihre Nachttischlampe ein, stellte die Klimaanlage ab, die zu viel Lärm machte, und dachte lange nach. Dann stand sie auf und kramte in ihrem Koffer. Der lange Leinengürtel ihres Kleides eignete sich. Sie streckte sich wieder auf dem Bett aus, löschte das Licht, knotete den Gürtel am Kopfende des Bettes fest und wickelte sich die andere Seite um die Handgelenke. Die Hände vor dem Körper zusammengebunden, legte sie den Kopf auf das Kissen. So würde sie in der Nacht niemandem etwas antun können. Ihre Kehle brannte. Ihr Geist bat um Vergebung. Sie begann zu schluchzen.

33

14. Oktober

In das Betttuch gewickelt und völlig durchgeschwitzt, schreckte Cyrille hoch. Mit der Küchenschere bewaffnet, hatte sie auf Astor eingestochen. Sie hatte den Gegenstand in der Faust gespürt und das Eindringen in das weiche Gewebe, das unter den Stößen nachgab. *Ist das ein Albtraum oder die Erinnerung, die zurückkehrt?* Voller Panik öffnete sie die Augen. *Wo bin ich? Warum bin ich angebunden?* Es dauerte einige Sekunden, bis sie sich daran erinnerte, in Bangkok zu sein und warum ihre Hände gefesselt waren. Sie band sich los, drehte sich auf den Rücken, massierte sich die Handgelenke und blieb eine Weile so liegen, den Blick an die Decke gerichtet. *Wie konnte ich das tun? Wer bin ich wirklich, um dazu fähig zu sein?* Sie nahm alle Energie zusammen, um diese Fragen zu verdrängen und unter Verschluss zu halten. Wie spät mochte es sein? Noch war kein Stimmengewirr von der Straße zu hören, die sich ein paar Stunden Atempause gönnte, die Hitze war aber bereits erstickend. Sie schaltete die Klimaanlage wieder ein, die erneut zu brummen begann. *Was tust du hier, Cyrille?* Sie musste sich die Realität eingestehen: Sie war auf der Flucht.

Sie würde aufstehen, sich waschen, etwas essen und sich ins Brain Hospital begeben, um Sanouk Arom zu treffen. Sollte diese Begegnung zu nichts führen, würde sie nach Paris zurückkehren und einen Arzt konsultieren.

Sie durchsuchte ihr Nachtkästchen, bis sie das Knistern des Kuchenpakets hörte, das sie im Seven/Eleven gekauft hatte. Sie biss in einen thailändischen süßen Keks. Er war nicht gut, schmeckte aber zumindest nach Schokolade. Sie setzte sich im Bett auf. Die Klimaanlage stotterte, dann brach das Brummen ab. *Stromausfall, Verflixt! Das fehlte gerade noch!* Cyrille atmete schwer, ihr Haar klebte an Stirn und Hals, sie brauchte Luft. Sie erhob sich, wickelte sich in ein Duschtuch und näherte sich den Fensterläden, die sie über Nacht halb geöffnet gelassen hatte. Nun stieß sie beide auf. Die Sonne war noch nicht aufgegangen. Sie öffnete das Fenster.

Die Luft war angenehm, sie trug die Feuchtigkeit der nächtlichen Regenfälle mit sich. Cyrille trat einen Schritt hinaus und stützte sich auf die Balustrade. Die Straße war ruhig, vom Regen gewaschen. Als sie die Augen wieder öffnete, hatte sich unten auf dem Bürgersteig eine kleine Gruppe Männer gebildet, zur Hälfte im Schatten des Seven/Eleven-Ladenschilds. Sie unterhielten sich. Einer machte einen Schritt zurück und stand nun direkt unter dem Schild. Seine Größe, seine Gestalt, sein helles Haar ... Cyrille erstarrte. Eine Welle eiskalter Angst überflutete ihren Körper bis in die Haarwurzeln.

Er sah aus wie Julien Daumas!

Sie trat abrupt zurück, stieß gegen das Fenster, das ein metallenes Geräusch von sich gab. Die Männer unten drehten sich um und hoben die Köpfe. Cyrille stürzte in ihr Zimmer, bevor jemand sie sehen konnte, und lehnte sich mit angehaltenem Atem an die Wand. *Das ist unmöglich, mein Gott, das ist doch unmöglich.* Ihr Körper verweigerte jede Bewegung. *Er kann nicht hier sein, er weiß nicht, dass ich hier bin. Es ist eine Halluzination.* Eine schier endlos erscheinende Zeit verging, ohne dass sie einen klaren Gedanken fassen konnte. Nach langen Minuten beschloss Cyrille, auf den Balkon zurückzugehen, nach unten zu schauen und festzustellen, dass es nur eine Vision gewesen war. *Du kannst doch logisch denken, bist Wissenschaftlerin. Er kann unmöglich hier sein.*

Sie musste mehrfach schlucken. *Es ist ein Albtraum, ich werde gleich aufwachen.* Sie zog das Badehandtuch enger um sich und schlich Schritt für Schritt in gebückter Haltung über den Balkon. In einer Nische verborgen, richtete sie sich langsam auf, bis sie einen Blick nach unten werfen konnte. Niemand. Vor dem kleinen Supermarkt stand niemand mehr. Cyrille wagte es, etwas weiter vorzutreten, um einen Teil der Straße überblicken zu können. Die Händler öffneten gerade ihre Sonnenschirme, einige wischten die nassen Plastikstühle ab, eine Rikscha fuhr im Schritttempo vorbei, der Fahrer unterhielt sich mit einem Radler. Keine Gruppe, kein blonder Europäer. Cyrille atmete tief durch und ging in ihr Zimmer zurück. Die Klimaanlage war wieder angesprungen und pumpte eisige Luft ins Zimmer. Cyrille tadelte sich selbst. *Ich leide bereits an Verfolgungswahn.* Sie ließ das Handtuch fallen, ging ins Bad und unter die Dusche. Sie stellte die Mischbatterie langsam kälter, bis ein eisiger Wasserstrahl aus dem Brausekopf kam. Nach Luft ringend, trat sie abgekühlt aus der Dusche, die Gedanken wieder geordnet. Sie trocknete sich ab, zog sich an, nahm die Stofftasche, die sie am Vortag gekauft hatte, und steckte iPhone, Geldbeutel, Pass und Kreditkarte hinein. Die Sonne war inzwischen aufgegangen, es war kurz nach sechs Uhr. Sie ging hinunter ins Hotelrestaurant.

Nach einem großen Kaffee, Eiern mit Speck, einigen Scheiben Toast, etwas Quark und einem Orangensaft fühlte Cyrille sich besser. Sie hatte sich selbst Angst gemacht wie ein kleines Mädchen. Es war idiotisch, man würde sie hier nicht finden. Sie bestellte beim Kellner noch eine Tasse Kaffee und schaltete ihr Handy ein. Das Display zeigte ihr den Eingang von elf SMS und acht Sprachnachrichten auf der Mailbox an. Um die E-Mails zu lesen, würde sich Cyrille später ins Internet-Café begeben, dort ginge es bedeutend schneller. Sie öffnete den kleinen blauen Umschlag, der die SMS anzeigte, und las die erste Meldung, die von Benoît stammte: »mcih fur na, msüsen wir edren!« Verwirrt schloss Cyrille einen Moment die Augen. Benoît musste in derart schlechter psychischer Verfassung sein, dass es ihm nicht einmal gelungen war, die Wörter in die richtige Reihenfolge zu bringen. Fast alle übrigen Textnachrichten waren von ihm. Sie hatte nicht den Mut, sie zu lesen. Allein anhand der Uhrzeit, ab Mitternacht Pariser Zeit, und des Abstands, in dem sie geschickt worden waren, nämlich alle fünfzehn Minuten, konnte sie den Inhalt erraten. Eine einzige SMS war nicht von ihrem Mann, sondern von Nino. Diese las sie. »Haben Neuigkeiten. Melde dich bitte. Baci. Nino.« Cyrille schaute auf die Uhr, in Frankreich war es noch mitten in der Nacht. Sie schrieb eine kurze Nachricht: »Rufe dich in ein paar Stunden an. Es geht mir gut. C« und schickte sie ab. Während sie die Mailbox abhörte, trank sie ihren Kaffee. Sie löschte die beiden Nachrichten von Benoît und hörte die dritte und letzte ab, die nachts um 01 Uhr 06 gekommen war: »Hier ist Marie-Jeanne. Ruf mich bitte an, wenn du diese Nachricht abgehört hast. Es ist dringend.« Marie-Jeannes Stimme klang belegt, als sei sie erkältet oder habe geweint. Cyrille wählte die Handynummer ihrer Nichte. Es klingelte einmal, zweimal. Jemand hob ab.

»Marie-Jeanne?«

»Cyrille ... bist du es?«

Die Stimme der jungen Frau war nur ein kaum hörbarer Hauch. Cyrille hielt sich das freie Ohr mit der Hand zu.

»Marie-Jeanne, was hast du, Liebes? Ich verstehe dich sehr schlecht, es ist ziemlich laut hier.«

Ein Schluchzen war am anderen Ende der Leitung zu hören.

»Du hattest recht.«

Die Stimme erstarb. Cyrille stand auf und verließ eilig das Hotelrestaurant.

»Marie-Jeanne, ich bin da, ich gehe in mein Zimmer, dort ist es ruhiger. Was ist passiert?«

»Es tut mir so leid, du hattest recht, er ist verrückt.«

Cyrille fror plötzlich. Sie lief die Treppe neben dem Empfang bis in den dritten Stock hinauf.

»Erzähl mir alles.«

Sie ging über den Korridor und steckte mit der freien Hand die Magnetkarte in das Türschloss von Zimmer 39.

»Julien ...«

Cyrille schloss die Tür leise hinter sich und ließ sich aufs Bett sinken. Marie-Jeanne weinte lautlos, aber man hörte das Schniefen.

»Du hattest recht, er hat Tiere gequält, das haben sie im Fernsehen gesagt, sie haben gesagt, dass er es war.«

Schweigen.

»Er war also dein Geliebter ...«, murmelte Cyrille mit tonloser Stimme. Sie versuchte, so sanft wie möglich zu sprechen und ihre Wut zu unterdrücken.

»Es tut mir so leid. Für dich, wegen allem«, erwiderte Marie-Jeanne.

»Du willst damit also sagen, dass er die letzten Tage über uns gewohnt hat?«

»Ja ...«

Cyrille biss sich auf die Lippen.

»Hat er Astor verstümmelt? Marie-Jeanne, antworte mir.«

»Ich ... ich weiß es nicht. Er war in dieser Nacht zwar bei mir, aber er hat das Zimmer irgendwann verlassen.«

Marie-Jeanne unterdrückte ein neuerliches Schluchzen. Cyrille räusperte sich.

»Mein Liebes, wir sprechen ein anderes Mal darüber.

Jetzt ist mir wichtig, dass du in Sicherheit bist. Bist du bei uns zu Hause?«

»In meinem Zimmer.«

»Hat er den Schlüssel?«

Die Antwort war Schweigen.

»Marie-Jeanne? Antworte mir. Hat er den Schlüssel?«

»Ja, aber ... Oh! Cyrille, es tut mir so leid.«

»Warum?«

»Er ist abgereist.«

»Wohin?«

Wieder ein Schluchzen und Schniefen.

»Nach Thailand ...«

Cyrille erstarrte. *Verflucht.*

»Hast du ihm gesagt, wo ich bin?«

Sie versuchte, die Erregung in ihrer Stimme zu unterdrücken, um ihre Nichte nicht am Erzählen zu hindern, aber Marie-Jeanne war bereit, alles, oder fast alles zu gestehen.

»Das war, bevor ich das über ihn gehört hatte. Er sagte mir, er wolle dich unbedingt sehen, mit dir sprechen, um gesund zu werden.«

Cyrille presste die Hand auf die Augen.

»Und?«

»Ich wollte doch so gerne, dass er mit dir redet und es ihm besser geht! Denn du hättest ihn von seinen Albträumen, von seinen Ängsten heilen können, und er wäre nicht einfach abgehauen. Also ... Also habe ich ihm gesagt, dass du früher als geplant nach Bangkok aufgebrochen bist, um dich in diesem Hotel auszuruhen. Er könnte aber in Paris auf dich warten oder dir eine E-Mail schicken.«

»Wann ist er geflogen?«

»Gestern. Ich weiß nicht genau, wann, ich ... ich habe geschlafen. Ich konnte nicht zur Arbeit gehen. Als ich aufwachte, war er nicht mehr da.«

Cyrille versuchte, das Zittern ihrer Hände zu beherrschen.

»Wenn er abgeflogen ist, bist du in Sicherheit. Rufe einen Schlüsseldienst, sobald es hell ist, und lass das Türschloss austauschen. Ja? Wirst du das tun?«

»Ja ... Aber du, du musst vorsichtig sein. Er weiß, wo du bist.«

»Mach dir keine Sorgen um mich. Das wird schon gut gehen.«

Es folgte Schweigen.

»Entschuldigung, Cyrille, bitte verzeih mir.«

»Es wird schon gut gehen, glaub mir. Aber tu mir bitte einen Gefallen. Ruf den Kommissar vom siebten Arrondissement an, der wegen Astor gekommen ist. Er heißt Yves. Nein, Yvon Maistre, M A I S T R E, hast du das aufgeschrieben? Sage ihm, dass du die Nichte von Benoît Blake bist. Erzähl ihm alles, was du weißt, und er soll noch einmal die Fingerabdrücke überprüfen, die er bei uns gefunden hat.«

»Okay.«

»Sehr gut. Also, mach dir keine Sorgen, alles wird wieder gut. Bis bald und geh Montag wieder zur Arbeit.«

»Bis bald.«

»Ich umarme dich.«

»Ich dich auch.«

Cyrille legte auf. Sie war leichenblass. Julien Daumas war hier, er war ihr auf der Spur. Die einzige gute Nachricht war, dass sie – vielleicht – Astor nicht getötet hatte.

Marie-Jeanne war angezogen und saß auf der kleinen Liege gegenüber dem Fenster in ihrem Zimmer. Sie schniefte. Es roch nach kaltem Tabak. Sie wusste nicht einmal, wie spät es war, ob es Tag oder Nacht war. Diesmal drückte sie auf die linke Taste und wählte die 1 und dann die 5. Man ließ sie einige Minuten in der Warteschleife, dann wurde sie mit der Vermittlung verbunden. Sie beherrschte das Zittern in ihrer Stimme. Noch einmal musste sie kurz warten, dann ertönte eine Frauenstimme:

»Hier ist der Rettungsdienst, was kann ich für Sie tun?«

»Guten Tag, Madame. Ich rufe an, weil ich ... ein Problem habe.«

»Was ist passiert?«

»Ich bin gerade aufgewacht und ich ... ich sehe nichts.«

»Überhaupt nichts?«

»Ich glaube, ich bin ... blind.«

Marie-Jeanne blieb noch zehn Minuten mit dem Rettungsdienst verbunden, während man ihr einen Krankenwagen und den Notarzt schickte. Sie war außer sich. Sie hatte sich selbst in diese Misere gebracht, nun musste sie auch selbst sehen, wie sie klarkam. Als Julien am Vortag in der Früh, nachdem sie sich geliebt hatten, neben ihr eingeschlafen war, wusste sie, dass er krank war, aber nicht, dass er ihr so etwas antun würde.

Sie hatte ihm helfen wollen. Er hatte ihr offenbar ein starkes Schlaf- oder Narkosemittel verpasst. Wie? Sie hatte keine Ahnung. Vielleicht in dem Kaffee, den er ihr gemacht hatte. Sie wusste nur, dass sie sehr lange geschlafen hatte, und als sie aufwachte, war sie aus dem Bett gefallen. Sie hatte sich an dem kleinen Tisch hochgezogen und den Schalter der Nachttischlampe gesucht. Aber sie hatte nichts gesehen. Ihre Augen waren tot. Und er, ihre große Liebe, war fort.

34

9 Uhr

Cyrille rief von ihrem Zimmer aus im Büro von Sanouk Arom an, um sich ihren Elf-Uhr-Termin bestätigen zu lassen. Sie geriet an Kim, seine Sekretärin, die sie in Bangkok willkommen hieß und ihr erklärte, wie sehr der Professor und sie selbst sich freuten, ihre Bekanntschaft zu machen.

10 Uhr

Cyrille hielt sich nicht lange auf der Khao San Road auf. Sie hatte keine Lust, Julien Daumas oder Youri zu treffen. Die schwarze Sonnenbrille auf der Nase, verließ sie eilig das Hotel und stieg in ein Taxi. »Brain Hospital, please«, sagte sie zu dem Chauffeur. Nach diesem Termin würde sie ihr Gepäck holen, um eiligst das Hotel zu wechseln.

Im Süden der Altstadt gelegen, erhob sich die Klinik über dem Fluss Chao Phraya und war, Luftlinie gerechnet, eigentlich nicht weit entfernt. Mit dem Auto aber und bei dem dichten Verkehr konnte der Weg eine gute Stunde in Anspruch nehmen.

Sie fuhren durch imposante Alleen, die, am Museum vorbei, zum Großen Palast führten. Zu beiden Seiten der sechsspurigen Straße prangten riesige Porträts des Königspaars, die im Licht der hochstehenden Sonne in allen Goldtönen schimmerten. Cyrille drückte ihre Tasche mit der Auswertung der MRT und die CD-ROM mit den Aufnahmen an die Brust. Sie hatte auch die Videopräsentation des Meseratrol und ihre letzten Publikationen dabei, die Arom sicher interessieren würden.

Vergebens versuchte sie, nicht länger an Marie-Jeanne und an Julien Daumas zu denken. Der junge Mann hatte sich sogar in das Bett ihrer Nichte und wahrscheinlich auch in ihre Wohnung eingeschlichen. Er manipulierte seine Umgebung, war heimtückisch und gefährlich.

Cyrille konzentrierte sich auf die Stadt. Der Verkehr wurde immer dichter. Begleitet vom fröhlichen Geknatter der Tuk-Tuks, kämpften sich die Autos Stoßstange an Stoßstande voran. Cyrille strich ihren Rock mit der flachen Hand glatt. Sie trug ihr beigefarbenes Leinenkleid, schlicht aber gut geschnitten, dazu ihre Ballerinas. Das Haar hatte sie zu einem kurzen Pferdeschwanz gebunden. Eine echte Pariserin.

Das Taxi durchquerte ein Wohnviertel und fuhr dann ein Stück am Fluss entlang. Sie bogen auf die monumentale Phra-Pok-Klao-Brücke, setzten den Weg auf der Phrachatipok Road fort, bis sie in ein riesiges Areal kamen, in dem Kräne, Bagger und Pressluftbohrer miteinander wetteiferten und wo gewaltige Gräben auf Gerüste und Baubaracken folgten.

»Was soll hier entstehen?«

»Wohn- und Bürogebäude und dort hinten ein neues Krankenhaus.«

»Sind wir bald da?«

»In fünf Minuten.«

Cyrille nickte und griff zu ihrem Handy. Sie schrieb eine neue SMS an Nino und erläuterte die aktuelle Situation. »Daumas ist in Bangkok, er weiß, wo ich bin. Fahre jetzt gerade zu Arom. Halte Dich auf dem Laufenden und rufe später an, um zu erfahren, was es Neues bei euch gibt. Danke für alles, C.«

Das Taxi umfuhr die x-te Baustelle und hielt schließlich vor einem hohen weißen zylindrischen Gebäude. Das Brain Hospital. Es war zehn Uhr vierzig, ihr blieb also noch genug Zeit. Sie bezahlte den Taxifahrer, bedankte sich und stand vor dem imposanten Eingang der Klinik. Die automatische Glastür öffnete sich zu einer Halle, die es mit einer Kathedrale hätte aufnehmen können. Ein Aufzug aus Plexiglas fuhr hinauf bis ins vierte Stockwerk. Man konnte dorthin aber auch über eine breite Marmortreppe mit vergoldetem Geländer gelangen, die in den Olymp zu führen schien. Unter einem Lüster mit etwa tausend Birnen befand sich die kreisförmige Rezeption.

Cyrille stellte sich vor. Sie sei Doktor Blake und habe um elf Uhr einen Termin mit Professor Arom. Der Empfangschef verneigte sich, notierte ihr Anliegen und telefonierte. Er bat sie, sich noch ein wenig zu gedulden. Unterdessen sah sich Cyrille um und betrachtete eingehend das architektonische Ensemble, das sie umgab. Man hätte sich in einem Vier-Sterne-Palast wähnen können. In dem Wartezimmer, das mehr einer Lounge der Business-Class glich, hatte man Zugang zu mehreren Schaltern. Sie zählte nach, es waren insgesamt sieben, und hinter jedem stand eine Krankenschwester mit weißer Haube.

Cyrille wusste, dass der Medizintourismus eine regelrechte Industrie in Thailand geworden war. Allein im Jahr 2006 hatte das Königreich mehr als eineinhalb Millionen »medizinische« Touristen in Empfang genommen, was einen geschätzten Umsatz von einer Milliarde Dollar eingebracht hatte. Die Klientel strömte aus der ganzen Welt herbei, vor allem aus den angelsächsischen Ländern, seit September 2001 aber auch aus den Ländern des Persischen Golfs, für die der Erhalt eines USA-Visums problematisch geworden war. Der Medizintourismus war hier ein gigantisches Geschäft. In Bangkok gab es bei Untersuchungen keine Wartezeiten, und selten musste sich der Patient mehr als zwei Wochen für eine Operation oder eine schwerwiegende medizinische Intervention gedulden. Für ein paar tausend Dollar bekam man eine neue Hüfte, ein Lifting oder eine Geschlechtsumwandlung ... Die Operationen wurden unter den denkbar günstigsten Bedingungen von zumeist in den USA ausgebildeten Ärzten vorgenommen. Alle Abläufe wurden auf einer DVD registriert, die der Patient für seine Krankenakte mit nach Hause bekam. Darüber hinaus beherrschte das Personal alle gängigen Sprachen, und die Ernährung wurde dem jeweiligen Diätplan angepasst.

Cyrille konnte es nicht fassen. In der Lobby des Bangkok Hospital wurden Filme auf großen Plasmabildschirmen gezeigt, ja, sogar kleine Entspannungsmassagen angeboten. Ein Lächeln auf den Lippen, schwebten hübsche Krankenschwestern anmutig vorüber.

Cyrille musste an die öffentliche Fürsorge mit ihren ärmlichen Krankenhäusern denken, die kaum über die Runden kamen. Und auch an ihre eigene kleine Klinik, die sich, verglichen mit diesem Luxus, geradezu bescheiden ausnahm. Sie würde ihr Zentrum moderner und ansprechender gestalten müssen. Der Mann am Empfang rief sie herbei.

»Doktor Blake?« Er deutete auf den Lift. »Dritte Etage bitte.« Cyrille befestigte das Badge an ihrem Kleid und wartete, dass der Aufzug von seinem Everest aus Glas und Licht zu ihr herabglitt.

Ihr Herzschlag beschleunigte sich. Jetzt wurde ihr erst richtig bewusst, warum sie eigentlich hier war. Am meisten graute es ihr davor, dem Professor noch einmal ihr Gedächtnisproblem darlegen zu müssen. Sie hatte ihre Erläuterung mehrmals in Gedanken wiederholt, wusste aber immer noch nicht, ob sie die Geschichte mit ihrem Kater erwähnen sollte. Sie beschloss, es dem Zufall zu überlassen. Sie würde schon sehen, ob sie den Mut fände, ihrem Kollegen davon zu berichten. Sie trat in den Aufzug und schwebte in einem leichten Windzug nach oben.

Die dritte Etage war den Gedächtnisproblemen gewidmet – in allen alternden Gesellschaften ein weitverbreitetes Übel, das immer mehr wohlhabende verängstigte Patienten aus der ganzen Welt hierherführte. Cyrille las die Hinweisschilder: Sprechstunde für »Gedächtnis«, für »Alzheimer«, für »Gedächtnispathologien«. Sie folgte den Pfeilen. Der Teppichboden war hochflorig, die Bepflanzung in den Kübeln üppig. Am Ende des Flurs befand sich eine Flügeltür, daneben das Schild mit dem Namen »Dr. Arom«. Cyrille klopfte ein erstes Mal, dann, als sie nichts hörte, ein zweites Mal etwas energischer. Eine weibliche Stimme bat sie, einzutreten. Kim, Aroms Assistentin, erhob sich hinter ihrem Schreibtisch. Sie konnte nicht älter als dreißig Jahre sein. Ihr glänzendes schwarzes Haar war zum Pagenkopf geschnitten, sie trug eine beigefarbene Bluse mit Mao-Kragen, dazu einen passenden braunen Rock. Ein strahlendes Lächeln auf den Lippen, verneigte sie sich. Cyrille tat es ihr gleich.

»Ich freue mich, Ihre Bekanntschaft zu machen«, sagte Cyrille.

»Ich auch, Doktor Blake. Wie ist Ihr Hotel?«

Cyrille griff zu einer Notlüge und lobte die Vorzüge des Hilton. Danach unterhielten sie sich über das Wetter, über den morgendlichen Regen, über die erdrückende Hitze, die Verkehrslage, die Luftverschmutzung. Nachdem der Small Talk beendet war, herrschte Schweigen. Cyrille lächelte, wusste nicht, was sie noch sagen sollte.

»Ist der Professor zu sprechen?«, fragte sie, mit einem Blick zu der angelehnten Verbindungstür zum Nachbarbüro.

Die Sekretärin lächelte weiter.

»Nein, tut mir leid, der Professor hat uns soeben verlassen. Er musste sich wegen einer dringenden Familienangelegenheit nach Hause begeben und bittet Sie, ihn zu entschuldigen. Er wird Sie während des Kongresses treffen.«

Cyrilles Magen krampfte sich zusammen, und sie hatte größte Mühe, gelassen zu bleiben.

»Ich verstehe, aber wir hatten einen Termin. Ich habe Sie vor nicht einmal einer Stunde angerufen ...«

»Natürlich, ich weiß, aber er musste nach Hause, es tut ihm sehr leid.«

Cyrille spürte, wie Wut in ihr aufstieg.

»Kann ich ihn denn heute Nachmittag oder morgen vor Eröffnung des Kongresses sprechen?«

»Und warum wollen Sie sich nicht während des Kongresses mit ihm treffen?«, erwiderte die Assistentin in gleichbleibend ruhigem Ton.

Cyrille musste sich zusammenreißen, um nicht zu explodieren oder eine Szene zu machen. *Die wollen mich wohl zum Narren halten!*

»Sie müssen wissen, dass ich die Reise wegen dieses Termins früher als geplant angetreten habe.«

»Es tut ihm wirklich leid, Doktor Blake.«

Das Gespräch artete zu einem Wettbewerb des Lächelns aus. Cyrille hatte Zweifel, bei diesem Spiel zu gewinnen. Kim war sehr viel besser trainiert.

»Wäre es möglich, mit ihm zu telefonieren?«, fragte Cyrille, der kein diplomatisches Argument mehr einfiel.

Kims Lächeln wurde noch breiter.

»Leider nicht! Er hat darauf bestanden, unter keinen Umständen gestört zu werden. Und, wissen Sie, der Professor telefoniert nicht mehr, weil es wegen seiner Hörprobleme einfach zu anstrengend ist. Wir kommunizieren vor allem schriftlich.«

Cyrille nagte an ihrer Lippe. *Ja, man hält mich zum Narren.* Ihre Nasenflügel blähten sich. Sie holte tief Luft.
»Hat er etwas für mich hinterlassen?«
Jetzt schien Kim zum ersten Mal wirklich verlegen.
»Nein, ich glaube nicht.«
Cyrille ließ die Schultern hängen. Gut.
»Wo sind bitte die Toiletten?«
Die Sekretärin wies ihr den Weg zu dem geräumigen, marmorgetäfelten Waschraum, drei Türen vom Büro ihres Vorgesetzten entfernt. Cyrille dankte ihr widerwillig und eilte mit zusammengebissenen Zähnen zu den Toiletten, ihrem letzten Zufluchtsort. Sie schloss sich in einer der Kabinen ein, setzte sich auf den Toilettendeckel und stützte den Kopf in die Hände.
Seit dem Tag, als Julien Daumas in ihrem Zentrum aufgetaucht war, schien sich alles gegen sie verschworen zu haben. Was hatte sie verbrochen, dass sich das Schicksal gegen sie wandte? Ihre letzte Chance auf Rettung hatte sich soeben in Luft aufgelöst. Jetzt konnte sie nur noch nach Hause zurückkehren und sich in der Rothschild-Klinik in Gomberts Hände begeben. Eine unkontrollierbare Verzweiflung, ja, fast schon Panik, überkam sie. Sie hätte weinen, schreien, ihre Eltern um Hilfe rufen mögen. Alles, was sie unternommen hatte, um sich allein zu helfen, ohne ihre Karriere, ihren Ruf und die Klinik zu gefährden, war gescheitert. Das Gebäude, das sie mit solcher Leidenschaft, solchem Eifer errichtet hatte, würde zusammenbrechen wie ein Kartenhaus.
Von ihr und ihrer Arbeit würde nichts übrig bleiben als das Bild einer geistesgestörten Frau, die vielleicht ein armes Tier gefoltert hatte, ohne sich daran zu erinnern. Im Centre Dulac würden sich die Ärzte um ihre Stelle streiten. Zu Mercier, der die Leitung übernehmen könnte und ihre Entscheidungen respektieren würde, hatte sie Vertrauen. Aber zu Entmann ... und Panis? Was würden

sie aus ihrem Projekt machen? Und sie selbst? Würde sie in einem Sanatorium landen, wo niemand sie besuchen würde außer Benoît, der nur allzu froh wäre, sie wieder unter seine Fittiche zu nehmen? Sie hatte kein Kind und nur wenige Freunde. Sie war eine Alzheimer-Kranke, die keine war. *Mein ganzes Leben lang, seit ich Psychiaterin bin, fürchte ich mich vor der Gewalt, vor dem Wahnsinn eines Patienten, der mich körperlich bedrohen könnte, vor einem Kunstfehler, der meine Karriere ruinieren würde. Doch das Schlimmste, was mir widerfahren konnte, bin ich selbst.* Cyrille wusste, dass das, was in ihr steckte, am schwersten zu bekämpfen war. All ihr akademisches Wissen und ihre Jahre der Erfahrung mit den Kranken würden ihr nichts nützen. Was würde sie jetzt tun, da ihr kein Ausweg mehr blieb?

Cyrilles finstere Gedanken drehten sich ständig im Kreis. Schließlich hob sie den Kopf, und ihr wurde klar, dass die Entmutigung sie daran hinderte, sich die einzige wichtige Frage zu stellen. *Was hat Sanouk Arom zwischen neun und zehn Uhr veranlasst, zu fliehen?* Noch immer auf dem Toilettendeckel hockend, begann Cyrille nachzudenken.

Man konnte viel über die Chefs in Erfahrung bringen, wenn man ihre Sekretärinnen beobachtete. Sanouk Arom hatte eine junge, ergebene Frau gewählt, die ohne weitere Diskussionen seinen Anordnungen folgte. Sie schloss daraus, dass er autoritär sein musste und dass Autorität bei dieser jungen Frau der Modus war, der bestens funktionierte. Übrigens war Cyrille Expertin bei der Deutung von Blick, Körperhaltung und Tonfall. Sie hatte in Kims Augen Bewunderung für die Kollegin ihres Vorgesetzten gelesen, die, teuer gekleidet, geradewegs aus der Traumstadt Paris kam. Sie hätte wetten können, dass sie nicht wagen würde, Cyrilles Wort infrage zu stellen oder sie ihr Gesicht verlieren zu lassen, was in diesem Land die schlimmste Demütigung bedeutete. Sie stand auf und nahm ihr Handy aus der Tasche. Sie hatte nichts mehr zu verlieren und konnte deshalb ruhig alles auf eine Karte setzen. Sie atmete siebenmal tief durch, ließ ihre Schultern kreisen und schloss die Lider. Als sie die Augen wieder aufschlug, war sie entschlossen, zum Angriff überzugehen.

Die Sekretärin von Professor Arom sah die hübsche, gut gekleidete Frau Dr. Blake, ein Lächeln auf den Lippen, ihr Handy in der Hand, zurückkommen.

»Entschuldigen Sie, Kim, ich habe soeben eine E-Mail von Professor Arom erhalten. Er bietet mir an, sein Büro zu benutzen, um meinen Vortrag für die Konferenz vorzubereiten. Könnten Sie mir bitte seinen Computer einschalten und das Passwort eingeben?«

Sie hatte das ohne Unterbrechung und mit der ruhigen, aber bestimmten Autorität gesagt, derer sie sich bei ihren Patienten bediente. Die Sekretärin richtete einen fragenden Blick auf sie. Cyrille ließ sie drei Sekunden schmoren und machte schon einen Schritt auf das Büro des Chefs zu. Und, wie sie es erwartet hatte, wagte Kim nicht, ihr zu widersprechen. Sie erhob sich und führte sie ins Arbeitszimmer des Professors, dessen große Fensterfront auf den Fluss Chao Phraya führte.

Eine Wand war mit gerahmten Diplomen, wissenschaftlichen Auszeichnungen und Glückwunschbriefen bestückt. In einem Schaukasten wurden Fachbücher, Zeitungsausschnitte und Medaillen präsentiert, daneben standen Dutzende von Familienfotos. In einem Wandregal waren Ordner aufgereiht. Cyrille bestaunte die Trophäen, was der Sekretärin sicher gefiel. Bewunderung funktionierte überall auf der Welt und ohne Ausnahme. Aroms Schreibtisch stand vor dem Fenster. Neben dem hochmodernen Computer waren säuberlich Akten aufgereiht. Nirgendwo ein Staubkorn. Der Mann war ein Pedant. Die

Sekretärin schaltete den PC ein und setzte sich davor. Die Hände hinter dem Rücken verschränkt, reckte Cyrille sich, um einen Artikel aus dem *Thaï News Daily* vom 2. Januar 2008 zu lesen, der zwischen zwei Buddhastatuen in einem Rahmen ausgestellt war.

> Die ONG Volunteer Group of Child Development VGCD hat den jährlich vergebenen Preis der UNESCO erhalten.

Etwas regte sich in Cyrilles Gedächtnis. Arom unterstützte die Hilfsorganisation VGCD bei der Behandlung von Straßenkindern. Und dort entwickelte er seine neue Behandlungsmethode, deretwegen sie hier war. Ihr Herz schlug schneller. Sie lächelte, sie fühlte sich näher am Ziel als je zuvor. Sie hatte recht gehabt, hierherzukommen.

Aroms Sekretärin bot Cyrille mit einer angedeuteten Verbeugung den Chefsessel an. Ganz offensichtlich entspannt, nahm Cyrille Platz, zog ihre wissenschaftlichen Artikel und ihre CD-ROM aus der Tasche, als handelte es sich um eine Arbeitssitzung. Dankend nahm sie den angebotenen Tee an. Damit würde sie noch etwas Zeit gewinnen. Kim verließ den Raum. Cyrille war sich nicht sicher, ob die Assistentin nicht in zwanzig Minuten, wenn die betäubende Wirkung der Autorität nachgelassen hätte, ihren Vorgesetzten anrufen und ihm mitteilen würde, dass die französische Frau Doktor Besitz von seinem Büro ergriffen hätte. Sie warf einen Blick auf den Aktenstapel zu ihrer Rechten. Alle Akten waren mit dem Logo der VGCD – ein erhobener Daumen vor weißem Hintergrund – versehen.

Cyrille kam auf ihre anfängliche Frage zurück. Was war zwischen neun und zehn Uhr passiert? Es könnte das Ergebnis persönlicher Überlegungen gewesen sein, doch das bezweifelte sie, da der Professor mehrere Tage

Zeit gehabt hatte, um den Termin abzusagen. Eine Begegnung mit jemandem oder eine Nachricht, die er bekommen hatte? Arom war schwerhörig. Eine SMS oder eine E-Mail war sehr viel wahrscheinlicher. Cyrille klickte auf das Icon MAIL unten links auf dem Bildschirm. Die Software Thunderbird summte, dann öffnete sich das Fenster mit den letzten gelesenen E-Mails, gesperrt durch einen weißen Balken mit der Aufschrift PASSWORT. Cyrille nagte an ihrer Lippe. Mist, das Passwort kannte sie natürlich nicht.

Plötzlich aber wurde ihr klar, dass sie es gar nicht brauchte.

Die Antwort auf ihre Frage befand sich direkt vor ihren Augen.

Sanouk Arom hatte um neun Uhr zwölf eine E-Mail von Benoît Blake erhalten …

Weitere hatte er um sieben Uhr vierzig, um acht Uhr zehn und um acht Uhr dreißg bekommen. Blake hatte Arom bedrängt, bis dieser nachgegeben und Cyrille ihrem Schicksal überlassen hatte! Sie hätte viel darum gegeben, den Inhalt zu lesen, doch ohne Passwort war ihr der Zugang versperrt.

Wütend griff sie zu ihrem Handy und wählte Blakes Nummer. Sie wartete auf das erste Klingelzeichen, legte aber gleich wieder auf. *Nein, ich gehe nicht auf dein Spiel ein. So einfach lasse ich mich nicht reinlegen. Du willst Krieg, du sollst ihn haben.* Sie lehnte sich im Sessel des Professors zurück, mit dem starken Verlangen, ihren Mann umzubringen. Er hatte sie angelogen und Arom, egal wie, Angst gemacht. Für diesen Verrat würde er zahlen müssen. Ihr eigensinniges Temperament gewann wieder die Oberhand. Wenn Benoît alles getan hatte, um dieses Treffen zu verhindern, würde sie alles tun, damit es doch stattfand. Das Spiel war noch nicht abgepfiffen. Sie richtete sich auf und öffnete ohne Skrupel das erste Dossier des Stapels der Volunteer Group for Child Development. Auf der ersten Seite zeigte ein Foto ein Mädchen von höchstens fünfzehn Jahren. Alles war auf Thai redigiert. Sie suchte nach Kurven oder Ziffern, anhand derer sie sich orientieren könnte. Sie sah Scannerbilder, Ratingskalen, doch ohne eine Übersetzung konnte sie nicht viel damit anfangen.

Sie saß eine Weile reglos vor den Akten, bis sie wusste, was zu tun war.

35

Ein Pfleger hatte Marie-Jeanne nach der Operation in ein Einzelzimmer im zweiten Stock der Augenklinik Quinze-Vingts gebracht. Nun lag sie mit einem dicken Verband über den Augen, die nach Desinfektionsmittel riechende Decke bis zur Nasenspitze hochgezogen, in ihrem Bett. Nur die üppige rote Haarmähne, die unter den Laken hervorquoll, schien noch lebendig zu sein. Marie-Jeanne war tief deprimiert. Sie hatte das Gefühl, in einen Abgrund gestürzt zu sein. Sie wusste, was ihr widerfahren war, dass sie sich in einer sehr schlechten Verfassung befand und das Augenlicht wahrscheinlich nie mehr wiedererlangen würde. Sie fühlte sich selbst verantwortlich für ihre Situation. Dies war der Preis für all ihre Fehler, für ihr ständiges Scheitern. Wieder einmal hatte sie einem Verrückten vertraut. Der letzte hatte sie geschlagen, dieser hatte ihr die Augen ausgestochen. Fast hätte sie ein Lachen ausgestoßen, ein irres, bitteres Lachen. Sie hatte einen Geisteskranken geliebt und sich von ihm übel zurichten lassen. Das Schlimme war, dass sie nicht einmal wusste, ob sie ihm böse war. Sie wollte einfach nur schlafen, weit weg von diesen Männern, die sie fallen ließen wie eine kaputte Puppe, auf ihr herumtrampelten und sich dann aus dem Staub machten. Sie wollte einfach nur schlafen und nie mehr aufwachen. Ihr Leben war wertlos.

Es wurde an die Tür geklopft, und sie vernahm ein Rascheln.

Die Person, die eintrat, stellte sich als Dr. Pochon vor,

näherte sich ihrem Bett und sprach langsam und mit tiefer Stimme. Sie schob die Bettdecke ein wenig nach unten, um besser verstehen zu können, welches Schicksal man ihr nun verkünden würde.

»Die Operation ist gut verlaufen, Mademoiselle. Sie haben großes Glück, noch am Leben zu sein. Wir konnten die Wunden säubern. Leider hat Ihnen der Angreifer mit einem chirurgischen Instrument zwei äußerst präzise und tiefe Schnittwunden in die Hornhaut, das heißt, in die glasklare Membran, die das Auge überzieht, zugefügt. Die schlechte Nachricht ist, dass die Perforation zu tief ist, als dass die Chirurgen trotz aller Bemühungen Ihre Augen hätten retten können. Die gute Nachricht ist, dass die berechtigte Hoffnung besteht, durch eine Hornhauttransplantation Ihre Sehfähigkeit zumindest teilweise wieder herzustellen. Wir haben Sie als besonders dringlichen Fall auf der Warteliste der Agentur für Biomedizin eingetragen.«

Marie-Jeanne bewegte sich keinen Millimeter. Es war nicht das erste Mal, dass sie dachte, *Ärzte sind doch alle Arschlöcher*. Dieser hier machte dabei keine Ausnahme. Brutal schlug er ihr die Wahrheit um die Ohren, ohne Rücksicht darauf zu nehmen, dass sie äußerst sensibel und ohnehin schon selbstmordgefährdet war. Hätte sie noch genug Kraft gehabt, wäre sie bereits aus dem Fenster gesprungen. Sie hatte Lust, ihn zu beschimpfen, begnügte sich jedoch mit verächtlichem Schweigen.

»Im Übrigen hat die Polizei die Ermittlungen aufgenommen, Mademoiselle«, fuhr Pochon fort. »Ein Inspektor wartet draußen, um Ihre Aussage aufzunehmen. Fühlen Sie sich in der Lage, einige Fragen zu beantworten?«

Marie-Jeanne stützte sich auf die Ellbogen und setzte sich im Bett auf.

»Ja.«

»Sollen wir jemanden von Ihrer Familie benachrichtigen?«

»Nein, vorerst nicht.«

Sie hörte, wie sich die Schritte entfernten, die Tür aufging, Geräusche vom Gang hereindrangen, die Tür sich wieder schloss und kurz Ruhe herrschte.

»Guten Tag, Mademoiselle Lecourt.«

Sie zuckte zusammen. Verdammt. Eine Frau war hereingekommen, und sie hatte es nicht gehört.

»Ich bin Inspektor Cottraux vom Kommissariat des siebten Arrondissements. Die Klinik hat mich benachrichtigt. Ich bin sehr bestürzt über das, was Ihnen widerfahren ist.«

Man hatte ihr eine Frau geschickt, um sie zu beruhigen. Wie sooft in ihrem Leben fühlte sich Marie-Jeanne dem System ausgeliefert. Aber diesmal konnte sie nicht ihren Rucksack packen und ans andere Ende der Welt flüchten.

»Können Sie mir erzählen, was passiert ist?«

Die Traurigkeit, die Marie-Jeanne plötzlich empfand, war tiefer und finsterer als ein nächtlicher Tauchgang im kalten Meer. Sie würde der Polizei ihren Engel, ihren Teufel ausliefern, das einzige Wesen auf der Welt, das sie wirklich lieben wollte. Aber konnte sie ihn mit seinem Skalpell entkommen lassen?

»Ich habe ihn im Centre Dulac kennengelernt.«

»Wen?«

»Julien Daumas. Der mir das angetan hat. Gestern wurde im Fernsehen über ihn berichtet. Man hat bei ihm verstümmelte Tiere gefunden.«

»Tatsächlich?«

»Ja.«

Marie-Jeanne erinnerte sich an Cyrilles Bitte.

»Sie müssen Kommissar Maistre benachrichtigen. Meine Tante, Cyrille Blake, hat mir gesagt, dass er bereits

Ermittlungen wegen eines Angriffs auf ihre Katze aufgenommen hat.«

Die junge Frau ließ sich auf ihr Kissen sinken, sie fühlte sich grauenvoll.

Bangkok, 12 Uhr 30

Es fühlte sich an wie der Sprung in einen riesigen Ameisenhaufen. Hunderte Männer und Frauen bahnten sich einen Weg durch die schmalen Gässchen des chinesischen Marktes. Der Taxifahrer hatte Cyrille am Eingang zum Viertel abgesetzt und ihr die ungefähre Richtung gezeigt.

Cyrille umklammerte das kleine Stück Papier, auf dem die Adresse von Professor Arom in Thai geschrieben stand. Sie war außer sich. So einfach sollte der Professor nicht davonkommen, sie würde ihn finden, selbst wenn sie bis in seine Höhle vordringen musste. Und sie würde erst wieder gehen, wenn er ihr das Therapieschema, nach dem seine jungen Amnesiepatienten behandelt wurden, erläutert hätte.

Als sie die Postadresse des Professors gefunden hatte, hätte sie vor Freude fast aufgeschrien. Es gab nur einen Arom Sanouk im chinesischen Viertel von Bangkok. Das Schicksal schien sich endlich zu wenden.

Der Markt von Chinatown bestand aus einem Gewirr unzähliger Gässchen. Hunderte kleiner Verkaufsbuden boten ein unbeschreibliches Wirrwarr von Geschirr, Gewürzen, enthäuteten Ferkeln, Teppichen und Schrauben an. Der Geruch nach altem Fleisch, ranzigem Fisch und saurer Milch war stellenweise ekelerregend. Markisen, die sich überlappten, machten jegliche Hoffnung zunichte, ein Stück des blauen Himmels zu sehen.

Es war kurz nach zwölf Uhr, und wo man auch hinschaute, war jedes Plätzchen besetzt und der Blick versperrt – überall Köpfe. Cyrille ließ sich treiben, ohne zu wissen, wohin der Weg sie führen würde. Sie landete an einem Stand mit Gewürzen und traditionellen Arzneimitteln. Eine Ansammlung undefinierbarer Produkte, Pulver, Tinkturen und Kräuter wurde in Glasgefäßen feilgeboten. Sie erkannte Schwalbennester und Haifischflossen zwischen anderen Tier- oder Pflanzenteilen.

Ihr Blick fiel auf einen Berg Hühnerfüße, der einen durchdringenden Gestank verströmte. Sie hätte sich am liebsten die Nase zugehalten. Sie ging bis zu einem Geschäft für Opfergaben, das von der Decke bis zum Boden in Rot gehalten war, geschmückt mit unzähligen alten chinesischen Laternen. Mit Handzeichen machte sie der Verkäuferin, einer beleibten Dame mit aufgedunsenem Gesicht, verständlich, dass sie die Adresse suchte, die auf dem Zettel stand. Mit einem Arm, der so dick war wie ein Oberschenkel, deutete die Frau nach Osten. Cyrille bedankte sich und setzte ihren kräftezehrenden Weg fort.

Sie wandte sich nach links in eine sauberere Gasse, in der Textilien verkauft wurden, anschließend nach rechts und wieder nach rechts. Sie war sicher, hier bereits gewesen zu sein. Lautes Stimmengewirr umgab sie, ihr war heiß, und sie fand sich nicht mehr zurecht. Sie hatte sich verlaufen. An einem Stand mit DVDs, Kassetten und Videospielen legte sie eine Pause ein. In der Annahme, ein Geschäft machen zu können, schaltete der Händler einen Lautsprecher ein, aus dem der letzte Hit von Madonna ertönte. Cyrille zuckte zusammen und ging weiter.

Sie beschloss, auf die Hauptstraße zurückzukehren und noch einmal von vorn anzufangen. Sie bog erneut nach rechts ab und befand sich wieder auf der breiteren Straße, genau an der Stelle, wo das Taxi sie eine Stunde zuvor abgesetzt hatte. Wieder zeigte sie ihren Zettel, dieses Mal einem Bonbonverkäufer, der ihr bedeutete, geradeaus zu gehen. Mit schmerzenden Füßen lief sie erneut an den Ständen entlang. In den Parallelgassen saßen Einheimische vor kleinen Garküchen und verschlangen laut schlürfend dampfende Nudelsuppen. Ihr wurde bewusst, dass sie Hunger hatte. Ihre Augen brannten. Nach hundert Metern fragte sie erneut nach dem Weg, dieses Mal schickte man sie nach links. Irgendwann gab es weniger Geschäfte, der Lärm nahm ab, und sie fand sich plötzlich in einem Wohnviertel mit traditionellen Holzhäusern wieder. In einer dunklen Passage spielten Kinder Fußball. Auch sie lasen den Zettel, den ihnen die Touristin hinhielt, und stießen einander kichernd an. Der Älteste von ihnen bedeutete der weißen Frau, ihm zu folgen. Er lief bis zu einem alten Haus aus rotem Teakholz und zappelte lachend herum. »*Doctor here, doctor here.*« Cyrille gab ihm ein paar Baht und betrachtete die Fassade, vor der sie stand.

Es war ein wackeliges Gebäude, das wie durch ein Wunder nicht in sich zusammenbrach. Der einzige Schmuck war ein Ahnenaltar, in dem Weihrauchstäbchen steckten, sowie eine mickerige Palme. Hier also lebte Sanouk Arom, der berühmte Gedächtnisspezialist. Das Haus wirkte alles andere als ärmlich und hatte mit seinem schönen traditionellen Tragwerk aus Teakholz und seinem Pagodendach sicher glorreichere Zeiten gekannt. Aber es machte einen vernachlässigten Eindruck. Die Holztür war verzogen und schloss nicht mehr richtig, die Fassade von Insekten zerfressen, und die Scheiben der beiden hohen Fenster waren mit einer dicken Schmutzschicht überzogen.

Cyrille steuerte mit entschiedenem Schritt auf die Tür zu. Es war nicht ihre Art, unangemeldet irgendwo aufzukreuzen. Obgleich sie sich völlig im Recht fühlte, empfand sie ein gewisses Unbehagen, hierherzukommen und um Erklärungen zu bitten. Sie zwang sich, so an den Professor zu denken, wie sie ihn bei der Videokonferenz erlebt hatte, und diese Vorstellung beruhigte sie. Sie stieg die zwei Stufen zur Veranda hinauf und drückte auf einen altmodischen Klingelknopf. Es dauerte nicht lange, bis sich die Tür quietschend öffnete.

Ein schriller, Unheil verkündender Klagelaut.

Sie rechnete damit, einen Bediensteten zu sehen, doch Professor Arom erschien höchstpersönlich. Mit seinem gebeugten Rücken, seinem weißen, zu langen Haar und seinem zerfurchten Gesicht hätte man ihn für einen Hundertjährigen halten können. Er öffnete sein gesundes Auge. Für den Bruchteil einer Sekunde flammte Wut in seinem Blick auf, und der gesunde Mundwinkel verzog sich. Die Höflichkeit gewann jedoch sofort wieder die Oberhand, und die Grimasse verwandelte sich in ein gezwungenes Lächeln.

»Liebe Frau Doktor Blake, was verschafft mir die Ehre?«

Die Tatsache, dass Sie mich versetzt haben!, hätte sie am liebsten geantwortet, aber sie war hier nicht in Frankreich, daher stammelte sie stattdessen eine Entschuldigung:

»Verzeihen Sie, dass ich Sie zu Hause störe. Ich hoffe, Ihre familiären Probleme haben sich gelöst.«

Ein kaum wahrnehmbares Stirnrunzeln zeigte Cyrille, dass der Professor bereits vergessen hatte, unter welchem Vorwand er den Termin am Vormittag hatte platzen lassen. Doch plötzlich erinnerte er sich.

»Falscher Alarm. Meine Tochter. Aber alles ist in Ordnung.«

Er wich keinen Schritt von der Tür zurück. Cyrille hätte noch so lange Small Talk machen können, bis der alte Herr sich verpflichtet gefühlt hätte, sie hereinzubitten. Doch plötzlich hatte sie genug von diesem Theater.

Die Realität sah so aus, dass sie an einem unbekannten und schwerwiegenden Gehirnproblem litt, dadurch einen Teil ihrer Vergangenheit vergessen und möglicherweise ein Tier zu Tode gequält hatte. Ein Verrückter verfolgte sie, und ihre einzige Aussicht war die Einweisung in die Psychiatrie.

»Professor, ich weiß, dass mein Mann Sie gedrängt hat, mich nicht zu empfangen, damit ich nach Paris zurückkehre. Hören Sie nicht auf das, was er Ihnen sagt. Er übertreibt, er hat Angst, dass ich ein gefährliches Experiment durchführe oder etwas in der Art. Aber das trifft nicht zu. Ich bin einfach nur gekommen, um mit Ihnen von Wissenschaftler zu Wissenschaftler, von Arzt zu Arzt zu sprechen.«

Arom rührte sich nicht. Zwischen seinen Lippen erschien seine bläuliche Zungenspitze.

»Ihr Mann ist tatsächlich äußerst beunruhigt«, sagte er mit monotoner Stimme. »Sie sollten nach Paris zurückkehren, damit er sich um Sie kümmern kann.«

Es war eine Art, sich zu verabschieden. Cyrille nahm zwar einen Unterton wahr, der bedeutete: »Verschwinden Sie«, tat jedoch so, als habe sie nichts bemerkt und drängte weiter:

»Wollen Sie mir nicht eine Tasse Tee anbieten? Dann können wir wenigstens über die jungen amnestischen Patienten sprechen, um die Sie sich in der VGCD kümmern...«

Aroms Gesichtsausdruck veränderte sich. Seine Miene drückte Unruhe aus. Eine solche Bitte abzulehnen war der Gipfel der Unhöflichkeit. Der alte Professor biss die die Zähne zusammen.

»Das ist leider unmöglich, es tut mir sehr leid. Ich habe bereits Besuch.«

Cyrille verlor die Geduld. Sie hätte wetten können, dass niemand da war.

»Professor Arom, ich habe die Akte Ihrer jungen Patienten gesehen. Die haben doch wohl ebenso das Gedächtnis verloren wie ich. Kann ich mit einem von ihnen sprechen? Wie haben Sie sie behandelt? Sie hatten doch versprochen, mir zu helfen.«

Sanouk Aroms gesundes Auge weitete sich. Er klammerte sich an den Türstock wie an einen Rettungsring in stürmischer See. Sein Hals lief rot an.

»Gehen Sie, ich bitte Sie. Ich habe Ihnen nichts zu sagen.«

Der Tonfall der jungen Frau wurde flehend:

»Bitte, helfen Sie mir doch.«

Sanouk Arom wich zurück, blickte, als würde er sie nicht mehr wahrnehmen, auf einen Punkt in weiter Ferne, trat noch weiter zurück und schlug ihr die Tür vor der Nase zu.

Cyrille begann, an die Tür zu trommeln.

»Öffnen Sie mir, Professor Arom, Sie können mich doch nicht so stehen lassen! Sie schulden mir eine Erklärung! Was hat mein Mann gesagt, dass Sie so verängstigt sind?«

Was hier vor sich ging, war völlig verrückt. Sie verstand überhaupt nichts mehr. Sie hämmerte weiter gegen die Tür, vergaß jegliche Selbstbeherrschung und Höflichkeit. Dieser Mann musste ihr einfach antworten.

»Öffnen Sie mir! Sie werden sehen, ich gehe nicht!«

Sie schrie die Tür an. Sie erkannte sich selbst nicht wieder. Ihre gute Erziehung war wie weggeblasen. Der Professor öffnete trotz allem nicht. Sie legte das Ohr an das Holz.

»Professor Arom«, rief sie, »Professor Arom, wo sind Sie?«

Die einzige Antwort war Schweigen.

Erst als sie etwas zurücktrat, um zu versuchen, Arom durch das Fenster zu erspähen, bemerkte sie den zusammengefalteten Zettel, der durch den Türspalt geschoben worden war. Sie bückte sich, hob ihn auf und las:

»Gehen Sie, ich kann nichts mehr für Sie tun.«

Sie las die Nachricht mehrmals. Sie drehte sich zu dem gespenstischen Haus um. Vom Fenster im ersten Stock beobachtete Sanouk Arom sie.
Cyrille wich zurück. *Dieser Mann ist krank.* Sie lehnte sich gegen die Wand, die nach verfaultem Holz roch. Wie ein Zombie ging sie die Stufen der Veranda hinab, in ihrem Kopf begann sich alles zu drehen. Ihre Beine zitterten, sie fürchtete, gleich einen Schwächeanfall zu erleiden. Und sie hatte alle Hoffnung auf diesen kranken Greis gesetzt! Sie klammerte sich an den Ahnenaltar, um nicht zu stürzen. Den Kopf vorgebeugt, atmete sie tief durch. Das Blut pochte in ihren Schläfen. Allmählich ließ das Unwohlsein nach. Der Geruch von Asche stieg ihr in die Nase. Sie hob die Augen und sah direkt über sich die Weihrauchstäbchen, die vor den Fotografien der Verstorbenen des Hauses Arom glommen. In dem Ahnenhäuschen standen ein halbes Dutzend Bilderrahmen in unterschiedlicher Größe. Porträts chinesischer Männer und Frauen. Ihre umherirrenden Seelen schützten die Bewohner.
Cyrille schüttelte sich und wünschte sich plötzlich, Kilometer von diesem Geisterhaus entfernt zu sein. Sie machte, dass sie fortkam, lief die Wohnstraße hinunter. Der lärmende Markt zog sie an wie ein Strudel des Lebens.
Vor einem Verkaufsstand, der zum Sonderpreis Säcke mit Reis anbot, hatte sich ein Menschenauflauf gebildet. Mit tränenfeuchten Augen und dröhnenden Ohren tauchte Cyrille in diese lebendige Gruppe ein, bahnte sich mit den Ellenbogen einen Weg durch die Gässchen, vor-

bei an dem Gewürzladen, an dem Stand, der stapelweise versilbertes Geschirr anbot, und erreichte schließlich die Hauptstraße. Endlich ein Stückchen Himmel, das Ende des Tunnels. Die Hauptarterie von Chinatown, wo das Leben pulsierte. Cyrille entfernte sich im Laufschritt.

*

Er hatte sie inmitten dieser vor Menschen wimmelnden Straßen aus den Augen verloren. Sie hatte sich in Luft aufgelöst. Julien blieb frustriert stehen. Seit er in dieser belebten Stadt gelandet war, in der die Luft zum Atmen fehlte, fühlte er sich immer unwohler. Es war ähnlich wie in Hanoi, nur noch unmenschlicher. Eine Stimme in seinem Kopf sagte ihm, er müsse sich Cyrille Blake nähern und sie zwingen, mit ihm zu sprechen. Ein Stöhnen drang aus seiner Kehle, in seinem Kopf überschlugen sich widersprüchliche Gedanken. Es roch nach Schweinefleisch. Das war normal, denn er stand neben einer stinkenden Garküche, die merkwürdige Dinge feilbot, klebriges Zeug in Töpfen und Krügen, gehäutete Tiere, die an Haken hingen. Fasziniert betrachtete er die gequälten Kreaturen. Hier aß man tatsächlich alles, sogar rachitische Hühner, eingesperrt in Weidenkörben, aus denen ihre zerzausten Federn büschelweise hervorquollen. Er näherte sich. Eines dieser Hühner hatte glasige, unbewegte Augen, rührte sich aber noch. Er kaufte es für ein paar Baht und strich in seiner Tasche zärtlich über die Schneide seines Messers. Er fand Zuflucht in einer verlassenen Sackgasse, in der sich der Abfall türmte. Es war ein schneller Tod. Er hielt den Körper des Tieres unter dem Arm, mit der anderen Hand schnitt er ihm in die Augenhöhlen. Dann versteckte er es in einem Mülleimer voller Unrat. Er vergrub seine blutverschmierten Hände in den Hosentaschen und ging besänftigt davon. Seine Wut hatte sich mit dem

Blut, das aus der Wunde quoll, verflüchtigt. Er fühlte sich besser.

*

Sobald Cyrille den überdachten Markt hinter sich gelassen hatte, brannte die Sonne auf das chinesische Viertel herunter, heizte alles unerträglich auf und machte jede Bewegung zur Qual. Ihr Kleid klebte am Rücken, sogar an den Beinen lief ihr der Schweiß herab. Sie war wütend und verängstigt. Zorn schnürte ihr die Kehle zu. Dieses Mal würde sie mit ihm abrechnen. Sie griff zu ihrem Handy. Benoît hob gleich nach dem ersten Klingeln ab.

»Hier ist Cyrille«, sagte sie gereizt.

»Na endlich! Ich habe mir entsetzliche Sorgen gemacht. Wo bist du? Was tust du?«

Sein Ton war energisch. Vor wenigen Wochen hätte sie das verletzt, jetzt nicht mehr. Es war, als spreche ein Fremder so barsch mit ihr. Etwas in ihr war zerbrochen.

»Wann kommst du zurück?«, fuhr Benoît fort.

Diese Frage wirkte wie ein brennendes Streichholz an einem Heuhaufen. Cyrille unterdrückte einen Wutschrei. Eine Passantin musterte sie. Wann sie zurückkäme? *Das ist wohl die einzige Frage, die dich interessiert.*

»Was hast du Arom gesagt, dass er sich weigert, mir zu helfen?«, rief sie.

Sie presste das Telefon an ihr rechtes Ohr und hielt sich das andere mit der Hand zu. Benoît versuchte nicht einmal, zu leugnen.

»Ach, er hat es dir gesagt? Er ist ein Scharlatan, ich möchte nicht, dass er dich untersucht und irgendetwas unternimmt. Ich habe ihm gedroht, dass ich die Veröffentlichung seiner letzten Studie in *Nature Neurology* verhindern würde, wenn er dich empfängt!«

Cyrille unterdrückte einen Aufschrei.

»Das hast du gewagt!«

»Du hast mich mit deinem Verhalten dazu gezwungen!«, erwiderte ihr Mann.
Cyrilles Stimme bebte vor Wut.
»Du hast mich dazu getrieben. Wenn du aufhören würdest, mich zu belügen, könnte ich dir vielleicht vertrauen!«
»Was erzählst du denn da?«, wetterte ihr Mann.
»Kürzel 4GR14 sagt dir wohl nichts, oder?«
Ein verdutztes Schweigen war die Antwort.
»Was?«
»Du hast mich sehr gut verstanden.«
Benoît atmete geräuschvoll ein.
»Cyrille, es ist meine Pflicht, dir zu sagen, dass du phantasierst. Du redest wirres Zeug. Ich sorge mich um dich und möchte, dass du nach Paris zurückkommst. Ich habe Angst, dass du sonst eine große Dummheit begehst.«
Cyrille blieb an einer Kreuzung stehen und wartete, dass die Ampel auf Rot sprang. Sie schniefte. Grüner Fußgänger. Sie überquerte die Straße.
»Du hältst mich also für unfähig, zu beurteilen, was gut für mich ist, nicht wahr?«
»Sieh mal, mein Liebling, wenn du beobachtest, wie jemand dabei ist zu ertrinken, wirfst du ihm dann einen Rettungsring zu oder lässt du ihn selbst entscheiden, was das Beste für ihn ist? Vor allem nach deinem Anfall neulich nachts ...«
Cyrille schloss vor Zorn die Augen.
Ein Schlag unter die Gürtellinie.
Tränen rannen ihr über die Wangen. Seit sie mit diesen Problemen zu kämpfen hatte, hatte Benoît niemals die richtigen Worte gefunden. Er erniedrigte sie und behandelte sie wie eine Kranke. Sie hatte genug davon.
»Hör zu, Benoît, ich werde zurückkommen, aber nicht sofort. Ich habe hier noch Verschiedenes zu erledigen. Und wenn ich zurückkomme, werde ich alles so machen,

wie ›ich‹ es will. Ich werde aufsuchen, wen ›ich‹ möchte, und wenn es nötig ist, werde ›ich selbst‹ entscheiden, in eine Klinik zu gehen. Du kannst mich nicht mehr bevormunden. Damit ist Schluss. Und weißt du, eines Tages werde ich die ganze Wahrheit erfahren.«

»Womit ist Schluss?«, fragte ihr Mann plötzlich alarmiert.

»Mit unserem bisherigen Arrangement, bei dem ich die Schülerin bin und du der Lehrmeister bist. Damit ist Schluss. Alles Weitere werden wir sehen.«

»Was werden wir sehen?«

»Wir werden sehen, das ist alles.«

Damit beendete sie das Gespräch.

Sie schluckte ihre Tränen hinunter, ihr war schwer ums Herz. Sie fühlte sich schlecht und völlig verlassen, am Rand eines Abgrunds. Ihre Ehe war gefährdet. Nicht nur, dass Benoît sie belog, er war auch egozentrisch und unsensibel, für ihn zählte nur sein eigenes Wohlbefinden. Solange seine Frau auf dem aufsteigenden Ast war, berufliche Erfolge erzielte und eine gute Presse bekam, war alles in Ordnung. Aber kaum zeigte sie Schwäche, bemühte er sich nicht um Verständnis, sondern wollte nur seinen Willen durchsetzen.

Sie musste unbedingt etwas zu sich nehmen. Sie blieb bei einem Straßenhändler stehen, dessen Essen angenehm duftete. Sie kaufte ein Schälchen Reis mit Kokosmilch und scharfem Schweinefleisch und eine Flasche Wasser, die sie in ihre Tasche steckte. Bei einem anderen Händler kaufte sie eine Schachtel Zigaretten und Streichhölzer. Das erste Mal seit ... fünfzehn Jahren. Während sie in der Sonne weiterging, schaufelte sie mit den Stäbchen das Essen in sich hinein, trank einen Schluck Wasser und stürzte sich erneut in die Stadt. Sie lief einfach weiter, ohne etwas wahrzunehmen, tief in Gedanken versunken. Sie fühlte sich völlig überfordert und außerstande, ihr Leben in den Griff zu bekommen. Der alte Professor, von dem sie sich eine Lösung erhofft hatte, war krank und hatte am Ende seiner beruflichen Laufbahn Angst um seine Reputation. Was Benoît betraf ... Belog er sie? Sie hatte noch immer keine Antwort von Manien erhalten. Einerseits wollte sie rasch die Wahrheit über eine mögliche Verstrickung ihres Ehemanns erfahren, andererseits fürchtete sie sich davor.

Eine Zeit lang ging sie Richtung Fluss, bedrängt von den vielen Problemen. Die dringlichste Frage war: »Wie hatte Arom die amnestischen Jugendlichen behandelt?« Ihr wurde klar, dass sie nicht weiterkäme, solange dieser Punkt nicht beantwortet war. Sie war davon geradezu besessen. Plötzlich blieb sie stehen und holte ihr iPhone heraus. Es war ihr egal, was es kosten würde. Sie berührte den Screentouch und stellte eine Verbindung zum örtlichen Netz her. Nach einer Weile hatte sie Zugriff auf eine Suchmaschine und startete eine Anfrage. Die Antworten wurden nach einigen Minuten angezeigt. Cyrille rief anschließend einen Stadtplan von Bangkok und eine Wegbeschreibung auf, beendete die Verbindung und verstaute das iPhone wieder in ihrer Tasche. Ein Tuk-Tuk-Fahrer hielt auf ihrer Höhe. Sie erklärte ihm mit wenigen Worten und vielen Gesten, wohin sie wollte.

Eine Viertelstunde später stieg Cyrille am Schiffsanleger des Chao Phra River aus dem dreirädrigen Fahrzeug. Der Fluss führte braunes, aufgewühltes Wasser. Sie bezahlte siebzig Baht und ging an Bord eines schmalen, langgestreckten Bootes mit spitzem Bug und Pagodendach. Sie setzte sich auf die letzte Bank hinter mehreren Reihen von Touristen und einheimischen Passagieren. Ein barfüßiger Seemann in Jeans und gelbem T-Shirt löste das Tau, und das Boot legte ab. Der stürmische Fluss durchzog die weitläufige Stadt von Ost nach West, drang mit seinem Netz von Kanälen, den *khlongs,* ins Zentrum ein.

Der Wind frischte auf, und für eine kurze Atempause schloss Cyrille die Augen. Eine quäkende Stimme lieferte über Lautsprecher Informationen zu der Spazierfahrt. Das Langboot fuhr den Fluss hinauf, vorbei an mehreren Reihen kunstvoll gearbeiteter, gelber oder purpurroter Holzboote, die in der grauen Dünung schaukelten. Am rechten Ufer schienen sich ärmliche, auf Pfählen stehende Holzhäuser gegenseitig zu stützen. Zwischen den Dächern aus bunten Materialien hing Wäsche, vor den Häusern spielten Kinder. Zu ihren Füßen floss das Abwasser in den Fluss.

An einem schmalen Kanal war Waschtag. Cyrille rümpfte die Nase beim Anblick des dicken weißen Schaums, der auf dem Wasser trieb und den Chao Phra noch etwas mehr verschmutzte. Plötzlich sah sie den Tempel der Morgenröte, Wat Arun, mit seinem sechsundachtzig Meter hohen Turm, komplett mit kleinen Porzellanscherben verkleidet. Zu seinen Füßen wachten Skulpturen himmlischer Tänzerinnen.

Erster Stopp am Schiffsanleger. Cyrille erhob sich gleichzeitig mit den Touristen und betrat den Quai. Sie ging bis zum Tempel und dann links am Fluss entlang. Zwei Häuser weiter kontrastierte ein großes und elegantes Gebäude mit dem Elend des Slums, durch den sie soeben gegangen war. Es war ein schönes bürgerliches Wohnhaus aus Bambus auf massiven Pfählen, verziert mit einer Veranda, auf der Töpfe mit rosa blühenden Pflanzen standen. Die Fahne mit dem Logo der VGCD, ein erhobener Daumen auf weißem Untergrund, flatterte im Wind.

36

Paris, 18 Uhr

Nino hatte seine Nachttischlampe auf den niedrigen Wohnzimmertisch gestellt, um die Blätter und Bücher zu erhellen, die er dort ausgebreitet hatte. Er saß auf dem Teppich, die Ellenbogen auf den Tisch und den Kopf in die Hände gestützt, und versuchte zum x-ten Mal vergeblich, die medizinischen Publikationen, die er ausgedruckt hatte, zu verstehen. Er schimpfte laut vor sich hin:
»Mist, ich bin kein Forscher und kein Quacksalber, ich verstehe nur Bahnhof!«
Tony brachte die dritte Runde Kaffee.
»Ich kann dir dabei leider auch nicht helfen.«
»Du hast uns bereits sehr geholfen!«, antwortete Nino mit sanfter Stimme und griff nach einer Zigarette.
Tony hatte die Festplatte von Maniens ehemaligem PC seinem Exfreund Damien anvertraut. Der arbeitete seit drei Jahren in der Firma InformExtra, die sich auf die Wiederherstellung gelöschter EDV-Daten spezialisiert hatte. Tony war eine Stunde im Warteraum geblieben, während Damien sozusagen am offenen Herzen des Computers arbeitete. Bekleidet mit einem Overall, einer Gesichtsmaske und Stiefeletten war er in einem sterilen weißen Interventionsraum verschwunden. Damien war mit guten Nachrichten zurückgekommen. Einige der gelöschten Dateien hatte er retten können. Er hatte ihm eine gebrannte CD übergeben und zehn Prozent Nachlass auf den Preis gewährt.
Allerdings hatte es ihn immerhin noch dreihundert-

achtzig Euro gekostet, zwei verflixte Dateien zu extrahieren. Doch da Tony wusste, wie wichtig es für Nino war, hatte er keinen Moment gezögert.

Nun war es sechs Uhr abends, und er fragte sich, ob er das Geld nicht doch besser in ein Wellness-Wochenende in Djerba investiert hätte. Die beiden von Damien rekonstruierten Dateien waren unverständlich. Momentan war das einzig Interessante, dass beide 4GR14 hießen. Dann folgten Zahlentabellen und Kurven, die für Nichteingeweihte ziemlich konfus waren. Nino schwieg, verlor jedoch zunehmend den Mut. Eine Stunde zuvor hatte er beide Dateien an Cyrille geschickt, bisher jedoch keine Antwort erhalten.

Auf dem ersten Dokument hatte Nino schließlich Protokolle klinischer Versuche identifizieren können, aber das war vorerst auch alles. Solche Protokolle hatte er bereits gesehen, ohne jedoch zu versuchen, sie zu verstehen. Für seine Arbeit war nur die letzte Seite wichtig, auf der vermerkt war, welcher Patient welches Medikament in welcher Dosis und welchen Abständen erhalten sollte. Alles andere hatte ihn nicht zu interessieren. Als er sich ein einziges Mal damit hatte beschäftigen wollen, hatte ein Assistenzarzt zu ihm gesagt: »Das geht dich nichts an.« *Okay, du kannst mich mal.* Damit war das Thema für ihn erledigt gewesen.

Er las erneut die Excel-Tabelle, in der Zahlen, Dosierungen in Mikrogramm, Resorptionszeit, Prozentangaben und Molekülformeln standen. Seine Kenntnisse in Chemie beschränkten sich auf sein Schulwissen, und er hatte in diesem Fach nie besonders geglänzt. Er seufzte erneut. Was hatte er eigentlich erwartet? Dass groß und deutlich dort stehen würde: »Ich habe Patienten gefährliche Arzneimittel verabreicht, und sie leiden dadurch unter schwerwiegenden Folgeerscheinungen?«, unterzeichnet vom Chefarzt und mit einem Klinikstempel der

Sainte-Félicité versehen? Ein schönes Beweisstück, um diesen Dreckskerl verurteilen zu können?

Solch offensichtliche Spuren hinterließen die Bösen nur im Film. Im wirklichen Leben vertuschten die Ärzte ihre Fehler im Handumdrehen, und bis auf wenige Ausnahmen wurde keiner je dafür zur Rechenschaft gezogen.

Nino blies Rauchwolken über den Tisch. Wortlos stand Tony auf und öffnete das Fenster. Dann setzte er sich wieder neben seinen Lebensgefährten.

»Warum ist es eigentlich so wichtig für dich, Cyrille zu helfen?«

Nino zog lange an seiner Zigarette und antwortete:

»Vor zehn Jahren habe ich sie wirklich geliebt. Wir haben uns vollkommen vertraut. Ich glaube, ein Mädchen wie sie hätte ich heiraten können … wenn du nicht aufgekreuzt wärst.«

Nino zwinkerte seinem Geliebten zu, der zurücklächelte. Beide widmeten sich wieder der Tabelle. Nino beschloss, es mit den chemischen Formeln aufzunehmen.

Die verschiedenen »Cs«, »Ns«, »Os« und »Hs« waren schließlich nichts anderes als Kohlenstoff-, Stickstoff-, Sauerstoff- und Wasserstoffatome. Das erschien ihm weniger kompliziert als der Rest.

»Wofür könnte diese chemische Formel stehen?«, fragte er sich und öffnete das Chemiebuch, das er in der Bücherei ausgeliehen hatte.

Tony griff nach seinem Laptop und tippte die Formel auf der Tastatur ein.

»Ich hab's«!, rief er aus, stolz, etwas beitragen zu können.

Er hatte die Formel bei Google eingegeben.

»Das ist zweiR1isopropylamino4-1-naphthyloxypropan3-ol.«

»Wie bitte?«, fragte Nino.

Tony drehte ihm den Bildschirm zu.

»(RS)-1-Isopropylamino-3-(1-naphthyloxy)2-propanolol.«

Nino zog eine Grimasse.

»Das bringt uns ja richtig weiter!«

Sein Lebensgefährte kopierte die Bezeichnung und startete eine neue Suche.

»Aha!«

»Was?«

»Sagt dir Meseratrol mehr?«

37

Anuwat Boonkong, der Sekretär der Außenstelle der Volunteer Group for Children Development in Bangkok, hatte die Fünfunddreißig überschritten. Er war bekannt für seine Jovialität, sein verbindliches Lächeln und seine Entschlossenheit. Wie immer trug er ein weißes T-Shirt mit dem Logo der Hilfsorganisation über einer schwarzen Sporthose und Flip-Flops. Als militanter Aktivist der Tanskin-Opposition war er ein gefürchteter Gegner, wenn es darum ging, die Rechte der Schutzlosen zu verteidigen. So hatte er eine nicht unerhebliche Anzahl von Demonstrationen gegen die Korruption organisiert und arbeitete seit nunmehr zwei Jahren für die VGCD.

»Professor Arom hat mir vor zwei Tagen angekündigt, dass eine französische Kollegin kommen und uns eventuell besuchen würde. Ich fühle mich sehr geehrt.«

Cyrille verbeugte sich. Das war noch vor Benoîts Einmischung gewesen. Zum Glück hatte der junge Mann heute keinen Kontakt zu Sanouk Arom gehabt.

»Auch ich fühle mich sehr geehrt. Der Professor hat mir erzählt, dass er einige Ihrer Schützlinge behandelt hat.«

Anuwat Boonkong geleitete sie durch einen hellen Korridor, der in einen großen verglasten Raum mit Blick auf den Garten führte.

»In Asien werden über eine Million Kinder sexuell missbraucht, in Bars, auf den Straßen, in Hotels«, erklärte er seiner Besucherin. »Die erste VGCD wurde im Norden des Landes gegründet, in Chiang Mai.«

»Wie arbeiten Sie?«

»Erzieher sind vor Ort, auf den Straßen, um die Jugendlichen zu informieren. Das soll sie vor der Gefahr bewahren, in pädophile Kreise zu geraten. Wir kontaktieren auch die Eltern, wenn es sie noch gibt, um ihnen die Risiken zu erläutern, denen sie ihre Kinder aussetzen.«

Cyrille nickte. Anuwat machte eine Pause.

»Ich bin wirklich sehr erfreut, eine mit Professor Arom befreundete Ärztin zu empfangen! Wir sind auf jede Art von Hilfe angewiesen.«

Cyrille lächelte.

»Gibt es dieses Haus schon lange?«

»Seit 2001. Zusätzlich zu den Präventivkampagnen vor Ort und bei den Familien haben wir Heime wie dieses gegründet. Wir sind hier in der Nähe der Tempel und der Touristenviertel, wo die Kinder arbeiten oder betteln. Wir bieten ihnen vorübergehend Unterschlupf und klären sie über Drogensucht und AIDS auf. Wir verteilen Kondome und beraten sie in Hygienefragen … Eine kleine Gruppe von Kindern, deren Eltern verstorben oder im Gefängnis sind, beherbergen wir auch für längere Zeit.«

Anuwat Boonkong ließ Cyrille Blake den Vortritt in den großen, verglasten Raum. Ein Dutzend Kinder und Jugendliche zwischen sechs und fünfzehn Jahren war hier mit Töpferarbeiten beschäftigt. Im hinteren Teil ließ eine halb geöffnete, zweiflügelige Fenstertür Luft herein. Draußen war eine weitere Gruppe dabei, Seidenschals zu bemalen.

»Wir haben kürzlich mit einem neuen kreativen Kunstprojekt begonnen«, erklärte Anuwat. »Bereits zweihundert Kinder nehmen daran teil. Es gibt ihnen die Möglichkeit, einer angenehmen Tätigkeit nachzugehen, hilft ihnen aber zugleich, dem Erlebten Ausdruck zu verleihen und eine friedlichere und glückliche Zukunft zu planen. Die Kinder töpfern, wie Sie hier sehen, sie fertigen aber auch Schmuck an, musizieren, treiben Sport, spielen Theater, fotografieren, erledigen Gartenarbeit und lernen Englisch.«

»Und was geschieht mit ihren Arbeiten?«, fragte Cyrille.

»Wir verkaufen sie, neunzig Prozent des Erlöses gehen an die Kinder und Jugendlichen. So hoffen wir, sie davon abhalten zu können, ihr Geld auf der Straße zu verdienen. Wir möchten sie dazu bringen, ihr künstlerisches Potential zu vermarkten und nicht sich selbst.«

Cyrille beobachtete einen kleinen Jungen mit kahl geschorenem Schädel, der barfuß, in Drillichhose und khakifarbenem T-Shirt vor einer Töpferscheibe hockte. Seine schlanken, lehmverschmierten Finger formten eine längliche Vase. Cyrille runzelte die Stirn. Sie wollte sich lieber nicht vorstellen, was dieser Junge wohl erlebt hatte. Sie fuhr sich mit der Hand durchs Haar und räusperte sich.

»Vielen Dank für all diese Erläuterungen.«

Sie verließen den Raum und standen nach ein paar Schritten plötzlich einer korpulenten blonden Frau gegenüber, gekleidet in Bermudas und einem weißen T-Shirt mit Logo, das Haar zu einem Pferdeschwanz zusammengebunden. Anuwat stellte die Besucherin vor:

»Doktor Cyrille Blake, eine Freundin von Professor Arom, der sie geschickt hat, damit sie das Zentrum kennenlernt.«

Die Frau reichte ihr steif die Hand.

»Natascha Hetzfeld«, sagte sie auf Französisch mit einem ausgeprägten deutschen Akzent. »Ich komme aus Zürich und bin die neue Leiterin dieser Hilfsorganisation für Thailand.«

Cyrille begrüßte sie.

»Sanouk Arom hat mir gesagt, Sie könnten mir einiges

über Amnesie bei Kindern erzählen. Ich beschäftige mich mit ähnlichen Fällen in Frankreich und interessiere mich sehr dafür, wie diese Patienten hier betreut werden.«

Natascha Hetzfeld wechselte einen kurzen Blick mit Anuwat, und Cyrille spürte, wie sich die Atmosphäre zwischen ihnen abkühlte.

»Wir können Ihnen nichts sagen. Es handelt sich dabei um vertrauliche medizinische Unterlagen.«

»Aber ich bin selbst Ärztin«, beharrte Cyrille. »Der Professor hat mir erklärt, diese jungen Patienten seien wahrscheinlich drogensüchtig. Genau das ...«

Die neue Leiterin unterbrach sie:

»Es tut mir leid, aber wir haben keine Zeit. Wir haben jetzt gleich eine Sitzung.«

Anuwat warf der Besucherin einen verschwörerischen Blick zu und geleitete sie Richtung Ausgang. Er sagte nichts, schien zu zögern. Die Schweizerin, die von der Unesco zur Verwaltung des Zentrums entsandt worden war, wusste nicht viel über die Situation in Thailand. Gegen jeden gesunden Menschenverstand versuchte sie, ihre unflexible und strenge Organisation durchzusetzen. Eine Fehlbesetzung. Anuwat ertrug dieses neuerliche Diktat mit einem Lächeln, aber seine Arbeit wurde zunehmend schwierig.

»Ich würde der Organisation gerne etwas spenden«, erklärte Cyrille.

Anuwat schien auf dieses Signal geradezu gewartet zu haben. Er bedankte sich überschwänglich und führte sie rasch in sein kleines Büro, ein winziges Zimmer aus Bambuslatten mit einem kleinen Fenster zum Fluss. Cyrille setzte sich auf einen Plastikstuhl, Anuwat ging hinter seinen Arbeitstisch, ein einfaches Brett auf Böcken. Die junge Frau zog mehrere Tausend-Baht-Scheine aus der Tasche und reichte sie ihm zusammen mit ihrer Visitenkarte. Der Sekretär nahm sie dankend entgegen, schloss eine Schublade auf und legte das Geld hinein. Ohne sie anzusehen, brach er plötzlich das Schweigen:

»Hat Ihnen Professor Arom erklärt, unter welchen Umständen wir diese Kinder aufgefunden haben?«, fragte er und blickte dabei mehrfach Richtung Tür.

»Mehr oder weniger«, antwortete Cyrille ausweichend.

Anuwat erhob sich, schloss die Tür und setzte sich wieder. Hinter ihm an der Wand hing eine verblichene Landkarte. Er deutete auf den Golf von Thailand.

»Wir haben sie hier gefunden. In der Umgebung der Stadt Surat Thani. Das erste Kind vor dreizehn Monaten. Die anderen Kinder vor acht und zwei Monaten, das Letzte – ein kleines Mädchen – vor zwei Tagen. Alle vier wurden praktisch an derselben Stelle am Strand entdeckt, so als hätte man sie mit einem Boot dorthin gebracht.«

Cyrille zog die Augenbrauen hoch.

»Am Strand?«

»Ja. Alle vier litten unter Gedächtnisverlust, waren nicht in der Lage, zu sagen, woher sie kamen oder was ihnen zugestoßen war. Sie wurden alle von der Außenstelle der VGCD von Surat Thani im Süden des Landes in Obhut genommen.«

»Mein Gott …«

Anuwat drehte sich zum Bildschirm seines Computers, einem uralten PC, dessen Gebläse asthmatisch surrte. Er bewegte die Maus, der Bildschirm wurde hell.

»Wie schon gesagt, das letzte Kind wurde … vor zwei Tagen gefunden. An derselben Stelle und ebenso mit Gedächtnisverlust wie die drei anderen.«

Er klickte eine Fotodatei an. Das lächelnde Gesicht eines jungen Mädchens erschien; das lange schwarze Haar, getrennt durch einen schnurgeraden Scheitel, hing ihr auf die Schultern.

»Hier. Dieses Foto haben sie uns gestern geschickt. Sie

sagt, sie heiße Dok Mai und sei in der Region Phuket geboren, das ist alles.«

Cyrille beugte sich über den Schreibtisch, um das Gesicht des Mädchens genau zu betrachten. Sie konnte kaum glauben, was sie soeben gehört hatte.

»Kommt es häufig vor, dass Sie Kinder in einem so schlechten Zustand finden?«

»Wir nehmen täglich Kinder von der Straße auf, die sich selbst überlassen sind. Häufig sind sie durch Drogen oder Misshandlungen so geschädigt, dass sie konfuses Zeug reden oder ihre Identität verloren haben. Aber in diesem Fall haben Analysen keine Spur von Drogen oder Misshandlungen ergeben.«

Anuwat blickte immer wieder Richtung Tür. Rasch klickte er ein weiteres Dokument an.

»Haben Sie eine Ahnung, woher diese Kinder kommen?«, fragte Cyrille.

Anuwat Boonkong schüttelte den Kopf.

»Alles, was man weiß, ist, dass dies das Jagdrevier der Liga von Ko Samui ist.«

Cyrille Blake zog eine Augenbraue hoch.

»Was ist das?«

»Eine der Gangs im Golf von Thailand, die mit Drogen, Waffen und auch mit Kindern handeln, die zu Prostitution und pornografischen Handlungen gezwungen werden ... unser Albtraum.«

»Haben Sie die Polizei benachrichtigt?«

»Nein. Wir können keinerlei Beweise vorlegen. Und die Polizei im Süden unternimmt wenig gegen diese Händler ... wenn Sie verstehen, was ich meine.«

Anuwat lächelte verlegen. Cyrille verstand.

»Und Professor Arom hat diese Kinder behandelt?«

»Er hat bei einigen damit begonnen. Aber das muss er Ihnen selbst erzählen.«

Anuwat klickte ein neues Dokument an.

»Die ersten drei Kinder hatten nichts bei sich außer der Kleidung, die sie am Leib trugen. Nur Dok Mai hatte noch etwas anderes in ihrer Tasche.«

Er öffnete eine Video-Datei.

»Ich würde Ihnen dieses Video gerne zeigen, weil Sie Ärztin sind. Ich habe die Datei heute Vormittag erhalten und Sie an Professor Arom weitergeleitet, um zu hören, was er davon hält.«

Auf dem Bildschirm erschien der schwarze Rahmen; das Video dauerte vierzig Sekunden.

»Das Mädchen hatte ein Handy in der Tasche ihrer Shorts. Auf diesem Handy war nach Angabe der Kollegen aus Surat Thani nichts weiter als dieser kleine Film.«

Cyrille Blake reckte sich, verwirrt durch die ungeheuerliche Geschichte, die der Sekretär ihr erzählte.

Das Videobild trübte sich. Hier war tatsächlich mit einem Handy gefilmt worden. Die digitale Minikamera fuhr rasch über eine Landschaft, Felsen, das Meer, dann sah man die Tür eines stattlichen Gebäudes am Ende eines Sandwegs. Bei Sekunde neun wackelte das Bild, dessen Qualität sehr schlecht war, als es sich auf das Anwesen zubewegte. Bei Sekunde dreizehn sah man offenbar ins Innere des Hauses. Zwei Kinder in Shorts und khakifarbenen T-Shirts, die auf einer Bank saßen und teilnahmslos vor sich hinstarrten. Bei Sekunde zwanzig filmte die Kamera durch ein Fenster, hinter dem man ein großes weißes Gerät in Hufeisenform erkannte. Bei Sekunde fünfundzwanzig bewegte sich jemand neben diesem Gerät. Ein kahlköpfiger Mann in einem Kittel. Dann war nichts mehr zu sehen.

Cyrille Blake saß wie erstarrt auf ihrem Stuhl.

Anuwat Boonkong drehte sich zu der Neuropsychiaterin um.

»Können Sie mir sagen, was das für ein Gerät ist, Frau Doktor?«

»Soweit ich es erkennen konnte, ist das ein offener Magnetresonanztomograf ...«

»Eine Art Computertomograf?«

»Ja, aber offen. Ein solches Modell findet man nicht so häufig.«

»Wozu dient diese Art Gerät?«

»Dadurch, dass es offen ist, kann man Operationen durch bildgebende Verfahren in Realzeit überwachen. In Frankreich operiert man damit in Spezialkliniken Gehirntumoren, die schwer zugänglich sind.«

Cyrille Blake erhob sich, ging um den Schreibtisch herum und startete das Video noch einmal. Sie konzentrierte sich auf jedes einzelne Detail und drückte schließlich die Pausetaste.

»Schauen Sie, hier. In dem Gerät liegt jemand, man sieht die Beine.«

Sie richtete den Cursorpfeil auf eine dunkle Stelle im Bild.

»Es ist ein Kind«, fügte sie hinzu.

Ihren Worten folgte ein langes Schweigen. Cyrille starrte auf das Video und das Foto von Dok Mai.

»Haben Sie eine Ahnung, was man da mit ihnen macht?«, fragte Anuwat.

Cyrille schüttelte energisch den Kopf.

»Nicht die Geringste ... Wo ist die kleine Dok Mai jetzt?«

»Noch in Surat Thani. Man sucht eine Pflegefamilie für sie.«

»Und die anderen Kinder?«

»Bei ihren Adoptivfamilien.«

Cyrille setzte sich wieder auf den Plastikstuhl und dachte nach, was Arom wohl über diese Geschichte wusste, ihr aber nicht sagen wollte. Die Stimme von Natascha Hetzfeld ließ beide zusammenzucken.

»Was machen Sie da?«

Das Video verschwand vom Bildschirm.

»Ich habe eine großzügige Spende von Frau Doktor Blake erhalten«, antwortete der Sekretär unerschütterlich.

Die Hände in die Hüften gestemmt, stand die Frau in der Tür.

»Wir erwarten Sie zur Besprechung. Auf Wiedersehen, Frau Doktor.«

Das war ein glatter Rauswurf. Cyrille erhob sich, sie war verwirrt. Im Hinausgehen raunte Anuwat ihr zu:

»Ich rufe Sie an.«

Cyrille stand am Fluss und nagte an ihrer Unterlippe. Anuwat hatte ihr eine unglaubliche Geschichte erzählt, und was sie auf dem Video gesehen hatte, war alles andere als beruhigend. Irgendwelche verdächtigen Subjekte unterzogen Kinder hoch spezialisierten Untersuchungen. *Was tun sie ihnen an?*

Sie kramte in ihrer Tasche nach den Zigaretten, die sie sich gekauft hatte, riss die Folie auf und zog wenig später gierig den Rauch ein. Alles um sie herum begann sich zu drehen. Sie rauchte bis zum Filter und zwang sich anschließend, zum Anleger zurückzugehen, wo sie nicht lange auf ein Schiff warten musste. Sie würde im Buddy Lodge rasch ihre Sachen packen und sich schnellstens ins Hilton begeben.

Sobald sie in dem Langboot saß, vertiefte sie sich in die Betrachtung des Flusses, und ein Gefühl von Unbehagen überkam sie. Sie war in die Außenstelle gefahren, um Antworten auf ihre Fragen zu erhalten, und ging mit noch mehr Fragen fort. Sie schaute auf ihr iPhone: keine neue Nachricht. Nach einem kurzen Zögern öffnete sie das gefälschte Postfach von Benoît Blake auf Gmail. Ihr Puls beschleunigte sich. In der Mailbox wartete eine Antwort von Manien.

38

Paris

»Also so was!«, rief Nino aus. »Meseratrol, das ist doch das Medikament, das Cyrille derzeit im Centre Dulac einsetzt! Sie testet es zur Behandlung von ›Herzschmerz‹ und allen möglichen seelischen Verletzungen.«

Nino sprang auf und sah Tony über die Schulter.

»Laut Wikipedia ist Meseratrol ein Betablocker, der die Herzfrequenz verlangsamt, die Kontraktilität und Erregung des Herzens vermindert, den Sauerstoffverbrauch des Myokards verringert, die Herzleistung verbessert, die atrioventrikuläre Reizleitung herabsetzt und zu einer mäßigen Verminderung des koronaren Blutflusses führt.«

Nino setzte seine Lektüre fort: »... 1980 von Benoît Blake entdeckt, der die Wirksamkeit bei der Behandlung von posttraumatischen Belastungsstörungen nachgewiesen hat. Für sein Gesamtwerk wurde Blake für den Nobelpreis 2010 nominiert.«

Nino zündete sich eine weitere Zigarette an und stieß den Rauch durch die Nase aus.

»Nun stell dir doch mal Folgendes vor: Im Jahr 2000 erfährt Manien von Blakes Versuchen mit Meseratrol an Mäusen und beschließt, das Molekül an Menschen zu testen, bevor er mit der offiziellen klinischen Erprobung beginnt, die jahrelangen Papierkram, die Zustimmung der Ethikkommission und eine Investition von mehreren Millionen Euro voraussetzt. Er verfügt über das nötige und geeignete Patientenpotenzial, Menschen, die keine Familie haben und suizidgefährdet sind. Bei eventuellen

Komplikationen kann er den Tod leicht rechtfertigen. Aber er beginnt die Sache falsch, und der Versuch misslingt. Die Probanden überleben zwar, behalten aber geistige Schäden zurück.«

»Also vernichtet er die Beweise für seine illegalen Versuche«, fuhr Tony fort, »und betet, dass niemand seine Nase in diese Angelegenheit steckt.«

Nino nickte.

»Genau. Und diese Drecksau richtet es so ein, dass ich nichts mitbekomme, weil ich bei einer Fortbildung oder im Urlaub bin. Glaubst du etwa, das war Zufall? Dieser Verbrecher!«

»Meinst du, Blake wusste Bescheid?«

Nino pfiff durch die Zähne.

»Ich weiß es nicht. Manien hat sich das Zeug auch in Blakes Labor besorgen können, indem er zum Beispiel einen Studenten unter Druck gesetzt hat. Das ist kein Problem. Vielleicht hat er ihn aber auch ins Vertrauen gezogen.«

»Du glaubst, Blake wusste von Anfang an Bescheid?«

»Keine Ahnung.«

»Du wirst sagen, ich spinne, aber womöglich war Blake an den Versuchen beteiligt. Cyrille kommt ihm auf die Schliche, also verpasst er ihr ebenfalls eine Behandlung, um bestimmte kompromittierende Vorfälle aus ihrem Gedächtnis zu löschen. Was hältst du davon?«

Nino lächelte.

»Du hast zu viele Krimis gesehen ...«

*

Im Starbuck Coffee gegenüber vom Hilton bestellte Julien einen schwarzen Kaffee ohne Zucker. Er saß in einem Sessel mit Blick auf die Straße. Obwohl er Hunger hatte, brachte er keinen Bissen hinunter. Lily war dort oben. Er hatte den ganzen Nachmittag vor dem Buddy Lodge auf sie gewartet. Schließlich war sie gekommen und eilig in ihrem Zimmer verschwunden, um das Hotel zehn Minuten später mit einem Koffer in der Hand wieder zu verlassen. Er war ihr mit einem Taxi ins Zentrum gefolgt und wartete jetzt vor dem Hilton, dass sie sich zeigen würde. In seine Erinnerungen und Träume versunken, trank er seinen Kaffee. Seine Gedanken wanderten von einer Frau zur anderen: seine Mutter, Cyrille, Marie-Jeanne ...

Alles, was er wollte, war, mit Cyrille zu reden; sie sollte ihm die Wahrheit sagen. In seiner Fototasche steckte der zusammengefaltete Zeitungsausschnitt, den er bei Marie-Jeanne gefunden und der ihn so erzürnt hatte. Cyrille schuldete ihm eine Erklärung. Er musste ruhig bleiben, was durchaus möglich war, wenn er weder Stress noch Angst ausgesetzt war. Seine Panikattacken lähmten ihn zunächst und versetzten ihn dann in rasende Wut. Er konnte nichts daran ändern. Wenn der Zorn in ihm aufstieg, brauchte er eine Farbe. Seine Hände mussten etwas Lebendiges packen und hineinschneiden. Er war nicht immer so gewesen. Die ersten Anfälle waren nach seiner Entlassung aus Sainte-Félicité aufgetreten. Anfangs, das musste er zugeben, hatte er sich nicht allzu schlecht gefühlt. Manchmal etwas eigenartig, aber froh, am Leben zu sein und bereit für einen Neuanfang. Und dann, eines Tages, hatte er sich sehr über eine Kleinigkeit geärgert, eine Fotoagentur, die seine Bilder ohne seine Zustimmung verkauft hatte. Eine gängige Praxis, die ihn aber aufgeregt hatte. Warum? Er konnte es nicht sagen. Etwas in ihm war anders, etwas, das er nicht analysieren konnte. Er wusste, dass es nicht weiter schlimm war, hatte jedoch das Gefühl gehabt, innerlich platzen zu müssen. Nichts hatte ihn zu beruhigen vermocht, außer der Rasierklinge in seiner Hand. Seither war Blut das einzige Mittel, um seine Angstzustände und die innere Gewalttätigkeit aufzulösen.

Er hatte alles Mögliche versucht, um damit aufzuhören, Entspannungstechniken, schnelles Laufen, heiße Bäder oder kalte Duschen, Eiswürfel in der Hand schmelzen lassen. Was immer er auch tat, er konnte das »Unvermeidbare« damit nur hinauszögern, letztlich aber trat es doch irgendwann ein. Wenn er zornig war, musste er seine Hände beschäftigen. Er fühlte sich angespannt, sein Puls raste, sein Kopf war tonnenschwer, und er glaubte, ersticken zu müssen. Manchmal hatte er den Eindruck, ohnmächtig zu werden; sein Blick trübte sich, seine Ohren summten, und in diesem Augenblick kam der Cutter oder das Taschenmesser zum Vorschein.

Seit zehn Jahren oder mehr versuchte er all das zu vergessen – das Verstümmeln von Tieren hatte ihn davor bewahrt, sich selbst zu verletzen. Der Anblick der Wunde, des hervorquellenden Bluts, der Klinge, die sich in die Haut bohrte und in das Fleisch eindrang, und vor allem das Geräusch, wenn sich die Augen aus den Höhlen lösten, allein das konnte ihm Ruhe geben – zwar nur vorübergehend, aber doch Ruhe. Es vermochte die Anspannung abzubauen und die unerklärliche Traurigkeit, die ihn beherrschte, zu mildern. Er trank seinen Kaffee aus und schwor sich, Lily nicht wehzutun. Aber das hatte er sich bei Marie-Jeanne auch gesagt ... Er verscheuchte das Bild aus seinen Gedanken, bezahlte und stand auf.

*

Nachdem sie in ihrem neuen Zimmer ihren Koffer ausgepackt hatte, gönnte sich Cyrille eine Pause. Auf dem Bett ausgestreckt, einen Arm über den Augen, schlief sie ein. Als sie aus ihren merkwürdigen Träumen aufschreckte, war die Sonne schon untergegangen und beängstigende

Schatten glitten über die Wände. Sie setzte sich im Halbdunkel auf, ihr Mund war ausgetrocknet, und ein Gefühl von Verlassenheit überkam sie.

Sie schleppte sich ins Badezimmer und duschte. Normalerweise spendete ihr das Wasser neue Energie, doch in diesem Fall war der Schlaf nicht erholsam gewesen, sie war völlig erschöpft. Sie wusste nicht, was sie mehr deprimierte, das Video, das ihr Anuwat gezeigt hatte, und der Blick der kleinen Dok Mai, ihr Scheitern bei Arom, die Tatsache, dass Julien Daumas sich irgendwo hier herumtrieb und sie suchte, oder die Antwort von Manien auf die gefälschte E-Mail von Benoît. Sie schlüpfte in eine leichte Hose und eine Bluse und band ihr Haar zusammen. Während sie unter der Dusche stand, hatte sie eine SMS von Nino bekommen. »Es gibt Neuigkeiten, ruf an, sobald du kannst.« Mit zitternden Fingern wählte sie über das Hoteltelefon die Nummer des Krankenpflegers.

»Hallo, hier ist Cyrille.«

»Endlich! Ich freue mich, deine Stimme zu hören«, rief Nino.

Cyrille lächelte.

»Und ich erst ... Das kannst du dir gar nicht vorstellen.«

»Wie geht es dir?«

Cyrille hustete, seit dem Vormittag war so viel passiert. Sie fasste die Situation zusammen. Nino stieß einen Pfiff aus.

»Eine verrückte Geschichte ...«

»Ja, und ich bin hierhergekommen, um meine Situation zu klären. Aber das ist voll danebengegangen. Sonst ist alles okay. Im Vergleich zu dem Schicksal der Straßenkinder ist meines geradezu beneidenswert. Das ist wirklich unvorstellbar ... So, aber nun erzähl mal, was ihr herausgefunden habt?«

»Sitzt du?«

Sie machte es sich in einem Sessel bequem.

»Ja.«

»Halt dich fest: Manien hat Meseratrol an Patienten getestet!«

»Wie bitte?«

Nino las ihr vor, was Tony in Maniens altem PC gefunden hatte. Cyrille umklammerte die Armlehnen ihres Sessels. Das Meseratrol war in unglaublich hohen Dosen verabreicht worden, hundertmal stärker als das, was sie ihren Patienten verschrieb. Clara Marais, Julien Daumas und mindestens zwei andere Patienten waren dieser Rosskur unterzogen worden.

»Das ist ein Krimineller!«, rief Cyrille. Beängstigende Ideen rasten durch ihren Kopf wie ein Rennwagen ohne Bremsen.

»Das ist also das Programm 4GR14?«

Sie war wie vor den Kopf gestoßen. Ihre Hände begannen zu zittern, ihr Gesicht rötete sich, und Schweißtropfen traten auf ihre Stirn. Manien hatte darauf geachtet, junge Testpersonen mit kräftigem Herzen auszuwählen. Die Betablocker verlangsamten den Herzrhythmus, in dieser Dosierung hatte das Meseratrol ihn fast zum Stillstand bringen müssen. Sie spürte, wie eine Hitzewelle sie erfasste. Ängstlich fragte sie sich, ob alle Probanden überlebt hatten.

»Jetzt verstehe ich, warum Daumas solche barbarischen Taten begeht! Man hat sein Gehirn im wahrsten Sinne des Wortes zerstört!«

Und ich? Warum habe ich nichts davon gemerkt?

Sie erhob sich, lief im Zimmer auf und ab und setzte sich schließlich, das Gesicht in den Händen verborgen, auf das Bett.

»Cyrille, bist du noch da?«, fragte Nino beunruhigt.

»Ja«, stieß sie mühsam hervor.

»Ist dir nicht gut?«

»Ich möchte nur wissen, warum ich nichts von alldem gesehen habe. Dabei war ich doch da, und Julien war mein Patient.«

»Entweder hat man alles vor dir verborgen, oder du hast es vergessen.«

»Eben das beunruhigt mich ja so.«

»Denkst du dasselbe wie ich?«

Cyrille seufzte.

»Ja, vielleicht hat man mich genauso unter Drogen gesetzt wie die anderen. Das würde meine Amnesie erklären ...«

»Ich schicke dir ein zweites Textdokument. Tony und ich haben kein Wort verstanden. Nur die erste Zahl, die auf das Zimmer des Patienten zu verweisen scheint. 21 war das Zimmer von Julien Daumas, 15 das von Clara Marais ... Aber vielleicht hilft es dir ja weiter.«

Der Krankenpfleger machte eine Pause.

»Sag mal ...«

»Ja?«

»Glaubst du, dass dein Mann ... Also Tony und ich haben uns überlegt, dass er vielleicht von den klinischen Versuchen gewusst hat.«

Cyrille erstarrte.

»Nein, das ist unmöglich.«

Nino antwortete nicht. Cyrilles schroffer Ton überraschte ihn.

»Wann kommst du zurück?«, fragte er.

»Sobald der Kongress zu Ende ist. In einer Woche.«

Sie verabschiedeten sich und wünschten einander Glück. Cyrille legte auf. Ihre Kehle war wie zugeschnürt, und sie konnte kaum noch schlucken.

Ein akustisches Signal informierte sie, dass sie eine neue E-Mail bekommen hatte. Es war die zweite Datei, die ihre beiden Freunde auf Maniens PC gefunden hatten.

Sie hatte es nicht fertiggebracht, Nino die ganze Wahrheit zu sagen.

Auf ihre E-Mail, in der Benoît ihren ehemaligen Chef Rudolph Manien bezüglich der Entdeckung des 4GR14 durch seine Frau um Rat bat, hatte dieser geantwortet: »Ich rufe dich an.«

Cyrille hatte also erfahren, was sie wissen wollte. Benoît und Manien waren in Kontakt, und sie waren beide über die geheime Akte informiert. Benoît hatte sie auch in diesem Fall angelogen.

Sie war nicht sicher, das volle Ausmaß dieser grässlichen Entdeckung zu erfassen. Cyrille wollte gerade die neue Nachricht öffnen, hielt aber inne, weil es plötzlich an der Tür klopfte. Ihre Nackenhaare richteten sich auf. Sie erwartete niemanden und hatte auch nichts beim Room Service bestellt.

Sie rührt sich nicht vom Fleck und hielt die Luft an.

Erneutes Klopfen.

Langsam und mit wild pochendem Herzen erhob sie sich. Aus ihrem Waschbeutel nahm sie die Schere und schlich zur Tür. Sie legte die Sicherheitskette vor und öffnete die Tür einen Spaltbreit.

Niemand.

Sie machte sie wieder zu, wich angsterfüllt zurück und schaltete das Licht aus.

Ein heller Schein drang vom Flur durch den unteren Türspalt. Sie setzte sich aufs Bett, unfähig, zu entscheiden, was sie tun sollte. *Ich habe geträumt, niemand hat geklopft.* Doch plötzlich wusste sie, dass sie sich etwas vormachte, denn der Schatten von zwei Füßen war deutlich zu erkennen.

Cyrille erhob sich und riss mit einem Ruck die Tür auf.

Sie starrte den Mann verwundert an.

»What are you doing here?«

Sein Akkordeon über der Schulter, stand Youri vor ihr.

»Guten Tag. Mein Freund im *Buddy* hat mir gesagt, du wärest umgezogen. Darf ich reinkommen?«

Cyrille zögerte kurz und erklärte dann:

»Nein, warte hier auf mich.«

Sie nahm ihre Tasche, die auf dem Bett lag, ihr iPhone und ihr Portemonnaie und trat auf den Gang.

»Gehen wir runter ins Café.«

*

Ohne zu wissen, wie spät es war, bestellte sie einen Milchkaffe und ein großes Stück Schokoladenkuchen mit knackiger Kruste. Youri nahm ein Bier.

»Ich habe dich nicht sofort erkannt mit diesen Haaren. Früher warst du blond, oder? Und dann war es zu spät, du warst schon weg. Dein Vorname ist ... Cécile oder so ähnlich, stimmt's?«

»Hm ... Cyrille.«

Sie saß kerzengerade in ihrem Sessel und lächelte ihn verlegen und ein wenig verärgert an.

»Ich habe dich zufällig gesehen, als ich vorbeikam.«

Das erklärte zwar ihr Verschwinden nicht, aber egal. Sie hatte keine Zeit, sich mit solchen Details aufzuhalten. Da er schon mal hier war, würde sie ihm die Frage stellen, die sie quälte, und dann gehen.

Man brachte ihren Kaffee. Sie genoss die ersten Schlucke, aß ein wenig von dem Kuchen und entspannte sich. Youri hatte sich in dem Sessel ihr gegenüber zurückgelehnt. Ungewollt wanderte ihr Blick zu seinen langgliedrigen, kräftigen Musikerhänden. Youri entlockte seinem Instrument unglaubliche Töne, und auch im Bett waren diese Hände sehr kreativ gewesen. Sie blinzelte. *Das ist nun wirklich nicht der geeignete Augenblick.*

Sie tauschten ein paar Banalitäten aus. Dann erklärte Cyrille:

»Ich würde dir gerne eine etwas heikle Frage stellen.«

Er sah sie herausfordernd und verführerisch an.

»Eine schöne Lady wie du kann mich fragen, was sie will ... die Antwort ist schon im Voraus ja.«

»Also«, fuhr Cyrille fort, »erinnerst du dich an den Abend, an dem wir uns begegnet sind?«

Youri nickte, und seine Augen nahmen einen belustigten Ausdruck an. Cyrille wurde immer nervöser.

»Kannst du mir sagen, was wir an diesem Abend geschluckt haben. Ich meine, wir haben ja verschiedene Sachen genommen ... Ehrlich gesagt, ich habe Gedächtnisprobleme, und ich fürchte, dass die daher kommen ...«

Youri lächelte breit.

»Wenn du willst, machen wir es noch einmal.«

Cyrille schloss die Augen, errötete und wiederholte ihre Frage.

»Du musst es mir bitte sagen!«

Der Estländer lehnte sich zurück und trank sein Bier direkt aus der Flasche.

»Das ist schon lange her, wann war es noch?«

»Oktober 2000.«

»Wie soll ich mich an etwas erinnern, das zehn Jahre zurückliegt?«

Cyrille massierte ihre Nasenwurzel.

»Du hast doch sicher deine Kontakte hier ...«

Der Musiker überlegte, dann beugte er sich vor, damit nur sie ihn hören konnte.

»Wir müssen zu dem Typen gehen, der uns versogt ...«

»Gut. Wann?«

»Hast du morgen Abend Zeit?«

»Ja.«

»Ich hole dich um acht in deinem Hotel ab.«

*

Zurück im Hilton, schleuderte Cyrille ihre Schuhe ans andere Ende des Zimmers. Sie war wütend auf sich selbst. Sie hatte sich so idiotisch verhalten wie ein zehnjähriges Kind. Was hatte sie bloß an diesem Abend geschluckt? Ecstasy oder eine Partydroge? Kokain? Halluzinogene Pilze? Oder einen Cocktail aus verschiedenen Substanzen? Und er? Wie hatte sie mit ihm ins Bett gehen können? Er war attraktiv, okay, aber trotzdem ... Sie vertrieb das Bild, das vor ihren Augen auftauchte, und seufzte tief. Sie verstand sich selbst nicht mehr. Sie, die so vernünftig, rational und brav war ...

Sie setzte sich auf ihr Bett und zog ihr iPhone heraus. Sie hatte Ninos zweite Nachricht noch nicht gelesen und öffnete sie: ein Worddokument.

Angesichts der aus mehreren Zeilen bestehenden Tabelle runzelte sie die Stirn:

18/1973/12KU/30-40-60 NA positiv.

15/1976/85MI/30-40-60 NA/VZ.

21/1979/5699CB/30-40-60 NA/VZ.

Es folgten drei ähnliche Einträge.

Sie konnte nicht mehr denken. Ihr Kopf war so voll, dass er zu platzen drohte.

Sie erhob sich, ging ins Bad, wusch sich die Hände und kämmte sich. Plötzlich keimte ein wenig beruhigender Verdacht in ihr auf. Die Tabelle ...

Cyrille lud sie erneut auf das Display ihres Handys und studierte die Zeilen eine nach der anderen. Bei der dritten begann sich ihr Herzschlag zu beschleunigen. *Mein Gott, das ist doch nicht möglich.*

Ein eisiger Schauer lief ihr über den Rücken. Wie erstarrt saß sie eine Weile da.

*

Cyrille lag auf dem Bett und weinte hemmungslos vor Fassungslosigkeit über das, was sie entdeckt hatte, und aus Verzweiflung, sich nicht daran erinnern zu können. Wegen eines Abends, eines einzigen Abends hatte sie etwas Unvorstellbares vergessen. Die Wahrheit war tief in ihrer Erinnerung verborgen und wollte nicht ans Licht kommen.

Die Liste war nur eine informelle Notiz, eine Zusammenfassung der klinischen Versuche, die Manien in einem Word-Dokument festgehalten hatte. Laut Nino war 21 die Zimmernummer von Daumas, 1979 sein Geburtsjahr. »5699CB« war ein Kürzel, das ihr bestens vertraut war und das sie oft auf den Krankenblättern der Patienten vermerkt hatte, denn es war die Nummer ihres Badges in Sainte-Félicité, das sie zwei Jahre lang am Kittel getragen hatte … Der Rest war nicht schwer zu erklären. 30-40-60 war die Dosierung und »NA« vermutlich die Verabreichungsform, das heißt, nasale Applikation. »VZ« bedeutete … Vegetativer Zustand. All diese Elemente zusammen ergaben eine logische Schlussfolgerung. Sie nagte an ihrer Lippe und zitterte vor Wut auf die Medizin, auf Manien, auf Benoît und auf sich selbst. Sie hatte den Beweis vor Augen, dass sie nicht nur von Maniens heimlichen Versuchen gewusst, sondern auch aktiv daran teilgenommen hatte. Sie hatte Julien Daumas starke Meseratroldosen verabreicht, die ihn für eine gewisse Zeit in eine Art Koma versetzt hatten, ehe er in einem psychisch mehr als labilen Zustand wieder zu sich gekommen war …

Cyrille spürte, dass ihr ganzer Körper schmerzte. Sie war verantwortlich für die Krankheit ihres Patienten. Sie biss die Zähne zusammen und versuchte, sich mit der Situation zu konfrontieren und zu überlegen, welche Möglichkeiten ihr jetzt noch blieben. Es waren nicht viele. Sie sprang auf, nahm ihre Tasche und verließ das Hotelzimmer.

39

Um neun Uhr abends klingelte Cyrille erneut an Sanouk Aroms Tür. Im Salon des Professors kündete ein bläuliches Blinklicht einen unerwarteten Besucher an. Kurz darauf stand Cyrille einer alten Thailänderin gegenüber, die bei ihrem Anblick alles andere als begeistert schien. Cyrille stellte sich vor, entschuldigte sich und bat darum, Professor Arom sprechen zu dürfen, es sei dringend. Und diesmal ließ sie sich die Tür nicht vor der Nase zuschlagen. Sie folgte der Frau durch den dunklen Gang mit den lackierten Wänden. Zu ihrer Linken war ein Wohn-Arbeitszimmer, das nur von einer einzigen Lampe erhellt wurde. Das Erste, was Cyrille beim Eintreten bemerkte, war der intensive Haschischgeruch, dann das Glucksen einer Shisha, die auf einem niedrigen chinesischen Tisch stand. Und am Ende des Schlauchs, auf einem roten Kanapee, lag eine zusammengesackte Gestalt, die den Kopf hob. Sie erkannte das lange weiße Haar. Fest entschlossen, nun endlich den wahren Sachverhalt in Erfahrung zu bringen, trat sie näher.

»Professor?«

Arom setzte sich mühsam auf. Er schien etwas benommen zu sein und brauchte eine Weile, um seine Gedanken zu ordnen. Schließlich deutete er auf einen Ledersessel ihm gegenüber. Cyrille setzte sich und legte die Hände auf die Knie.

»Sie waren bei der VGCD«, begann Arom mit belegter Stimme.

»So ist es …«

»Das hätten Sie nicht tun sollen.«

Sanouk Arom zog an seiner Wasserpfeife. Unbeeindruckt kam Cyrille direkt zur Sache.

»Wie haben Sie die Kinder behandelt, die man in Surat Thani gefunden hat?«

»Ich habe Ihnen schon gesagt, dass ich darüber nicht mit Ihnen sprechen kann.«

»Ich habe mit meinem Mann geredet, alles ist in Ordnung. Er wird Ihnen bei Ihrer Publikation keine Steine in den Weg legen. Sie können mir von Ihrem Protokoll erzählen.«

»Ich möchte auf keinen Fall Schwierigkeiten bei der Veröffentlichung meiner letzten Arbeit bekommen. Sie wissen ganz genau, dass Ihr Mann innerhalb unserer kleinen Gemeinschaft sehr einflussreich ist.«

Cyrille räusperte sich.

»Er hat versprochen, nichts gegen Sie zu unternehmen, wenn ich bereit bin, nach Paris zurückzukehren und mich behandeln zu lassen. Ich habe gerade mit ihm telefoniert.«

Sie betonte jede Silbe.

»Ich brauche Ihr Behandlungsprotokoll, es ist dringend.«

»Ihr Mann wollte nicht, dass ich Kontakt mit Ihnen aufnehme, und ich denke, er hat seine Gründe dafür.«

Cyrille wechselte die Taktik. Sie beugte sich vor und raunte ihm zu:

»Sagen Sie, Professor, in welchem Krankheitsstadium sind Sie eigentlich, im siebten, im achten …?«

»Wovon sprechen Sie?«

»Von Alzheimer …«

»Aber wie … niemand …«

»Ihre blaue Zunge … Sie nehmen hoch dosiertes Metylenblau, nicht wahr?«

Aroms Gesicht verschloss sich.

»Das ist das einzige Medikament, das bei klinischen Tests gute Ergebnisse erzielt hat.«

»Ich weiß, sie sind letztes Jahr veröffentlicht worden. Und auch das Haschisch rauchen Sie, um die Auswirkungen der Erkrankung zu mildern, stimmt's?«

Sanouk Arom antwortete nicht, doch Trauer trübte seinen Blick. Cyrille beharrte.

»In sechs Monaten oder einem Jahr sind Sie nicht mehr in der Lage, Ihre Arbeiten zu publizieren. Wenn Sie mir den neuesten Stand Ihres Protokolls verraten, helfe ich Ihnen dabei. Ich habe auch meinem Mann dabei geholfen, seine Forschungen trotz seines Handicaps zu veröffentlichen.«

Sanouk Aroms gesundes Auge blitzte interessiert auf.

»Sein Handicap?«

Cyrille hatte nichts zu verlieren, und es machte ihr nichts aus, ihren Mann zu verraten.

»Mein Mann leidet seit einem Schädeltrauma im Jahr 2000, bei dem er sich eine Läsion des Temporallappens zugezogen hat, an einer seltenen Form der Dyslexie. Er kann nicht mehr richtig schreiben. Außer mir weiß niemand davon. Und ohne mich hätte er seine Forschungen nie veröffentlichen können.«

Cyrille schwieg und wartete ab. Sie hatte Benoît Blakes Bild ernsthaft angekratzt und Arom ein Druckmittel in die Hand gegeben, falls er Schwierigkeiten mit dem künftigen Nobelpreisträger bekommen sollte. Der Professor sagte nichts, seine Züge aber entspannten sich. Cyrille triumphierte innerlich.

»Also, Professor, wie haben Sie die Kinder behandelt?«

Arom wich erneut aus.

»Was ist mit Ihnen los? Warum wollen Sie das so dringend wissen?«

Plötzlich war Cyrille es leid, um den heißen Brei herumzureden. Sie erwiderte:

»Vor zehn Jahren habe ich Drogen genommen, ich weiß noch nicht, welche. Das hat zu einer lakunären Amnesie geführt.«

Der Professor nahm drei Züge aus seiner Haschischpfeife und fuhr sich mit der blauen Zunge über die Lippen.

»So was kommt vor … Ihre Aufrichtigkeit gereicht Ihnen zur Ehre. Gut. Machen Sie es sich bequem, das ist eine lange Geschichte, möchten Sie Tee?«

Er erhob sich mühsam. Mit schleppendem Schritt ging er zu einer Tür am Ende des Raums, legte die Hand auf die Klinke und zögerte. Cyrille kam ihm zu Hilfe und sagte leise:

»Tee … Sie wollten Tee holen.«

Er öffnete den Zugang zur Küche und palaverte mit der alten Thailänderin, die eine Antwort brummelte.

*

Kurz darauf setzte Sanouk Arom zu dem merkwürdigsten Bericht an, den Cyrille Blake je gehört hatte.

Der alte Mann nahm auf dem roten Kanapee Platz und begann, das Mundstück der Shisha zwischen den Lippen, mit klarer Stimme zu erzählen.

»Als die VGCD vor dreizehn Monaten das erste amnestische Kind am Strand eines kleinen Dorfs im Süden von Surat Thani gefunden und mir anvertraut hat, glaubte ich, es handele sich, wie leider so oft, um einen Fall von Missbrauch oder Drogenkonsum. Als dann das zweite kam, war ich überrascht, beim dritten war ich wirklich beunruhigt. Ich habe alle Möglichkeiten in Betracht gezogen, auch ein neues Virus, das den Hypocampus oder Zerebralkortex befällt. Doch die Analysen haben nichts ergeben, und das Blutbild war jedes Mal normal. Ich habe bei den drei Kindern verschiedene

Behandlungsmethoden ausprobiert. Die einzige, die zu einem Ergebnis geführt hat, war die transkranielle Magnetstimulation.«

»Ich habe es auch mit einer TMS probiert«, unterbrach Cyrille ihn, »allerdings erfolglos.«

»So war es bei mir anfänglich auch, aber dann habe ich mich vorgetastet und nach dem Zufallsprinzip den Zerebralkortex, der, wie Sie wissen, mit großer Wahrscheinlichkeit das Erinnerungsvermögen beherbergt, stimuliert. Der Zustand hat sich nicht wirklich verbessert. Bis ich eines Tages auf die Idee kam, das Gehirn der Kinder mit hoher Frequenz zu stimulieren und ihnen gleichzeitig Bilder zu zeigen.«

»Bilder?«

Cyrille runzelte die Stirn.

»Alle Arten von Bildern, die im Zusammenhang mit ihrem Alltag standen. Höfe, Städte, Tiere, Hühnerställe, eine Schule, Autos, Bauern ... Ich habe alles versucht. Und dann, während einer Sitzung, hat das Kind, das man als erstes gefunden hat, unzusammenhängende Teile seiner Vergangenheit erzählt.«

»Sind Sie sicher, dass es sich nicht um eine Erinnerungsverfälschung handelt?«

»Hundertprozent sicher kann ich natürlich nicht sein. Aber was die drei Kinder berichtet haben, war stimmig. Wissen Sie, das ist das Herzstück meiner Arbeit. Schon vor einigen Jahren habe ich nachgewiesen, dass Erinnerungen nie ausgelöscht werden, dass nur die Zugänge geschwächt sind. Man braucht lediglich den richtigen Zugang zu aktivieren, und schon sprudeln sie hervor.«

Cyrille dachte eine Weile nach und frage dann:

»Und was haben sie erzählt?«

»Sie haben ein Lager beschrieben ... im Dschungel, am Strand.«

Cyrille Blake lauschte gebannt, ohne sich zu rühren.

Sanouk Arom sah sie unverwandt an, dann lächelte er plötzlich.

»Wir kennen uns, nicht wahr? Wir sind uns schon vor langer Zeit begegnet. Sie wurden damals von Ihrem Mann begleitet.«

Nur mühsam brachte Cyrille hervor:

»Professor, ich bin Doktor Blake, ich bin wegen der amnestischen Kinder hier ...«

Eine Weile herrschte Schweigen. Sanouk Arom schien in Gedanken versunken. Und ebenso plötzlich, wie er sich zurückgezogen hatte, setzte er seinen Bericht fort.

»Auf der Insel Ko Samui, in der Nähe der Stadt Surat Thani, kommt es immer wieder zu Auseinandersetzungen zwischen den verschiedenen Gangs der Unterwelt, die von Schmuggel jeglicher Art leben. Als ich die Aussagen der Kinder hörte, sagte ich mir, dass eine dieser Banden eine Droge gefunden haben muss, welche die Kinder, die sie später verkaufen, willig und gehorsam macht, gleichzeitig aber einen Teil ihres Gedächtnisses auslöscht.«

Die alte Thailänderin schlurfte herein und brachte ein Tablett mit dampfendem Tee. Anouk unterbrach seinen Monolog, bis sie beide eine Tasse in der Hand hielten.

»Jetzt will ich Ihnen eine andere Geschichte erzählen. Vor fünfzehn Jahren habe ich an der Universität Pittsburg meine Gedächtnisforschungen abgeschlossen. Ich habe das Labor mit einem anderen thailändischen Forscher namens Rama Supachai geteilt, der jünger ist als ich.«

Arom nahm einen tiefen Zug aus seiner Wasserpfeife und stieß eine parfümierte Rauchwolke aus.

»Unser Ziel war es, die negativen Erinnerungen bei einer Ratte vollständig auszulöschen ... und es ist uns gelungen.«

»Ich habe Ihre Veröffentlichungen gelesen. Sie haben das Prinzip der ›Rekonsolidierung der Gedächtnisbildung‹ entdeckt.«

»Genau: Eine Erinnerung ist labil, solange man sich ihrer entsinnt. Man kann sie bei der Rückerinnerung verfestigen, aber auch verändern. Wenn ein Schock oder ein Molekül diese Rückerinnerung stört, kann sie geschwächt oder ausgelöscht werden – zumindest im Bewusstsein. Genau das haben wir mit der Ratte gemacht.«

Cyrille trank den bitteren Tee in kleinen Schlucken.

»Sie haben die Erinnerungen der Ratte beeinflusst?«

»Ja, wir hatten sie so abgerichtet, dass sie Angst vor einem roten und einem blauen Ball hatte. Durch Stromstöße, die dem Cortex im richtigen Moment verabreicht wurden, ist es uns gelungen, sie die Furcht vor dem roten Ball vergessen zu lassen – nicht aber die vor dem blauen.«

»Selektive Auslöschung der Erinnerung ...«

Arom atmete tief durch.

»Ganz genau.«

»Das ist genial!«

»Danke ... Ja, es war eine Revolution. Nach diesem Erfolg haben sich unsere Wege getrennt. Man hat mir eine Stelle am Brain Hospital angeboten, und ich habe sie sofort angenommen, weil meine Frau und meine Töchter sich meine Rückkehr wünschten. Dann habe ich zwei Jahre lang nichts mehr von Rama Supachi gehört, und irgendwann ist auch er nach Bangkok zurückgekommen. Er hat in einem öffentlichen Krankenhaus gearbeitet und war dort nicht sehr glücklich. Er kam zu mir, um mich über seine Pläne zu informieren. Er wollte eine Klinik für Touristen eröffnen und damit ein Vermögen verdienen.«

»Eine einträgliche Quelle in Ihrem Land.«

»Ja, die Gewinne sind enorm. Die Ausländer sind reich und in ihrer Verzweiflung bereit, viel Geld zu bezahlen. Sogar wenn die Methoden in ihrem Land nicht zugelassen oder gar verboten sind.«

»Und Rama Supachai ist also zurückgekommen.«

»Ja. In den letzten zwei Jahren hat er versucht, eine

von unserer Forschungsarbeit abgeleitete Methode zu entwickeln, um die Erinnerung bei kleinen Tieren, Großsäugern, Primaten und schließlich beim Menschen auszulöschen.«

Cyrille Blake sah ihn ungläubig an.

»Wozu?«

»Um Menschen, die leiden, wieder glücklich zu machen! Alles auszuradieren, die Ängste, die Traumata. So wie Sie es mit Meseratrol machen, nicht wahr?«

»Nein!«, unterbrach ihn Cyrille heftig. »Wir heben den Schmerz auf, nicht die Erinnerung selbst.«

»Ich wollte Ihnen nicht zu nahe treten. Tatsache ist, dass Rama Supachai seinen Weg für den richtigen hielt und überzeugt war, dass Glück durch Vergessen der Gral der Neurologie sei.«

»Hat er seine Methode getestet?«

»Ich weiß es nicht. Er wollte, dass ich sein Partner werde, denn er ist zwar ein hervorragender Techniker, aber kein guter Theoretiker, und manchmal mangelt es ihm an Objektivität. Für mich war das ganz klar. Ich zweifele nicht daran, dass so etwas eines Tages möglich sein wird, aber mit welchen Langzeitschäden und Nebenwirkungen? Außerdem war ich Chefarzt und hoffte auf den Posten des Klinikleiters. Und ich misstraute den Menschen, mit denen er Umgang hatte, und der Herkunft der Gelder, über die er zu verfügen vorgab. Er war wütend, ist erneut verschwunden, und ich habe nichts mehr von ihm gehört … Bis jetzt.«

Nach einer Pause legte Cyrille die Hand auf die Brust und sagte:

»Mein Gott, das Video … Sie haben ihn auf dem Video von Anuwat wiedererkannt.«

Die fleckigen Hände des alten Mannes umklammerten zitternd das Mundstück seiner Wasserpfeife.

»Anuwat hat es mir geschickt, kurz bevor er es Ihnen

gezeigt hat. Ja, ich habe Rama Supachai wiedererkannt. Da er weder Haare noch Augenbrauen hat, ist er unverwechselbar. Ich war schockiert.«

»Und was macht er dort Ihrer Meinung nach? Testet er seine Methode an Kindern?«

»Ich bin weit davon entfernt, es beweisen zu können, aber ich glaube es.«

Cyrille Blake blinzelte.

»Man muss ihn schnellstens daran hindern, noch mehr Schaden anzurichten.«

»Dazu, liebe Frau Kollegin, würden wir ein Indiz brauchen, wo er die Kinder versteckt hält.«

Die beiden sahen sich schweigend an. Plötzlich erklärte Cyrille bestimmt:

»Sie müssen die kleine Dok Mai untersuchen und Ihre Methode bei ihr anwenden. Vielleicht erinnert sie sich an ein Detail, das uns zu ihm führen kann. Ich werde alles in meiner Macht Stehende tun, um Ihnen zu helfen.«

Sanouk Arom schloss sein gesundes Auge und seufzte tief.

»Die Heime sind personell unterbesetzt, und mein gesamtes Team ist mit dem Kongress beschäftigt. Ich kann erst in zwei Wochen jemanden hinschicken, um sie abzuholen, und allein kann sie die Reise nicht unternehmen.«

Cyrille Blake richtete sich auf.

»Ich fahre hin!«

»Sie?«

»Ja, ich breche morgen auf und komme sofort wieder zurück. Übermorgen Abend könnte ich wieder hier sein, und wir wenden Ihre Behandlungsmethode an. Mit etwas Glück kann sie uns weiterbringen.«

Arom verzog den Mund zu einem schiefen Lächeln.

»Ihre Hilfe wäre unschätzbar.«

»Gut, dann machen wir es so. Ich bringe Ihnen das Mädchen, und wir versuchen die TMS bei ihr.«

»Dann behandele ich Sie auch – versprochen.«
Cyrille bedachte ihn mit einem wundervollen Lächeln.
»Das wäre phantastisch!«
Die beiden erhoben sich. Arom drückte ihre Hände.
»Verzeihen Sie mir, dass ich Sie so schlecht empfangen habe. Sie haben große Qualitäten. Ich werde sofort Anuwat anrufen, damit er Ihnen die nötigen Einzelheiten für die Reise gibt. Seien Sie vorsichtig. Und halten Sie sich nicht unnötig lange in diesem Gebiet auf.«
»Ich komme sofort zurück. Ich muss mich bei Ihnen bedanken. Zum ersten Mal seit langer Zeit fühle ich mich besser.«

40

Im Tuk-Tuk, das sie zum Hotel zurückbrachte, war Cyrille zwar nervös, doch zugleich hatte ihr Optimismus wieder die Oberhand gewonnen. Sie hatte einen Sieg über das Unglück errungen. Sie würde das kleine Mädchen abholen, endlich aktiv werden, statt immer nur auf die Ereignisse zu reagieren, und Arom hatte versprochen, ihr wirklich zu helfen ... Sie vertraute ihm. Sie würde die VGCD unterstützen, und der Professor würde sie heilen. Ihr iPhone vibrierte. Das Display zeigte keine Nummer an.

»Doktor Blake? Hier ist Anuwat von der VGCD.«

»Guten Abend, Anuwat. Hat der Professor Sie informiert?«

Der Sekretär des Heims erklärte kurz, Arom habe ihm in einer SMS mitgeteilt, sie würde nach Surat Thani fahren, und er solle ihr die Genehmigung erteilen, die Kleine abzuholen. Seine Stimme war laut, und er sprach sehr schnell.

»Außerdem möchte ich, dass Sie jemanden kennenlernen, der Ihnen vorher einiges erläutern kann.«

»Sehr gut. Sagen Sie mir, wann und wo. Morgen?«

»Tut mir leid, Doktor Blake, er kann sie nur jetzt treffen.«

»Es ist Mitternacht!«

»Er arbeitet nur nachts. Ich schicke Ihnen eine SMS mit der Adresse, die können Sie dann dem Taxifahrer zeigen.«

»Ich sitze in einem Tuk-Tuk.«
»Sehr gut, geben Sie mir den Fahrer.«

Es folgte ein Gespräch zwischen den beiden, woraufhin der Chauffeur am Hotel vorbeifuhr und den Südosten der Stadt ansteuerte. Und wieder eine Tour durch die erleuchtete Metropole. Dann verließ das Tuk-Tuk die Hauptstraßen und fuhr durch dunklere Gassen. Cyrille fühlte sich eigenartig beunruhigt.

An einer Kreuzung bog die Rikscha nach rechts ab. Ein großes grünes Transparent mit dem Aufdruck »Chang Beer, Patpong« war über die Straße gespannt und zeigte Cyrille, dass sie nach Patpong, dem Vergnügungsviertel von Bangkok, kamen. Sie war noch nie dort gewesen. Hier fand man alles, was zu den widerwärtigsten Bereichen des Sexgeschäfts gehörte. Die Neonreklame blendete sie. Dutzende junge Thaimänner und -frauen saßen in den zur Straße hin geöffneten Bars auf ihren Hockern und lächelten die Passanten an. Ladyboys, jene unbehaarten Transvestiten, stöckelten auf Plateausohlen und in ihren engen Minikleidern über die Straßen. Die grellen Leuchtreklamen verhießen »Show girl«, »Safari gogos bar« und sämtliche lokalen Biersorten. Sie kamen an einem dicken bärtigen Weißen vorbei, der am Arm eines zierlichen jungen Mädchens von kaum einem Meter fünfzig hing. Cyrilles Herz zog sich zusammen. Sie verfluchte den Touristen im Stillen. Die Straßen waren sehr belebt. Betrunkene Europäer torkelten zwischen den Prostituierten und ihren Kunden umher, auf den Bürgersteigen schliefen Leute, Kinder bettelten, Jugendliche tanzten. Ein anderer übergab sich neben einer Mülltonne.

Das Tuk-Tuk fuhr noch ein Stück weiter und hielt schließlich vor einer grauenvollen neugotischen Fassade, die perfekt in den Fantasyfilm *Dungeons and Dragons* gepasst hätte.

Ein Schild »Metal Zone« verkündete, dass es sich um

einen Tempel des Hardrock handelte. Cyrille stieg aus und bezahlte die Fahrt. Misstrauisch betrachtete sie die schwarzen Mäuler der riesigen Bestien, die sie anstarrten. Tagsüber, so sagte sie sich, wäre das sicher weit weniger beeindruckend, doch allem Anschein nach liebten es die Menschen, sich Angst zu machen. Sie betrat die Musikbar, wo sich die Leute drängten und es nach Bier und Schweiß roch. Drei thailändische Hardrocker – gekleidet in Leder und Metall, mit Pferdeschwänzen bis auf den Rücken – malträtierten die Saiten ihrer Gitarren. Am liebsten hätte sich Cyrille die Ohren zugehalten. Sie sah auf ihre Uhr. Kurz vor eins. Anuwat hatte wirklich merkwürdige Ideen. Sie musste ihn nicht lange suchen, er erwartete sie am Eingang. Er deutete auf einen der drei Musiker und schrie: »My *brother*«. Cyrille verstand ihn nur, indem sie von seinen Lippen ablas. Der Sekretär drängte sich an der Bar vorbei, öffnete, als wäre er hier zu Hause, eine kleine Tür und ging ein paar ausgetretene Stufen hinauf. Sie gelangten in eine schmale Küche, die offensichtlich wenig benutzt wurde. Die Einrichtung bestand aus einem Minikühlschrank, einem kleinen Tisch mit zwei Plastikstühlen, einer abgestoßenen Spüle über einem Unterschrank ohne Türen, in dem mehrere Packungen Zucker und Tee lagen, auf einem Hocker standen eine verbeulte Kasserolle und ein Glas Instantkaffee einheimischer Marke. Am Tisch saß ein eigenartiges Wesen. Ein Transvestit mit operierter Nase, üppigen Brüsten, das Gesicht von dichtem schwarzem Haar umrahmt.

»Ich möchte Ihnen Renu vorstellen. Renu, das ist Frau Doktor Blake, von der ich dir erzählt habe.«

Renu verbeugte sich.

Anuwat bot Cyrille den zweiten Stuhl an und blieb selbst stehen.

»Renu arbeitet mit uns. Er hilft uns, indem er sich den Kindern auf der Straße nähert und ihr Vertrauen gewinnt.

Bevor er nach Bangkok kam, hat er im Süden gearbeitet, vor allem auf den Inseln Phuket, Ko Samui und Ko Tao. Arom hat mir geschrieben, dass er glaubt, seinen früheren Kollegen Supachai erkannt zu haben.«

Cyrilles Blick wanderte von dem Sekretär der VGCD zu Renu.

»Renu, kannst du der Frau Doktor sagen, was du mir vorhin erzählt hast?«

»Ich kenne Supachai!«

Cyrille zog verwundert die Augenbrauen hoch. Renu fuhr fort:

»Es gibt auf den Inseln drei Organisationen für Drogen- und Waffenschmuggel und Prostitution. Supachai leitet eine davon, die sich ›Liga von Ko Samui‹ nennt. Er hat sich auch auf den Boxkampf zwischen Minderjährigen spezialisiert.«

Cyrille beugte sich über den kleinen wackligen Plastiktisch.

»Rama Supachai – der Neurowissenschaftler ist jetzt ein Bandenchef?«

Ihr Ton war skeptisch.

Renu runzelte die Stirn, sodass eine steile Falte zwischen seinen Augenbrauen entstand.

»Nein, nicht Rama, sondern Pot Supachai.«

Cyrille lehnte sich zurück und trommelte mit den Fingern auf ihre Lippen.

»Gibt es denn mehrere Supachai?«

Anuwat verschränkte die Arme vor dem VGCD-Logo auf seinem weißen T-Shirt.

»Allem Anschein nach treibt die Familie Supachai ihr Unwesen auf den Inseln im Süden und organisiert dort alle möglichen illegalen Geschäfte. Pot und Rama sind Cousins.«

Renu fuhr fort:

»Pot Supachai ist sehr gefährlich und im Milieu gefürchtet. Er ist ein ehemaliger Thaiboxer und hat keine Achtung vor menschlichem Leben.«

Der junge Mann verschränkte die Hände.

»Anuwat hat mir gesagt, dass Sie in die Außenstelle Surat Thani fahren wollen. Seien Sie vorsichtig. Benutzen Sie keine individuelle Transportmöglichkeit, denn es kommt immer wieder zu Erpressungen, und misstrauen Sie jedem, der sie anspricht. Dort werden Frauen entführt, unter Drogen gesetzt und dann auf den Strich geschickt. Im Moment sind alle wegen der Ankunft der Russen sehr nervös.«

»Der Russen?«

»Die Konkurrenz im Prostitutionsgewerbe ist groß, seit die Russen das Netz infiltriert haben. Die Blonden haben mehr Erfolg als die Thailänder. Im letzten Jahr ist es erstmalig zu Repressalien gekommen. Pot Supachai hat als Warnung am helllichten Tag zwei russische Prostituierte am Strand von Pattaya ermorden lassen. Seither vergeht keine Woche, ohne dass es irgendwelche Auseinandersetzungen gibt. Sie müssen vorsichtig sein.«

Cyrille schluckte mühsam.

»Ich fahre hin und gleich wieder zurück, übermorgen bin ich wieder da.«

»Ja, seien Sie wachsam, dann wird alles gut gehen.«

Anuwat räusperte sich.

»Bringen Sie uns die Kleine, aber wenn möglich auch das Handy, das sie bei sich hat. Wenn es ihr jemand gegeben und sie freigelassen hat, dann deshalb, weil er uns helfen will. Möglicherweise hat er einen anderen Hinweis hinterlassen, wie wir die Kinder finden können.«

*

15. Oktober

Es war drei Uhr morgens, als Cyrille ihren Schlüssel an der Rezeption des Hilton abholte. Sie konnte sich kaum mehr auf den Beinen halten. Der Portier reichte ihr die Magnetkarte und einen verschlossenen Umschlag.

»Ein Fax für Sie, Madame Blake.«

Im Aufzug, der sie in den zehnten Stock brachte, betrachtete Cyrille das Kuvert und zögerte, es zu öffnen.

In ihrem Zimmer ließ sie sich erschöpft aufs Bett sinken. Ihre geröteten Augen brannten, Füße und Rücken schmerzten, und sie hatte Hunger. Wann hatte sie zuletzt etwas gegessen? Sie zog sich aus, schlüpfte ins Bett und stellte den Wecker ihres iPhones auf acht Uhr. Erst dann riss sie den Umschlag auf.

Es war ein handgeschriebenes Fax. Sofort erkannte Sie Benoîts Schrift.

Sie rieb sich die Augen und überflog die Nachricht, die für jemanden, der nicht an Benoîts Art gewöhnt war, schwer zu entziffern war. Nach der ersten Lektüre war Cyrille wie gelähmt. Sie las den Brief noch einmal. Ohne die verdrehten Buchstaben ergab das Folgendes:

Cyrille,
das Hilton hat mich von Deiner Ankunft informiert.

Vorhin habe ich einen eigenartigen Anruf von R. M. bekommen, der offenbar eine E-Mail erhalten hat, deren vermeintlicher Absender ich sein soll. Ich habe Deine kleine List, die im Übrigen sehr gut funktioniert hat, durchschaut.

Was soll ich Dir noch sagen, ich denke, Du hast alles verstanden. Ja, ich wusste von der Akte, aber ich wollte es vor Dir geheim halten. Ich möchte Dir auch erklären, warum.

Vor zehn Jahren hat mich R. M. gebeten, ihm alles Nötige für ein Experiment zur Verfügung zu stellen. Das habe ich getan, ohne mir etwas Böses dabei zu denken. Als Du mich dann informiert hast, welche verheerenden Folgen dieser Versuch hatte, habe ich sofort begriffen, dass wir unsere Karriere und unser Leben auf Spiel setzen würden. Ich habe dich davon abgebracht, R. M. anzuzeigen, da wir zu sehr in die Sache verstrickt waren und ebenfalls Schwierigkeiten hätten bekommen können.

Als Du mit mir zusammen F.-S. verlassen hast, habe ich dich zu diesem Schritt ermutigt. Nach Deiner »Flucht« in Bangkok hast Du nie wieder über das Thema gesprochen. Und auch später nicht. Ich habe Dein Schweigen respektiert, weil ich glaubte, Du wolltest einen Schlussstrich unter die Vergangenheit ziehen. Erst vor wenigen Tagen habe ich begriffen, dass Du wirklich alles vergessen hast. Es stimmt, ich hatte Angst, durch den Kontakt mit J. D. könnte Deine Erinnerung wieder aufleben, also habe ich versucht, Dich davon zu überzeugen, ihn in eine Klinik zu überweisen.

Dadurch wollte ich uns schützen, die Vergangenheit sollte bleiben, wo sie war.

Ich hoffe, ich täusche mich nicht, wenn ich R. M. sage, dass Du nichts gegen ihn unternehmen wirst. Das würde niemandem nützen.

Ich liebe Dich und wünsche mir mehr als alles auf der Welt, dass Du mir meine Lüge verzeihst, die nur das Ziel hatte, unser Glück zu bewahren.

Liebe mich bitte weiter.
B.

41

15. Oktober, morgens

Cyrille Blake hatte eine lange Hose angezogen und ihre Schultern bedeckt. Am Schalter kaufte sie eine Eintrittskarte und passierte die Kontrolle. Wat Phra Kaeo war der bekannteste buddhistische Tempel Thailands, erbaut gegen Ende des achtzehnten Jahrhunderts, um einen prächtigen Smaragd-Buddha aufzunehmen. Nach einer kurzen unruhigen Nacht war Cyrille früh aufgestanden, um in diesem Tempel Bilanz zu ziehen. Sie war gleich bei der Öffnung um zehn Uhr da gewesen. Nun schlenderte sie durch die Anlage – ein beeindruckendes Zusammenspiel von bunten Dächern, Skulpturen, vergoldeten Stupas und Fassaden, besetzt mit Mosaiken aus Glas und Fayencen ... Sie stieg die Stufen zum Haupttempel hinauf. Als sie das Reisebüro des Hilton verlassen hatte, war ihr plötzlich die Idee gekommen, sich an einen heiligen Ort zu begeben.

In ihrer Handtasche hatte sie für denselben Abend ein Ticket nach Surat Thani. Mit etwas Glück könnte sie morgen im Laufe des Tages einen Zug nach Bangkok erwischen und wäre abends erneut in der Stadt. Sie würde zwar den Anfang des Kolloquiums verpassen, für ihre eigene Präsentation aber sicher rechtzeitig zurück sein. Vor allem aber würde sie Arom dabei behilflich sein, die Wahrheit ans Licht zu bringen, und dieser würde ihr im Gegenzug helfen, ihr Gedächtnis wiederzufinden. Egal, was Benoît geschrieben hatte, sie wollte ganz genau wissen, wie sich alles zugetragen hatte, wie sie gegen ihre

Überzeugung in eine geheime klinische Versuchsreihe verwickelt worden war. Sie würde sehr vorsichtig sein, und alles würde gut gehen. Auf der Treppe blieb sie kurz stehen, zog ihr iPhone heraus und rief das Bild der kleinen Thailänderin auf.

Traurig betrachtete Cyrille die lächelnde Dok Mai. *Was haben sie mit dir gemacht? Was werde ich für dich tun können?* Seufzend wandte sie den Blick ab, um die Tempeldächer, die bunt wie Teppiche waren, zu bewundern.

Vor dem Tempel des Smaragd-Buddha reihte sie sich in die Schlange ein. Im fünfzehnten Jahrhundert hatte man in Chiang Rai nach der Zerstörung eines Tempels eine mit vergoldetem Stuck überzogene Buddha-Statue gefunden. Als der Gips abbröckelte, stellte sich heraus, dass er aus Jade war. Die heilige Statue wurde nach Laos gebracht und kehrte schließlich von dort nach Thailand zurück, wo sie in dieser Tempelanlage ihre neue Heimat fand. Der Ort wurde verehrt, und die Menschen reisten aus dem ganzen Land herbei, um hier zu beten.

Cyrille folgte den Wartenden und kam allmählich wieder zur Ruhe. Was die Menschen hier suchten, ging weit über die irdischen Gefühle und kleinen Sorgen hinaus. Hier wurde einem klar, dass man sein Schicksal nicht erdulden, sondern akzeptieren sollte, dass Leid und Freude die beiden Facetten ein und derselben Sache sind. Cyrille wurde bewusst, dass sie diese Wahrheit nie so deutlich gespürt hatte wie in diesem Augenblick. Ihre Finger strichen über die schwere Tür mit den Perlmutt-Einlagen, die zu dem majestätischen Saal führten. Sie folgte den Menschen. Mitten im Raum saß auf einem elf Meter hohen Thron der Buddha, gekrönt von drei sich überlappenden vergoldeten Baldachinen. Die Besucher vor Cyrille knieten nieder, sie tat es ihnen gleich.

Ja, genau das war es. Das Unglück war nur eine Komponente des Lebens. Ebenso wie die Freude war es vergänglich und machte anderen Ereignissen und Gefühlen Platz. Die Wände waren mit Legenden und Erzählungen aus dem Leben des Siddharta bemalt. Cyrille rief sich die Geschichte in Erinnerung. Der junge Mönch hatte sich auf der Suche nach dem Glück mit der Welt und den verschiedenen Glaubensformen auseinandergesetzt. Und schließlich hatte er es bei einem alten Fährmann entdeckt. Er hatte die Weisheit in sich selbst gefunden, im Strom des Wassers, dem Symbol der Unbeständigkeit.

Die Unbeständigkeit.

Dieses Wort hatte heute einen besonderen Beigeschmack.

Seit sie die klinische Psychiatrie aufgegeben hatte, um sich nur noch leichten Neurosen zu widmen, hatte sie geglaubt, ihr Leben sei gleichbleibend bequem und einfach. Ein aufstrebender Pfad ohne Hindernisse.

Aber nein, so konnte es nicht sein, weil sich die Dinge ständig veränderten. Sie hätte eine unheilbare Krankheit bekommen können, aber sie hatte Gedächtnisprobleme und war – vielleicht – zu unkontrollierbarer Gewalttätigkeit fähig. Schlimmer noch, offenbar hatte ihr zweites Ich vor zehn Jahren an unmenschlichen Versuchen teilgenommen. Diese Frau war sich der Tragweite ihrer Handlungen nicht bewusst gewesen und hatte zumindest einen Patienten in eine Psychose getrieben. Wie hatte sie ihren ethischen Prinzipien derart zuwiderhandeln können? Was hatte sie dazu angetrieben? Hatte man sie gezwungen oder bedroht? Hatte Benoît sie unter Druck gesetzt? Wie die anderen Pilger betrachtete sie den Buddha. *Ist es möglich, dass es jemand anderen in mir gibt, eine skrupellose Person?* Cyrille fragte sich, worin ihr Glück bestehen mochte. In Ruhe, Arbeit, Benoîts Zuneigung. Sie war verwundert, nur Antworten zu finden, die sie nicht wirklich zufriedenstellten.

Ein Nadelstich fuhr ihr ins Herz. Und plötzlich begriff sie, dass ihr die Wärme eines wahren Familienlebens fehlte. Sie hätte gerne Kinder gehabt, die ihr wichtig wären und jetzt, in diesem Moment, irgendwo auf ihren Anruf warteten. Sie fühlte sich furchtbar allein.

»Lily ...«

Sie zuckte zusammen. Er war neben ihr, direkt neben ihr. Sie erstarrte, ihr Herzschlag setzte kurz aus.

»Was tun Sie hier?«, flüsterte sie und senkte die Augen.

»Ich will mit dir sprechen«, antwortete er im selben Ton.

»Warum?«

»Ich will dich etwas fragen.«

Cyrille sah nach rechts, dann nach links. Auszuweichen war nicht möglich, und wozu auch? Seit ihrem letzten Gespräch war so viel passiert. Sie hatte Angst, sagte sich dann aber, sie würde ihn anhören, und dann würde er verschwinden.

»Lassen Sie uns nach draußen gehen«, erwiderte sie so bestimmt wie möglich.

Sie verließen, ohne dem Buddha den Rücken zu kehren, den Raum. *Ist er bewaffnet? Was hat er vor?* Als sie draußen waren, packte Julien Daumas sie fest beim Arm.

»Es dauert nicht lange. Kommst du mit einen Kaffee trinken?«

Er stellte diese Frage mit überraschender Höflichkeit, die der Härte seines Griffs widersprach, und bedachte sie mit einem charmanten Lächeln.

»Gut«, meinte Cyrille mit einem Seitenblick.

Er trug Jeans und ein blaues Hemd über einem weißen T-Shirt und wie immer seine Fototasche über der Schulter. Er setzte seine Ray-Ban-Sonnenbrille auf. Wo war der depressive und unglückliche junge Mann geblieben, dem sie vor kurzem im Centre Dulac begegnet war? Mit dem eigenartigen Gefühl, ein Geheimnis zu teilen, liefen sie die vielen Stufen des Tempels hinab.

»Wohin wollen Sie gehen?«, fragte Cyrille leise.

»Gegenüber vom Haupteingang gibt es mehrere Cafés.«

Sie überquerten den großen Platz, gingen vorbei an der thailändischen Massageschule und dem Königspalast. Cyrille befreite sich vorsichtig aus seinem Griff.

»Ich laufe nicht weg.«

Schweigend und ohne sich anzusehen, setzten sie ihren Weg fort. Julien war einen Kopf größer als sie. Er schien eher ruhig, aber vielleicht täuschte sie sich auch. Cyrille kaute an ihrem Daumennagel. Unentschlossenheit, Schuldgefühle, Zorn und Angst um ihre eigene Sicherheit, das Herz schlug ihr bis zum Hals. Sie wollte ihn schnell loswerden, aber er stellte ja vielleicht auch eine Gefahr für andere dar. Konnte sie ihn reinen Gewissens einfach so verschwinden lassen? Sollte sie ihn anzeigen? Doch mit welcher Begründung?

Sie wunderte sich, dass sie nicht früher an eine solche Begegnung und an diese Fragen gedacht hatte. Sie hatte in der Furcht gelebt, ihn plötzlich auftauchen zu sehen, aber nicht bedacht, wie sie dann reagieren sollte. Obgleich sie innerlich wie erfroren war, schwitzte sie unter ihrer Bluse. Ohne einen Blick zu wechseln, erreichten sie das Wachhäuschen am Eingang. Eine Gruppe von Japanern ahmte die Haltungen der Buddhastatuen nach und ließ sich dabei fotografieren, andere Touristen posierten vor den uniformierten Wachen. Cyrille fuhr sich mit der Hand durchs Haar. Wo war ihre Fähigkeit geblieben, Situationen gedanklich vorwegzunehmen, um sich nicht von ihren Patienten überraschen zu lassen? Es war, als verweigere ihr Gehirn die Arbeit, die Bereitschaft, Hypothesen aufzustellen. Sie war dabei, sich von den Ereignissen überrollen zu lassen. Das war schlimm.

Die Hände in den Taschen seiner Jeans vergraben, das Kinn mit dem Dreitagebart stolz erhoben, war Julien nicht nur schön, sondern er erweckte darüber hinaus den trügerischen Anschein eines gesunden und selbstsicheren jungen Mannes. Er sagte nichts. Er schien nicht das Bedürfnis zu haben, zu sprechen. Zum ersten Mal dachte sich Cyrille, dass seine Präsenz etwas Männliches hatte, das ihr bei ihren früheren Begegnungen entgangen war. An der großen Straße vor dem Palast hielt er sie mit einer beschützenden Geste am Arm zurück. Als die Ampel auf Grün sprang, führte er sie auf die andere Seite. Cyrille bemühte sich um einen unbeteiligten Gesichtsausdruck. Sie musste so gut wie möglich die Rolle der Therapeutin spielen, das war ihre einzige Chance, Distanz zu wahren.

In der Wat Bar drängten sich die Touristen im Schutz der gelben Markise. Julien wandte sich an die junge Bedienung, die ein Dutzend Bierflaschen auf einem Tablett balancierte. Sie lächelte, nahm die Bestellung auf und wies ihnen einen kleinen Tisch am Straßenrand zu. Cyrille setzte sich, hielt ihre Handtasche fest umklammert und fragte sich erneut, wo der verstörte junge Mann geblieben war, der in ihre Sprechstunde gekommen war – und was aus ihrer eigenen Selbstsicherheit als Leiterin des Centre Dulac geworden war. Um nicht ganz die Kontrolle über den Verlauf der Ereignisse zu verlieren, wollte sie das Gespräch beginnen, wusste aber nicht, wie sie anfangen sollte. Julien beobachtete sie, ohne ein Wort zu sagen. Das Schweigen schien ihn nicht zu stören. Cyrille dagegen machte es nervös. Schließlich begann sie:

»Meine Nichte hat Ihnen gesagt, dass ich in Thailand bin, ja?«

Juliens Lächeln verschwand. Die Schweißtropfen an seinem Haaransatz verrieten ihn. Er war doch nicht so entspannt, wie er sich gab. Die Kellnerin stellte zwei Tassen Kaffee vor sie. Cyrille konzentrierte sich, um die Führung des Gesprächs zu übernehmen, und wog jedes Wort ab, so als säße sie in ihrem Sprechzimmer und er wäre auf dem Diwan ausgestreckt. Doch sie spürte, dass sich ihre Beziehung verändert hatte, dass sie selbst sich verändert hatte. Wann? Wie? Warum? Sie konnte es nicht sagen. Ganz offensichtlich gab sie in dem Gespräch nicht den Ton an. Sie hob die Tasse an die Lippen und sagte, ehe sie trank:

»Was wollen Sie mich so Dringliches fragen?«

Julien nahm einen Schluck Kaffee.

»Ich muss herausfinden, was du weißt.«

Er duzte sie noch immer, sie ignorierte es. Dies war nicht der rechte Moment, um ihm zu widersprechen.

»Worüber?«

»Über die Behandlung, die ich in Sainte-Félicité bekommen habe.«

Cyrille wandte plötzlich den Blick ab, was Julien nicht entging.

»Eine Behandlung, durch die ich vergessen habe, was mit meiner Mutter geschehen ist.«

Cyrille Blake stellte ihre Kaffeetasse etwas zu heftig ab, sodass einige Tropfen auf den Tisch spritzten. Ihre Miene verriet aufrichtige Überraschung.

»Ihre Mutter?«

»Sie hatte keinen Unfall.«

»Entschuldigung, aber ich verstehe nicht, wovon Sie reden.«

»Das hier habe ich bei Marie-Jeanne gefunden.«

Er zog den Zeitungsausschnitt aus der Tasche, faltete ihn auseinander und legte ihn auf den Tisch. Cyrille las den kurzen Artikel.

Le Provençal 20. Juni 1991
Drama in Vallon des Auffes: Laurianne Daumas, eine Angestellte des Vereins »La Mie du Pain«, der die Hilfsbedürftigsten unterstützt, wurde gestern Abend von einem Mann niedergestochen und starb kurz darauf. Ihr kleiner Sohn Julien wurde von den Großeltern aufgenommen.

»Wusstest du davon?«, fragte Julien.

»Natürlich nicht«, verteidigte sich Cyrille und las die Meldung noch einmal.

Sie hob den Blick zu ihm.

»Es tut mir leid ... Sie hatten mir gesagt, dass ... sie sei bei einem Unfall ums Leben gekommen, nicht wahr?«

»Das habe ich auch über zwanzig Jahre gedacht. Aber sie ist ermordet worden!«

Seine Stimme erstarb. Der kleine Junge in ihm lehnte sich auf.

»Ich war elf Jahre alt, fast zwölf. Wie konnte ich das vergessen? Was hast du mit mir gemacht, dass ich das vergessen habe?«

Seine Nasenflügel bebten vor Zorn.

»Erklär es mir ...«

Cyrille öffnete den Mund, schloss ihn wieder. Sie stützte die Ellenbogen auf den Tisch und legte die Hände auf den Mund, dachte kurz über ihre Alternativen nach und entschied sich für den direkten Weg.

»Hören Sie, ich muss Ihnen etwas sagen, was nicht leicht zu ertragen sein wird. Vielleicht sind Sie danach bereit, sich in Behandlung zu begeben.«

Julien musterte die Frau, die seine Ärztin gewesen war, eindringlich mit seinen grauen Augen.

»Erst gestern habe ich erfahren, dass man in Sainte-Félicité Fehler gemacht hat.«

»Was für Fehler?«, fragte Julien heftig.

»Mit dem Ziel, Traumata zu behandeln, hat ein Arzt vor zehn Jahren bestimmten Patienten, unter anderem Ihnen, zu hoch dosierte Medikamente verabreicht. Offenbar hat diese Behandlung bestimmte Zonen Ihres Gehirns lahmgelegt. Das wäre die Erklärung für Ihre Amnesie. Das Medikament sollte den Schmerz Ihres Traumas lindern. Aber es hat Ihre Erinnerung daran vollständig ausgelöscht.«

Julien verzog das Gesicht.

»Aber ich kann nicht vergessen haben, was man meiner Mutter angetan hat!«

»Bewusst schon. Unbewusst hat Ihr Gehirn allerdings alles gespeichert. Das würde auch Ihre wiederkehrenden Albträume erklären. Ihre ... Verstümmelungen ... Das sind die typischen Auswirkungen von posttraumatischem Stress.«

Julien blinzelte.

»Das habe ich unmöglich vergessen können«, wiederholte er trotzig.

»Ich sage Ihnen ja, Sie haben es nicht vergessen. Ihr Gehirn weiß, dass etwas Tragisches passiert ist, und es versucht mit aller Macht, es aus Ihrem Unterbewusstsein ans Licht zu befördern.«

»Aber das ist nur ein Traum. An die Wirklichkeit erinnere ich mich nicht. Denn wenn ich mich erinnern würde, dann hätte ich diesen ... Dreckskerl gefunden.«

»Wozu?«

»Um mich zu rächen.«

»Sich zu rächen ...?«

»Ja, er ist nicht verurteilt worden, weil man ihn für schizophren und nicht zurechnungsfähig erklärt hat.«

»Woher wissen Sie das?«

»Ich habe im Internet recherchiert.«

Cyrille bemerkte, dass die Hände des Fotografen die Tischkante umklammerten. Seine Lippen waren nur noch ein schmaler weißer Strich. Er durfte jetzt hier mit all den Leuten ringsumher keinen Anfall bekommen. Sie konzentrierte sich auf das, was sie ihm sagen wollte, um ihn zu beruhigen.

»Es tut mir wirklich leid, Julien. Es ist furchtbar, eine solche Nachricht auf diese Art zu erfahren. Darum müssen Sie sich in Behandlung begeben. Warum sind Sie in Paris nicht mehr zu mir gekommen?«

»Weil ich dort in Gefahr bin ...«

Cyrille räusperte sich.

»In Gefahr? Wer will Ihnen etwas antun?«

»Die Leute von Sainte-Félicité ... sie haben mir einen Killer auf den Hals gehetzt. Jetzt verstehe ich auch, warum. Man will mich zum Schweigen bringen.«

Cyrilles Gesicht blieb ungerührt. Julien Daumas entwickelte ganz offensichtlich paranoide Tendenzen.

»Ach ja ...«

Cyrille Blake musterte ihren Patienten eine Weile. Plötzlich ein Vibrieren in ihrer Tasche. Sie zog eilig ihr Handy heraus. Benoît. Sie erhob sich.

»Ich bin in fünf Minuten zurück, warten Sie hier.«

*

Sie trat ein Stück auf die Straße, wo das Stimmengewirr nur noch gedämpft war.

»Hallo?«

»Cyrille, ich bin es, hast du meinen Brief bekommen?«

Cyrille seufzte.

»Ja, ich habe ihn gelesen.«

Benoît Blake schien sehr betroffen.

Cyrille massierte sich die Nasenwurzel.

»Hör zu ... Im Moment prasselt zu viel auf mich ein, ich weiß nicht mehr, was ich denken soll. Ich muss zunächst Ruhe finden und Bilanz ziehen.«

»Du musst mich verstehen. Ich habe es für uns getan.«

»Ja, ja, ich weiß, Benoît, aber ich bin noch völlig schockiert. Du hast Manien gedeckt ...«

»Vielleicht, aber wenn ich ihn angezeigt hätte, wärest auch du dran gewesen ...«

»Aber wie ... Wie habe ich so etwas akzeptieren können?«

»Ich weiß es nicht.«

Cyrille drückte die Hand auf ihre Augen. Irgendetwas stimmte nicht, aber was? Aus Angst, etwas Unüberlegtes zu sagen, was ihr später leidtun könnte, wechselte sie das Thema.

»Hast du etwas von Marie-Jeanne gehört? Ich hatte sie gestern Morgen am Telefon, aber es schien ihr nicht gut zu gehen.«

Schweigen am anderen Ende der Leitung.

Cyrille beobachtete eine Gruppe politischer Demonstranten in gelben T-Shirts mit Spruchbändern, die am Königspalast vorbeimarschierte.

»Benoît, bist du noch da?«

»Mein Gott ...«, murmelte Blake.

»Was ist passiert?«

»Sie ist angegriffen worden.«

Cyrille war alarmiert.

»Was sagst du da?«

Benoît zögerte kurz.

»Sie ist angegriffen worden.«

Cyrille spürte, wie das Blut aus ihrem Kopf wich und dann wieder in ihr Gehirn stieg. Am liebsten hätte sie ins Telefon geschrien.

»Ist sie verletzt?«

»Ja.«

»Was ist passiert?«

»Sie ... wie soll ich sagen ... Sie ist geblendet worden.«

»Mit Tränengas?«

»Nein ... Wenn du wüsstest. Man hat ... Es ist furchtbar.«

»Nun rede schon, mein Gott!«

»Man hat ihr die Augen ausgestochen.«

Cyrilles Finger umklammerten das Handy, als wollten sie es zerquetschen.

»Was?«

»Aber es geht ihr gut, und durch eine Hornhauttransplantation wird sie auch das Augenlicht zurückerlangen. Das haben die Ärzte versichert.«

Cyrille öffnete den Mund, ohne einen Ton herauszubringen. Nach einer Weile stieß sie hervor:

»Die Augen ... Verdammte Scheiße!«

Es war das erste Mal in ihrem Leben, dass sie laut fluchte. Sie rang nach Luft und presste entsetzt die Hand auf den Mund.

»Mein Gott, wie grauenvoll ... Wer hat?«

Langsam drehte sie sich um, und ihr Blick verweilte auf dem jungen Mann, der keine zwanzig Meter von ihr entfernt am Tisch saß. Mit tonloser Stimme murmelte sie:

»Das war er, Benoît.«

»Wer?«

»Er hat es getan.«

»Wer?«

»Julien Daumas.«

Benoîts Stimme klang immer angespannter.

»Ja, ich weiß, sie hat gestanden, dass er ihr Liebhaber war. Ein Dreckskerl.«

Cyrille atmete tief durch.

»Er ist hier.«

»Wer?«

»Julien Daumas. Er hat mich hier aufgespürt.«

»Was? Was hat dieses Schwein dort zu suchen?«, rief Blake.

»Marie-Jeanne hat ihm gesagt, wo ich bin.«

»Das gibt's doch nicht!«

»Doch, er ist hier.«

»Du bist in Gefahr, Cyrille. Geh zur Polizei und lass ihn einsperren.«

»Und unter welchem Vorwand bitte?«

Beredtes Schweigen am anderen Ende der Leitung. Benoît hatte auch keine Lösung anzubieten. Nein, man konnte nichts tun. Außerhalb von Frankreich war Julien Daumas frei wie der Wind.

»Bring ihn ins Krankenhaus, bis ich dir mithilfe meiner Kontakte die Polizei schicken kann. Ich selbst nehme die nächste Maschine. Morgen Abend kann ich bei dir sein.«

Cyrilles Gedanken überschlugen sich. Sie wusste nicht, wie sie einen Mann von Juliens Statur ohne körperliche Gewalt oder eine Waffe zurückhalten sollte. Julien hatte sich umgedreht und starrte sie an. Vermutlich hatte er begriffen, dass sie über ihn sprach. Sie musste sich kurz fassen.

»Gut, ich tue alles, um ihn festzuhalten. Wir sehen uns morgen Abend in Bangkok im Hilton.«

*

»Marie-Jeanne, hier ist Cyrille. Ich habe gerade mit Benoît telefoniert, und er hat mir gesagt, was passiert ist. Ich bin noch völlig schockiert. Aber alles wird gut, ganz bestimmt. Du wirst geheilt. Und Julien wird verurteilt. Das verspreche ich dir. Ich drücke dich ganz fest, mein Mädchen. Ruf mich an, sobald du kannst.«

Cyrille legte auf und stützte sich auf eines der Porzellanwaschbecken in der Toilette der Wat Bar. Ihre Kehle war wie zugeschnürt. Sie spritzte kaltes Wasser in ihr Gesicht und trocknete es mit einem Papierhandtuch. Als sie die Toilette verließ, verbarg sie ihre Augen hinter einer Sonnenbrille. Julien Daumas nahm seine Ray-Ban ab. Selten hatte sie sich so schlecht gefühlt. Bislang hatte sie es mit Problemen zu tun gehabt, die sie selbst betrafen. Doch jetzt ging es um Marie-Jeanne. Marie-Jeanne lag im Krankenhaus, und ihr einziges Verbrechen war, dass sie sich in einen Geisteskranken verliebt hatte. Cyrille verfluchte sich. Sie war in doppelter Hinsicht schuldig. Sie hatte diesen jungen Mann in den Wahnsinn getrieben und war noch dazu nicht in der Lage gewesen, ihre Nichte vor ihm zu schützen. Sie hatte gespürt, dass etwas nicht stimmte, war ihrer dunklen Vorahnung aber nicht weiter nachgegangen. Noch nie hatte sie ein so schlechtes Gewissen gehabt.

Es war Mittag. Langsam nahm sie an dem kleinen Tisch Platz. Sie bemerkte, dass Julien zwei Getränke bestellt hatte, die aussahen wie Granatapfelsaft. Sie musste dem Blick seiner stahlgrauen Augen standhalten. Dieser Dreckskerl hatte es gewagt, ihre Lieblingsnichte anzurühren. Sie spürte eine bisher unbekannte Wut in ihren Adern pulsieren. Mit übermenschlicher Anstrengung gelang es ihr, sich zu beherrschen. *Du wirst bezahlen, du wirst für das bezahlen, was du ihr angetan hast, dafür werde ich sorgen.* Langsam entspannten sich ihre Gesichtsmuskeln. Jetzt begann eine besondere Partie.

»Entschuldigen Sie, das war die Klinik. Ich musste einen schwierigen Fall aus der Ferne betreuen.«

Sie deutete auf das blutrote Getränk.

»Was ist das?«

»Hibiskussaft.«

»Ah ja!«

»Ich habe mir gesagt, das würde uns erfrischen.«

Julien hatte seine Sicherheit wiedergefunden. Cyrille aber verschanzte sich hinter feindseligem Schweigen und nickte nur.

Sie hob das Glas an die Lippen. Der Saft war süß.

Tröstlich. Die junge Kellnerin brachte einen Teller mit kleinen Hähnchenspießen und Servietten. Sie wollte in die Offensive gehen, entspannt wirken. Dieser Typ war wirklich krank, und ihr Entschluss stand fest: Sie würde ihn einsperren lassen. Sie legte beide Hände um ihr Glas. Die Kälte beruhigte ihre Nerven.

Julien Daumas streckte seine Hand vor und wollte ihre Finger streicheln. Cyrille zog sie abrupt zurück.

»Und mit dir haben sie also dasselbe gemacht?«

»Wie dasselbe?«, fragte sie.

»Sie haben dein Gedächtnis ausgelöscht.«

Seine Stimme bebte. Cyrille zog die Augenbrauen hoch, versuchte aber, sich unbeteiligt zu geben. Sie trank einen Schluck Hibiskussaft. Julien Daumas ließ sich nicht einschüchtern.

»Das habe ich gewusst, seit ich dich in deiner Praxis wiedergetroffen habe. Deine Augen haben sich verändert. Früher hat man Landschaften in ihnen gesehen. Heute sind sie dunkel.«

Cyrille nahm ein Spießchen und knabberte an einem Stück Hühnerfleisch. Sie hatte keinen Hunger, doch das half ihr, Haltung zu bewahren und all ihren Mut zusammenzunehmen. Sie wiederholte in Gedanken den Satz, ehe sie ihn aussprach.

»Sie haben recht, ich habe eine Gedächtnisblockade. Und ich muss mich in Behandlung begeben, genau wie Sie.«

Julien Daumas lehnte sich zurück. Seine grauen Augen waren unverwandt auf sie gerichtet.

»Warum vertraust du dich mir plötzlich an?«

Cyrille räusperte sich und spielte mit dem Spießchen.

»Ich spreche mit Ihnen über meine Gedächtnisblockade, Julien, weil Sie dieselbe haben. Und ich denke, ich kenne die Lösung des Problems.«

»Ach ja?«

»Wir müssen beide nach Paris zurück und uns im Zentrum behandeln lassen. Ich habe gerade erfahren, dass eine gezielte, hochdosierte transkranielle Magnetstimulation gute Ergebnisse erzielt.«

»Warum nicht?«

»Aber ich kann erst in drei Tagen zurückfahren. Ich muss nach Surat Thani, um acht Uhr geht mein Zug. Und danach nehme ich am Kongress teil. Ich denke also, das Beste wäre es, wenn Sie bis zu meiner Rückkehr ins Brain Hospital gehen würden. Ich kenne den Chefarzt. Das wäre sicher möglich, und Sie würden gut versorgt.«

»Nein.«

Juliens Weigerung kam wie aus der Pistole geschossen.

»Nein?«

»Ich gehe nicht in irgendein Krankenhaus, ich lasse mich nur von dir behandeln.«

Sie schwieg eine Weile.

»Das Brain Hospital ist sehr gut, und Sie wenden dieselben Methoden an wie wir in Paris. In vierundzwanzig Stunden bin ich zurück.«

»Nein, entweder bleibe ich bei dir, oder ich verschwinde.«

Cyrille wischte sich einen Schweißtropfen von der Schläfe. Ihr Patient war gefährlich. Sie kam um vor Angst, aber gleichzeitig war ihr bewusst, dass sie ihn nicht einfach frei herumlaufen lassen konnte. Er stellte für jeden, der ihm widersprach, eine Bedrohung dar. Sie wog die Möglichkeiten gegeneinander ab. Sie hatte keine Lust, die Heldin zu spielen, und war auch nicht besonders mutig, aber sie könnte nicht mit dem Gedanken leben, einen Kriminellen, der jeder Zeit zuschlagen konnte, einfach laufen gelassen zu haben. Und wenn er nun ein Kind angreifen würde? Das wäre erneut ihre Schuld, und sie hätte bis ans Ende ihrer Tage daran zu tragen. Sie trank die Hälfte ihres Glases aus, nahm all ihren Mut zusammen und sagte schließlich:

»Gut, ich schlage Ihnen vor, mich zu begleiten, allerdings unter einer Bedingung.«

»Unter welcher?«

»Ich werde Ihnen eine medikamentöse Therapie verordnen. Sie müssen die Tabletten jedes Mal und genau in dem Moment nehmen, wenn ich es Ihnen sage.«

»Wozu?«

»Sie haben sadistische Triebe, Julien. Immer dann, wenn Sie Ihre Angst nicht meistern können. Ich will nicht in eine Verteidigungssituation geraten.«

»Ich würde dir nie etwas antun!«

»Das glaube ich. Aber sagen wir, es ist eine Art Lebensversicherung für mich. Wenn Sie bereit sind, meine Bedingungen zu akzeptieren, können Sie mich begleiten.«

Julien war einverstanden. Er würde Cyrille nicht mehr verlassen. Sie würden nach Paris zurückfahren, und sie würde ihn heilen. Das wäre vielleicht das Ende seiner Qualen. Jener Qualen, die ihn ständig in die Flucht trieben und daran hinderten, sich irgendwo niederzulassen.

Er lehnte sich auf seinem Stuhl zurück und sackte ein wenig in sich zusammen.

»Okay«, sagte er leise.

Die Gruppe der politischen Demonstranten war umgekehrt, hatte die Straße überquert und kam jetzt auf sie zu. In schwarze Hosen und gelbe T-Shirts gekleidet, trugen sie Transparente, die Neuwahlen forderten. Julien sah sie kommen. Die nächsten Wahlen könnten in einen Aufstand ausarten, wenn die Regierung nicht in ihrer eigenen, bis ins Mark korrupten Partei aufräumte. Die Thailänder hatten einen moralisch zweifelhaften Präsidenten in die Flucht geschlagen, doch jetzt trat dieser wieder an, um die Macht zurückzuerobern. Der Fotograf kniff die Augen zusammen. Das von Wolkenschleiern gefilterte

Licht unterstrich das leuchtende Gelb der T-Shirts und verlieh der Szene ein fast fluoreszierendes Licht. Ein gutes Foto, das er an die Presseagenturen hätte verkaufen können, die über die Wahlen berichteten.

Doch im Moment fühlte er sich unfähig, irgendeine Aufnahme zu machen. Die Demonstranten waren nur noch zehn Meter entfernt. Sie würden das Café stürmen, und es würde vielleicht zu Auseinandersetzungen kommen. Vor kurzem hatte am Flughafen ein Schusswechsel stattgefunden. Julien griff nach seinem Fotoapparat und legte den Trageriemen um den Hals. Er stand auf.

»Julien?«

»Ja?«

»Ich muss noch einmal im Hotel vorbeigehen und ein paar Sachen einkaufen, bevor der Zug abfährt. Begleiten Sie mich?«

Er nickte.

Mit zittrigen Knien erhob auch sie sich. Sie war nicht sicher, die richtige Entscheidung getroffen zu haben, ganz im Gegenteil.

42

Um siebzehn Uhr dreißig stieg Cyrille aus einem Tuk-Tuk und betrat den Bahnhof von Bangkok, der mit seiner gewaltigen Metallkuppel an einen Raumfahrt-Hangar erinnerte. Sie hatte sich nachmittags von Julien getrennt und mit ihm vereinbart, sich später direkt im Zug wieder zu treffen. Cyrille bereute ihre Entscheidung bereits. Was würde sie tun, wenn Julien Daumas erneut einen Anfall bekäme? Wenn er unkontrollierbar und gefährlich würde? Ihre einzigen Waffen – sofern man diese als solche bezeichnen konnte – waren die Medikamente, die sie dank ihres internationalen Arztausweises in einer Apotheke im Stadtzentrum kaufen konnte. Zusammen mit ein paar Kleidungsstücken und ihrem Kulturbeutel hatte sie die weiße Tüte in ihrer kleinen Reisetasche verstaut.

Sie ließ den Blick durch die große erleuchtete Halle schweifen. Der Marmorboden war mit hübschen geometrischen Mustern gestaltet, darauf rote Plastiksessel. Cyrille hatte den Eindruck, dies alles zum letzten Mal zu sehen. Sie zwang sich, positiv zu denken. Sie entzifferte die Anzeigetafel mit den Abfahrtzeiten, die von zwei Porträts des thailändischen Königspaars in Prunkgewändern gerahmt war.

Nachdem sie festgestellt hatte, wo der Nachtzug abfuhr, lief sie, sich immer wieder ängstlich umschauend, Richtung Bahnsteig. Im Gehen wählte sie die Nummer des VGCD-Heims von Surat Thani, die Anuwat ihr gegeben hatte. Sofort hob eine freundliche junge Frau ab.

»Guten Tag, Madame, ich bin Doktor Blake. Professor Arom hat mich beauftragt, Dok Mai abzuholen.«

»Ja, guten Tag Doktor Blake, ich bin Katy, die Leiterin des Zentrums. Freut mich sehr, von Ihnen zu hören. Anuwat hat mich angerufen und mir erklärt, dass Sie morgen früh ankommen. Wir holen Sie vom Bahnhof ab.«

Die Stimme klang dynamisch und sympathisch. Katy wünschte Cyrille eine gute Reise und legte auf.

Eine halbe Stunde später ging Cyrille auf der Suche nach Wagen acht am Zug entlang. Im Reisebüro hatte man ihr erklärt, es sei ein Schlafwagen erster Klasse, nur für ausländische Reisende. Sie hatte sich noch ein Hühnchen-Sandwich, ein Stück Gebäck und eine Flasche Wasser gekauft, um bis zum nächsten Tag versorgt zu sein. Sobald Cyrille den Wagen erreicht hatte, stieg sie die Metallstufen hinauf. Es war das erste Mal, dass sie mit einem thailändischen Zug fuhr. Sie betrat den Wagen, der, im Gegensatz zu europäischen Zügen, keine Abteile besaß. Es war einfach ein langer Schlauch, und auf beiden Seiten des breiten Gangs waren doppelstöckige Liegeplätze aneinandergereiht, vor die man dicke, leuchtend blaue Vorhänge ziehen konnte. Die oberen Schlafstellen waren über eine kurze Metallleiter zu erreichen. *Wie der Schlafsaal eines Raumschiffs.* Sie seufzte. So hatte sie sich das eigentlich nicht vorgestellt. Keinerlei Intimsphäre, keine Sicherheit, und es roch nach Zwiebel und Fett. Laut Fahrkarte hatte sie die vorletzte Schlafstelle im Waggon, und zwar die untere. Immerhin war die Liegefläche breit und bequem, man hätte dort ohne weiteres zu zweit Platz gehabt. Sie stellte ihre Tasche ab und setzte sich etwas ratlos hin. Einige Touristen hatten sich bereits häuslich eingerichtet. Sie sprachen Deutsch und Englisch und hatten Bierflaschen in der Hand. Das konnte ja heiter werden! Plötzlich sah Cyrille Füße mit Flip-Flops, die, zwei Reihen von ihrem Platz entfernt, über eine der oberen Liegen hinausragten. Ihr Herz schlug schneller, sie erhob sich.

»Julien?«

Die Füße bewegten sich nicht.

Cyrille stieg auf die erste Sprosse der Leiter. Julien Daumas lag mit geschlossenen Augen, die Kopfhörer eines MP3-Players in den Ohren, auf seinem Bett ausgestreckt. Cyrille berührte ihn leicht an der Schulter. Der junge Mann zuckte zusammen und nahm seine Kopfhörer ab.

»Hallo!«

»Alles in Ordnung, Julien? Haben Sie Ihre Fahrkarte?«

»Ja.«

Seine Foto- und seine Reisetasche standen am Ende der Liege.

»Wir kommen um fünf Uhr dreißig in Surat Thani an. Es ist nicht die Endstation, deshalb stelle ich meinen Wecker. Wir gehen dann zur VGCD-Außenstelle, holen das kleine Mädchen ab und nehmen den Mittagszug, um morgen Abend zurück zu sein, okay?«

»In Ordnung«, antwortete Julien und nickte.

Cyrille sah ihn fest an.

»Haben Sie etwas zu essen dabei?«

»Ja, ich habe mir Fleischspieße, Kuchen und Cola gekauft. Und du?«

»Ich bin auch versorgt.«

Mit seinem Discman wirkte er auf sie plötzlich wie ein Junge.

»Julien …«

Der junge Mann richtete sich auf und saß mit baumelnden Beinen da.

»Ja?«

Cyrille zog aus ihrer Hosentasche eine Pillendose und öffnete sie.

»Nehmen Sie zwei davon.«

»Sind das Schlaftabletten?«

»Nein, das Mittel wird lediglich verhindern, dass Sie Angstanfälle bekommen.«

Zögernd nahm Julien die Tabletten. Cyrille lächelte und wartete, bis er sie mit etwas Wasser geschluckt hatte.

»Gute Nacht.«

»Dir auch.«

Voller Zweifel ging Cyrille zu ihrem Schlafplatz zurück. Das Medikament, das sie ihm verabreicht hatte, würde ihn für die kommenden sechs Stunden ruhigstellen. Es war eine Art chemische Zwangsjacke, die ihn daran hindern würde, aktiv zu werden. Aber danach, wenn sie erst einmal am Ziel waren? Sie würde ihn nicht den ganzen Tag unter Medikamente setzen können ...

Nicht alle Betten waren belegt. Eine Gruppe von drei Holländerinnen – Typ Hippie – unterhielt sich auf dem Gang, zwei junge Engländer versuchten, ihre Bekanntschaft zu machen.

Sie setzte sich auf ihre Liege und zog den blauen Vorhang zu. Aus der Klimaanlage entlang dem Fenster strömte eisige Luft.

Mehrere Pfiffe kündigten die bevorstehende Abfahrt des Zuges an. Sie schaute auf ihre Uhr und musste plötzlich an Youri denken. Er würde sie abends im Hilton erwarten. Sie hatte keine Möglichkeit, ihn über ihre Abreise zu informieren.

Der Zug setzte sich in Bewegung. Sie drehte den Kopf zum Fenster und sah die Gleise vorüberziehen, während sie an Tempo zulegten. Betonpfeiler, dann das graue und düstere Bahnhofsviertel, das von Minute zu Minute dunkler wurde. Sie dachte an Marie-Jeanne und wurde von Panik ergriffen. Nachts im Zug bekam sie immer Angst. In diesem Augenblick hätte sie alles dafür gegeben, die Sonne so schnell wieder aufgehen zu sehen, wie sie gerade verschwand. In Kürze würde die Dunkelheit sie umhüllen und isolieren, sie würde jeglichen Fixpunkt verlieren. Sie fühlte sich wie eine auf dem offenen Meer treibende Boje ohne sichere Befestigung.

Sie glaubte, vorangekommen zu sein, wusste jedoch nicht, worin dieser Fortschritt bestand. Sie verstand das, was mit ihr geschehen war, nicht besser als vor ihrer Reise nach Thailand. Das Einzige, was sie mit Sicherheit wusste, war nicht besonders ruhmreich. *Vor zehn Jahren habe ich richtig großen Mist gebaut, und heute zahle ich dafür.* Durch die Gedächtnisblockade hatte sie Maniens Experimente, an denen sie mitgewirkt hatte, vergessen. Wie hatte ausgerechnet sie, die während des Medizinstudiums den Beinamen »Ayatollah des Berufsethos« erhalten hatte, sich auf illegale Versuche einlassen können, die das Gehirn mehrerer Patienten geschädigt hatten? Es war einfach unbegreiflich. Hatte sie dieses Experiment, das sie missbilligt hatte, einfach verdrängt? Nein, dann hätte die Hypnose es wieder zutage gebracht. Das einzige Ergebnis dieser Hypnosesitzung war ihre große Wut auf Manien und ... Arom.

Einen Augenblick lang fragte sie sich, ob es tatsächlich der Mühe wert war, eine Vergangenheit ans Tageslicht zu befördern, die ihr verhasst sein würde. Der Zug fuhr plötzlich in einen Tunnel ein, und Cyrille wurde in Finsternis getaucht. Sie verspürte einen heftigen Druck auf den Ohren, und ihre Furcht nahm zu. Nein, Benoît hatte sie belogen, und er war im Unrecht. Nichts war schlimmer als die Ungewissheit.

Sie atmete mehrmals bewusst ein und aus, um ihre innere Ruhe wiederzufinden. Dann beschloss sie zu schlafen, damit die Zeit schneller verginge. Sie aß die Hälfte ihres Sandwichs, das schwer bekömmlich war, und trank einige Schlucke des eisgekühlten Wassers. Die Reste packte sie in eine Plastiktüte. Anschließend breitete sie das Leintuch und die Decke auf ihrem Liegeplatz aus und schob ihre Reisetasche unter das Kissen. Es war noch früh, aber sie legte sich angezogen hin, schaltete das

Lämpchen über ihrem Kopf ein und beschäftigte sich mit ihrem iPhone. Erneut las sie ihre SMS und die Dokumente, die Nino und Tony ihr geschickt hatten. Anschließend schaute sie sich noch einmal das Foto von Dok Mai an, die mit ihrem strahlenden Lächeln in die Kamera blickte. Sie gähnte. Der richtige Moment, das Licht zu löschen.

Als sie die Lider wieder öffnete, war alles still und dunkel, der stampfende Rhythmus der Lokomotive erinnerte sie daran, wo sie war. Sie hatte geschlafen und sogar geträumt, dass sie im Untergeschoss eines verlassenen Krankenhauses herumgeisterte. Ihr Badge 5699CB, das an ihrem Kittel steckte, leuchtete im Neonlicht.

Ihre Pupillen weiteten sich und versuchten, das Dunkel der Nacht zu durchdringen. Sie hob eine Ecke des Vorhangs, der Waggon war nur vom bläulichen Schein dreier Deckenlampen erleuchtet. Keine Bewegung, kein Geräusch, abgesehen vom Schnarchen einiger Schläfer. Irgendetwas hatte sie geweckt. Aber was? Sie richtete sich halb auf, um den Gang entlangzusehen. Der Vorhang von Juliens Liege war zurückgezogen, der Platz leer.

Und plötzlich begriff sie ihren Fehler.

Sie hatte Julien nicht gebeten, die Zunge herauszustrecken, nachdem er die Tabletten genommen hatte, wie dies in Sainte-Félicité praktiziert wurde. Sie hatte es nicht gewagt, war vielmehr davon ausgegangen, sie habe genügend Autorität, dass er gehorchen würde. Sie hatte sich von seinem vernünftigen Verhalten einnehmen lassen, ein Irrtum.

Hinter seiner scheinbar arglosen und träumerischen Miene verbarg sich ein Krimineller. Wahrscheinlich spazierte er durch den Zug, ein Messer in der Hand, um Blut fließen zu sehen. Das einzige Mittel, seinen Schmerz zu besänftigen. Diese Vorstellung nahm in ihrem Kopf immer mehr Raum ein. Sie begann, vor Entsetzen zu zittern. Sie musste aufstehen und ihn suchen. Sie tastete nach ihrer Reisetasche, die unter ihrem Kopfkissen verborgen lag, und nahm ein verschweißtes Plastiktütchen mit drei Barbituratspritzen heraus. Sie musste sich jetzt erheben, aber sie starb beinahe vor Angst, und ihr Körper verweigerte den Gehorsam. *Warum soll ich mich in die Höhle des Löwen stürzen?* Sie ballte die Hände zu Fäusten, grub die Fingernägel in ihre Handflächen, um sich Mut zu machen. *Wenn er jemanden tötet, bin ich voll und ganz dafür verantwortlich.* Sie biss die Zähne so fest zusammen, dass es schmerzte. Schließlich bewegten sich ihre Füße und stießen gegen etwas Hartes.

Sie erstarrte vor Schreck.

Sie war nicht allein auf der Liege.

Die Spritze in der Hand, drehte sie sich mit weit aufgerissenen Augen, Millimeter für Millimeter, langsam um. Julien lag neben ihr, ohne sie zu berühren. Er sah sie an, seine grauen Augen schimmerten im Dunkeln. Cyrille hob den Arm, um ihm die Spritze zu verpassen. Er packte sie am Handgelenk und hielt sie fest.

»Was hast du vor, Lily?«

Cyrille fühlte sich in einen Horrorfilm versetzt. Die Zeit war stehengeblieben. Julien musterte sie in der Dunkelheit und hielt noch immer ihre Hand mit der Spritze fest.

»Was wollen Sie von mir?«, fragte Cyrille verängstigt.

Julien nahm ihr vorsichtig die Spritze ab.

»Und was hattest du vor? Gib mir auch die anderen.«

Sie gehorchte und reichte ihm das Tütchen mit den Spritzen, die Julien unter seinem T-Shirt verschwinden ließ. Cyrille bekam vor Panik Schluckauf.

»Was wollen Sie von mir?«, wiederholte sie.

Sie drehte sich ihm zu, sodass sie einander zugewandt dalagen.

»Ich möchte dich einfach nur beschützen.«

Cyrilles Brust hob und senkte sich, sie rang nach Luft.

»Sie haben das Medikament nicht genommen, das ich Ihnen gegeben habe.«

»Ich habe die Tabletten ausgespuckt. Ich hatte Angst, dir in der Nacht sonst nicht helfen zu können, wenn es ein Problem gäbe.«

Sie schwiegen. Der junge Mann wirkte aufrichtig. Vielleicht sagte er die Wahrheit, und es war unvernünftig, ihm zu widersprechen. Julien legte die Spritze auf dem Fensterbrett ab, wo die Klimaanlage ihre nach Altmetall riechende, kühle Luft ausstieß, und schaltete das Lämpchen über ihnen an. Es wurde plötzlich ein wenig wärmer, und Cyrille konnte besser atmen. Unerwartet strich Julien zärtlich über Cyrilles Wange.

»Wann wirst du endlich verstehen, dass ich dir nichts Böses will, Lily?«

»Nennen Sie mich nicht so!«

»Ist das nicht dein Kosename?«

»Woher wissen Sie das?«

Cyrille biss sich auf die Lippe, sah ihn an und wartete ängstlich auf seine Antwort.

»Du selbst hast es mir gesagt ...«

Er hatte sehr ruhig gesprochen, als sei dies die natürlichste Sache der Welt.

»Wann? Wie? Julien, ich habe das noch nie jemandem erzählt ...«

Zum ersten Mal lächelte Julien.

»Da fühle ich mich ja direkt geschmeichelt.«

»Wann habe ich Ihnen das gesagt?«

»In Sainte-Félicité, als ich dort Patient war.«

Cyrille nagte an ihrer Lippe.

»Was genau habe ich Ihnen gesagt?«

Julien drehte sich wieder auf den Rücken, einen Arm unter den Kopf geschoben. Cyrille hätte von der Liege springen und Alarm schlagen können, aber sie tat es nicht. Sie wurde von dem Abgrund angezogen, der sich zu ihren Füßen zu öffnen begann. Das Gesicht eines Patienten zu vergessen war bereits erschreckend. Aber sich nicht zu erinnern, dass sie ihm intime Dinge anvertraut hatte, das war dramatisch. Sie hatte damals eine persönliche Beziehung zu diesem jungen Mann aufgebaut, dessen Geisteszustand zerrüttet war. Irgendwo in ihrem Gehirn musste dies gespeichert sein, aber wo? Sie betrachtete Juliens Profil, seine langen Wimpern. Sie wollte, dass er sprach, dass er schwieg. Sie wusste selbst nicht mehr, was sie wollte.

»Ich weiß nicht mehr, wie ich ins Krankenhaus gekommen bin«, hob er mit sanfter Stimme an. »Ich muss in einem schlimmen Zustand gewesen sein. Meine erste Erinnerung von dort ist der Schlauch in meinem Hals und die eklige Flüssigkeit, die man mir eingeflößt hat, schwarz wie Erdöl, um mich mehrfach zum Erbrechen zu bringen. Und dann kamst du. Als ich die Augen öffnete, sah ich dich. Du warst sehr jung, unsicher, auch wenn du versucht hast, das zu verbergen.«

Julien lächelte, versunken in seine Erinnerung.

»Du hast zu mir gesagt: ›Guten Tag, ich bin Assistenzärztin und werde mich um Sie kümmern.‹ Und du hast das auf eine Art und Weise gesagt und mich dabei so offen, so freundlich angeschaut, dass ich mir wie die wichtigste Person auf der Welt vorkam. Ich hatte den Eindruck, du hättest außer mir keine weiteren Patienten und würdest dein gesamtes Wissen und Können für meine Heilung einsetzen. Wenn man sich überflüssig fühlt wie ein Stück Dreck, wenn niemand sich sorgt, wenn man nicht heimkommt, weil niemand einen erwartet, dann ist so ein Blick, der einen existieren lässt und einem das Leben rettet, wie ein Schluck Wasser für einen Verdurstenden in der Wüste.«

Cyrille blinzelte, ohne etwas zu sagen.

»Die anderen Ärzte, die ich gesehen habe, wenn du einmal keinen Dienst hattest, haben mich nie so angeschaut. Soll ich dir etwas sagen: Sie haben mich überhaupt nicht angesehen. Sie stürmten herein, um mich ein paar Dinge zu fragen und mein Patientenblatt auszufüllen. Sie wollten trotz meines depressiven Zustands Informationen von mir. Sie führten einen Wettlauf gegen die Uhr, sprachen sehr rasch und so laut, als wäre ich schwerhörig. Sie wollten nur, dass ich mich ihrem Rhythmus anpasste, obwohl ich doch so dringend eine Verschnaufpause brauchte. Gelegentlich kamen sie sogar zu mehreren und diskutierten über meinen Kopf hinweg über mich. Als wäre ich gar nicht da oder tot. Und wenn ich zu erfahren versuchte, was sie mit mir vorhatten, welche Therapie sie planten, um gegen meine Albträume und meine Angstattacken zu kämpfen, gaben sie vor, sich für das zu interessieren, was ich sagte, aber nur aus Höflichkeit und um möglichst schnell wieder gehen zu können.«

Cyrille schwieg noch immer. Julien wandte sich ihr wieder zu. Er hatte seit Langem nicht mehr so viel gesprochen.

»Deswegen wollte ich nur noch dich als Ärztin. Ich habe beschlossen, bei allen anderen zu schweigen.«

»Wirklich?«

»Du erinnerst dich tatsächlich an nichts mehr.«

Das Gefühl einer unmittelbar drohenden Gefahr hatte sich abgeschwächt. Cyrille legte den Kopf auf ihren angewinkelten Arm, schloss die Augen und öffnete sie wieder.

»Nein, an nichts.«

Während sie dies sagte, wurde ihr jedoch bewusst, dass sie log. Sie erinnerte sich nicht an Worte oder Sätze, die sie ausgetauscht hatten, und auch nicht an die Therapiesitzungen. Aber die Nähe zu Julien Daumas war ihr nicht fremd. Es war schwer zu definieren. Sie berührten sich nicht, doch sie spürte seinen Atem, sie nahm seinen Körpergeruch wahr, und es störte sie nicht. Sie hatte nicht das Bedürfnis, sich zurückzuziehen. Er war ihr fast vertraut.

»Und während dieser Sitzungen« – nahm sie den Faden wieder auf – »habe ich mich Ihnen also anvertraut?«

»Wir haben uns höchstens ein Dutzend Mal gesehen, aber es war jedes Mal sehr intensiv. Wir haben viel geredet, unser Kontakt war sehr eng. Während der letzten Sitzungen hast du mir ein paar deiner traurigen Geschichten erzählt.«

Cyrille runzelte die Stirn.

»Traurig?«

»Ja, von deiner Mutter, dem Internat, der Karriere als Musikerin, die du gerne gemacht hättest ... von deinem Vater, der dich Lily nannte ...«

Julien Daumas sprach sehr vorsichtig, als würde er spüren, wie sehr jedes seiner Worte sie verwirrte. Nun drehte sich Cyrille wieder auf den Rücken und legte ihre zitternde Hand über die Augen. Dieser Mann, der da neben ihr lag, war ihr näher gewesen als die wenigen Freunde, die sie heute hatte. Denn wenn es etwas gab, worüber die junge Frau nie sprach, dann war das ihre Kindheit.

Ihre Kindheit war kein Grund, stolz zu sein. Und sie hatte sie bis heute nicht ausreichend verarbeitet, um mit Gleichmut darüber reden zu können. Bei dem Wort »Internat« schoss ihr noch immer die Röte ins Gesicht, und wenn es um ihre Eltern ging, hätte sie manchmal weinen mögen. Was die Musik betraf: sie war ihr privatester Bereich. Hatte er ihr Vertrauen tatsächlich in einem Maße gewonnen, dass sie ihm dies alles enthüllt hatte? Genauso war er wohl bei Marie-Jeanne vorgegangen ... Marie-Jeanne. Sie stellte sich ihre Nichte vor – zwei Verbände über den Augen –, und ihr wurde wieder bewusst, wozu Julien fähig war. Sie biss sich auf die Zunge, um ihn nicht darauf anzusprechen. Sie war nicht in der Position, ihn angreifen zu können. Der junge Mann war eine Zeitbombe und musste mit äußerster Vorsicht behandelt werden.

Durch seinen Charme und seine ruhige Art hatte er das junge Mädchen betört, hatte sie in seinen Wahnsinn verstrickt. *Mich wirst du nicht kriegen.* Die plötzliche und heftige Wut, die sie empfand, gab ihr etwas von ihrer Kühnheit zurück.

»Julien, wenn Sie wollen, dass ich Sie mitnehme, dann schlucken Sie diese Tablette und gehen Sie schlafen.«

Der junge Mann war von dem plötzlichen Stimmungswechsel überrascht, widersprach jedoch nicht. Einige Augenblicke lang hatte er geglaubt, jene Cyrille wiederzufinden, die er gekannt und geliebt hatte, aber nun war sie erneut verschwunden. Er setzte sich auf.

»Einverstanden.«

Paris, 19 Uhr

Nino Paci hatte sich warm angezogen, um zum Abendessen auszugehen. Er rauchte in der Kälte auf dem Bürgersteig vor seiner Wohnung, während er auf Tony wartete, der ihn mit seinem Motorroller abholen wollte. Sie hatten einen Tisch bei einem Japaner in der Rue Sainte-Anne reserviert. Nino nahm sich fest vor, während des Essens von anderen Dingen als von Cyrille, von Akten, Versuchen oder Manien zu sprechen. Auf die letzten Unterlagen, die er Cyrille geschickt hatte, war noch keine Antwort von ihr gekommen, und er machte sich Sorgen.

Nino hatte die unbestimmte Vorahnung, dass er bald selber vor ernsthaften Problemen stehen würde. Obgleich heute sein freier Tag war, hatte Colette ihn nachmittags zu Hause angerufen, was ungewöhnlich war.

»Manien hat von mir die Akten verlangt, die ich dir gegeben habe«, hatte sie ihm mitgeteilt.

Nino war beunruhigt. Warum interessierte sich Manien nach vielen Jahren plötzlich wieder für diese Patienten?

»Was hast du ihm geantwortet?«

»Dass ich sie nicht angerührt habe, natürlich. Aber es hat dich jemand verraten und ihm gesagt, dass du in seinem Computer herumgestöbert hast.«

»Scheiße, das darf ja nicht wahr sein. Wer?«

»Paul.«

»Dieses kleine Miststück von Assistenzarzt?«

»Ja.«

»Der lässt doch keine Gelegenheit aus, sich beim Chef anzubiedern!«

Nino war stocksauer. Ja, er hatte das Gefühl, dass er Probleme bekommen würde.

Er nahm das Geräusch eines Motorrads wahr, das einige Meter von ihm entfernt anfuhr. Nino trat an den Rand des Bürgersteigs und stieß eine Rauchwolke aus. Tony? Das Motorrad tauchte aus einer dunklen Gasse auf, hielt auf ihn zu und gab Gas, als es auf seiner Höhe war. Nino hatte keine Zeit, zu reagieren, das Motorrad hatte ihn bereits erfasst.

*

Wie ein Löwe im Käfig lief Benoît Blake ungeduldig im Wohnzimmer hin und her. Zum zigsten Mal rief er bei Air France an, um zu fragen, ob inzwischen ein Platz nach Bangkok frei sei. Mit seiner Vielfliegerkarte wurde er bevorzugt behandelt, und schließlich klappte es. Benoît dankte dem Angestellten und kaufte ein Ticket für denselben Abend.

Der Flug ging in drei Stunden. Er bestellte sich sofort ein Taxi und packte zwei Hemden und eine Hose, die er wahllos herausgriff, in eine Reisetasche, steckte seinen Reisepass und seine Zahnbürste ein. Die Klingel unterbrach seine eiligen Vorbereitungen. Er ging zur Wohnungstür und riss sie auf, bereit, seine schlechte Laune an demjenigen auszulassen, der es wagte, ihn zu stören. Doch was er vor sich sah, waren die Dienstausweise zweier Polizisten.

»Monsieur Benoît Blake?«

»Ja?«

»Kommen Sie bitte mit.«

Er wich ein paar Schritte zurück.

»Und was verschafft mir die Ehre?«, rief er.

»Wir wollen Ihnen nur ein paar Fragen stellen und Ihre Fingerabdrücke nehmen, wie bei allen, die Zutritt zum Zimmer von Mademoiselle Marie-Jeanne Lecourt hatten.«

Blake zuckte mit den Schultern.

»Natürlich finden Sie meine Fingerabdrücke in ihrem Zimmer! Es gehört mir, ich lasse meine Nichte darin wohnen.«

Der Polizist ließ sich nicht aus der Fassung bringen.

»Das können Sie uns alles auf der Wache erzählen. Würden Sie uns jetzt bitte folgen?«

»Ich kann nicht mitkommen, mein Flugzeug geht in Kürze. Meine Frau braucht mich.«

Der Polizist tat, als habe er das nicht gehört, und hob ein Paar Handschellen in die Höhe.

»Möchten Sie wirklich, dass man Sie so das Haus verlassen sieht?«

Wutentbrannt folgte Benoît den beiden.

43

16. Oktober

Julien betätigte die Klingel des Sammeltaxis, das mit quietschenden Bremsen am Straßenrand anhielt. Der junge Mann reichte dem Fahrer einige Baht und half Cyrille vom Pick-up herab. Entgegen Katys Versprechen, jemand von der VGCD werde sie abholen, war niemand am Bahnhof gewesen, und der Telefonanschluss war besetzt. Daher hatten sie beschlossen, sich auf eigene Faust zum Zentrum durchzuschlagen. Nun standen sie allein am Ortsausgang von Surat Thani auf einer Teerstraße, die zu dieser frühen Morgenstunde noch wenig befahren war. Zu ihrer Rechten die prächtige Küste mit dem palmengesäumten Sandstrand, umspült vom kristallklaren Wasser des Golfs von Thailand. Zu ihrer Linken, so weit das Auge reichte, eine Kautschukplantage, die von einem breiten, schnurgeraden Weg geteilt wurde.

»Bist du sicher, dass es hier ist?«, fragte Julien.

»Es ist jedenfalls das, was ich auf dem Plan notiert habe.«

Die dünnen Bäume standen dicht an dicht nebeneinander, aus ihren Stämmen floss durch eine Art Katheter ein dickflüssiger weißer Saft. Zwei Bäuerinnen hatten ihren Karren am Straßenrand abgestellt, um den Plantagenarbeiterinnen Bananen, Kokosnüsse und Süßigkeiten anzubieten. Cyrille ging zu ihnen und kaufte Obst und Kuchen. Sie versuchte, den beiden Frauen verständlich zu machen, dass sie die Sachen den Kindern im Zentrum mitbringen wollte, und deutete auf den Weg. Die

Alten lächelten, schienen jedoch nichts verstanden zu haben.

Im violetten Licht des frühen Morgens waren die Arbeiterinnen in einiger Entfernung bereits am Werk. Zwei Frauen und zwei Mädchen, bekleidet mit blauem Rock und blauem Oberteil, sammelten den Kautschuk in große Eimer. Weiter hinten füllten zwei andere die klebrige Masse in Gussformen aus Metall. Cyrille beobachtete die Szene. Sie fühlte sich mit einem Mal sonderbar ruhig und entspannt. Die laue Meeresbrise roch nach Urlaub. Sie schloss die Augen, ihr Haar wehte im Wind, sie genoss die wenigen Sekunden des Friedens.

Den Fotoapparat in der Hand, hatte sich Julien ein Stück entfernt. Er bat die Arbeiterinnen um die Erlaubnis, sie fotografieren zu dürfen. Während Cyrille die Bäuerinnen bezahlte, wandte sie sich zu ihm um. Er wirkte so selbstsicher, so friedlich. *Sobald wir wieder in Paris sind, werde ich ihn stationär einweisen und so gut wie nur möglich behandeln. Anschließend wird er für seine Taten einstehen müssen.*

Julien Daumas seinerseits sagte sich zum wiederholten Mal, dass die Morgendämmerung seine liebste Tageszeit war. Zwischen den Bäumen erahnte man das unendliche Meer. Er war in seinem Element, auch wenn es hier für seinen Geschmack zu ruhig war. Julien fotografierte die Frauen und konzentrierte sich auf ihre Hände bei der Arbeit mit dem Kautschuk. Er zoomte die Bäume heran und begann plötzlich, sich mit ihnen zu identifizieren, wie sie dastanden mit ihren klaffenden Wunden, die nie verheilen würden. Er fühlte sich allein, so allein, wie ein Mensch nur sein kann. Seine Mutter … Er wollte diesen Gedanken verscheuchen, doch er kam immer wieder zurück … seine ermordete Mutter. *Ermordet.* Seine Großeltern … verschwunden. Enge Freunde hatte er nicht. Und sein Liebesleben … ein schmerzliches Erlebnis nach dem anderen. Seine beruflichen Kontakte beschränkten sich auf die Chefs einiger Fotoagenturen und auf Organisatoren von Surfwettbewerben. Es gab niemanden, der ihn wirklich kannte. *Klick.* Er verewigte den Aderlass eines Kautschukbaums und fragte sich, ob dieser wohl unter dem Katheter litt, der in seinen Stamm gestoßen war. *Klick.* Er überlegte, wie sich dieser Schnitt wohl in seinem Arm anfühlen würde. Bei dem Gedanken ließ seine innere Anspannung nach.

Klick. Nach seinem Tod würde er nur Natur-, Tier-, Wellen- und Surffotos hinterlassen. Schon immer war er anders gewesen. Als Kind las er am liebsten Reiseberichte, betrachtete Fotobücher und träumte vor der Weltkarte von so exotischen Namen wie British-Columbia oder Tasmanien. Die üblichen Jungenspiele interessierten ihn nicht. Er fand seine Kameraden laut, hektisch und wild. Die Sonntage verbrachte er damit, das Mittelmeer zu betrachten und in den kleinen Felsbuchten, in denen er jeden Winkel kannte, umherzustreifen. Die Nase im Wind, setzte er sich an den Strand und führte Zwiegespräche mit dem Himmel. Jetzt legte er eine Pause ein und beobachtete die Blättchen der reglosen Kautschukbäume. Er hatte den Eindruck, es wären Geister, die sich ihm lachend zuwandten. Und es stimmte. Jemand lachte. Zwei junge, ebenfalls in Blau gekleidete Mädchen stampften die klebrige Masse mit den Füßen in eine Art tiefe Schale und bedachten den Fremden mit scheuen Blicken.

Julien sah sich suchend nach Cyrille um; sie stand auf dem Pfad und wartete auf ihn. Sie wechselten ohne Feindseligkeit einen langen Blick.

Als er bei ihr angekommen war, machten sie sich auf den Weg und liefen schweigend durch die Plantage. Er merkte, dass sie ihn aus den Augenwinkeln beobachtete. Auch er musterte sie, ihr Profil, ihr rotbraunes Haar. Warum sie wohl das Blond geopfert hatte? Nach etwa fünfhundert Metern gelangten sie an eine Mauer. Dahinter entdeckten sie zwei massive Gebäude in L-Form. Vielleicht ehemalige Arbeiterhäuser. Im Hof sahen sie Fahrräder, eine kleine Kunststoffrutsche, Fußballtore, einen Mast mit der weißen Fahne und dem Logo der VGCD. Weit und breit jedoch keine Menschenseele. Cyrille und Julien gingen weiter.

»Ich werde dich als einen Kollegen vorstellen, das ist einfacher«, erklärte sie.

Die Tüte voller Leckereien in der Hand, klopfte sie an die Eingangstür. Keine Reaktion. Es war nicht abgeschlossen.

»*Hello! Is there anybody inside?*«, rief sie.

Sie traten ein. Totenstille.

Das Chaos im Inneren des Hauses war unbeschreiblich.

Eine Schule, über die ein Wirbelsturm hinweggefegt ist. Alles war verwüstet.

Niemand war mehr da.

Stickige Luft schlug ihnen entgegen.

Wie erstarrt blieben Cyrille und Julien Daumas am Eingang stehen, unfähig, etwas zu sagen. Je ein Korridor führte nach links und rechts. Vor ihnen lag ein Spielzimmer, zumindest das, was davon noch übrig war. Zwei umgeworfene Regale, die alten Bücher lagen am Boden verstreut. Umgestürzte und zerschlagene Tische und Stühle. Auf die Wände hatte jemand mit roter Farbe Graffiti in Thai gesprüht. Cyrille machte ein paar Schritte und bückte sich, um eine Kindersandale aufzuheben. Sie richtete sich wieder auf und blieb, den kleinen Schuh in der Hand, reglos stehen.

»Was ist hier passiert?«, flüsterte sie schließlich. »Ich habe doch gestern noch mit ihnen telefoniert. Da war alles in Ordnung.«

Julien betrat den rechten Korridor und öffnete die erste Tür. Ein leeres Zimmer. Er öffnete eine weitere.

Cyrille zwang sich, zu reagieren. Sie holte ihr iPhone heraus und schrieb eine SMS an Sanouk Arom und Anuwat Boonkong. Ihre Finger zitterten so sehr, dass es ihr erst nach mehreren Versuchen gelang.

»Sind in Surat Thani angekommen. Das Heim ist völlig zerstört. Es ist niemand mehr da. Was sollen wir tun? Benachrichtigen Sie die Polizei!«

Sie drückte auf »Senden« und atmete schwer. Sie setzte ihre Inspektion des Raumes fort. Juliens Aufschrei ließ sie zusammenzucken.

Für ein paar Sekunden blieb sie wie gelähmt stehen, dann erteilte ihr Gehirn den Beinen den Befehl, sich in Bewegung zu setzen. Sie lief nach rechts und rief seinen Namen. Das erste Zimmer war eine kleine Küche, sie war leer. Er saß im zweiten Zimmer auf einem Eisenbett, seine Turnschuhe waren voller Blutflecken. Als er die Augen zu ihr hob, waren sie schwarz vor Wut.

»Warum?«, schrie er.

»Warum was, Julien?«

»Sie haben sich an unschuldigen Kindern vergriffen! Warum?«

Blut tropfte aus seiner Handfläche.

»Bewegen Sie sich nicht.«

Cyrille wühlte in ihrer Tasche und holte ein Antiseptikum und Verbandszeug heraus. Sie versorgte seine Wunde und redete so sanft wie möglich auf ihn ein.

»Sie müssen sich nicht verletzen. Es ist nicht Ihre Schuld.«

»Doch! Wir hätten früher kommen müssen. Dann hätten wir sie retten können.«

»Sie sind bestimmt alle in Sicherheit, sie konnten fliehen.«

»Ich habe wieder nichts verhindern können! Nichts!«

»Sie können gegen eine Übermacht wie die thailändische Unterwelt nichts ausrichten. Es ist Aufgabe der Polizei, sich darum zu kümmern.«

Er klammerte sich an sie. Cyrille streckte eine Hand aus.

»Geben Sie mir bitte, was Sie da verstecken.«

Plötzlich war sie sicher, diese Szene bereits mit ihm erlebt zu haben. Diese Gewissheit brachte sie aus der Fassung. Es war keine Einbildung. Sie erinnerte sich, war sich ganz sicher. Julien wandte den Blick nicht von dem Blut ab.

»Er hat meine Mutter umgebracht.«

»Ja, ich weiß, dass das geschehen ist. Aber wenn Sie sich oder jemand anderem etwas antun, verletzen Sie damit auch Ihre Mutter, die Sie geliebt hat. Damit muss Schluss sein. Geben Sie mir das.«

Julien lockerte seinen Griff und legte ein Küchenmesser in Cyrilles Hand.

»Sie bekommen jetzt Ihre Tabletten, dann wird es Ihnen besser gehen.«

Plötzlich hatte sie eine andere Vision. Julien lag, an Schläuche angeschlossen, im Koma auf einem Klinikbett. Und sie sah sich selbst dort stehen, machtlos und wütend und vernichtet von dem Wissen, den jungen Mann zu einem leblosen Körper gemacht zu haben, der beatmet werden musste.

Diese Erkenntnis war brutal.

Ihre Erinnerung kehrte zurück.

»Wir werden die Polizei benachrichtigen und nach Bangkok zurückfahren. Es war verrückt, Sie hierher mitzunehmen. Das hätte ich nicht tun dürfen. Mir war nicht klar ...«

Dass Sie so zerbrechlich sind, hätte sie gerne hinzugefügt. Aber sie beherrschte sich.

»Julien, wenn Sie wieder das Bedürfnis empfinden, sich wehzutun oder jemand anderen zu verletzen und einen scharfen Gegenstand in die Hände bekommen, zwingen Sie sich, die Erde, einen Baum, einen Fels oder sonst etwas damit zu traktieren, aber nicht sich selbst oder ein anderes Lebewesen.«

Ein Vibrieren in ihrer Tasche. Sie holte ihr iPhone heraus, das den Namen »Marie-Jeanne« anzeigte. Reflexartig verbarg Cyrille das Display und sprang auf.

»Warten Sie hier, ich bin gleich wieder da.«

Sie entfernte sich rasch von Julien Daumas und drückte auf »Annehmen«.

»Marie-Jeanne?«

»Ich habe deine Nachricht bekommen, Cyrille. Sie hat mich sehr gefreut. Ich habe versucht, dich zurückzurufen, dich aber nicht erreicht.«

Cyrilles Nichte sprach wie ein Kind.

»Ich weiß, es tut mir leid, Liebes. Aber ich bin in einem Gebiet, wo ich nicht überall ein Netz habe. Es ist eine komplizierte Geschichte, ich erzähle sie dir ein andermal. Wie fühlst du dich?«

»Nicht sehr gut.«

»Warum hast du mir nichts gesagt, als ich dich vorgestern am Telefon hatte?«

»Ich wollte keine Last für dich sein. Ich wollte allein klarkommen.«

Marie-Jeanne war tatsächlich in einem miserablen Zustand. Sie sprach schleppend, und jedes Wort schien sie große Anstrengung zu kosten.

»Cyrille, die Polizeiinspektorin, die mit der Untersuchung betraut ist, hat gerade mein Zimmer verlassen ...«

»Und was hat sie gesagt?«

»Ich hatte sie, wie du es mir aufgetragen hattest, gebeten, Kommissar Maistre zu benachrichtigen.«

Cyrille nickte. Sie lief im Korridor auf und ab.

»Das hast du gut gemacht, und?«

Marie-Jeanne holte Luft.

»Das Problem ist, Cyrille, sie hat mir mitgeteilt, dass Maistre überhaupt nichts von Ermittlungen bei euch wusste.«

Cyrille blieb abrupt stehen. Marie-Jeanne sprach weiter:

»Das Problem ist, Cyrille, Benoît hat nie mit ihm Kontakt aufgenommen, und die Polizei ist nie bei euch gewesen.«

Cyrille fühlte, wie ihre Kräfte sie verließen.

»Aber ... sie haben den Teppichboden herausgeschnitten, die Schere und mein blutiges Nachthemd gefunden ...«

Marie-Jeanne unterdrückte ein Schluchzen.

»Cyrille, es tut mir so leid, aber ... Benoît ... Benoît hat alles erfunden.«

Cyrille ließ sich gegen die Wand des Korridors sinken.

»Das ist nicht möglich ...«

»Das ist noch nicht alles. Die Inspektorin hat mir auch gesagt, dass Benoît gestern Abend von der Polizei vernommen worden ist, weil man seine Fingerabdrücke in meinem Zimmer gefunden hat. Man hat ihn aber schnell wieder gehen lassen.«

Benommen versuchte Cyrille, ein Fünkchen Logik in allem, was sie gehört hatte, zu entdecken.

»Es ist normal, dass seine Fingerabdrücke in deinem Zimmer sind, Marie-Jeanne. Er ist doch sicher hin und wieder bei dir gewesen.«

»Nein ...«

Cyrille fühlte Übelkeit in sich aufsteigen.

»Was heißt, nein?«

»Im Gegensatz zu dir hat Benoît seit etwa einem Jahr mein Zimmer nicht mehr betreten. Mit Ausnahme des Abends, an dem ihr beide aufgekreuzt seid. Aber da hat er nur auf dem Bett gesessen und nichts angerührt.«

Cyrille begann zu zittern.

»Und wo hat man seine Fingerabdrücke gefunden?«
»Überall! Wirklich überall! In der Dusche, in der Küche ...«
Völlig verwirrt schlug Cyrille die Hand vors Gesicht.
»Hast du das der Inspektorin gesagt?«
»Ja.«
»Wird sie ihn festnehmen?«
Marie-Jeanne stieß ein trauriges Lachen aus.
»Nein, ich glaube nicht. Sie hat mich gefragt, wie ich Julien nach allem, was er mir angetan hat, noch schützen könne. Und dann hat sie mir zu verstehen gegeben, dass Benoît ihnen erklärt hätte, was für eine gestörte Persönlichkeit ich habe ...«
Marie-Jeannes Stimme wurde wieder fester.
»Cyrille, alles, was ich weiß, ist, dass Julien unschuldig ist. Er hat mir das nicht angetan! Es war Benoît! Verstehst du?«
Marie-Jeanne holte tief Luft. Sie fühlte sich niedergeschmettert, zugleich aber auch erleichtert. Julien war nicht schuldig! Cyrille begann am ganzen Körper zu zittern. Ihr Mund war ausgetrocknet, ihre Atmung ging stockend.
»Cyrille? Bist du noch da?«, fragte Marie-Jeanne. »Ist alles in Ordnung?«
Cyrille hörte sich selbst mit ausdrucksloser Stimme antworten:
»Ja, Liebes, alles ist in Ordnung. Mach dir keine Sorgen, es wird alles gut werden.«
»Bist du sicher? Hast du alles verstanden?«
»Ja, ich habe sehr gut verstanden. Hör zu, kannst du dir eine Telefonnummer merken? Es ist die eines Freundes, dem du vollkommen vertrauen kannst. Er heißt Nino Paci und ist Krankenpfleger. Erkläre ihm, was du mir gerade erzählt hast, er wird sich um dich kümmern, bis ich wieder in Paris bin.«

Cyrille gab ihr die Telefonnummer von Nino, die Marie-Jeanne mehrmals wiederholte.

»Gut, wirst du sie dir merken?«

»Ja. Ich rufe eine Schwester, sie schreibt sie mir dann auf.«

»Ich umarme dich, Liebes. Ciao.«

Cyrille wurde von Krämpfen geschüttelt, ihre Finger waren eiskalt. Sie klapperte mit den Zähnen. Julien stand vor ihr.

»Alles okay?«, fragte er.

Sie richtete sich auf, ohne es zu merken, und schwankte. Einen Moment blieb sie reglos und leichenblass stehen, ihr Blick war ins Leere gerichtet.

»Ich … entschuldigen Sie.«

Sie lief an ihm vorbei und schloss sich in der Küche ein. Julien Daumas hörte, wie sie sich mehrmals übergab. Zehn Minuten später kam sie zurück, aschfahl, aber ruhig. Sie schaute Julien an, als sehe sie ihn zum ersten Mal. Er war kein gefährlicher Verrückter mehr, sondern ein kranker junger Mann, dem man ein abscheuliches Verbrechen in die Schuhe hatte schieben wollen. Die Melodie eines schwermütigen Tangos ging ihr durch den Kopf.

Sie wühlte in ihrer Tasche und schob sich ein Lexomil unter die Zunge. Das Beruhigungsmittel löste sich zu einem bitteren Brei auf. Gleich würde ihre Panik nachlassen. Sie biss die Zähne zusammen. Sie musste sich wieder in den Griff bekommen. Zehn Minuten musste sie durchhalten, ohne zu schreien.

Sie liefen den Korridor entlang. In einem kleinen Zimmer gegenüber der Küche lagen ein Computer und Aktenregale am Boden.

»Warten Sie eine Sekunde«, sagte sie mit tonloser Stimme.

Cyrille schlüpfte in das Zimmer und inspizierte den Schreibtisch.

»Das kleine Mädchen, das wir holen wollten, hatte ein Handy bei sich, auf dem sich ein Video befand. Der Sekretär der VGCD hat mich gebeten, dieses Video zu suchen. Falls die Leiterin des Zentrums es aufbewahrt hat, muss es in diesem Raum sein. Wir müssen versuchen, es zu finden.«

Nun trat auch Julien ein und musterte Cyrille prüfend.

»Bist du sicher, dass es dir gut geht? Du bist sehr blass.«

»Ja, es geht mir ausgezeichnet.«

Mein Mann ist ein Ungeheuer!, hätte sie beinahe geschrien. Aber sie nahm sich zusammen.

Methodisch durchsuchten sie den kleinen Raum. Cyrille schob die Akten, die am Boden herumlagen, zur Seite und inspizierte die umgeworfenen Regale. Anschließend nahm sie sich den Schreibtisch vor, stellte den Computer wieder auf und öffnete die kleinen Fächer für die Datenträger. Julien wühlte in einer Schublade, die nicht herausgerissen worden war. Darin befanden sich verschiedene Dokumente. Und plötzlich umschlossen seine Finger in einem Wirrwarr von gebrauchten Batterien, Audio- und Videokassetten ein graues Gehäuse.

»Suchst du das?«

Julien hielt ein eingeschaltetes Handy in die Höhe.

»Ich weiß es nicht«, antwortete Cyrille müde. »Aber vielleicht haben wir tatsächlich einmal Glück.«

Der junge Mann surfte durch die Menüs.

»Es ist nichts drauf. Der Chip ist leer und der Akku auch bald«, erklärte er seufzend.

»Lassen wir es einfach und gehen ...«, sagte Cyrille.

Sie blinzelte und gähnte, die Tablette begann zu wirken. Unbeeindruckt setzte Julien seine Inspektion des Handy-Innenlebens fort.

»Es gab eine Videodatei«, bemerkte er kurz darauf, »aber sie ist gelöscht.«

Cyrille verzog das Gesicht.

»Wir sollten jetzt besser gehen, falls die zurückkommen und uns hier finden ...«

»Warte ...«

Er drückte erneut auf einige Tasten.

»Der Film wurde gelöscht, aber die Datei hat noch einen Namen, schau her.«

Cyrille beugte sich über das Handy.

»9°31'58.8"N 99°56'16.8"O«.

»Hast du auf deinem iPhone GPS?«, fragte Julien.

Cyrille nickte.

»Dann ist es ein Kinderspiel.«

Er ging in Cyrilles Telefonprogramme, stellte eine Verbindung zum Internet her und gab die Daten ein. Die Sanduhr erschien. Und plötzlich stand dort zu lesen:

»Ko Nang Yuen!«

Cyrille beugte sich über seine Schulter, um das Display besser zu sehen.

»Waren das die GPS-Daten?«

»Genau.«

»Und wo liegt Ko Nang Yuan?«

Julien lud eine Karte von Thailand auf das Display und zeigte mit dem Finger auf eine kleine virtuelle Fahne mitten im Golf.

»Drei Mini-Inseln, hier zwischen Ko Samui und Ko Tao.«

Cyrilles Herz schlug schneller.

»Du hast gute Arbeit geleistet ... Ich glaube, das ist eine wichtige Information.«

Auf Juliens Gesicht deutete sich ein Lächeln an. Sie hatte ihn geduzt, ohne es zu merken.

Cyrille schrieb in aller Eile eine neue SMS an Sanouk und Anuwat, dann steckte sie das Handy in ihre Hosentasche.

*

Wenige Minuten später schlossen Cyrille und Julien die Tür des Heims und machten sich auf den Rückweg. Schweigend und in Gedanken versunken liefen sie auf der sandigen Straße. Das angstlösende Medikament beeinträchtigte Cyrilles Denkfähigkeit. In ihrem Kopf kreisten ständig die Gedanken: *Was für ein Ungeheuer habe ich geheiratet? Wie konnte er seiner Nichte und Astor die Augen ausstechen? Wenn ich bedenke, dass er versucht hat, uns die Schuld in die Schuhe zu schieben.* Sie warf Julien einen Seitenblick zu, und wieder sah sie in ihm nicht den Patienten, sondern den Mann. Die Sonne erwärmte allmählich die Luft, die vom Kautschukgeruch erfüllt wurde. Das Knirschen von Reifen ließ beide aufblicken. Zwei Motorroller kamen auf sie zu. Sie drehten sich um und sahen drei weitere in ihre Richtung rasen. Ohne nachzudenken, ergriff Julien Cyrilles Hand und zog sie in die Kautschukplantage. Schüsse fielen. Völlig benommen strauchelte die junge Frau. Julien schrie, sie solle aufstehen. Cyrilles Gehirn registrierte den Befehl, und das Nervensystem gab ihn an ihre Beine weiter. Sie rannten nebeneinander her. Dann ließ Julien ihre Hand los, und sie liefen, jeder für sich, weiter zwischen den Bäumen hindurch. Cyrille fixierte Juliens Schultern und versuchte, wie beim Marathonlauf zu atmen, um nicht zu weit zurückzubleiben, aber sie war außerstande, das Tempo durchzuhalten. Ihre Lunge brannte wie Feuer, ihre Kehle war ausgedörrt. Noch dazu bekam sie Seitenstechen. Sie hörte Geschrei hinter sich und rannte weiter. Plötzlich schoss ein heftiger Schmerz durch ihren Oberschenkel. Ein Krampf? Sie musste das Tempo verlangsamen und begann schließlich zu humpeln. Nach einer Minute war ihr Bein wie gelähmt, sie zog es hinter sich her.

»Julien!«, rief sie.
Ihre Stimme versagte.

Aber auch der junge Mann schien plötzlich Probleme zu haben. Er taumelte, brach vor ihr zusammen, einen Pfeil im Hals. Cyrille griff an ihren Oberschenkel. Ein weiterer Pfeil traf sie an der Schulter. Sie stieß einen schwachen Schrei aus, und der Boden unter ihr schien zu schwanken. Sie sank auf die Knie und verlor das Bewusstsein. Ihre Verfolger steckten ihre Blasrohre ein und luden die beiden jungen Leute mühelos hinten auf einen Pickup, der am Rand der Straße parkte, und fuhren in Richtung Meer.

Paris

Tony presste Ninos Blouson an sich. Zusammengesunken saß er auf einem Plastikstuhl im Warteraum der chirurgischen Abteilung des Hôpital Cochin. Der Lederblouson war schwer, fühlte sich lebendig an und verströmte einen intensiven Geruch. Tony schloss die Augen zu einem schweigenden Gebet. Ninos Leben konnte hier enden, einfach so, durch die Schuld eines Verkehrsrowdys. Er tadelte sich selbst. *Hör auf, dir ständig das Schlimmste vorzustellen, es sind nur ein paar Frakturen. Das wird wieder, das hat auch der Chirurg gesagt.* Tony zwang sich, positiv zu denken, und rief sich noch einmal den Ablauf des Unfalls in Erinnerung. Er war mit seinem Motorroller gemächlich die Straße entlanggefahren. Nino sollte wie gewöhnlich auf dem Bürgersteig vor dem Haus, hinter der Baumgruppe, warten. Plötzlich hatte er gehört, wie irgendwo vor ihm eine schwere Maschine anfuhr und beschleunigte. Die Bäume versperrten ihm die Sicht. Bis er an ihnen vorbeigefahren war, war es schon zu spät. Er hatte Nino am Boden liegen sehen und im Licht einer

Straßenlaterne das Heck einer GSXR 1100 erkannt, die kurz ins Schleudern kam und dann in der Dunkelheit verschwand. Tony hatte eine Vollbremsung gemacht, war von seinem Roller abgesprungen – *Nino!* – und zu seinem Lebensgefährten gestürzt. Nino lag zusammengekrümmt da, er konnte sich wegen heftiger Schmerzen in den Lendenwirbeln nicht bewegen, war jedoch bei Bewusstsein und außer sich vor Wut. »Der hat mich einfach umgefahren, Scheiße. Hast du das Nummernschild gesehen?«, hatte er mit schmerzverzerrtem Gesicht hervorgestoßen. Tony hatte sofort geantwortet »145 MAG 92«. Nino fluchte: »Mist, der Rücken! Ich kann mich nicht rühren.« Tony hatte den Rettungsdienst benachrichtigt, und man hatte Nino sofort ins Krankenhaus transportiert.

145 MAG 92.

Als der Polizeibeamte seine Aussage aufnahm, hatte Tony ihm diese Nummer genannt. Es beruhigte ihn ein wenig, zu wissen, dass man den Rowdy ermitteln und dingfest machen würde. Plötzlich spürte er ein Vibrieren. Tony zuckte zusammen und suchte in Ninos Blouson nach dessen Handy. Auf dem Display las er »Unbekannter Teilnehmer«. *Wer kann so früh am Morgen anrufen?*, überlegte er. Einen Augenblick war Tony unentschlossen, dann nahm er das Gespräch an.

»Hallo?«

»Nino Paci?«, fragte eine Frauenstimme.

Tony biss sich auf die Lippen und stand auf. Er war allein in dem Wartezimmer und ging ein paar Schritte bis zum Fenster, das auf die verlassene Station hinausführte.

»Es tut mir leid, Mademoiselle, ich bin Tony, ein Freund von Nino. Nino ist … momentan nicht zu sprechen.«

»Oh!«, sagte die Frauenstimme, die enttäuscht und verwirrt klang. »Ich bin die Nichte von Cyrille Blake, sie hat mir geraten, diese Nummer anzurufen. Kann ich es später noch einmal versuchen?«

»Nino wird gerade operiert, er hatte einen Unfall.«

»Einen Unfall? Oh, das tut mir leid ...«

»Ich warte jeden Moment auf Nachricht«, fuhr Tony fort, der eigentlich froh war, mit jemandem sprechen zu können. »Offenbar hat er eine Rückenfraktur erlitten. Man hofft, dass die Wirbelsäule nicht zu sehr in Mitleidenschaft gezogen ist.«

Marie-Jeanne sagte nichts, sie wusste nicht, was sie antworten sollte. Tony sprach freundlich weiter.

»Was kann ich für Sie tun?«

»Nichts, entschuldigen Sie die Störung.«

»Nein, warten Sie. Warum hat Cyrille gesagt, Sie sollten uns anrufen?«

»Ich habe ... ein kleines Problem und fühle mich seit gestern Abend sehr unsicher. Aber ich komme schon allein zurecht.«

»Cyrille hat Sie angerufen? Wo ist sie?«

»In Thailand, an einem Ort, wo die Verbindung sehr schlecht war.«

»Hat sie sich seither wieder gemeldet?«

»Nein, ich habe nichts mehr gehört.«

Tony erkannte an der Stimme der jungen Frau, dass sie den Tränen nahe war.

»Wo sind Sie?«

»Im Hôpital des Quinze-Vingts.«

»Im Quinze-Vingts? Was ist passiert?«

»Das ist eine lange Geschichte. Ich wurde überfallen ...«

Tony runzelte die Stirn.

»Haben Sie jemanden, der sich um Sie kümmert?«

Schweigen am anderen Ende der Leitung.

»Nein. Ich bin ganz allein.«

Marie-Jeanne begann leise zu weinen.

»Erzählen Sie mir alles ...«

*

Mit einer Schlafmaske auf den Augen und Stöpseln in den Ohren versuchte Benoît Blake zu schlafen. Trotz des bequemen breiten Liegesitzes in der Business Class und dem Beruhigungsmittel, das er nach dem Abendessen eingenommen hatte, gelang es ihm nicht, zur Ruhe zu kommen. Seine Nerven waren so in Aufruhr, dass er nur döste und immer wieder aufschreckte. Seit Beginn seiner Karriere hatte er seine Schachzüge stets geduldig Schritt für Schritt geplant, um für seinen soliden Aufstieg zu sorgen. Ein einziges Mal war ihm aus Voreiligkeit ein Fehler unterlaufen. Nachdem er das außergewöhnliche Potenzial von Meseratrol bei Mäusen entdeckt hatte, hatte er seine Gelassenheit verloren. Er hatte einige Etappen überspringen wollen, hatte Kontakt zu seinem Kollegen Rudolf Manien aufgenommen und diesen kleinen, heimlichen Versuch arrangiert, um herauszufinden, ob der Mensch ebenso gut auf das Molekül ansprechen würde wie die Nager und ob dies der richtige Weg zur Behandlung von Traumata sein könnte.

Benoît hatte keine Bedenken gehabt, denn das Arzneimittel sollte Probleme lindern, und das war schließlich kein Verbrechen! Nach anfänglichem Zögern hatte er Cyrille ins Vertrauen gezogen. Es folgten heftige Diskussionen. Cyrille war eindeutig gegen diesen Versuch. Bis zu dem Tag, an dem sie plötzlich ihre Meinung geändert und selbst einen ihrer Patienten, Julien Daumas, in die Versuchsreihe eingegliedert hatte. Diese Sache hätte, wie so vieles andere, im Giftschrank der Medizingeschichte bleiben müssen. Als Julien Daumas jedoch wieder in ihrem Leben aufgetaucht war, war auch das Gespenst der Vergangenheit wieder auferstanden.

Es gab keine Alternative. Dieser ehemalige Patient musste zum Schweigen gebracht werden. Die Beweise des Überfalls auf Marie-Jeanne waren belastend genug, um ihn für den Rest seines Lebens in eine psychiatrische Klinik wegzusperren. Seiner Frau musste er verständlich machen, dass die Wahrheit auch für sie schädlich wäre. Er würde versuchen, sie zur Vernunft zu bringen. Sonst gab es nur eine letzte Lösung. *Radikal zwar, aber letztlich für einen guten Zweck ...* Durch diese konstruktiven Überlegungen beruhigt, schlief Benoît Blake endlich ein.

44

Ein eisiger Wasserstrahl riss Cyrille aus ihrer Betäubung und nahm ihr fast den Atem. Sie stützte sich auf den Ellenbogen und schnappte nach Luft. Ihre Nase war voller Staub, sie hatte den Geschmack von Laub und Salz im Mund. Sie lag auf einem harten Fußboden. Als sie die Augen halb öffnete, sah sie vor sich zwei schmutzige Männerbeine in Sandalen. Ihr Schädel brummte, ihr Hals kribbelte, und ihr Rücken war vor Schmerz wie gelähmt. Die Hände des Mannes griffen nach ihren Armen, er zerrte sie gewaltsam hoch und drückte sie auf einen wackligen Holzstuhl. Cyrille blickte sich um. Sie befand sich in einer düsteren, leeren Holzhütte. Durch Lücken in den Bretterwänden drang ein wenig Licht herein, und es roch nach verrottenden Pflanzenabfällen und Schweiß. Der Mann stand direkt hinter ihr.

»Who are you?«, bellte er ihr ins Ohr.

Cyrille zuckte zusammen, ihr Herzschlag setzte einen Augenblick aus. Reflexartig zog sie die Schultern hoch.

»Ich bin Doktor Cyrille Blake«, antwortete sie.

»Und der Mann, der Sie begleitet?«

»Er ist mein Patient.«

Was hätte sie sonst sagen sollen?

»Wie hast du unsere GPS-Koordinaten gefunden?«

Was? Cyrille zog den Kopf ein.

»Ich ... ich weiß nicht.«

Sie hörte, dass der Mann seine Position wechselte, und senkte verängstigt den Kopf. Ihr Körper wurde von Adrenalin geradezu überschwemmt und schrie nach Hilfe. Der Schlag traf sie genau an der Schläfe. Mit einem erstickten Schrei fiel sie rückwärts vom Stuhl. Auf allen vieren, Blut auf der Zunge, versuchte Cyrille vergebens, sich aufzurichten. Dieses Mal traf sie der eisige Wasserstrahl am Rücken. Cyrille stöhnte. Der Mann zog sie brutal hoch und setzte sie wieder auf den Stuhl. Die Beine zusammengepresst, die Hände zu Fäusten geballt, wagte sie nicht, den Kopf zu heben. Sie schlotterte vor Kälte und Angst.

Der Mann sprach mit starkem thailändischem Akzent, konnte sich jedoch gut ausdrücken. Langsam hob die junge Frau den Kopf. Nun sah sie ihn vor sich. Ein riesengroßer Thai mit finsterem zerfurchtem Gesicht und einem langen schwarzen Zopf, der ihm über die Schultern fiel. Mit gespreizten Beinen und verschränkten Armen stand er da. T-Shirt und Hose aus Drillich. Riesige Pranken.

»Wirst du mir wohl antworten? Wie hast du unsere GPS-Koordinaten gefunden?«

Cyrille hielt seinem Blick nicht stand.

»Ich weiß es nicht.«

»Los, hoch!«

Er zwang sie dazu, aufzustehen. Er war zwei Kopf größer als sie. Erbarmungslos schleifte er sie zur Tür, die er mit einem Fußtritt öffnete. Er war zornig, seine Züge verrieten Wut und Ungeduld. Cyrille wurde nach draußen gezerrt. Plötzlich befand sie sich inmitten von undurchsichtigem, feuchtem Grün. Vom Licht geblendet, brauchte sie einige Sekunden, bis sie begriff, dass sie nicht am Boden stand, sondern auf einer Plattform. Eine Plattform, die ins Leere ragte. Nun erkannte Cyrille, dass die Hütte in über zwanzig Metern Höhe in einer Baumkrone errichtet worden war, inmitten eines dichten Waldes. Der Mann deutete auf etwas, das weiter unten in dem Pflanzengewirr zu erkennen war.

»Willst du auch so enden?«

Cyrille kniff die Augen zusammen. Sie konnte nicht erkennen, was er ihr zeigte. Sie sah etwas, das im Baum hing. Der Mann stieß sie bis zur Brüstung. Cyrille klammerte sich an das Geländer und beugte sich vor. Sie konzentrierte sich auf das Gebilde. Plötzlich erstarrte sie, und eine bittere Flüssigkeit stieg ihr in die Kehle. Es war ein Mann, der dort hing, man hatte ihn an den Knöcheln an einem Ast aufgehängt, die Hände waren auf dem Rücken zusammengebunden.

Der Körper drehte sich um sich selbst. Plötzlich war das Gesicht des Gefolterten zu sehen, sein weißes Haar hing nach unten, und eine blaue Zunge ragte zwischen den Zähnen hervor. Ein Schrei der Verzweiflung stieg in Cyrille auf. Der Mann mit dem schwarzen Zopf hielt ihr ein Handy vors Gesicht.

»Erklär mir das.«

Auf dem Display des unbekannten Handys las Cyrille:

»Habe das Handy der Kleinen gefunden. Darauf sind GPS-Daten gespeichert: Ko Nang Yuan. Alarmieren Sie die Behörden. CB.«

Cyrille fühlte, wie ihr das Blut zu Kopf stieg. Es war die zweite SMS, die sie aus dem VGCD-Heim an Arom geschickt hatte. Arom war von der Liga gekidnappt worden. Die Bande hatte ihre beiden Nachrichten abgefangen, und so war die Falle zugeschnappt.

Der Mann zerrte Cyrille wieder in die Hütte und drückte sie auf den Stuhl. Jegliche Kraft war aus ihrem Körper gewichen.

»Welches Telefon meinst du?«

»Wir haben im Heim ein Handy gefunden«, brachte sie mit schwacher Stimme hervor. »Darauf waren GPS-Koordinaten gespeichert.«

»Wem gehört das Handy?«

Cyrille schüttelte den Kopf.

»Keine Ahnung.«

»Wo ist es?«

Cyrille stellte fest, dass es nicht mehr in ihrer Hosentasche war. Wenn man es nicht bei ihr gefunden hatte, musste sie es auf der Flucht irgendwo in der Plantage verloren haben.

»Ich weiß es nicht.«

Die Hand zielte auf ihren Kopf. Cyrilles Schädel implodierte förmlich. Ihr Blick flatterte, sie rang nach Luft. Sie empfand jedoch keinen Schmerz. Der Anblick der geschundenen Leiche hatte sie derart schockiert, dass ihr alles andere gleichgültig geworden war.

Eine einzige Frage bohrte in ihr. Sie hob die Augen zu dem Mann.

»Wo ist der junge Mann, der mich begleitet hat?«

Der Typ mit dem Zopf brummelte, ohne zu antworten.

»Sind Sie Pot Supachai?«

Sein Gesicht verzog sich zu einer Grimasse, seine schwarzen, dicht stehenden Augen funkelten eisig. Cyrille hielt seinem Blick stand.

»Was haben Sie mit uns vor? Wir wissen nichts. Wie ich Ihnen bereits sagte, bin ich Ärztin, und der junge Mann ist mein Patient.«

Der Mann mit dem Zopf überging ihre Bemerkung und rief auf Thailändisch nach einer Wache. Cyrille versuchte nachzudenken, aber sie war sich nur einer Sache sicher: Der Mann würde sie erst dann gehen lassen, wenn er herausgefunden hatte, wer Dok Mai befreit und die Koordinaten übermittelt hatte. Da sie keine andere Chance sah, setzte sie alles auf eine Karte.

»Wenn Rama Supachai in der Nähe ist, lassen Sie ihn wissen, dass ich die Frau von Benoît Blake, dem künftigen Nobelpreisträger, bin. Er kennt ihn ... Sagen Sie ihm, es könnte für seine Forschung interessant sein.«

Der Koloss schaute sie an wie eine Kakerlake, die am

Boden krabbelt. Ein anderer Mann in Drillichkleidung betrat die Hütte und flüsterte ihm etwas ins Ohr.

Der Koloss wandte sich ihr zu und sagte schroff:

»Du sagst uns, wo dieses Handy ist, oder wir legen dich um, basta.«

Die Tür schloss sich hinter den beiden.

Benommen wartete Cyrille mehrere Minuten, bis sich die Stimmen entfernt hatten. Langsam erhob sie sich von dem Stuhl, den Blick ins Leere gerichtet. Dann ging sie zur Tür und versuchte vergeblich, diese zu öffnen. Verzweifelt ließ sie sich an den Wandbrettern hinabgleiten, umschlang ihre Knie und begann zu weinen.

*

Julien Daumas lief in einer nach Fisch stinkenden Hütte auf und ab. Vor der Tür hielten zwei Männer Wache. Er sah sie durch die Luke, die ein paar Lichtstrahlen durchließen. Er ging die Länge der Hütte ab, dann die Breite. Er war äußerst nervös und rieb sich die Handgelenke. Jetzt fing es wieder an. Wo war Cyrille? Hatte man ihr etwas angetan? Ausgerechnet in dem Moment, da sie sich wiedergefunden hatten. Er wusste nicht, was man von ihnen wollte, hatte jedoch einen Plan. Er würde hier herauskommen und Cyrille ebenfalls.

45

16. Oktober, Ko Nang Yuan

Die Ratte Nummer 315, ein vierzehn Tage altes Männchen, trottete zum Wasserspender und saugte am Mundstück. Es war allein in dem kleinen Drahtverschlag, spürte und roch aber all die Artgenossen, die in den fünfzig aufeinandergestapelten Käfigen lebten. Das künstliche Licht im Raum brannte zwölf Stunden am Tag, um den Nacht-Tag-Zyklus nachzuahmen. Vor zwei Stunden hatte der »Tag-Modus« eingesetzt. Die Tür zum Gehege öffnete sich, und die Nager gerieten in Aufruhr. Eine behandschuhte Hand näherte sich dem Käfig 315 und öffnete die kleine Klappe. Die Hand packte das Tier und setzte es in eine Pappschachtel, die auf einem gekachelten Tisch stand. Dort wurde das Rattenmännchen aus der Schachtel getrieben, auf ein Holzbrett gedrückt, und man stach es in den Rücken. Bis die Wirkung der Betäubung eingesetzt hatte, folgte der Mann allen Vorgaben seines Protokolls, legte der Ratte drei Elektroden an – zwei am Kopf, eine an der rechten Vorderpfote. Der Mann schob das betäubte Tier bis zu dem kleinen Gipslabyrinth, das er gebaut hatte. Er gab ihm erneut eine Spritze – diesmal, um es aufzuwecken. Das Rattenmännchen schreckte auf und hockte eine Weile wie erstarrt da, die Pfoten gelähmt vor Angst. Dann machte es einen Satz nach rechts. In den Gängen lagen einige Kugeln. Es schnupperte daran und setzte mit einem weiteren kühnen Sprung die Erforschung fort. Plötzlich ließ ein schriller Ton das Tier zusammenzucken. Im selben Augenblick bekam es einen heftigen

Elektroschock in die Pfote verpasst. Die Blicke des Wissenschaftlers folgten dem Tier. Er wiederholte den Vorgang mehrmals und beobachtete die verschreckte Ratte.

Der Mann richtete sich auf und notierte die Ergebnisse des Routineversuchs, mit dem entsprechenden Datum versehen, in einem Spiralheft. Es dauerte zwanzig Minuten, bis das Rattenmännchen aus seiner Benommenheit erwachte. Der Forscher betätigte erneut die Sirene. Und wie er vermutet hatte, erstarrte das Nagetier in Erwartung des nächsten Elektroschocks. Auf diese Weise richtete Rama Supachai eine gewisse Anzahl von Tieren ab, um sie zu Beispielen der induzierten »schlechten Erinnerungen« zu machen. Danach waren diese Ratten ideale Kandidaten, um neue Behandlungsformen zu testen.

Er war allein in seinem Labor, das am Rande der Klippen auf einer der drei einsamen Inseln Ko Nang Yuang mitten im Golf von Thailand stand. Das winzige Archipel gehörte seit jeher seiner Adoptivfamilie. Die drei spitzen Felsen waren auf natürliche Weise durch eine Sandbank verbunden, die sich y-förmig im klaren Wasser abzeichnete. Auf dem südlichsten Felsen befanden sich sein Haus, sein Labor und der Operationstrakt. Die Insel im Norden war seinem Cousin Pot vorbehalten, der dort Baumhäuser für seine Männer und einfache Hütten für die »Besucher« errichtet hatte. Die östliche Insel war unbewohnt, nichts als Gestein und dichter Dschungel.

Rama Supachai liebte die Abgeschiedenheit, die er der besonderen geographischen Lage verdankte. An der Gesellschaft seiner Kollegen war ihm nicht gelegen. Der in einem Elendsviertel von Thailand geborene Neurobiologe war von den Supachai, einer reichen Familie aus Phuket, adoptiert worden, deren Angehörige über ganz Südostasien verteilt waren. Seine Adoptiveltern, die keine eigenen Kinder bekommen konnten, hatten ihn nach dem

Tod seiner leiblichen Mutter aufgenommen und ihm die Chance gegeben, das Abitur zu machen, in Bangkok Medizin zu studieren und dann in den USA zu promovieren.

Supachai gab einen Löffel schwarzes Pulver in eine Tasse und goss kochend heißes Wasser darüber. Seine Schultern waren zwar mit den Jahren etwas gebeugt, doch an seinem hochgewachsenen und durchtrainierten Körper war kein Gramm Fett zu viel. Da er kahlköpfig und ohne Augenbrauen war, konnte man sein Alter nur schwer schätzen.

Er knabberte lustlos an einem trockenen Keks. Das fehlte ihm vielleicht am meisten, wenn er an die Vereinigen Staaten zurückdachte: ein Muffin zu seinem Kaffee. Ansonsten ... Er hatte Amerika ohne Bedauern verlassen. Hier konnte er seine Arbeit fortsetzen, ohne sich ständig mit ethischen Fragen, die die Wissenschaft am Fortschritt hinderten, herumschlagen zu müssen. Sobald er seine Methode perfektioniert hätte, würde er viel Geld verdienen, das wusste er ganz genau. Die Reichen aus aller Welt würden zu ihm eilen, denn er hatte den Schlüssel zum Glück gefunden. Und das würde er sich teuer bezahlen lassen.

Es verging kein Tag, an dem er nicht sein Verfahren im Labor verbesserte und sich zu seinen Fortschritten beglückwünschte. Seine Forschung – sofern er sie weiterhin finanzieren könnte – würde ihm eines Tages Ansehen bei seinen internationalen Kollegen einbringen. Im Allgemeinen war er eher von finsterer Natur, konnte aber, wenn es um seine Arbeit ging, regelrecht gesprächig werden. Was ihn begeisterte und ihn nächtelang wach hielt, war das Mysterium des Gedächtnisses.

Er trank einen Schluck von dem schwarzen Gebräu, das den Kaffee ersetzte, und erinnerte sich. Als er vor zwanzig

Jahren an der Universität von Pittsburgh gearbeitet hatte, war er eines Tages schweißgebadet durch die Gänge gelaufen, um seinen Kollegen Sanouk Arom zu verständigen. Die beiden Männer mochten sich nicht besonders, waren aber wegen ihrer Herkunft und der gemeinsamen Fachrichtung demselben Team zugeteilt worden. Zu jener Zeit hatten sie sich übrigens, was die Arbeit betraf, gut verstanden. Der zwanzig Jahre ältere Sanouk Arom hatte sich mehr der Ausarbeitung wissenschaftlicher Thesen zugewandt. Supachais starke Seite hingegen war die Praxis. Außer Atem hatte er Aroms kleines Büro erreicht, und dieser hatte den Kopf gehoben und beim Anblick seines Kollegen sofort verstanden, dass etwas Unglaubliches geschehen war. Beide waren sie zum Gehege geeilt.

Arom hatte eine Ratte so abgerichtet, dass sie in Verbindung mit Elektroschocks Angst vor einem roten und einem blauen Ball hatte. Im Labor hatte Supachai unter Aroms ungeduldigem Blick der Ratte den roten Ball vorgelegt und ihr gleichzeitig durch eine im Hippocampus – zuständig für die Gedächtniskonsolidierung – implantierte Elektrode einen Elektroschock verpasst. Fünf Minuten später hatte der Forscher dem Tier wieder den Ball vorgelegt. Die Ratte hatte keinerlei Angst gezeigt, sondern seelenruhig daran geschnüffelt. Arom hatte den Atem angehalten. Supachai hatte ihr dann den blauen Ball hingehalten, und das Tier hatte vor Angst zu zittern begonnen.

Supachai und Arom hatten gleichzeitig einen Siegesschrei ausgestoßen. Und Rama hatte voller Inbrunst das ausgesprochen, was sie beide dachten: »Wir haben bei ihr selektiv eine schlechte Erinnerung ausgelöscht. Das ist ein historischer Tag ...«

Arom hatte ihre Forschungen theoretisch untermauert, während Supachai die Methode verfeinert, auf größere

Säugetiere und später auch auf Primaten ausgedehnt hatte. Im folgenden Jahr hatte Arom ein Angebot des großen Bangkoker Brain Hospital bekommen und aus »familiären Gründen« angenommen. In der Folge hatte er das Interesse an den Tierversuchen verloren und sich nur noch um seine Abteilung gekümmert. Nachdem Rama ebenfalls nach Bangkok zurückgekehrt war, hatten sich die beiden Wissenschaftler wiedergetroffen. Um ein neues Protokoll zu entwickeln, hatten sie einige Zeit zusammengearbeitet, doch nach und nach hatte sich Arom zurückgezogen. Rama schürzte die Lippen. Der alte Verrückte hatte den Tod tausendmal verdient!

Er sah auf die Wanduhr. Zwei neue Studienobjekte erwarteten ihn. Er stellte seine Tasse ab und wusch sich die Hände. Plötzlich klingelte sein Handy. Er schaltete den Kopfhörer ein. Der Anrufer erzählte etwas, und Rama runzelte die Stirn. Er gab einige Befehle und beendete lächelnd das Gespräch. *Das Leben ist doch immer wieder für Überraschungen gut!*

*

Auf Supachais Befehl hin kletterten zwei Wachen, den Dolch in der Hand, die Treppe zu der Holzhütte hinauf. Beide waren auf der Straße aufgewachsen und, nachdem sie sich im Waffenhandel bewährt hatten, in die Liga aufgenommen worden. Die athletisch gebauten Männer waren schnell oben angelangt und hievten sich auf die Plattform. Der erste Mann öffnete das Vorhängeschloss und stieß die Tür auf, der zweite stand hinter ihm, bereit, einzugreifen.

Als der Erste eintrat, brauchte er einige Sekunden, um sich an das Dämmerlicht zu gewöhnen ... einige Sekunden zu lange! Eine Gestalt stürzte sich auf ihn. Der Mann stieß einen erstickten Schrei aus und hob die Hand an den

Hals. Er wankte, dann gaben seine Knie nach. Mit einem dumpfen Geräusch schlug er der Länge nach auf den Boden. Der zweite Mann sprang mit gezücktem Dolch vor, sackte aber ebenfalls nach einem Stich in den Hals zusammen.

Julien Daumas stieg über die reglosen Körper hinweg, verließ die Hütte und verriegelte das Vorhängeschloss hinter sich. Die beiden Wachen der Liga waren ohnmächtig, die Kanüle einer Barbituratspritze im Hals. *Ihr hättet mich durchsuchen müssen, Jungs. Zu viel Vertrauen.*

Geschmeidig wie eine Katze sprang Julien die Leiter hinab und landete auf einem weichen Teppich aus Moos und Farn. Er sog die Luft ein, hörte das Rauschen der Brandung und schlug die Richtung zum Meer ein.

*

Zwei Wächter verbanden ihr die Augen und stießen sie nach draußen. Man hatte ihr gleich zu Anfang die Uhr abgenommen, und so hatte sie jegliches Zeitgefühl verloren. Wie lange war sie bereits eingesperrt? Sie bemerkte, dass sie keine Schuhe trug. Von zwei Männern der Liga eskortiert, wurde sie gezwungen, die Leiter hinabzusteigen. Sie war völlig erschöpft, und die Angst krampfte ihr den Magen zusammen. Sie hatten Arom abgestochen wie ein Tier, und ihr Mann war ein Verbrecher und würde ihr nicht zu Hilfe kommen. Übrigens wussten weder er noch sonst irgendjemand, wo sie war. Und Anuwat? Hatte ihn dasselbe Schicksal ereilt? Julien war irgendwo, doch in welchem Zustand? Sie war ganz auf sich selbst gestellt, außerstande, sich zu verteidigen.

Sie brauchte ewig, um die Sprossen hinunterzuklettern, ihre Füße tasteten sich langsam vor. Die Augenbinde war fest und dick, und sie konnte nicht einmal sehen, ob es Tag oder Nacht war. Das Einzige, was sie wahrnahm, war die Feuchtigkeit, die ihr den Schweiß auf die Stirn trieb, den würzigen Geruch des Dschungels, die vielen Geräusche. Die Vegetation bildete einen Teppich unter ihren Füßen. Etwas stach in ihren Knöchel. Sie lief über Schilfblätter, stolperte, wollte sich mit vorgestreckten Händen festhalten, verletzte sich an Dornen. Ihre Finger krallten sich in den klebrigen Erdboden. Die Wächter rissen sie hoch, brüllten ihr etwas auf Thai zu und zwangen sie, schneller zu gehen.

Plötzlich wurde die Vegetation unter ihren Füßen trockener und spärlicher, und ihre Füße berührten Holzbalken und Latten. Einer der Männer stieß sie vorwärts. Der Übergang war gerade breit genug für eine Person. Sie hielt sich zu beiden Seiten an dicken, horizontal gespannten Seilen fest und setzte vorsichtig einen Fuß vor den anderen. Der Boden unter ihr schwankte. *Eine Hängebrücke?* Unter sich hörte sie das Tosen der Brandung. Ja, es war eine Hängebrücke. Aber sie war nicht sehr lang. Nach zehn Schritten hatte sie das Ende erreicht. Und wieder nahmen ihre beiden Wachhunde sie in die Mitte. Sie musste über Felsblöcke klettern, dann folgten Holzstufen. Das Meer war ganz nah. Man stieß sie vorwärts. Sie fiel in den Sand. Eine Welle leckte an ihren Füßen, das laue Meer umspielte ihre Knöchel. Dann ging es wieder aus dem Wasser heraus, offenbar auf eine Sandbank. Sie stieß mit den Zehen gegen spitze Steine. Als sie das Tempo verlangsamen wollte, trieben ihre Wachen sie gnadenlos weiter. Nun ging es lange bergab und dann wieder bergauf. Erneut Holz- und dann Steinstufen. Cyrille war völlig willenlos und hatte jeglichen Orientierungssinn verloren. *Wohin bringen sie mich?* Sie verscheuchte das Bild von Aroms gefoltertem Körper. Sie wusste, dass ihr Leben an einem seidenen Faden hing.

*

Klick klack, die Gartenschere schob sich durch die zarten Zweige eines Bonsai. Rama Supachai betrachtete die gleichmäßige Wölbung. Er stutzte einen weiteren Zweig. Sein Werk war noch nicht perfekt. Er besprühte das Bäumchen mit einer Mischung aus Wasser und Dünger und zog die feine Harke durch die Erde, um sie zu lockern.

Ein Geräusch hinter ihm ließ ihn aufhorchen. Zwei Männer der Liga führten eine weiße Frau mit verbundenen Augen herein und drückten sie auf eine leere Kiste.

Einer der beiden Wächter nahm ihr die Augenbinde ab.

Cyrille blinzelte, die Knie zusammengedrückt, die Arme vor das Gesicht gehoben, um etwaige Schläge abzuwehren.

Nach und nach wurde ihr bewusst, dass sie sich mitten in einem ovalen Gewächshaus befand, umgeben von Dutzenden Bonsais in lasierten Töpfen. Durch die großen Glasscheiben sah man das grandiose Schauspiel der untergehenden Sonne und des Himmels, der sich zunehmend dunkelrot färbte. Weiter unten brachen sich an steilen Felsen die Wellen. Unter anderen Umständen hätte sie den Ausblick bewundert.

Der über die Zwergbäume gebeugte Mann hob das längliche, glatte Gesicht. Über der schwarzen Hose trug er einen Arztkittel mit Maokragen.

Mühelos erkannte Cyrille den Forscher aus dem Video. Zum ersten Mal seit langer Zeit keimte Hoffnung in ihr auf. Ihr Bewacher, der Koloss mit dem langen schwarzen Zopf, hatte also auf sie gehört und sie zu Pot Supachais Cousin Rama geführt. Immerhin etwas. Ein Glücksfall in dieser Verkettung katastrophaler Umstände, sagte sich Cyrille. Sie hatte nur einen Trumpf in der Hand. Sie hob den Kopf.

*

Wie eine Raubkatze glitt Julien zwischen den Felsen, Bäumen und Lianen hindurch. Er ließ die Baumhütten hinter sich und ging Richtung Meer. Dort hatte er die erste Kindergruppe gesehen und war ihr in gebührendem Abstand gefolgt. Es waren zwei Jungen und vier Mädchen von höchstens zwölf Jahren in Shorts und khakifarbenen T-Shirts. Schweigend liefen sie im Gänsemarsch, der Größte vornweg, den Strand entlang. Julien war ihnen nachgeschlichen. Schließlich waren sie im Wald verschwunden, um gleich darauf wieder am Ufer aufzutauchen. Sie erreichten das Ende einer Bucht, wo sich eine Art Dorf, bestehend aus fünf halb verfallenen Holzhütten befand. Dort hatte sich Julien ihnen im Schutz der Farne und der üppigen Vegetation genähert und sie lange beobachtet.

Jetzt befand er sich auf dem Rückweg und spürte, dass ihn eine neue Krise der Verzweiflung überkam. Seine Handgelenke juckten. Er hatte sich entschlossen, auf der Suche nach einem Boot die Insel zu umrunden, um dann Cyrille zu holen. Er hockte sich eine Weile hin, und seine Hand tastete nach einem spitzen Stein. *Tu es nicht.* Doch seine Hand wollte nicht hören und drückte die scharfe Spitze des Steins auf seinen Arm.

*

»Ich bin Doktor Cyrille Blake und leite eine neurochirurgische Klinik in Paris, das Centre Dulac«, erklärte Cyrille mit fester Stimme.

Sie musste die Oberhand gewinnen und zeigen, dass sie keine Angst hatte.

Das Gesicht des Forschers war ausdruckslos.

»Ich weiß, wer Sie sind, und ich kenne vor allem Ihren Mann. Sie arbeiten mit Meseratrol. Dieses Molekül hätte ich auch gerne entdeckt. Aber darum geht es jetzt nicht.

Was hatten Sie in dem Heim von Surat Thani zu suchen?«, fragte Supachai und schnippte mit der Schere.

Cyrille wich aus.

»Sagen Sie mir lieber, warum es verwüstet wurde!«

Sie spürte erneut eine gewisse Energie in sich aufsteigen.

»Mein Cousin wollte nur eine kleine Lektion erteilen: In Dinge, die einen nichts angehen, soll man sich nicht einmischen. Ich frage Sie noch einmal, was Sie dort zu suchen hatten.«

»Die VGCD von Bangkok hat mich beauftragt, ein kleines Mädchen, das man in Surat Tahin gefunden hat, abzuholen, um es zu untersuchen. Das ist alles. Sie müssen mich freilassen – und den jungen Mann auch. Und zwar sofort. Wir haben nichts mit der ganzen Sache zu tun.«

»Und wie haben Sie uns hier gefunden?«, fragte Supachai, ohne auf Cyrilles Forderung einzugehen.

»Durch die GPS-Koordinaten auf dem Handy, das die Kleine bei sich hatte.«

»Wo ist es?«

»Das weiß ich nicht.«

Supachai ließ sie nicht aus den Augen. Cyrille sah, wie er die Zähne zusammenbiss. Woher sollte sie wissen, was Arom gestanden hatte?

»Und das ist alles, was Ihnen bekannt ist?«, beharrte er.

»Ja.«

Rama schwieg nachdenklich, dann fuhr er fort:

»Was glauben Sie, warum jemand die Koordinaten geschickt hat?«

»Ich nehme mal an, damit man Sie findet.«

Cyrille bemerkte, dass sie arrogant wirkte, und sie versuchte, sich zu beherrschen.

»Warum?«

Die Antwort kam wie aus der Pistole geschossen.

»Um die Kinder zu retten ...«

»Was wissen Sie wirklich über die Kinder, die hier leben?«

»Nichts.«

»Warum glauben Sie dann, dass sie Hilfe brauchen?«

Cyrille biss sich auf die Lippe.

»Den Kindern, die man gefunden hat, ging es nicht besonders gut.«

Rama Supachai schien erneut zu überlegen.

»Ja! Das kann bei meinen Experimenten schon mal vorkommen ... All diese Kinder tragen freiwillig dazu bei, meine Forschung voranzubringen. Aber anders, als Sie annehmen, geht es ihnen danach meistens besser als vorher. Sie kommen alle aus den Elendsvierteln unseres Landes und haben mehr durchgemacht, als wir je ertragen könnten. Ich versuche, ihr Leid zu lindern und ihnen Sorglosigkeit zu schenken, damit sie weiterleben und glücklich werden können.«

Cyrille Blake kochte vor Wut. Rama Supachai begriff sich als Retter!

»Was machen Sie mit ihnen?«

»Darüber würde ich mich sehr gerne ausführlicher mit Ihnen unterhalten, denn im Gegensatz zu meiner Umgebung sind Sie in der Lage, mich zu verstehen. Aber ich habe noch viel Arbeit. Wenn ich mein Ziel erreicht habe, wird die ganze Welt von mir sprechen«, verkündete Rama völlig ungerührt.

»Warum nehmen Sie Ihre Versuche an Kindern vor?«, fragte Cyrille, die bemüht war, das Gespräch auf eine fachliche Ebene zu bringen. Sie wollte Zeit gewinnen.

»Weil ich im Begriff bin, eine international einmalige Methode zu entwickeln. Ich will eine Erfolgsquote von mindestens sechzig Prozent haben, ehe ich eine offizielle klinische Studie anmelde. Auf diese Weise kann ich den

Prozess beschleunigen. In Thailand gehen viele Forscher so vor. Im Moment werden jedoch nur vier von zehn Kindern durch meine Methode definitiv geheilt.«

»Geheilt von was?«

»Von ihren schlechten Erinnerungen.«

Cyrille verschlug es die Sprache.

»Es ist Ihnen also gelungen ...«

Rama Supachai unterbrach Cyrille.

»Ja, aber ich muss noch ein paar Kleinigkeiten korrigieren. Sobald meine Erfolgsquote signifikant ist, kann ich die Ergebnisse einem breiteren Personenkreis vorstellen. Wissen Sie, was die neue Medizin angeht, leben wir hier in einem Paradies. Wenn ich erst einmal meine eigene Klinik habe, werden die Menschen zu Hunderten herbeiströmen, um einen Neuanfang zu machen – natürlich nur diejenigen, die über die nötigen Mittel verfügen. Sie werden ihre Niederlagen und Albträume vergessen.«

»Wollen Sie damit sagen, dass sich die Leute mit Ihrer Methode nicht mehr an ihre Vergangenheit erinnern?«

»Wir löschen nur den Teil, der sie belastet und unter dem sie leiden.«

Die Worte drangen in Cyrilles Gehirn, und sie vergaß ihre prekäre Lage und dachte über die Folgen von Supachais Vorhaben nach. Wie viele Kinder hatte er auf diese Weise schon missbraucht und seit wann? Welche irreversiblen Schäden hatte er verursacht? Und warum? Um die Menschen von ihren Fehlern und ihrem Schmerz zu befreien?

»Mit Verlaub, Professor Supachai, ich bin mit Ihrem Ansatz nicht einverstanden.«

»Ach, wirklich?«

»Trauer, Verlust, Schmerz und Leid sind Bestandteile des Lebens. Und der Mensch ist in der Lage, sie zu überwinden. Es gibt ein Phänomen, das man als Resilienz bezeichnet und das selbst Opfern der schlimmsten Verbrechen die Möglichkeit gibt, sich wieder zu konsolidieren. Dank seiner Plastizität ist das Gehirn in der Lage, das Trauma zu verarbeiten und mit der Zeit zu vergessen. Natürlich muss man diesen Prozess unterstützen, und genau darin besteht meine Arbeit: Ich versuche, durch die Gabe von Meseratrol und durch therapeutische Begleitung den Schmerz zu lindern. Aber ihn ganz vergessen machen? Nein!«

Cyrille ballte die Hände zu Fäusten. Sie spürte, wie sich hinter ihren Augen langsam eine Migräne aufbaute. Dieser Forscher war verrückt und gemeingefährlich. Er würde unberechenbare und deviante Wesen schaffen. Wenn die Menschheit diesen Weg einschlüge, würden nur leere Hüllen ohne Vergangenheit zurückbleiben, die sich in einem falschen Glück wähnten, im Grunde aber gefährlich und unkontrollierbar wären. Und das wäre das Ende der menschlichen Emotionen und Intelligenz.

Rama Supachai schnitt die Krone eines Bonsai aus, der krank zu sein schien.

»Das heißt, Sie erachten es für negativ, den Kindern ihre schlechten Erinnerungen zu nehmen? Ein eigenartiger Gedanke.«

Rama Supachai musterte sie herablassend. Cyrille war verwirrt.

»Ich glaube nicht, dass es den Kindern hilft, die Schäden, die die Erwachsenen angerichtet haben, auszulöschen. Im Gegenteil. Warum sollten Letztere Skrupel haben, Verbrechen zu begehen, wenn es Hilfsmittel gibt, um die Erinnerung daran auszuschalten? Sie wollen denen, die ihre Schuld vergessen wollen, eine Luxus-Lobotomie anbieten?«

Sie ließ ihn nicht aus den Augen.

Kein Vergehen, keine Schuldgefühle!

Keine Schuldgefühle, kein Schuldiger.

Kein Schuldiger, keine Strafverfolgung.

»Sie wollen den Reichen eine Art Absolution per Gehirnwäsche verkaufen, ja? Bezahlt, und ihr erhaltet Vergebung.«

Sie bebte vor Wut. Das Schlimmste war, dass sie genau wusste, dass sich wohlhabende, aber unglückliche Menschen darauf einlassen würden. Das hatte Arom geahnt – und mit seinem Leben dafür bezahlt.

»Sie wollen also sagen, es sei falsch, das vergessen zu wollen, worunter man leidet und wofür man sich schämt?«

Er schien belustigt. Cyrille blinzelte.

»Ich halte das für einen Irrtum. Wir sollten es lieber unserem Gehirn und der Zeit überlassen.«

Er trat auf sie zu und sagte langsam:

»Da waren Sie aber vor ein paar Jahren ganz anderer Ansicht.«

Cyrille starrte ihn fassungslos an.

»Wie bitte?«

Supachai verschränkte die Arme und betrachtete sie wie ein Studienobjekt.

»Sie können sich also an nichts mehr erinnern? Das ist fantastisch...«

Er strich sich übers Kinn. Eisige Kälte kroch in Cyrille hoch.

»Erklären Sie...«, flüsterte sie.

»Sogar als Sie mich gesehen haben, hat keine Alarmglocke geschrillt? Kein Erinnerungsblitz... nichts?«

Die Kälte ergriff Besitz von ihrem ganzen Körper. Sie verstand nicht, was ihr der thailändische Wissenschaftler sagte.

»Nein, ich habe Sie nie zuvor gesehen.«

Rama betrachtete sie verblüfft.

»Stimmt, Sie waren eine der Ersten. Vielleicht habe ich des Guten etwas zu viel getan.«

Eine eisige Welle überspülte Cyrille.

»Wovon sprechen Sie?«

»Na kommen Sie, erinnern Sie sich nicht einmal an unsere Begegnung? Es war vor zehn Jahren, genau zur selben Zeit. Damals hatte ich meine Praxis noch in Bangkok, und Sie sind zu mir gekommen. Seither habe ich meine Technik wesentlich verbessert. Heute führt der Eingriff nicht mehr zum totalen Blackout, zumindest in den meisten Fällen nicht.«

Instinktiv wich Cyrille zurück und hätte sich gern die Ohren zugehalten.

»Und warum sollte ich zu Ihnen gekommen sein?«, brachte sie schließlich mühsam hervor.

»Weil Sie bestimmte Dinge vergessen wollten.«

»Ach ja?«, rief sie hysterisch, »und was, bitte?«

Rama Supachai setzte ein liebenswürdiges Lächeln auf.

»Den letzten Monat Ihres Lebens.«

Die Worte stachen in ihre Haut wie eisige Nadeln. Starr saß sie auf der Holzkiste. Die Zeit schien stehen zu bleiben. Die Bonsais verwandelten sich in verkrüppelte Greise, die boshaft lachten. Der Himmel verfinsterte sich, die Gischt schlug gegen die Scheiben. War Sturm aufgekommen? Sie befand sich in einem Schockzustand.

»Frau Doktor Blake, geht es Ihnen nicht gut?«

Sie kam zu sich, war aber so verstört, als würde sie aus einem Koma erwachen.

»Ich verstehe nicht...«, sagte sie mit schwacher Stimme.

Supachai schloss halb die Augen, die Schatten wurden länger. Er rief einen Wächter und sagte etwas auf Thai zu ihm. Kurz darauf betrat ein Junge von kaum zehn Jahren, mit T-Shirt und khakifarbenen Shorts bekleidet, den Raum. Rama Supachai stellte das Licht in dem Gewächshaus heller und sagte etwas zu dem Kleinen, der gehorsam nickte. Dann wandte er sich an Cyrille.

»Kommen Sie, Frau Doktor, untersuchen Sie ihn.«

Cyrille Blake brauchte eine Weile, um reagieren zu

können. Sie erhob sich, ohne zu verstehen, worauf Supachai hinauswollte, und hockte sich vor den Jungen, der die fremde Frau mit leerem Blick ansah.

»Was soll ich tun?«, fragte sie den Forscher.

»Untersuchen Sie ihn, dann werden Sie verstehen.«

Die Ärztin tastete den Körper des Jungen ab, ohne zu wissen, wonach sie suchte, die Arme, die Beine, den Bauch, den Schädel, dann schob sie ihm eine Haarsträhne aus der Stirn ... und riss ungläubig die Augen auf.

Paris, 13 Uhr

Das Taxi hielt vor der Notaufnahme des Krankenhauses Cochin. Tony öffnete die Tür und half Marie-Jeanne heraus. Er nahm die Tasche der jungen Frau, die eine Sonnenbrille trug, und reichte ihr den Arm. Schweigend gingen sie zur chirurgischen Abteilung.

»Glücklicherweise ist es nur ein Beckenbruch«, sagte er zu Cyrilles Nichte. »Er muss acht Tage liegen und kann dann an Krücken gehen. Sie werden sehen, auch bei Ihnen kommt alles wieder in Ordnung.«

»Wollen wir uns duzen?«, fragte Marie-Jeanne, die sich bei Tony untergehakt hatte.

Sie war erleichtert gewesen, als dieser aufmerksame Mann in ihrem Krankenzimmer im Quinte-Vingts aufgetaucht war. Sie hatten sich lange unterhalten, und sobald sie Vertrauen gefasst hatte, hatte sie ihm alles erzählt. Julien, Benoît, ihre Angst, er könnte zurückkommen. Tony hatte mit dem Arzt gesprochen und ihr einen Vorschlag gemacht, den sie nicht ablehnen konnte:

»Und wenn Sie bis zu Cyrilles Rückkehr bei uns wohnen würden?«

Marie-Jeanne und Tony fuhren in den dritten Stock und traten in Ninos Zimmer.

»Hallo!«, rief der Sizilianer erfreut, als er das vertraute Gesicht sah.

»Das ist Marie-Jeanne«, sagte Tony.

»Wir kennen uns schon.«

Cyrilles Nichte erkannte die freundliche Stimme, die sie bereits im Centre Dulac gehört hatte, und wusste sofort, dass sie zu dem hübschen Dunkelhaarigen gehörte.

»Marie-Jeanne bleibt bei uns, bis Cyrille zurück ist«, erklärte er.

»Gute Idee«, meinte Nino, der erschöpft zu sein schien.

»Wie geht es dir?«, fragte Tony.

»Wie jemandem, der von einem Motorrad angefahren worden ist.«

Tony beugte sich zu ihm und gab ihm einen Kuss auf die Stirn.

»Ich habe eine gute und eine schlechte Nachricht.«

»Fang mit der Guten an.«

»Die Polizei hat den Besitzer des Motorrads gefunden.«

Nino warf ihm einen finsteren Blick zu.

»Und die Schlechte?«

»Es gehört Manien …«

Der Krankenpfleger schwieg eine Weile, um die Neuigkeit zu verarbeiten.

»Haben sie ihn festgenommen?«

»Ja.«

Marie-Jeanne rutschte auf ihrem Stuhl hin und her.

»Rudolf Manien?«

»Kennst du ihn?«, fragte Tony.

»Ja. Er verabscheut Cyrille, und das beruht auf Gegenseitigkeit.«

Nino versuchte, sich in seinem Bett zu bewegen, und stieß einen kleinen Schmerzensschrei aus.

»Tony, hast du die E-Mails angeschaut? Gibt es etwas Neues von Cyrille?«

»Nein, nichts.«

Marie-Jeanne sackte in sich zusammen.

»Ich habe Angst, dass sie in Gefahr ist.«

»Außer warten können wir nicht viel tun«, erwiderte Nino. »Wenn sie uns braucht, wird sie sich schon melden.«

46

Als die Tür mit einem trockenen Knall ins Schloss fiel, wusste Cyrille, dass ihre letzte Hoffnung zerstört war. Die beiden Wachen hatten sie in eine fensterlose, kaum vier Quadratmeter große Kammer gestoßen, deren einziges Mobiliar aus einem am Boden befestigten, metallenen Kinderbett bestand. Sie hatten sie auf die alte Matratze gedrückt und mit einem Fahrradschloss und einer Handschelle an dem Eisenholm angekettet. Sie zog die Knie an und begann zu grübeln.

Jetzt ist es aus mit mir.

Nachdem sie das Kind untersucht hatte, war der kahlköpfige Forscher zu ihr getreten und hatte ihr mit der Gartenschere über die Wange gestrichen.

»Wenn Sie allerdings glauben, mich becircen zu können, irren Sie sich«, hatte er eiskalt erklärt. »Ich kann mich nicht sofort um Sie kümmern, weil ich gerade mit einem Experiment beschäftigt bin. Aber ich verspreche Ihnen, dass ich Sie morgen in meinem Labor, das über alle modernen Mittel verfügt, zum Sprechen bringen werde. Sie werden mir sagen, wo dieses verdammte Handy ist und wer uns verraten will.«

Cyrille hatte begriffen, dass sie ihn nicht würde besänftigen können. *Wenn ich gestehe, wo das Handy heruntergefallen ist, werden sie den Besitzer ausfindig machen und uns töten – ihn, Julien und mich.* Es war vorbei. Sie war neununddreißig Jahre alt, und ihr Leben ging zu Ende. *Ich hätte nie gedacht, dass ich so sterben würde.*

Und all das wegen der Amnesie, wegen dieses Gedächtnisverlustes, der keineswegs pathologischer Natur war. Sie ließ den Film erneut vor ihrem inneren Auge abspulen. Dieses Mal aber verfügte sie über neue Teile des Puzzles.

Als Julien Daumas eingewiesen worden war, hatte sie ihre klinische Ausbildung in Sainte-Félicité absolviert. Aufgrund der Dokumente, die Nino gefunden hatte, und nach Benoîts Geständnis hatte sie ihren Patienten in eine geheime Studie eingegliedert, in der Meseratrol bei starken psychischen Traumata getestet wurde. Das Experiment war schiefgegangen. Julien war ins Koma gefallen. Sie hatte sich schuldig gefühlt. In Panik hatte sie Sainte-Félicité verlassen und Benoît zum neurologischen Jahreskongress nach Bangkok begleitet. Sie hatten sich gestritten. Sie war einige Tage lang ausgerissen und hatte ihn betrogen. *Und in der Zeit soll ich Rama Supachai getroffen haben, der mir von seinen Experimenten erzählt hätte? Und ich soll mich als Testperson angeboten haben, um meine Schuldgefühle auslöschen und neu anfangen zu können?*

Sie schniefte und schluckte ihre Tränen hinunter. Sie war feige gewesen. Was genau hatte der Neurochirurg mit ihr gemacht? Wie hatte er ihr Gehirn geschädigt? Sie betrachtete die nassen Flecke an der grauen schmutzigen Wand und zählte sie wieder und wieder. Ihr Leben und ihre Persönlichkeit waren in tausend Scherben zersprungen. Sie wusste nicht mehr, wer sie war. Ihr Blick glitt über die Wand, versuchte, sich an irgendetwas festzuhalten.

Einen Meter über dem Boden entdeckte sie parallele Rillen. Sie kniff die Augen zusammen und reckte sich. Dann erhob sie sich von dem Bett und zog an ihrer Kette, um besser sehen zu können. Es waren Kratzspuren, die von Fingernägeln stammten.

Plötzlich Türquietschen. Cyrille horchte auf. Ängstlich

starrte sie auf den Eingang. Zwei thailändische Wärter in Militäruniform traten ein. Sie konnte sie genau sehen. Der eine von beiden, ein Dicker mit stumpfem Blick, trug ein Tablett mit einem Schälchen Nudeln und einem Glas dampfenden Tees. Der andere Mann war eher agil und höchstens zwanzig Jahre alt. Der Dicke stellte das Tablett neben ihr auf der Matratze ab. Er roch nach Schweiß. Er blieb vor ihr stehen und betrachtete sie lüstern. Cyrille wich seinem Blick aus und starrte auf einen Punkt an der Wand gegenüber. Sie drehte sich zur Seite und presste sich an den Holm des Bettes. Der Dicke zögerte kurz und streckte dann die Hand nach ihrem Haar aus.

»Rühren Sie mich nicht an!«, brüllte Cyrille hysterisch.

Der zweite Wächter, der noch immer an der Tür stand, grunzte. Der erste zuckte mit den Schultern. Der Dicke knöpfte seinen Hosenschlitz auf. Dann packte er sie brutal bei den Haaren, riss sie nach hinten und zwang sie auf die Matratze. Etwas in Cyrilles Gehirn schien zu platzen, sie wollte schreien, doch eine Hand legte sich auf ihren Mund. Mit der anderen riss der Mann ihr Hemd hoch und schob sie in ihren Büstenhalter. Sie bäumte sich auf, doch der Kerl lastete tonnenschwer auf ihr. Sie nahm eine Stimme wahr. Der Dicke wurde von seinem Kollegen zur Ordnung gerufen. Er stützte sich auf die Ellenbogen und stand fluchend auf. Cyrille hatte kaum Zeit, mit der freien Hand ihre Bluse wieder herunterzuziehen, als schon der andere Mann auf ihr lag. Er packte sie bei den Haaren und strich ihr mit der Linken über die Wange. Voller Entsetzen bemerkte sie, dass diese Hand keine Finger hatte.

»Siehst du, was passiert, wenn du nicht redest? Und versuch bloß nicht, mit dem Boot zu fliehen, das wäre dein sicherer Tod.«

Cyrille starrte ihn an, die Augen vor Entsetzen geweitet. Der Mann betrachtete ihren Mund, presste dann seine Lippen auf die der jungen Frau und schob seine Zunge zwischen ihre Zähne. Cyrille wehrte sich nach Kräften, doch der Wächter ließ nicht von ihr ab. Schließlich sah er sie eindringlich an und erhob sich. Dann sagte er auf Englisch zu seinem Kumpel:

»Essenszeit, los, wir verschwinden.«

*

Die Tür fiel ins Schloss. Cyrille keuchte und spie den Gegenstand, den der zweite Wächter ihr in den Mund geschoben hatte, in ihre Hand.

Ein kleiner Schlüssel. *Mein Gott* ...

Der Schlüssel zu ihren Handschellen?

Cyrille umklammerte ihn, sprach ein Stoßgebet und warf einen raschen Blick auf die Tür. Sie hatte nicht geträumt, der Mann hatte ihr gesagt, dass es ein Boot gab und dass sie jetzt zum Essen gingen. Sie war unbewacht und hatte die Möglichkeit zur Flucht. Im Stillen dankte sie dem fingerlosen Mann. Jetzt wusste sie, wem das Handy gehörte, das man bei Dok Mai gefunden hatte.

Schnell öffnete sie die Handschellen und schlich zur Tür. Diese war aus morschem Holz und nur mit einem Riegel geschlossen. Sie presste ihr Ohr dagegen. Draußen hörte sie nur das Heulen des Windes, das immer stärker wurde. Allem Anschein nach zog ein Sturm auf. Eine Weile harrte Cyrille reglos aus und lauschte auf verdächtige Geräusche. Keine Stimmen. Sie atmete tief durch und schob vorsichtig den Riegel zur Seite. Ein heftiger Windstoß ließ die Tür erzittern. Cyrille rüttelte an dem Knauf, drehte ihn nach allen Seiten, doch die Tür bewegte sich keinen Millimeter. In Panik zerrte sie mit aller Kraft daran. Nichts. Ihr Herz klopfte zum Zerspringen. Es war ihre letzte Chance, sie musste hier raus!

»Geh zur Seite!«

Cyrille sprang zurück. Und plötzlich flog die Tür mit einem Knall auf, und Juliens Silhouette zeichnete sich gegen den Abendhimmel ab. Eine Hand streckte sich ihr entgegen.

»Schnell, beeil dich!«

Wie eine Ertrinkende griff sie nach der Hand, und sie liefen hinaus. Dunkle Wolken hingen am glutroten Himmel. Regentropfen, so dick wie Murmeln, trafen auf dem Boden auf. Hand in Hand schlichen Cyrille und Julien an dem Haus entlang und dann im Schutz der Felsen und Sträucher weiter zum Meer. Unter dem Laubdach eines hundertjährigen Kapokbaums legten sie eine kurze Pause ein. Eine Wolke glitt zur Seite. Für einen kurzen Moment war Juliens Gesicht in einen rötlichen Schimmer getaucht. Er sah Cyrille an: die junge Frau war leichenblass, das Haar klebte an ihrer Stirn, Tränen standen ihr in den Augen. Er zog sie an sich, so als hätte er sie gerade aus einem reißenden Strom gerettet.

»Gott sei Dank, du lebst. Was ist passiert, was haben sie dir angetan?«

Cyrille lehnte sich leicht zurück und betrachtete die grauen Augen des jungen Mannes, seine besorgte Miene. Sie spürte die Wärme seines Körpers, der dem ihren so nah war. Ihr Grauen wich dem Verlangen, sich an ihn zu schmiegen und in seinen Armen zu verbergen.

»Sie haben mich verhört, um herauszufinden, wo das Handy der Kleinen mit den GPS-Koordinaten ist. Einer der Wächter hat mir geholfen freizukommen. Aber die Tür war abgesperrt.«

»Durch einen Windstoß ist der Riegel von außen zugeschnappt. Glücklicherweise habe ich beobachtet, wie sie dich in den Raum gebracht haben und dann weggegangen sind.«

»Und du, Julien ... wie hast du ...?«

Der junge Mann grinste.

»Die Spritzen, ich habe die Spritzen behalten.«

Sie lachten beide, Cyrille lachte und weinte zugleich. Sie wischte sich die Augen ab. Dann schwiegen sie. Die Worte überschlugen sich in Cyrilles Kopf, doch sie brachte sie nicht heraus. Julien fasste sich als Erster.

»Wir müssen fliehen, sie werden uns sicher bald suchen.«

Cyrilles Blick verfinsterte sich.

»Das geht nicht ...«

Plötzlich hörte es auf zu regnen.

»Warum nicht?«

»Rama Supachai, der Forscher, der hier arbeitet, testet seine Behandlungsmethoden an Kindern. Ich muss wissen, was er genau macht.«

Julien senkte die Augen.

»Das ist es also ...«

»Das ist was?«

»Auf der Suche nach einem Fluchtweg habe ich die Umgebung erforscht. Ich bin einer Kindergruppe gefolgt, die schweigend zu einer Art Dorf in einer Bucht gegangen ist. Und ...«

»Und?«

»Sie ... Wie soll ich das beschreiben? Wie Roboter haben sie die Hütten verlassen, still und ohne Lärm zu machen. Wie Zombies, verstehst du? Lass uns von hier verschwinden und die Polizei verständigen!«

»Nein, ich muss wissen, was er mit ihnen macht ... ich muss es wissen.«

»Warum?«

Cyrille senkte den Blick und suchte nach Worten.

»Vor ... vor zehn Jahren war ich sein Studienobjekt, und er hat ein ähnliches Experiment an mir vorgenommen wie jetzt an den Kindern. Eine Behandlung, durch die ich einen ganzen Teil meines Lebens vergessen habe, unter anderem dich ...«

Sie atmete tief durch, um ihre Tränen niederzukämpfen.

Julien strich ihr über die Wange.

»Du darfst keine Schuldgefühle haben.«

Er liebte die sanfte Rundung ihres Gesichts, ihren Haaransatz ...

Cyrille senkte den Kopf und biss sich auf die Lippe.

»Ich muss wissen, was er mit mir gemacht hat, sonst kann ich mich nie davon befreien.«

Julien nickte.

»Gut, wir sehen nach, was dieser Irre da treibt, und dann verschwinden wir.«

Plötzlich schien er zu zögern.

»Weißt du ... vorhin hatte ich wieder einen Anfall. Ich wollte mich schneiden, aber dann habe ich das gemacht, was du gesagt hast. Und ich habe meine Aggression ableiten können und habe gewonnen. Zumindest dieses Mal. Zum ersten Mal seit Jahren.«

Cyrille drückte fest seine Hand.

»Wir schaffen es ... wir schaffen es.«

47

Rama Supachais Haus, ein imposanter Pfahlbau aus Bambus, erhob sich auf den schwarzen Klippen der südlichen Insel. Direkt unterhalb des Gewächshauses erstreckte sich der Strand. Im rötlichen Licht des Abendhimmels liefen Julien und Cyrille an den Pfählen entlang. Ihre Gesichter waren feucht von der Gischt, und das Heulen des Windes übertönte das Geräusch ihrer Schritte. Sobald sie das Gewächshaus hinter sich gelassen hatten, kletterten sie die Felsen hinauf.

Oben angekommen, entdeckten sie eine langgestreckte Halle aus Rigipsplatten mit zwei Dachfenstern, die vom Strand aus nicht zu sehen war und so gar nicht zur Schönheit des Pfahlhauses passte. Cyrille betrachtete aufmerksam das Gebäude. Es war nicht sehr alt, hatte aber unter den Wettereinflüssen gelitten. An der Meerseite befand sich ein Loch in der Fassade, das noch nicht repariert worden war, sodass man die innere Wandverkleidung erkennen konnte. Eine Art Kupfernetz.

Cyrille kniff die Augen zusammen und trat vor, um sich zu vergewissern. Julien folgte ihr schweigend. Ja, die Innenverkleidung war aus Metall, und die Dachfenster waren aus getöntem Glas. Irgendwo sprang ein Stromaggregat an, und über der Halle stieg eine weißliche Rauchwolke in den Himmel.

Cyrille begriff, dass sie einen Faradayschen Käfig vor sich hatte.

Die Konstruktion schirmte das Innere gegen elektrische und magnetische Felder ab, und auch gegen Radiofrequenzen. Und was tat ein Forscher der Neurowissenschaften in einem Faradayschen Käfig?

»Ich wette, dass sich da drin ein Kernspintomograf befindet«, flüsterte sie Julien zu.

Neugierig schlich sie noch näher heran und umrundete die Halle. Sie legte die Hand an die Wand und spürte die Vibrationen. Die Maschine im Inneren war in Betrieb.

Sie sah sich aufmerksam um und entdeckte eine verrostete Metallleiter, die am Ende der Halle angebracht war. Cyrille sagte sich, dass sie vermutlich zu einer Wartungsklappe führte, die für die regelmäßigen Kontrollen solcher Geräte notwendig war. Sie machte Julien ein Zeichen, umfasste mit beiden Händen die rostigen Sprossen und kletterte, das Haar im Winde flatternd, auf das Dach. Julien folgte ihr.

Sie hatte sich nicht getäuscht, es gab tatsächlich eine Wartungsluke, die jedoch alt und mit zwei verrosteten Schrauben verschlossen war. Julien kramte in den Taschen seiner Jeans und zog dann eine Zwanzig-Cent-Münze heraus. Nach einiger Anstrengung gelang es ihm, die kleine Klappe zu öffnen, die Einblick in die Halle gewährte.

Sie streckten sich auf dem Dach aus und hoben vorsichtig die Abdeckung an. Durch ein metallenes Gitternetz sahen sie den Apparat. Es handelte sich um einen offenen Kernspintomografen, dessen hufeisenförmige Röhre in Echtzeit Eingriffe unter Sichtkontrolle ermöglicht, das Nonplusultra der Medizin. Cyrilles Herz krampfte sich zusammen. Ein kleines Mädchen im OP-Hemd lag auf dem Untersuchungstisch. Sein Haar war mit einer roten Flüssigkeit eingestrichen.

Cyrille zog die Klappe etwas weiter auf. Der Raum enthielt alles, was zu einem modernen Operationssaal gehörte: eine Bedienungskonsole für den Kernspintomografen, zwei Monitore zu beiden Seiten des Apparats, Operationslampen, einen Vorbereitungstisch und eine OP-Bahre. Daneben erkannte sie alle für die Anästhesie nötigen Überwachungsgeräte sowie einen Defibrillator. Etwas weiter hinten stand unter einer Plastikhaube ein Gerät zur transkraniellen Magnetstimulation, wie sie es auch im Centre Dulac benutzte. Die OP-Ausstattung entsprach modernsten technologischen Anforderungen.

Ein Mann mit OP-Kittel, Überschuhen und Mundschutz trat in ihr Blickfeld. Trotz seiner Haube erkannte sie mühelos, dass er kahlköpfig war. Der thailändische Forscher nahm am Kopfende der Liege Platz.

*

Um den Oberarm der Kleinen war die Manschette eines Blutdruckgeräts gelegt, an ihrer Brust waren Elektroden befestigt. Sie war ganz ruhig. Der Angstlöser, den man ihr verabreicht hatte, sorgte dafür, dass sie zwar bei Bewusstsein war, aber alles nur gedämpft wahrnahm. Der Mann hatte ihr versichert, die Operation sei schmerzlos, und das hatte sie beruhigt.

»Mein Mädchen«, begann er und lächelte hinter seinem Mundschutz, »wie ich dir erklärt habe, vermessen wir jetzt zunächst ganz genau dein Gehirn. Dazu spanne ich deinen Kopf in einen Apparat, das kann an den Schläfen etwas drücken.«

Er betätigte eine Fernbedienung, und entspannende Musik erfüllte den Raum. Dann desinfizierte er die Haut an der Stirn und an zwei Stellen am Hinterkopf.

»Jetzt gebe ich dir zwei kleine Spritzen, das piekst vielleicht ein wenig.«

Der Arzt injizierte das Betäubungsmittel, um die Haut unempfindlich zu machen. Dann spannte er den Stereotaxierahmen, ein dreidimensionales Ringsystem um ihren

Kopf und fixierte ihn an beiden Schläfen und am Hinterkopf. Die Kleine schloss die Augen.

Supachai gab die Daten in den Computer des Kernspins ein und startete die Vorbereitungsphase. Das Mädchen lag mit geschlossenen Augen und, ohne sich zu rühren, da, die Maschine arbeitete. Als die Software ihre Berechnungen abgeschlossen hatte, wurde das Gehirn dreidimensional auf den drei Monitoren angezeigt. Schweigend schob Rama eine DVD in das Lesegerät: ein Dutzend Fotos flimmerten über den Bildschirm. Sie zeigten das Mädchen vor der Entführung durch die Liga, stark geschminkt und in einem bonbonrosafarbenen Kleid auf einem Barhocker – eine traurige Puppe mit Stöckelschuhen. Auf anderen Aufnahmen war sie mit Kunden zu sehen …

»Ich werde dich jetzt bitten, die Augen zu öffnen. Und mir zu helfen, einverstanden?«

Die Kleine schlug die Lider auf.

*

Cyrille sah Julien an. Träumte sie? Sie konnte zwar nicht alles hören, aber sie hatte verstanden. Julien erwiderte ihren Blick und flüsterte:

»Was macht er mit ihr?«

»Ich glaube, er versucht, bestimmte Erinnerungen auszulöschen, indem er die neuronalen Wege versperrt, über die diese ins Gehirn gelangen. Das ist unglaublich.«

*

Supachai zoomte ein Foto heran: eine Freiluftbar in Ko Samui, in der Mädchen in Miniröcken an einer Stange tanzten.

»Was ist das?«, fragte der Wissenschaftler.

Das Mädchen sprach zum ersten Mal.

»Die Bar von Miss Tran.«

Supachai startete das Kernspinprogramm. Das Kind starrte auf das Bild ihres ehemaligen Arbeitsplatzes mit den anderen Mädchen. Ihr Gehirn arbeitete. Supachai konzentrierte sich auf die 3-D-Darstellung, die zeigte, dass verschiedene Zonen im Temporallappen eine starke Aktivität entwickelten. Er notierte die Koordinaten.

Auf der folgenden Aufnahme war das Innere eines Massagesalons zu sehen. Die Miene der Kleinen verfinsterte sich. Der Arzt zoomte den Frontalkortex heran und nahm die Koordinaten der aktiven Zonen auf. Dann folgten mehrere Aufnahmen von pädophilen Aktivitäten, und dem Mädchen traten Tränen in die Augen.

Der Forscher steckte ein Räucherstäbchen in eine Halterung und schob es ihr vor das Gesicht. Es war Miss Trans Lieblingsduft, der überall dort in der Luft hing, wo sie die Kinder an die Meistbietenden verkaufte. Die Kleine atmete den süßlichen Geruch ein, und die Tränen rannen über ihre Wangen. Währenddessen kartografierte Supachai genau die neuronalen Wege, die bei seiner Versuchsperson die Erinnerungen wachriefen.

Dann bereitete er den nächsten Schritt der Intervention vor, den schwierigsten. Er betätigte einen Hebel, und zwei große Lupen glitten vor seine Augen. Supachai tippte die Koordinaten in den Computer ein, der sie an den Kernspintomografen schickte. Auf allen drei Monitoren wurde jetzt das Gehirn des Mädchens in 3-D angezeigt. Fünf Zonen von wenigen Millimetern Durchmesser auf dem Kortex des Gehirns blinkten violett. Der Arzt drehte das Modell noch einmal und tippte: »Eingriff in C10, D4, E11 und A20.«

Er schickte die Daten an die Berechnungssoftware ab. Durch seine Lupen sah Supachai den Schädel seiner kleinen Patientin, überlagert von seinem virtuellen Modell.

Durch den stereotaktischen Rahmen wurde der Kopf der Kleinen in derselben Stellung festgehalten, sodass die virtuelle und die reale Darstellung perfekt übereinstimmten. Der Computer zeichnete vier Markierungen auf den Schädel. Mit einem Rasiermesser legte der Neurochirurg an diesen vier Stellen – zwei im Stirnbereich und zwei über den Ohren – die Kopfhaut frei, dann tauschte er das Messer gegen eine Anästhesiespritze ein.

»Jetzt piekst es wieder, aber weniger als vorhin. Ich betäube die Haut.«

Die Kleine war durch die Beruhigungsmittel so benommen, das sie kaum etwas spürte. Als dann der freundliche Doktor wieder mit ihr sprach, bekam sie es allerdings mit der Angst zu tun.

»Wir machen jetzt vier winzige Löcher, du wirst nichts spüren.«

Supachai platzierte das Kraniotom, eine Art winzige Bohrmaschine, in die Mitte der kreuzförmigen Markierung und drückte auf die Pedale. Ein Geräusch wie das eines Zahnarztbohrers, dann der Geruch nach verbranntem Fleisch. In das zwei Millimeter große Loch im Knochen schob er eine Glasfaser von einem Millimeter Durchmesser bis zum Kortex. Dann bohrte er ein weiteres Loch und schob eine zweite Glasfaser hinein. Rama Supachai arbeitete konzentriert, seine Hände waren ruhig. Er beherrschte das, was er tat, perfekt.

Da das Gehirn schmerzunempfindlich ist, spürte das kleine Mädchen nichts und wusste nicht, dass vier Sonden in ihrem Schädel steckten. Supachai hatte ihr versprochen, dass sie wieder zu ihrer Mutter kommen würde, wenn sie die Operation über sich ergehen ließe. Also hatte sie sich nicht widersetzt. Der Neurochirurg überprüfte die exakte Platzierung der Sonden.

»Jetzt zeige ich dir noch einmal die Fotos, bist du bereit?«

»Ja«, antwortete das Mädchen mit schwacher Stimme.
Die Bilder erschienen erneut vor ihren Augen; der Kernspintomograf zeigte die aktiven Zonen des Gehirns, und das automatische Tracking-System in den Glasfasern peilte das zu zerstörende Neuronenpaket an. Supachai betätigte den Laser, und in wenigen Sekunden wurden die Nervenfasern, die die Erinnerung aktivierten, zerstört. Das intelligente System modulierte die Laserenergie entsprechend der vorherigen Berechnung so, dass eine unerwünschte Schädigung anderer Zonen verhindert wurde.

»Wie fühlst du dich?«
Keine Antwort.
Rama Supachai räusperte sich.
»Naruporn, wie fühlst du dich?«
Ein Schniefen.
Er projizierte das Foto von Miss Tran auf den Bildschirm.
»Weißt du, wer das ist?«
Erneutes Schniefen.
»Wie heißt du?«
Doch die Kleine antwortete nicht, ihr Blick war starr.
Er tippte etwas in seinen Computer und schien höchst unzufrieden.

*

Cyrille schüttelte sich und erhob sich auf die Knie. Sie war so verblüfft, als hätte sie ein Phantom gesehen. Julien ging es nicht besser.
»Er ist ein Monster«, murmelte er.
Cyrille warf ihm einen verzweifelten Blick zu.
»Er ... er hat ihr Gehirn zerstört. Er ist wahnsinnig. Wir müssen verhindern, dass er noch mehr Schaden anrichtet – und zwar schnell!«
Um sich zu beruhigen, atmete sie tief durch.

»Lass uns überlegen ...«

Julien biss die Zähne zusammen und nickte. Seine Handgelenke begannen zu jucken.

»Und du sagst, mit dir hätten sie dasselbe gemacht?«, fragte er mit tonloser Stimme.

Cyrille schloss die Augen und öffnete sie gleich wieder.

»Ja. Er behauptet, ich hätte ihn vor zehn Jahren selbst darum gebeten.«

»Glaubst du das?«

Cyrille sah ihren ehemaligen Patienten traurig an. Dann schob sie ihren dunklen Pony beiseite.

»Schau her.«

Julien kniff die Augen zusammen. Trotz der einbrechenden Dunkelheit erkannte er deutlich kleine braune Punkte auf der weißen Haut.

»Siehst du?«, sagte sie wütend. »Das ist nicht angeboren, sondern es sind die Narben der Operation, die du gerade beobachtest hast. Das war er. Ich habe eines der armen Kinder untersucht, es hatte dieselben Male. Aber ich ... ich hatte Glück und bin davongekommen.«

Julien betrachtete sie verblüfft.

Cyrille setzte sich und fuhr fort:

»Wir müssen möglichst Beweise gegen dieses Monster sammeln und dann schnell verschwinden.«

»Und wie?«

»Wir warten, bis es Nacht wird, schleichen uns dann in sein Arbeitszimmer und setzen ihn außer Gefecht.«

Cyrille zog die Knie an.

»Ich möchte auch etwas versuchen.«

»Was?«

»Wenn er die Erinnerungen auf diese Art auslöscht, muss man sie auf dieselbe Weise wieder aktivieren können.«

Julien musterte Cyrille aufmerksam. Sie schien entschlossen.

»Willst du es an dir selbst versuchen?«

»Ja, wenn er irgendwo meine Krankenakte aufbewahrt hat, müsste ich mit dem Kernspin die richtigen Zonen stimulieren können. So geht Arom vor. Es dauert nicht länger als zehn Minuten. Entweder funktioniert es oder nicht. Das werden wir dann ja sehen.«

Julien nickte.

»Dann will ich es auch versuchen.«

Cyrille hob den Blick.

»Du?«

»Ich habe zwar keine Krankenakte, aber ich will es trotzdem probieren ...«

Sie sahen sich schweigend an.

»Warum nicht?«, stimmte sie dann zu, »schließlich hatten die Kinder, die Arom behandelt hat, auch kein Stimulationsprotokoll bei sich.«

48

Rama Supachai saß angekleidet auf der bequemen Zahnarztliege in seinem Arbeitszimmer und war eingeschlafen. Wenn er mit neuen Forschungsprojekten beschäftigt war, übernachtete er oft hier. Sein letzter Versuch an der jungen Prostituierten aus Ko Samui war wieder ein Misserfolg gewesen. Jetzt musste er seine Ratten überwachen. Eine programmierte Zeituhr klingelte alle zwei Stunden, damit er die Werte der Nager überprüfen und den Kolben der Spritze etwas tiefer hinunterdrücken konnte. Er war dabei, eine medikamentöse Behandlung zu testen, die der Lasertechnik gleichwertig sein sollte. Vorerst waren die Ergebnisse zu wenig eindeutig, um irgendwelche Experimente an Menschen vornehmen zu können. Was ihn jetzt aus dem Schlaf riss, war allerdings nicht sein Wecker, sondern das Gefühl zu ersticken. Er öffnete die Augen und wollte sich aufrichten. Unmöglich! Es dauerte eine Weile, bis er begriffen hatte warum. Seine Beine waren mit einem dicken Strick an der Liege festgebunden, seine Arme über dem Kopf gefesselt. Und ein breiter Streifen Klebeband hinderte ihn daran, den Mund zu öffnen. Vergeblich versuchte er, den Kopf zu bewegen. Stirn und Kinn waren ebenfalls mit Packband am Stuhl festgeklebt. Er riss die Augen auf und atmete heftig durch die Nase. Hinter sich nahm er Bewegungen und Schritte wahr. Er verrenkte sich, um irgendetwas sehen zu können. Ein feuchtes Tuch wurde ihm auf die Nase gedrückt. Er kannte den Geruch. Das war das Betäubungsmittel, das er für die Tiere verwendete. Er versuchte, sich zur Wehr zu setzen ... aber nicht lange.

Cyrille warf das chloroformgetränkte Tuch weg. Wenn sie schnell Beweise finden würden, wären sie verschwunden, ehe Supachai wieder zu sich käme.
»Such überall nach Unterlagen, die mit Versuchen an Menschen zu tun haben könnten«, rief sie Julien zu. »Ich nehme mir den Computer vor!«
Julien öffnete alle Schränke, sah in den Fächern und Kartons am Fußboden nach. Doch er fand nur Labormaterial. In einem Sekretär lag ein Stapel Veröffentlichungen, bei denen es um das Gedächtnis ging, in den Regalen standen medizinische Fachbücher. Dann wandte er sich den Schubladen von Supachais Metallschreibtisch zu, der eher an einen Autopsietisch erinnerte. Der Neurochirurg hatte es nicht für nötig gehalten, sie abzuschließen, da er sich offenbar nicht bedroht fühlte. Julien fand Stöße von Papieren und Gläser mit in Formalin konservierten Gehirnteilen von Mäusen, aber nichts, was die Patienten betraf. Cyrille nahm sich einen Hängeordner vor, der ebenfalls nicht gesichert war. Zehn Minuten vergingen.
Dann trat Cyrille in den MRT-Raum, wo Supachai seine Versuche an den Kindern durchführte. Eine Doppelscheibe trennte das Büro vom Untersuchungsbereich. Der Kernspinthomograf summte im Halbdunkel, und nur einige Dioden verströmten ein blasses grünliches Licht. Auf einem Arbeitstisch standen mehrere Bildschirme und eine Zentraleinheit. Cyrille stürzte sich darauf und bewegte die Maus, der Bildschirm leuchtete auf, der Computer war nicht ausgeschaltet. Sie nahm vor dem Monitor Platz und klickte die Ordner an, die auf dem Arbeitsplatz abgelegt waren. Zuerst warf sie einen Blick auf das Tagebuch des Forschers, das allerdings nicht sehr

ergiebig war. Dann inspizierte sie immer aufgeregter den Rest der Festplatte. Sie öffnete den File »2009«, und ihr Herz begann schneller zu schlagen. Er enthielt Unterordner, von denen einer den Namen »Human Protocol« trug. Sie rief die PDF-Datei auf. Eine lange Tabelle. Cyrille überflog die Spalten. *Volltreffer!* Die Datei enthielt die Namen sämtlicher Patienten, die in den letzten Jahren behandelt worden waren. Da die Liste mit mindestens zweihundert Datensätzen sehr lang war, hatte sie nicht die Zeit, alles zu lesen. Der Wissenschaftler hatte den Vornamen des Kindes, das Alter, die Herkunft, die Aktennummer, das Datum des Eingriffs und das Ergebnis – »yes« oder »no« – notiert, dann folgte eine Spalte mit der Überschrift »Bestimmung«.

»Julien«, rief Cyrille leise.

Der Fotograf trat zu ihr. Ohne sich umzuwenden, deutete sie auf den Bildschirm.

»Schau, was ich gefunden habe. Die Kinder mit »yes« – was sicherlich bedeutet, dass das Ergebnis positiv war – werden an verschiedene Privatadressen weitergeschickt. Diejenigen, die ein »no« haben, was vermutlich für einen Misserfolg steht, werden alle an zwei Anschriften geleitet, beide in China.

Julien las, über Cyrilles Schulter gebeugt.

»Und was soll das bedeuten?«

Cyrille rieb sich die Augen.

»Ich weiß es nicht ... Wir müssen alles kopieren und an ich weiß nicht, wen, schicken.

Julien legte seine Hände neben die ihren auf die Tastatur. Sie spürte seine schlecht rasierte Wange an der ihren, schloss kurz die Augen, atmete seinen Geruch ein, und plötzlich überkam sie eine große und unerklärliche Melancholie. Sie öffnete die Augen wieder. Julien hatte sich ins Internet eingeloggt.

»Schreib eine E-Mail.«

Cyrille gab Anuwats Adresse im VGCD-Bangkok ein und setzte Nino, Tony und sich selbst ins cc. Die Nachricht lautete:

Dringend. Habe die Experimente an den Kindern
von Surat Thani aufgedeckt. Sie werden auf der Insel
Ko Nang Yuan als Versuchspersonen missbraucht.
Rama und Pot Supachai sind der Kopf der Bande.
Haben Prof. Arom getötet. Verständigen Sie die Polizei.
Grüße Cyrille.

Die Verbindung war langsam. Ein Balken zeigte an, dass das Versenden der Mail eine Minute dauern würde.

Cyrille inspizierte weiter Supachais Festplatte und die darauf gespeicherten Dokumente. Zumeist handelte es sich um internationale wissenschaftliche Veröffentlichungen und heruntergeladene Diapräsentationen verschiedener Kolloquien. Sie überflog sie und schloss dann die wenig ergiebigen Dateien wieder. Ein anderer File trug den Titel »Korrespondenz«. Sie blätterte durch Seiten und Seiten von E-Mail-Verkehr und gescannten Faxen. Es ging um Moleküle, Protokolle, Versuche, Diskussionen über die Dosierung ... Plötzlich erbleichte Cyrille.

»Mein Gott, dieser Dreckskerl hat mit anderen Forschern zusammengearbeitet«, rief sie wütend.

Schweigend beugte sich Julien wieder über ihre Schulter.

»Was ist los?«
»Ich bin ja wirklich zu blöd ...«
»Wie bitte?«

Sie wies auf die Zeilen einer auf Englisch verfassten und an Supachai adressierten Nachricht, bei der es um Versuche ging.

»Sieh dir die Worte an ...«
Julien kniff die Augen zusammen.

»Ich verstehe nicht ...«

Er las den Satz, auf den sie deutete »send em the clinilac report of childern treated one month aog ...«

»Ein Legastheniker?«

»Nein, mein Mann ...«

49

Paris, 16 Uhr

»Ich habe soeben eine E-Mail von Cyrille bekommen«, rief Tony aus Ninos Zimmer.

Marie-Jeanne, die in einem Sessel ein Nickerchen machte, schreckte hoch.

»Was schreibt sie.«

Tony las die Nachricht kurz durch und wurde bleich.

Dringend. Habe die Experimente an den Kindern von Surat Thani aufgedeckt. Sie werden auf der Insel Ko Nang Yuan als Versuchspersonen missbraucht. Rama und Pot Supachai sind der Kopf der Bande. Haben Prof. Arom getötet. Verständigen Sie die Polizei. Grüße Cyrille.

»Was hat dieses Kauderwelsch zu bedeuten?«, fragte Nino.

»Keine Ahnung«, erwiderte Tony, »doch der letzte Satz ist klar. Wir sollen die Polizei verständigen.«

»Wie denn?«

»Am besten informieren wir die französische Botschaft in Bangkok«, meinte Marie-Jeanne und richtete sich auf. »Ich rufe dort an, wenn ihr wollt.«

»Was willst du denen denn erzählen?«, erkundigte sich Tony.

Entschlossen reckte die junge Frau ihr Kinn vor.

»Da wird mir schon was einfallen.«

*

Rama Supachai konnte nicht sagen, wie lange er bewusstlos gewesen war. Plötzlich flammte die OP-Lampe über ihm auf. Geblendet blinzelte er. Ein ihm unbekanntes Gesicht schob sich zwischen ihn und die Lampe. Ein Mann.

»Damit wir uns recht verstehen«, sagte der Mann, »alles auf dieser Insel schläft. Draußen tobt ein Sturm. Du kannst schreien, so viel du willst, keiner wird dich hören. Besser, du kooperierst. Kapiert?«

Der Wissenschaftler nickte. Er befand sich mitten in einem Albtraum. Er hörte, wie der Mann an irgendetwas über seinem Kopf herumhantierte. Und plötzlich sah er zehn Zentimeter von seinen Augen entfernt das Kraniotom.

»Das ist doch die Maschine, mit der du den Kindern Löcher in den Kopf bohrst, oder?«, fragte der Mann.

Gleich darauf vernahm der Wissenschaftler das Surren des Bohrers, das ihm durch Mark und Bein ging.

»Ich werde nun das Klebeband von deinem Mund entfernen«, sagte die Stimme. »Doch wenn du schreien solltest, werde ich nicht zögern, dir Schmerzen zuzufügen. Das kannst du mir glauben.«

Cyrille lehnte im Hintergrund an der Tür des Labors. Zugleich fasziniert und entsetzt, beobachtete sie Julien. Sein Blick war unschuldig und doch grausam. Sie ließ Supachai nicht aus den Augen, der einem übertölpelten Fisch glich, der ihnen ins Netz gegangen war. Julien betätigte den Fußhebel des OP-Stuhls, der ein paar Zentimeter nach oben fuhr. Die Spitze des Bohrers befand sich nun direkt über Supachais rechtem Auge. Julien schaltete das Kraniotom ein, und das schrille, unerträgliche Geräusch ertönte erneut. Adrenalin schoss durch Rama. Er spürte, wie eine warme Flüssigkeit an seinem Hosenbein hinabrann.

»Wie schon gesagt«, fuhr Julien fort, »du bist ein Geisteskranker, ein gefährlicher Irrer, der Kinder foltert.

Wenn du in den kommenden Minuten sterben solltest, werden weder ich noch Doktor Blake eine Träne vergießen. Aber ich kann dich am Leben lassen, in der Hoffnung, dass du eines Tages deine gerechte Strafe bekommst. Wenn du redest, erhältst du diese Chance.«

Supachai war vor Angst wie gelähmt. Dieser Typ war ein Wahnsinniger.

Cyrille trat näher, ihre Silhouette zeichnete sich im Lichtschein ab.

»Glauben Sie ihm, Professor. Er ist einer meiner Patienten. Wenn Sie ihn wütend machen, kann ich für nichts garantieren.«

Der Wissenschaftler warf ihr einen flehenden Blick zu. Mit verschränkten Armen stand sie vor ihm.

»Mein Mann arbeitet mit Ihnen, nicht wahr?«

Supachai nickte.

»Was macht er für Sie?«

»Er ... hilft mir, eine neue Behandlungsmethode zu entwickeln.«

»Wie sieht die aus?«

»Ein Molekül mit der Wirkung eines Lasers.«

»Was bekommt er dafür?«

»Geld.«

»Viel?«

»Ja, sehr viel ...«

»Woher kommt dieses Geld?«

Cyrilles Stimme klang mechanisch und abgehackt.

Supachai antwortete nicht. Julien schaltete das Kraniotom ein. Supachai sah, wie die Spitze knapp oberhalb seiner Pupille anfing sich zu drehen.

»Stopp, aufhören, ich werde Ihnen alles sagen!«

»Das würde ich dir auch dringend raten, denn mit nur einem Auge sieht man verdammt wenig durchs Mikroskop ...«

Cyrille musste ein Grinsen unterdrücken und fuhr fort:

»Woher stammt dieses Geld? Wer finanziert Ihre Forschung, Ihr Material?«

Rama gab auf.

»Mein Cousin Pot.«

»Womit verdient er sein Geld?«

»Er beschafft ... die Kinder.«

»Ein bisschen genauer«, befahl Julien, der ungeduldig wurde. »Woher kommen diese Kinder?«

»Von der Straße, von Ko Samui, von Ko Tao und aus Phuket.«

»Werden sie verschleppt?«

»Ja. Die Männer der Liga nehmen sie einfach mit und bringen sie hierher.«

»Und Sie unterziehen sie Ihrer Behandlung?«

»Ja.«

»Seit wann?«

»Seit sieben Jahren.«

»Und wenn die Behandlung erfolgreich war?«

»Die Kinder vergessen ihr früheres Leben auf der Straße und werden willig und gefügig.«

»Was geschieht dann mit ihnen?«

»Pot bringt sie in Familien unter.«

»Wozu?«

»Sie werden adoptiert oder sie arbeiten.«

»Die Mädchen auch?«

»Man besorgt ihnen einen Ehemann ...«

»Und all das gegen Geld, nehme ich mal an?«

»In den meisten Fällen – ja.«

»Sie betreiben einen regelrechten Sklavenhandel mit ihnen«, meinte Cyrille bestürzt.

»Und was ist mit den anderen?«, wollte Julien wissen. »Denen du das Gehirn wegbrennst, was wird aus denen?«

»Ich ... Pot schickt sie nach China. Dort werden sie ebenfalls untergebracht.«

»Wo?«

Rama Supachai schwieg und knirschte mit den Zähnen.

Julien trat auf das Pedal, und der Sessel bewegte sich ein paar Zentimeter weiter nach oben. Der Bohrer drehte sich und berührte fast den Augapfel. Rama schloss die Lider und schrie: »Aufhören!«

Cyrille und Julien beugten sich über den Stuhl.

»Wohin schickt ihr sie?«, brüllte Julien.

»In Fabriken.«

Cyrille musste sich festhalten.

»Ihr verkauft sie als Zwangsarbeiter an Schlepperbanden, ist es das?«

Die Augen weit aufgerissen, schluckte Rama mehrmals. Cyrille fuhr mit ihrem Verhör fort.

»Und ... mein Mann hat von alldem Kenntnis ...«

Rama sagte nichts, doch als sie ihn ansah, wusste sie, dass sie mit ihrer Vermutung richtig lag. Ohne eine Antwort abzuwarten, presste sie die Faust auf den Mund, um nicht vor Wut laut aufzuschreien. Sie holte tief Luft, versuchte, sich zu beruhigen, und fuhr dann fort:

»Was ist vor zehn Jahren passiert? Wie sind wir uns begegnet, Sie und ich?«

Rama Supachai schien aufzuatmen.

»Es war während des Kongresses, Sie waren mit Ihrem Mann dort. Man hat uns einander vorgestellt.«

»Wer ist ›man‹?«

Zum ersten Mal war auf Supachais Gesicht die Andeutung eines Lächelns zu erkennen.

»Sanouk Arom.«

Cyrille öffnete den Mund und schloss ihn wieder. Arom? Offensichtlich. Deshalb hatte sie ihn, als sie unter Hypnose war, gesehen. Sie musste sich am Stuhl festhalten, um nicht zu taumeln. Hatte der Professor sich daran erinnert oder hatte ihn seine Alzheimer-Erkrankung vergessen lassen, dass er in diese Geschichte verwickelt war?

»Also, Sanouk Arom hat uns miteinander bekannt gemacht, und dann?«

Rama gewann zusehends an Sicherheit.

»Nun, eines Abends kamen Sie in der Bar des Kongresspalastes zu mir, als ich dort mit Arom zusammensaß. Sie sagten mir, Sie würden sich für meine Forschungsarbeit interessieren und mehr über die selektive Beeinflussung von Erinnerungen wissen wollen.«

»In welchem Zustand war ich?«

»Erschöpft, deprimiert. Zudem schienen Sie einiges getrunken zu haben.«

Cyrille zog fragend die Augenbrauen hoch.

»Und dann?«

»Ich habe Ihnen in groben Zügen das Prinzip meiner Methode erklärt, die ich bereits an einigen Freiwilligen aus meinem Umkreis mit ermutigenden Ergebnissen getestet hatte.«

»Und?«

»Und dann sagten Sie mir, Sie wären einverstanden, das Experiment zu wagen, und zwar sofort.«

»Sie sind darauf eingegangen?«

»Ja.«

Cyrille fühlte sich auf einmal sehr müde.

»Und mein Mann war dabei?«

»Während der Behandlung, ja, er ist nicht von Ihrer Seite gewichen.«

Cyrille biss sich auf die Lippe und tauschte einen vielsagenden Blick mit Julien.

»Wo sind die Bilder, die Sie für meine ›Behandlung‹ verwendet haben?«

Schweißperlen standen Rama auf der Stirn.

»In ... meinem Schreibtisch, unten. Es gibt mehrere Kästen. Einer trägt die Bezeichnung ›zweitausend‹.«

Julien hörte schon nicht mehr zu. Er war bereits unterwegs.

Cyrille sah den thailändischen Wissenschaftler ausdruckslos an.

»Warum machen Sie das?«

»Das haben ich Ihnen doch schon erklärt.«

Sie trat näher zu ihm.

»Nein, ich meine den tieferen Sinn, Ihre wahre Motivation, worin besteht sie? Ist es Rache? Geldgier? Macht? Was ist es?«

Rama Supachai sah sie feindselig an.

»Das können Sie mit Ihrer phlegmatischen und verdorbenen westlichen Mentalität nicht verstehen. Wenn Sie wüssten, was Unglück wirklich ist, würden Sie nicht so urteilen.«

»Sie weichen meiner Frage aus … Warum machen Sie das?«

»Ich werde es Ihnen sagen. Meine biologische Mutter war eine Prostituierte. Sie starb an einer Überdosis in einem Bordell in Patpong mit gerade einmal vierzehn Jahren … Ich war zu dem Zeitpunkt zehn Monate alt. Ich kam in ein Waisenhaus und wurde von der Familie Supachai adoptiert, die mir eine gute Erziehung angedeihen ließ.«

Cyrille und Rama schwiegen. Cyrille weigerte sich, Mitleid mit ihm zu empfinden.

»Das ist zwar traurig, aber wieso gibt es Ihnen das Recht, Kinder zu foltern?«

»Als ich viele Jahre später an meiner Promotion im Fach Medizin saß und meine Doktorarbeit über das biologische Fundament der Erinnerung schrieb, kam mir eine Idee, die mich seitdem nicht mehr losgelassen hat: Dass es dank unserer wissenschaftlichen Erkenntnisse und der Technologie möglich wäre, die schmerzliche Vergangenheit der Menschen auszulöschen und ihnen stattdessen wahres Glück zuteil werden zu lassen.«

Cyrille blinzelte, dann schüttelte sie den Kopf.

»Meinetwegen. Doch Ihre Fehlerquote ist zu hoch. Sie halten stur an Ihrer Theorie fest, ohne Ihre Vorgaben in Frage zu stellen. Haben Sie noch immer nicht begriffen, dass ein Mensch weder eine Laborratte noch ein Versuchskaninchen ist? Und indem Sie Teile des Gedächtnisses löschen, zerstören Sie möglicherweise andere vitale Bereiche, was lebenslange gravierende Schäden nach sich zieht. Ihr Verhalten ist nicht das eines Wissenschaftlers, sondern das eines Kriminellen.«

Rama warf ihr einen hasserfüllten Blick zu.

*

Der Vollmond, dessen Schein sich im Meer spiegelte, tauchte die kleine Bucht in ein strahlend helles, übernatürliches Licht. Die mit Schaumkronen geschmückten Wellen brachen sich am Ufer. Das Laub der Kapokbäume raschelte im Wind. Das Boot mit dem spitz zulaufenden Bug erreichte nur mit Mühe den abgelegenen Strand der kleinen Insel, obwohl die felsengesäumte Bucht im Osten die sicherste und am meisten geschützte von allen war. Der Bootsführer sprang ans Ufer, das Wasser peitschte gegen seine Knie und trieb das Boot in seine Richtung. Soeben hatte er in einer einzigen Nacht so viel verdient, dass seine Familie ein ganzes Jahr davon würde leben können. Sein Goldzahn funkelte. Er reichte dem Verrückten die Hand, der ihn so großzügig entlohnt und sich während der Überfahrt die Seele aus dem Leib gekotzt hatte. Er half ihm dabei, aufzustehen, über die niedrige Reling zu steigen und die Böschung hinaufzuwanken. Er fragte sich erneut, was der Mann hier wohl zu suchen hatte.

50

Cyrille war auf einen Schock gefasst.

Die Schachtel, die Julien auf den Tisch stellte, enthielt mehrere große braune Umschläge, von denen einer mit CB gekennzeichnet war. Sie öffnete ihn und nahm den Inhalt heraus. Nun hielt sie ein Päckchen zusammengefalteter Fotokopien sowie eine CD-ROM in der Hand. Sie legte die Blätter auf den Tisch. Es waren von 1 bis 5 durchnummerierte Ausdrucke. Cyrille riss die Augen auf. Da war das Foto einer Packung Meseratrol-Injektionslösung, das eines Austernmessers und ... einer unbekannten Dame. Auf einem anderen Blatt stand lediglich ein Code, den sie nur zu gut kannte, 5699CB, es war die Nummer auf ihrem Badge als Assistenzärztin. Das letzte Foto zeigte Julien in jüngeren Jahren.

Sie betrachtete alles wortlos.

»Was soll das Ganze?«, fragte sie den Forscher.

Rama Supachai wand sich auf seinem Sessel.

»Die Methode bestand darin, alles zusammenzutragen, was Sie vergessen wollten.«

Sie nahm hinter sich eine Bewegung wahr. Julien war nähergetreten. Sie sah, wie er seine Hand nach dem Foto der Dame ausstreckte.

»Das ist meine Mutter ...«

Cyrilles Blick glitt von dem Foto zum Gesicht ihres ehemaligen Patienten. In ihrer Brust kämpften widersprüchliche Gefühle. Was hatte Juliens Mutter mit ihrer Geschichte zu tun? Sie fühlte sich ratloser denn je. Die wenigen Puzzleteile, die sie in den letzten Tagen zusammengesetzt zu haben glaubte, waren wieder auseinandergefallen.

Julien setzte sich neben Cyrille, ohne den Blick vom Gesicht seiner Mutter abwenden zu können. Er fühlte sich ebenso verloren wie sie.

Eine gute Weile versuchte Cyrille, ihre Gedanken zu ordnen. Dann stand sie plötzlich auf, schnitt ein langes Stück Klebeband ab und näherte sich Rama Supachai, der mühsam atmete. Sie starrte ihn wortlos an, die Augen voller Verachtung, und klebte ihm erneut den Mund zu.

»Dafür werden Sie bezahlen, und zwar teuer, das verspreche ich Ihnen«, murmelte sie.

Dann wandte sie sich zu Julien um.

»Komm mit!«

Sie ergriff die CD-ROM und den Packen Fotokopien und ging zum Kernspin. Mit einer Handbewegung entledigte sie sich ihres Armbands und ihres Eherings.

»Leg alles ab, was aus Metall ist.«

Sie betätigte den Druckschalter, der die verglaste Schiebetür des Untersuchungsraums öffnete. Mit hartem Gesichtsausdruck und zusammengebissenen Zähnen betrat sie den Raum, knipste die Deckenlampe an und entfernte die durchsichtige Hülle des Neurostimulators, den sie bereits vom Dach des Gebäudes aus gesehen hatte. Julien blieb zögernd auf der Schwelle stehen und beobachtete sie. Schließlich ging er zu ihr. Entschlossen schob Cyrille das Gerät zum Kopfende des Kernspins.

»Cyrille ...«, murmelte der junge Mann, »bist du sicher, dass wir noch so viel Zeit haben?«

Ohne zu antworten, nahm sie den stereotaktischen Rahmen, mit dem der Kopf des armen kleinen Mädchens fixiert gewesen war, und legte ihn vorsichtig auf den Tisch. Der Monitor des Kernspintomografen war noch eingeschaltet. Sie tippte etwas auf der Tastatur und legte die CD-ROM ein. Nachdem sie den einzigen Ordner geöffnet hatte, der sich darauf befand, gab sie verschiedene Befehle ein. Daraufhin tauchte das dreidimensionale Bild eines Gehirns auf, mit Code-Zahlen in bestimmten Bereichen. Alle Koordinaten der Zonen, die man vor zehn Jahren behandelt hatte, waren vermerkt. Insgesamt waren es sechs, die sich auf das limbische System, den sensorischen und den präfrontalen Cortex verteilten.

Sie gönnte sich eine Pause, um zu begreifen, was sie dort sah. Dann sagte sie:

»Komm her und sieh zu.«

Sie schaltete den Neurostimulator ein, den sie zum Kernspin gezogen hatte – ein großes fahrbares Gehäuse, aus dem ein Kabel aus Carbonfaser führte.

»Ich erkläre es dir.«

Sie hielt das Teil aus Carbonfaser hoch.

»Das ist eine Stimulationssonde.«

Dann deutete sie auf den Bildschirm, auf dem ein Gehirn zu sehen war.

»Und das ist mein Gehirn. Die farbigen Zonen sind die, die Supachai vor zehn Jahren deaktiviert hat.«

Sie legte erneut eine Pause ein, dann wurde sie sich der Ungeheuerlichkeit des Gesagten bewusst und schüttelte den Kopf.

»Du wirst zunächst mit diesem MRT eine aktuelle Aufnahme von meinem Gehirn machen und anschließend die beiden Bilder übereinanderlegen. Das ist nicht kompliziert, das Gerät macht das praktisch allein. Dann schiebst du die Fotokopien in der angegebenen Reihenfolge in die Halterung vor mir und platzierst die Sonde auf meinem Kopf, und zwar jeweils über den Zonen, die nach und nach auf dem Bildschirm aufblinken. Keine Sorge, ich leite dich an.«

*

Julien half Cyrille, sich in dem offenen Kernspintomografen hinzulegen und ihren Kopf in dem stereotaktischen Rahmen zu befestigen. Cyrille atmete einige Male tief durch. Sie hatte Angst. Angst, eine große Dummheit zu begehen. Angst davor, dass die Wachen von Pot Supachai sie überraschen könnten. Aber konnte sie jetzt noch zurück? Nein. Sie wusste nicht mehr, wer sie eigentlich war und was sie tatsächlich getan hatte. Einen kurzen Moment lang schloss sie die Augen. Seit zwei Wochen kämpfte sie darum, wieder Zugang zu einer Vergangenheit zu erhalten, die sich ihr entzog. Sie zermarterte sich den Kopf, um sich den letzten Monat ihrer Zeit als Assistenzärztin zu vergegenwärtigen. Würde dies nun endlich gelingen?

»Du musst jetzt die Schrauben anziehen«, sagte sie mit fester Stimme zu Julien.

Der junge Mann schluckte und fixierte den Schädel der Ärztin. Cyrille spürte den Druck an den Schläfen und im Nacken. Sie schloss die Augen und holte tief Luft. Es war nicht gefährlich, lediglich ein unangenehmes Gefühl wie in einem Schraubstock. Der Druck nahm noch weiter zu.

Die MRT-Aufzeichnung begann. Cyrille hörte das dumpfe Summen, Klopfen und Klicken – diese typischen Geräusche des Gerätes. Ihr Schädel wurde immer stärker zusammengepresst. Sie versuchte, gleichmäßig zu atmen und sich zu beruhigen. Sie zwang sich zu der Vorstellung, sie würde ihr Bandoneon nehmen, ihre Finger auf die Knöpfe legen, und spielte in Gedanken *Contrabajisimo,* das heiterste Stück, das sie kannte. Sie konzentrierte sich auf ihre Finger, denen eine große Geschicklichkeit abverlangt wurde, und die jazzige, fröhliche Melodie erklang in ihren Ohren.

Während dieser Zeit zeichnete das Gerät Daten auf, und der Rechner erstellte das Modell ihres Gehirns. Einige Minuten später hatte die Software Cyrilles Gehirn dreidimensional dargestellt. Julien fühlte sich unwohl und gestresst. Er kratzte sich am Kinn.

»Fertig«, sagte er.

»Gut. Lade jetzt beide Gehirnbilder auf den Monitor und leg das Bild von der CD über das neue.«

Julien führte die Anweisungen aus.

»Fertig.«

»Sind die Zonen des ersten Bildes auch auf dem zweiten dargestellt?«

»Ja, ich glaube schon.«

Cyrille räusperte sich, um die Angst aus ihrer Stimme zu vertreiben.

»Gut. Leg jetzt in die Halterung vor mir das erste Foto, auf dem die Packung Meseratrol zu sehen ist.«

Julien tat, wie ihm geheißen.

»Und dann positionierst du die Sonde auf meinem Schädel über der Zone, die zu stimulieren ist. Sie muss auf dem virtuellen Bild zu sehen sein.«

»Ja.«

»Gut. Dadurch kannst du die Stimulation in Echtzeit zielgenau ausführen.«

»Ist das schmerzhaft für dich?«

»Nein. Ich werde nur eine leichte Erwärmung spüren. Du wirst damit die Neuronen wieder aktivieren, die ausgeschaltet wurden. Das ist so, als würdest du Verbindungsstraßen wieder öffnen, die gesperrt waren, oder vielleicht auch neue anlegen. Ich hoffe es zumindest.«

Cyrille überwachte alles, was Julien tat. Sie kannte die Handgriffe, da sie diese bereits selbst ausgeführt hatte. Julien legte Cyrille das erste Foto vor. Er warf ihr einen letzten Blick zu.

»Ich fühle mich nicht gut, Cyrille.«

»Das klappt schon. Ich muss jetzt still sein, sonst werden falsche Zonen aktiviert. Ich lasse dich allein agieren.«

Cyrille starrte auf das Foto mit der Meseratrol-Packung. Sie war ängstlich und verwirrt. Sie sagte sich, sie sei im Begriff, eine große Dummheit zu begehen. Dann hörte sie auf nachzudenken. Julien hatte den Knopf gedrückt.

51

Die Stille in Zimmer 21 wird durch regelmäßige Pieptöne unterbrochen. Vorsichtig öffne ich die Tür. Ich habe Angst, Julien zu wecken. Meine Bedenken sind unnötig. Er liegt im Koma. Seit der dritten Injektion Meseratrol gestern Vormittag habe ich ihn nicht mehr gesehen. Ich betrete den Raum. Der Rollladen ist zur Hälfte heruntergelassen. Das Tageslicht fällt auf sein Bett. Ein Flashback. Er liegt mit nacktem Oberkörper da, seine Augen sind geschlossen. Ein Schlauch führt aus einem Beatmungsgerät in seinen Mund, an beiden Armen sind Infusionen angebracht. Ich trete näher. Ein weiterer Flashback. Aus einer Harnsonde füllt sich ein Beutel, der unter der grünen Decke hervorschaut. Ich stehe vor ihm und betrachte die Katastrophe. Gestern ging es ihm noch gut. Er war gesprächiger als sonst. Ich werfe einen Blick auf seine Werte. Stabil. In der Nacht hatte er ein Hirnödem. Die Chancen, dass er ohne Folgeschäden davonkommt, sind gering. Die Angst nimmt mir den Atem. Ich fühle mich schuldig, schäme mich. Anfangs war ich gegen diesen heimlichen Versuch, das hatte ich Benoît auch gesagt. Und dann änderte ich meine Meinung – für Julien. Ich habe ihn für diese klinische Studie vorgeschlagen und mich bei der Teambesprechung im kleinen Kreis für seine Teilnahme eingesetzt. Ich hielt ihn für perfekt geeignet, wollte seine Phantome vertreiben. Ich habe ihm das Protokoll erklärt und dessen Vorteile betont. Ich habe ihm das angetan. Manien hatte behauptet, es würde ein Er-

folg. Wie erstarrt stehe ich da. Ich strecke eine Hand zu ihm aus, berühre seine Wange. Ich möchte nicht weinen. Nur Opfer weinen. Flashback. Ich bin zum Henker geworden.

Cyrille öffnete plötzlich die Augen und nahm ihren Körper wieder wahr. Die Leuchtdioden blendeten sie. Um sie herum weißer Kunststoff und blaues Licht. Wo war sie? Sie wollte den Kopf drehen, aber es war unmöglich, ihr Schädel wurde in einem Schraubstock zusammengedrückt.

»Wie geht es dir?«, fragte eine Stimme, die ihr extrem laut erschien.

Cyrille schloss die Augen halb. Wo war sie?
»Es ist meine Schuld.«
»Was ist los, Cyrille?«
Es war Julien. Seine Stimme klang unsicher.
»Mach weiter ... bitte mach weiter«, antwortete sie schwach.

Die Halterung drehte sich quietschend, und vor ihr erschien das Foto von Julien. Cyrille verdrehte die Augen. Ein Flashback.

Es ist das erste Mal, dass Julien lächelt. Er sitzt mir gegenüber in einem Sessel. Es ist unsere fünfte Therapiesitzung. Er macht Fortschritte. Nur über den Tod seiner Mutter will er nicht sprechen. Dieses Lächeln habe ich ihm entlockt, indem ich ihm erzählte, wie verschlossen und ungesellig ich als kleines Mädchen sein konnte. Er glaubt mir kein Wort. Er schaut mich an, und ich spüre plötzlich, dass sich unsere Beziehung verändert. Ich habe seinen Geruch wahrgenommen, und mir ist bewusst geworden, wie angenehm dieser mir ist. In der Nacht habe ich wieder daran gedacht und geweint. Zum Glück ist Benoît nicht aufgewacht. Wie hätte ich es ihm erklären sollen? Ich weiß, das geht zu weit und über meine Funktion hinaus. Ich weiß, dass ich einen anderen Therapeuten bitten müsste, den Patienten zu übernehmen, aber Julien will nur mit mir arbeiten, und ich möchte ihn nicht abgeben. Ich spreche bei unseren Sitzungen nur wenig. Es ist wie in der Musik, beim Tango. Man muss die Pausen zur rechten Zeit setzen, das Tempo beschleunigen, wenn es angebracht ist, vorangehen, sich zurückhalten, verschiedene Klangfarben wählen, um den Dialog und die Harmonie zu erhalten. Julien ist kein einfacher Patient. Aber er ist faszinierender als alle anderen. Ich habe Lust, seine Hand zu nehmen und nie mehr loszulassen.

Julien beendete die Stimulation, und Cyrille blinzelte verstört. Sie war zwischen den Zeiten verloren. Sie war achtundzwanzig Jahre alt und Assistenzärztin. Was tat sie in diesem Gerät?

»Was hast du gesehen?«, fragte Julien.

»Das, was ich vergessen wollte ...«

»Cyrille, ich ... meine Handgelenke fangen an zu jucken, bitte. Jetzt geht es wieder los.«

»Mach weiter ...«

»Ich kann nicht.«

»Mach weiter!«

Julien platzierte die Stimulationssonde über einem anderen Bereich des präfrontalen Cortex, den das virtuelle Bild anzeigte, und legte das dritte Foto, das von Laurianne Daumas, in die Halterung.

Cyrilles Augen fixierten die unbekannte Frau intensiv. Sie driftete ab. Julien stand hinter ihr. Cyrilles Körper bäumte sich auf, der Nacken war überdehnt. Sie war nicht mehr bei sich.

Endlich, Julien spricht. Er sagt mir: »*Ich war zwölf Jahre alt.*« *Ich höre seine schwache Stimme, Worte, die kaum über seine Lippen kommen. Es ist die zehnte Therapiesitzung. Mir ist klar, wie prekär der Moment ist. Ich höre auf zu atmen. Keine Ahnung, warum ich es weiß, aber ich bin überzeugt, dass dies der entscheidende Augenblick ist. Der, in dem mein Patient es nach intensiver Arbeit endlich wagen wird, loszulassen und die Worte auszusprechen, die er seit langer Zeit in sich verschlossen hält. Mir ist klar, dass diese, einmal ausgesprochen, den quälenden Albtraum in die Realität holen. Es ist der Wendepunkt in seiner Therapie, vielleicht sogar in seinem Leben ...*

Seine Stimme ist die eines Kindes, und er beginnt zu erzählen:

»Maman und ich sind beim Abendessen im Esszimmer. Plötzlich ist da ein Gasgeruch. Ich sage: ›Es riecht komisch.‹ Sie schnuppert und antwortet: ›Nein, ich rieche nichts.‹ Und dann schließlich: ›O doch, du hast recht!‹ Wir haben kein Gas. Andere Wohnungen schon. Daher ist sie beunruhigt. Sie steht auf und öffnet die Tür. Wir wohnen in der sechsten und obersten Etage. Im Treppenhaus schnuppert sie immer wieder und erklärt dann: ›Es kommt von unten.‹ Sie dreht sich zu mir um, ich bin im Pyjama, und sagt: ›Bleib hier, mein Engel‹, dann geht sie einen Stock tiefer. Ich folge ihr bis zum Treppenabsatz und sehe durch die Gitterstäbe des Geländers, wie sie die mit rotem Teppich belegten Stufen hinuntergeht. Ich weiß nicht, warum, aber ich habe Angst, weil sie die Wohnung verlässt. Ich weiß, dass Gas explodieren kann. Ich habe Angst, einen großen Knall zu hören. Sie wirkt aber so selbstsicher, dass ich nichts sage. Ich blicke nur hinunter in den fünften Stock.«

Julien hört zu sprechen auf. Ich halte den Atem an. Er wirkt ratlos. Daher ermutige ich ihn vorsichtig. Seine Augen trüben sich, er fröstelt. Seine Stimme wird immer schwächer, ist kaum noch zu vernehmen.

»Maman klopft an die Tür des Nachbarn gegenüber der Treppe im fünften Stock. Er reagiert nicht gleich. Das ist ein komischer Typ, ein junger Mann, immer allein. Nicht böse, aber seltsam. Ich will Maman sagen, sie soll vorsichtig sein, aber ich fühle mich machtlos und unfähig, sie zu verteidigen. Und sie wirkt so stark. Der Nachbar macht die Tür auf. Seine Augen sind gerötet, seine Haare nass. Maman sagt freundlich zu ihm: ›Ich glaube, es riecht nach Gas.‹ Der Nachbar verschwindet in der Wohnung, dann kommt er plötzlich zurück ... Und da ...«

Cyrille schlug die Augen auf, ihr Bewusstseinszustand hatte sich verändert.

»Mach weiter«, murmelte sie.

Julien gehorchte. Er verschob die Sonde und legte das vierte Foto auf die Halterung. Cyrille musste es nicht anschauen, sie wusste bereits, was es zeigte.

Julien schließt die Augen. Er kann nicht mehr weitersprechen. Daher mache ich etwas, was ich noch nie getan habe. Ich reiche ihm die Hand. Julien legt seine Hand auf meine. So bleiben wir lange sitzen. Und dann beschließt er, fortzufahren.

»Kurz darauf steht er wieder auf der Schwelle. In der Hand ein Austernmesser. Er holt aus und sticht zu. Dutzende von Malen. Auch ins Herz. In den Hals. Überallhin. Maman bricht zusammen. Sie blutet stark. Und ich kann nichts sagen, ich habe so entsetzliche Angst. Ich gehe in die Wohnung zurück, nehme das Telefon und wähle die 18, wie Maman es mir für den Fall eines Problems erklärt hat. Ich habe Mühe, dem Mann, der abhebt, irgendetwas zu erklären. Ich kann nur sagen: ›Er hat Maman umgebracht, er hat Maman umgebracht‹, und

der Feuerwehrmann sagt, ich solle mich beruhigen, und ich wiederhole immer wieder: ›Er hat Maman umgebracht‹, ich kann nicht aufhören damit. Dann höre ich die Polizeisirene, die immer lauter wird. Und ich weiß nicht, warum, aber ich habe Angst, dass sie mich ins Gefängnis stecken. Ich höre Leute im Treppenhaus und Schreie. Ich wage nicht, mich zu rühren. Und als ein Polizist in die Wohnung kommt, stehe ich noch immer so da. Dann gehe ich zur Tür, um Maman zu sehen. Ein Sanitäter hat sie auf den Boden gelegt ... und dann erkenne ich, dass man ihr die Augen ausgestochen hat.«

Cyrille öffnete unvermittelt die Augen. Das war es, nun verstand sie. Mein Gott, Julien. Er blendete Tiere, wie man seine Mutter verstümmelt hatte, getrieben von unbewussten Schuldgefühlen. Sie biss sich auf die Lippen, zwei große Tränen rannen langsam über ihre Wangen.

Sie schniefte und murmelte:

»Geht es noch?«

Keine Antwort.

»Julien?«

»Ja, ja, schon in Ordnung.«

Juliens Arme wiesen tiefe Kratzspuren auf.

»Mach weiter ... bitte.«

»Es ist das letzte Foto.«

Dieses Mal sah sie ihren Badge als Assistenzärztin: 5699CB.

Flashback. Unter meinen Füßen ist Sand. Der Strand von Phuket? Ich schaue mich um. Nein, ich war nie am Strand von Phuket. Ich bin in der 52. Etage auf der schicken Barterrasse des Luxushotels Banian Tree in Bangkok, die sich abends in einen paradiesischen Strand verwandelt. Man hat tonnenweise Sand auf das Dach gebracht, Sonnenschirme, Liegestühle. Ich kippe meinen vierten

Wodka-Apfel hinunter und tanze im Mondlicht. Ich habe eine neue Freundin, ich habe sie früher am Abend in einer anderen Bar kennengelernt. Sie heißt Maud. Sie animiert mich zum Trinken und Tanzen. Ich habe ihr von meiner Nacht mit Youri erzählt. Und dann zeige ich ihr den Badge, den ich noch in meiner Tasche habe.

»Ich möchte ihn verbrennen.«

»Was ist das?«, ruft Maud und lässt ihr Feuerzeug schnappen.

»Eine schlechte Erinnerung«, antworte ich.

Laut lachend stützen wir uns gegenseitig und torkeln davon. Wir sind betrunken. Um uns herum vergnügt sich eine Menge ebenso verrückter Ausländer mitten im Stadtzentrum, in diesem unwirklichen Ambiente.

Maud wird wieder ernst und schiebt mich in eine Ecke der Bar. Wir setzen uns auf Plastikkanister. Die Lichter drehen sich um uns. Wir sind außerhalb jeder Zeit.

»Was willst du vergessen?«, fragt Maud und versucht, mich auf den Mund zu küssen.

Ich entziehe mich ihr und lehne meinen Kopf an ihre Schulter.

»Dir kann ich es ja sagen … Ich habe jemandem, den ich liebte, etwas sehr Schlimmes angetan.«

Maud streicht mir übers Haar.

»Das war sicher keine Absicht.«

»Ich wollte ihm helfen, aber es ging gründlich daneben.«

»Du kannst nichts dafür«, sagt Maud.

»Doch. Er hatte Probleme. Ich sollte ihn behandeln. Aber alles ist schiefgelaufen.«

»Er wird sich schon erholen!«, meint Maud und wiegt den Kopf im Rhythmus der Techno-Musik.

Ich trinke meinen Wodka in einem Zug aus. Wenn wenigstens der Alkohol das Bild von Julien und dem Beatmungsgerät auslöschen könnte. Ich weiß, dass er die

Augen nie mehr öffnen wird, um diese Welt zu sehen, die er so gerne fotografiert hat.

Die Verzweiflung liegt wie ein dunkler Schatten auf mir. Maud kommt mit einer neuen Runde Wodka zurück. Ich leere mein Glas zur Hälfte. Die Geräusche erscheinen mir nun lauter, ich fühle mich meiner neuen Freundin sehr verbunden.

So bleiben wir lange Zeit. Mein Körper tanzt, ohne sich tatsächlich zu bewegen. Plötzlich dringt eine Stimme an mein Ohr. Sie gehört einem jungen, sehr schönen Thai, ganz in Weiß gekleidet.

»Da ist ein Herr, der Sie sprechen möchte.«

Ich drehe mich um, die Augen halb geschlossen. Ein Herr mit Hut steht im Gegenlicht der Spots im Sand, er trägt Schuhe und einen Straßenanzug. Ich stehe auf.

»Ihr Mann hat mir gesagt, dass ich Sie hier finden würde«, sagt er, als ich in Hörweite bin.

Er nimmt mich am Arm, ich lasse ihn gewähren. Es amüsiert mich, heute Abend amüsiert mich alles. Ich habe Benoît zum Teufel geschickt. Jämmerlich, nach einem Jahr Ehe. Das ist mir klar. Ich habe mit Youri geschlafen und Julien verloren. Ich kann nur noch kichern. Ich werfe Maud eine Kusshand zu und folge dem Mann. Er deutet zu einer Bank, wo es etwas ruhiger ist. Ich lasse mich darauf fallen, Milliarden von Lichtern tanzen vor meinen Augen.

»Cyrille Blake, ist das richtig?«

»Ja, Sir.«

»Ihr Mann hat mich geschickt. Ich soll schauen, ob es Ihnen gut geht.«

»Es geht mir gut, aber er wird bald nicht mehr mein Mann sein. Ich habe ihn gestern verlassen.«

Ich merke, dass ich schleppend und undeutlich spreche.

»Können wir bitte etwas zu trinken bestellen?«

»Wie auch immer, Mister Blake hat mich beauftragt,

Sie zu finden und mich zu vergewissern, dass Sie keine Probleme haben. Er kennt mich, wir haben zusammen gearbeitet.«

»Sagen Sie ihm, es ist alles in bester Ordnung. Ich komme sehr gut ohne ihn zurecht.«

»Das werde ich ihm ausrichten.«

»Ist das alles? Ich möchte wieder tanzen gehen.«

»Ich bin Wissenschaftler und Arzt, Frau Doktor Blake. Ihr Mann hat mir erzählt, dass Sie derzeit eine schlechte Phase durchleben.«

»Da hat er recht. Ich habe mich emotional an einen Patienten gebunden, und dieser ist so gut wie tot. Ich habe es meinem Mann gesagt, er verzeiht mir, aber ich liebe ihn nicht mehr, und außerdem möchte ich keine Ärztin mehr sein. Wie soll es mir da gut gehen?«

»Ich biete Ihnen meine Hilfe an, um alles zu vergessen, was Sie quält.«

Ich blinzele mehrmals.

»Das werden Sie mir sicher näher erklären …«

»Einer meiner Kollegen hat eine Methode entwickelt, um störende Erinnerungen auszulöschen. Ihr … Mann hat mich gebeten, mit Ihnen darüber zu sprechen. Er meinte, es könnte Sie interessieren.«

»Wie heißen Sie?«

»Sanouk Arom, Professor Arom.«

Schweißperlen traten auf Cyrilles Stirn. Julien stellte den Stimulator ab. Cyrille schien einige Sekunden zu schlafen, dann bewegte sie sich. Julien lockerte den stereotaktischen Rahmen, dessen Spitzen Abdrücke auf ihrem Kopf hinterließen, dann half er ihr auf. Cyrille fühlte sich unwohl, sie hielt den Kopf gesenkt, noch immer schockiert von dem, was sie soeben erfahren hatte.

Julien legte wortlos den Arm um ihre Schultern.

Sie schaute ihn an.

»Wenn du wüsstest ...«

Cyrille streckte eine Hand aus. Seine grauen Augen, die beiden Falten um die Mundwinkel, die Sommersprossen auf seiner Stirn. Wortlos streichelte sie sein Gesicht und konnte sich nur mit Mühe artikulieren.

»Ich bin geflüchtet und wollte alles vergessen, weil ... ich glaubte, du seiest verloren. Es war mein Fehler, ich habe es nicht ertragen. Ich bin vor meiner Verantwortung davongelaufen. Es ging mir so schlecht ... Mein Mann hat die Gelegenheit genutzt und mich gedrängt, alles auszulöschen ... Er wollte mich zurückhaben ... und es hat perfekt funktioniert.«

Ihre Augen füllten sich mit Tränen.

»Wie konnte ich alles vergessen, dich vergessen?«

Julien war erschüttert, gleichzeitig fühlte er sich jedoch von einer Last befreit. Er legte eine Hand an ihre Wange und lächelte.

»Da bist du wieder.«

Julien drückte einen Kuss auf ihre Hand.

Und dann, ohne Vorwarnung, verdunkelten sich seine Augen.

»Ich will es auch wissen ... über meine Mutter.«

Er setzte sich zu ihr auf den Untersuchungstisch.

Das grelle Licht des Gerätes warf beängstigende Schatten auf ihre Gesichter. Julien war fest entschlossen. All seine Muskeln waren angespannt.

Cyrille öffnete den Mund, ohne einen Ton herauszubringen. Ihr Herz zog sich schmerzhaft zusammen. Diesen Blick auf seine Mutter mit den ausgestochenen Augen hatte sie ihm vor zehn Jahren ersparen wollen, indem sie ihm hoch dosiertes Meseratrol injiziert hatte. Doch es war ihr lediglich gelungen, das Trauma ins Unterbewusstsein des jungen Mannes zu verdrängen und stattdessen andere, gewalttätige und gefährliche Verhaltensweisen zu erzeugen. *Ich darf diesen Fehler nicht ein zweites Mal be-*

gehen. Wenn Julien wirkliche Heilung wollte, musste er sich seinen entsetzlichen Erinnerungen stellen. Sie atmete tief durch, um sich Mut zu machen.

»Okay.«

Julien streckte sich aus, sein Gesicht war ruhig. Cyrille schob den stereotaktischen Rahmen zur Seite, er war überflüssig, da sie die Stimulation manuell ausführen würde.

Cyrille steckte zuerst das Foto von Laurianne Daumas in die Halterung. Einen Moment lang zögerte sie, dann schob sie das Foto des Austernmessers daneben.

Sie berührte seine Hand – sie war eiskalt – und streichelte sie. Gerne hätte sie ihn um Verzeihung gebeten, aber das war nicht der rechte Moment.

Sie aktivierte den Stimulator und sah, wie sich die Hand des Fotografen verkrampfte.

Er hatte das Foto seiner Mutter vor Augen, aber sein Blick war nach innen gerichtet. Cyrille hätte ihn gern in die Arme geschlossen, um ihn zu schützen.

Genau in diesem Moment schoss ein Blitz durch ihr Gehirn, Bilder prasselten auf sie ein. Sie krümmte sich und schloss die Augen. Es war wie gerade eben, als sie auf dem Tisch gelegen hatte, aber es geschah ohne Stimulation.

Ich stehe oberhalb des Meeres sicher auf einem Felsen. Es ist kalt, zu meinen Füßen erstreckt sich das Mittelmeer. Ich bin in der Bucht von Morgiou. Ein Mann begleitet mich.

Die Augen aufgerissenen, zuckte die Ärztin zusammen. Sie hatte sich soeben an einem anderen Ort befunden, als habe ein anderer Raum, eine andere Zeit von ihr Besitz ergriffen. Die Stimulation war offenbar so stark und so lang gewesen, dass auch ohne äußere Einwirkung andere

Gedächtniskreise aktiviert wurden. Sie verscheuchte das unpassende Bild aus ihren Gedanken. Julien hatte sich beruhigt, sein Körper zuckte nicht mehr.

»Alles in Ordnung?«, fragte sie ihn.

»Ich habe die Wohnung in Marseille gesehen. Das ist alles. Weiter nichts.«

Sie platzierte die Sonde über einem anderen Gehirnbereich und betätigte das Gerät. Doch plötzlich hielt sie inne, stützte sich auf den Untersuchungstisch und schloss die Augen. Ein neuer Flashback.

Das Meer zu unseren Füßen trägt weiße Schaumkronen, der Hang fällt steil zu dem blauen und tiefen Wasser ab. Ich schwitze in dem eisigen Mistral. Der Mann neben mir ist gefesselt. Ich habe seine Hände und Füße zusammengebunden. Er liegt am Boden, ich schaue ihn an.

Cyrille schlug die Hand vors Gesicht. Sie wurde von einer Vision heimgesucht. Sie platzierte die Sonde in Höhe des linken Temporallappens von Julien und schickte sich an, das Magnetfeld erneut einzuschalten.

»Was ist mit dir?«

»Seit ein paar Minuten kommen mir immer wieder bruchstückhafte Erinnerungen. Es ist verrückt. Vor meinen Augen spielen sich Szenen ab, die ich nicht kontrollieren kann. Vielleicht sind es falsche Erinnerungen. Es wird schon vorbeigehen, wenn meine Neuronen sich wieder beruhigt haben.«

Sie aktivierte die Sonde und konzentrierte sich erneut auf Julien, der auch jetzt nicht stärker zu reagieren schien.

»Passiert nichts?«

»Nein, nichts«, antwortete der junge Mann.

Cyrille drehte die Sonde, um sie auf einen anderen Sektor des Gehirns zu lenken.

»Und jetzt?«

»Ni ... ooooh.«

Julien warf den Kopf zurück und biss sich die Unterlippe blutig.

»Neiiiiiin.«

»Was siehst du?«

»Neiiiiiin.«

»Julien, antworte, Julien.«

»... lassen Sie sie los, Maman, Maman, lassen Sie sie!«

Es war nicht mehr seine Stimme, sondern die eines vor Entsetzen schreienden Kindes.

»Neiiiiiiin. Nicht ... Bitte ...«

Es war schlimmer als die Realität, denn er konnte nicht handeln. Er war ein machtloser Zuschauer. Er begann zu weinen. Cyrille klammerte sich verzweifelt an das Gerät. Diesem Kind war Unerträgliches widerfahren. Und nun zwang man den Mann, alles noch einmal zu durchleben. War es zu seinem Besten? Sie begann, an ihrer Entscheidung zu zweifeln, und beendete die Stimulation. Julien sank auf den Tisch zurück.

»Er hat sie umgebracht. Die Augen ... Deshalb habe ich diesen Zwang, Cyrille, das ist der Grund ...«

Einen Moment schwieg er.

»Ich will ihr Gesicht sehen.«

»Bist du sicher?«, fragte Cyrille mit Nachdruck. »Ich denke, es reicht jetzt, oder?«

»Nein.«

Cyrille wollte noch etwas hinzufügen, aber ein erneuter Flashback, wenn auch weniger heftig als der vorherige, zwang sie zu einer Unterbrechung.

Ich habe den Mann in die Bucht geschleppt, ich habe ihn angebunden. Nun hole ich mein Austernmesser heraus, so eines, wie er es bei Maman benützt hat, und ich stoße zu, stoße immer wieder zu. Bis das Blut aus seinem Körper spritzt, aus seinem Mund, seinen Augen.

Unvermittelt kam Cyrille wieder zu sich. Wie in Zeitlupe betrachtete sie Julien Daumas von Kopf bis Fuß. *Kann das möglich sein?*

Es waren nicht ihre eigenen Erinnerungen, die sie reaktiviert hatte, sondern das Geständnis dieses jungen Mannes. Es war das Schlimmste, was er ihr am Ende der Therapie anvertraut hatte. Sie presste beide Hände auf den Mund und sank auf einen Plastikhocker. Unvermittelt verzog sich die dunkle Wolke, hinter der ihre Erinnerungen seit zehn Jahren verborgen gewesen waren.

Die Puzzleteile fügten sich perfekt zusammen, und das ganze Grauen trat ihr klar vor Augen. Sie erinnerte sich plötzlich wieder an den Bericht ihres Patienten. Mit zwölf Jahren hatte Julien Daumas zusehen müssen, wie ein Mann seine Mutter ermordete. Dieser Mann war ihr Nachbar, ein alltäglicher, etwas kauziger Typ, dem jeder aus dem Weg ging. Julien hatte miterleben müssen, wie dieser Mann seine Mutter erstach, die auf dem Treppenabsatz des fünften Stockwerks mit ausgestochenen Augen tot zusammenbrach.

Das Gesicht des Angreifers hatte sich in sein Gehirn eingebrannt. Als seine Großeltern väterlicherseits ihn abgeholt hatten, erzählten sie ihm, der Mörder sei in eine Anstalt gebracht worden. Einige Zeit später las er in einer Zeitung, der Mörder sei für unzurechnungsfähig erklärt worden und befände sich in der psychiatrischen Abteilung der Klinik Sainte-Marguerite.

Am Morgen seines achtzehnten Geburtstags war Julien, der sich zu einem Surffan und begeisterten Fotografen entwickelt hatte, verschwunden. Er war seinen eigenen Weg gegangen, bis zu dem Tag zwei Jahre später, als er auf der Durchreise durch Marseille aus einer Laune heraus bei der Leitung der Klinik Sainte-Marguerite um die Genehmigung gebeten hatte, für einen Zeitungsartikel über die psychiatrischen Einrichtungen in Frankreich

Fotos machen zu dürfen. Es hatte geklappt. Julien hatte Porträts von Patienten aufgenommen, darunter vom Mörder seiner Mutter.

Von diesem Augenblick an hatte er nicht mehr schlafen können. Albträume quälten ihn jede Nacht, und er durchlebte derartig grauenvolle Szenen, dass er morgens todmüde aufwachte. Er hatte stark abgenommen und damit angefangen, zu rauchen und zu trinken, und er hatte immer mehr Beruhigungsmittel gebraucht, um schlafen zu können.

Dann war er eines Tages unter dem Vorwand, seine Reportage beenden zu wollen, in die Klinik zurückgekehrt. Zusätzlich zu seiner Fotoausrüstung trug er eine Sporttasche unter dem Arm. Inzwischen achtete niemand mehr auf ihn. Jean-Claude G. war wegen guter Führung und positiven Therapieverlaufs in die offene Abteilung verlegt worden, wo er täglich Besuch empfangen durfte. Es war für Julien ein Leichtes gewesen, in sein Zimmer zu gelangen. Er hatte seinem ehemaligen Nachbarn alte Kleidung von sich angeboten. Eine Jogginghose und einen abgetragenen Pullover mit Kapuze. Der Mann hatte alles sofort anprobiert. In der Klinik herrschte wegen Umbauarbeiten und Streiks großes Durcheinander. Es war ein Kinderspiel, mit dem Patienten über eine der Baustellen zu verschwinden.

Julien umklammerte das Messer in seiner Tasche. Das Gericht hatte den Mann für nicht schuldfähig erklärt. Für ihn war er schuldig.

Das Messer stieß einmal ins Herz, dann zweimal in die Augen.

Cyrille kam wieder zu sich.

Sie begriff, was sie vor zehn Jahren getan hatte, als Julien ihr sein Geheimnis anvertraute. Er hatte ihr alles gestanden. Sie war die Einzige, die es wusste.

Also hatte sie den Entschluss gefasst, Julien Daumas in die geheime klinische Meseratrol-Studie aufzunehmen, damit er sein Verbrechen vergessen und sich der Verfolgung durch die Justiz entziehen konnte.

Völlig aus der Fassung gebracht, blieb sie benommen sitzen.

Cyrille betrachtete Julien, seine Arme, seinen Oberkörper, seinen Hals, sein Gesicht, seine Wimpern. Sie stellte sich den kleinen Jungen vor, den seine tragische Vergangenheit dazu getrieben hatte, etwas Nichtwiedergutzumachendes zu tun.

Wenn diese Sünde in seinem Unterbewusstsein blieb, konnte er sich retten.

Das war ihre Überlegung gewesen.

Sie war zu dem Schluss gekommen, sein Leben sei mehr wert als die Gerechtigkeit für Jean-Claude G.

Und nun stand sie vor derselben Entscheidung, denselben Fragen, demselben Dilemma.

Der Boden schwankte unter ihren Füßen, bittere Galle hinterließ einen üblen Geschmack in ihrem Mund. Würde sie die Stimulation abbrechen, hätte Julien eine Chance, es zu schaffen. Sonst ...

Aufhören oder weitermachen. Unschuld oder Schuld.

Den Dingen ihren Lauf lassen oder eingreifen.

Sich erinnern oder vergessen.

Julien stöhnte. Irgendetwas geschah.

»Ich erinnere mich, ich war in Marseille ... ich sehe ein Krankenhaus. Wo bin ich?«

Cyrille trat vor, sie war unfähig zu sprechen.

»Ich habe meine Fototasche bei mir. Was tue ich dort?«

War es ihre Aufgabe, die Absolution zu erteilen?

»*Don't move!*«, riefen mehrere Männer.

52

Zwei Milizsoldaten drangen mit gezogener Waffe in den MRT-Raum ein.

Im Zeitlupentempo ließ Cyrille die Sonde sinken und drückte Juliens Arm, damit er sich aufrichtete. Einer der beiden Uniformierten lief hinter sie und drehte ihr beide Arme auf den Rücken. Sie stieß einen Schmerzensschrei aus. Der andere Soldat stürzte sich auf Julien, versetzte ihm mit dem Gewehrkolben einen Schlag gegen den Kiefer und in die Seite. Julien sackte geräuschlos zusammen.

Als Rama Supachai eintrat, funkelten seine Augen vor Hass. Er stellte sich zwischen die beiden Gefangenen und verschränkte die Arme, als warte er auf etwas. Cyrille sah zu ihm auf und las ihr Todesurteil in seinem Gesicht. Dann wurde ihr Blick von einer Bewegung hinter dem kahlen Schädel angezogen.

Cyrille wurde totenbleich. Ihr Mann schien um zwanzig Jahre gealtert, er hatte violette Schatten unter den Augen, zwei bittere Falten gruben sich um seine Mundwinkel, sein feuchtes Haar stand wirr um den Kopf, seine Kleidung war zerknittert und durchnässt.

»Professor Supachai hat mir gesagt, dass ich dich hier antreffen würde.«

Cyrille war sprachlos. Ihre Lippen öffneten sich, um ein stummes »O« zu formen.

Benoît Blake sah aus, als hätte er es mit einer ganzen Armee aufgenommen.

»Man wird dich ins Kittchen bringen für alle Verbrechen, die du begangen hast«, stieß sie schließlich wütend aus.

Benoîts Mund verzog sich.

»Ich weiß nicht, wovon du sprichst.«

»Marie-Jeanne wird gegen dich aussagen!«, schrie sie und sprang auf ihren Mann zu wie ein Hund an der Leine. »Und ich werde dich für alle deine Lügen bezahlen lassen.«

Zwei stählerne Arme hielten sie zurück.

»Nein, du wirst nichts dergleichen tun. Diese Möglichkeit werde ich dir nicht lassen, tut mir leid, mein Liebling.«

Das Heulen, das aus Cyrilles Kehle aufstieg, hatte etwas Animalisches.

»Ich hasse dich!«

Benoît bewahrte Haltung, seine Gesichtszüge waren angespannt.

»Worüber beklagst du dich, Cyrille? Du hast es mir zu verdanken, dass du dein Leben nicht mit einem Verrückten vergeudet hast. Du hast Karriere gemacht, deine Klinik aufgebaut. Ohne mich wärst du heute nichts. Möchtest du wirklich noch einmal alles aufs Spiel setzen?«

Cyrille brach in hämisches Lachen aus.

»Ich ziehe jedes andere Leben dieser Existenz aus Lügen vor, die du mir aufgebaut hast. Es ist aus, hörst du!«

Blakes Mund verzog sich.

»Unsere Liebe wird niemals enden! Du wirst bei mir bleiben, an meiner Seite.«

»Unsere Liebe? Wage nicht, von Liebe zu sprechen! Seit deinem Unfall willst du doch nur eines von mir: Ich soll dein Double sein, eine Art Krücke.«

Mit dem Kinn deutete sie auf Supachai.

»Hast du es deinem lieben Kollegen erzählt, dass du ohne mich deine Forschungen nie hättest abschließen können? Weiß er, Benoît, dass du Probleme hast, einen Gedankengang zu Ende zu bringen?«

»Hören Sie nicht auf sie, sie ist verrückt!«, rief Blake, an Supachai gewandt.

Benoît Blake trat nah an seine Frau heran, und Cyrille wich zurück.

»Sei still!«

Er packte sie am Kinn und presste ihren Kiefer zusammen. Cyrille schrie vor Schmerz auf. Julien versuchte, sich aufzurappeln, aber ein Schlag mit dem Gewehrkolben streckte ihn erneut nieder. Sie hörte die Stimme von Rama Supachai.

»Was machen wir mit ihnen, Professor?«

Benoît Blake verstärkte seinen Griff, und Cyrille spürte ein Knacken im Kiefer. Er stieß sie gegen den Untersuchungstisch.

»Schaffen Sie uns den Typen vom Hals. Was sie betrifft, Rama, werde ich noch einmal Ihre Dienste benötigen.«

Mit einer schnellen Bewegung beförderte er Cyrille auf den Tisch. Sie versuchte, sich zu wehren, bäumte sich auf. Die beiden Milizsoldaten hielten sie an Armen und Beinen fest, während Benoît den stereotaktischen Rahmen fixierte. Cyrille heulte vor Entsetzen. Sie spürte, wie sich die Spitzen des Rahmens in ihre Kopfhaut bohrten. Sie schrie, so laut sie konnte.

Benoît streckte die Hand nach der Instrumentenablage aus, griff nach der Flasche mit dem antiseptischen Gel und strich die klebrige rote Flüssigkeit auf ihre Stirn.

»Wir müssen nicht einmal die Abmessungen vornehmen«, frohlockte er, »die Narben sind noch bestens zu sehen!«

Dann beugte er sich zu Cyrille hinab.

»Nur Mut, mein Liebling. In zehn Minuten hast du diese ärgerliche kleine Episode vergessen. Du wachst in einem Hotel in Bangkok auf, und dann können wir in aller Ruhe nach Hause zurückkehren.«

Cyrille versuchte, in Benoîts Hand zu beißen, und schrie:

»Nein! Ich werde nichts vergessen!«

»Das Problem ist Folgendes, Cyrille. Wenn du nicht vergisst, kann ich dich nicht mitnehmen. Also entweder vergisst du alles, oder du musst sterben. Du hast keine Wahl.«

53

Mit seinen Fingerstummeln umklammerte Erawan das Maschinengewehr. Er war am Eingang von Supachais Haus postiert und Zeuge des Angriffs auf den MRT-Raum. Er atmete schnell. Warum waren die Franzosen nicht geflohen, obwohl er es der Ärztin so dringend geraten hatte? Warum war sie auf der Insel geblieben, obwohl er sie befreit und ihr den Ankerplatz des Bootes genannt hatte, das am leichtesten für die Flucht erreichbar war?

Er grübelte. Er hatte keine Lust, sich weiter selbst zu gefährden, denn er wäre beinahe bereits wegen der Geschichte mit dem Handy aufgeflogen. Zugleich wusste er aber auch, dass er der Einzige war, der etwas für die Kleinen tun konnte. Seit drei Jahren, seit man ihn zur Bewachung der Kinder auf die Insel geschickt und er begriffen hatte, was Supachai ihnen antat und dass sie anschließend wie Tiere verkauft wurden, hatte er alles versucht, um Aufmerksamkeit zu erregen.

Erawan, der auf der Straße aufgewachsen war, hatte nichts anderes gesehen als die Mädchen in den Bars und den Massagesalons von Ko Samui und kannte niemanden außer den Burschen von der Liga. Doch als er entdeckt hatte, in welchem Zustand die Kinder das Forschungslabor verließen, dass sie nicht mehr sprechen und dass einige auch nicht mehr gehen konnten, hatte er kaum noch schlafen können. Aber es war ihm gelungen, drei Kindern zur Flucht zu verhelfen, indem er behauptet hatte, sie seien ertrunken. Ein kleiner Sieg. Das dritte Kind war jedoch wieder eingefangen worden. Endlich hatten zwei Ausländer seine Hinweise entdeckt und waren ihnen gefolgt. Diese Chance würde sich kein zweites Mal bieten.

Erawan suchte nach einer Möglichkeit, rasch und effizient zuzuschlagen ... Er drang in das Labor von Supachai ein und sah sich um. Dann wandte er sich nach rechts und orientierte sich an dem starken Geruch, der aus dem Raum mit den Tieren drang. Vorsichtig öffnete er eine Tür und stand in einem dunklen Raum. Sein Herz schlug schneller, er lächelte in die Dunkelheit.

*

Rama Supachai nahm eine Spritze.

»Nicht bewegen. Ich betäube zunächst die Haut.«

Er spritzte das Mittel in Cyrilles Stirn. Anschließend griff er nach dem Kraniotom, doch trotz des schrillen Kreischens des Bohrers vernahm er ein anderes alarmierendes Geräusch.

Der Forscher hob den Kopf.

Völlig außer Rand und Band tauchten Dutzende verschreckter Tiere in der Schleuse des IRM auf. Über hundert Ratten kamen in den Raum gerannt, gejagt von vier Katzen, die wiederum von fünf hysterischen Rhesusaffen verfolgt wurden. Die Affen trugen Elektroden auf ihren kahl rasierten Schädeln. Den Abschluss bildete ein ausgewachsener Schimpanse mit gebleckten Zähnen, dessen linke Hälfte seines Schädels enthäutet war. Innerhalb von zwei Sekunden herrschte das totale Chaos. Rama war aufgesprungen.

»Nicht töten! Man muss sie wieder einfangen!«, schrie Rama verzweifelt den Wachen zu. »Bringt sie alle zurück in den Tierraum.«

Julien stürzte zu Cyrille, die sich mühsam aufrichtete.

»Was ist passiert?«

»Ein guter Geist hat ein Ablenkungsmanöver inszeniert, wir müssen schnellstens verschwinden.«

»Weg da!«, bellte Benoît.

Julien fuhr herum und sah in den Lauf einer automatischen Waffe. Als ehemaliger Ringkämpfer stand Professor Blake fest auf beiden Beinen, in der rechten Hand das Maschinengewehr.

Cyrille fuhr sich mit der Hand durch das mit rotem Gel verklebte Haar.

Julien sah in Benoîts vor Wut lodernde Augen. Diesen Moment nutzte er, um ihn anzuspringen, nach dem Lauf der Waffe zu greifen und ihn nach rechts zu stoßen. Benoît schoss. Die Kugeln trafen den Computertomografen, prallten von der gepanzerten Wand ab, zerstörten den Monitor des Computers. An der Decke begann eine orangefarbene Warnlampe zu blinken. Rama Supachai stieß einen heiseren Schrei aus, seine Beine gaben nach. Er kauerte am Boden, den Kopf zwischen den Knien, die rechte Seite von einem Querschläger zerfetzt. Cyrille brach lautlos auf dem Untersuchungstisch zusammen.

Die Waffe in der Hand, bewegte sich Benoît langsam auf Julien zu. Verzweifelt nahm der junge Mann alle Kraft zusammen und stürzte sich auf ihn. Er griff nach Benoîts Beinen, und beide rollten über den Boden und kämpften eine Weile miteinander, doch Benoît war stärker und schwerer. Er verpasste Julien einen Schlag in den Rücken, hockte sich rittlings auf ihn und nahm ihm jede Hoffnung, entkommen zu können. Blake umfasste den Lauf seiner Waffe und versetzte Julien mit einer knappen Bewegung einen Schlag ins Gesicht. Dann noch einen. Benoît nahm Rache. Blut und Schmerzen hatten ihn nie gestört, im Gegenteil, sie elektrisierten ihn geradezu. Der ehemalige Ringkämpfer setzte den Gewehrlauf dicht neben Juliens Auge an und grinste.

»Weißt du was, ich werde mir Zeit lassen und mit dir genau das machen, was du deinen Katzen angetan hast. Anschließend kümmere ich mich um Cyrille. Sie wird sich nicht einmal mehr daran erinnern, dir je begegnet zu sein.«

In dem Moment, als sich ihre Blicke trafen, fiel Benoît vornüber, die Nadel einer Spritze im Rücken. Hinter ihm stand ein Wächter, den Julien zuvor nicht bemerkt hatte. Dem Mann fehlten die Finger der linken Hand.

»Ich bin Erawan, ich habe das Video gemacht«, erklärte der Mann auf Englisch mit starkem thailändischem Akzent. »Ich habe Ihrer Freundin geholfen, sich zu befreien, und habe die Tiere rausgelassen. Wir müssen schleunigst von hier verschwinden.«

54

Julien richtete sich auf und befreite sich von Benoît Blakes leblosem Körper.

»Danke für deine Hilfe«, sagte er zu Erawan. »Ohne dich hätte ich es nicht geschafft. Wo sind die anderen Wachen?«

»Im Labor, sie sind k.o. Aber es können jederzeit noch weitere auftauchen.«

Julien lief zum Kernspin.

»Cyrille!«, rief er leise.

Die junge Frau lag zusammengekrümmt auf der Seite. Als er um den Untersuchungstisch herumging, bemerkte Julien das Blut, das am Bauch durch ihre Kleidung drang.

»Cyrille ...«

Sie war blass, das Haar klebte ihr an der Stirn, ihre Lippen waren bläulich verfärbt. Doch sie atmete, wenn auch schwach. Er musste sie so schnell wie möglich von hier wegbringen. Julien umschlang ihren Körper, um sie anzuheben. Cyrilles Gesicht verzerrte sich vor Schmerzen.

»Lass mich ...«, stieß sie mühsam hervor.

Cyrille hatte keine Kraft mehr und wollte nur noch ihre Ruhe haben. Sie spürte ihre Beine nicht mehr, doch das war nicht schlimm, es war fast angenehm, in diesem dichten Nebel zu treiben.

Sie öffnete die Augen, und ein merkwürdig pfeifendes Geräusch kam aus ihrem Mund.

»Verschwinde ... ruf die Polizei. Ich kann warten.«

Juliens Hände wurden feucht.

Er beobachtete sie und wusste, dass sie log. Wenn man sie nicht so schnell wie möglich in ein Krankenhaus brachte, wäre sie in ein paar Stunden tot.

»Wach auf, Cyrille!«

Mühsam schlug sie erneut die Augen auf. Julien sprach laut und deutlich und betonte jede einzelne Silbe, um den Nebel zu durchdringen, der ihren Geist einhüllte.

»Sieh mich an.«

Mühsam hob sie die Lider. Die geweiteten Pupillen zogen sich zusammen. Ihre Lippen waren jetzt fast dunkelblau, die Haut war leichenblass. Das Leben wich aus ihrem Körper. Julien blickte Cyrille flehend an. Sein Kinn zitterte leicht.

»Jetzt hör mir gut zu! Vor nun fast zwanzig Jahren habe ich das Schlimmste nicht verhindern können. Du weißt, dass meine Mutter alles für mich war. Aber an jenem Tag konnte ich sie nicht beschützen, wie ich es hätte tun müssen. Ich habe sie allein gelassen, habe mich nicht zwischen die beiden gestellt. Ich glaubte, sie sei stark genug, doch sie schaffte es nicht.«

Eine Träne rann über seine Wange. Cyrille vernahm jedes einzelne Wort. Mit schmerzerfüllter Stimme fuhr er fort:

»Als ich dir begegnet bin, glaubte ich, sie wiedergefunden zu haben. Oder zumindest jemanden, der die gleiche Flamme in sich trägt. Du warst nicht besonders selbstsicher und die Ehefrau dieses alten Irren, der deiner nicht würdig war, doch ich wusste, wie du im Innersten bist, und das war unheimlich schön ... Als ich dich vor zwei Wochen wiederfand, hattest du dich sehr verändert. Du warst ein Schatten deiner selbst geworden. Doch ich habe heute die Cyrille wiedergefunden, die ich liebte. Nun kann ich nicht einfach gehen und dich hier zurücklassen. Nicht nur meinetwegen, sondern auch wegen all der Menschen, denen du in Zukunft helfen musst.«

Er deutete mit dem Kinn auf die beiden am Boden liegenden Männer.

»Wenn jemand wie meine Mutter oder wie du einfach verschwinden, was bleibt dann?«

Er streichelte Cyrilles Wangen, die sich ein wenig röteten.

»Ich bringe dich zurück nach Hause, ob du willst oder nicht. Du musst dich ans Leben klammern und darfst mich nicht im Stich lassen. Ich brauche dich noch.«

Cyrille deutete ein Nicken an.

»Vertraust du mir?«

Erneutes leichtes Nicken.

»Okay«, fiel Erawan ein, »wir müssen von hier verschwinden.«

*

Es war vier Uhr morgens, als Erawan die Sicherheitsschleuse öffnete.

»Beeilt euch!«, rief er.

Julien hielt Cyrille fest umschlungen und flüsterte ihr ins Ohr:

»Sag mir, wenn du glaubst, dich bewegen zu können.«

Cyrille kämpfte gegen eine Ohnmacht an. Die Geräusche kamen ihr unverhältnismäßig laut vor.

Cyrille nickte kurz und biss die Zähne zusammen. Julien hob sie sachte hoch. Sie vergrub das Gesicht in Juliens Armbeuge, um ihr Stöhnen zu ersticken. Julien hielt sie fest umklammert und verließ taumelnd den Raum.

Erawan half ihnen durch den Gang, dann ging er voraus.

»Folgt mir, ich bringe euch zum Pier. Mit etwas Glück seid ihr in zwei Stunden in Ko Tao.«

Cyrille öffnete noch einmal mühsam die Augen, drückte sacht Juliens Hand und verlor das Bewusstsein.

Epilog

28. Oktober, 18 Uhr

»Den Nobelpreis für Medizin 2010 erhält der Franzose Émile Tardieu für seine Arbeit über die Wirkungsweise des Hormons Oxytocin ...« Der Sprecher der Kurznachrichten sagte noch ein paar Sätze zu Tardieus Karriere, die mit dieser Auszeichnung ihren Höhepunkt erreicht hatte, und gab dann zu einem Direktinterview weiter. Cyrille schaltete das Autoradio ab. Sie parkte den Wagen an der Mauer eines provenzalischen Anwesens, des »Mas des Glycines«, wie ein schmiedeeisernes Schild verkündete. Den ganzen Tag über war sie gen Süden gefahren, den Kopf von Musik erfüllt, und hatte versucht, Bilanz zu ziehen und eine Entscheidung zu treffen. Die Narbe in Höhe der Rippen spannte. Cyrille fühlte sich noch schwach, die Kugel hatte einen Lungenflügel durchschlagen und die Verletzung hatte sich entzündet. *Warum hat Benoît das getan?* Cyrille biss sich auf die Lippe und versuchte, den Groll zu dämpfen, der jedes Mal in ihr aufstieg, wenn sie an ihren Mann dachte. Sie seufzte. Bei der Vorstellung, sein Werk der letzten Jahre könnte wie ein Kartenhaus in sich zusammenfallen, war er vermutlich in Panik geraten, denn letztlich zählte für ihn nur sein Erfolg. Das war erbärmlich und sehr traurig. *Wer warst du, Benoît? Wie konntest du deine Nichte angreifen? Und dann mich? Ging es dir wirklich nur darum, deine Karriere zu schützen? Oder wolltest du dich an Julien rächen?*

Tags zuvor war Cyrille aus dem Krankenhaus entlassen worden und hatte den Sarg ihres Mannes in Roissy in

Empfang genommen. Man hatte Benoît im Kernspin-Raum von Ko Nang Yuan mit einer Kugel im Kopf tot aufgefunden, wahrscheinlich Selbstmord. Die Behörden waren durch E-Mails von Nino, Tony, Marie-Jeanne und Anuwat Boonkong alarmiert worden.

Auf dem Weg zur Leichenhalle hatte Cyrille beschlossen, für die Beisetzung ihres Mannes nur das Nötigste zu veranlassen, da sie weder die Kraft noch den Wunsch hatte, eine Zeremonie zu seinem Gedenken zu organisieren. Würde sie ihm jemals vergeben können?

Rama Supachai war verhaftet worden. Die thailändische Polizei hatte das Labor auf Ko Nang Yuan entdeckt und mit Erawans Hilfe alle entführten Kinder in Waisenhäusern untergebracht. Der Wissenschaftler wurde mehrerer schwerer Vergehen beschuldigt, die ihn für viele Jahre hinter Schloss und Riegel bringen würden. Von Ramas Cousin Pot gab es keine Spur, aber man hatte einen internationalen Haftbefehl gegen ihn erwirkt.

Zumindest hatte diese Tragödie vielen Kindern das Leben gerettet und diesen modernen Sklavenhandel aufgedeckt. Cyrille dachte an Rama Supachai, der seine Chance auf einen ehrenvollen Platz in der Geschichte der Wissenschaft aus Geldgier vertan hatte. Seine Arbeit und seine Entdeckungen würden mit ihm in Vergessenheit geraten.

Cyrille löste den Sicherheitsgurt und stieg aus. Sie schlug die Autotür zu und schloss ab, obwohl sie sich sagte, dass so etwas hier eigentlich lächerlich war. Sie befand sich in der tiefsten Provinz am Fuße des Pic Saint-Loup, und weit und breit war kein anderes Haus zu sehen. Nachdem sie viele Stunden mit sich gerungen hatte, wusste sie nun genau, was sie zu tun hatte. Nach ihrer Rückkehr nach Paris würde sie sofort alles für Marie-Jeannes Hornhauttransplantation in die Wege leiten, damit ihre Nichte schnellstmöglich das Augenlicht zurückerhielt. Bis zu ihrer vollständigen Genesung würde sie sich selbst um Marie-Jeanne kümmern. *Ich werde dir die ganze Wahrheit erzählen, in der Hoffnung, dass du mir eines Tages vergibst.* Sie musste sich auch bei Tony und vor allem bei Nino entschuldigen, der durch ihr Verschulden noch immer im Krankenhaus lag. Doch sie war sicher, dass nach seiner Entlassung alle drei wie früher bei Tonys Cocktails über die Ereignisse und natürlich über die Zukunft sprechen würden. Sie wollte Nino vorschlagen, bei ihr im Centre Dulac zu arbeiten. Cyrille beabsichtigte, die Behandlung mit Meseratrol und die gesamte Arbeitsweise des Zentrums genau zu überdenken, und dabei könnte sie dringend Unterstützung gebrauchen. Sie war sich sicher, dass der Krankenpfleger ihr Angebot annehmen und ihr helfen würde.

Was Julien betraf ... so musste er sich, ebenso wie sie selbst, seiner Verantwortung stellen.

Sie knöpfte den Mantel zu und zog den Schal fester um den Hals. Es war nicht kalt, im Gegenteil, dennoch fröstelte sie.

Das antike Eisentor stand offen. Ein kleiner Kiesweg schlängelte sich zu einem alten Haus, das von Glyzinien und vielen Bougainvilleen überwuchert war. Sie ging durch einen verwilderten Garten mit prächtigen Olivenbäumen und wunderschönen alten Rosenstöcken und vernahm plötzlich vertraute Klänge. Julien erwartete sie also bereits. Ihr Puls beschleunigte sich. Das Haus hatte seiner Großmutter gehört, und er war der alleinige Erbe. Die blaue Tür stand einen Spaltbreit offen, darüber hing eine bronzene Glocke, mit der man in früheren Zeiten die Familie zum Essen gerufen hatte. Cyrille zögerte kurz, doch dann stieß sie die Tür auf. Ihr erster Eindruck bestätigte sich. *Tanguedia III,* im Mai 1986 in New York aufgenommen. Der heitere, schwungvolle Tango wurde von einem Bandoneon-Ensemble gespielt. Sie hielt inne und lauschte den virtuosen und melancholischen Klängen Piazzollas. Ihr Herz war erfüllt von den widersprüchlichsten Gefühlen. Einerseits war sie froh, hier zu sein, andererseits hatte sie Angst vor dem, was sie gleich vielleicht tun würde. Die Musik verebbte. Sie betrat Juliens Haus.

Als sie ihn das erste Mal in Sainte-Félicité auf seinem Krankenbett gesehen hatte, hatte sie sofort gespürt, dass er ihr näherstand als die anderen Patienten, und wusste, dass vom ersten Augenblick an eine gewisse Spannung in der Luft gelegen hatte. Ohne sich etwas anmerken zu lassen, hatte sie ihre Befragung distanziert, aber einfühlsam durchgeführt. Doch beim Verlassen des Raums hatte ihr der Kittel am Körper geklebt, und in den folgenden Nächten hatte sie kein Auge zugetan. Bei diesem Gedanken stieg ihr die Röte in die Wangen.

Das Zimmer, das sie jetzt betrat, sah völlig anders aus als sein Appartement in der Rue Gambetta. Hier konnte Cyrille durchatmen. Und plötzlich wurde ihr bewusst, dass sie seit ihrer Abreise insgeheim befürchtet hatte, wieder auf eine düstere Katzen-Wohnung zu treffen. Aber nein, das Zimmer war lichtdurchflutet. An den breiten Fenstern standen Dutzende von Grünpflanzen, und Fotos von Meer, Bergen und Tieren lagen überall herum und waren noch nicht aufgehängt, da Julien gerade erst eingezogen war. Cyrille trat einen Schritt vor und sah zu einem weißen Ecksofa hinüber, das einer großen, grauen Katze als luxuriöses Lager diente, die sich das seidige Fell von der Sonne wärmen ließ. Sie ging auf die Katze zu und kraulte sie am Bauch. Das Tier räkelte sich genüsslich und öffnete verschlafen die schönen grünen Augen.

Einen Moment lang genoss Cyrille erleichtert die Atmosphäre. Alles hier strahlte Ruhe und Frieden aus. Dennoch musste sie ihren ehemaligen Patienten mit seiner Verantwortung konfrontieren. Zu dieser Entscheidung war sie auf der Fahrt gekommen, doch nun spürte sie, dass ihre Entschlossenheit zusehends schwand.

Sie folgte den traurigen und nostalgischen Klängen der Musik: *Milonga del Ángel*. Eine steinerne Treppe führte in das obere Stockwerk. Cyrille, deren Herz immer schneller schlug, stieg die Stufen empor. Vom Treppenabsatz gingen zwei Türen ab. Cyrille lauschte, die Musik kam von rechts. Zaghaft und ängstlich wie ein junges Mädchen vor ihrem ersten Rendezvous drückte sie die Klinke herunter.

Julien trug das Haar kürzer, und er hatte eine neue Brille. Im rötlichen Licht der Dunkelkammer sah sie ihn im Profil. *Contrabajisimo* durchflutete den Raum, die Bandoneon-Klänge waren rasch und fordernd.

Julien beobachtete, wie sich nach und nach die Konturen des Bildes im Entwicklerbad abzeichneten.

»Komm ruhig näher ...«

Er hatte diese Worte so dahingesagt, als stünde sie schon die ganze Zeit neben ihm.

Cyrille lockerte den Schal und trat ein paar Schritte auf ihn zu.

»Sieh mal.«

Die Züge einer alten Vietnamesin wurden sichtbar, die pergamentartige Haut, der offene Blick.

»Das ist eine alte Hmong-Frau, die in der Nähe von Kao Bang lebt und sagenhaft gut kocht.«

Der Anflug eines Lächelns umspielte Juliens Lippen. Cyrille beobachtete ihn aus halb geschlossenen Augen. Sie sah einen entspannten Mann, der den Abzug ins Fixierbad tauchte.

An einer Schnur über ihren Köpfen hingen rund dreißig Fotos aus Nordvietnam zum Trocknen. Ein Büffel mit schier unglaublichen Hörnern am Fuße eines felsigen Berges. Ein kleines Mädchen, das ein Reisigbündel auf dem Kopf balancierte.

»Es scheint dir gut zu gehen«, meinte Cyrille.
»Ja, stimmt.«
»Keine Beschwerden mehr?«
»Nein, nichts.«
»Und die Albträume?«
»Vorbei.«
Cyrille schloss kurz die Augen. Die Violine stimmte das melancholische *Mumuki*-Thema an. Sie dachte, dass sie beide hier wie in einem Beichtstuhl waren und die intime Atmosphäre ihr helfen würde, die richtigen Worte für das zu finden, was sie zu sagen hatte. Sie wagte nicht, näherzutreten. Sie spürte, dass auch Julien Distanz hielt, und das verunsicherte sie.

»Danke, dass du mir das Leben gerettet hast«, murmelte sie.

Julien warf ihr einen kurzen Blick zu, während er ein Blatt Fotopapier in den Rahmen des Vergrößerungsapparats legte.

»Denk nicht mehr daran. Es ist vorbei.«
»Ohne dich ... nun, du weißt, was ...«
Er lächelte sie an.

»Das war die einzige Möglichkeit. Ich hätte dich doch nicht dort zurücklassen können. Und du? Wie geht es dir?«

»Das Atmen tut noch weh. Aber es wird schon werden.«

»Und ... dein Mann?«
»Ich habe gestern den Sarg in Empfang genommen.«
»Ich mochte ihn nicht, aber es tut mir trotzdem leid.«
Julien drehte solange an der Schraube des Vergrößerungsapparates, bis auf dem Fotopapier genau der Ausschnitt zu sehen war, von dem er einen Abzug machen wollte. Ein Kind vor einem Propagandaplakat. Er fuhr sich mit der Zunge über die Lippen.

»Weißt du, Cyrille, ich ... ich habe ihn nicht getötet.«

»Ich weiß, Julien.«

»Ich könnte niemanden umbringen.«

Cyrille spürte, wie ihr ein eisiger Schauder über den Rücken lief. Sie vergrub die Hände in den Taschen und schnipste mit den Nägeln. Der Wunsch, sich an ihn zu schmiegen, seine Haut zu spüren, wurde übermächtig. Dennoch verharrte sie in ihrer distanzierten Haltung.

»Weißt du ... ich habe dir nicht alles über meine Erinnerungen gesagt.«

Julien projizierte ein anderes Negativ auf das Fotopapier, eine Großaufnahme von einem Mädchen mit dunklen Augen.

»In welcher Hinsicht?«

»Ich kann mich inzwischen an unsere Therapiesitzungen erinnern und ...«

»Und?«

Cyrille rang nach Luft, ihre Kehle war wie zugeschnürt.

»Und ich habe mich an etwas ... nun, mir ist eingefallen, was du mir gegen Ende erzählt hast, in Bezug auf den Mörder deiner Mutter. Erinnerst du dich?«

Juliens Gesicht verfinsterte sich.

»Ja.«

Cyrille spürte, wie der Boden unter ihren Füßen nachgab. Mit dieser Antwort hatte sie nicht gerechnet.

»Du erinnerst dich daran, was du getan hast?«

»Ja«, erwiderte Julien ruhig.

Cyrille schwieg. Und auf einmal war sie wieder da, diese Angst, die ihr den Magen zuschnürte. Sie wich einen Schritt zurück. Ihre Stimme brach.

»Du erinnerst dich daran, dass du ein ... Verbrechen geplant hast?«

Julien drehte sich abrupt zu ihr um. Der Schein der roten Lampe erhellte die eine Hälfte seines Gesichts. Sein Lächeln war verschwunden.

»Ja, auch mir ist es wieder eingefallen, und ich bin

nicht stolz darauf.« Julien trat einen Schritt auf sie zu. »Doch ich habe gelernt, dass man auch sich selbst vergeben muss, nicht wahr?«

Cyrille schwieg, unfähig, etwas zu erwidern. Dann rief sie: »Wie kannst du nur so kalt sein ... Julien, es ist ein Verbrechen!«

»Ich habe dir gesagt, dass ich mir über meinen Fehler im Klaren bin. Aber alles in allem hatte er Glück gehabt, und ich auch.«

Sie öffnete den Mund, brachte aber keinen Ton heraus.

»Wie, er hatte Glück?«, flüsterte sie schließlich.

»Er war zwar in der offenen Abteilung, die Besuchern zugänglich war, aber dann hat er eine Krankenschwester angegriffen und kam in Sicherheitsverwahrung. Letzten Endes habe ich ihn, anders als geplant, nie gesehen. Damals war ich außer mir vor Wut, doch heute weiß ich, dass mir das das Leben gerettet hat.«

Sein Blick ruhte auf Cyrille, die ihn wortlos anstarrte.

»War es das, was du mir sagen wolltest?«, fragte sie.

»Er ... er ist nicht tot?«

»Nein! Glücklicherweise. Es stimmt, ich hatte alles bis ins kleinste Detail geplant. Doch hätte ich es in die Tat umgesetzt, wäre mein Leben zerstört. Es mag vielleicht nicht viel wert sein, aber es ist immerhin meines ...«

Schweigend musterte Cyrille ihn eine Weile. Dann fing sie plötzlich zu lachen an.

»Er ist nicht tot«, wiederholte sie, »er ist nicht tot ...«

»Nein, was hast du denn gedacht? Ich habe seinen Internierungsbericht vom letzten Monat hier. Wenn du willst, zeige ich ihn dir.«

»Er ist nicht tot ...«

Julien trat auf sie zu. Die unsichtbare Barriere zwischen ihnen war verschwunden.

»Was ist los?«

Cyrille fuhr sich mit der Hand übers Gesicht, als wollte

sie all die grauenvollen Gedanken, die ihr seit ihrer Rückkehr durch den Kopf gegangen waren, wegwischen.

»Ich habe gedacht ... mir ist wieder eingefallen ...«

»Hat Ihnen etwa Ihre Erinnerung mal wieder einen Streich gespielt, Frau Doktor?«

Alle Last fiel von ihr ab. Cyrille begann vor Erleichterung zu weinen und nickte heftig. Ja, ihr in die Irre geleitetes Gedächtnis hatte ihr eine falsche Erinnerung als wahr suggeriert. Sie lachte und weinte zugleich.

»Alles wird gut, alles wird gut, du wirst sehen.«

Julien fasste sie zärtlich unter dem Kinn. Der Klang des Bandoneons trennte sie vom Rest der Welt.

»Sag mir eines ...«

»Was?«

Julien hauchte ihr einen Kuss auf die Lippen. Cyrilles Herz pochte zum Zerspringen.

»Wirst du mich oft hier besuchen? Wirst du dafür Zeit haben?«

Cyrille nickte, Tränen rannen ihr über die Wangen. Egal, wohin das führen mochte, sie wollte den Augenblick mit ihm genießen. Mit ihm allein. Sie wollte ihm sein T-Shirt ausziehen und seine Haut liebkosen, sich an ihn schmiegen, ihre Zurückhaltung ablegen. Doch sie rührte sich nicht.

Julien zog sie an sich.

»Und dieses Mal wirst du mich nicht mehr vergessen, versprochen?«

Cyrille schüttelte langsam den Kopf, ihre Augen leuchteten.

»Versprochen.«

Danksagung

Von ganzem Herzen danke ich:

Alex, Tom und Noah, meinen drei Stützen, für ihre unendliche Geduld und Liebe;

Bernard, Édith, Caroline und Éloïse für ihr Vertrauen und ihren Respekt;

Délphine, meiner ersten Leserin, die mich, allen widrigen Umständen zum Trotz, ermutigt hat;

Harry, Bruno, Françoise für ihre bedingungslose Unterstützung und ihre guten Ideen;

Aline, Christine, Sophie, Stéphanie für ihre Freundschaft und ihren kritischen Blick, der mir so wichtig ist;

Georges, Catherine, Marica, Laurence, Isabelle und allen meinen Wurzeln, die mich stützen, wenn der Sturm zu heftig wird;

meiner Adoptivfamilie für ihre unendlich große Herzlichkeit und ihre Lebensfreude in jeder Lebenslage;

meiner Herzensfamilie, der geliebten Rasselbande, für ihren nie versiegenden Zuspruch und das stete Lachen;

den Lesern für ihre kostbare Zeit, die sie mir geschenkt haben.

Bent Ohle
Totenflut
*Thriller. 240 Seiten.
Piper Taschenbuch*

Das junge Mädchen wird das Ende dieser Nacht nicht mehr erleben. Ebensowenig wie die anderen Mädchen vor ihr. Er hat ihr Grab schon vorbereitet und feinsäuberlich mit einer Nummer versehen. Obwohl schon so viele Mädchen sterben mussten, ist sein Werk noch lange nicht vollbracht. Doch dann entdecken Jagdhunde eines der Gräber. Aus ganz Deutschland treffen Experten ein, unter anderem die junge ehrgeizige Elin. Sie macht sich auf die Suche nach dem Serienmörder. Dieser hat schon sein nächstes Opfer im Visier: Elin.

Marina Heib
Puppenspiele
*Thriller. 336 Seiten.
Piper Taschenbuch*

Eine rote Narbe über dem Herzen und ein Spiegel in der Hand. Ein Serienkiller veranstaltet eine besonders grausame Inszenierung mit seinen jungen Opfern. Welche Botschaft steckt dahinter? Christian Beyer und sein Team decken ein skrupelloses Spiel um Geld und Fortschritt auf, das jetzt seinen tödlichen Tribut fordert.

»Das Blut kann einem schon in den Adern gefrieren.«
Hamburger Morgenpost

Oliver Stark
American Devil
Thriller. Aus dem Amerikanischen von Gabriele Weber-Jarić und Bettina Zeller. 448 Seiten. Piper Taschenbuch

»Nichts ist grausamer, als jemanden zu töten, den man liebt. Seit Jahren hat der Teufel ihm Dinge ins Ohr geflüstert, die ihm unvorstellbar erschienen. Aber jetzt, endlich, war er allein mit dem Mädchen, das er liebte...«

Chloë Mestella war erst fünfzehn, als sie nachts in ihrem Kinderzimmer brutal vergewaltigt und ermordet wurde. Zwanzig Jahre später wird New York von einer beispiellosen Mordserie erschüttert: fünf junge Frauen – reich, blond, schön – werden in nur einer Woche vergewaltigt und regelrecht abgeschlachtet. Fieberhaft suchen Detective Harper und seine Kollegen nach dem »American Devil« – doch der ist ihnen stets einen Schritt voraus...

»Oliver Stark ist ein herausragendes neues Talent.«
Daily Mail

Oscar Caplan
Curia
Thriller. Aus dem Italienischen von Annette Kopetzki. 688 Seiten. Piper Taschenbuch

Ein Kardinal im Vatikan gelangt in den Besitz eines antiken Pergaments, dessen Inhalt die Grundfesten der katholischen Kirche erschüttern kann. Kurz darauf ist der Kardinal tot. Sein Bruder, der brillante Ägyptologe Théo St. Pierre, stellt Nachforschungen an – und hat binnen Stundenfrist nicht nur den Opus Dei, sondern auch die ominöse Bilderberg-Gruppe auf den Fersen. Es beginnt eine Hetzjagd quer durch Europa und bis in die saudiarabische Wüste...

»Ein Geheimnis, das 33 Jahrhunderte lang in der arabischen Wüste vergraben war. Eine vernichtende Wahrheit, die den drei großen Weltreligionen den Todesstoß versetzt: Moses hat nie existiert!«
Il Riformista

Charles Maclean
Trojaner
Thriller. Aus dem Englischen von Cornelia Holfelder-von der Tann. 480 Seiten. Piper Taschenbuch

Eine junge Frau stirbt, weil sie ihn nicht lieben will. Eine zweite, weil sie etwas über ihn zu wissen glaubt. Jemand anderes ist einfach nur zur falschen Zeit am falschen Ort. Er ist ein Mörder, den nichts aufhält. Doch das Morden hat ein Ziel: einen Mann, der einmal glücklich war, bis er seine Tochter verlor, und der nicht ahnt, dass ihm ein erbarmungsloser Killer auf den Fersen ist ...

»Packend, rasant und hervorragend erzählt.«
Brigitte

»Alles Private macht der Killer transparent, und mit ein paar Mausklicks kann er in jede Rolle schlüpfen – das ist schon ganz schön schauerlich.«
Süddeutsche Zeitung

Valentina Berger
Der Augenschneider
Psychothriller. 288 Seiten. Piper Taschenbuch

Er schneidet ihnen bei lebendigem Leib die Augen heraus: jungen, schönen Frauen. Denn er braucht ihr Augenlicht ...

Heinz Martin, Gerichtsmediziner in Wien, ist einem Serienkiller auf der Spur. Zwei Frauen hat er schon gefoltert und grausam verstümmelt. Beide Opfer waren attraktiv, schlank und hochgewachsen. Dann verschwindet auch Martins bildschöne Schwester spurlos, und kurz darauf schickt ihm der Killer eine Nachricht, die keinen Zweifel an daran lässt, was er mit ihr vorhat ...